新 潮 文 庫

蒼ざめた礼服

松本清張著

新 潮 社 版

2132

蒼《あお》ざめた礼《れい》服《ふく》

1

片山幸一《かたやまこういち》は、毎日、気のりのしない生活を送っていた。

彼は、京橋《きょうばし》にある洋傘《ようがさ》製造会社に勤めていた。大学を出てから四年になるが、近ごろ、つくづくと今の仕事が嫌《いや》になった。彼が学校を出たころは就職難で、コネなしには一流会社はほとんど望みがなく、仕方なしに今の会社にはいったのだが、もう何とかそろそろ働き場所を変えなければならないと思っている。

第一、洋傘会社と言っても知人などに具合が悪くて、名刺を出せたものではない。洋傘という字が失笑を買いそうなのである。会社では、名刺を年に百枚ずつ作ってくれるが、彼は最初の年に作ってもらった名刺がまだ三分の二ぐらいは残っている。

それに、彼のやっている営業課の整理係というのがまたくだらない仕事だった。こんなことは女事務員でもできそうなのである。わざわざ、大学出の者が携わる仕事ではない。この洋傘会社は戦後にできたもので、当時は小さかったが、今では業界でまず二流どころであろう。そのせいか、大学卒を社員に傭《やと》って一応の体面を整える、といった見《み》栄《え》もあったようだ。

それならそれで優遇しそうなものだが、給料もいたって安い。それに、こういう会社の常として、内勤よりも外勤のほうを大事にする。実際、外勤のほうでは、個人的な実力の差がはっきりと出るのだ。成績のいい者は目に見えて給料が上がっているようだし、社内でも羽ぶりが利《き》く。しかし、内勤では、どんなに一生懸命やっても個人的な成績は見えない。つまり、だれがやっても同じような仕事なのだ。

こんなくだらない仕事のために、毎朝、中央線の混雑に揉《も》まれて京橋まで通うかと思うと、味気なくて仕方がなかった。会社の建物の前に来て、溜息《ためいき》が出そうだった。

片山幸一にとってたった一つの愉《たの》しみは、会社の帰りに有楽町《ゆうらくちょう》へ回って、喫茶店でコーヒーを喫《の》むことだった。彼は、コーヒーについては吟味するほうである。

行きつけの店は、駅裏のごみごみした路地をはいって胸を突きそうなくらい急な階段を上がったところにある。そこには、女の子ひとりいるわけではなく、みすぼらしい設備で、五十ぐらいのおやじが少年相手に豆を挽《ひ》いたり、パーコレーターに香りを籠《こも》らせて黒い液体を滾《たぎ》らせたりしている。

片山幸一にとって、ここで一ぱいのコーヒーを喫むのが、味気ない一日の生活での最後の区切りだった。独《ひと》り者《もの》だし、下宿住いだから、帰っても寒々とした部屋が待っているだけだ。会社の仕事は、つまらないなりに疲れる。いや、つまらないからよけいに疲れるといえよう。仕事に意義を感じていたら、もっと気持が張りつめるはずだった。二十七歳の彼は、自分自身で三十歳以上の早老の顔つきになっているような気がした。

この喫茶店は、地域的な関係からか、新聞社の連中が定連《じょうれん》である。

片山幸一が隅《すみ》っこでコーヒーを喫んでいるとき、横で雑談をしている記者たちの声が耳にはいる。彼らの話を聞いていると、怠惰で刺激のない自分の生活とはまるで違ったいきいきとした世界に感じられる。話は活気があるし、精力的だった。何よりも羨《うらや》ましいのは、それぞれの個人が、自分の実力を十分に出しきって仕事をしていることだった。

洋傘会社の売上帳簿に数字を書き込んでいるのとは違い、彼らは日々の事件を追って回っている。のみならず、彼らの話のはしはしには、知名人の名前がいかにも気やすげに飛び出るのだった。政治部の記者は、高名な政客や大臣をいかにも友だち扱いにしている。学芸部の記者は、高名な作家や評論家が仲間扱いだった。有名な文化人にしても、芸能人にしても、彼らのすぐ傍《そば》に、その人物が卑俗化されて存在するのだった。

それに比べて、自分の職業はどうだろう。陰気で、退屈なのだ。洋傘が何千本何万本売れたところで、現代の日本にどんな係わりあいがあろうか。

洋傘会社は、一年中の天気予報をこしらえて、一喜一憂する。過去の降雨量を統計にして洋傘製造の規準にしている。こんなことが現代社会と何の関係があろうか。

ああ、何か、自分の才能を発揮する仕事はないものか。もっと生甲斐《いきがい》のある職業はないものか――。

片山幸一は、有楽町の人混みのなかを歩きながら、そう思うのだった。歩いている群衆の足どりがみんな活気を帯びているのに、自分の足だけは老人のような気がした。

ある日の夕方、片山幸一は、ラッシュ電車に揉まれて阿佐ヶ谷《あさや》駅に降りた。

彼は、駅前の広い通りをとぼとぼと歩きかけた。

すると、いつもは見かけないのに、駅から百メートルばかり離れた路傍に、古本屋が本を並べていた。それは五十四、五ばかりの女だったが、乳母車《うばぐるま》みたいな屋台の上に古本を置いている。灯《あか》りの道具もないとみえ、商店街から射《さ》して来る光を利用して、しょんぼりと腰掛けていた。

見ると、そのほとんどが古雑誌で、それもたいそう以前のものばかりだった。立札を見ると、十円と二十円とに分けられている。二十円のほうが少しは新しい。

今夜、寝る前に読むものがないので、何かあったら買うつもりで、彼は古雑誌を選《よ》っていた。下のほうをひっくり返していると、「新世紀」という雑誌が眼に触れた。今はもう廃《すた》れた雑誌だが、終戦後には、総合雑誌として一部にファンをもっていたものである。

彼は目次を開いて見た。やはり古い記事ばかりで、読めそうなものはなかったが、ふと、「初のチベット潜入記」という読物が眼に止った。明治のころ、ラマ僧に化けて、この秘境にはいって行った河口慧海《かわぐちえかい》という坊さんの紀行を物語風に縮めたものだった。まあ、こんなものでも今夜は読んでみようと、彼はその雑誌を買った。

片山幸一は下宿に帰った。

借りている家は、植木屋と庭師をかねている。主人は六十ばかりだが、まだ印半纏《しるしばんてん》を着て外を回っていた。彼の部屋はその家の裏二階で、六畳一間だった。

下宿のおばさんが出す侘《わび》しい晩飯を食べ終ると、あとはすることもなかった。

片山幸一は、いま買って来たばかりの古雑誌を畳の上に腹這《はらば》って読みだした。雑誌の紙の間にまだ埃《ほこり》が残っていた。

目次を眺《なが》めたが、どれもつまらない記事だった。昭和二十四年だから記事も古くさい。彼は、ちょっと心が動いた「チベット潜入記」を読み始めた。明治のころの一種の秘境物語だが、読んでみてわりとおもしろかった。

しかし、それを読み上げるのに三十分とかからなかった。坊さんが雪のヒマラヤ越えをする辺りが、少しおもしろかっただけである。読み終ると、彼はその雑誌を押入れの隅に放り投げた。そして寝返りをして肱枕《ひじまくら》をした。

すすけた天井を眺めていると、余計に虚無感がひろがってくる。こんな生活は何とかしなくてはならない。今のうちにしないと、ずるずる年齢《とし》を食ってしまうような気がする。

といって、東京では頼みになる友人もいないし、有望な会社にはいる手蔓《てづる》もない。やはり、これは機会を待つほかはない。それまでの辛抱だと、自分を慰めているうち、いつのまにか眠ってしまった。

片山幸一は出勤するとき、その朝発売されたばかりの週刊誌を駅で買った。ラッシュの電車の中で真ん中あたりに立つと、周囲に包み込まれて、かえって安定した姿勢で、週刊誌一冊分が終点までに読める。

その朝も、呼びもの記事にざっと眼を通したあと、次のページに出てきた「告知版」というのを何気なく読んでいた。

この週刊誌は、知名の人が求めているものを文章にしてこの欄で一括して載せている。それには、欲しい書物だとか、犬の交換だとか、女中さんの雇い入れだとかが載っている。

片山幸一は、随筆家の関口貞雄《せきぐちさだお》氏の書いた短文にぼんやり目を落しているうち、おや、と思った。

「昭和二十四年十月号の『新世紀』をお持ちの方は、至急、ぜひ、お譲りください。高価なお値段で申し受けます。もし、保存のためにお譲りできない方は、拝借するだけで結構です。この分にも相当のお礼をさし上げたいと思います」

片山幸一は、これが眼に止ったとき、自分の押入れに抛《ほう》り込んである「新世紀」を思い出した。

あれは確かに昭和二十四年だったが、十月号だったかどうか憶《おぼ》えていない。あの雑誌の中には、たしか、年末を当て込んだ記事が出ていたはずだから、あるいはそれではないかと思う。

随筆家というのは、いろいろな本が必要らしい。片山幸一にとって少しもおもしろくなかったその古雑誌も、関口貞雄氏には大事な資料だったのかもしれない。

文筆専門の人だから、出入りの古本屋などに手を回して捜したに違いないのだが、ついになかったものと見える。

片山幸一は、家に帰って、それが「新世紀」の十月号だったら、関口氏に贈ってもいいと思った。

会社に出て、例の退屈な仕事を一日中やり、その帰途、あの貧弱な喫茶店に寄って、コーヒーを啜《すす》って下宿に帰ると、彼はすぐに押入れから「新世紀」を取り出した。まさに二十四年の十月号だった。関口貞雄氏の求めている雑誌である。

いったい、どういう記事を関口氏は読みたいのだろうか。

片山幸一は、もう一度、目次面をざっと拾い読みしたが、どれも古臭い記事で、十年以上の過去になったものばかりである。昭和二十四年というと、当時の社会世相はわかるが、それとても、相当な金を出してまで随筆家が欲しがる資料は見当らなかった。まさか、片山幸一が興味を起したように、随筆家も「初のチベット潜入記」を読みたいつもりではなかろう。

週刊誌の「告知板」を読んだとき、すぐにでも送って上げようと思ったが、雑誌を改めて見て自分に興味がないものだから、つい、それなりにしてしまった。相当な金で買うといっても、もともと、こんな雑誌だから、四百円か五百円であろう。週刊誌の編集部に宛《あ》ててハガキを出すのも、古雑誌を送る手間も面倒臭くなってしまった。

さらに、それから二週間ぐらい経《た》った。彼は「新世紀」などという雑誌のことはとうに忘れてしまっていた。

すると、やはり朝の電車の中である。彼は駅で買った同じ週刊誌を開いた。

ページを繰っているうちに、「告知板」に眼が触れた。相変らず、諸名士の求める文章が並んでいた。その下に、一般の投書欄がある。これは、お捜しの書物は持っているとか、犬の交換に応じますといった類《たぐ》いのもので、一般からの回答である。この雑誌は、回答を直接に先方に届けないで、雑誌面を仲介するようにできている。

片山幸一がその回答欄を見ていると、先日の随筆家関口貞雄氏への回答投書が載っていた。

「関口貞雄氏へ。——お捜しの『新世紀』十月号は、当方所持しております。お譲りして結構です。ご連絡ください。（東京都中野区江古田《えごた》××番地　野崎精三郎《のざきせいざぶろう》）」

ははあ、やはり同じ雑誌を持っている人があったとみえる、と片山幸一は思った。

彼はハガキを書く面倒を考えたばかりに四百円か五百円か損したことになる。

片山幸一は、他人に先を越されたときのような、かすかないまいましさをちょっと感じた。

ところが、その翌々朝だった。

会社に出る前に、寝床で朝刊を読んでいると、城西地区の出来事を集めた「城西版」にある一つの小さな記事が眼についた。

「昨一月二十五日午後十一時ごろ、中野区江古田××番地、会社員野崎精三郎さん（二八）方へ泥棒がはいり、室内を物色した挙句《あげく》、金側腕時計一個（時価七千円）を奪って逃げたと、野崎さんから所轄署《しょかつしょ》に届出があった」

片山幸一は、何気なくこれを読んだときはてなと思った。どうも、この名前はどこかで見たような気がする。が、そのうち、思い出した。被害者野崎精三郎というのは、随筆家関口貞雄氏に古雑誌の「新世紀」の譲渡方を申し出た人だ。週刊誌の「告知板」で読んだ名前なのである。

しかし、片山幸一はそんな小さな出来事などは忘れてしまっていた。

彼は、相変らず朝晩の国電の混雑に揉まれて、京橋の洋傘会社に通っていた。

2

ところが、あの記事が出てから二週間目くらいだった。

その朝、彼はいつものように駅で週刊誌を買った。

何気なくページを繰っていると、例の「告知板」のところが出た。ここでは求める側の人物は写真入りで出たりなどする。

片山幸一が、おや、と思ったのは、そこに随筆家の関口貞雄氏が、また一文を載せていることだった。しかも、その内容はこの前とまったく同じなのである。

「昭和二十四年十月号の『新世紀』をお持ちの方は、至急、ぜひ、お譲りください。高価なお値段で申し受けます。もし、保存のためにお譲りできない方は、拝借するだけで結構です。この分にも相当のお礼をさし上げたいと思います」

片山幸一は、最初、この週刊誌の編集部がうっかり間違えて、前の組版のまま二重に掲載したのかと思った。以前に読んだのと一字一句違わないように思える。

だが、あれにはその雑誌の所持者が回答していたから、彼はますます何かの手違いで二重に掲載されたのだと考えた。

しかし、彼はやがてその記事が間違って二重に出たのではないことに気づいた。出版社には校正部があるから、まさか、そんな迂闊《うかつ》な間違いを犯すはずがない、つまり、関口氏はその雑誌をまだ手に入れていないのである。

次の週刊誌に回答した何とかいう名前の人は、その持っていた「新世紀」を関口氏に送らなかったのだろうか。それはどういう理由かわからない。値段の点が折り合わないのか、それとも、何かの手違いで実現しなかったのか、とにかく雑誌は関口氏の手に届かなかったのだ。

だから、関口氏はもう一度この週刊誌にこの広告を出したというわけであろう。

片山幸一は、随筆家がそんなに欲しがる雑誌なら、自分が佗しい夜店で買ったあの「新世紀」を氏に送ってやろうかと思った。前に回答の投書を読んだとき、ちょっと先を越されたようないまいましさを感じたくらいだから、今度は面倒がらずに、週刊誌の編集部宛に通知を書くことにした。

どうせ、謝礼は四百円か五百円くらいだろうが、関口氏の熱望を満たしてやりたかった。

片山幸一は、会社の昼休みに、その投書のハガキを書き出した。

「お捜しの雑誌は、小生が所持しておりますのでお送り申し上げます」

こんな簡単な文句を書いて、表に雑誌社の宛名を書きかけた。が、その途中、彼は、にわかにペンを止めた。

――待てよ。あの投書者は、たしか野崎という名前だったが、その人は新聞記事で読んだところによると泥棒に見舞われている。時価七千円の金側腕時計を盗まれたとあったが、果して盗難はそれだけだったのだろうか。

この考えが、彼の頭にふと泛《うか》んだのである。

週刊誌に関口氏宛の回答を投書したくらいだから、野崎某はその雑誌「新世紀」を氏宛に送るつもりだったのだ。むろん、彼とて随筆家から多額の謝礼を期待したのではあるまい。だから、値段が合わないために、その譲渡が中止になったとは考えられない。つまり、思わぬ事故が野崎某に起きたのだ。

その事故とは何か。

それがすなわち盗難事件であろう。新聞には、金側時計一個とのみ書かれてあったが、そのとき、雑誌「新世紀」も一緒に盗まれたのではなかろうか。そのため、もう一度、随筆家関口貞雄氏の同じ文章が週刊誌に出たのだろう。

新聞記事は、古雑誌一冊など盗まれても問題でないから、ただ金側腕時計だけを載せたのである。いや、きっと、それに違いない。

片山幸一は考えた。

では、あの泥棒はなぜその雑誌を奪って行ったのか。

もしかすると、その泥棒は読書家で、眼にふれたその雑誌をついでにポケットに捩《ね》じ込んだのかもしれない。

しかし、そうでない考え方もあるのだ。つまり、これを逆に考えて、古雑誌が盗みの主体で、金側腕時計が従という場合だ。奇妙な想像だが、当人だけに大事な雑誌で、それを盗《と》るのを目的にしてはいったことだ。雑誌一冊の窃盗ではちょっと困るから、普通の泥棒のように、たまたまそこに置いてあった腕時計も盗って遁《に》げたのではなかろうか。

だが、これは少々奇抜すぎる考え方のようでもあった。

第一、彼があの「告知板」を読んだときに、何がそれほど随筆家の興味をひいたのかと思って、「新世紀」の目次を見たのだが、それらしいものは見当らなかった。みんなつまらない記事ばかりで、少なくとも随筆家が大事がるような文章は載っていなかった。

しかし、また一方では、第三者にはつまらないが、当人にとってはひどく重要なという場合がしばしばある。昭和二十四年十月号の「新世紀」は、他人には無価値でも、随筆家関口貞雄氏にとっては大事な記事があったのかもしれぬ。

片山幸一は、こう考えると、せっかく書きかけた週刊誌の編集部宛の投書を細かく裂いた。

その晩、彼は下宿に帰ると、机の上に雑多に置かれた雑誌類の下から、週刊誌を取り出し、この前の「告知板」に載った投書者の名前を確かめた。

東京都中野区江古田××番地　野崎精三郎。

片山幸一は、バスを哲学堂《てつがくどう》の前で降りた。ここは、ちょっとした公園になっている。区分地図を見ると、野崎精三郎の番地は、この公園の裏通りにあった。近くには、写真材料の製造会社がある。

まだ朝の七時過ぎだった。この早い時間を選んだのは、自分の勤務の都合もあったが、新聞記事によると、相手が会社員とあるので、出勤前を狙《ねら》ったのである。朝の斜めの光線のなかで、勤め人らしい人たちが細い道を急ぎ脚《あし》に歩いていた。

しばらく行くと道が二つに岐《わか》れているので、迷い、眼についた八百屋で訊《き》くと、野崎氏宅は、ちょうどその裏通りに当っていた。

八百屋で教えられた目印《めじるし》を頼りにさらに捜して行くと、三十ぐらいの男が道端にドテラを着て、懐《ふとこ》ろ手《で》をして立っていた。

「この近くに」

と片山幸一はその男に近づいて訊いた。

「野崎精三郎さんという方の家はありませんか？」

男は無精鬚《ぶしょうひげ》を生《は》やした顎《あご》を急に片山に向けた。

「野崎ならぼくですが」

男は怪訝《けげん》そうに彼を見た。

「あ、これは」

片山幸一は、あわてて愛想笑いをして頭を下げた。

「どうも。わたしは片山というものですが、実はちょっと野崎さんにお訊《たず》ねしたいことがあってあがったんですが」

「どんなことでしょう?」

野崎精三郎は、見ず知らずの片山にいきなり言われたので、不思議そうな顔をした。

そのドテラはかなり垢《あか》じみている。裾《すそ》からのぞいたズボン下の脚は、女もののサンダルをつっかけていた。

「つかぬことを伺います。ほかでもありませんが、あなたは週刊誌に、随筆家の関口さんに、『新世紀』という古い雑誌を、お譲りになるよう投書しておられましたね?」

するとと、野崎精三郎はますます妙な表情をした。

「はあ、そのとおりですが」

「それについてお訊ねしたいんです。今週の週刊誌を見ると、また関口さんの同じ文句が載っているのです。つまり、『新世紀』の二十四年十月号が欲しいというあれなんですが、野崎さんは、その雑誌を関口さんにお譲りになったのではないんですか？」

「失礼ですが」

と野崎精三郎は訊き返した。

「あなたは、どういう方なんですか？」

「失礼しました。わたしは、銀座のほうの会社に勤めている片山幸一と申しますが。実は、ぼくも偶然に同じ古雑誌を持っていたんですよ。あの関口さんの文章が出た週の次か次の週に、あなたの回答文が載っていたので、やはり同じ雑誌を持っている人もあるのかと思って拝見してたんです。すると、ふたたび関口さんがあれをお出しになったでしょう。あなたがお送りになったはずなのに妙だと思って、実は、そう言ってはなんですが、好奇心からお訊ねにあがったようなしだいです」

「そうですか」

野崎精三郎は、表情を柔らげた。

「実は、あれは関口さんにお送りする前に、いや、ちょうど、前日に、失《な》くなったのですよ」

「失くなった？　それはどういう理由《わけ》ですか？」

野崎精三郎は、返辞をちょいと迷っているようなふうだった。

「あれを関口さんに送ろうと思ったその矢先に盗難に遭《あ》ったんですよ」

やっぱりそうだったのか、片山幸一は心の中でうなずいた。

「ほう、盗難とおっしゃいますが、あの雑誌だけを泥棒は持って行ったのですか？」

彼はわざと知らぬ顔で訊いた。

「いいえ、そうじゃありません。盗られたのは、もちろん、金になる物です。つまり、金側の腕時計ですよ。こいつを持って行かれました」

「ははあ。その泥棒は、あなたが睡《ねむ》っていらっしゃるときにはいったのですか？」

「ええ、睡ってる間です。わたしも、家内も、何も覚えていないんですよ。腕時計は枕《まくら》もとに置いておきましたがね。そいつを盗んで行くんだから、よほど大胆な盗賊です。もっとも、うっかり眼を醒《さ》ましたら、どんな怪我《けが》をさせられたかもわからない、と言って慰めてくれる者もありますがね」

「なるほど。あるいはそうかもしれませんね。で、なんですか、盗られたのは、腕時計一個と、古雑誌だけですか？　どうも、この取り合せが妙だと思いますが」

「いや。そのほかに、ライターも盗まれましたがね。こいつはバーで貰《もら》ったものですから、ちっとも値打ちはないんです。金側時計はわかるとしても、なぜ、つまらないライターや古雑誌を持って行ったのか、泥棒の気持が判じかねますよ。おおかた、そのライターで煙草《たばこ》を吸いながら本を読もうという、洒落《しゃれ》っ気のある泥棒かもしれません」

「で、関口さんのほうには、そういう事情をお知らせになりましたか？」

「いいえ。知らせる前に、本人がここにやって来ましたよ」

「えっ、あの関口さんがお宅に見えたのですか？」

「そうなんです。実は、わたしの盗難事件は新聞に出ましてね。小さい記事でしたが、それを関口さんは読んだらしいんです。その新聞が出た、すぐその晩でしたが、わたしを訪ねて来られて、『新世紀』は盗難に遭ったのですか、とお訊きになりました」

「なに、それを関口さんから先に訊いたのですか？」

「そうなんです。ほかのことは言いませんでした。一番にそれを訊きましたよ。よほど、あの雑誌が頭にあったとみえますね」

「あなたがそれを説明すると、関口さんは何と言ってました？」

「泥棒のことを、いやに根掘り葉掘り訊いていましたよ。でも、わたしはすっかり寝込んでいて何も知らないんですからね。くわしいことは警察に行って訊いてください、と言うと、口の中で何かぶつぶつ言いながら帰って行かれました。そんな具合で、関口さんはあの古雑誌が手にはいらなくなったので、もう一度、週刊誌に同じ広告を出したのでしょう。あなたがお持ちだったら、関口さんに知らせて上げたらどうです。きっと、大喜びするに違いありませんよ」

その晩、片山幸一は「新世紀」を出して目次面を検討した。これで何回目かだった。

×東京裁判の歴史的反省。
×昭電・造船両疑獄の性格。
×政治資金の脱け道。
×マッカーサー元帥《げんすい》物語。
×反ファッショ思想と知識階級。
×戦後文学の新しい諸問題。
×新世代の新人物論。
×非米活動と非日活動。
×戦争責任の分析。
×初のチベット潜入記。

当時の雑誌だから、百五十ページくらいのうすっぺらなものだったが、これだけの項目が昭和二十四年「新世紀」十月号の記事のすべてであった。むろん、そのほかにも埋《うめ》草《くさ》的なコミ記事がないではないが、そんなものは問題ではない。

片山幸一は、また、その一つ一つをていねいに読んで行った。前にはおもしろくないので、投げて読まなかったものだが、今度は熟読した。

どの記事を読んでも、十数年前当時の世相が出ている。そのなかには歴史的な意義さえあるような一文もあったが、それとて、別に取り立てて特異というほどではなかった。

いったい、随筆家関口貞雄氏は、この雑誌のどの記事が欲しいのであろうか。しかも、関口氏の執心は一とおりではないようである。

野崎精三郎の盗難記事の出たその晩など、氏はわざわざ野崎を訪ねて来ているくらいだ。

ここで注目に値するのは、その関口氏は野崎宅に来て一番に、雑誌が盗られたのではないかと野崎に訊いていることだ。これはちょっと異常だった。

片山幸一が、会社であのハガキを書きかけたとき、ふと思いついた想像は、このことである確実さを加えたようだった。

野崎宅にはいった泥棒は、やはり、あの「新世紀」十月号が狙いだったのである。

それは、つまり、こう考えられないか。

――週刊誌に載った関口氏の一文と、それに回答した野崎の投書とは、だれかが読んで、重大な関心を寄せたのである。そのだれかは、いかなる人物であるかはわからないが、たぶん、「新世紀」十月号を関口氏に渡したくない人かもしれない。そこで、その人物が妨害を試みたのが、あの盗難事件ではなかろうか。

その人物が、直接に野崎の家に盗賊となって忍び込んだとは考えられないから、泥棒それ自身は、おそらく、その人物に頼まれて侵入を実行したのであろう。ただ、雑誌だけを奪って逃げたのでは奇妙だし、意図がわかるから、それをゴマカすために、眼についた金側腕時計とライターを盗んだのであろう。その指図《さしず》も、おそらく、その人物の計《はか》らいから、出たものと思える。

泥棒まで使って、その雑誌を奪った人物の存在は、すなわち、関口氏が雑誌の入手に熱心だったことと、それは表裏一体をなしているのだ。

では、それをその人物が盗ませた理由は、随筆家と同じように、その雑誌が彼に必要だったためだろうか。そのための横奪《よこど》りなのだろうか。

片山幸一は、この考えでもう一度、「新世紀」を読み直してみたが、やはり結果はわからなかった。

すると、第三者にはわからないが、当人同士だけにわかる大事なものが、この平凡な記事にあると思わなければならない。

この「新世紀」という雑誌は、とうに消えてしまって出版社も潰《つぶ》れているのだが、その奥付《おくづけ》を見ると、東京神田神保町《じんぼうちょう》××番地「新世紀社」となっている。むろん、現在は跡形もない。

片山幸一は、ふと、その奥付の出版社の名前と並んでいる編集責任者の姓名が眼に止った。

「本橋秀次郎《もとはしひでじろう》」という名前になっている。

何かの参考になるかもしれないと思って、片山幸一はその編集責任者の名を自分の手帳に写しておいた。

3

片山幸一は、翌《あく》る朝、電話帳を繰って、随筆家関口貞雄氏の番号を確かめた。そのとき、ついでに住所を見たが、大田区田園調布××番地となっている。

電話口に出たのは、最初、女中らしい声だった。

「片山というものですが、先生は、いらっしゃいますか?」

「はあ、今、留守ですけれど」

「いつごろ、お帰りになりますか?」

「さあ……あの、どういうご用事でしょうか?」

片山はちょっと考えたが、やはりこれは言ったほうがいいと思った。

「実は、先日、先生が週刊誌にお書きになった雑誌のことで、お話ししたいのです」

女中はよくわからないらしい。それを何度も大きな声で訊き返した。

すると、今度は別な女の声に変った。年配の感じだった。

「もしもし。かわりましたけれど」

片山は、それが評論家の妻だと知った。たぶん、女中の声を聞いて、途中から電話を取ったのであろう。

「何か主人の求めている雑誌のことでしょうか?」

その声も少し弾《はず》んでいた。

「はあ。週刊誌で読んだのです。ご入用の『新世紀』という雑誌は、ぼくが持っておりますので、そのことでお電話したのですが」

「それは、ご親切にありがとうございます。主人は、ちょうど今、外出しておりますけれど、わたくしが承っておきましょうか」

ふしぎなもので、その声を聞いたときに、急に片山幸一の気分が変った。今の今まで、随筆家が留守でも話だけはしておこうと思っていたのだが、途端にもう少し考えてみたい気になった。

「いえ、先生に直接お話ししたいんです」

と彼は言った。

「いつごろ、お帰りになりますでしょうか?」

「さあ。先ほど出かけまして、夜は何かの会合に回るらしいことを言ってましたから、遅くなるだろうと思います。あの、わたくしがお話を聞いておきましょう」

その声の調子で、関口氏の妻は夫の熱望している雑誌の一件を知っているらしかった。それに、その話し方から判断してどうやら出しゃばり女房みたいだ。片山は嫌気がさした。

「いいえ、先生に直接お話しします。明日でもお電話しますよ」

「もしもし」

と向うでは急《せ》き込んで訊《き》いた。

「ほんとうに、あなたさまはその雑誌をお持ちなんですね?」

「はい、持っています」

「週刊誌のほうに、その回答の投書をお出しになりますか?」

「いいえ、出さないつもりです。ですから直接にお電話したんです」

「関口がその雑誌をたいへん欲しがっているのです。もし、よろしかったら、こちらに来ていただけませんでしょうか。それとも、わたくしのほうから出かけてもよろしゅうございますが」

「今日は用事があるんです」

と片山は断わった。

「とにかく、明日、お電話します」

「もしもし。あの、お名前とお所をお知らせくださいませんか」

関口氏の妻は、このまま取り遁《に》がしたら大変だ、というようにあわてていた。

「名前ですか」

片山は考えたが、あとの都合で名前だけは知らせておかなければならないと思った。

「片山幸一と言います」

「片山さんですね。片方の片ですね」

「そうです」

「お所は？」

「とにかく」

片山幸一は意地悪く言った。

「明日、お電話します。今、急ぎますから、これで失礼します」

「あの、もしもし」

と先方は執拗《しつよう》だった。

「ほんとに、お電話くださいましね。お待ちしてますわ。明日でしたら、朝からずっと在宅しておりますから」

「わかりました」

「どうぞ、お願いします」

電話を切って、片山幸一は煙草を一服吸った。蒼《あお》い煙が、忙しい街頭の風景を斜めに切って匍《は》い上がってゆく。

――少しおもしろくなったぞ。

と思った。

あれほど熱心にあの古雑誌を求めているとは、よほどのことに違いない。謝礼も、最初思ったような四百円や五百円どころではなさそうだった。こちらから言い出せば、千円か二千円ぐらいは出してくれるようだ。

なにしろ、随筆家が直接に所持者の野崎精三郎のところへ飛んで行ったのだから、その熱望の程度がわかる。

新聞記事には、盗まれた品は金側腕時計としか書いてなかった。それなのに、関口氏は雑誌のほうまで早いとこカンを回しているくらいだ。

これは迂闊《うかつ》には渡せないぞ。渡したが最後、おしまいだ、と彼は思った。

片山幸一は、一応、電話をかけてみたものの、関口氏の留守がかえって幸いだったと思った。あのとき、関口氏が出たら、これだけのことを考える余裕はなく、すぐ譲り渡しの約束をしたに違いない。

片山幸一は、会社でその日を浮き浮きと過すことができた。

あの雑誌のことで、これから先、ちょっとした変化が起きると思うと、本当に愉《たの》しかった。こんなことぐらいで生甲斐《いきがい》を感じるのは、それだけ、自分の日常生活が哀れなのである。

ことだった。

片山幸一の目下の思案は、「新世紀」を随筆家に素直に渡したものかどうか、という
随筆家の女房の声でもわかるとおり、先方ではひどくそれを欲しがっているのだ。だが、彼が何度となく、「新世紀」の全ページを読み返してみたのだが、その理由となるような心当りの記事がない。先方の欲求の度合がどこか非常識な気さえした。

しかし、それは非常識ではないのだ。随筆家が盗難記事を読んで、所持者のところに直接すっ飛んだくらい、もともと、常識では考えられない何かがそこに隠されているのだ。

もし、あの雑誌をそのまま関口氏に手渡したら、彼は二度と「新世紀」の記事を調べることはできない。つまり、雑誌は手放しても、随筆家がどの記事を欲しがっているか、あとでも調べる手がかりを残しておきたいと考えた。

片山幸一は会社の帰りに神田のほうへ回った。

そして、古本屋街を一軒一軒のぞいて回った。ところが、古雑誌は積んであっても、「新世紀」みたいな屑物《くずもの》は一冊も見当らなかった。

「『新世紀』という雑誌はありませんか。昭和二十四年の十月号ですがね」

彼は店員たちに訊いた。

「さあ、生憎《あいにく》とおいてありませんが」

と言う者はいいほうで、

「そんなものはありませんよ」

と頭から突慳貪《つっけんどん》に口を尖《とが》らす店員もあった。結局、閉店時間が来るまで十数軒の本屋を歩き回ったのだが、無駄に終った。

阿佐ヶ谷の駅前で見つけた「新世紀」は、たぶん、あの立売りのおばさんが屑屋かどこかでタダみたいに貰《もら》って来たものに違いない。堂々たる古書店に並んでいるわけはなかった。おそらく随筆家の関口氏も、週刊誌にあの一文を出すまでは、古本屋を漁《あさ》り尽したことであったろう。その挙句に週刊誌の「告知板」を思いついたのかもしれない。

——どうも、あの本を関口氏が血眼《ちまなこ》になって欲しがる理由がわからない。

しかし、同時に、それはこういうことも言える。もし、自分の推察どおり、だれかが泥棒を使って、その雑誌を所有者から盗ませたとすると、随筆家関口氏以外にも、同氏と同じくらいに欲しがっている人物が存在していることになるのだ。

もし、その人物の名前がわかっていれば、片山幸一は一冊の本で大儲《おおもう》けをするところだった。つまり、値段を両方から吊《つ》り上げさせて、割のいいほうに売ることができるからだ。しかし、残念なことに買い手がはっきりわかっているのは、現在のところ、随筆家関口貞雄氏だけだった。

古本屋をどのように捜しても、二十四年十月号の「新世紀」がないとなると、片山幸一もこの雑誌を複写しておく必要を感じた。

もっとも古本屋は神田だけではない。広い東京中の古本屋を丹念に回れば、同じ雑誌を発見できないとはいえなかった。しかし、それにはたいそうな労力と日数が必要だ。

そんなことよりも、持っているこの雑誌から写しておくのが一番いい。

しかし、これもたいへんなことだった。薄いとはいえ百五十ページもある。二段に組んであるから、手で書き写すとなると、いつ、作業が終るかわからない。本をぱらぱらめくっただけでもうんざりする。

何か筆写以外にそのまま複製する方法はないかと考えた。

片山幸一は、翌る日、会社に出て社員のひとりに相談してみた。

その男はすぐ教えてくれた。

「リコピーがいいだろう。青写真で焼いたように、そっくり複写するやつだ」

「それを、専門に商売でやっているところがあるだろうね？」

「むろん、あるだろう。会社や銀行なんかでも頼んでいるからな」

その男は不思議そうな眼つきをした。

「いったい、君は何を写したいのかい？」

「いや、ちょっと……」

「おい、エロ物だったらおれにも分けてくれ」

片山幸一は、昼休みに交換台に行って、職業別電話帳を借りた。

片山幸一は、一時を過ぎると、借用伝票を書いた。

会計から金を借りるには、課長の承認の捺印《なついん》が要《い》る。

「ふん、何に使うんだい？」

課長はその金額を見て片山に訊いた。これまで、三千円とか五千円くらいの借金伝票を書いたことはあるが、一万二千円とまとまったのははじめてだった。

「はあ。実は、郷里《くに》のほうの叔母《おば》が入院すると言うものですから、少し送ってやりたいと思うんです」

片山幸一は答えた。

課長は大儀そうに判コをつくと、わき見をしながら片山に伝票を返した。

片山幸一は、それを握って会計課のほうへ行った。

現金を扱う男が、千円札を十二枚、三度もかぞえて渡してくれた。間髪《かんはつ》を入れず、彼の伝票の上には、郵便局で使っているような大きな判コで「前借」という字がぽんと捺《お》された。いやな気持だった。

片山幸一はその金をポケットに忍ばせて、自分の席に帰った。

これだけが古雑誌「新世紀」に賭《か》ける金だった。さっきリコピー屋に電話をかけて、おおよその代金をきいておいたのである。わずか二十円で買った原本に、一万二千円もの資金《もとで》を使うのである。

片山幸一は、これまで小刻みの借金はしたが、それもすべて自分の不如意《ふにょい》を補うものばかりだった。贅沢《ぜいたく》のために借りたものは一度もない。ところが、今度の借金は自分の身につくものは一つもない。

しかし、妙に今度は一万二千円の金が惜しくはなかった。これで丸損をした場合の覚悟もできていた。それは、つまり、こんな賭けでも、何か自分の人生に新しい可能性が生れるような気がしたからだ。

睡《ねむ》ったような、けだるい、焼砂のように乾《かわ》いた生活の中で、はじめて緑の色彩を感じたのである。もしかすると、莫迦《ばか》を見る結果になるかもしれない。しかし、もしかすると、彼の人生を変えるきっかけになるかもしれないのだ。

彼は、それから退社時間まで、いそいそとして仕事をつづけた。こんな張合いのある気分が、この社に入社して以来何度あったであろうか。

片山幸一は、社が退《ひ》けるとまっすぐに阿佐ヶ谷の下宿へ帰り、「新世紀」を摑《つか》んで、また神田のほうへ引き返した。そのリコピー屋は営業時間が七時半までということだったが、やっと辷《すべ》り込みで間に合った。

店には女の子がいた。片山は、古雑誌「新世紀」をカウンターの上に置いた。

「昼間、電話した者ですがね、この雑誌を全部複写して欲しいんです」

女の子と入れ替って、事務員の若い男が片山に向き合った。

「これを全部ですか」

その男は、古雑誌をぱらぱらとめくっていた。こんなものをどうして一万円以上も出して複写するのか、不思議そうな顔をしていた。

「そうです。全部、複写してください」

「全部というのは、ちょっともったいないですな」

事務員は言った。

「必要なところだけ、複写なさったらどうです？」

それがわかるくらいだったら、全部を頼みはしないのだ。

「みんな必要です。明日の晩まで、必ずやってください。金は、ここに置いておきます」

片山は内ポケットから、会計で借りたばかりの千円札を十二枚出した。

「昼間、電話であなたのほうに問い合せたら、一万一千二百円ということでした。そうでしたね？」

4

片山幸一は、神田から有楽町へまわって、例の喫茶店でコーヒーを喫《の》んだ。

喫茶店では、相変らず新聞社の連中が五、六人来て、大きな声で話し合っていた。

記者たちは、おもしろそうに知名人の噂《うわさ》をしていた。

片山幸一は、今夜も聞くともなしにそんな話を聞いているうちに、ふと、随筆家の関口貞雄氏のことが頭に泛《うか》んだ。

そうだ、関口氏のことは、もっと知っておく必要がある。あの雑誌を取り引きするにしても、彼の性質なり、生活なりの知識を仕込んでおくことは大切だ。それは、あの「新世紀」を欲しがっている原因にも見当がつくことになるかもしれない。

ここに来ている新聞社の連中の中には学芸部の者もいるようだから、そういう人間に訊《き》いたら、関口貞雄氏のこともわかるはずなのだが、これまでのゆきがかりで、急にこちらから頭を下げて話しかけることもできなかった。

随筆家としての関口貞雄氏はそれほどの売れっ子ではない。しかし、かつてはよくいろんな雑誌に軽妙な筆つきで社会現象や時事問題など解説的に書いたりしていたように思う。

片山幸一は、いい考えを思いついた。

学校の同期生だが、村山という男がいる。彼はいま某新聞社の学芸部に勤めているが、ときたま、銀座などで往き遇《あ》うことがあった。そのつど、格別話もしないでお互いに別れるのだが、片山は、この村山という男があまり好きでなかった。というのは、村山はいかにも新聞記者気どりの男で、ちょっと立ち話をしただけでも、身ぶりに特別な臭みがある。この喫茶店に来る新聞記者のなかにも同じような者はいたが、ことに村山の話し方はハッタリが強い。

しかし、この場合、村山以外には関口氏のことを訊く適当な人物がいなかった。仕方がないので片山は我慢して村山に会うことにした。

新聞社に電話すると、村山はちょうど在席していた。

「よう、珍しい人から電話がかかって来たね」

村山の声は、最初から高慢な響きを聞かせた。

ちょっと話したいことがあるから、近くの喫茶店ででも会ってくれないか、と言うと、

「そうかい。何の話か知らないが、とにかく、今から行くよ。ちょうど手が空《す》いているときだからね」

と自分から喫茶店を指定した。

それは、有楽町駅の近くにあるしゃれた喫茶店だった。若い女の子が多い。こんなと

ころにも村山の趣味が見える。

まずいコーヒーを半分ぐらい喫んだころ、村山が肩を怒らしてはいって来た。

「よう、しばらく」

彼は突っ立って上からニヤリと笑うと、片山の前に腰をおろした。

落ち着きのない男で、

「きみ、きみ」

と通りがかりの女を外人のように指先で招く。コーヒーを注文しながら冗談口をたたいている。女の子もニヤニヤしながら、村山と応酬していた。ここでは顔だ、と言いたいような村山のつまらない虚勢が見えていた。

「どうだい、景気は？」

「いや、相変らずだよ」

片山幸一は、頭をごしごし掻《か》いた。

「しかし、君なんかぼくと違って、うらやましいよ」

片山幸一は、自分を圧《お》し殺して追従《ついしょう》を言った。

「どうしてだい？」

村山は、眼もとに自然とうれしげな笑いをこぼした。

「だって、ぼくなんかと違って、君などは自分の実力で華々《はなばな》しく活動ができるんだもの。

そして、有名人なんかとつき合って、ますます自己の向上ができるんだからね」

「そう言えば、そう見えるかもしれないね。普通のサラリーマンよりは、少しましかもしれないな」

村山は、自分の優越を隠さなかった。

片山幸一は、村山の満足を見届けて切り出した。

「実は、今日、君と会いたかったのは、少し教えてもらいたいことがあってね」

「何だね？　ぼくでわかることかい」

村山は、鼻をふくらませて烟《けむり》を吐いた。

「随筆家に関口貞雄という人がいるだろう？」

「ああ、いるいる」

「その人のことを、ちょいと訊《たず》ねたいんだ」

「ほう。また妙なことを訊きに来たんだね」

村山は、ちょいと口を歪《ゆが》めて笑った。

「何かあったのかい？」

「いや、べつに何もない。ただ、ぼくの会社で、今度、ＰＲパンフレットを出そうと思ってね。それで、著名な人に何か短い文章を書いてもらおう、というわけだ。あまり売れっ子でも何だからというちに、関口さんの名前が挙《あ》がったんだよ」

片山幸一は、適当な口実を述べた。

「ふうん」

村山は、顎《あご》を仰向けて煙草《たばこ》の先を天井に向けていた。それは、関口貞雄という名前を聞いてバカにしているような顔つきだった。

「それで、関口さんという人がどういう人か、君に教えてもらいたかったんだよ」

「なんだ、そんなことか。そりゃ簡単だよ」

村山は、煙草の灰を皿に叩《たた》いた。

「関口貞雄は、一口に言うと、重宝な随筆家だ。君も彼が書いたものを読んでるだろうが、甘いものさ」

村山は、横柄《おうへい》な解説をした。

「しかし、筆は軽いし、一応読ませるので、以前は、よく使われた。うちの社でも二回か三回、短いものを書かせたことがあるがね。近ごろは評論めいた方面にも店開きして、肩書が随筆家になったり評論家になったりしているが、なあに、評論のほうはてんでつまらん」

村山は、コーヒーの残りを啜《すす》った。

関口貞雄という男については、こんなことを訊きに来たのではなかった。もっと深いことを知りたい。が、さて、それをどういうふうに質問していいか、すぐには見当がつかず、考えるためにやや間《ま》をおいた。

「関口さんの文章はぼくも読んでいるが、彼は主《おも》にどんな雑誌に拠《よ》っているのかね？」

片山幸一は、そんなことからはじめた。

「たいしてないね」

村山は、即座に答えた。

「あれくらいの男じゃ、とくにどこの雑誌社が大事にしているというわけでもない。たとえば、評論家だったら、大体、根城となるような雑誌があって、よく××社系などといわれるだろう。ところが、関口貞雄の場合はそれほどの特殊性もない。頼まれればどこにでも書く、といった男だ」

村山はそこまで言って、ふと気づいたように、

「待ってくれよ」

と考えるように眼を宙に止めた。

「そういえば、最近、『情勢通信』によく書いてるようだな。なあに、内容は見ないが、小さな新聞広告か何かで名前を見たことがある」

「『情勢通信』？……聞いたことがあるようだな」

片山幸一は、首を傾《かし》げた。

「ああ。柿坂亮逸《かきさかりょういつ》がやってる雑誌だ。雑誌といっても、ほとんど本屋の店頭には並ばないようなシロモノだがね。まあ、柿坂のカンバンみたいなもんだろう」

片山幸一は、柿坂亮逸の名前を知っていた。ある意味で有名な人物なのである。

柿坂亮逸は、以前にはたしか一度ぐらい代議士に出たことがあった。元来、保守党の系列だが、長い間、会社専門に情報売込みめいたことをやって来ている。月刊「情勢通信」というものも一般の読者を対象とせず、会社関係に売りつけているのだった。もっとも、購読料などは問題でない。狙《ねら》いは別のところにあった。こういう点は、官庁や各会社にはいっている業界紙と選ぶところがない。

柿坂亮逸は、数年前に恐喝《きょうかつ》で二度ほど検挙されたことがある。そんな理由もあって、保守党内部からも批判されたりして、代議士を諦《あきら》めてからは政党色が薄れて来ていた。もっとも、これは表面のことで、裏面の動きは必ずしもそのとおりではない。たとえば、派閥争いなどが表面化すると、月刊「情勢通信」には、一方を中傷し、一方の肩を持つような記事が現われたりする。

以上、柿坂亮逸については、片山幸一の乏しい見聞でもこれくらいの予備知識はあった。

柿坂亮逸をもっとも有名にさせたのは、過去に二つの汚職事件を書きたてていることである。

一つは、まだ占領時代だったが、八光《はっこう》産業事件というのがあった。これは、その融資銀行である地方銀行の乱脈から糸口を発し、社長の横領、つづいて政界筋への献金が暴露されたことだ。

もう一つは、不二《ふじ》化学肥料事件で、これは八光産業を数段うわ回る疑獄だった。当時、化学肥料の復興は焦眉《しょうび》の急だった。不二化学の社長は、敗戦で荒廃した工場を復興させるため、政府に特別融資機関の設置を運動していた。つまり、化学肥料は国家的事業であるから、長期にわたる低利の高額貸出しの立法化を狙ったのである。そして、この法案通過のために、政界有力筋に莫大《ばくだい》な運動金をばら撒《ま》いた。

これを暴露して華々しく攻撃したのが柿坂亮逸であった。


この二つの疑獄は、当時、世間を騒がしたものだが、これについて柿坂亮逸の談話が新聞に載ったことがあった。片山幸一は、それも憶《おぼ》えている。

談話というのは、柿坂亮逸がその事件を察知したのが偶然のことからだという。彼は月刊「情勢通信」を出してはいるが、実際は柿坂経済研究所というのが本体である。ここでは、日本経済の情勢分析を絶えず行なっていて、そのためには所長直属の「考査室」がある。これは政財界の動きを情報資料として調査する機関だが、二つの疑獄事件は、実にこの「考査室」から偶然にわかったのだ、というのである。

柿坂経済研究所は、政治的なものではなく、経済情勢判断が主たる目的で、その疑獄事件の発端も、経済資料収集中に数々の不審が偶然入手されたので、その点だけを細密に精査すると、一民間会社と官僚と政界とを結ぶ醜聞の一端が捕捉《ほそく》されたというのであった。

柿坂亮逸がその機関誌「情勢通信」にしきりと書きたてたのは、それからである。もっとも、世間で噂するところによれば、政界の一部、つまり、反対派のほうから柿坂に相当金が出たともいわれていた。が、とにかく、柿坂亮逸はそんなことで一どきに世間に名を知られたのであった。

「情勢通信」は、本屋にも並んでいないくらいだから、片山幸一はあまり読んだことがない。しかし、関口貞雄に随筆を書かせるくらいだから、とにかく、特別な雑誌とはいえ、読物も入れているのであろう。

いま、村山から話を聞いたとき、片山幸一は、これだけのことが一どきに頭にはいった。

それ以上のことは、村山にもよくわからないらしい。

「しかし、君、関口なんかは、頼まれれば、どこの雑誌だって書くよ。彼が特に経済知識を持ってるというわけでもないし、柿坂の『情勢通信』が関口貞雄にぜひ原稿を頼まなければならない必然性もないようだ。いわば、彼は何でも屋の随筆家だからな。便利大工みたいに重宝に使われているというだけだ」

結局村山の知識というのは、反り身《そみ》になって最後に洩《も》らしたこの一言に尽きた。

片山幸一は、村山の分まで払って喫茶店を出た。

「どうも忙しいところすまなかったね」

片山は礼を言った。

「いや、そんなことぐらいはわけはないよ。また何か訊きたいことがあったら、電話でもかけてくれたまえ」

村山はそう言って大股《おおまた》に立ち去って行った。

片山幸一は、村山と別れてからも関口貞雄と柿坂亮逸の結びつきについて考えた。

もし、「新世紀」のことがなかったら、片山幸一も村山の意見のとおり、関口貞雄が「情勢通信」などに随筆を載せても異とはしなかったであろう。

だが、昭和二十四年十月号の「新世紀」を欲しがっている関口貞雄となると、少し考えねばならなかった。明らかに、関口氏はその古雑誌を資料として欲しがっている。氏は、その資料をどこに使う目的であのように熱望しているのか。いろいろな雑誌に書く関口氏のことだから断定はできないが、どうやら、柿坂の「情勢通信」のためのような気がする。

片山幸一は、その翌日洋傘会社が退《ひ》けると、その脚でリコピー屋に急いだ。

「昨日、お願いした雑誌の複写はできていますか？」

出て来た女事務員に言うと、彼女は無表情な顔で、すぐに大きな封筒を眼の前に出した。封筒の中は、百五十ページの「新世紀」の複写が分厚く重ねられている。

片山幸一は、リコピーを二、三枚封筒から抜き出して見た。なかなかよくできていた。ひじょうに鮮明だ。さすがに専門のリコピー屋だ、と片山幸一は感嘆した。

「はい、これがお預りした原本でございます」

女事務員は、古雑誌の「新世紀」を出した。

片山幸一は、その全部を風呂敷《ふろしき》に包んで小脇《こわき》に抱《かか》え、外へ出た。

街には人びとが歩いている。が、今夜の彼の眼には、この平凡な街頭風景がかなり違った世界に映った。彼の気持が、また一段と可能性を目指して弾んでいたからである。

自分の背丈《せたけ》まで急に伸びてきたような気がした。

5

片山幸一は、関口貞雄氏にいよいよ会いに行く段取りになった。

二度目の電話をかけたとき、今度は関口氏が在宅していて、すぐに取次者と代った。

「あなたのことは、家内から聞きましたよ。ぼくは、あれ以来、あなたからお電話があると思って、実は、ずっとお待ちしていたんです」

関口貞雄の声は、受話器に響いた。よほど彼のかけた電話が待ち遠しかったに違いない。

無理もない。最初、関口の女房に電話をしてから二日間経《た》っているのだ。その間、例の雑誌を複写屋にやっている。

電話で話して、すぐ関口氏の家に行くことを決めた。

「待っていますよ。ぜひ、来てくださいね」

関口氏は、何度も念を押す。このまま、また取り逃がしてはならない、といったような焦《あせ》りがみえていた。

随筆家の家は田園調布にあった。

駅で降りて、煙草屋の店先で訊《き》いた。

「あら、関口さんの家なら、こっちですわよ」

煙草屋の隣が犬屋になっている。その前で、コリーを連れた、真赤なセーターに黒いスラックスを穿《は》いた女が教えた。

片山幸一は、その道順どおりに歩いた。この辺は高級住宅地になっていて、いかにも裕福そうな家が並んでいる。自家用の高級車も絶えず走っていた。

ところが、関口貞雄の家は、同じ高級住宅地といっても、道をだらだら降りて、右に曲ったり、左に曲ったりして、奥まった小っぽけな家だった。広い邸《やしき》ばかり見てきた眼には、ひどく貧弱そうに映る。

玄関のベルを押すと、格子戸《こうしど》が開いて、四十ぐらいの肥《ふと》った女が出て来た。

「あら、あなたが片山さん？」

彼女は皺《しわ》の多い眼で彼を見つめた。

「ご苦労さん。さあ、お上がりください」

関口の妻は、片山を応接間に通した。応接間といっても、時代遅れのマントルピースと、使い古した応接セットが置いてあるくらいだ。六畳の間ぐらいの広さで、床にはそれでも薄い絨毯《じゅうたん》が敷いてあり、壁には本が積まれてあった。

「お電話をいただいて、すぐにあなたが見えるかと思って、ずいぶん、主人《うち》もお待ちしてたんですよ。で、雑誌は持って来ていただけたの？」

「はあ、ここにあります」

片山幸一は、風呂敷包みを見せた。

「いま、すぐ、主人を呼んで来ますからね」

女房は、廊下をばたばたと走って行った。

ほとんど同時に別なスリッパの音が聞えて、応接間にはいって来た。

関口貞雄氏は、痩《や》せて背の高い男だ。髪はもう半分白くなっている。眼窩《がんか》も頬《ほお》もすぼんでいる。咽喉仏《のどぼとけ》がいやに飛び出ているのが、最初に目立った。

近眼らしく、眼鏡の奥から眼をチカチカさせて片山幸一を見た。

「やあ、お待ちしてましたよ」

関口氏は低い声を出した。電話で聞いたときには高い声だと思っていたが、生《なま》の声は低く細かった。

「どれどれ、さっそく、拝見しましょうか?」

「はあ」

片山幸一は風呂敷を解いて雑誌を出した。見馴《みな》れた「新世紀」の表紙が、自分の眼ながらいやにもったいぶって映った。

随筆家は、その本を手に取ると、いち早く表紙の月号を確かめ、目次を開いた。

それから、それを折りたたむと、気忙《きぜわ》しそうにページを繰った。

片山幸一は、それをじっと見つめていた。いったい、どの辺に関口氏の興味があったのか。本の開き方で見当をつけようとした。すると、関口氏がページを開いたところは、こちらから見て、ほぼ本のまん中どころだった。

だが、関口氏は、眼鏡の奥から本の活字をちらりと眺《なが》めただけで、たちまちそれを閉じた。おそらく、読まないでも、一目見ただけで、自分の欲しいものが載っているかどうかがわかったのであろう。

「確かに、この本です」

と関口氏は安心したように言った。

「いや、わざわざ届けてくださってありがとう」

そこへ女房が紅茶を持ってはいって来た。彼女は、茶碗《ちゃわん》を片山の前に置きながら、関口氏のほうを向いて、

「あなた。間違いありませんの？」

と訊いた。念を押しているような言い方だった。

「ああ、間違いはない」

「そう」

茶碗を置くと、女房は勝手に雑誌を取り上げ、自分でめくっている。

「やっと、手にはいったよ」

と随筆家は女房と片山の顔を半々に見た。

「いや、この雑誌がなくてね。ずいぶん、捜したんですよ」

と関口氏はやはりおとなしい声で言った。

「おかげで助かった。なに、ちょっと、参考に見たくなってね。まえにはこんな雑誌なんか、いくらでもあったんだが、いざ、必要となると、見つからなくてね。ありがとう。ところで、ええと、あなたの名は？」

「片山幸一といいます」

「そうそう、片山君でしたね。お礼はいかほど差し上げたらよろしいでしょうか？」

片山幸一は下を向いた。

「いえ、お礼などは要《い》りませんよ。どうか、そんな気遣《きづか》いはなさらないでください」

「しかし、そりゃ、君」

と随筆家は言った。

「こちらが困りますよ。ああして週刊誌にもはっきり、お礼を差し上げると書いてるのだし、欲しいものが手にはいったのでこちらとしては大助かりなんですよ。どうぞ、遠慮しないで、いかほど差し上げたらいいか、おっしゃってください」

「ほんとに、それは結構です」

「だって、それじゃ悪いわ」

と女房が高い声を出して間にはいった。

「わざわざ持って来ていただいたのだし、ほんとに、ご希望をおっしゃってくださいましよ。ねえ、あなた」

「うむ、それは言ってくださらないと、困るんですよ」

関口氏はおだやかな調子で言った。

「いいえ。こんなものですから、お礼をいただこうと思って上がったのじゃありません」

「そりゃそうでしょうが、そいじゃア、こちらの気持がすまないんです。欲しいものは相場がないと言いますが、ほんとに、これがぼくの手にはいったのはありがたいんですからね」

「ほんとに結構なんです。ぼくはそのつもりでお届けしたのじゃありませんから」

「いや、君の誠意はよくわかりますよ。じゃ、お金で受け取っていただけないとすると、何か適当なお礼をしようか？」

関口氏は、あとの言葉を女房のほうを向いて言った。

「そうですね。ここまでわざわざお出《い》でいただいたんですもの」

「ぼくは、先生のお書きになったものを拝見して、ファンなんです。ですから、こういうことがお役に立てばほんとにうれしいんですよ。ただ、それだけです」

「そりゃどうもありがとう」

関口氏はうれしそうに言った。

「ねえ、あなた」

と女房は亭主に言った。

「何かご希望のものをおっしゃっていただいて、それを差し上げたらどうかしら？」

「そうだな」

関口氏は妻に柔順だった。

「いえ、結構です」

片山幸一は、それも辞退した。

関口氏は、ちょっと困ったような顔をして、片山の風采《ふうさい》をじろじろと見た。片山は一体に、洋服のほうは割合に凝《こ》るほうで、少ない給料は、いつも洋服代の月賦《げっぷ》に追われている。

しかし、今日着て来たのは、くたびれた古い服のほうだった。

「君。どこかに勤めているの？」

関口氏は、その洋服のみすぼらしさに気がついたのか、そう訊いた。

「はあ。申し遅れましたが、こういうところに一応勤めてはいます」

彼は名刺をポケットから取り出して、机の上に置いた。

関口氏はそれを手に取って読んでいたが、

「洋傘会社ですか」

と名刺から顔を上げた。横に立っている妻が、さっそく、その名刺を手に取った。

「はあ。ちょうど、格好なところがなかったので、仕方なしにそういうところで仕事をしています」

「そう。どうです、仕事はおもしろいですか？」

「いえ、全然、駄目です」

片山幸一は、今度ははっきりと首を振った。

「辞《や》めようと思ってるんですが、ほかにこれという行き場所もないので、仕方なしに勤めてるような具合です」

「給料が安いんですか?」

「はあ。給料も安いんですが、だいたい、そういう仕事が性に合わないのです」

「洋傘会社ですか。そこでどんなことをなさってるの」

女房がまた割ってはいった。口もとにうすい笑みを泛《うか》べていた。

「帳簿を付けたり、算盤《そろばん》を弾《はじ》いたりする仕事です」

「給料も安く、気の乗らない勤めでは、つまらないだろうな」

随筆家は同情したように一言洩《も》らした。

この言葉で、片山幸一は、狙《ねら》っている機会がようやく来たと思った。

「先生」

彼は力強く顔を上げて切り出した。

「先生は、あの『情勢通信』にご寄稿なさっていらっしゃいませんか?」

「ああ、してるけれど」

関口氏は、ちょっと近眼を大きくして片山の顔を見た。

「ぼくは、実は、そういう世界の仕事がしたいんです。洋傘会社じゃ全然死んだようでつまりません。先生、もし、よかったら、ぼくを『情勢通信』の編集部に紹介していただけませんか。いえ、採用していただくことはご先方の意志でしょうが、とにかく、『情勢通信』の責任者の方に紹介していただくだけで結構です」

関口貞雄氏は妻の顔を見た。それは、片山が突然言い出したことに、当惑して、妻に相談する眼つきだった。

片山幸一は下宿に帰って、さっそく、雑誌の複写を取り出した。

関口氏のところでその雑誌を出したとき、氏は、いちはやく、雑誌の真ん中あたりを開いた。随筆家が欲しいところは、どうやら、その辺《あた》りにあるらしい。

あのとき、片山はよほど、先生の捜している記事はどれでしょうか、と訊くところだった。が、初対面のことだし、迂闊《うかつ》に言って警戒されるよりも、黙っているほうが賢いと思った。相手には、その質問で警戒しそうなだけの雰囲気《ふんいき》がある。

さて、リコピーにした雑誌の写しをとり出し、ほぼ雑誌の真ん中辺りに当るところを調べてみた。

すると、それは、「反ファッショ思想と知識階級」「非米活動と非日活動」「新世代の新人物論」がそれに当る。この三つとも、片山が、前にさんざん読んだものだった。しかし、そのへんを、何度読み返しても、随筆家がとくに欲しがるような記事はなかった。が、今、随筆家が関心をもっていると思われるページの見当がついたので、改めてもう一度そこを詳細に読んでみた。

だが、今度も彼は失望した。やはり、新しい発見はなかったのである。「反ファッショ思想と知識階級」にしても、今から考えると、さほど目新しいことは書かれていない。「非米活動と非日活動」は、アメリカにおける当時の非米活動を日本に適用したときの仮定を書いたもので、今から見ると時代遅れの文章だった。「新世代の新人物論」にしても、そこに取り上げられている五人の人たちは、あれから十年以上も経《た》った今日、もはや常識的な人物論でしかない。そこに登場している五氏は、現在各界で活躍している人たちで、この雑誌が発行された当時こそ新人物だが、今では世間に知れわたっている名士で、したがって、その記事も常識的だ。新人物論と言っても、いわば、一種の経歴紹介みたいなもので、つまらないものだった。

片山はここで思い当った。もしかすると、関口氏は、かえって自分の意図を見抜いて、わざと違ったページを開いて見せたのではなかろうか。自分の求めている記事の載った雑誌は、関係のないところを開いても、まさにその雑誌であることは確かめられるのだ。

片山幸一は、それを突き止めるには、もう少し様子を見なければわからないことを悟った。

まあ、そんなことはあとにしよう。

とにかく、今日、関口氏を訪問して、どうにか自分の希望を述べる段取りまで行ったわけで、この職業転換のもくろみはまんざら見込みがないでもない。関口氏は、あの出しゃばりの女房に万事牛耳《ぎゅうじ》られているようだ。これはおもしろい発見だった。

あの調子では、女房がマネージャーみたいな格好で、関口氏のすべてを管理しているようである。たとえば、雑誌社などから原稿の依頼があっても、それを引き受けたり断わったりするのも女房の一存のようだし、ことによると、原稿料の交渉から集金まで、あの女房ならやりかねない。

あのとき、片山が希望を述べると、女房のほうがどうやら積極的に片山の言うことを取り上げてくれたようだった。

（ねえ、あなた、××さんに話してみたらどう？）

女房は関口にそう言った。この××さんというのはよくわからなかったが、どうやら「情勢通信」の幹部の名前らしかった。関口は気弱な顔をして、

（そうだな）

と腕を組んでうなずいていた。

（じゃあ、君、とにかく、先方にそう話しておくよ。先方だって人が要《い》るか要らないかわからないが、ぼくが口をきくだけはきこう）

関口はそう約束してくれた。

だが、それだけではどうも弱い。これは、関口氏をつつくよりも、あの出しゃばりの女房のほうを動かしたほうが効果的だと思った。

——明日さっそく、もう一度、関口氏宅を訪問して、あの女房の気に入りそうな物を手土産《てみやげ》に置いて来よう。

6

片山幸一は、会社の昼休みを利用して関口氏のところへ行くことにした。

昼休みといっても、十二時から一時までの間だ。一時間で田園調布を往復できるわけはないが、こうなったら、社の仕事よりも、自分の目下の希望のほうが大事である。

関口氏の女房に何が気に入るかと、いろいろ考えたが、結局、果物にすることにした。彼は、銀座へ出て、S屋の果物籠《かご》を買うことにした。一流の店で買ったほうがハッタリが利《き》いて、あの女房を悦《よろこ》ばせるだろう、と思ったからだ。

彼は地下鉄に乗って渋谷に行き、東横線に乗り換えた。田園調布で降りて、昨日知った道を歩いて、関口氏の宅のブザーを押した。

玄関に出て来たのは女中だったが、やがて女房に代った。

「あら」

今日の女房は、昨日と違って、セーターの上にエプロンをつけている。そのエプロンも派手なデザインで、なかなか「文化的」な服装だった。

「昨日は、どうも失礼しました」

片山幸一は、重い手土産を玄関脇《わき》に置いて、挨拶《あいさつ》した。

女房は、ちらとそのほうに眼を投げ、

「あの、主人はいま、仕事中なんですけれどね」

と笑顔で告げた。

「いえ、先生にはお目にかからなくても結構です。昨日はじめてお邪魔をして、とんだお願いをしたので、今日、改めてご挨拶に伺ったしだいです」

彼は、女房へていねいにお辞儀をした。

「まあ、そんな。わたしのほうこそ、あなたのおかげで助かったのですわ。いまも主人が、あの雑誌のおかげでようやく、仕事にかかっております」

「お役に立って、わたしもお持ちした甲斐《かい》がありました。これはつまらないものですが」

片山幸一は、果物籠を手で押した。

「あら、そんなことなすっちゃ困るわ。なにも、あなた、わたしのほうがお世話になっているのに……」

「いいえ、昨日突然伺って失礼しましたから、今日伺わないと、どうも気がすまなかったのです。それでは、先生によろしくお伝えください」

「あら、もう、お帰りになりますの？」

「はい。会社の昼休みに、ちょっと伺ったものですから……」

「でも、ちょっとぐらいはいいでしょ？　せっかく、ここまで見えたんですから、お茶でも召し上がっていらっしゃいよ」

「はあ。でも……」

「まあ、いいじゃありませんか」

女房は、鷹揚《おうよう》な微笑を見せながら片山を誘った。

片山は、仕方なさそうな格好をつけて、恐縮したように靴を脱いだ。

片山は、昨日と同じ応接間に通された。

その間に女房が呼びに行ったらしく、関口氏が和服のままでのっそりと現われた。

「昨日は、どうも失礼しました」

片山幸一は、椅子《いす》から立って低く頭を下げた。

「いや」

女房がうしろからはいって来て、

「あなた、頂戴物《ちょうだいもの》をしたのですよ」

「そうか。そりゃ気の毒でしたね。しかし、君。そんなことをしてもらうと困るから、これからは、そういうことなしにしてくれたまえ」

関口氏は、片山幸一がなぜ出直したかを知っている。氏の顔には、ちょっと当惑げな色が出ていた。妙なきっかけから就職の依頼を引き受けたが、あまり自信がなさそうである。

「あなた、『情勢通信』のほうは、何とかなりそうなの?」

「うん、ああ。今日、だれかが来ることになっている」

もそもそと口を動かした。

「そう。じゃ、ちょうど、都合がようござんすね」

女房は、ちらりと片山を見返した。片山はすかさず、

「どうぞ、よろしくお願いいたします」

と両方にお辞儀をした。

いまの仕事が嫌《いや》で嫌でたまらない、何とかそちらのほうに新転換を求めたいという熱意を夫婦の前で十分に見せたいのだ。

関口氏は、忙しいから、と言って中座し、あと、ちょっと女房のおしゃべりを聞いてから、片山は関口邸を辞去した。

外に出てからも、女房の声と顔とがまだ眼の前から離れなかった。上品ぶってはいるが、相当なやり手らしい。

片山幸一が駅の前まで来たとき、犬屋の前で、買物の途中らしい婦人たちが二、三人、店先の犬を眺めていた。片山もつられて、そのうしろから覗《のぞ》きこんだとき、一台の大型車が彼のうしろを通り過ぎた。

片山がその漆黒《しっこく》の車体を見送っていると、それは関口宅のほうへ行く角を曲った。さきほど、関口氏が、今日は「情勢通信」の人が来ると言っていたが、いまの車がそれかもしれない。犬を覗いていたので、どういう人物が乗っていたか定かにわからなかったが、もし、いまのがそれだとすれば、早ければ今日のうちに自分の話が決るような気がした。

といって、片山幸一には、「情勢通信」の編集などに大して魅力があるわけではなかった。もともと、それほど売れる雑誌ではなし、いわば二、三流誌なのだ。が、そんなことよりも、柿坂亮逸の下で働くということに魅力があった。

柿坂亮逸は、ある意味で問題の人物だった。彼に対する世間の評価は、毀誉《きよ》相半ばしている。社会悪を剔抉《てっけつ》する正義漢だ、と言う者もあれば、あれは見せかけのインチキで、実は恐喝《きょうかつ》を働いている悪漢だ、と評する人もある。

しかし、どちらにしても、柿坂亮逸の名前は一種の惑星的な感じを世間に与えていることに変りはなかった。

正義漢にしても、恐喝者にしても、柿坂が現在日本の社会深部に密着して生存している人物だということは、だれの見るところも同じだ。

片山は、そういう人の下で働いて、思う存分、自分の実力を試《ため》してみたかった。いいにしても、悪いにしても、とにかく、自分の実力がそこではふるえる。いままで新聞などで読んでいて、縁もゆかりもないと思われる世界に、自由勝手に歩けるのだ。洋傘会社で一日中、ソロバンをはじいているのとはなんという大きな違いだろう。悪にせよ、善にせよ、男の生甲斐があるし、刺激がある。

しかし、ふと、片山は何か自分が一つ打つ手を忘れているような気がした。考えてみると、いま自分が打っている手は、関口氏に頼んでいるだけだ。それだけでは、どうも心もとないようだ。ほかにもう一つやることがあるはずだ。

それは週刊誌の告知板で関口氏の求めに応じた人が盗難に遭《あ》ったときに、考えたことなのだ。あとで何かの参考になると思って控えておいたのが、「新世紀」の編集長の名前である。

もし、関口氏の熱望している資料が、氏の生《なま》ぬるい随筆の参考という以上に、何か重要な意味をもっているのだったら、これは探っておかなければならない。

目下のところ、それが「新世紀」の記事のどれかはわからないが、いずれにしても、当時の編集長さえ捜し出して捕《つか》まえておけば、これはさらに有利な条件を握ったことになる。「情勢通信」の就職が駄目になっても、こちらで真相を知っておくことは大切だ。何かの役に立つかもしれない。

また、事実を知らないで柿坂氏のところにはいるよりも、知ってはいったほうがずっと有利なのだ――。

どうも、何かを忘れていたと思ったが、やはりこういう大事なことを一本抜かしていた。

片山はポケットから手帳を出した。あの古雑誌の奥付《おくづけ》から、出版社の住所と編集長の名前とを控えている。編集長は本橋秀次郎という人だった。

社に帰ったときは、二時半になっていた。

片山幸一は社を早退した。

昼休みに二時間半も外に出て、帰りを一時間早く出たので、午後の実働時間は二時間だった。上役は睨《にら》んだが、もう、こういうところにいる気もしない。一度、腰が浮いたら、仕事に身がはいらなかった。

早退《はやび》けしたのは、その本橋秀次郎なる人の現在を調べるためだった。

これは、雑誌の「新世紀」当時のことから手がかりを求めてゆかなければならぬ。そういう出版事情などは、連絡機関で出版同友会というのがあって、そこに行けばたいていのことがわかることを知った。これは、彼が本屋に寄って、そのおやじから聞き出したことである。

社が終ってから行ったのでは、その出版同友会の事務所も閉《しま》ったあとに違いない。出版同友会の建物は、九段上《くだんうえ》の電車通りを北にはいったところだった。

その看板の掛っているところは、三階建の小さな建物だった。なかにはいると、事務員が四、五人、机に坐《すわ》っていた。机の前には、大きな帳簿が並んでいる。

片山幸一が新世紀社のことを訊《き》くと、

「新世紀社ですって?」

と出て来た事務員が首をかしげた。

「さあ、そんな出版社がありましたかね。昭和二十四年というと、いろんな出版社が潰《つぶ》れたりできたりした時代だから、あまり小さいのはよくわかりませんよ」

と答えた。

「何か、記録みたいなものに残っていませんか?」

片山幸一は訊いた。

「そんなものはありません。もっとも、大きいところは別ですがね。そんな名もないような泡沫《ほうまつ》出版社は、わかりっこありませんよ」

ここで要領を得ないと、手がかりを失うので、片山幸一はもう一度押した。

「どなたか、その新世紀社というのをご存じの方はないでしょうか?」

「いったい、どういうことをお知りになりたいんですか?」

「その雑誌の編集長をしていた人で、本橋秀次郎さんという人の現在が知りたいのです。どこかの出版社に勤めておられるか、それとも、別な職業に変っておられるか、その住所も合わせてくわしいことを知りたいのですが」

「さあ、どうでしょう? ちょっと古い人がいますから、訊くだけは訊いてみましょう」

事務員は、奥のほうへ行った。

ここからは見えなかったが、別な部屋がそこにあるとみえて、やがて、頭の禿《は》げ上がった男が片山のほうへ歩いて来た。もう、五十を過ぎた年配で、色の黒い、皺《しわ》の多い男だった。

「本橋さんのことを知りたいとおっしゃったのは、あなたですか?」

彼は、言葉だけはていねいだった。

「そうです」

「何か特殊なご関係ですか？」

男は片山を見つめた。どうやら、本橋という男が不義理なことをして、その追及に来た人間ではないかと取っているようだ。

「いえ、べつに関係はないのですが、ただ、本橋さんに会ってお訊《たず》ねしたいことがあるんですよ」

「そうですか」

頭の禿げ上がった男は、ちょっと考えていたが、

「本橋さんはね、新世紀社が潰れてからは、しばらく、やはり神田の竜虎社《りゅうこしゃ》というところに替っていました。そこでは、『娯楽世界』という大衆雑誌の編集長をやっていましたよ」

「その竜虎社というのは、いまでも残っていますか？」

「いえ、それもとっくに消えてしまいました。もちろん、雑誌も失敗です。それきり、本橋さんは何をしてるのか、われわれにもわかりません。いい人でしたがね」

「だれか、本橋さんを知ってるという人に、心当りはありませんか？」

「一番新しいといえば、その竜虎社ですが、そこの社員がばらばらになってる現在、捜しようがありませんな」

そこまで言ったが、ふと思い出したように、

「そうそう、そう言えば、その竜虎社に勤めていた女が、いま、銀座でバーの女給をしてるとか聞いていましたね。その子がいれば、あるいは本橋さんのことがわかるかもしれません」

「その女の方の名前は、わかっていますか?」

「ええと、何とか言ったっけ……」

彼は、鉛筆の先で頭を叩《たた》いていたが、

「そうだ、長尾《ながお》智子《ともこ》という名だった。やはり『娯楽世界』の編集をしていたようです」

「銀座のバーは、何という名前の店でしょうか?」

「そんなことはわかりませんよ。それも風の便りに聞いただけですからね」

これ以上訊いても無駄だと思ったので片山幸一は礼を言って、そこを出た。

本橋秀次郎の現在を捜すのは、相当骨のようだ。時間をかけなければならないようだ。今日は、竜虎社という出版社と、「娯楽世界」と、長尾智子という女の子の名前を聞いただけで満足せねばならなかった。いや、これだけ知っただけでも一収穫だ。本橋の線はおもしろそうだ。

その晩九時ごろ、片山幸一の下宿に速達が届いた。関口氏からだった。

「今日、柿坂経済研究所の橋山《はしやま》義助《ぎすけ》氏に、君のことを話しておきました。橋山氏は、明日午前十一時に君に会いたいそうです。京橋の同事務所に行ってください。橋山氏は柿坂経済研究所の常務理事で、『情勢通信』の発行人でもあります」

7

柿坂経済研究所は、京橋の横丁にあった。

付近は、わりに大きなビルが並んでいる。その建物は三階建だったが、戦前のもので古びていた。入口には真鍮《しんちゅう》の看板が出ている。

片山幸一は、玄関をはいった。ひどくうす暗いところだ。傍《かたわ》らに机があって、若い瘦《や》せた男が坐っていた。机にはそれでも受付と書いてある。

「橋山さんにお目にかかりたいのです」

片山が言うと、受付の男は彼の名前を訊いた。

電話をかけて訊いていたが、

「三階の応接間へ上がってください」

と無愛想な声で言った。

片山幸一は、すぐ横に付いている階段を上がった。コンクリートのいやに冷えびえとした感じのする狭い階段だ。上がるときに下をのぞいたが、一階は営業部になっているらしく、ガラス越しに電灯が光っていた。

階段はすすけた壁に突き当り、また折れてゆく。傍らに雑巾《ぞうきん》を突っ込んだバケツが置いてあった。

二階に上がると廊下にいくつものドアが並んでいる。ここからは、擦《す》りガラスの壁があって中は見えないが、ドアには「編集室」とある。やはり擦りガラスに電灯が映っていた。窓が狭いので、明りは廊下だけに当っている。天井も壁も古びてシミがついていた。

片山幸一は、三階に上がった。

廊下の正面に金文字で「応接間」と書かれた擦りガラスのドアがあった。

片山幸一は、ドアを開けて中にはいった。

丸卓が一つある。卓には緞子《どんす》の古びた布地《きれ》が掛っていた。それを中心に、来客用の椅《い》子《す》が四、五個並べられてあったが、これがまたひどくお粗末だった。テーブルとは別に、小さな机が片隅《かたすみ》にある。これには花瓶《かびん》に花が挿《さ》してあったが、その半分は枯れかけていた。

壁際《かべぎわ》に、これも古臭い油絵が二つ懸《かか》っている。一つは渓谷で、一つは山の頂《いただき》上に朝陽か夕陽かが赤く当っている風景だった。その下手糞《へたくそ》なことは、風呂《ふろ》屋のペンキ画ととんと変らない。

吸殻のたまった灰皿にむかって煙草《たばこ》を吸いながら待っていると、靴音が入口から聞えた。

片山幸一は、急いで煙草を吸殻の間に突っ込んだ。

戸の軋《きし》る音がして、といっても、蝶番《ちょうつがい》の油が切れたような音でドアが開いた。はいって来た人物を一目見て、片山幸一は椅子から起《た》ち上がった。いやに背が高く、髪を長く伸ばした赧黒《あかぐろ》い顔の男だった。眼鏡の奥の眼が飛び出すように大きい。

「片山君ですね？」

その男は言った。

「ぼくが橋山です」

関口氏の速達のなかにある柿坂経済研究所の常務理事で、「情勢通信」の発行責任者だった。片山幸一は、自分の名刺をさし出して、ていねいにお辞儀をした。

「まあ、どうぞ」

橋山義助は、紺のダブルの洋服を着込み、趣味のいいネクタイを締めていた。洋服には多少の眼をもっている片山にも、橋山の着ている生地が上等な舶来ものだということがすぐわかった。おそらく、英国製であろう。好みも渋い。

こんな古びたビルの中で、こんな上等な洋服を着ている男に遇《あ》うとは、ちょっと意外だった。

「洋傘製造会社にお勤めですか？」

橋山義助は、眼鏡の前に名刺を持って行って、片山に訊《き》いた。

「はあ」

つまらないところです、と言おうと思ったが、余計なことなので黙った。洋傘会社という名前が見栄《みば》えのしないことは、相手の顔つきでわかる。橋山義助は、名刺を蔵《しま》うでもなく、テーブルのはしに置いた。

こうして正面から見ると、少し顴骨《かんこつ》が出て痩せているが、上背があって、なかなかの貫禄《かんろく》だった。年配は四十四、五というところであろう。髭剃《ひげそ》りの跡が濃い。

「あなたのことは、関口……先生から――」

この関口先生と言ったときに、関口という名前と先生との間に、ちょっと声の間延びがあった。つまり相手は、関口さんと言おうか、関口君と言おうか、そのまま呼び捨てにしようか、それとも、先生と呼ぶべきか、瞬間に迷ったようである。だから、片山のいないところでは、たぶん、この橋山という男は関口とか、関口君とか呼んでいるに違いないと、片山は察した。

あとの言葉をつづけようとしたときに、若い女の子が茶を運んで来た。

その女は十九か二十《はたち》くらいだった。給仕と考えるには、着ているものが上等すぎたし、服装もアカ抜けている。しかし、女事務員としても身綺麗《みぎれい》すぎた。何よりも顔のきれいなのが、片山幸一の眼を惹《ひ》いた。細面《ほそおもて》だが、はっきりした目立ちで新鮮な感じがする。

女の子が黙ってコーヒー茶碗《ぢゃわん》を片山の前に置き、静かに一礼して退《さが》った。

「履歴書をお持ちですか？」

橋山義助が声をかけた。

「はあ、持っております」

片山は洋服の内ポケットから、封筒を出した。

橋山は拡《ひろ》げて見ていたが、

「大学は法科ですか？」

と眼をさらしながら呟《つぶや》いた。

窓から射《さ》す光線が紙に当り、それがさらに橋山の顔に反射した。色の黒い顔も、そのときだけは、やや白くなった。眼も大きいが唇《くちびる》も厚い。それに肥えた鼻が太い眉《まゆ》と一緒にこの男の顔全体をいかつくみせた。

「ご両親は、ないのですね？」

橋山は履歴書の文字と、片山の顔とを交互に見ていた。

「はあ、亡《な》くなりました」

「ご兄弟のことがないようですが？」

「はあ、ぼくの小さいときに、たったひとりいた兄が死にました。姉もいたのですが、これも、縁づき先で五年前に死にました」

「奥さんもまだですね?」

「はあ、独身です」

「そうすると、あなたひとりというわけですか?」

「そうです。ひとりぼっちです」

橋山義助は、口の中で軽くうなったようだった。

彼は履歴書をたたみ封筒に入れると、別な口調になった。

「あなたのご希望は、だいたい、関口先生から聞きました。『情勢通信』のほうにおはいりになりたいそうだが、編集のほうに経験はないそうですな?」

「はあ、経験はありません」

「ほほう。すると、どういう動機で?」

橋山義助は洒落《しや》れた手つきで、ケースから煙草を抜くと口に咥《くわ》えた。

「こちらの仕事に興味を持っているのです」

片山幸一は答えた。

「ぼくは、ときどき『情勢通信』を拝見しているし、それに所長のなさっていることにも、非常に共感を覚えているのです。ぼくは、今、つまらない会社につとめていますが、同じ働くなら、こちらのような、社会的に意義のある仕事に、携わりたいと思います」

「失礼だが、現在、会社でどのくらい給料をお取りになっていますか?」

「本給三万円です。それに手当がついて手取三万五千円もらっています」

「もしも」

と橋山義助は烟《けむり》を吹いた。

「わたしのほうに来てもらうとしても、そんなには出せませんよ。何しろ、貧乏会社だから、みんな安い給料で働いてもらっている」

「そういう点では、どうかご心配ないように願います。ぼくは、給料の点では別に希望はありません。いま申しましたとおり、おなじ仕事に携わるなら、世の中に有意義な、そして、ぼく自身が充実感のある仕事をやりたいのです。今ぼくがやっているような帳面記《つ》けなどは、女の子にでもできます。そうではなくて、自分の実力といったものを、十分に発揮できる仕事に就きたいのです。単なる金儲《かねもう》けの会社ではなく、所長が打ち込んでおられるような仕事にお手伝いしたいのです」

片山幸一は、多少、高い調子で言った。

「そう」

橋山義助はうなずいた。

「ちょっと」

彼は、片山幸一をそこに残して、部屋から出て行った。

橋山義助が出て行ったのは、たぶん、所長に相談に行ったに違いない、と片山は思っている。履歴書を摑《つか》んで出て行ったのだから、それに間違いはあるまい。ここの所員としては、常務理事の彼が最高だから、ほかに相談するものはいないはずだ。

橋山義助のコーヒー茶碗の中には、コーヒーが底にまだ残っている。うす汚《よご》れた壁と緞子のテーブル掛けを見ながら、片山幸一が、つくねんと待っていると、廊下に足音が聞えた。

ドアを開けてはいって来たのは、ずんぐりとして、背の低い老人だった。長い白髪を無造作に伸ばしている。

体格も小肥《こぶと》りだったが、顔も血色がいい。ときおり、新聞や雑誌で見かけているそのままの顔だった。

片山幸一は椅子をひいて立ち上がり、相手が自分の正面に坐《すわ》ったところで、恭《うやうや》しくお辞儀をした。

「ああ、うむ」

柿坂亮逸は片山に眼を据えたまま、軽くうなずいた。片手を荘重にポケットに納めたままである。

横に常務理事の橋山義助が腰掛け、黙って煙草を喫《す》いはじめた。

「だいたいのことは、いま橋山君から聞きました」

柿坂亮逸は抑《おさ》えたような声を出した。

「はあ」

片山幸一は頭を下げた。いま自分の眼の前に坐っているのが、有名な柿坂亮逸だった。この人が自分に話しかけてくれているのだ。片山幸一はかすかな身ぶるいを覚えた。

「わたしからもう一度聞くが、どういうわけでウチを志望されたのですかね」

この言い方は、ほかの人間がそこにいて、それに向ってものを言っているような、さりげない口吻《くちぶり》だった。

「はあ、ぼくはいま洋傘会社に勤めていますが、そこの仕事が、だんだん無意義に感じられてきたのです」

片山は自分の言葉に気をつけながら話した。

「それで、もっと働きがいのあるところで、一生懸命にやってみたいと思いますが、ぼくが希望するところは、この会社よりほかにないと考えました」

「それは、最近、思い付いたことかね?」

柿坂亮逸は、低い嗄《しわが》れた声で訊《き》いた。その口のきき方には、どこか妙な甘ったるさがあった。

柿坂亮逸の顔は、何となくうす汚れていた。しかし、老人に似ずそういう感じがするのは、彼が精悍《せいかん》な証拠かもしれない。事実、たるんだ頬の辺りには、うすい脂《あぶら》さえ光っていた。こちらを見るときは、上の瞼《まぶた》の具合で、眼が三角の形になる。

「いえ、そうじゃありません。そういう志望は大学を出て今の会社にはいったときからです。何とかして、自分の思うような活動のできる、生甲斐《いきがい》のあるところで働きたいと思っていましたが、つい、その機会がありませんでした。今度、はからずも、関口先生にお近づきを得て、先生がこちらとご縁があることを知り、思い切って先生にお願いをしたようなしだいです」

　橋山に話したことと同じような話をせねばならなかった。

「うむ、うむ」

　柿坂亮逸が煙草を咥《くわ》えると、両肱《りょうひじ》をついて聞いていた橋山が、片手でライターを鳴らして火をさし出した。

「君たちにも、わたしのしていることがそう見えるかね」

　柿坂亮逸は、指の間に煙草を挟《はさ》みかえた。

「はい。新聞などでいろいろとご活動を拝見しまして、実際にそう感じております。ことに、所長の行動に、大変、感激しています。ぼくもできるならぜひこういう所長の下で働かせていただきたいと思っていました」

「うむ。まあ、ぼくのしていることは世間から憎まれてはいるがね。決して、みんなに好感は持たれていない。だが、世間といっても一部だけだ。ぼくに攻撃されて都合の悪い人たちばかりだよ。ほかの一般国民は、ぼくを信じている」

片山幸一は、相手の話を聞きながら気づいたのだが、先ほど、多少甘ったるいように聞えたのは、実は、柿坂亮逸の舌が少し長いからだと思った。

「何しろ、ぼくは自分の私欲のためにやっているのでないのでね。正義感だよ、君。ぼくは別に右でもなく、左でもない。だが、政界や財界の裏面の不正には黙っていられない。どんな理由があろうとも、悪いものは悪い。それを摘発して、国民の前で弾劾《だんがい》するのが、ぼくの役目だ。そう言うと、警察があり、法廷があるではないか、と言うかもしれんが、そういうものはぼくは信用していない。強力な権威と結べば、法律までが、狎《な》れ合いになって来る。そこが、ぼくには我慢がならないのだ……その代り、人に憎まれているから、何をされるかわからないがね。いや、自分の一身上の危険など問うところではないよ。そんなものにビクビクしては思い切ったことがやれないからな」

柿坂亮逸は、片方の手を机のほうに寄せて、指先で机を軽く叩《たた》いた。すると、傍らで両肱をついていた橋山が、ポケットから封筒を出して渡した。片山幸一の履歴書だった。

柿坂亮逸はそれを見ながら、

「君は編集に経験がないと言ったね？」

と訊く。

「はあ……しかし」

と片山は言った。

「取材のほうなら、何とかできそうな気がします。これで、いろいろ調べたりすることは好きなほうですから」

「うむ」

また、履歴書を眼で追って、

「独身だな？」

「はあ」

「係累《けいるい》は何もないんだね。叔父《おじ》さんとか、叔母《おば》さんとか、そういうのは？」

「はあ、ありますが、ずっと郷里《くに》のほうです。ほとんど音信もしていません」

片山幸一はちょっと不安になった。係累のない、まったくの孤独の身だというので、敬遠されるのではなかろうか。と、いうのは、橋山にしても、いやにこの点に念を押すようだった。

「郷里は……あ、熊本か」

「はあ、そうです」

「遠いな」

この、遠いな、というのは質問ではなく、自分で納得しているような声だった。

「関口さんからも話があったことだし、まあ、考えておく」

じろりと片山幸一を見ると、その肥えた指が、履歴書をつまんで橋山に弾《はじ》き返した。

「まあ、どうなるかわからないがね。もし、勤めてもらったとしても、給料は安いよ」

「承知しております。好きな仕事ですから、その点は……それにまだ独身ですし」

「じゃあ」

柿坂亮逸はずんぐりした小柄な身体《からだ》を椅子《いす》から立ち上がらせた。

お辞儀をしている片山幸一の顔に、柿坂亮逸の三角の眼が何秒か、じっと停止していた。瞳孔《どうこう》が凝縮して鋭い眼つきだった。

8

それから十日経《た》ったが、柿坂のほうから呼び出しはなかった。

片山幸一は、半分はもう駄目かと思った。面接のときに、いやに独身の点を訊かれたが、あれが悪かったのか。

独身といっても、彼の場合は係累が絶無である。両親もいなければ、兄弟もいなかった。東京はむろんのこと、郷里《くに》の熊本にもこれという身内はない。親戚《しんせき》はあっても、他人同様だった。一年に一度、年賀状がくるくらいなものである。

およそ、どこの会社も社員を傭《やと》う場合には、こういう人間を一番敬遠する。その第一の理由は、身元がしっかりしないというところにあるらしい。いまの洋傘会社にはいらざるを得なかったのも、結局、こういう点が禍《わざわ》いしたのだ。大会社では、履歴書を見ただけで除外されるようになっている。

やっと新しい世界が自分の前に展《ひら》けたかと思ったが、どうやら、元の生活を毎日繰り返さなければならないようである。

一度、気負い立ってみると、洋傘会社の生活がよけいに嫌《いや》になった。あのまま謀《む》叛気《ほんぎ》を起さずに辛抱していれば、そうでもないのだが、ひとたび気持がほかに動いてみると、もう、前のようにはもどらない。それでなくても嫌で仕方がないところだったから、よけいに嫌になった。

片山幸一は、柿坂の話をそろそろ諦《あきら》めかけていた。

もっとも、そっちのほうが駄目になっても、彼が考えている「新世紀」の調査は独自で進めるつもりだった。一度、思い立つと、これは謎《なぞ》を解くようなおもしろさがあった。

ところが、十二日目の晩、下宿に帰ってみると、速達が届いていた。「柿坂経済研究所」の印刷文字を見たとき、気持が躍《おど》った。速達というところに彼の予感があった。もし、これが断わり状だったら、普通の郵便で来るにちがいない。

彼は急いで封を切った。

「前略　このたび、貴殿を当所所員に採用いたすことに決定しましたから、明日よりご出社ください。柿坂経済研究所常務理事　橋山義助」

半分、諦めかかったところだから、この採用通告はよけいにうれしかった。ちょうど長い暗いトンネルを抜け出たように、眼の前が、にわかに明るくなった。

彼は、さっそく、関口氏のところに電話をした。

関口氏はいないで、その女房が電話口に出た。

「あら、そう。決ったの？」

彼女の声を聞くと、その気取った四十女の脂顔が眼に泛《うか》ぶ。

「よかったわね」

「おかげさまです。先生がいらっしゃらないのは残念ですが」

「帰ったら、そう言っとくわ」

「これも奥さまのおかげです」

「そんなことはありませんわ。でも、こないだ、橋山さんが来たときに、わたくしからもよく頼んでおいたからね。それがよかったのかもしれないわ」

「ありがとうございます」

「しっかりやってくださいよ。また、ときどき、遊びにいらしてね」

「ありがとうございます」

片山幸一は、電話をかけ終ると、すぐに下宿に帰る気がしなかった。気持が弾んで、とても狭い部屋の中へじっとこごんでいられない。

彼は久しぶりに銀座へ出た。夜の賑《にぎ》やかな人通りを見るのが、今の自分にぴたりのような気がした。

彼は、ただ当てもなく銀座を歩いた。

裏通りを歩いていると、花売りの娘が寄って来て、花束を買ってくれ、とせがんだ。今夜は気持がいいので、彼は百円玉を一枚出してその一つを買った。

「おじさん。どこのバーにはいるの？　わからなかったら、あたしが教えて上げましょうか」

女の子は彼のうしろから従《つ》いて来た。

「いいんだ。おじさんはね、どこにもはいるところがないんだ」

「あら、あんなこと言って」

女の子はやっと離れた。

そうだ、おれはまだどこにもはいるバーがない。しかし、今にみろ、この辺の一流のキャバレーに大手を振ってはいってやるぞ――。

翌日、片山幸一は洋傘会社のほうには、電話で風邪《かぜ》をひいたから休むと言って届け、その足で柿坂経済研究所に向った。

この間の受付の若い男が、今度は電話を掛けないで、すぐに三階の応接間へ上がれ、と言った。

同じ汚ない階段を登ったが、この前来《き》たときと、気持がまるで違っていた。応接間にはいるとまもなく現われたのは橋山義助だった。この前もそうだが、頰の赧《あか》い、髭剃《ひげそ》りあとの濃い男だった。やはり、上等の洋服が一番に眼についた。

片山幸一は、椅子を蹴倒《けたお》すようにして後ろに引き、ていねいな敬礼をした。

「やあ」

橋山義助は、向い側の椅子に股《また》を開いて掛けた。

「速達を見たかね?」

彼は、太い黒ぶちのメガネの奥から、大きな眼を向けた。

「はい。拝見しました。どうもありがとうございました」

片山幸一は、恭しく頭を下げた。

「まあ、掛けたまえ」

「はあ」

「いろいろ、所長と相談をしたが、とにかく、君に働いてもらうことにしましたよ」

橋山義助は、厚い唇にかすかな笑みをたたえた。微笑すると、口もとに妙な愛嬌《あいきょう》が出た。

「ほんとにありがとうございます。一生懸命に働かせていただきます」

「ああ、ああ」

橋山義助は、好みのいいネクタイの上に顎《あご》をうなずかせた。

「所長がね」

と橋山義助は煙草《たばこ》を咥《くわ》えて言った。

「今日はここにいなくて、君に会えない。ぼくに任されたので、一応、所長の意志を伝えます」

「はあ」

「給料は、本給で二万五千円出しましょう。晩《おそ》くなると、残業手当が出ます。まあ、全部で三万円ぐらいの収入にはなるだろう。それで構いませんか?」

「結構です」

思ったよりも余計にくれた。これだけでもありがたかった。

「それから、君は『情勢通信』の編集のほうに志望のようだったが、向うは今、人がいっぱいでね。それで、当分の間、わが社の調査部で働いてもらうことにした」

「結構です」

これにも片山幸一は頭を下げた。

柿坂経済研究所の調査部なら絶好の職場である。もっとも、世間に名を知られているのは、いわゆる柿坂調査機関直属の「考査室」だが、これが調査部と密接な関係にあることは否《いな》めないだろう。「情勢通信」の編集で働くよりも、そういうものの中で働いたほうが、片山にはずっと仕事の仕甲斐がありそうだった。

とにかく、話は万事、片山の予期以上だった。

「いま勤めている洋傘会社のほうは、すぐに辞《や》められるかね?」

「はあ、明日にでも退社できます」

「そうか。じゃ、今から、調査部のほうに君を紹介しよう。くわしいことは、そこでいろいろと訊《き》いてくれたまえ」

橋山義助は先に立って応接間を出て行った。

三階では、一番はしが所長室となっている。つぎが役員室で、この中に橋山義助は常務理事として坐《すわ》っているらしい。部屋を二間続きに取っている。そのつぎが調査部になっていた。

橋山常務はドアを開けて先にはいった。

案外に狭い部屋だ。もっと意外だったのは、机が三つしか並んでいないことだ。それも一つは片山のものらしく、二つの机に二人の年取った男が坐っていた。

「やあ、友永《ともなが》君」

橋山義助は、奥のほうにいる頭の禿《は》げ上がった、背の高い男に声をかけた。

「これが、今日から君のところに来る片山君だ」

友永といわれた四十ばかりの男は、前歯が出ていた。笑うときに桃色の歯茎を全部露出する。

「よろしくお願いします」

片山幸一は、ていねいに挨拶《あいさつ》した。

「いや、よろしく」

友永は、大きな前歯を見せて愛想笑いをした。ちょっとロバのような感じのする男だ。

「こちらが石黒《いしぐろ》君です」

石黒という男は、背の低い、小肥《こぶと》りの身体をしていた。のっそりと椅子から起《た》ち上がって、

「よろしく」

と無表情な会釈《えしやく》をした。

橋山義助は、夕方になって、片山幸一を誘いに来た。

「今夜はともかく、君がここに就職したのだから、飯でも食おう」

「ありがとうございます」

親切な男だ、と思って感謝した。

入社祝いだから同じ調査部の二人が一緒かと思うと、そうではなく、片山だけだった。

乗った車は研究所のものだというが、あのうす汚ない建物に似ず、クライスラーの新車だった。

「はあ、あまり呑めませんが、少しならいただきます」

「君は、酒は呑《の》めるのかね?」

「そうか」

橋山常務は気の乗らない顔をしていた。

「ぼくはね、酒は呑めないほうだ」

「いえ、ぼくもそうは呑めません。ほとんど呑めないといったほうがほんとうです」

片山幸一は、あわてて訂正した。

「踊りはどうかね?」

「踊り……ですか?」

「ダンスだよ」

「それも不得手なほうです」

本当は踊れるが、どう答えていいかわからないので、片山はそう言った。

「そうかね」

橋山はにこりともしなかった。

どこに行くのかと思っていると、車は赤坂のほうへ進んでいた。この辺はナイトクラブが多い。運転手は、最近できた〝レッドスカイ〟という豪華なナイトクラブの玄関に横づけにした。

「いらっしゃいまし」

外国の兵隊のような服装をしたドアマンが飛んで来た。橋山義助はうなずいて中にはいった。

細長い絨毯《じゅうたん》の道を行くと、ボーイがにこやかにお辞儀をしながら橋山の外套《がいとう》を取っている。この外套もまた、舶来の立派なものだ。

高価な洋服ばかりを着ているところをみると、橋山義助はよほどの高給を取っているらしかった。

片山の研究所での給料はしぶられたが、橋山自身は金回りがいいのかもしれない。

橋山義助は、忍びやかに寄って来たマネージャーに何か耳打ちをしていた。まっすぐにホールのほうには歩かずに、横の螺旋《らせん》状の広い階段を上がって行く。豪華なホテルのように、階段も緋《ひ》絨毯と金色に光る金具《かなぐ》が付いている。

二階はレストラン式になっていた。もっとも、そこからはすぐ下のホールが見おろせるようになっている。眼の前には、天井から下がったきらびやかで巨大なシャンデリアが輝いていた。階下には絶えず音楽が鳴り、客の入りも半分以上だった。

その客もほとんどが外国人だった。

「君も酒が呑めないそうだし、ぼくも呑めないから、いきなり食事といこうか」

橋山義助はテーブルに片肱《かたひじ》を突いて言った。

「結構です」

片山幸一は何もかも向うまかせだった。

彼はボーイを呼んで、小さな声で何か命じていた。

「すばらしいところですね。ぼくは生れてはじめてですよ、こんな豪華なナイトクラブは……」

ボーイが立ち去ると、片山は感嘆の声を放った。

「いや、ぼくも今日で二度目だ。三カ月ほど前、開店した時に所長と来たきりでね。こういうところは、あまり好かんのだが、若い人にはいいだろうと思って、久しぶりにやって来たのさ」

橋山は、ゆったりと微笑をうかべた。

「今日、君に引き合せた調査部のあの二人は、わが社でも古いほうだし、君の先輩になるのだから、万事、よく聞いてやってくれたまえ」

橋山義助は言った。

「はあ、わかりました」

ここで片山は、今日、疑問に思ったことを口に出した。

「世間では、柿坂経済研究所の調査機関というと、たいへん厖大《ぼうだい》な組織をもっているように言っております。ぼくもそう聞いたんですが、調査部にいるのは、あの二人の人だけですか？」

この疑問は、彼があの部屋にはいってから持ちつづけたものだった。

「いや、それはね」

橋山義助は落ち着いて灰皿に煙草を叩《たた》いた。

「わが社に調査員全部を置くというのは、不可能なんだ。いや、建物の関係ではなく、実際の調査となると、部員の顔を人にあまり知られてはならないのさ。でないと、本当の秘密行動ができないからね」

なるほど、そうか、と思った。

「これは秘密になってるが、まあ、部員は、各階層に散って存在している。ぼくのほうで、月々、この人たちに十分な手当を出していてね。いざという時には、すぐにでも活動できるようになっている。だから、その中には役人もいれば、会社の重役や下級社員もいるし、クリーニング屋さんもいるし、タクシーの運転手もいる。そうだな、ま、数にすると、ざっと五、六十人ぐらいにはなるだろう」

片山幸一は感嘆した。なるほど、そうでなければ、世間で言う厖大な調査機構は完成しないだろう。その部員たちが各階層に散って潜入しているというのもおもしろかった。しかし、それにしても、自分はあの年配の二人の部屋にはいってどういうことをするのだろう。

「まあ、そのうち、こちらから仕事を出すよ。それまでは、のんびりして、あの部屋にいてくれたまえ」

階下から、きれいな女が二人、ドレス姿で現われた。

「あら、いらっしゃいませ」

彼女たちは橋山義助の両側に坐り、彼の顔をのぞき込んで笑った。

9

片山幸一は、翌《あく》る朝早く、洋傘会社に行って、辞表を届けた。

突然のことだったので、課長もびっくりした。

「君。何かうちの会社に不満があるのかね?」

「そういう理由《わけ》ではありません。ただ、少し身体《からだ》を悪くしましたので、辞めさしていただきます」

片山幸一は、どうせ、こんな奴《やつ》に話しても仕方がないと思って、本当の理由を言わなかった。

「君の都合なら仕方がないが。しかし、こういうことは、一カ月ぐらい前に言ってもらわないと困るね」

「どうも、すみません」

「仕方がない。まあ、出て行きたい人を、首に綱を付けて引き止めるわけにはいかないからね」

課長は片山の辞表をぽんと机の上に抛《ほう》りあげた。

「いずれ、給料や退職金のことがあるから、会計から通知が行くだろう。仕事の残りなど整理して行きたまえ」

「わかりました」

片山幸一は頭を下げて、自分の席にもどった。

彼は、自分でも有能な社員だとは思っていない。もともと、おもしろくない勤めなので、仕事もいい加減なことになる。しかし、学校を出て最初にはいった会社だから、いざ辞めるとなると、どこか一抹《いちまつ》の寂しさはあった。

社内を挨拶回りしたが、だれも半分は羨《うらや》ましそうな顔をしていた。残された者の悲哀めいたものが、彼らの表情に滲《にじ》み出ている。

「どうするんだね、これから」

と訊く者が多い。

「少し考えることがあって、しばらく遊んでいたいと思います」

「結構なご身分だね」

みんなそう言ってくれた。が、なかには反発的な眼を向けて、わざと自分の仕事に一生懸命になる者がいる。片山幸一は、会社をすぐに出た。

今日は、洋傘会社に行って退職の手続きをとってくると言ってあるので、柿坂経済研究所には明日から出勤することになっていた。

間借りの部屋に帰ってごろんと寝転《ねころ》んでいると、日ごろの所在なさと違って、今日はひどく心愉《こころたの》しかった。同じ煤《すす》けた天井と、赤茶けた破れ畳が、いつもの不愉快さには感じられない。

その日は昼から、久しぶりに映画に行ったりなどした。

つまらない映画だったが、くだらない場面でも、彼はゲラゲラ笑った。人間、愉しいときは、どんなことでもおもしろいものだ。

映画館を出て、しばらく歩いたとき、ふいと、こんなことをしてはいられないような気持になった。おれは何か大事なことを忘れていはしないか。あそこに入社したぐらいで、こんなに有頂天になってはいけない。

そうだ、「新世紀」の責任者本橋秀次郎を捜さねばならぬ。まだまだ、あの一件はよくおれにわかっていない。そうだ、まだ時間があるから、これから出版同友会に行って、もう一度訊いてみよう。たしか、本橋秀次郎が現役で竜虎社《りゅうこしゃ》の「娯楽世界」の編集長でいたころ、長尾智子という女が編集員でいて、現在、銀座で働いていると聞いた。その女のことをもう少し訊《たず》ねてみよう。

この前来たので、道順はわかっている。九段上の電車通りを北にはいったところだ。靖国《やすくに》神社からすぐ近い。

見憶《みおぼ》えの三階の建物をはいると、ちょうど、仕事がすんで帰る前とみえ、社員が五、六人、達磨《だるま》ストーブを囲んで雑談をやっていた。その中に若い女がひとり混《まじ》っていた。

片山がはいると、みなの顔がいっせいにこちらを振り向いた。

その中に、この間会った、頭の禿げ上がった男がいる。

「先日は、どうも失礼いたしました」

片山はカウンターに手を突いて、遠くから挨拶した。

禿げた男は、ストーブの傍からこちらに歩いて来た。

「やあ、また竜虎社のことで見えたんですか？」

先方はちゃんと憶えている。

「はあ。どうしても本橋さんにお会いしたいと思いますから、その後の事情がおわかりになっているならと思いまして」

「そうですな。べつにほかにも訊《き》き合せはしませんでしたが、やっぱりわかりませんよ」

その男はうす笑いをして言った。

「なかなか、潰《つぶ》れた出版社は、イタチが遁《に》げたみたいであとがわかりませんからな。あなたも竜虎社に被害を受けたほうですか？」

「はあ、多少あります」

片山幸一は、まるきり因縁がないのでは訊ねる理由にならないので、そう言った。

「ははあ。すると紙屋さんですか？」

向うでは、片山の風采《ふうさい》を見て当て推量をした。

「まあ、そういったところです」

「そりゃ諦《あきら》めたほうがいいですよ。とうていわかりっこはありません。社長だって疾《と》っくに逃亡していますからね」

「せめて本橋さんでもわかるといいんですが」

「むずかしいでしょうな」

「先日、本橋さんのところに働いていたという女の人が、いま、銀座にいるというお話でしたが」

「ああ、長尾智子という女の人ですか。あれは、ただ噂《うわさ》に聞いたという程度ですよ。それも本当か嘘《うそ》か、わかったもんじゃありません。まあ、これから、ここにいらしても無駄だと思ってください」

禿《は》げた男は面倒臭くなったように言った。

そのとき、女の子が帰り支度《じたく》をして、ストーブの前から起《た》ち上がっていた。

片山幸一は、それを眼におさめて、失礼しました、と言ってそこを出た。

片山幸一は、電車通りにまた引き返した。靖国神社の前まで歩いて来ると、後ろから足早な靴音が聞えた。

「ちょっと、失礼します」

はじめ、自分のことと思わなかったが、もう一度呼びかけられてはじめて振り向いた。

二十四、五くらいの若い女だったが、それが出版同友会の達磨ストーブに当っていた一人だった。あのとき、帰り支度をしていたが、片山のあとを追って来たものらしい。

「はあ」

片山は突っ立った。

辺りはもう暗くなりかけてきて、靖国神社の桜の並木に街燈が点《つ》いている。

「あなたは、いま、長尾智子さんのことをお訊ねでしたわね」

彼女は、ネッカチーフの中から瞳《ひとみ》を片山に向けた。ちょっと、可愛《かわい》い顔だった。

「はあ、訊ねましたが」

「長尾さんとはお知合いですか？」

「いいえ、会ったことはないんですが、そのひとに用事があるんです」

「でも、嫌な話でお会いになるんでしたら、お教えしませんわ」

おや、この女は長尾智子の居場所を知っているんだなと片山は思った。

「そんなのじゃないんです。長尾さんにある人のことを訊きたいのです」

「ある人って、『娯楽世界』の編集長のことでしょう？」

「そうなんです」

「そいじゃ教えますわ。でも、わたしが聞いたのはかなり以前ですから、いま、そこに長尾さんがいるかどうか、わかりませんよ」

「結構です。どこにお勤めですか？」

「ええ、銀座の〝メイフラワー〟っていうバーで働いていましたが、それは一年ぐらい前のことで、今はそこを辞めて、新宿のほうのバーに移ったと聞いています。よかったら、その〝メイフラワー〟に行ってお訊きになったら、わかると思いますわ。場所はよく知りませんけれど」

「どうもありがとう」

片山幸一は礼を言ったが、この女は長尾智子の友だちだろうかと思った。

「失礼ですが、あなたは、長尾さんと親しかったんですか？」

「ええ、ちょっと知っているだけです。それほど親しくはないんですが……でも、こんなことは、あんまりお教えしたくなかったんですよ。長尾さんも、バーに働いていると人に知れるのはいやでしょうからね。でもあなたが熱心に捜してらっしゃるようですので、ついお気の毒になったんです」

「どうも、すみません。失礼ですが、あなたは出版同友会の方ですか？」

「いいえ、あそこの者ではありません。ただ遊びに行っただけですわ」

彼女はそう言うと、あまり自分のことを話したくはないらしく、

「じゃ、失礼します」

と口早に言って、すたすたと先に歩いて行った。

いいときに、いい人がいてくれたものだ。

片山幸一はさっそく銀座の〝メイフラワー〟に直行することにした。

まだ時間が早いので、客もそう混んではいないだろう。こういう話を聞くには、バーは宵の口が一番いい。

ところで〝メイフラワー〟というバーはどこにあるかわからない。しかし、この前銀座を歩いているときに、花売り娘が銀座のバーならどこへでも案内してやると言ったの

を思い出した。

彼は四丁目の裏を歩いた。いつものように街燈の灯影を受けて花売り娘が立っている。

「君〝メイフラワー〟という店を知っているかい?」

彼は十五、六くらいの娘に訊いた。

「〝メイフラワー〟なら、あたいが案内してあげるわ。そのかわり、おじさん、花を買ってね」

「ああ、いいよ」

「こっちにいらっしゃい」

女の子は花束を抱えたまま、裏通りをいくつも曲って、急ぎ足で案内してくれた。

片山幸一が銀座の〝メイフラワー〟で聞いた話によると、長尾智子はここではユリ子という名前だったという。そして、ここから新宿の二幸《にこう》裏にあるキャバレー〝ボーナン〟に行ったという。しかし、現在、そこで働いているかどうかは保証のかぎりでない、と教えてくれた。

ここまで来れば、新宿に行かざるをえなかった。彼はタクシーを奮発して新宿に向った。

二幸裏は、小さなバーばかりが集まっている。近ごろ、都心の繁華が新宿に移ったと言われているが、たしかに銀座で見た眼には、ここのほうがずっと活気に満ちているように思える。キャバレー〝ボーナン〟は、わりと大きかった。

ここでハイボールを一ぱい頼んで、マネージャーを呼んでもらった。

「ええ、その子でしたら、やはりここでもユリ子と言っていました」

支配人は両手を前に合わせて、もの静かに、しかし、客商売に馴《な》れきった口調で言った。

「さようでございますね、ユリ子なら、たしか、半年前にここを辞めたと思いますが」

「いま、どこにいますか?」

「さあ、よく存じません。ああいう子は転々と店を移るものですから、現在のところ、どこに参っておりますやら、わたくしどもにもはっきりわかりません」

せっかく、ここまで突き止めて、それから先がわからないとは、残念だった。

「何か方法はないかね? そうだ、そのユリ子と親しい友だちというのはこの店にいないかね?」

「さようでございますね、では、ちょっと、呼んで参りましょう」

支配人も抜け目がなかった。片山に、たちまち一人の女を指名でつけてしまった。

女は、いやに背の高い、大柄な体格だった。眼も細いが、唇もすぼんでいる。

「あら、あんた、ユリ子さん、知ってるの?」

彼女は、はじめから親しげな口をきいた。

「うん、まあね。君、ユリ子の行くえを知ってるんだって?」

「ええ。前はよく連絡を取ってくれたんですけどね、近ごろはさっぱりだわ」

「前はどこにいたんだ?」

「それがよくわからないの。ここを出てから、別なところで働いていたようですけれど、そこも最近辞めたらしいわ。わたしも、ここんとこ、しばらく逢《あ》っていないのよ」

「じゃ、結局、どこにいるかわからないのかい?」

片山幸一は、南京豆《ナンキンまめ》を嚙《か》んだ。

「ええ。でも、またそのうち遊びに来ると思うわ。あの子って、変にわたしとウマが合っていたから。そうねえ、もう、三月ぐらい来ないようだから、近いうち、きっと現われると思うわ」

「そうかい。まさか、この商売を廃《や》めたんじゃないだろうね?」

「廃めないと思うわ。どこかで、きっと働いてるはずだわ」

「しかし、よく、あちこちと動く女だな」

「そりゃあ、人にはめいめいの事情があるわ」

片山幸一は、ユリ子という女に愛人のあることをぼんやり覚《さと》った。

「ぼくは、そのユリ子にぜひ逢いたいんだ。いや、こりゃ色気抜きだよ。真面目《まじめ》なことで話したいのだ。ぼくはまたここに来るから、それまでにユリ子が来たら、ちゃんと、働いている店を聞いといてくれよ」

「ええ、いいわ」

「そうそう。君の名前は何というんだっけ」

「早苗《さなえ》っていうの。どうぞよろしく」

片山幸一は外に出た。

結局、今夜は何も収穫がなかった。それでも、ぼんやりとだが、長尾智子を見つける当てがついただけで成功だと諦めた。とにかく、本橋秀次郎には何とかして会わねばならぬ。

新宿駅で夕刊を買い、電車が来るまで拾い読みした。

すると、社会面の下のほうに、次のような記事が出ていた。

「東京湾に溺死体《できしたい》、他殺の疑い濃厚――二月二十六日午前十一時三十分ごろ、東京都大田区大森《おおもり》××番地漁業増山糸造《ますやまいとぞう》さん（三五）が東京湾内で操業中、漂流中の男の溺死体を発見して警視庁東京水上署に届け出た。同署で死体を引き揚げ、検屍《けんし》したところ、死後推定二十日間ばかり経過しており、他殺の線が濃厚なので、解剖の結果をまって、直ちに捜査を開始することになった。死体は、年齢四十五、六歳ぐらい、身長一メートル七〇、小肥《こぶと》りで、頭髪は長く伸ばしている。紺の背広を着ているが、上衣《うわぎ》には〝本橋〟のネームがある。同署では死体の身元を探査中である」

片山幸一は眼をむいて、何回もこの記事を読み返した。本橋という姓は、世間にそうザラにない。年齢といい、髪を長く伸ばしていることといい、「新世紀」の元編集長、本橋秀次郎のイメージにぴったりだった。

彼は電車が何台も通過するのを忘れて、ホームのベンチにうずくまっていた。

10

片山幸一は、柿坂経済研究所に初出勤した。

調査部にはロバのような友永と、むっつりした感じの石黒とが、もう来ていた。

「今日から、よろしくお願いします」

彼は二人に頭を下げた。

「やあ、こちらこそ、よろしく」

友永は例によって歯茎まで見せて笑い、愛想がいい。石黒は、顔の筋肉をちょっと動かしただけで、あとは自分の机に屈《かが》みこんでいた。どうも、石黒は取りつきにくい。

調査部は友永のほうが先輩らしいので、片山はどんな仕事をしたらいいのかを訊《たず》ねた。

「そうですね。実はわれわれにもわからんのですよ」

と友永は言う。

「まあ、こういうものでも読んどいてください。そのうち、常務が何か言うでしょう」

彼のための机は古いもので、椅子《いす》も粗末だった。

友永が出してくれたのは、経済関係の書籍や雑誌だった。こんなものを読んでもちっともおもしろくないが、新参の心構えで、片山は神妙にページを繰った。株のグラフ表を見ただけでうんざりした。

隣の石黒は片肱《かたひじ》を突き、額に手を当てて、やはり経済関係の本を読んでいる。片山はちょっとのぞいたが、ひどく高邁《こうまい》な論文のようだった。新参の片山にハッタリを利《き》かせて、そんなものをわざと広げているのかと思ったくらいだった。

その先隣の友永は、始終、落ち着いていない。雑誌を広げてみたり、外部に電話をかけたりする。その電話の話し方がまた商人のように愛嬌《あいきょう》がよかった。電話口でへらへらと笑うのである。石黒は、それが聞えるのか聞えないのか、相変らず、むっつりとして本を繰っている。

調査部というのは、もっと活気があるのかと思ったら、この二人の中年男のように、一日中、本ばかりをいじっていて案外、暇らしいのだ。しかし、まだ初めてだから、くわしい様子はわからない。

ドアが外から開いた。

「片山さん」

振り向くと、先日、コーヒーを運んでくれた、あの若い女だった。背がすらりとしていて、かたちがいい。子供っぽい顔だが、なかなかの美人である。

「常務が呼んでいます」

「はあ」

片山は椅子から起った。

廊下をその女が片山より少し先に歩く。

「どうぞ」

彼女はドアを半開きにして、身体《からだ》を横にずらせた。

片山が役員室の中にはいると、橋山義助が大きな机の前にひとりで坐《すわ》っていた。

「おはようございます」

片山幸一は、机から距離をおいてお辞儀をした。

「おはよう」

橋山義助は、太い眉《まゆ》を上げてうなずいた。

「こないだは、ご馳走《ちそう》になりました」

あれから、気をきかしたつもりで先に帰ったのだが、あとに残った橋山は、二人のホステスに挟《はさ》まれて、ご機嫌《きげん》だったようだ。そのあとはどういうことになったか。

「これから所長に会いなさい」

橋山義助は机の前から起った。先に廊下へ出たのは、彼を案内してくれるつもりなのだ。

役員室の隣が所長室で、橋山はノックも何もしないではいった。

すぐ横に机があって、片山を呼びに来た例の女が坐っている。橋山と顔を合わせると、彼女は上眼づかいにほほえんだ。ははあ、この女は所長の秘書だったのか。

柿坂亮逸は、陽当りのいい窓際《まどぎわ》に、物凄《ものすご》い大きな机を据えて坐っている。背の低い男だから、机ばかりが巨大に見えた。

橋山義助は肩を振って、その前に歩いた。柿坂が片山を見て、顎《あご》でしゃくった。手入れのしてないうす穢《ぎた》ない感じの白髪頭《しらがあたま》を振り立てて、柿坂は片山幸一の来るのを見ている。この前とちょっと印象が違う。今日の柿坂は口をぐっと曲げて、両手を机の端に押し当て、身体を反《そ》らせていた。

「おはようございます。わたくしは今日から出勤させていただきました」

片山幸一は、両の手を尻《しり》のあたりに伸ばして付け、腰を直角に折った。

「ああ」

柿坂亮逸はうなずいた。顔にうすい脂《あぶら》が浮いている。

「しっかり頼むよ」

彼は重い声を出した。

「わが研究所は、ほかの商事会社や雑誌社とはいささか違う。ここは、真に熱意のある者ばかりが集まっているのだ。実力さえあれば、ぼくはどんな人でもどしどし登用する。そのつもりで勉強してくれたまえ」

「はあ」

「いずれ、細部の指図は、この常務理事からあると思う」

柿坂亮逸は、横に立っている橋山義助を一瞥《いちべつ》した。

橋山は楽な姿勢で煙草《たばこ》を吸いながら、片脚を貧乏ぶるいさせている。

「わかりました。何分、若輩ですから、よろしくお願いします」

「君。君にはたしか係累《けいるい》はなかったね？」

所長は思い出したように念を押した。

「はい、ございません」

「それなら、いずれ細君も貰《もら》わねばならぬことだろう。そのつもりで、しっかり生活の基礎を固めるんだな」

親切な訓戒だった。

橋山義助は、編集部に紹介してやる、と言って二階に降りた。

編集部というのは、二部屋をぶち抜いて、机も十ばかり並んでいた。中央の窓際に離れて机が置いてあるが、それが編集長の席なのであろう。

ところで、片山がはいって行くと、橋山には会釈《えしゃく》をするが、片山のほうにはその顔をじろじろと見るだけだった。どの男も人相がよくない。髪を無精に伸ばしているのはまあいいとして、どの顔もうす汚れた感じだった。ただ、眼だけが光っている。それが片山の歩くほうを無遠慮に見つめるのだから、ちょっと、うす気味悪かった。編集員の面《つら》つきが雑誌「情勢通信」の雰囲気《ふんいき》を表わしているみたいだった。

編集長は肥った男だ。睡《ねむ》たげな眼と、二重に括《くく》れた顎とを持っている。皮膚の艶《つや》がいい。

「山本です。よろしく」

片山をちらと見て、中腰になったのが彼の挨拶《あいさつ》だった。

「ちょっと」

橋山義助は、山本という編集長を窓際に伴《つ》れて行った。ついでに、そこでひそひそと立ち話をはじめたらしいが、ぼんやり立っている片山を振り返って、

「君。もう、席に帰っていいよ」

と言った。

片山幸一は、編集室を出た。もう、だれも彼のほうなど見ていなかった。

片山は席にもどったが、どうも手持ち無沙汰《ぶさた》だった。本を読めと言ったところで、こんな雑駁《ざっぱく》としたものを広げたところで身になるはずがない。いったい「情勢通信」はどんなものを載せているだろうか、と思って、その綴《つづ》り込みを友永から出してもらった。片山幸一はそれをめくって見た。百五十ページにも足らない薄っぺらなものだ。近ごろの週刊誌並みで、定価だけは月刊誌並みの百円である。

内容を見ていると、経済界の内幕ものがほとんどだ。その間に政界人の消息が記事になっている。うすい雑誌だから、一年分の綴り込みはたちまちすんでしまった。

読み終ったときの感想は、要するに、会社の提灯《ちょうちん》記事と、暴露《ばくろ》記事とが同居しているという印象だった。記事の書き方はあまり巧《うま》くない。こんな文章ならおれでも書けると片山は安心した。

しかし、経済界のことになると、さっぱり不案内である。文章は軽蔑《けいべつ》したが、内容はとても彼の及ぶところでなかった。これまで彼の住んでいた場所とは、まるきり次元が違っていた。

いったい、おれを調査部というところに入れて何をさせようというのだろうか。所長はしきりと係累の有無を訊《き》く。なるべく安く使う魂胆なのか。それとも、いつでも首が切れると思っているのだろうか。

退屈そうに雑誌をめくっていると、友永がにこにこ笑って、ちょっと失礼します、と石黒に言い残して部屋を出て行った。オーバーを抱えているところをみると、外出なのだ。

石黒は、わずかに頭を下げただけだった。

片山幸一は、ふと気づいて、新聞の綴り込みを引っぱり出した。

入念に繰ってみたが、昨夜の夕刊に載っていた漂流死体の記事のつづきは、どの新聞にも出ていない。

たしか、解剖は昨夜からはじめたはずである。すると、今朝の新聞には間に合わなかったのかもしれない。

片山は、あの夕刊記事を読んで以来、それが一番気がかりになっていた。

死んだ人間の身元が確認されてないのだから、まだそうだとは決めかねるが、「本橋」というネームは有力な手がかりだ。世間にめったにない名前だし、新聞記事の伝える死体の特徴もなんとなく編集者といった感じがする。

直感としても本橋秀次郎に間違いなさそうだった。時が時である。本橋が異常な死に方をするだけの予感が、片山の心のどこかにあったのだ。

片山は、ようやく、初日の勤めを終った。六時が退社時間である。友永はいまだに帰って来ない。

「お先に失礼します」

と片山は石黒に言って部屋を出た。石黒は、わずかに頭を振っただけだった。

どうも、少々、期待はずれのようだ。この会社にはいった途端、おもしろいことがあるような気がしたのだが、当てが違った感じだ。しかし、まだ、最初だから無理もない。先方は、馴《な》れるまで遊ばせておこうというつもりかもしれない。

片山は、駅に寄って立ち売りの新聞を求めた。

いきなり社会面を開いて、見出しを読んだ。見当らない。

もう一度読み直した。すると、下のほうの隅《すみ》に、その記事があった。

「二十六日に東京湾大森沖で漁船に発見され届け出られた、四十五、六歳くらい、〝本橋〟のネームのある洋服を着た男の水死体については、東京水上署で検屍《けんし》したところ、他殺の疑いが希薄となり、事故死か、自殺死かの線が強くなった。解剖の結果は、今夕中にわかるはず」

翌朝、片山は寝床から起きると、第一番に新聞を取りに行った。

社会面を開くと、隅のほうに、一段組みで五、六行の関係記事が出ていた。

「大森沖で漂流していた死体は、都監察医務院で解剖の結果、他殺の疑いは消え、自殺か事故死による溺死体《できしたい》と決定した」

なあんだ、と思った。

本橋秀次郎らしい男は他殺ではなかったのだ。片山は、ちょっとがっかりした。しかし、まだ諦《あきら》められない。もし、この死体が本橋秀次郎だとすると、過失や自殺よりも、他殺がもっとも似つかわしくはないか。

「新世紀」編集長は、片山が目下捜している人物だが、この場合、彼が自殺したというよりも、他殺だというのがいまの感じではぴったりのような気がする。

事故死というのは、どういうことだろうか。たぶん、船の上から誤って海中に墜落し、溺死を遂げたということかもしれない。だが、それは、本橋秀次郎が自殺するよりももっと不自然な気がする。自殺の線が考えられないのだから、もちろん、事故死も彼には納得できなかった。

なんといっても本橋秀次郎には他殺が適切である。

この間からの「新世紀」に絡《から》まる一件にしても、たいそうふしぎである。あの告知板の返事をした男さえ、さっそく、正体不明の盗賊にはいられたではないか。やはりこれは他殺の疑いがある。

水上署も、監察医務院も、どういう根拠で他殺を否定したかわからない。新聞記事のかぎりでは、死体の身元はまだ判明していない。

それなら、これから水上署に行って一つ事情を訊いてみよう、と彼は考えついた。どうも、このままでは気持が納まらない。

柿坂経済研究所の出勤時間は午前十時である。すると、それまでに水上署に行って来る時間は十分にあるのだ。

阿佐ヶ谷から水上署のある芝《しば》までは、乗りものでも相当な時間だった。それでも朝が早いので、五十分くらいで着いた。

電車を降りて、海岸に向って歩くと、倉庫街には朝の陽が斜めに射《さ》していた。道路には絶えず品物を積んだトラックが走る。

正面に海が見えた。月島《つきしま》が、冬の光を含んだ朝靄《あさもや》の中に霞《かす》んでいる。

水上署は古びた建物だった。

正面のドアを押してはいると、どこの警察署にもあるように、長いカウンターが横に延びている。その中で、私服や官服を着た署員が机の前に坐っていた。署員の一人がまん中のストーブに火をおこしていた。

ただ、普通の警察署と違うのは、壁に救命浮標《ブイ》がならべて掛けてあることだった。

片山幸一は、近くの机にいる署員に声をかけた。

「ちょっと、お訊《たず》ねいたしますが」

中年の警官は顔を向けた。

「何ですか？」

「新聞を読んで来たのですが、こちらに漂流死体が揚がったそうで、それについてお伺いしたいのです」

「どういうことですか？」

「あの死体は、もう、身元がわかりましたか？」

「いや、まだです」

署員は、片山の顔をじろじろ眺《なが》めた。

「何かそのことで？」

「はあ。新聞によると、死体の着ている洋服に〝本橋〟というネームがあると出ていました。本橋というのに、ぼくの心当りがあるのですが」

署員が椅子《いす》から起《た》って来た。

「詳しく聞きましょう。まあ、こっちへお回りください」

向うの隅では、出勤して来た署員が、次々に出勤簿に判コを捺《お》していた。

片山幸一はカウンターの横からはいって、署員の前に進んだ。

「お掛けなさい」

彼は椅子に坐った。

11

片山幸一と対《むか》い合った警官はまだ若かった。

「お名前と住所は?」

と訊く。

片山は、咄嗟《とっさ》に本名と本当の住所は言わないほうが安全だと判断して、思いついたデタラメの住所氏名を述べた。

「ちょっと、お待ちください」

若い警官は、書き取ったメモを持って椅子から起ち、机の列の奥に坐《すわ》っている、肥《ふと》った上司のところへ何か告げに行った。

「どうぞ、こちらへ」

若い警官は戻って来ると、片山を招いた。

何という階級か知らないが、袖《そで》に金筋が一本はいっている、四十近い、赧《あか》ら顔の人だった。

「どうも、ご苦労さま」

その人は笑いながら片山を椅子に招じた。

「大森沖に流れていた死体に、心当りがあるんですって?」

彼は部下の警官が書いた片山の住所氏名に眼を落して訊いた。

「はあ。新聞で読んだものですから」

片山は、かじかんだ手をこすった。

ストーブは容易に火が燃えつかない。がらんとした署内は寒いことおびただしい。

「なるほど。それで特徴がおわかりになったわけですね」

「そうです。死体の着ている洋服に〝本橋〟というネームがあることを新聞で見ました。

その名前に心当りがあります」

「そうですか。それはあなたの友人ですか?」

「友人というほどでもないが、まあ、知人でしょう」

あんまり突っ込まれると困るので、片山はその程度で押えた。

「なるほど。その人は本橋何ていいますか?」

「本橋秀次郎です」

主任は(たぶん、彼は主任であろう)すぐに、その名前を鉛筆で書いた。

「年齢は?」

「大体、四十五、六です」

「住所は?」

「それがよくわかりません。実は、ぼくも、その後どうしたのかと捜していたところです」

「ははあ。すると、その方はどういうことをなさっていたのですか？」

「前には雑誌の編集長をしていました。雑誌の名前は『娯楽世界』といい、発行所は神田のほうにありました竜虎社といいます。その前は『新世紀』という雑誌の編集長もしていました。もっとも、今ではどちらも潰《つぶ》れてしまいましたが」

「それはいつごろですか？」

「そうですね、戦後に出た雑誌で、一時期、ちょっと景気がよかったのですが、二年ばかりで消えたと思います」

これは想像だった。

「あなたとはどういう縁故ですか？　いや、この本橋という人とですよ」

「二、三度、この人に会ったことがあります。実は、ぼくもそのころつまらない小説みたいなものを書いていましてね。その原稿を、編集長をしている本橋さんに見せたことがあります。もっとも、その原稿はボツになりましたが」

「あなたは、その本橋という人の顔を見ればわかりますか？」

「もちろん、わかります。記憶がはっきりしていますから」

「で、ここに来られたのは？」

「はあ。新聞によると、身元もわかっていないし、したがって引取人もないようですから、もしや、死体が宙に迷っているのではないかと思って、ご参考までに届けに来たのです。それがぼくの知ってる本橋さんだったら、気の毒ですからね」

「そりゃ、どうも、わざわざ」

これが殺人事件だったら、主任はもっと熱意を示したかもしれない。が、すでに過失死と決定している今は、犯罪ではないので、単に届人の親切を感謝するだけのようだった。

「まだ身元はわかりませんか？」

「そうなんですよ。それで弱ってるんです。死体は解剖したが、まだ監察医務院に置いてあります」

「わからないときは、どうなるんです？」

「いつまでもあそこに置くわけにいかないから、いずれ、仮埋葬して、届出を待つわけですがね。どうでしょう、あなたが本人の家族をご存じなら、連絡を取りたいのですが、教えてくれませんか？」

「いや、それは全然わからないんです。こちらが知りたいくらいなんですが、ただ、今日、ここに伺ったのは、その死体が本橋さんではないかと思って来ただけなんです」

「死体を見ていただくと、一番いいんですがな」

主任はちょっと考えていたが、

「きみ、きみ」

と、さっきの若い警官を呼んだ。

「鑑識に行ってね、こないだの死体の写真を持って来てくれないか」

「わかりました」

警官は出て行った。

待っていると、署員がぞくぞく出勤して来る。中央の大きな机にも、偉い人がオーバーを脱いで坐った。窓からポンポン船の音が聞える。

片山は腕時計を見た。

「持って参りました」

若い警官は、茶色の封筒にはいったものを主任の前に出した。

「これですよ。死体をここに引き揚げたとき、写真に撮《と》っておいたんですが、まず、顔を見てください」

封筒を片山のほうに渡した。

「ただし、相当痛んでいますからね。さあ、顔の確認ができるかな?」

片山は、封筒から写真を出した瞬間、ぎょっとなった。

現場写真というので覚悟はしていたが、こんなにひどいとは思わなかった。

最初の一枚は、死体を全体から写したのだが、胴がふくれ上がって浮標袋《うきぶくろ》みたいになっている。洋服の上衣《うわぎ》が糊《のり》でも付けたように、かちかちに死体の胴に張り付いていた。容貌《ようぼう》はさらに無残である。

次の一枚は顔の拡大写真だった。

片山は思わず眼をそ向けたくなった。白黒の写真だから色はないが、黒ずんだ部分がよけいに陰惨に写った。眼の辺《あた》りが特にそうで、この顔には目玉がない。ちょうど髑髏《どくろ》のように黒い穴があいている。

どす黒い斑点《はんてん》は顔中いたるところにあった。唇《くちびる》はもぎ取られたようになって、歯がむき出ている。

「どうも刺激の強い写真で、恐縮ですな」

主任が片山の顔を見て言った。

「海上を、大体、二十日間くらい漂流していたものですから、魚に食われたんですな。顔についている無数の疵《きず》はそのあとですよ」

主任は言う。

「そら、目玉なんかもないでしょう。唇も切れていますね。こんなところが魚に一番にやられるんです。東京湾にはアミがたくさんいます。アミというのは、ほら、塩辛い佃《つくだ》煮《に》にするあれですよ。あいつが食うのです」

片山は、あの微細なエビのようなものがこんなに人間の死体を食い散らすのかと、はじめて知った。

「それに、寿司《すし》屋で握るシャコというやつがあるでしょう。あれなんかも、人間の柔らかい部分を食いますからね」

片山は勇気を出して顔写真を見つめた。少し長めの髪が乱れている。正常といえばそれくらいで、あとは顔の道具を備えていないといってもよかった。鼻なども食い荒されている。

「どうですか。あなたの知っている本橋さんに似ていますか？」

片山幸一は考えた。

「どうも、よくわかりませんが」

そこまで言うと主任はうなずいた。

「ごもっともです。こういう顔では、たとえ、この方の家族が見ても、確認はできないでしょうね。しかし、本橋という苗字《みょうじ》に心当りがおありになるとすると、間違いではないように思います。いったい、あなたの知っている本橋さんは、いつごろから行方《ゆくえ》不明になったのですか？」

「さあ、その点がぼくにもはっきりわかりません。何しろ、この人と別れてから、もう十年ほどになりますから」

「それじゃ、ちょっと弱りましたな」

主任は考えていたが、

「この人の着ていた洋服の布が、こっちに保存してあります。何でしたら、それも見てくれますか？」

洋服を見ても仕方がなかったが、ここまで来た以上、主任の言葉に従うことにした。

「こちらに来てください」

主任は部屋を出て行く。ひどく狭い廊下を主任の後《あと》から歩いた。両方に部屋があって、入口に警部補の名前が書いてある。取調室のようだった。

主任が案内したのは、その奥の部屋である。上には鑑識課という名札が出ていた。

主任が戸を開けてはいると、鑑識課の職員が椅子から立った。

「一昨日、着いたホトケさんの布を出してくれ」

若い課員は隅に置いてある箱を開いて茶色の大きな封筒を取り出した。

「これですよ、本人が着ていたのは」

主任は封筒から洋服の布地を出す。それは茶色がかった紺色の布地だ。

「どうも、はっきり憶《おぼ》えがありません」

布地は洋服屋の見本みたいに、部分が切り取られている。洋服は死体と一緒に監察医務院に行っているに違いなかった。

「死体の洋服のポケットに、何か身元を知る手がかりのようなものはありませんでしたか」

片山は訊《たず》ねた。

「それなんですよ。それがあると、われわれも多少助かるんですがね。何しろ、海中に長いこと漬《つ》かっていたので、ポケットの中のものは、ほとんど流失しているようです」

主任は言った。

「そうですか。残念ながら、この洋服地だけでは本橋さんと言いきる自信がありません。何しろ、ぼくも長い間、彼に会っていないので、最近、彼がどんな洋服を着ていたかもわからないんです」

「そうでしょうな」

ふたりは鑑識課から出た。

「ところで、どうなんです?」

主任は片山と歩きながら訊《き》いた。

「顔写真では、あなたの知っている本橋さんという感じは強いのですか?」

「そうですね」

片山は、どう返辞しようかと思ったが、結局、決心した。

「あんなに変ってしまっては、人相のわかりようがありませんが、髪の形といい、額のあたりといい、本橋秀次郎さんのような気がします。それに、本橋という苗字はそうざらにはありませんから」

「なるほどね」

どうやら、主任はその死体を本橋秀次郎と決めたようだった。

「そいじゃ、身元は一応本橋秀次郎さんを有力としておきましょう。しかし、弱ったな。家族の居所がわからないとなると……」

ふたりは、もとの部屋にもどった。

「あの、ちょっと伺いますが」

片山は、主任が席に着いたところで訊いた。

「新聞によると、あの死体は過失死ということになっていますが、そのとおりでしょうか」

「そういうことになっています」

赧《あか》ら顔をうなずかせて、主任はじろりと片山を見た。

「それは、どういうところから決ったんですか？」

「死体を検案したところ、べつに外傷もなく、また解剖しても不審の点がなかったからです」

「これはぼくの素人《しろうと》想像ですが、たとえば、その人を殺して海に投げ込んだ場合は、どうでしょう?」

「いや、それはすぐわかりますよ。あの死体は、肺臓に海水を飲んでいましたからね。死んだあとで海に投げ込めば、もちろん肺まで水を飲むことはありません」

「大森沖で二十日間も漂流していたとすると、警察のほうで、その人間がどこから海に飛び込んだかわかりますか?」

「いや、そいつはわかりませんな」

　主任はうす笑いした。

「東京湾の潮流は、案外、複雑なんですよ。それに、満潮時と干潮時とでは、同じ入水《じゅすい》しても、死体が流れて来る場所が違います。隅田川《すみだがわ》の上流で身を投げた人が木更津《きさらづ》の沖で発見された例があり、また、築地《つきじ》の沖で身投げした人が向島《むこうじま》に浮んでいたという例もありますからな」

「過失死というと、どういうことでしょうか?」

「そうですね、まず、考えられるのは、酔っ払って海に向って立小便をしているとき、ふらふらと落ち込む場合があります」

「ああ、そういうときには、ズボンの前ボタンがはずれてるわけですな」

「ま、そういうことで判断はしていますがね。しかし、必ずしもそうとは限りませんよ。たとえば、酔っ払っていると、ボタンをはずす前に落ち込むことがあるし、用を達してボタンを掛け終ったとたんに、ふらふらとなって落ちることもあるし、また、落ちる場合が必ずしも小便のときだけとは限りませんからね。とにかく、証拠がない限り、前ボタンのことだけではっきりと他殺と断定はつきませんよ」

「すると、水死体の場合は、自殺か、あるいは他殺……他殺といっても、後ろから突き落したり、投げ込んだりする場合ですが、その区別はつかないわけですね?」

「そうなんです。その点が一番、厄介です。なにしろ、死体となって浮び揚がれば、自殺も他殺も同じ条件になりますからな」

　片山幸一は頭を下げた。

「どうも、いろいろとありがとうございました。ぼくはこれで帰ってよろしいでしょうか?」

「どうぞ、お引き取りください。また何かあったら、来ていただくことがあるかもわかりません。その節はよろしく」

「わかりました」

　片山幸一は水上署を出た。海のほうを見ると、大きな外国船が入港して来ているところだった。

彼は電車に乗った。水上署で案外時間を取ったので、今朝はちょっと遅刻するかもしれない。

しかし、行っただけの甲斐《かい》はあった。あれはおそらく本橋秀次郎であろう。まだ本人を見たこともないが、おそらく間違いあるまい。

新聞の報ずるところによると、過失死に決定したとあるが、いま、主任に会っての話は、どうやら、過失死に決定したのも、べつに他殺という証拠がないからそうなったにすぎないようだ。裏返して言うと、他殺か、自殺か、過失死か決定がつかないので、ひとまず過失ということになったようだ。

それでは他殺の線だって十分に考えられるではないか。死体にその痕《あと》を残さないようなことは幾らでも工作ができる。

片山はなぜ、本橋の死をこう他殺にばかり結びつけようとしているのか。「新世紀」の一件から、どうしても編集長の死を自然には考えられないからだ。

では、本橋秀次郎を他殺として考えるなら、なぜ、彼は消されたかである。

本橋は編集長だった。編集長となれば、雑誌について全部のことを知っている。彼は知り過ぎていたために殺されたのではなかろうか。

すると、どういう点が知られ過ぎている人間にとって都合が悪かったのだろうか。

片山幸一は、家に帰ったら、複写した「新世紀」のページをもう一度ゆっくりと検討してみることにした。

12

「おはようございます」

片山幸一が調査部にはいると、石黒はもう来ていた。

石黒は、本を読みながら片山のほうをじろりと見て、低い声で、一口「おはよう」と言った。

例のロバみたいな友永は、まだ来ていない。

片山幸一は、自分の机に坐《すわ》ったが、さし当り何もすることはなかった。

「石黒さん。調査部というと、主な仕事は、どういうことなんですか？」

片山幸一は、少し身体《からだ》を石黒のほうにずらせて訊《き》いた。仕事の内容に見当をつけたい気持もあったが、無愛想な石黒に何とか親しみを持たせたい意志もあった。

「そうですね」

石黒は本から眼を離した。身体の動かし方もくたびれたようにのっそりとしている。

「『情勢通信』のほうから、資料を調べてくれと言ってくることもあるし、橋山氏から頼まれることもあります」

「そのときにだけわれわれは活動するのですか?」

「活動というほど派手なもんではないですよ」

口の重い石黒が、ようやく会話らしいものに乗ってきた。

「ただ、調査資料を調べればいいんです」

「すると、外に出て調査をするとか、情報を集めるとかいうようなことはないのですか?」

片山幸一は、そういうことが調査部の仕事だと勝手に想像していたのだ。

「そんなもんじゃありません。いわば、ここは縁の下の力持ちみたいな仕事です。目立ちませんがね」

「しかし、橋山さんの説明によると、この研究所には内偵部門というものがあって、相当、活発に動いてるという話ですが」

「橋山氏がそんなこと言いましたか」

石黒は、はじめて唇にうす笑いらしいものを泛《うか》べた。

「そういうものもあるでしょうな」

「この部とは関係ないのですか」

「全然、関係ありません。ここは、統計だとか、記事だとかの資料を調べて出すだけです」

片山幸一は失望した。自分の希望は、思いきり飛び回って活動することである。こんな隠居仕事みたいな作業をさせられるとは思わなかった。

「そうすると、世間でいう、いわゆる柿坂機関というものは、だれが掌握しているのですか？」

「柿坂機関ですか」

石黒はまた笑いを泛べた。

「もし、そういうものがあれば、やはり橋山氏でしょうな」

「では、橋山さんが所長の意志を代行して、そういう采配《さいはい》を振るってるわけですか」

「まあ、そんなところでしょう」

石黒はのっそりと答えた。

「けど、われわれにはよくわかりませんよ」

何を訊いても、手応《てごた》えのない男だった。第一、その風貌《ふうぼう》や態度からして弛緩《しかん》している。だが、話してみると、とっ付きの悪い外見のわりに、そうでもないようだった。不機《ふき》嫌《げん》そうに見えるのは、この男の性分なのであろう。

ロバのような友永は、昼になっても姿を現わさなかった。

「石黒さん。友永さんはお休みですか」

石黒は机に肱《ひじ》を突いて顎《あご》の下を支《ささ》えている。

「さあ、どうでしょうかね」

「いつも出勤は遅い人ですか？」

「まあね」

「外で仕事をしてらっしゃるんですか？」

「さあ、どうでしょうか」

「あの人は活動家ですね」

「どうしてわかりますか？」

石黒は鈍い眼で片山を見た。

「昨日、はじめてここに坐ったわけですが、友永さんはいつも外部にしきりと電話してらして、活躍されていたようじゃありませんか？」

「そうでしたかね」

石黒は問題にしているのかいないのか、依然としてはっきりした反応を示さなかった。

片山幸一は、ふと、この石黒と友永とがうまくいっているのかどうかを考えてみた。彼がここへはいる前は、両人だけでこの部屋にいたのだから、たいそう仲がいいか、または反目し合っているか、どちらかであろう。

だが、石黒の性格からすると、友永の軽い態度が気に入らないのかもしれない。友永についての返事も、わざと当り障《さわ》りのないような答え方である。

その日は、無為に過ぎた。橋山義助が何か用事を言いつけに来るかと思ったが、姿を現わさない。むろん、柿坂所長の姿も見ない。友永もとうとう来なかった。一日中、陰気な石黒と一緒に過した。

片山幸一は、まっすぐに下宿に帰った。調べる仕事があるのだ。彼は本箱の底に忍ばせてある、例の複写コピーを取り出した。

彼は、まず、目次面を開いた。コピーは実物同様に活字が鮮明に出ていた。

「東京裁判の歴史的反省」「昭電・造船両疑獄の性格」「マッカーサー元帥《げんすい》物語」「初のチベット潜入記」「戦後文学の新しい諸問題」――こんなものを見たってはじまらない。

このような記事に、いわゆる「秘密」がありそうには思われなかった。

すると、「政治資金の脱け道」「戦争責任の分析」「非米活動と非日活動」「新世代の新人物論」――こんなところだろうか。そのほかに「反ファッショ思想と知識階級」があるが、これも問題ではあるまい。

だが、「非米活動と非日活動」の記事も大したことはなかった。今から見れば多少回顧的な意味はある。その次の「新世代の新人物論」にしても同じだった。ここで取り上げられている五人の人物は、今日ではもう有名になっている。この雑誌が出たときは、さほど名前が知られていない連中だったのだが。

記事はその経歴の紹介といった程度だった。現在では、もう、常識化していることだ。結局、何回も繰り返したように、こんども心当りはなかった。

しかし、片山幸一には、あくまでも、本橋の死がこの「新世紀」とつながっているような気がする。いや、確信しているのだ。ただ、いまはそれが発見できないだけなのだ。そのうち、ほかからデータが集まって来れば、解釈の手がかりが摑《つか》めるだろうと思った。彼はそれを元どおりに本箱の底に納めた。

さて、まだ時間は早い。

手がかりといえば、一刻も早く長尾智子を捜し出すことだ。彼女と本橋秀次郎とは、あの雑誌社が解散して以来、縁が切れているかもしれないが、あるいは続いているかもわからないのだ。いずれにしても、長尾智子に逢《あ》うことが先決問題だった。

一昨日、キャバレー〝ボーナン〟に行って早苗という女に逢ったが、長尾智子は、友だちの早苗のところにときどき姿を現わすということだったが、あれ以後、彼女は逢っているかもしれない。

今夜は〝ボーナン〟に行ってみることにした。こんなことで金を使うのはバカバカしいが、今はやむを得まい。

彼は八時半ごろから新宿に行った。

時間が早いせいか、まだボックスはがら空《あ》きだった。

「いらっしゃいまし」

というボーイの声も景気をつけている。

「どうぞ」

奥まったボックスに案内された。

「ご指名は？」

「早苗さんを呼んでくれ」

「かしこまりました」

ボーイは歩き去ったが、しばらくすると、早苗さん、と呼ぶ声が聞えた。

「いらっしゃい」

眼の前にふわりと裾《すそ》をひろげて早苗が坐った。まがいものの真珠の首飾りが、厚い胸に捲《ま》きついていた。

「こないだは、どうも」

彼女は上眼づかいに片山を見て笑った。

「忘れないで来てくださったのね。うれしいわ」

早苗はにこにこしていた。

片山幸一が煙草《たばこ》を取り出すと、彼女は胸の間からマッチを取り出し、火を点《つ》けてくれた。安い香水の匂《にお》いが鼻に漂った。

「どうだね、長尾さんに逢ったかね？」

彼は烟《けむり》を吐いて訊いた。

「あら、そんなことでいらしたの？　つまんないわ」

それでも、彼女は逸早《いちはや》く指名がついたことで機嫌がいい。

「でも、いいわ。こうしてすぐに裏を返してくださったんですもの」

ボーイがハイボールを運んで来た。

「君、何か呑《の》めよ」

「いただくわ。ボーイさん、ジンフィーズ」

「で、どうなんだい？　彼女はやって来たかい？」

「いやに急ぐのね」

「そりゃそうだ」

「たいそうご執心なのね」

「冗談言うな。彼女はまだ見たこともない」

「見ぬ恋に憧《あこが》れるってこともあるわ」

ジンフィーズが来た。

「いただきます」

彼女はグラスを片山のハイボールに合わせた。

「来たのかい？　来なかったのかい？　そう焦《じ》らすなよ」

「じゃ、言っちゃおうかな」

「本当に来たのか？」

「そんなに身体を乗り出さなくてもいいわ。今、話して上げるわ」

「そうか。そりゃありがたい」

「昨夜《ゆうべ》、彼女がぶらりとやって来たのよ」

「そうか」

片山は何となく吐息が出た。

「で、訊いてくれたかい？」

「ええ、頼まれたことだけはね」

「どこで働いているの？」

「ナイトクラブだって。赤坂の〝レッドスカイ〟に、三カ月ぐらい前から出てると言ってたわ」

片山幸一は、はっとした。

〝レッドスカイ〟だったら、この前、橋山義助と一緒に行った店ではないか。

「そこまで訊き出すのも骨だったわ。あれで酔っ払ってなかったら、まだ隠してたかもしれないわ」

「酔って来たのか？」

「もう、カンバンになる前にね、お客さんと一緒にはいって来たのよ」

「へえ。で、その店では彼女、何という名前でいるの。やっぱりユリ子かい？」

「ううん、ノリ子というんだって」

片山幸一は手帳を出して、忘れないようにその名前をつけた。

「で、彼女の住所は？」

「あら、いやだ。まるで刑事さんみたいね」

女は、片山が手帳を構えているものだから、じろりと見た。

「いや、そういうわけじゃない、なるべくなら、店で逢いたくないから」

「お生憎《あいにく》さまね。それはどうしても言わなかったわ。もっとも、お客さんと一緒だから、彼女のほうもゆっくり話をする間もなかったけれど」

「この次、来ると言ったかい？」

「そう言って帰ったけれど、またいつのことやら当てにならないわ」

これだけ聞けば、まあ、十分だった。

「勘定してくれ」

「あら、もう、帰るの？　現金ねえ」

「急に用事を思い出したんだ」

「彼女に逢いに行くんでしょ?」

「今夜は行かない」

「そのうち、彼女と仲良くなったら、一緒にうちにいらしてね」

やはり職業である。そんな愛想を言うのを忘れなかった。

片山幸一は都電に乗った。豪華なナイトクラブに遊びに行くのに、都電は少々情けないが、懐《ふとこ》ろが心もとないので、こんなところでも倹約しなければならなかった。

この間は橋山の勘定だったが、今日は自分の懐ろから出るので、最低に仕上げなければならない。儀仗兵《ぎじょうへい》のようなドアマンにお辞儀されても、ボーイに鞠躬如《きっきゅうじょ》として案内されても、はなはだ心持ちが悪かった。

この前は二階のレストランだったが、今日は女を呼ばなければならないので、階下のホールにはいった。正面は広いステージとなっていて、男女の客が縺《もつ》れ合って踊っている。楽団も甘いメロディを流していた。

「ご指名のホステスがございましょうか?」

ボーイが訊いた。

「ノリ子さんを呼んでくれ」

「かしこまりました」

小腰を屈《かが》めてオーダーを聞き、しゃれた格好で向うに行った。新宿あたりと違って、ここではすべて勿体《もったい》ぶっている。

片山幸一がステージのダンスをしている組を眺めていると、

「いらっしゃいませ」

とすぐ横に和服の女が立って、片山にお辞儀をした。

これが長尾智子なのか。

背の高い、大柄な女だ。細長い顔で、眦《まなじり》がきりっとして、鼻筋が通っている。前懐ろを少し広目に開き、白い衿《えり》をほとんど見えないくらいに重ねているのは、近ごろの水商売の女の流行《はやり》である。細かい柄の着物を着ている。

「あら、はじめてお目にかかりますわね。わたくし、指名だとボーイさんから聞いたので、前にお逢いしたことがあるかたかと思いましたわ」

彼女は片山幸一の前に坐《すわ》って、あでやかに笑った。若く見えるが、もう三十二、三くらいだろうか。

「君がノリ子さんだったね」

片山幸一は、のっけから言った。

「君はぼくを知らなくても、ぼくのほうが君を知っているよ」

13

片山幸一がいきなり、君を知っている、と言ったものだから、ノリ子は眼をまるくした。

「あら、どこかでお目にかかったかしら？」

そのままの眼で片山を見つめた。

「いや、君に逢ったのは、今夜が初めてだがね」

「でしょう？　わたくしは、あなたに見憶《みおぼ》えがないんですもの。でも、どうしてわたくしをご存じかしら？」

「ノリ子さん。実はね、ぼくは君の本名まで知ってるんだよ」

「え」

「あなたは長尾智子さんでしょう？」

「おどろいた」

彼女は息を呑んだような顔になって片山を見つめた。

ここで、彼女はようやく、片山が単に遊びに来たのではないことを覚《さと》ったらしい。それまで職業的な表情だったのが、急に個人的な顔つきにくずれた。

「あなたは、どなたですか？」

彼女は怪訝《けげん》そうに訊いた。

「ぼくは、片山というんだがね。片山幸一……」

「片山さん？　存じ上げない名前だわ」

「それは無理もない。ぼくが長尾智子さんという名前を知ったのも、最近だからね」

「だれからお聞きになったの？　いえ、どうしてわたしの本名なんかご存じなの？」

「率直に言うとね」

片山は切り出した。

「ぼくは、本橋秀次郎さんという人を捜しているんですよ」

片山は、そう言いながら彼女の顔をうかがったが、そこには明らかに本橋秀次郎を知っている表情が出ていた。彼女の瞳《ひとみ》は瞬間だが、かすかなうろたえを見せて伏眼になった。

「ぼくはある用事で、長いこと本橋さんの行方を捜しているんでね」

「そう、それで、わたくしをお訪ねになったのね？」

「本橋さんが『娯楽世界』という雑誌の編集長をしていたころ、あなたがその下で働いていたことを聞いて来たからです」

彼女は考えるような眼《まな》ざしになり、灰皿の横に立ててある店のマッチを取って、指先で弄《もてあそ》んだ。

　ステージの音楽が、マンボからブルースに変った。

「ずいぶん、捜すのに苦労したよ。近ごろ、やっと、その編集部に、長尾智子さんという女性が働いていたことを聞き込んでね。そこまではいいが、さて、それから、その長尾さんがどこにいるかわからない。ここに来るまでは苦心したよ」

「でも、よくわかりましたね」

　彼女はマッチを指に挟《はさ》んだまま言った。

「だれからお聞きになったの？」

「そもそもの始めは、出版同友会へ、ぼくが訊《き》きに行ったとき、偶然、遊びに来ていた女の人だが、その人は名前を教えてくれなかった。それから、銀座、新宿と捜しまわったよ」

「わかったわ。最後は早苗ちゃんでしょう」

「まあ、そんなところだ」

「そう。で、本橋さんのことで、わたくしに何を訊きたいとおっしゃるの？」

「本橋さんが、いま、どこにおられるか、あなたが知っていれば、教えてもらいたいと思ったんです」

　片山幸一は、うす暗いスタンドの光が当っている彼女の顔を凝視した。その顔色から当の本橋秀次郎の死を彼女は知っていないのだと判断をつけた。

「さあ、知りませんわ」

「ほんとに知らないの？」

「前の素姓がバレたんだから、べつに匿《かく》すこともありません。『娯楽世界』に勤めていたのは、十年以上も前ですからずっと若いころでしたわ。その雑誌がいけなくなって、会社が解散になった後、わたしはこんな世界にはいりましたから、本橋さんとつき合っていたのは、その時期だけですわ」

「では、現在の本橋さんを知らないわけですね？」

「もちろんですわ。噂《うわさ》にも聞いたことがありません」

「それでは訊きますが、あなたが知っているころの本橋さんはどこに住んでいましたか？」

「なんでも、吉祥寺《きちじょうじ》のほうに間借り住いだと聞きました。でも『娯楽世界』が解散になって、あの方は奥さんの実家に帰ったんじゃないでしょうか。一時期、そちらのほうに身を寄せたと思います。そんなふうなことを話していましたから」

長尾智子はようやく落ち着いたとみえ、片山幸一の煙草《たばこ》から一本ぬき取って、持っているマッチで火を点《つ》けた。

「奥さんの実家だって。それはどこですか？」

「千葉県の木更津のほうだと聞きましたわ。なんでも、網元をしているという話でした」

「今でも、そこに実家があるのかな?」

「そんなことはわかりませんわ。ただ、わたくしは、そのころ、本橋さんがそんなことを話していたということだけを申し上げているのです」

「わかった。むろん、木更津のどこだか知らないだろうね」

「知りません」

「君と本橋氏とのつき合いは『娯楽世界』からはじまったの?」

「いいえ、本橋さんは、その前に『新世紀』というのにおられたので、わたしはその下にいたのです。そこが潰《つぶ》れて、『娯楽世界』に移るとき、わたしを引っ張ってくれたのです」

「え、君も『新世紀』にいたのか?」

片山は穴があくほど長尾智子を見つめた。

「それなら訊くが」

と彼はせき込んだ。

「その当時、『新世紀』に寄稿していた人たちは、どういう関係の人か知っている?」

「そうですね、いろいろあったと思いますわ。でも、『新世紀』は、わずかの人たちを除くと、たいてい、新聞記者や、雑誌の編集者などのアルバイトでしたわ」

「すると、ほとんど、ペンネームで書いていたわけだね？」

「そうなんです。内職に、そういう人たちが勝手な名前をつけて寄稿していたようです。どういう人が書いていたか、『新世紀』のときは本橋さんが全部握っていたからわかりません」

スタンドの淡い光は、長尾智子の鼻から顎《あご》にかけて照らしていた。広く開いた胸の一部分にも、その光が溜《た》まっている。なかなか、肉感的な佳《よ》い女だった。

「ついでに訊くけどね。当時、『新世紀』の編集をやっていた人たちは何人ぐらいだったの？」

片山は質問を続けた。

「そうですね……」

眼をふいと上げた。

「五、六人ぐらいでしたわ。その中に女のわたしが一人いたんです」

「ほかの人たちは、どうなっている？」

「さあ、どうでしょう。何分、昔のことですわ。全然、消息がわかりません」

「君も、本橋さんの、その後の噂を知らないのだね？」

「ええ『娯楽世界』がつぶれて別れたきりですわ……何か、本橋さんのことで?」

彼女は反問するように片山を見た。

「そうなんです。どうしても、彼に会いたいと思ってね。そうだ。都合によっては、その木更津の実家にも訪ねて行きたい。本橋さんの奥さんの実家は何という名だったの?」

「待ってください。確かに聞いた記憶があります。何でも、網元ではあの地方では古いほうだといって本橋さんが自慢していましたから」

彼女は首を傾《かし》げていたが、

「ああ、思い出したわ」

と指で軽くテーブルを打った。

「辺見《へんみ》さんとか、いっていたようです。確か、そんな名前でしたわ」

「辺見さんだね」

片山幸一は、それをすぐ手帳にメモした。

長尾智子は、片山の動作をじろりと見て、

「今ごろ、本橋さんをお捜しになるなんてどういうご用かしら?　興味があるわ」

と微笑しながら言った。

「なに、たいした用事ではないよ。なにしろ、両方の雑誌とも潰れてしまって、だれ一人として本橋さんを知っている人がない。要するに、君だけを本命だと思って、ずっと捜していたんだよ」

「おやおや、それはご苦労さま」

彼女は、ちょっと頭を下げた。

「でも、古い話ですわ。わたしも、あなたの話を聞いて、あのころのことを久しぶりに思い出しましたわ」

「苦労したんだろうね」

「そりゃ……苦労もあったし、愉《たの》しみもありましたわ。何しろ、戦後間もないことで、出版界の浮き沈みの激しい時代でしたわ。わたしも勉強になりました。……あら、勉強になって、こんなところにいちゃ面目ありませんわね」

長尾智子は笑った。

「いや、どこでもおんなじことだよ。これからは、ぼくも時たまここに顔を出すよ」

「お待ちしてますわ」

ブルースの曲が、また早いルンバに代った。

「踊りません？」

彼女はふたたび職業的な表情に立ち戻った。

「今日はやめよう。この次に来て君と踊るよ」

「きっとね」

片山幸一は会計を頼んだ。

「あら、もうお帰りになるの」

「少し、急ぐのでね」

ボーイを呼んで、伝票を作らせている間に、片山は別のことを訊いた。

「きみは、橋山さんという客を知らないかね？」

「橋山さん？」

考えていたが、

「存じませんわ。わたしのお客さんではありません。ほかの人が持っているかもしれませんわ。何しろ女の人だけで二百人からいますもの」

片山幸一は伝票を見て、たった一枚持っていた五千円札を出した。

そのおつりの中から千円札を長尾智子に渡した。

「すみません」

彼女はそれを二つに折って、帯の間に挿《さしはさ》んだ。

彼女はホールから長い廊下を歩いて、玄関まで見送ってくれた。その途中だったが、

「本橋さん、いま、どうしてるかしら？」

と呟《つぶや》くように言った。

彼女は本橋秀次郎が死んでいることを知っていないのだ。片山は、当分、この事実を彼女に黙っておくことにした。

「本橋さんというのは、いい人だったかね？」

「ええ、わたしたちにはやさしい人でしたわ。決して悪い人じゃありません。仕事もできる方でした」

「本橋さんは、当時、主にどんな人とつき合っていたかね？」

「さあ、それはよくわかりません。なにしろ、わたしはまだ若くて、原稿の整理だけで精いっぱいでしたから」

片山幸一は、そのナイトクラブを出て、赤坂の電車通りを歩いた。

長尾智子に千円のチップをやったのは、ちょっと痛かったが、本橋秀次郎の妻の実家を突き止めただけでも収穫である。それに長尾智子が「娯楽世界」だけでなく、「新世紀」にいたとは、意外な発見だった。いずれまたいろいろと訊きに行くことになろう。そう思って諦《あきら》めた。

明日は久しぶりの日曜日である。ゆっくり休んで鋭気を養わねばならない。

片山幸一は、次の休日に、木更津に行ってみることにした。東京から木更津に行くには、電車で千葉まで行き、さらに別の線に乗り換える。

もう一つのコースは、浜松町《はままつちょう》で国電を降り、そこの埠頭《ふとう》から木更津通いの定期船に乗るのだ。

どっちにしようかと、彼は考えた。

このとき、あることに気づいて、ふいに立ち停るぐらいにはっとなった。

本橋秀次郎の死体が浮んでいたのは大森沖ではないか。木更津と東京——この間に東京湾がひろがっている。死体が湾内を漂っていたのは、偶然ではなかったのだ。そうだ、木更津にはぜひ行ってみなければならぬ。


研究所に出勤すると、今日は朝から石黒と友永とが来ていた。

石黒は、相変らず背中を丸め、肱《ひじ》をついて雑誌に見入っている。片山が友永に挨拶《あいさつ》すると、

「先日は、失敬しました。ちょっと身体《からだ》の調子が悪くてね」

と、例のように歯茎を丸出しにして、反歯《そっぱ》を見せて笑っていた。

「もう、よろしいんですか」

「ええ、ありがとう。このとおり元気です」

友永は両肩を張るようにして見せた。

「どうです、少しは馴《な》れましたか?」

友永は片山ににこにこしながら訊いた。

「いいえ何をやっていいか、仕事がないので、ぼんやりしています」

「最初のうちは、それでいいですよ」

と、友永は慰めるように言った。

「そのうち、あなたが忙しくて困るほど用事が出るでしょう。まあ、それまでは、ゆっくり、その辺の本を読んでおいてください」

友永は煙草を二、三本立てつづけに吸い、二、三の雑誌をひっくり返していたが、やがて、オーバーを手に取ると、それを脇《わき》に抱えて出て行った。出勤して一時間も経《た》たないうちに、早くも友永は外へ飛び出して行った。

「ずいぶん、忙しい人ですね」

片山幸一は、むっつりとしている石黒に話しかけた。

「そうですな」

石黒は睡《ねむ》そうな眼つきをして雑誌の一ページを繰った。

「友永さんの外出は、やはり仕事でですか？」

片山にはどうもそのようには取れない。

「さあ、どうでしょうか」

相変らず石黒は煮えきらなかった。

やれやれ、今日も一日、この石黒とここに坐《すわ》って、気の乗らない経済雑誌を読まされるのか、と思っていると、午後二時ごろだったろうか。表のドアが開いて、秘書の鶴崎《つるざき》契子《けいこ》が現われた。

彼女の名前は一昨日、石黒にきいたばかりだ。

おやっと思っていると、つかつかと片山の横に来て、

「片山さん。常務さんがお呼びです」

と告げた。

今日は冴《さ》えたブルーのスーツを着ている。

「ありがとう」

片山は元気のいい返辞をした。

役員室にはいると、橋山義助がソファーに腰をおろして新聞を読んでいる。

「お」

橋山義助は新聞を置いて片山を見上げ、まあ、掛けなさい、と言った。

「はあ」

対《む》い合《か》せの椅子《いす》に掛けると、橋山義助は悠々《ゆうゆう》と煙草を咥《くわ》えた。

「どうだね、馴れたかね？」

「はあ、でも、まだ、これという仕事がないので、退屈しています」

「雑誌は読んでるだろうね？」

嫌《いや》だとも言えないので、読んでるというような顔をしてうなずいた。

「ところで、今晩、君に一緒に行ってもらいたいところがある」

「はあ」

「あるカクテルパーティだがね。そこには大勢知名の士も見えている。うちの所長も出席するはずだ」

「はあ」

「そこでだ。ぼくは所長のお供だが、君はなんとなくぼくの近くに付いていてくれたまえ」

「カクテルパーティの会場にも、一緒にはいるのですか?」

「はいる。そこで、君にぜひ見憶《みおぼ》えてもらわなければならない、ある人物の顔がある」

「どなたですか?」

「名前は、あとで教える。ところが、先方には、君に人相を見られているということを気づかせないようにしたい。だから、べつに紹介もしない。ただ、大勢集まって来るし、所長も、ぼくも、いろいろな人と話をしたり、挨拶したりするから、だれが当人かはわからないだろう。そこで、ここで合図を決めよう。その人物とぼくが話をしているとき、ぼくは自分の顔を二、三度撫《な》でるからね。それが当の人間だというサインだ……」

片山幸一は、急におもしろくなったと思った。

14

柿坂亮逸と橋山義助とは同じ車で、片山幸一の前を走っている。

会場はTホテルの芙蓉《ふよう》ノ間だった。これまで、Tホテルの前は何度も歩いたことはあるが、今度、はじめてその中にはいって行くのだ。

所長の柿坂亮逸は、むろん、片山幸一が「随行」していることを知っているはずだが、彼は研究所を出発するとき、片山には、わざと知らぬ顔をしていた。

これから何がはじまるのだろうか。

片山幸一は、仕事らしいものがやっと与えられたと思った。これこそ、待望の調査の手はじめである。

相手がいかなる人物かは、まだ知らされていない。しかし、とにかく、先方の顔を見憶えておけというのだから、今後、その人物関係が当分の自分の任務のようである。

その調査の目的は、まだわかりようがない。しかし、片山幸一は、その命令だけで、急に、生甲斐《いきがい》を感じた。調査という作業そのものが、彼に新しい意欲を吹き込んだ。

前の車は、Tホテルの横から門の中に辷《すべ》り込んだ。片山の車も、そのあとに続く。玄関前に停るのも、ほとんど同時だった。

ホテルのポーターが走り寄って、ドアを開けてくれた。片山幸一が降りるのと、前の車から柿坂と橋山とが出るのとが、同時だった。

言いつけどおり、片山幸一は橋山義助のうしろ五、六歩のところに従った。

ホテルの中は、往来のように人が多い。ただ、外と違っているのは、そこで見かける男女がいずれも盛装していることだった。

柿坂と橋山がクロークにコートを預けた。片山は、別のところで自分だけのものを預けた。柿坂亮逸は、風格を見せて荘重に片手をポケットに入れ、ゆっくりとエスカレーターのほうに歩く。橋山は、例の垢《あかぬ》抜けのしない顔で、そのうしろに密着していた。

片山幸一は、その二人から離れて、エスカレーターの段に乗った。二階に運ばれて豪華なロビーに突き当り、また三階の華麗な広間へとせり上がって行く。エスカレーターは、さすがにデパートほど混んでなく、きれいな衣装の婦人や、折り目正しい服装の紳士が、ステップに、まばらに鳥のように止って運ばれていた。

四階に受付があった。柿坂と橋山とは長いテーブルに五、六人ぐらい行儀よく並んでいる係りの前で、背をかがめて記帳していた。

片山は、どうしたものかと、ちょっと迷ったが、黙って素通りすることにした。幸い折から五、六人の客が受付の前に到着したから、その陰になって不思議がられることはなかった。

そこでちょっと足踏みしていると、柿坂と橋山とが知らぬ顔をして、彼の前をすぎ、低い階段を上がった。橋山だけが、ちらりと片山に視線を投げた。

緋絨毯《ひじゅうたん》を敷いた階段を上がったところが大広間になっている。客が充満していた。天井からは、水晶を重ねたような巨大なシャンデリアが垂れ下がり、柱も、壁の一部も、大理石だった。床の緋絨毯は靴が吸い込まれそうに厚い。正面に主催者側のある新聞社の大社旗が緞帳幕《どんちょうまく》のように垂れている。左右に六曲の金屏風《きんびょうぶ》、中央の卓に巨大な松の盆栽、両側に芙蓉を描いた日本画の装飾壁、それらにさまざまな線となって照射されている効果的で華麗な照明——片山幸一は息を呑《の》んだ。

バルコニーみたいに張り出した中二階からは、楽団が優雅な演奏をやっていた。広間のところどころには、白布をかけたテーブルが島のように配置されてある。その上に料理と酒のグラスがならべてある。客の群れはそれを取り巻き、海面のように停頓《ていとん》し、ゆるやかに動き、交流していた。

白服のボーイが、銀の盆にグラスを手品師のように夥《おびただ》しく載せて、客の間を泳いでいる。きれいな若い女性たちが、洋装和装とりどりで、男客に話しかけ、笑いかけていた。

要するに片山幸一が想像した以上に、ここは華美で貴族的で、夢幻の世界だった。

しかし、片山幸一は、眼をそんなものに奪われてばかりはいられなかった。彼には任務がある。絶えず人の肩の間から、橋山義助の姿を確保していなければならない。

その橋山義助は、常に柿坂亮逸の斜めうしろに控えていた。柿坂が歩けば、橋山も動く。同時に、目立たぬよう、片山幸一もあとを追う。

柿坂亮逸は、絶えず人と談笑し、次々と相手を変えていた。いつも穢《きた》ならしいと思っている白髪も、今日ばかりはなかなか見応《みごた》えがあった。その横顔は、絶えず鷹揚《おうよう》な微笑が漂っている。ときには顔を仰向けて笑うが、それでさえ、この高貴な雰囲気《ふんいき》を破るようなことはなかった。

片山幸一は、ただ、橋山義助だけを見つめた。彼がいつ例のサインをするかわからないからだ。手を挙《あ》げて顔面を二、三度撫でたが最後、片山は柿坂亮逸の話相手の人相を確かめ、金輪際、それを忘れることのないよう頭の中に刻みつけねばならない。その仕事のために、片山はこんな晴れがましい場所に連れ出されたのだ。

片山幸一は、とにかく感激した。

こういう場所に自分が出られるとは、夢にも思わなかったのだ。たった一カ月前、いや、一週間前でもいい。このような場所にわが身を置けることを、どうして想像し得たろう。洋傘会社の机で希望もなくソロバン玉をはじいていたときとは、まるで別の次元だった。

礼装の紳士たちが彼の前をよぎり、流れて来る。

拍手が起った。

楽団のいるところで、派手なドレスを着た、背の高い女がマイクの前に立っている。片山幸一が見上げると、それはテレビにも出たりしている高名な歌手だった。

やがて、シャンソンがマイクから流れて出た。ところで、会場の三分の一ぐらいの人が、彼女の唄《うた》を聴いている様子を見せているだけで、そのほかは、相変らず雑談と雑踏の交流だった。

片山幸一は、これにも感動した。普通だったら、これほどの人気歌手が唄うのだから、聴衆は一斉に彼女へ眼を向けて傾聴するはずだが、ここではほとんどの人間が無視した顔をしている。こういう超俗的な光景も片山の経験にないことで、感銘をうけた。

実際、橋山を尾行しながらも彼の眼は、ともすると会場に集まっている顔に奪われてゆく。それは、新聞や雑誌で見かけている写真の名士たちだった。これまで、ただ、印刷物の上でだけお目にかかっている人たちが、ここでは動き、しゃべり、隣人のように笑い声を立てているのである。

これも洋傘会社に勤めていては、一生出会えない場面だった。

柿坂亮逸と橋山とは、次々に何人かの人と挨拶《あいさつ》を交わしたり、話し合ったりしているが、例の橋山のサインはいっこうにはじまらなかった。片山は、両人が新しい相手をつかまえるたびに緊張して、橋山の手ばかり眺《なが》めているのだが、その手は上品に上衣《うわぎ》のポケットの中に納められたまま、かるがるしくは動かなかった。

柿坂が立ち話をする相手は、ほとんどが貫禄《かんろく》のある年配の紳士だった。たぶん、それは大会社の社長や重役といった人たちであろう。柿坂の話は五分間とつづかない。すぐに相手と離れて、別な人間との交驩《こうかん》がはじまる。

即《つ》かず離れず、といった格好で橋山のうしろから歩いている片山は、絶えず前面の人を分けて進まねばならなかった。人びとはテーブルに向って、グラスを持ったり、オードブルをつまんだりして、停止しているようだが、実は、少しずつ位置を変えて動いているのだった。

こうして、何人目かの人間と柿坂亮逸が話した挙句《あげく》、いま、柿坂がハイボールのグラスを手にして対い合っているのは、年配およそ四十二、三歳ぐらい、眼鏡を掛けた、痩《や》せぎすの男である。

片山は、このときも橋山のサインがないものと思っていた。というのは、その新しい相手は、これまでの社長や重役タイプと違って、少々貧弱そうに見えた。着ている洋服も、べつだん上等のものでもなく、新しくもない。どちらかというと、かなり着古したほうだ。色は白いが、頬《ほお》の凋《しぼ》んだ顔が貧弱そうに映る。

いったい、どういう人物と出遇《であ》ったら、橋山の手が挙がるのかと思って、片山も少しいらいらしはじめていると、おや、と思わず眼を瞠《みは》った。橋山が、柿坂たちの会話を横で聞くような格好をしながら、ポケットから左手を出して、さりげなく自分の頬のあたりを指で掻《か》いているではないか。

片山幸一は急いで眼を凝らした。

橋山は何気ない様子で立っている。しかし、彼の手が、顔を二、三度ゆっくりと往復したものである。

片山は緊張した。すぐに凝視を、柿坂と対い合っているその男の顔に移した。

髪の毛は、少し縮れ加減で、少ないほうだ。額が広く、眉毛《まゆげ》がうすい。眼鏡の奥の眼は、どちらかというと、落ち窪《くぼ》んだという感じである。鼻は高い。唇《くちびる》はうすくて、横に長いほうだ。顴骨《かんこつ》が出ているから、頬はすぼんでいる。顎《あご》は尖《とが》っていた。身長は一メートル六〇ぐらい。推定体重は五七キロ。洋服はシングルで、地味なグレーだ。ネクタイは蒼味《あおみ》がかったネズミ色で、かなりあらい縞《しま》である――片山幸一は、一分間ぐらいそこから観察して、これだけの特徴をその男から選び出した。

むろん、先方は柿坂と話していて、あらぬ方面から片山に見られていることに気づいていない。片山も用心して、なるべく人の肩の間に眼だけを出して眺《なが》めている。

柿坂亮逸は、その男にかなり敬意を払っているようだった。これまで、何人かの男を相手に話していたが、相手が堂々とした風采《ふうさい》をしていても、必ずしも柿坂の態度が敬意を持ちつづけているというわけではなかった。なかには、柿坂のほうが傲然《ごうぜん》としている場合があった。

ところが、一見、会社で言えば課長クラスのようなこの男に、柿坂亮逸は相当な慇懃《いんぎん》さで対していた。横に並んでいる橋山も、ちょっと社長の秘書といった格好で、あまり口は出さないが、二人の話に相槌《あいづち》を打つように首をうなずかせたり、二人が笑うときは一緒に微笑《ほほえ》んだりしている。つまり、橋山も何となくつつましげな態度で控えているのだった。

いったい、どういう人物だろう。

名前を聞かされていないので、片山には正確にその正体の摑《つか》みようがなかった。命令は、人相だけ憶えていればいい、と言うのである。

そのうち、話がすんだとみえて、柿坂亮逸のほうから笑いながら頭を下げた。橋山もつづいて相手に会釈《えしやく》して、所長のあとから別な場所に歩を移した。

橋山の背中が、どうだ、あの男をしっかり見たか、と片山に言いたげであった。

片山はそこに残って、もう一度、その男を観察した。これは念を入れて憶えておくべきである。

その男は、柿坂亮逸と別れると、その場所からほかへ移った。片山が眼で追うと、ずっと向うの人群れのなかにはいって行く。

片山幸一は、あとを追ったものかどうかと、ちょっと迷ったが、あんまり深追いをして先方に気づかれたり、こちらの顔を覚えられたりしたらまずい。こちらの行動の秘匿性《ひとくせい》は、橋山義助が何度も彼に言い含めたことである。

べつに、その男を追跡して行動を確かめろというような指図《さしず》もなかったので、片山幸一はここを引き揚げることにした。

帰ることを橋山にそれとなく報告したものかどうかと思ったが、柿坂と橋山とは、別のテーブルの前に停って、五、六人に囲まれて談笑している。

片山幸一は、ようやく贅沢《ぜいたく》で、とり澄ました会場から脱けて出た。

片山幸一は玄関から夜の街路に出た。

――それにしても、あのホテルで見憶えさせられた顔の男はだれだろう。

その顔は、これまで新聞にも雑誌にも出たことはない。風采は、むしろ上がらないほうである。おとなしい顔だ。それほど華《はな》やかな活動をしている男とも思われない。どちらかというと、彼は消極的な性格らしい。律義《りちぎ》なサラリーマンか、ひいき目で見ても、学者タイプというところだった。

しかし、どうしてあの人物の顔を見憶えさせられたのだろうか。その目的はわからないが、ある秘密の深部に潜《もぐ》り込もうとする内偵調査のためであることだけは片山にも容易にわかった。

その目的はわからないが、調査という作業自体に、人知れない歓《よろこ》びと、刺激と、愉しみとがあった。とにかく、ここでは怠惰なサラリーマン的な生活よりもずっとずっと生甲斐があった。

愉しみといえば、さて、これから何が起るかだ。まだ、一切は知らされていない。少しずつそれを知ってゆく。未知のものをしだいに剝《は》いでゆく。何が出て来るかわからない。もしかすると、都合しだいでは片山自身がどんな環境の変化を来《き》たすかわからないのだ。

片山は雑踏のなかを歩きながら、この群衆のなかで、自分が今一番充実した人間のように思えた。

15

片山幸一は、翌《あく》る朝、定時に出勤した。

昨日のことがあるので、今日は必ず橋山から話があると思っている。調査部は、例によって石黒だけしか来ていない。十一時が過ぎても友永は現われなかった。

「石黒さん。友永さんは今日も遅いですね」

「ああ、そうですな」

石黒はのっそりと、机から小肥《こぶと》りの身体《からだ》をこっちへねじ向けた。

「まさか、今日、お休みじゃないでしょう?」

「さあ、どうでしょうか」

石黒にしても、友永が勝手に留守をするのに、あまりいい気持がしていないに違いない。しかし、この男、茫洋《ぼうよう》として表情は摑《つか》めない。いつ見ても、あんまり感情を顔に出さない男のようだった。

「あなたは、昨日、橋山氏に呼ばれていましたね」

珍しく石黒が話しだした。眼を細め、大人風《たいじんふう》な微笑を見せている。

「ええ、ちょっと」

橋山の命令は絶対秘密だから、石黒にも言えない。

「どこかに車で出かけられたようですが」

石黒は見ていたのかもしれない。

「ええ、ちょっと」

片山は口を濁した。気づいてみると、自分もあんまり石黒を非難できない。こっちだって、もう、この先輩に垣《かき》を造っているではないか。

石黒は、鋏《はさみ》で煙草《たばこ》をきちんと二つに切り、ていねいな動作でパイプに継いだ。

「所長も一緒のようでしたね?」

「ええ」

「あなたがここに勤められたので、そのお祝いですか」

石黒がそう言ったので、片山はほっとした。悪いけれど、当分、ゴマカしておくよりほか仕方がない。

「そうなんです。飯を食おうということでしてね。ご馳走《ちそう》になりましたよ」

「そうですか。そりゃ結構でしたな……わたしも、ここに二年前に勤めたとき、河豚《ふぐ》料理を食べさせられましたよ。ちょうど、冬でしたからね。あなたもやっぱり河豚でしたか?」

片山は困った。

「いいえ……レストランです」

行ったところがTホテルだから、つい、そんな答えが出た。いざとなってみると、そう離れたことは言えないものだ。

「そりゃ結構でしたね」

片山は、石黒が続いて、そのレストランはどこか、と訊《き》くのかと思ったが、それはなかった。どうやら、片山の答えを信用して満足したらしい。

「うちの大将も」

と言ったのは、柿坂亮逸のことだった。

「あれで、なかなか気の付くほうですからね。日ごろは忙しくて、まるきりご無沙汰《ぶさた》ですからな」

石黒は烟《けむり》まで倹約した煙草の吸い方をする。

「そういえば、所長はこの部屋に来ないようですね」

「めったに来ません。用事があるときは、たいてい、橋山氏が間に立ちます」

「橋山さんは、そんなに所長に信任があるんですか？」

「あります。いわば、所長の片腕ですからね」

このとき、入口に現われた受付の若い男が片山を呼んだ。橋山の部屋までちょっと来てくれ、と言うのだ。

片山は、すぐに部屋を出た。

橋山の部屋にはいると、彼は、例の赧《あか》ら顔に眼鏡を光らせて書類を見ていた。片山がはいったのを見ると、急いで机の抽斗《ひきだし》にその紙をしまった。

片山は見て見ぬふりをした。

「お呼びですか？」

「ああ」

橋山は椅子《いす》から起《た》ち、机を回って彼の前に立った。

「昨夜《ゆうべ》の件は、しっかり、君、憶《おぼ》えてくれたね？」

橋山義助はにこりともしないで、眼鏡の奥から大きな眼で見ていた。

「はあ、人相はよく見ておきました。忘れないように、その特徴を手帳に書いています」

「ちょっと見せてくれたまえ」

橋山は手を出した。

片山はポケットから手帳を出して、その部分を開いて見せた。それは、昨夜、忘れないうちに書き留めたものである。

橋山義助は、ざっと眼を通していたが、

「だいたい、特徴は摑んでいるな」

と、かなり満足そうな顔で返した。

「いずれ、用事を出すかもしれないが、忘れないでくれ。君、もう一度、どこかでその人に遇《あ》ったら、すぐわかるだろうな」

「わかります」

「よろしい。それだけだ」

「橋山さん」

と片山は言った。

「あの人の名前は、まだ教えていただけませんか？」

「それは、言うときがくれば教える。先回りをしないで、黙っておくのだ」

橋山義助は、片山の出過ぎを押えるようにぴしゃりと言った。


片山幸一は、その晩、赤坂のナイトクラブ〝レッドスカイ〟に行くことにした。彼は、何とかして自分が目撃した相手の名前を知りたいと思った。橋山義助は、こちらから時期が来たら教える、と言っているが、ものは先手先手と打ってゆくべきだ。片山がふと考えたのは、その人物が、もしや、本橋秀次郎の周辺にいた男ではないかということである。あのときの風采《ふうさい》を見ると地味で、おとなしそうで、どこか学者めいている。このことから、片山は、その人物が雑誌「新世紀」の寄稿家の一人ではないかと見当をつけたのだ。

写真こそ持っていないが、その顔の特徴を言えば、あるいは長尾智子は知ってるかもしれない。彼女は編集者だったから、当時の寄稿家の間を回っていたであろう。もし、記憶があれば、必ず、こちらから言う人相に合点《がてん》がいくはずだった。

〝レッドスカイ〟は一流のナイトクラブだから値段が高い。しかし、幸いなことに、片山幸一は、昨日、帰ってみたら、下宿に書留が届いていた。前に勤めていた洋傘会社からで、中を開けると、退職金がはいっている。「新世紀」のコピーをたのむ時に前借した一万二千円を差し引いて、額面六万八千円の小切手がはいっていた。あまり長く勤めていないし、それほど有能な社員ではないと自覚しているから、この金額でもべつに不足は感じなかった。

彼は、今日の昼間、その小切手を持って銀行に行き、現金に換えている。

まず、当座の軍資金には事を欠かない。赤坂の〝レッドスカイ〟の表に行くと、いつもより自動車の駐車数が多い。

案の定ホールにはいると、今日はたいそうな混み合い方であった。ほとんど空席がない。バンドの演奏もひとしお高らかだった。

「お一人でいらっしゃいますか?」

白服のボーイが訊いた。

うなずくと、やっと片隅《かたすみ》の遠い席が一つ取れた。片山はノリ子を指名した。

「いま、捜して参りますが、もし、都合がつかなかったら、いかがいたしましょう?」

「ほかの女《ひと》ではちょっと困る。ノリ子さんに話があるんでね」

片山幸一は、ポケットを急いで探って、ボーイに五百円札を摑ませた。

「恐れ入ります」

ボーイは大股《おおまた》で歩き去った。

しばらく待ったが、ノリ子は現われない。片山幸一は水割りを呑《の》みながら、ぼんやりとホールの光景を眺めていた。

今夜も外人客が多かった。頭の禿《は》げた老人から、ダンディな青年までいる。外国婦人も、肥えた女から、痩《や》せてスマートな女まで、色とりどりだった。どのテーブルも客が五、六人は取り巻いている。

ふと見ると、ステージにほど近い中央の辺りに、テーブルを四つぐらい寄せ合って、十四、五人の客がならんでいた。テーブルの上には、さまざまなグラスや料理が載っている。それに、客と客との間には、必ず、女が一人ずつ挟《はさ》まっていた。かなり派手な団体客らしい。景気のいい社用族であろう。

こちらからは後ろ姿を見るし、顔が向いていても遠いので、乏しい光線の光ではよくわからない。そのテーブルに侍《はべ》っている女たちの中に、どうやら、ノリ子らしい女がいると思ったが、定かではなかった。

ステージでは、男女客が溢《あふ》れるようになって踊っている。一曲終るごとに、踊る組は少しずつ交替していた。

三、四曲目ぐらいがすんだころである。ふと横を見ると、テーブルの間を、白いカクテルドレスを着た女が歩いて来ていた。ノリ子だった。

「今晩は」

ノリ子は片山幸一の横に来て、笑いながら頭を下げた。

「よくいらっしゃいました」

彼女は並んで椅子に掛ける。

「何か呑まないか」

片山は言った。

「そうね」

と、スタンドランプに付いているボタンを押してサインをした。ボーイが魚のように泳いできた。

「ジンフィーズ」

「はい」

ボーイは泳ぎ去った。

「さっそく、来てくださいましたのね」

スタンドの灯影で、女の片頬が紅色に染まっている。唇の間に見せた歯は皓《しろ》かった。

片山幸一は、ノリ子の長尾智子と、少し取り止めのないことをしゃべっていたが、ころ合いを見計らって切り出した。

「それはそうと、君が『新世紀』にいたころ、こういう特徴の顔つきをした人を知らなかったかい?」

片山は、例の人物について、できるだけ詳しく説明した。

「年齢《とし》は幾つぐらい？」

長尾智子は訊き返した。

「そうだな、あれで四十二、三だろうか。だからあのころは二十五、六だろう」

「名前は何とおっしゃるの？」

「それがわからないんだ。それを君に訊《たず》ねようと思ってね」

「もう一度、言ってみてください」

片山は、彼の顔の描写を繰り返した。

長尾智子は眼を天井に向けて、自分の記憶をまさぐっていた。

「知らないわ」

と眼を片山に向けて答えた。

「知っていれば、大体の見当でわかるわ。でも、わたくしの知ってる人に、そういう顔つきの人はいませんでした」

「雑誌の寄稿家の中にいなかったかね？」

「いいえ、わたくしが原稿をもらいに行った人の中には、そういう方はいらっしゃいませんでした」

「そうか」

長尾智子がその顔を知ってるかもしれないという予想は、完全に覆《くつがえ》った。片山は、当てがはずれたような気持で水割りを呑んだ。

「ずいぶん、いろいろ、わたくしに訊きにいらっしゃるんですのね」

と長尾智子はスタンドの灯影で笑った。

「それがみんな『新世紀』の時代のことだから、あなたは変な方ね」

「いや、そのころ、ぼくの知りたいことがあってね」

「本橋さんは、どうしていらっしゃるかしら?」

彼女はふと呟《つぶや》いた。

長尾智子は、本橋の「死体発見」を小さく報じた新聞記事は見ていないのだろう。その死を教えたら、どんなに愕《おどろ》くだろう。

だが、片山幸一は、まだちょっと早いと思った。そのことを言うのは、彼女をこちらが利用するときだと思っている。

何となく眼を客席に向ける。まん中のテーブルを広く取っている先ほどの一団は、まだ女たちを引き据えてねばっていた。中には、ステージにホステスを伴《つ》れ出して踊ったりする者もいた。そのホステスたちも、半分は和服だったが、それがまたいやに粋《いき》である。

「君」

片山幸一は顎《あご》で、その方角をしゃくった。

「あすこにいる客は、えらく景気がいいな。どこの社用さんかい？」

「あ、あれ」

長尾智子はちらりと眼を投げて、

「だれにもおっしゃらないでよ。ここだけの内緒だわ」

「わかってるよ」

「あのお客さん方は、角丸《かくまる》重工業の人たちですよ」

角丸重工業といえば、日本で一流の会社だった。なるほど、それなら、あれくらい派手でもおかしくはない。たぶん、客の招待であろう。

「ときどき、ああして来るのかね？」

片山幸一は、何となく妬《ねた》ましい気持になって訊いた。

「ええ、このごろ、よくいらっしゃるわよ」

「やはり同じ顔ぶれでかい？」

「そうね。だいたい、きまってるようだわ」

「いやにホステスをたくさん抱え込んでるね」

「いえ、違うわ。うちの女の子は半分ぐらいしかいませんよ。あとは新橋の芸者さんです。着物の人はみんなそうですよ」

「あ、なるほど道理で……」

和服の着付けが垢抜《あかぬ》けしていると思った。それに、そう聞いたせいか、ここにいるホステスたちよりも艶《なま》めいて見える。

片山幸一はそのグループを見ているうちに、おやっと思った。彼は、その中で一人の人物の顔に遠い凝視を当てた——。

16

片山幸一がその男の顔を発見して眼をむいたのは無理もない。

その人物こそ、昨夜、Tホテルのパーティで橋山義助の命令で覚えさせられたあの男ではないか。

片山幸一にとっては、かりそめにも見忘れてはならない顔だ。頭の中に刻み込んだその面貌《めんぼう》に、見間違えようはない。

「君」

と片山幸一はノリ子の長尾智子に急いで言った。

「あの人を知っているかい?」

彼はそっとその男のほうを指さした。

「ほれ、テーブルの真ん中に坐《すわ》っているだろう。頭の毛が少し縮れ加減で、メガネを掛けた四十二、三の人だ」

　向うのグループは、賑《にぎ》やかに話したり、グラスを挙げたり、ホールで踊ったりしている。その人物だけは一同に囲まれて泰然と坐っていた。

「あの方だったら、角丸重工業さんのお客さまですわ」

　彼女はけろりとして片山に言った。たった今、その男の人相の特徴を彼女に言ったばかりである。その当人の顔を見て、そんな返辞しかできない長尾智子は、やはり、彼を知っていなかったのである。

　あの男こそ、ぼくが君に訊《き》いた人物だと片山は言おうとしたが、それは黙っていた。

「すると、角丸重工業があの人を招待したわけだね？」

「そうだと思いますわ」

「あの人の名前は何というの？」

「知りませんわ」

「しかし、お互いで話をするときには、何とか名前を呼ぶだろう？」

「そういえば、あんまり、お名前を呼んでいるのを聞いたことがありませんわ」

「へえ。じゃ、みんな、あの人の名前は言わないのかい？」

「そうね」

「ここに、あの人はたびたび顔を見せるのかね？」

「しょっちゅうじゃないんです。わたしもこれで二度目ですわ」

「前はいつごろ来たの？」

「そうね。わたしが見たのは三カ月くらい前だったわ。まだここが開店したばかりのころよ」

「ふむ」

片山幸一は、何となく考え込むようにグラスを持って唇に当てた。

「どうだい、角丸重工業の人は、あのお客さんにどんな態度をとっているかい？」

「そりゃ、ていねいですわ」

柿坂亮逸も橋山義助も、その人物に慇懃《いんぎん》だった。

「ああして、新橋のきれいどころを伴《つ》れて来ているのを見ると、なかなか、角丸さんも派手だね。あれも、あの人へのサービスかね？」

「いいえ、特に今夜だけというわけじゃありません。角丸重工業さんは、ほかのお客さまを伴れてみえても、いつもああなんです」

「よっぽど、景気のいい会社らしいな」

「そうなんです。チップもはずんでくれますわ。ですから、ここの女の子は、あのテーブルに行きたがってるわ」

「そうだろうな」

時計を見ると、十時近くだった。

「連中、いつから来てるの?」

「もう、一時間ぐらいになります。そろそろ、お帰りになるころじゃないかしら」

実際、そのテーブルでは、もう、グラスも活発に動いていなかった。散会間際《まぎわ》の、あの飽和状態がたゆたっている。

「いやに、あのテーブルが、気になるのね」

ノリ子の長尾智子が眼に微笑《わらい》を溜《た》めて言った。

ステージに日本語のよくできる外人の司会者が現われて、これからショーがはじまることを告げた。

音楽が変り、カーテンが割れて舞台に簡単な書き割りが現われた。

外人の踊子が三人、拍手に迎えられて踊りはじめた。

ショーの時間は三十分だったが、それが済むと、客席から起《た》つ者が多い。例の角丸重工業のテーブルもどうやらお開き近くになったようだった。

果して、そのテーブルの連中がぞろぞろと起った。芸者たちも椅子《いす》からはなれた。

「ぼくもこれで帰るよ」

「あら、お帰りになるの?」

ノリ子は、片山幸一の考えがわかったらしい。ボーイを呼んで、急いで勘定書きを持って来るように言いつけた。

「またいらしてくださいね」

「来るよ」

「今度は、いつごろ？」

「そうだね、あと一週間もしたら、また来るよ」

片山幸一は、角丸重工業の連中が出口のほうへ歩いているので、気が気でなかった。ボーイの持って来た勘定書きに支払いをすませ、ノリ子にはチップを千円やった。急いであとを追うと、連中は出口に集まって、車が来るのを待っている。やはり例の男を大事そうに取り囲んでいた。

あまり近づいてもまずいので、片山幸一は少し離れたところに立った。

連中は意味のないことをしゃべり合っている。芸者の声が賑やかにそれに交っていた。

ドアマンが寄って来て、

「タクシーをお呼びしましょうか？」

と片山に訊いた。車をもっていない客ということは、一目で彼らにわかるらしい。

立派な外車がすべるように連中の前に寄って来た。

「さあ、どうぞ」

角丸重工業の社員で一番偉そうな男が、例の人物に乗車を勧めている。彼はちょっと会釈《えしゃく》して、先に乗り込んだ。つづいてだれか乗るかと思っていると、あとは続かず、運転手がドアを閉めると、連中は窓の外からしきりと彼にお辞儀をしていた。

タクシーが片山幸一の前に来た。

「あの車のあとをつけてくれ」

片山は前の車を指して運転手に命じた。

外車は緑色の長い胴体に暗い灯を弾《はじ》きながら、ナイトクラブ前の広場を半周して道路に出た。片山の貧弱なタクシーがあとに従った。うしろを振り返ると、角丸重工業の連中と芸者とが、二台の車に乗り込んでいるところだった。

前の車に相手の男が一人だけ乗っているのをみると、自宅に送り届けられていることは明瞭《めいりょう》である。

青山の通りを上がって、渋谷のほうに向った。

「見失わないようにしてくれよ。チップははずむからな」

片山はタクシーの運転手を激励した。

前の車は渋谷のガードを潜って、映画館のあるほうへ走って行く。

やや暗い坂道を上ると、第二環状線に出る。しかし、車は環状道路を突っ切って、直線の道を走りつづけている。

道路が狭いので、思うようにタクシーが走れない。先方の車は大型だから、余計にもたもたしていた。

片山はここで向うの車のナンバーを控えようと思ったが、なかなか近づけなかった。

「おい。前の車のナンバーはわかるかね？」

運転手に訊いたが、もう少し近づけないとわからない、と言う。

「旦那《だんな》。この先に踏切があります。そこで、うまく遮断機《しゃだんき》がおりていたら、あの車のうしろにぴったりと着けますよ」

しばらく行くと、こちらが交差点の信号にひっかかった。

相手の車は、さっと引き離して行く。

「いけねえ」

運転手は舌打ちした。

「どうだ、追いつけるか？」

「たいてい大丈夫と思います」

事実、信号で停止しているのは、このタクシーが先頭だった。何十秒間かの赤信号が、倍も長く点《つ》いているように思われる。

ようやく青に変った。

運転手はアクセルを踏んで飛び出した。

この辺は、両側に長い塀《へい》が続いていて、通行人もあまりない。はるか向うの道路上の闇《やみ》に、二つの赤いテールランプが見えていた。だいたい、ハイヤーはスピードがゆっくりしているから、これなら追い付けそうである。

こちらのタクシーは、猛烈な速度で走った。前方の小さな尾燈がしだいに近くなって大きく見えてくる。

あと、もう一息だった。

五十メートルくらいの距離に迫ったとき、突然、前から遮断機のまだらの棒が下降しはじめた。

前の外車は、ゆっくりと踏切を乗り越え、赤い尾燈を曳《ひ》いて遠去かる。

「畜生」

運転手が自分のことのように叫んだ。

「悪いものにひっかかりましたね」

電車が踏切にさしかかるまで相当時間がかかるし、通過にも何十秒かを要する。もうどうもがいても前の車に追い付けそうもなかった。

「おい、駄目かい?」

「そうですな。できるだけやってみますが」

さすがに、これだけ引き離されると、運転手も自信がなさそうだった。

明るい照明の電車が長々と通過した。それを無駄に見物した。

上がりかけた遮断機の下をくぐるようにタクシーは突っ込んだ。

だが、赤いテールランプは前に見えなかった。向うから来る車が提燈《ちょうちん》行列のように続いている。

タクシーはスピードを出したが、広い道路の交差点に出るまで、ついにあの外車を発見できなかった。

広い道路上には、これまた無数の車が走っている。

「旦那、どうします？」

運転手が走るのをやめて、首をねじ向けた。

「仕方がない。引き返そう」

片山幸一は諦《あきら》めた。

「すみませんでしたね」

「運が悪かったんだな。あんなときに踏切が閉《しま》っちゃったんだから」

「目が逆に出ましたね。あっしは遮断機がおりたら、向うの車も停るものと思っていましたが」

運転手は車を旋回させた。

「君、ここはどこだね？」

「代々木八幡《よよぎはちまん》です」

すると、あの人物の家は、ここまでが都心からの道順のようだ。これから先の道は複雑に分れていて見当はつかないが、とにかく、この方角にあの男が住んでいることはぼんやりとわかった。

彼の家を突きとめられなかったのは残念だが、考えてみると、これだけでも今夜の思いがけない収穫といえた。偶然だったが、あのナイトクラブに行ったのが幸運だった。

——あの人物に関しては、今まで、片山幸一はゼロの知識しかなかった。

それが、今夜だけで、次のデータを握ったわけである。
①あの男は角丸重工業に関係がある。しかも、相当大事にされている。
②ナイトクラブにおける彼は、角丸重工業側から名前を呼ばれていない。これは偶然ではあるまい。何かそこには他人を意識したような用心深さがある。
③彼の住居は、代々木八幡を途中通過する地点にある。
——これだけでもわかったのは、今までと比べてたいそうな発見といえる。

角丸重工業といえば、日本では最も有力な会社の一つで、有名なコンツェルン傘下《さんか》にあった。

その大会社がいかなる理由で、あの男を大事にするのか。

あの人間の風貌《ふうぼう》から考えて、どうも角丸重工業の得意先の人間とは思えない。重役タイプでもなし、実業家でもない。

役人だろうか。そうだ役人と考えるのが、この場合、一番自然のようだ。

角丸重工業はその性格からいって、絶えず監督官庁の保護と監察を受けているからである。

「まてよ」

片山は車の中で考える——。

役人なら、業者から大事にされるのは当然である。事実、汚職事件に発展しないまでも、どの業者も役人を手なずけるのに懸命である。一夜、ナイトクラブにお供することぐらい、きわめてありふれたことだ。

しかし、片山幸一には、あの人物が役人とは思えなかった。それはどうもピンと来ない。

一つは、橋山義助が、あの男の顔を覚えておけ、と言ったことにもよるのだ。その言い方には謎《なぞ》が含まれている。相手が役人ならば、もっと単純であるはずだ。いわば、あの人物は、正体不明の男といった感じだ。

——橋山義助は、なぜ、あの男をマークしているのか。

ここで考えられるのは、橋山義助というよりも、柿坂亮逸があの男に興味をもっているということだ。もちろん、それは彼個人に対してではあるまい。彼と繋《つな》がる角丸重工業を計算に入れないでは考えられない。

とにかく、橋山義助は片山にまだ第一歩の指令を出しただけだった。しかし、片山幸一は早くもそれ以上のことを知ったと思った。それだけ、橋山義助のもっているあの人物についての知識に、何歩か近づいたことになる。

片山幸一は、何とかして早く柿坂や橋山と同じ条件に立ちたかった。無知のまま命令を聞くよりも、ひそかに知っていて動いたほうが、万事、はるかにこっちに有利である。

17

翌朝出社すると、まもなく橋山義助が片山幸一を呼んだ。

「君に、少し頼みたいことがある」

「はあ」

片山幸一は、例の男のことと思い、いよいよ来たか、と緊張した。

橋山は抽斗《ひきだし》から小型の手帳を出し、中にはさんだ新聞の切り抜きをつまみ上げた。

「これだがね」

　切抜記事は短いものだった。

　しかし、片山幸一は、その活字の最初を一目見て、あっと思った。それこそ、例の本橋秀次郎の死体発見の記事である。

　二月二十六日午前十一時半ごろ、東京湾で漂流中の男の溺死体《できしたい》を漁夫が発見して、水上署に届け出たが、死後推定二十日を経過している。他殺の疑いがあり、年齢は四十五、六歳ぐらい、紺の背広を着ていて、上衣《うわぎ》には、〝本橋〟のネームがあるという例の報道だ。

　片山幸一は、瞬間、頭が惑乱した。

　橋山義助が赧黒《あかぐろ》い顔を向け、眼鏡の奥から太い眼をぎろりと光らせた。

　この視線に遇《あ》って片山幸一の決心が決ったといっていい。が、彼はできるだけ素知らぬ顔をした。

「この溺死体の男について、少々、調べてほしいんだ」

「はあ」

　片山は記事を読み耽《ふけ》るような格好をして、自分の顔色の平静に努めた。

「これ、どういうことですか？」

　片山はようやく自分の表情に自信を取り戻して訊《き》いた。

「ああ。それで見ると、他殺らしいとなっているが、その後、警視庁では普通の溺死体と決定してるんだ」

「はあ」

「この男の着ている洋服に〝本橋〟というネームがはいっているが、実は、本名は本橋秀次郎というんだよ」

どうして橋山はそれを知っているのか。片山はびっくりした。そこまで遂げた調査の目的は何か。

「ところが、この男の死因には少し疑わしいところがある。で、君にこの本橋秀次郎という人物についての調査を頼みたいのだ」

「はあ、わかりました」

「ぼくのほうの調べによると、本橋秀次郎というのは、最近まで、ある新聞広告取扱店で外交員として働いていた」

えっ、と思わず声が出かかった。

さすがは〝柿坂機関〟と言われているだけに調査が鋭い。片山幸一があれほど調べて回ったのに、そこまではまだ及ばなかった。

「本橋秀次郎という男は」

と橋山義助は事務的に言った。

「以前には、どこかの雑誌の編集者をやっていた」

どこかの、と言っているが、おそらく、橋山義助はそれが「新世紀」社だったことを知っているに違いない。片山が何も知らないと思って、わざと、その点を省いているのだ。

「彼は、その後、編集者から足を洗って、二、三の職業に就いたらしいが、どれもうまくゆかず、最後は今言ったように広告取りの外交員になった」

どこで洗ったのか、橋山義助は本橋の前歴を知っている。

片山幸一は驚嘆した。自分が遠回りをしながらうろうろしてるうちに、橋山のほうでは一歩も二歩も先を行っているようだった。

「この新聞記事には身元不明とあるが、本橋秀次郎に間違いはない。その死因も、警察の決定どおりとは思えないふしがある」

「というと、他殺ですか？」

「いや、そこまでわからん」

橋山義助はちょっと首を振った。

しかし、それは片山幸一の前で口を濁している感じだった。橋山も他殺の線を信じているのだ。

「その本橋という人の住所は、どこだったんですか？」

片山が訊くと、

「それは、君がこれから調べることだ」

と橋山が言った。

「だが、彼の女房が木更津にいたことだけはわかっている。もっとも、それは四、五年前に別れた女房だがね」

何でも調べている。

「君は、その木更津まで行って、その別れた女房に会って、本橋について調べて来てくれ」

「名前はわかりますか?」

「これだ」

橋山義助は手帳をのぞき、その辺の紙片に万年筆で写してくれた。

——木更津市牛込《うしごめ》××番地　古野《ふるの》みさ子。

長尾智子の話によると、本橋の妻の実家はたしか「辺見」といったが、あまり自信はないようだった。やはり橋山義助の調査のほうが正確ではないかと思った。

片山幸一は、紙片を名刺入れの中に折って入れた。

「だが、これは念のために行ってみるのだ。四、五年前に夫婦別れしたらしいから、最近の本橋のことはよく知らないかもしれんがね」

橋山義助は無表情な顔で言った。

「質問してもいいでしょうか」

片山幸一は、不機嫌《ふきげん》そうな橋山義助に訊いた。

「何だね？」

「この本橋秀次郎の死因を、ぼくは調べる役目らしいですが、こういうことは、やはりこの柿坂経済研究所の仕事の一つになっているんですか？」

「そういう質問は」

と橋山義助は重々しく言った。

「あまりしてもらいたくないことだ。ぼくのほうは、必要事項となると、あらゆることを調べなければならぬ。そのために、君の眼から見たら、経済とは全然関係のなさそうなことでも調査をやっている。だが、ぼくのほうには、ちゃんと本来の調査に関連性があるのだ。こういう調査は、ぼくのところで独特なものなんだ。君はここにはいってまだ間がないから、わからないのも無理はないが、これからは、こちらのほうで調査を命じたことだけをやればいい。なぜとか、どうしてとかいった理由は訊かないでもらいたい」

「わかりました」

「いま言ったような理由で、ときには興信所みたいな仕事もやるし、ときには刑事みたいなこともしなければならぬ。だが、一切はあくまでもわが研究所の方針から出ていることだから、君のほうでよけいな疑問はもたないでよろしい」

「わかりました」

片山幸一は、しばらく考えるふうをしたが、

「この本橋さんの死体は、いま、どこで引き取ってるんでしょうか？」

と訊いた。

「引取人はない」

「ははあ。でも、木更津のほうの……」

「そいつは別れた女房だ。警察でも調べ上げて一応連絡したらしいが、結局、引き取りに来ないので、一般の行き倒れ人と同じように共同墓地に埋められている」

「わかりました」

片山幸一が足を動かしかけたとき、

「君」

と橋山義助が止めた。

「それから、この本橋秀次郎の死体を水上署に確認に来た若い男がいるんだ」

「…………」

「この新聞記事が出た翌々日、水上署に、二十七、八くらいの男がその死体の身元のことで出頭したそうだ」

片山幸一はどきりとした。

最初は、橋山義助が自分のことを暗に皮肉ってるのかと思ったが、彼の顔つきを見ると、どうやら、そうでもないようだ。表情も、言葉つきもいままでと変りはない。やはり橋山義助は、事実を知らないで、片山幸一とは別な人間が水上署に行ったものと思い込んでいるらしい。

たぶん、ここまでのことは、橋山がほかの人間を使って調べさせたのであろう。調べた当人は、水上署の警官から話を聞いて、それを橋山に報告したのだろう。

ただ、この場合の幸運は、片山幸一が水上署でデタラメな住所氏名を述べていたことだった。

そのときは片山はこちらの本名を知られてはあとで都合が悪いことが起ると思い、咄《とっ》嗟《さ》に嘘《うそ》をついたのだが、やはりあの処置は正しかった。

橋山義助は、その妙な若い男がいま眼の前に立って自分の命令を聞いている人物と同一人物とは夢にも考えていないらしい。

「その男が」

と橋山義助は言った。

「何のために本橋秀次郎の死体を確認に行ったかわからない。なんでも、現場写真まで見て行ったそうだ。その男の住所氏名は、これだ」

橋山義助は机の抽斗から別な手帳を出した。やはり紙片を取って、その中から住所氏名を書き抜いた。

——東京都豊島区《としまく》椎名町《しいなまち》××番地　岡田忠一《おかだちゅういち》。

片山幸一があのとき水上署の署員に述べた偽名だった。彼は顔が赧くなりそうだった。

「君は、この男のことも調べるんだ」

橋山義助はやはり無愛想な顔で言った。

「この男のほうも大切だからな。わかったら、その身元を洗ってきてほしい」

「承知しました」

この返辞が自然な調子で出たのはうれしかった。

「調査は急ぐ」

橋山義助は机のはしを指でこつこつと叩《たた》いた。

「わかったね。一週間ぐらいで両方全部やってほしい」

「はあ」

「それから、君にこれを頼んだことは、調査部の友永君と石黒君の二人には話さないでもらいたい。直接ぼくが頼んだことは、直接ぼくに報告してもらうことになっているから」

「では、そうします。それから、この調査中に、毎日、ここに来なければいけないでしょうか？　たとえば、木更津の一件がありますが、現地に行くとなると、こちらへ朝出て来るということはできないかもわかりません」

「そうだね……しかし、それぐらいの調査なら、やはり毎日来てほしいな。よほどの事情があるときは、必ず、そのことをぼくに言ってもらいたい。そうすれば、適当にぼくが指示するから」

「わかりました」

片山幸一は、最後に橋山に訊きたいことがあった。それは、この間のパーティで顔を憶《おぼ》えておけと命令された例の男のことである。あれきり、橋山は何も言わない。

しかし、こちらからあまり訊くと機嫌が悪そうなので、片山はその場は黙って調査部へ戻った。

調査部では、今日も石黒だけが席にいて、雑誌を繰っていた。相変らず、友永の姿は見えない。

片山幸一は、ふと、本橋秀次郎のことを調べて橋山義助に報告しているのは友永ではないかと感じた。

橋山義助はなぜ本橋秀次郎に興味をもっているのか。それは柿坂亮逸の意志でもあるに違いない。

ここで、片山幸一は、かねてからぼんやり持っていた疑惑がはっきりとかたちをとって来た。

雑誌「新世紀」が欲しいと広告を出したのは、随筆家の関口貞雄氏だ。しかし、本当に欲しい人間は、実は、柿坂亮逸乃至《ないし》は橋山義助ではないかと思っている。関口貞雄氏は、「情勢通信」にときどき寄稿する人だ。その線から、彼はただその名前を表向きに利用させたにすぎまい。柿坂亮逸や橋山義助の名前を出すと、都合の悪いことがあるのだろうか。

現に、片山が就職の話を関口氏のところに持ち込みに行ったとき、あの女房は、いま「情勢通信」の人が来ると言っていたではないか。しかも、片山が関口氏の宅を出てから、田園調布駅前の犬屋のところですれ違った高級車が関口氏の家の方向に曲るのを見た。いまにして思えば、あれが橋山義助だったのだろう。

こう考えてくると、たしかに関口氏はただ名前を利用させたにすぎないのだ。

片山幸一のこの考えは、いま、橋山義助から直接に本橋秀次郎の調査を命じられたことで、明確に証拠づけられた。

さては、橋山義助もあの「新世紀」の編集長を捜していたのだ。

その本橋秀次郎が変死したと知り、橋山もまた彼の死因に疑惑をもったのであろう。

ここまでくると、橋山義助の考えも、片山幸一の考えも、まさに同じ線上に並んでいると言わねばならない。

ただ、違うのは、「新世紀」のどの記事が、橋山義助の欲しいものだったかということで、この点だけが依然として片山幸一にわからないだけである。

しかし、いずれにしても、その筆者が本名でなくペンネームであることは確かだ。長尾智子も言っていたことだ。だからこそ橋山義助も、真の筆者を知っている当時の編集長の本橋秀次郎を捜していたのであろう。

このことは、本橋の死が、橋山の知りたいあることと暗い糸でつながっていることを意味する。

もう少しはっきり言うと、ここに第三者がいて、本橋秀次郎にその筆者の名を他人にしゃべられては困る動機をもっていた。このことが本橋秀次郎の口を永久に塞《ふさ》いだ原因となった、という仮説は大胆すぎるだろうか。

そう思ってみると、橋山義助が片山幸一自身の偽名「岡田忠一」をひどく気にしている理由もわかる。

待てよ、と片山幸一は考え込んだ。

これは大分面倒臭くなったが、おもしろくもなった。

もし、この仮説が成り立つとすると、だれが一介の元雑誌編集長を殺してまでその口を封じねばならなかったか、だ。それほど知られてはならない執筆者は、あの「新世紀」のどの記事を書いているのか。

ここまで考えると、片山幸一は、あの週刊誌の告知板に「新世紀」の所持者が返辞を出したが、まもなく、その所持者のところに泥棒がはいって、雑誌が奪われたことを思い出した。

それすらも、本橋秀次郎の口を封じたやり方と似ているような気がする。

それをもっと発展させると、片山自身がその「新世紀」を関口氏のところに持参したことがきっかけとなって、容易に柿坂経済研究所に就職できたのは、いかにその雑誌が柿坂側に貴重だったかということにもなるであろう。

つまり、柿坂側にとっては、それがたいそうありがたかったから、関口氏の推薦を呑《の》んだとも言える。

しかし、その「新世紀」の記事は、もう片山幸一がまる暗記するほど憶えていることだ。しかも、いまだにどの記事がそうだとは見当がつかない。一見、至極、平々凡々な文章ばかりなのである。

18

その晩、片山幸一は木更津に行ってみることにした。

次の休日まで待っていられない。

片山幸一は秋葉原《あきはばら》駅から八時過ぎの千葉行の電車に乗った。千葉までは約五十分ばかりかかる。

おかしかった天気が、とうとう雨になった。暗い電車の窓ガラスに雨滴が筋になって光る。

市川を過ぎると、乗客も大分少なくなった。みんな疲れた顔をしている。彼の前には若いBGが脚をひろげて居睡《いねむ》っていた。

電車が千葉のほうに近付くにつれ、しだいに雨はいよいよ激しくなり、窓ガラスに叩きつけてくる。

終点の千葉駅に着いた。

彼は駅前からタクシーを捜した。雨のために、それも拾うのに骨が折れた。タクシーでも、木更津までは約一時間かかるというのだ。

「どこか、適当な旅館に着けてくれないか？」

片山は運転手の背中に頼んだ。

「どういうウチがいいですか？」

「そうだな。あまり侘《わび》しくてもいけないが」

「木更津も昔とちがってすっかり工業地帯になりましてね。最近、立派なホテルができましたよ」

「そんなところは遠慮しよう。中クラスのところを頼む」

タクシーはヘッドライトの光の中に、白い雨脚を浮び出しながら突っ走った。

道は寂しかった。ときどき、小さな町にはいるが、たちまち、灯も見えないようなところを進む。

道路の片側は山らしく、片側は海のようだった。海と判断するのは、ずっと暗い彼方《かなた》に船らしい灯が見える。

「きみ。木更津の近くに、牛込《うしごめ》というところがあるかい？」

片山は本橋秀次郎の女房の実家のある土地を訊《たず》ねた。

「さあ」

運転手は首をひねった。

「わたしは千葉の者ですから、この辺のことはあまりわかりません」

「そうか」

「宿でお聞きになれば、すぐわかるでしょう」

雨のため、一時間以上もかかって、ようやく、木更津の町にはいった。思ったより大きな町だ。

もう十時を過ぎているので、どの家も戸を閉めていた。

自動車は踏切を越え、左に回り、駅の灯を横にみせて大通りを少しすすんだ。

「お客さん、ここはどうでしょう？」

停めた前の家に〝海竜館〟という看板があった。

通された部屋は六畳ばかりである。建具は古い。

床の間に、遠見の富士山を描いた下手《へた》な水墨画が掛っていた。

女中は二十二、三の、色の黒い、円《まる》い顔の女だった。眼も円い。

「風呂《ふろ》はあるかい？」

と訊《き》くと、もう遅いから落したと言う。

「腹が減った。何か食わしてくれ」

「あら、もう調理場はおしまいよ」

「ソバでもできないか？」

「そんなら、ラーメンでも食べたら？」

女中の言葉はぞんざい極《きわ》まりない。片山がポケットから外国煙草《たばこ》を出すと、女中はちらりと眼を向けて、うす笑いし、

「それ、おいしいの？　一本ちょうだい」

と馴《な》れ馴れしそうにねだった。

しかし、こういう女なら、かえって意外な話が聞き出せるかもしれない。片山は女中の無礼に腹を立てたが、快い顔つきで一本を与えた。

「きみは、この辺の生れかい？」

片山は訊いた。

「ええ、そうよ」

「どこだい？」

「富津《ふっつ》だわ」

富津は、この木更津から南へ十キロばかり行った漁村である。

「そんなら、この土地はくわしいだろう。この辺に牛込というところはあるかい？」

「牛込なら、もう少し千葉に戻ったほうだわ。わたしの友だちがいるから、牛込はよく知ってるわ」

「へえ。そこに網元があるかい？」

「網元なんかないわ。みんな海苔《のり》を採っている家ばかりだから」

「そうかい。その牛込に古野という家があるかね？」

「さあね。わたしは友だちのところに行くだけで、その近所のことはわかんないわ」

片山は、とにかく、明日の朝早く起きて、車を呼ぶことにした。

いったん退《さが》った女中がしばらくしてラーメンを運んで来た。東京の場末の店で食うように貧弱だった。

「お客さん、蒲団《ふとん》を敷きますよ」

「おう、そうか」

片山は部屋の隅に退ってラーメンの丼《どんぶり》をかかえた。

女中は風を起して蒲団を敷いている。片山は背中でラーメンを保護した。

蒲団を敷き終った女中は、片山の傍にぺたりと坐《すわ》って、もう一本煙草を頂戴《ちょうだい》という。

「やっぱり向うのものは味が違うわね」

と言いながら、マッチをすった。

「お客さんは、この木更津に何か用があって来たの？」

「ちょっと、牛込まで用があってね」

「あんた、海苔の仲買人じゃあるまいね？」

「そんなんじゃない。……東京から、よく、そんな連中が来るのかい」

「いつも遅く来て、夜中の汽車で帰って行くわ。お客さんが牛込と言ったもんだから、わたし、てっきり海苔の仲買人かと思ったわ」

「この辺は、ただ、どんなところかと思って、ちょっと遊びに来ただけだ」

「木更津には、切られ与三郎《よさぶろう》の墓があるのと、証城寺《しょうじょうじ》があるだけだわ」

狸《たぬき》のような顔の女中が、狸囃子《ばやし》の証城寺と言ったので、片山はにやりと笑った。

「いやに静かだね。今夜は客はぼくだけかい？」

「いいえ、紅葉《もみじ》ノ間に二人いるわ」

「へえ、アベックかい？」

「ううん、男の人が二人よ」

「それも海苔の仲買人かい？」

「違うわ。東京から来た人らしいわ。どちらも四十格好のおじさんよ」

女中はまだそこで油を売りたかったらしいが、片山が洋服を脱ぎ出したので、さすがに、おやすみなさい、を言った。

「明日、早いの？」

彼女は閾際《しきいぎわ》で訊く。

「そうだな、七時に、ハイヤーにここに来るように言ってくれ」

「七時？　ずいぶん早いのね。そんなんじゃまだ朝飯ができないわよ」

「いいよ、牛込から帰ってきてから食べる」

片山は独《ひと》りになって寝巻に着替えた。

宿はしんと静まり返っている。彼は手洗所に行くため、うすいスリッパをはいて廊下へ出た。女中に聞いた位置は、その廊下を右に曲って、また左に行く、おそろしく遠い場所である。

廊下にはうす暗い電燈が点《つ》いていた。片山が最初の廊下を曲ったときである。いきなり向うから来る人とぶつかりそうになった。向うも宿の丹前を着ている。

「失礼」

片山は咄嗟《とっさ》に避《よ》けたが、先方は何も言わない。のみならず、はっと瞬間に顔を背《そむ》けたのだった。そして逃げるように廊下を去ってゆく。

（変な奴《やつ》だ）

片山は見送ったが、最初に出遇《であ》ったとき、うす暗い電燈の光のなかに見た顔が、妙に眼に残った。顴骨《かんこつ》の張った、眼のくぼんだ、痩《や》せた男である。何よりもその顔の特徴は、額が広く、髪が角刈りのような頭だったことである。

片山幸一は電話のベルで起された。

「もしもし、お供が参っていますよ」

愛嬌《あいきょう》のない睡そうな声だ。

片山は時計を見た。まさに七時である。彼は大急ぎで顔を洗い、支度《したく》をして玄関に出た。

昨夜の女中が寝巻の上に羽織を着て、袖口《そでぐち》を胸で合わせていた。

外を見ると、今朝も雨だった。

片山は中型のハイヤーに乗った。

「どちらへ？」

運転手は背中から訊く。

「牛込というとこだがね」

運転手は黙ってうなずき、雨の中を走り出した。

まだ戸を開けている家の少ない町を走り抜けて、でこぼこ道の国道を千葉の方角へ戻った。昨夜は暗くてわからなかったが、片側は広い畑になっていて、松林が茂っている。海はどこにあるのかわからなかった。

しばらく行くと、車は国道からはずれて、その畑道の中にはいった。

「牛込は、どちらでしょうか？」

「古野みさ子さんという家だが」

片山はそこまで言って気がつき、

「もしかすると、辺見という家かもしれない」

と言い直した。辺見という名前を聞いたのは、長尾智子からである。もっとも、彼女が辺見といったのはどうやらウロ憶《おぼ》えのようだった。

運転手は黙って、雨の中を松林のあるほうへ行く。家がぼつぼつ現われた。みんな農家のようだったが、構えは豊かそうだった。

「海岸は、この先かね?」

「はあ、この突き当りです」

「戸数は、どのぐらいあるの?」

「そうですね、三、四十戸ぐらいでしょう」

「君、古野という家、知ってるの?」

「知りません。その辺で訊いてみましょう」

「辺見というのかもわからないんだよ」

「はあ」

その部落にはいった。路《みち》はずっと狭くなり、小さな家が両方から迫っている。どの家も軒が低かった。網や竹竿《たけざお》などが置いてあった。

車の停ったところは海岸だった。

運転手は用意の番傘をさして、車から雨の中へ出て行った。

その間、片山幸一は雨に打たれながら海岸に立った。レインコートだけの用意しかして来ていない。

海岸は遠浅になっていて、沖には雨雲が垂《た》れ込めている。

鉛色の海には、小さな舟ばかりが無数に置かれてあった。海は東京湾だった。いま、雨で烟《けむ》っている向うが、ちょうど、大森あたりになるのではなかろうか。片山は、本橋秀次郎の身体《からだ》が、その雨雲の垂れている彼方で投げ込まれる場面を想像した。

海は、干潮らしく、かなり沖合まで水の少ない砂地になっている。海岸は緩《ゆる》やかな弧線を描いていたが、白い砂の代りに青い海苔が一面に打ち上げられていて、あたかも春の草原を見るようだった。潮の香りが強く鼻に来る。

片山は、こんなにも夥《おびただ》しい青海苔が撒《ま》かれてあるのを見たことがない。

そのほか、海岸には海苔を付ける竹竿の束や、まだ海苔の垂れ下がっている網や、藁《わら》で囲まれた海苔干場などが見えた。

ぼんやりと突っ立っていると、番傘をさした運転手が近づいて来た。

「お客さん、わかりましたよ」

「えっ、わかった？」

「やっぱり辺見さんという家です。古野みさ子さんというひとは、ずっと以前にその家に一緒にいたことがあるそうですよ」

「ど、どこの家だね？」

「すぐ、そこです」

運転手は片山を傘の下に入れて、ごみごみした家のほうへ歩き出した。

家が両側から路地を挟《はさ》んでいるが、海苔を干す障子のような枠《わく》が立てかけてあったり、簑《みの》が下がっていたり、漁業用の燈火用具、バケツなどが雑多に転《ころ》がっていた。

運転手が、ここです、と言ったのは、そういう一軒の狭い格子戸《こうしど》の玄関だった。それが半開きになっているのは、運転手がここでものを訊いたあとであろう。

「ごめんください」

片山が声をかけると、中から六十ばかりの老人が陽に焼けた顔を出した。厚いどてらを着ている。

「何だね？」

老人は太い声を出した。

「はあ、こちらは辺見さんですか」

「辺見はうちだが」

「お宅に、古野みさ子さんという人がおられませんでしたか？　実は、ちょっと用事があって、それを伺いに東京から参った者ですが」

「そりゃ、だいぶん前の話だ……おかしいな、古野みさ子のことを訊きに来たのは、あんたで二度目だ。昨夜も、同じことを言って来た人があるよ」

19

自分より先に同じことを訊きに来た者があると老人から聞いて、片山幸一はどきりとした。

老人は皺《しわ》に囲まれた眼を細く開けて、片山を見つめている。まだ怪訝《けげん》そうな面持《おもも》ちだった。

片山は、この老人に警戒されては聞ける話も取れないと思い、できるだけ平静な顔つきをした。

「そうですか。それはわたしとは関係のない人でしょう」

彼は老人に気に入るように、おとなしく出た。

「失礼ですが、あなたがこの辺見さんという家のご主人ですか?」

まず、老人の素姓を確かめておかねばならぬ。

「そうじゃ、わしは、辺見五郎だがな」

「そうですか、申しおくれました。わたしは、東京の田中忠雄と言います」

田中という姓は世間にいっぱいある。無難な姓を名乗るに限る。

「古野みさ子さんというのは、お宅とはご親戚《しんせき》に当りますか?」

「いや、親戚でも何でもない。あの人は東京からこっちに移って来た人でな。亭主も一緒じゃった。なんでも、東京では食糧事情が悪くて、ここは魚だけでも食えるからいいと言って、わしのところの部屋を貸してくれと言って来たのじゃ」

「それは、いつごろですか?」

「昭和二十一、二年ごろじゃったろう」

「そのときは、ご亭主は、本橋秀次郎さんと言いましたか?」

「そうじゃ……だが、ちょっと待ちなさい」

老人はふたたび片山を怪しんできた。

「あんた、なんで、そんなことを訊《き》きに来なさる? 古野みさ子がどうかしたのですかな? 今も言ったとおり昨夜《ゆうべ》も同じことを二人づれが訊きに来たでな。どうも妙だ」

「その人たちはだれかわかりませんが、わたしは本橋さんのことを訊きたいのです。それには、その奥さんの古野みさ子さんがこちらにいるというので、訪ねて来たんですが」

「いよいよ妙だな。昨夜の二人づれも、あんたと同じようなことを訊いていた」

「それは、どんな人ですか?」

「やはり東京から見えたと言っていた」

片山幸一は、柿坂の線とは別なものが同じ方向に動いていることを察した。まさか、橋山義助が同じことをほかの者にもダブらせて調査させているのではあるまい。

「そうですか。やっぱり本橋さんを捜している人もあるんですね。しかし、辺見さん、その人とわたしとは別ですよ」

「そりゃ、本橋の人物調べかね？」

「まあ、そんなところです。それで、ぜひ、奥さんに会って、本橋さんの話を聞きたいんですがね」

「その女房というのが、どこに行ったやら、とんとわしにはわからん」

「この家を出て行ったのは、いつごろですか？」

「もう、五年ぐらい前になるじゃろう。なんでも、我孫子《あびこ》のほうに友だちがあるとか言って出て行ったが、それきりハガキ一本寄こさん」

「我孫子にね」

しかし、その我孫子も、当てになるかどうか、老人も疑っているようだった。

「こちらにご厄介になったときに、本橋さんは何をやっていましたか？」

「移って来たときは、亭主のほうも仕事がないらしくてな。この辺は海苔《のり》の生産地じゃから、問屋に傭《やと》われて働いていましたがな。そのうち、東京でいい口ができたとみえて、女房を置いて、独りで出て行きましたよ。なんでも、雑誌のほうの仕事とか言ってましたな」

「こちらには、ときどき、帰って来ましたか？」

「仕事が忙しいと言って、月のうち一、二度ぐらいでしたな。そんな状態が七、八年も続いたでしょうかな。それから、こちらのほうにはあまり帰って来なくなり、いま言ったように、女房のほうも家《うち》から出て行きましたよ」

「そうすると、本橋さんの奥さんのいるのは、我孫子のどこでしょうか？」

「さあ、よくわからん。なにしろ、あの人は、この家を出て行ったきり梨《なし》の礫《つぶて》だからな」

と老人は片山にようやく好意を見せて言った。

とにかく、本橋秀次郎の妻の消息は、糸が切れたように切断されている。

「本橋さんは、最近一度もこっちに来たことはありませんか？」

「現われん。それにあんな夫婦も珍しいよ。長い間世話になっときながら、ハガキ一本寄こさないんだからな」

老人はまた腹を立てたように言った。

すると、長尾智子が、本橋さんの奥さんの実家は木更津の網元だ、と言ったのは、本橋が、彼女に、ハッタリでそう言いふらしたのかもしれない。

だが、片山には、本橋秀次郎が大森沖で死んだということが頭に引っかかっている。

地理上、大森の対岸はこの木更津に当る。

ところで、どうやら老人は本橋秀次郎の死を知っていないのだ。

「辺見さん、実は、その本橋さんは亡《な》くなりましたよ」

片山は思い切って言った。

「えっ、死んだ？」

老人は濁った眼をむいた。

「いつだね？」

老人は愕《おどろ》いていた。

この様子から見ると、昨夜、同じことを訊きに来たという二人づれは、本橋の死を老人に打ち明けていないようだ。ここまで本橋のことを調べに来た彼らのことだから、まさか本橋の死を知らぬはずはないのだ。

「二月二十六日に、大森沖で死体を発見されたんですがね。もっとも、そのときは、死んでから二十日間ばかり経《た》っていたそうですから、二月の初めに死んだことになります」

「ほう」

老人は眼を開いたまま茫然《ぼうぜん》としていた。その眼つきには、ただ、そのニュースを聞かされて愕いたというだけでなく、瞳《ひとみ》に思案の翳《かげ》が動いているのを片山幸一は見のがさなかった。辺見老人が思案しているというのは、この年寄が何かを知っていることになる。

「おじさんは知らなかったんですか?」

「知らなかった」

老人は肩で太い息を吐いた。

「そりゃ、あんた、どうして死んだんじゃろう?」

「警察の調べでは、溺死《できし》ということになっていますがね。どうでしょう、本橋さんは自殺するような人でしたでしょうか?」

「いいや、そんな人じゃなかった。とても活動的なほうでな。女房とうまく合わなかったのも、あの男が東京に出て勝手なことをしたからじゃ。身投げするような気の弱い男じゃない……警察では自殺したと言っているのかな?」

「いや、それは推定ですから、よくわかりません。あるいは誤って船などから海に落ちたということも考えてるようです」

「船からね?」

老人の眼がふたたび思索的になった。

「おじさん、この木更津から東京まで、定期船が出ていますね」

「ああ。木更津の港から東京湾航路というのが出ている。この辺の者は、汽車で行ったり、その船で行ったりしてるがな」

「そのほか、東京行の船は出ていませんか？　たとえば蒸気船のようなもので」

「定期的には出てないが……あんたは、本橋がそんな船から海に誤って落ち込んだと思っていなさるのかね？」

「ふいと、そう考えただけです。それとも」

片山幸一は声を潜《ひそ》めた。

「本橋さんが他人《ひと》に殺されるというような考え方はないですか？」

すると、老人はじろりと片山の顔を見た。すぐには返辞をしないで、丹前の袖《そで》を伸ばして、長い煙管《きせる》に火を点《つ》けた。

「そんな男じゃないだろうな」

老人は烟の輪を吹く。

「本橋はどこか横着なところがあったが、殺されるほど他人に恨みを買うような人間ではないとわしは思っとるよ」

しかし、老人の落ち窪《くぼ》んだ眼の瞬《また》きは、その言葉のように単純には見えなかった。何かを知っている。片山はそう確信した。だが、これは、今ここで押しても、老人から正直な答えは得られそうにない。

煩《うるさ》いことに係わり合いのないようにするのが、年寄の分別だった。

片山は最後に訊いた。

「わたしより先に、本橋さんのことを訊きに来たという二人づれは、わたしと同じようなことを、おじさんに訊きましたか？」

「そうじゃ。あんたと、まったく同じようなことを訊いた。それで、わしは、あんたに答えたと同じようなことを答えといたがね。どうも、今ごろになって、本橋のことがどうしてそう問題になっとるか、不思議だと思ったが、なるほど、本橋は変死したのか」

「その二人づれは、どのような人相でしたか？」

「そうだな、四十格好の男で、どちらも東京の人間と言っていた。名前まで言わなかったがな」

「その一人は、頭が角刈りで、眼の落ち窪んだような、顴骨《かんこつ》の張った人相じゃなかったですか？」

「そうそう、あんたの言うとおりじゃ。なんだ、あんたは、その人を知っとるのか？」

「いえ、何となくそんな気がしたので」

片山幸一は、

「いろいろとありがとうございました。また、お伺いにあがるかもしれません」

彼は老人に厚く礼を述べて、魚くさいその家を出た。

片山幸一は、また木更津の旅館に戻った。まだ朝飯を食っていないので、急に空腹を感じた。

「お帰んなさい」

玄関では別な女中が挨拶《あいさつ》をした。

彼が部屋に戻ると、昨夜の女中が薄笑いを泛《うか》べて座敷に不作法にはいってきた。

「おい」

片山は何となく腹が立って言った。

「すぐ、飯にしてくれ」

女中は、そこに立ちはだかって、

「持ってくるわよ」

と相変らずの返辞をした。

朝飯は、魚が獲《と》れるところだけに、ご馳走《ちそう》があった。昨夜はラーメン一ぱいで我慢したので、よけいにおいしい。朝から魚の焼き物が付いているとは、さすがに木更津だった。

「ねえ、煙草《たばこ》を一本ちょうだい」

女中は食卓の前に、ぺたりと坐《すわ》っている。

片山幸一は、ポケットから外国煙草の箱を出した。

「おい。昨夜、ここに男が二人泊っただろう?」

片山は怒りをおさえて訊《たず》ねた。

昨夜の二人づれが、あの老人のところに本橋秀次郎のことを訊ねに行ったのは、もはや、間違いはない。いったい、彼ら二人の素姓は何だろうか。

「ええ、あの人たちも、今朝早く発《た》ったわよ」

女中は烟《けむり》と一緒に答えた。

「ふむ、職業は何だい?」

「宿帳には、店員としてあったけれど、何だか話を聞いてみると、海苔の仲買人みたいだったわ」

「なんだ、仲買人か」

「そうよ、それも土地の者じゃないわ。このごろのように海苔がたくさん獲れる時期は、ヤミの仲買人が東京や長野県のほうからも、はいり込んでくるの」

「長野県からだって?」

「そう。たいてい、もと海苔問屋で働いていた人が多いけどね。冬、田畑の仕事ができなくなると、出稼《でかせ》ぎみたいに海苔の仲買いをやっているのよ」

「そうか。いろいろな商売があるもんだな」

その両人が海苔の仲買人というのは、おそらく嘘《うそ》であろう。宿の女中の手前、そんな作り話をしていたのかもしれない。

「君の話を聞くと、どうも、ぼくも心当りがあるような気がする」

「あら、あんたも、仲買人だったの？」

「昨夜は隠していたけどね。まあ、ぼくは仲買人ではないが、そういった関係のものだ。とにかくね、その人はぼくの知っている人間かもしれないから、宿帳に記《つ》けた名前を見せてくれんか？」

「宿帳の名前は、ほかのお客さんに見せると、おかみさんに叱《しか》られるわ」

「いいじゃないか。ちょっとだけだよ。ぼくの知った友だちかもしれないからね」

「あんた、昨夜のお客さんに会わなかったの？」

「会えなかったんだ」

女中は煙草をもらった礼のつもりか、それ以上拒絶しないで、素直に立ち上がった。

片山が自分で代りの飯をよそっていると、女中が戻ってきた。手に伝票のようなものを握っている。

「はい」

突き出した宿泊人名簿というのを、片山は手に取って見た。

鉛筆で下手《へた》な文字が書かれてある。

どちらも東京都になっているが、住所も姓名もどうせデタラメに違いない。それでも、何かの参考と思って手帳にだけは控えておいた。一人は四十三歳、一人は四十歳とある。

「君、頭を角刈りしたような痩《や》せた男が、ひとりいただろう?」

片山はうっかり訊いた。

「あら、あんた、知っているの?」

「いやいや、何だかその男のような気がするんだ。どっちのほうが若いのかい?」

「ううん。その人のほうが年上だわ」

すると、四十三歳、岸田虎太郎というのがその男の名前、いや偽名であろう。虎太郎という名前からして、ふざけている。

「その二人は、変った話をしなかったかい?」

「ううん、別に聞かなかったわ」

宿を出ると、片山幸一は、雨の中を再び千葉方面にハイヤーを走らせた。

今日も雨で、国道から見える東京湾は雨に烟っていた。水平線は灰色にぼやけている。その灰色の海の上に、小さな舟が黒い色で幾つも並んでいた。海苔を獲る小舟は、人間がやっと二人乗れる程度である。

片山幸一は、ふと、その小舟に本橋秀次郎がだれかに乗せられ、いま曇って見える東京湾の沖合いに連れ出されている幻想を描いた。

20

片山幸一は、昼過ぎに柿坂経済研究所へ出た。

橋山に今までのことを報告しなければならぬ。

だが、橋山義助は、いったい、どこまで本橋秀次郎のことを知っているのか。

「ただ今、木更津から帰りました」

片山幸一は、机で何か書きものをしていた橋山義助に声をかけた。

「そう。ご苦労さま。さっそくだったね」

機嫌がいい。だが、片山が前に立つと、書きかけのものを素早く隠した。赧黒《あかぐろ》い顔に眼鏡を光らせて、片山の報告を待った。

「昨夜《ゆうべ》から行ってみたんです」

「じゃ、昨夜は向うに泊ったの？」

「はあ。朝の間に、その調べをやって来ました」

「どうだった？」

「本橋秀次郎が女房と一緒に、木更津の海苔屋に、終戦後、長い間いたことは事実です。しかし本橋の女房は、夫婦別れしたきりどこかに行って、その家には便りも寄こさないそうです」

片山は牛込の海苔採取業のおやじさんから聞いた話をほとんど報告した。

だが、海苔屋に同じ話を訊きに行った二人の男がいることだけは、橋山に話さなかった。

「ご苦労だった。昨夜の泊り賃と旅費は、請求してくれたまえ」

「はあ、何かほかのことでやることがありますか」

「いや、今のところ、べつにこれというものはない。そのうち、こちらで材料が出たら、君に伝える」

「わかりました」

「そうだ、君にもう一つ調べてもらうことがあったね」

「はあ？」

「水上署に現われたという岡田忠一という男だ」

あ、そうか、と片山幸一は気づいた。少しくすぐったくなったが、それは顔色に出さなかった。

「本橋の死体を確認に行ったという男ですね？」

「そうだ」

「承知しました。今日中にでも、すぐ、とりかかります」

片山幸一は橋山の部屋から出た。

自分で自分のことを調べる、妙な具合だった。しかし、何とか適当に橋山に言っておかねばならぬ。調べたが、それは偽名だった、と言うのが一番だろう。実際、そうなのだから仕方がないし、それがもっともらしく聞える。

いずれにしても、自分の偽名を調べる時間だけ余裕ができたのはありがたかった。

調査部に戻ると、今日は珍しくロバの友永が来ていた。その代り石黒の姿がない。いつもと反対だった。

「やあ」

友永は石黒と違って愛想がいい。例の反歯《そっぱ》を出して、眼尻《めじり》に皺《しわ》を寄せて笑っている。

「今日は」

片山幸一は、先輩の挨拶に恐縮をみせた。

片山幸一は、そこにあった新聞をひろげた。記事は大したことはない。

ただ、一面の片隅《かたすみ》に、二段抜きだが、短い記事が出ているのが何となく眼を惹《ひ》いた。

「国防会議では、かねて懸案の新型潜水艦建造について、ホイスター会社型によるか、コンノート会社型によるか、検討中であったが、このほどようやく各機能の検討が終り、コンノート式を採用することに落ち着いた。性能の点で、コンノート式が有利と判断されたものである。

近く閣議にかけて正式の決定をみる模様」

短い記事だ。しかし、内容は大きい。

あまり大きすぎて、片山幸一などには実感がこなかった。ただ、日本もいよいよ超近代軍備をもつようになったのかと、少々、感慨に耽《ふけ》っただけである。

友永は何やら手帳に書き込みをしていたが、万年筆のキャップをはめながら片山幸一を見た。片山が新聞を手にしているので、友永は、

「何かおもしろいことが載っていますか?」

とニヤニヤしながら訊《き》いた。

「別におもしろい記事というわけではないけれど、ここに、新型潜水艦の建造形式が決った、と書いてありますよ。そういえば、この間から、この問題はちょっと揉《も》めていたようですね」

「そうですな。……おや、あなたは、こういうものに興味をもっているんですか?」

友永は鼻に皺を寄せて訊いたが、眼だけを大きく開いた。

「いいえ、あんまり関心がありません。ただ、この記事を読んで、ふとそう思っただけですよ」

「そうですか。実は、ぼくもさっき読みましたがね。これはたいへんな金でしょうね」

「新型潜水艦というのは、どういう種類のものでしょうか?」

「さあ、ぼくもわかりません。しかし、アメリカあたりは、もうすっかり、原子力潜水艦になっているそうですからね。日本も旧式のものでは追っつかなくなったのでしょう。まさか原子力ではないだろうが、何かそれに近いようなものかもしれませんね。いずれにしても、こういう外国の会社から買うとなると、相当高くつくでしょう」

「いったい、どれぐらい費用がかかりますか?」

「さあ、ぼくにもよくわかりませんが、一隻《せき》当り二百億円か三百億円ぐらい要《い》るのじゃないでしょうかな。それでも十隻造ると、三千億円ですからね」

「ちょっと、われわれには大き過ぎて、ピンと来ませんね」

そんな無駄話をしばらく交わしていた。少なくとも片山幸一にとっては、潜水艦建設の話題は無駄話である。

それよりも、いま橋山義助から言われた自分の偽名、つまり岡田忠一の身元を調べなければならぬ。場所は椎名町だった。

デタラメに書いたのだが、報告するには、一応、その場所が椎名町のどの辺に当るか、町の模様ぐらいは見ておかなければならぬ。

ちょっとバカバカしくなったが、首尾を合わせるためにはやむを得ない。どうしようかと思っていると、

「ぼく、ちょっと出て来ます」

このとき友永が急に起《た》ち上がった。

「どうぞ」

と言ったが、相変らずロバはよく外出する。いったい、外にどのような用事があるのだろうか。

片山は、それでは、これから椎名町へ行ってみるか、と思った。情熱は少しも湧《わ》かない。自分のつくった架空の場所を確かめるだけなのだ。

ふと見ると、友永の机の上にマッチが抛《ほう》り出されてある。

片山は何気なしにそのマッチを手に取った。タクシー会社のマッチだ。下手な図案である。

おや、と思ったのは、そのレッテルの文字を読んだときだ。

それは、千葉駅前のタクシー会社の名前になっている。

千葉――。

片山は息を呑《の》んだ。

ロバは、いつ、千葉に行ったのだろうか。

中身をあけると、マッチの軸は半分ぐらい減っている。してみると、最近のことだ。少なくとも、昨日か、一昨日と考えねばならぬ。

彼は、木更津の海苔業者辺見の家に、片山よりも先に本橋秀次郎のことを訊ねて行った二人の人物を思い出した。

その一人は、片山が駅前旅館の廊下で見た人物だが、さては、連れの一人がロバだったのだろうか。

片山幸一は外へ出た。

山手線《やまのて》に乗って池袋《いけぶくろ》に行き、それから西武《せいぶ》池袋線に乗り換えた。椎名町は次である。

友永が机の上に置き忘れた千葉のマッチが、片山にいろいろな想像を起させた。

もし、ロバがあの二人づれの片割れだとすると、橋山義助から命令されたのでないことははっきりしている。つまり、友永は友永で勝手に本橋秀次郎の調査をしているのだ。

もし、そうだとすると、友永は柿坂経済研究所に身を置きながら、自分の仕事をこっそりやっていることになる。しかし、それはいかにもありそうなことだった。現に、片山自身がそれに近い気持をもっているではないか。古い友永がその行動をしたとしても、不思議ではない。彼の性格からすると、うなずけるのだ。

友永は何を考えているのだろうか。片山が考えたと同じような線で、独自の調査をやっているのだろうか。すると、友永は、彼だけが知っている別なデータを握っているのかもしれない。

もし、そうだとすると、柿坂経済研究所の内部は四分五裂だ。

柿坂亮逸は、自己の持っている情報機関を世間に誇示している。しかし、片山がちょいと垣間見《かいまみ》ただけでもこの程度だ。

しかも、その情報活動がある種の利益に結ばれているだけに、少々根性のある男は、自分でやってみたくなるのだろう。

ただし、この場合、柿坂経済研究所という組織が必要なのだ。個人ではできないことでも、この機構の中にいると、さまざまな利便が摑《つか》めるものらしい。友永ぐらいに古くなると、そのへんは巧《うま》く立ち回っているように思われる。

これまで、友永という男の行動を第三者的な眼で見ていたが、これからはそうはいかぬ。あいつのやっていることを気をつけてみることだ。

それに、あの男、素知らぬ顔をしているが、片山が何をやっているかを知っているのではあるまいか。昨夜、片山が木更津に泊っていたことも、その用事が橋山義助から命じられたことも、友永は万事承知の上でとぼけているのではなかろうか。

片山幸一には、どうもそんな気がしてならない――。

椎名町の駅に降りると、その辺はごみごみした商店街だった。実は、片山も、はじめてここに足を踏み入れるのである。

さて、水上署ではデタラメな番地を言ったのだが、その駅前の大きな案内地図を見て、似寄りの番地を発見した。

それは、駅から北に道をとって、さらに西のほうへ曲った一帯だった。

その辺一帯は、わりと繁華な商店街になっている。両側に鈴蘭燈《すずらんとう》が点《つ》き、商店の軒にはネオンの看板さえ出ている。

こんな賑《にぎ》やかなところに「岡田忠一」という自分の分身が住めるはずがない。

だが、丹念に捜したという報告には、この実地踏査の模様を頭に叩《たた》き込んでおかねばならぬ。

片山幸一は、薬屋の隣が雑貨屋で、その隣が食料品店で、次が果物屋だ、というふうに憶《おぼ》えて行った。

ゆっくり歩きながら駅の方へもどった。片山は頭に、水上署で見たあの無残な現場写真を思いうかべていた。写真のことが頭にこびりついていたせいか、駅近くで、写真屋の看板に眼をとめた。いわゆるＤＰ屋でなく昔ながらのスタジオを持っている家だ。

表から見ると、洋館めいた二階建で、看板には「西岡《にしおか》写真館」と出ている。

所在がないのと、少々バカバカしいのとで、片山幸一は写真館の陳列をのぞいた。おきまりの婚礼写真や、老人の紋服姿や、どこかの重役らしいのがモーニングの胸に勲章を下げている写真などが出ていた。が、両方の陳列窓の間にドアがあって、金文字の「西岡写真館」に西陽がきらきらと当っていた。

もう、このくらいでいいだろうと思って片山幸一は、足を駅に向けた。

だが、片山幸一もこのときは夢にも思わなかった。将来、この西岡写真館が彼に重大な関係を持つようになろうとは……。

21

片山幸一は、次の朝出勤すると、すぐ、橋山義助のところに行った。二階の編集部は昼過ぎでないと揃《そろ》わないが、橋山だけはいつも朝が早い。

「昨日、さっそく、椎名町に行きまして、岡田忠一という男を調べました」

片山幸一は、実直な口吻《くちぶり》で報告した。

「ほう、そりゃご苦労だった。わかったかね？」

橋山義助は脂《あぶら》の浮いた顔を上げ、厚い唇《くちびる》に煙草《たばこ》をはさんだ。

「ずいぶん、捜しました。しかし、あれはやはりデタラメでしたよ」

「そうかい」

橋山は意外というふうな様子でもなかった。

「似寄りの番地はありましたが、該当番地はありません。そこで、それに近い番地の地域を歩きましたが、だれに訊いても、岡田忠一という名前を知らないのです。八百屋《やおや》、雑貨屋、化粧品屋、薬屋、果物屋、いろいろと訊きましたがね。どうも架空のようです」

「そうだろうな」

橋山義助は予想していたようだった。

「よろしい」

「ほかに何かありませんか?」

「今のところ、べつにない。用事があったら、またここに来てもらうから」

「わかりました」

片山幸一は役員室を出た。

調査部に戻ったが、今朝はどういうものか、友永も石黒も来ていなかった。友永の来ないのは珍しくないが、石黒が遅いのはどうしたことだろう。昨日は一日休んだ。今日もつづけて休むのかもしれない。

あの男、いつもむっつりとして、何を考えているのかわからない。休んだとしても、私用で休んだのか、それとも、ここの調査で出社しないのか、見当がつかなかった。

片山は、できるだけその辺の本や雑誌を読むように、と言われていたが、頭の痛い経済雑誌を読む気にもなれなかった。石黒の机の上は整然と片づいているが、友永の机は乱雑である。

片山幸一は、ふと、この機会に、友永の机の抽斗《ひきだし》をあけて見る気になった。

あの男、始終、外を回っていて、何をやっているのか、かねてから疑問だった。机の上の乱雑さでもわかるとおり、友永は締りのないところがある。机の抽斗の中に、うっかり大事なものを抛りっ放しにしているのではなかろうか。

片山は廊下の気配に耳を澄まして、友永の抽斗をあけた。思ったとおり、中は乱雑である。

あまり掻《か》き回すと、あとでわかりそうなので、隅のほうをちょっと捜したが、別段、これと思うものはなかった。が、ふと、大きな封筒が眼にはいった。茶色の封筒だ。

それだけなら子細《しさい》はなかったが、封筒の端がハミ出たところに「御写真」という印刷文字が見えた。

片山幸一は、だれの写真かと思って、ちょっと引っぱり出してみたくなった。廊下のほうに気をつけたが、足音も聞えない。

思い切って、その封筒を引っ張り出した。大型だ。

封筒の裏には「西岡写真館」と印刷されてあった。

どこかで聞いたような名前だと思ったが、その下の住所を見てわかった。「東京都豊島区椎名町××番地」とある。昨日、「岡田忠二」の住所を捜して歩いてその写真館を見たばかりではないか。

いったい、だれの写真かと思って引っぱり出すと、なんと、それが友永自身の気取った顔だった。修整がしてあるので、実物よりははるかにいい。三枚はいっている。いったい、どのような目的で、ロバはわざわざ写真館に出向いて自分の顔を撮《と》らせたのだろうか。

片山幸一は、そのまま写真を元のとおりにして、机の抽斗に突っ込んだ。

幸い、その間、だれもはいってこない。椅子《いす》に坐《すわ》ったときは、ほっと溜息《ためいき》が出た。

それにしても、ロバがあの写真館に行ったというのは意外だった。偶然、椎名町に行って眼にふれた写真館だったが、世の中は見えない糸で繫《つな》がって動いているような気がした。

片山幸一は、つづけて煙草を二、三服吸ったが、ふと気づいた。

前に友永の自宅はどこかと訊いたことがある。すると、彼は中目黒《なかめぐろ》に住んでいると答えていた。

おかしい——。

中目黒と椎名町とでは、まるで方向が違うではないか。

友永がもし自分の写真を撮るとしたら、近くの写真館か、または都心の写真館を利用するのが自然ではないか。

それなのに、わざわざ、椎名町みたいな場末の写真館を利用している。これはどう考えてもおかしい。

片山幸一は、昨日見たばかりの西岡写真館を眼に泛《うか》べた。表構えは洋館紛《まが》いの二階建だが、陳列窓の中にはいっている見本の写真は、いかにも田舎《いなか》くさいものだった。

友永が何を選り好んであんな写真館に行ったのか。

もしかすると、写真館のおやじと友永とは、親戚《しんせき》か、知り合いか、友人といったところかもしれなかった。それでなければ、あんなところに行く必要性はない。

しかし、世の中には、案外なところにうまい技術者がひそんでいるものだ。名人気質《かたぎ》の人間は、とかく表通りには出ない。

あの椎名町の西岡写真館の技術がうまいので、友永はわざわざそこに行って、写させたのかもしれぬ。

この辺の事情は、やはり同業者仲間に訊くのが早わかりだ。

片山幸一は職業別電話帳を繰って「北部営業写真家連合会」という名前を発見した。写真家仲間の組合であろう。試《ため》しに、その電話番号に掛けてみると、確かに豊島区一帯の写真館はこの組合にはいっているとの答えだった。

電話では話にならないので、それだけを確かめて、片山幸一はぶらりと外に飛び出した。しん気くさい部屋にいるよりも、外の光を浴びて歩いたほうがいい。

組合は電話帳で調べておいたので、すぐに場所がわかった。事務所は目白駅のすぐ前で、やはり写真館になっている。

出て来たのは、三十四、五くらいの写真館主だった。

片山は適当な理由を言って、西岡写真館のことを訊《たず》ねた。

「あなたは興信所の関係の方ですか?」

組合長と名乗った主人は、逆に問うた。

「いいえ。そんなのじゃありません。しかし、あることでちょっと事情を調べたいのです。同業の方にお聞きするのが一番いいと思いましてね。ざっくばらんにお訊ねしますが、西岡写真館というのは、技術はいいのですか?」

「さあ」

組合長は曖昧《あいまい》な笑いを泛べた。

「その点は、わたしも同業ですからね、あんまり、はっきりしたことは申し上げかねますよ」

だが、その薄笑いの顔から彼の答弁が出ていた。

「何しろ、西岡さんはもうお年寄りですからね」

「お幾つですか?」

「確か、五十八か九だと思います。われわれ同業者仲間では最年長者ですよ」

「それじゃ、経験がものをいって、技術も相当なものでしょう?」

片山は、わざと組合長を刺激するように言った。

「経験だけは申し分ないようですな。しかし、こういうものは、古いだけが上手《うま》いのじゃありませんからね。やはり、技術は新しい方向へ絶えず移り変っています」

果して、暗に、西岡写真館を貶《けな》す。

「ははあ。そうすると、あまり上手くないというわけですな」

「それは、あなたのご想像に任せます。ただわれわれの眼から見て、西岡さんの技術はいかにも古いとお答えするほかないのです」

「いつから、開業しているのですか?」

「そうですね。もう、あれで三十年近くやっていらっしゃるんじゃないでしょうか」

「そんなに古いのですか? もとからあの場所ですか」

「いや、何でも、戦前は品川のほうだと聞きましたがね。あそこに建ったのは、昭和二十四、五年だったと思います」

「なるほど。しかし、こういう質問は失礼かもしれませんが、そんなに古い技術だと、あまりお客さんもないでしょうな?」

「そりゃ、どうしても少なくなります。近ごろはお客さんの眼のほうも肥えていますからね」

「だが、なかなか盛大にやってらっしゃるようじゃありませんか？」

「そうなんです。実を言うと、よくあれで営業ができると思うくらいですよ。悪い例をいって申しわけないんですが、西岡さんと同じくらいに流行《はや》らない写真館がほかにもいくつかありましたが、結局、みんな倒れてしまいましたね。だのに、西岡さんだけは、ああして立派にやっていますよ」

「古いだけに、いいお顧客《とくい》さんがあるのかもしれませんね？」

「さあ、そんなこともあまり聞きませんな。われわれは仲間だし、それに組合の例会が一月に一回はありましてね、その席でもよく話に出るのですが、西岡さんはよほど経営が上手《じょうず》なんでしょうね」

組合長は、小馬鹿《こばか》にしたように不思議がっていた。

これで、西岡写真館は技術が新しくも格別優《すぐ》れているわけでもないことがわかった。したがって、友永がわざわざ西岡写真館を選んで行ったのは、別な理由になる。

片山幸一は公衆電話のボックスにはいった。呼び出したのは、西岡写真館である。はじめに女の声が出た。先方は客だと思ったか、名前も訊《き》かずにすぐに主人に取り次いだ。

年寄りらしい嗄《しわが》れた声が代った。

「西岡写真館のご主人ですね？」

片山は確かめた。

「はい。そうです」

「ぼくは友永さんから紹介された者ですが……」

「友永さん？」

向うの声は訊き返した。

「どちらの友永さんですか？」

「中目黒の友永ですよ。友永為二です」

「………」

先方は黙った。電話口でしきりと考えているらしい。

「中目黒の友永為二さんですって？　さあ、わたしは存じ上げませんが」

やはり友永を知っていないのだ。

「おかしいですな。友永さんは、この間お宅に行って、写真を撮ってもらったばかりだと言っていましたが」

「どういう、お方でしょうか？」

「背の高い、ほら、頭に髪の毛がなくて額が広く、歯が少し出ています。感じでいえば動物のロバに似ています」

「どうも思い出しません。いつごろ、来ていただいたのでしょうか?」

あの机の抽斗に放り込んであるくらいだから、それほど古いことではない。それに封筒もまだ新しいほうだった。

「最近ですがね」

「もしかすると、お名前が違うんじゃないでしょうか」

そうだ、それはあり得る。友永は偽名で行ったのかもしれない。しかし、それはもう問題でなくなった。目的は果したのだ。

「それじゃ、こちらの間違いかもわかりません、どうも失礼しました」

片山幸一はボックスを出た。

歩きながら煙草《たばこ》に火を点《つ》ける。友永が西岡写真館を利用したのは、技術の優秀なためではなかった。また、知人でも友人の関係でもなかった。

おかしい。あいつ、なぜ、あんな写真館に行ったのか。

それに何の必要があって、自分の肖像を撮らせたのだろう。しかも、アマチュア写真でなく、わざわざ見合写真のような写真を撮ったのが不思議である。

いったい友永は、自分の写真をどのようなことに利用したいのであろうか――。

22

片山幸一が出勤すると、今日は友永も石黒もあとから出勤して来た。二人揃《そろ》うのは珍しい。

友永は例の調子でにこにこしていた。この男はいつ見てもいい洋服を着ている。五、六着ぐらいは持っているらしい。取り替え、引き替え着てくるのだが、どんなにしゃれても、あまりしゃれ甲斐《がい》はない。やはり、ロバはロバだ。

友永と石黒とが一緒にいると、たがいが牽制《けんせい》し合っているのか、どちらもあまり片山にはものを言いかけなかった。

二人は片山などよりはずっと前からここに来ているし、年配も同じくらいだから、話が合いそうなのに、どうもしっくりといっていない。表面上、たがいに遠慮して譲り合っているようなところが、かえって両人の内面の不仲を見せているようだった。

ところで、片山は、例の西岡写真館の一件から、ますます友永に対する疑惑を深めていた。

正面から当人に訊いても、正直に答える男ではない。もう少し様子を見て、およその見込みがついたら、それとなく当ってみようと思っている。当分、黙っているほうが利口だ。

片山は手もとの新聞を見た。

新聞には大した記事も載っていない。漫然と見ていくうちに、衆議院の予算委員会での問答が簡単に出ていた。それは防衛費に絡《から》む質問で、このほど政府が内定した新型潜水艦建造に関する問題だった。

質問者は野党の議員である。

新型潜水艦といえば、片山も、この間、その記事を読んだ記憶がある。そこで、暇にまかせて、つい全部を読み終る結果になった。

「日野議員　新聞記事によると、政府は新型潜水艦建造を内定したというが、その内定はどうなのか。

吉井国務大臣（国防関係担当）　まだ具体的な結論には至っていないから、内容の発表はさし控えたい。

日野　聞くところによると、新型潜水艦は、その動力を新しい燃料によるものといわれている。これは原子力のことではないか。

吉井　原子力ではないが、従来の重油に代るものである。

日野　航続時間が非常に長いというのは、現在では原子力による動力以外には考えられない。

吉井　この点は、いずれ成案を得て正式に発表するつもりである。
日野　なぜ、いま、発表できないか。
吉井　各方面に影響があるので、軽々しくは言えない。
日野　あなたは軽率には言えないというが、この新型潜水艦にアメリカ式のミサイルが搭載《とうさい》されるという噂《うわさ》を聞いている。事実か。
吉井　いま、発表の時機でないので、はっきりしたお答えはできない。噂で質問されても困る。
日野　もし、ミサイルを搭載するとすれば、核弾頭を付けるつもりか。
吉井　そんなことは毛頭考えていない。
日野　しかし、ミサイルを搭載する以上、当然、核兵器を付けることは予想せねばならない。そうなった場合、憲法違反ではないか。
吉井　政府としては核武装は行わない方針であるから、ご懸念《けねん》には及ばない。
日野　新型潜水艦というのは、あいまいな呼び名である。国防当局の狙《ねら》いは、アメリカ式の原子力潜水艦、しかもミサイル搭載という近代装備を狙っているのではないか。この潜水艦の建造に要する費用はどのくらいか。
吉井　たびたび繰り返すように、この案はまだ決定的ではない。したがって仮定の上での答弁は控えたい。

日野　閣僚の了解事項としてこの件を内定したという新聞記事は誤りか。
吉井　厳密な意味では誤りである。
日野　もし、新型潜水艦なるものを建造するとすれば、完成期日に予定があるか。
吉井　国防関係は、世界の情勢から見て、日進月歩の状態にある。したがって新しい技術は一日も早く取り入れねばならぬ。左様な点で、この新型潜水艦に限らず、絶えず自衛力の充実には心がけている。
日野　もし、新型潜水艦を建造するとすれば、海軍工廠《こうしょう》をもたぬわが国においては、当然民間業者の手に製造をゆだねねばならないが、政府はその業者の候補を考えているのか。
吉井　いっさい考えていない。まだその段階ではない。
日野　わたしの推定するところによれば、この潜水艦の建造費は莫大《ばくだい》なものである。この一艦だけでも現在のわが国の自衛費の一割を要するのではないかと思われる。
吉井　それは日野議員の想像であって、答弁の限りではない。
日野　しかし、これまで、政府はいわゆる防衛兵器についてたびたび言葉を濁しているが、実質的には着々と新装備をなしつつある。いずれ、この新型潜水艦も具体的になると思うが、そのときは、今のあなたの言葉をよく憶《おぼ》えていて、改めて質問したい」

この記事を読んでも、片山幸一には何の感興も起らなかった。議会の質問応答は無味乾燥でしかない。

ただ、この前読んだ新型潜水艦が、この野党議員の質問によると、どうやら、ミサイル搭載や原子動力というアメリカ並みの新装備になるらしい。もっとも、野党議員は必要以上にカングる癖があるから、これも邪推といえないことはない。政府攻撃の材料に、わざと意地悪な質問をしているようにもみられる。

いずれにしても、日本の自衛力が、国防庁創設当時とは比較にならぬほど充実しているらしいことはこの記事でも十分によみ取れる。また、それにつれて予算も厖大《ぼうだい》に膨《ふく》れているらしい。しかし、この費用が国民の税金から支払われているとしても、片山幸一には何の痛痒《つうよう》もなかった。税金の乱費は、野党議員の怒号するような怒りとなって個人的には直接に響いてこない。

片山幸一は、退社時間が来たので、帰り支度をした。そして下宿へは帰らずに、国電で池袋へ出て、西武池袋線に乗り換えた。椎名町で降りて、すぐ西岡写真館を訪れた。友永がポートレートを写させた謎《なぞ》を、少しでも解くには、もう直接に当るほかはない。

正面のドアを開けてはいると、出て来たのは三十過ぎの女だった。普段着のセーターの上に白い割烹着《かっぽうぎ》を着た女中のようだった。まさか女房ではあるまい。

「ご主人はおられますか？」

と訊くと、

「旦那《だんな》さまはお留守でございます」

と彼女は答えた。果して女中であった。

「いつごろ、お帰りになりますか？」

「さあ、ちょっとわかりませんが」

顔色の悪い三十女は笑い顔も見せない。

「今夜お帰りになるでしょうか？」

「いいえ、それがちょっと事情がありまして、今夜ということにはなりません」

「ははあ、するとご旅行ですか？」

「ええ」

女中が片山の顔に眼を光らせた。

「あの、どちらさまで？」

「いや、ぜひ、こちらでぼくの写真を写していただきたいと思いましてね」

「お急ぎでしょうか？」

「急ぐっていえば急ぎますが」

「それだったら、どうぞ、ほかの写真屋さんにいらしていただけませんか。旦那さまは、当分、お帰りにならないと思います」

23

「するとどこか遠くへ行かれたのですか?」

片山幸一は、ついでに訊いてみた。

「よくわかりませんが、関西のほうだと思います」

「ぼくは、ぜひ、こちらで写真を撮ってもらいたくて来たんですがね。人からお宅の評判を聞いたのです。残念だな」

「どうも相すみません」

女中は頭を下げた。

「ご主人はいつから出かけられましたか?」

「………」

片山が写真館に電話をかけた時にはたしかに主人が電話口に出たのだから、そんなにむかしではない。

「お帰りの予定は、いや、だいたいの日がわかっていれば、改めて写して貰《もら》いに来たいと思います」

「はあ、それがさっぱりわかっていませんので」

「奥さんはいらっしゃいますか」

女中は少し言いにくそうに答えた。

「こちらには、奥さまというのはいらっしゃいません」

「はあ、すると、ご主人は独身で？」

と、つい余計なことを訊いた。

「はい。十年ほど前に亡《な》くなられたままでございます」

「では、また来ます」

「そうですか。どうも申しわけありません」

片山は友永のことを訊こうと思ったが、女中では仕方がないので、それを言い出さなかった。また友永が本名で来たのではないので、探りを入れてもわからないだろうと思った。

西岡写真館主が旅行しているという意味を、この時はまだ片山は深くは考えなかった。ただ、店があるのに、いつ帰るかわからないような旅行に出かけるとは、よほど重大な用事か、のんきな性格かだろうと考えただけだった。

——どうもうまくいかない。

何か、眼の前にいっぱいもやもやとしたものを感じながら、いっこうにその実体に触れない歯痒《はがゆ》さがあった。

片山幸一は少しばかり意気阻喪《そそう》した。やっぱり、こういうことは自分には無理なのではなかろうか。気持だけは焦《あせ》っても、さっぱりと実績が上がらないのは、自分の才能が不向きなのではなかろうか。

が、このまま諦《あきら》めるつもりはなかった。

曖昧模糊《あいまいもこ》とした不思議な雰囲気《ふんいき》だけはひしひしと身体《からだ》に感じるのだ。現在も、何かが起っていそうである。そして、何かが起りそうである。

過去に或《あ》ることが起った。それと有機的な関連をもった何かが未来に起る。その関連が、どうもはっきりと摑《つか》めないのだ。

辛抱強く追ってみようと思った。仕事としては単調なサラリーマン生活よりずっとおもしろいのだ。

だが、今の空虚さは救いようがなかった。実力以上のものに挑《いど》みかかっている自分の努力の虚《むな》しさといったものを感じる。

片山は、その空虚さと、じっとしていられない焦慮とで、気分の転換をほかのものに求めたかった。

その晩、思い出したのは、新宿のキャバレー〝ボーナン〟の早苗だ。

あれからずっとあの店には行っていない。早苗には長尾智子のことを教えられた義理もあるし、久しぶりに行って、あの女を呼び、酒でも呑《の》んでみようと思った。

彼は公衆電話にはいり、手帳を出して番号を捜し、〝ボーナン〟を呼び出した。

「早苗さんは、今晩はお休みですわ」

電話口に出た女の声が答えた。

間の悪いときは、何もかもついていない。

「明日の晩だったら、きっと来ますわ」

声はマダムのようだった。商売熱心である。

「じゃ、明日の晩でも出かけましょう」

「どうぞ。お待ちしています」

〝ボーナン〟が駄目だったので、今度は赤坂の〝レッドスカイ〟に電話した。

「ノリ子さんはいますか?」

「ノリ子さんは、今晩はお休みです」

これはボーイの声だった。

「明晩は来るかね?」

「さようでございますね、ちょっとわかりませんが」

ナイトクラブの女の子は、キャバレーの女のようには掌握ができないらしい。

これは彼女らの勤務制度によるものだ。キャバレーの女の子にはある程度の固定給が支給されているので、そう勝手には休めないようになっている。しかし、〝レッドスカイ〟のような一流のナイトクラブになると、そこのホステスは、逆にクラブに「出勤料」を出すことになっている。つまり、場所代だ。そのかわりいい客をつかまえると、指名料やチップで十分な稼《かせ》ぎができるという仕くみだ。

それで、どうしてもナイトクラブの女の子は勝手に休みがちなのである。

ノリ子が明日の晩出て来るかどうかわからないのも、そのような自由制度のためらしい。

月曜日、研究所に出ると、いつものように友永の姿はなく、石黒だけがいた。が、その石黒も午前中だけで、午後はどこかに出かけてしまった。

片山幸一は所在なさに、ぼんやりと雑誌を眺《なが》めていた。経済関係のような面倒臭いものでなく、肩の凝らない読みものだった。

友永の机の上は相変らず乱雑である。この男は机の上をあまり整理したことがない。雑誌や、原稿用紙や、私信のようなものまで散乱していた。

ちょうど、二人ともいないので、片山は退屈紛《まぎ》れに友永の机の前に行った。

例の抽斗《ひきだし》をそっと開けた。が、この前見たあの写真の封筒は、もう、そこに見当らなかった。友永が持って帰ったのかもしれない。

片山は、ちょっと寝ざめが悪かった。もしかすると、友永が彼の偸《ぬす》み見を気づいたかもしれないのだ。だが、いつまでも友永がそこに写真を入れっ放しにして置くわけもないので、ないのが当り前だと思いなおした。

ふと、机の上の雑誌の積み重ねの間に、何やら茶色っぽい封筒の角が見えた。

この前のことがあるので、片山は好奇心を起した。彼は上の雑誌をちょっと除《の》けてみた。

それは四角い封筒だった。

封筒には印刷文字もなかった。封もしていない。彼は思い切って中身をのぞいた。すると、写真のようなものがはいっている。片山はまた友永のポートレートかと思って、指で引き出した途端、息を呑んだ。

そこにひとりの人物が写っている。スナップといったところで、その人物が正面から歩いて来る姿だった。片山をびっくりさせたのは、その男の顔が、まさにこの間パーティでそれとなく面相を憶《おぼ》えさせられた、あのおとなしい紳士だったからである。

友永自身が写したのだろうか。あるいはだれかが写したのを友永が持っているのか、それとも、彼がだれかに撮影させたのかもしれない。

場所は、どこかのホテルの玄関といったところだ。うしろに白服のボーイの姿がちらりと見えている。写された当人が玄関のドアを開けてフロントにはいった途端、シャッターが切られている。

片山は写真の顔を熟視した。まさにあの男に違いない。

額が広く、眉毛《まゆげ》が薄い。眼鏡の奥の眼も落ち窪《くぼ》み、鼻梁《びりょう》が高い。尖《とが》った顎《あご》も、突き出ている顴骨《かんこつ》も、縮れ加減の髪も、ことごとく彼の記憶にある特徴がこの写真に再現されていた。

用心深げなその表情まで、レンズははっきり捉《とら》えている。

ところで、片山は気づいたのだが、画面の粒子がひどく荒れていることだ。その写真の大きさはキャビネ型だったが、おそらく、小さなフィルムから拡大したのだろう。人物のうしろにホテルの電燈が光っているから、夜の撮影だ。

片山は直感した。

(隠し撮りだな)

本人に断わって撮った写真ではなかった。当人がホテルの中に足を踏み入れた途端、隠しカメラが素早く映像を捉えたといったところだ。

片山は見ていて胸の動悸《どうき》が速くなった。写真は三枚ある。一枚だけ自分の手元に取っておきたい誘惑に駆られた。

だが、友永はすぐにその「盗難」を発見するに違いない。ここにいるのは石黒と片山だけだから、「犯人」はすぐわかる。片山はそれを元に返そうとした。しかし、その写真を何とか手に入れたい衝動が、元のままに返すのを中止させた。

——ずぼらな友永のことだ。一枚ぐらい抜いて、写真屋に複写させ、明日、友永が出勤する前に返しても気がつきはすまい。

そう考えつくと、彼は写真の一枚をポケットの中にすべり込ませ、あとをそのままにして、元あったように雑誌の下に挟《はさ》んだ。

だが、さすがにまだ動悸が搏《う》っている。

友永に見つけられたら大変なことになる。うまく明朝まで気づかないですめばいいが、と思った。

ところで、この写真のことでわかったのだが、友永はどうやら例の男を追っているらしい。言わずと知れた橋山義助からの命令だ。この間から、橋山がこの人物の調査を片山に命じなかったのを不審に思っていたが、これでようやくその理由がわかった。橋山義助は、未熟な片山よりも老練な友永を使っているのだ。

片山はがっかりした。やっぱり自分の実力では無理だと橋山は思ったのだろうか。途中で友永に役目を替えさせたとみえる。

だが、橋山のやり方にも軽い反発が起きた。

よしそれなら、ひとつ橋山の鼻をあかしてやれと思った。この写真を手がかりに、あの男を突き止めることができる。

写真によれば、どうやら、ホテルらしいから、該当のホテルを克明に捜していけば見当がつく。ほんの一部分だが、ホテルの内部の模様の特徴は十分に写っているのである。

午後三時ごろになって、石黒だけがぼんやりと帰ってきた。相変らず粘液質の男だ。

「お帰んなさい」

片山が挨拶《あいさつ》してやると、やあ、とかなんとか口の中でもそもそ言いながら、自分の机の前に坐《すわ》った。

「大分、外は陽気がよくなりましたね」

片山のほうから言った。石黒はもさっとした格好で椅子《いす》に落ち着いている。

「そうですね」

このごろは、石黒もよく外に出るようになった。彼も橋山義助から新しい命令を与えられたのだろうか。

その晩、彼はキャバレー〝ボーナン〟に行ってみるつもりだった。仕事が思うようにいかないので、今夜は気を紛らしてみたい。

だが、友永の机の上から抜いた一枚の写真が心配だった。早いとこ、これを処理して、そっと返しておかねばならない。

彼は新宿に出ると、なるべく目立たない場所にあるＤＰ屋の店にはいった。

「これを大至急、複写してくれませんか」

彼は手に持った本の間から、写真を出した。本に挟んだのは、写真を傷《いた》めないためだ。

「いつごろまでに仕上げましょうか？」

若い主人が写真を手に取って眺めていた。

「できれば、明日の朝までにやって欲しいんだが」

「さあ、それは無理ですな」

「いや、割増金は出しますよ。ぜひ、明日の朝までに欲しい」

「それほどお急ぎなら、なんとかやってみましょう」

ＤＰ屋の主人は請け合ったが、

「これは、ずいぶん小さなカメラで撮ったんですね」

と画面を調べるように見ていた。

「そうらしいですな」

「おや、旦那《だんな》がお撮りになったんじゃないんですか？」

「人に撮ってもらったんだがね。カメラは何だろうね」

「さあ、よほど小さい器械らしいですね。それをこれほどに伸ばせるのだから、相当優秀なレンズですよ。夜だが、フラッシュも使ってないし、見た感じは隠し撮りみたいですな」

写真屋の観察も、片山と同じだった。

「もしかすると、日本製のカメラではないかもしれませんよ」

「と言うと？」

「何だか、隠し撮り専門のカメラみたいですな。わたしには器械の想像はつきませんが」

片山は、友永という男が、急に、油断のならない鋭い人間にみえてきた。

24

その晩遅く、片山幸一は新宿二幸裏の〝ボーナン〟に行った。

今夜は早苗も来ていた。

「しばらくね」

早苗は笑いながら彼の前に寄って来た。

「あれからユリちゃんを伴《つ》れていらっしゃるとばかり思ってたのよ」

早苗がユリちゃんと言ってるのは、長尾智子が彼女と一緒に働いていた時代の名前である。

「どう、あれからユリちゃんにはたびたびお逢《あ》いになって？」

胸の衿《えり》が、彼女たち特有の着つけでゆるく開いていた。

「君のおかげでね。そうたびたびではないが、たまに行っている」

早苗にもハイボールを注文させた。

「それだったら、ここに伴れて来てくだされぱいいのに。わたしも、あれっきりユリちゃんには逢ってないのよ」

「忙しくてね。そのうち、伴れて来るよ。ところで、君、ゆうべ、休んだだろう？」

「あら」

彼女は眼をまるくした。

「いらしたの？」

「いや、来るつもりだったんだがね。電話をかけて訊《き》いたら、君が休みだというので、よしたんだ」

「まあ、うれしい。そんなお気持があったの？」

彼女は眼を彼の顔に据えて、口もとをほころばした。

「やはりここに遊びに来るには、知った人がいないとね」

「それはそうだけれど。ほかにきれいな女の子もいるわよ」

「やっぱり最初に知ったせいか、君でないとつまらない」

「うまいことをおっしゃるわね」

彼女は笑った。

「でも駄目よ。思い出したようにお見えになったんじゃァ」

「来るつもりはあるんだがね。なにしろ、仕事が忙しくて」

「お忙しいのは結構だけども、ときには息抜きにいらっしゃいよ」

「それなんだ」

と彼はグラスに口をつけて言った。

「昨夜は、どうにもやりきれない気持になってね。君とここで遊びたかった。ところが、あいにく君が休みだろう。がっかりしちゃった」

「そう。じゃ、今晩はラストまでゆっくりいてくださいね」

彼女は心なしか浮き浮きとしていた。この前に見たときの印象とは違っている。

片山幸一は酒を呑《の》んだ。今夜は久しぶりに気持が愉《たの》しかった。

やはり昨夜ここに来なくてよかった。この愉しさを分析してみると、友永の机の上から、例の写真を一枚手に入れたことにもあるらしい。

「なにをにこにこしてらっしゃるの？」

早苗が片山の顔を見て、言った。

「いや、愉しいことがあってね」

「あら、何がそんなに愉しいの？　教えてよ」

「仕事のことさ。実にうまくいってるからね。おい、踊ろうか？」

ちょうど、バンドがブルースに代っていた。

「はい」

片山は早苗の手を取った。

十一時近くだったので、店は混む盛りだった。狭いホールも踊りの組でイモの子を洗うようだ。

「お上手《じょうず》だわ」

早苗が彼の胸のところで、うっとりとした声を出した。

ふと見ると、暗いところで踊っている中で、ひどく気分を出している一組があった。長身の男は女の胸に蔽《おお》い被《かぶ》さるようにして重なり、女は上体の背を弓のように反《そ》らせていた。二人ともゆるやかな曲に流れを任せて、無我の境にはいっている。

ほとんどの客が女の頬《ほお》に顔を触れていた。

「ねえ、君」

片山幸一は早苗の耳にささやいた。

「ここがすんでから、どこかへ行こうか？」

小声だったが、早苗の顔の表情がはっとした。

「ねえ、いいだろう?」

女はしばらく曲に身体《からだ》の動きを任していたが、

「それ、浮気?」

と小さく訊き返した。

「浮気だ」

ちょっと迷ったあとに答えた。

「そう」

女は少し寂しい顔をしたが、

「ええ、いいわ。浮気なら」

と火照《ほて》った顔に微笑を泛《うか》べた。

「浮気でなかったら、お断わりかい?」

「後ぐされができるの、嫌《いや》なの」

「ご挨拶だな。ずいぶん、それで苦労したとみえるね?」

女はそれに含み声でこたえた。

旅館は高台にあった。庭園がきれいで青い灯に芝生《しばふ》の色が眼に覚めるようだった。石を置いた径《こみち》の中に、離れが別荘のように建っていた。

「変なことになったわね」

部屋に落ちつくと、女はてれたような顔で言った。かなり酔っている。

「こういうこと、あなたはたびたびやってらっしゃるの?」

「いや、絶対になかったとは言わないが、そういう機会はあまりない」

「そう、あなたはまじめそうな人だから、信用するわ。でも、いいの、たびたびでも」

と彼女は耳に手をやってイヤリングを外《はず》していた。

「でも、あなた、ほんとにユリちゃんとは、何でもないの?」

それは、彼女がここへ来る前に車の中でも言ったことである。

「何でもないさ。ただ、用事があって逢いに行っただけだよ」

「そう。ならいいけど、たとえ浮気でも、そんなだったら嫌なの。わたし知らない人なら構わないけれど」

彼女は外した両方のイヤリングを掌《て》の上で揃《そろ》えている。

「でも、ほんとうは、あなたがもう少し早く来てくださるかと思っていたわ」

「悪かったね」

「ううん、そんなことじゃないわ。ただ、何となく、わたしのお客さんになってくださる人だと思ってたわ」

「これから、たびたび行くよ」

「無理しなくていいわ。わたしの気持だけだから」

時計を見ると、一時に近かった。

「君、風呂《ふろ》にはいったらどう？」

「ええ」

彼女はすぐに起《た》たなかった。

やはり、最初の男と一緒に風呂にはいるのを躊《ため》らっている。

「いや、ぼくは、君の湯がすむまで、ハイボールでも呑んでいるよ」

「そう、じゃ、お先に失礼するわ」

早苗は隣の部屋へはいって襖《ふすま》を閉めた。やがて、風が鳴るような帯を解く音が聞えた。

片山は床の間の受話器を取った。

「ハイボールを頼むよ」

「はいはい、承知しました。お部屋にお運びいたしましょうか？」

女中の声が訊いた。

「おや、ほかにも飲む場所があるかい？」

「はい、わたくしのほうにスナックバーがございます」

「へえ、それはおもしろいね」

こういう旅館のバーも変っていると思った。独《ひと》りで呑むのもつまらなかった。

「じゃ、そっちへ行くよ。どこだい?」

「はい、そのまま左のほうにいらっしゃると、本館の玄関の横に出ますから、そこですぐおわかりになります」

「ありがとう」

片山は起ち上がり、襖越しに、

「スナックバーがあるそうだから、ちょっと、そこで呑んで来るよ」

と声をかけた。

「そう。早く帰っていらしてね」

はずんだ早苗の声が戻った。

片山は庭石に揃えてあるサンダルをつっかけて、本館のほうへ行った。そこでスリッパに穿《は》き換え、ホールを横切った。

こぢんまりしたスナックバーだった。スタンド椅子が、五、六脚ぐらいで、ボックスも一組ある。バーテンが二人、酒びんの棚《たな》を背にして、客待ち顔に立っていた。

「いらっしゃい」

片山は止り木の一つに腰をおろした。

「ハイボールをくれ」

注文して、部屋の中を見渡すと、なかなか設備もよくできている。横のガラス戸越しには孟宗竹《もうそうちく》の植込みが見え、青い照明が当てられていた。

片山はスタンドに頰杖《ほおづえ》をつきながらグラスを握った。普通のバーと違って女の子もいないし、後からはいってくる客もなかった。ある意味では落ちついた場所だった。

「どうだね、このバーを利用するお客さんは多いかね」

バーテンに訊いてみると、

「さようでございますね。やはり、お部屋のほうにお運びすることが多うございます」

という返事だ。

バーテン相手にしばらく話を交わした。早苗はもう浴室《バス》から上がっていることだろう。

二杯目のハイボールでおしまいにしようとしたときだった。スナックへ新しい客がはいって来た。白っぽい洋装の女だった。

女客はひとりでカウンターのほうに向うと、すぐ注文した。

「ジンフィーズをちょうだい」

片山はその横顔を見てびっくりした。ナイトクラブ〝レッドスカイ〟にいるノリ子の長尾智子ではないか。

「あら」

同時に長尾智子のほうでも片山に気づき、眼をいっぱいに見開いた。

瞬間に彼女の身体の動きが止った。呆気《あっけ》にとられたように口を半開きにしている。

「やあ」

片山は仕方なしに笑って言った。

長尾智子は見る間に顔を赧《あか》くした。とっさに恥ずかしそうに下を向いたが、眼を上げたとき、具合悪そうな微笑が泛んでいた。

「……知らなかったわ」

小さな声を出した。

片山は悪いところで遇《あ》ったと思った。自分のことよりも女の気持を考えた。しかし、これぱかりはどうにも仕方がない。ただ、この上は、なるべく彼女にばつの悪い思いをさせないことだった。

「しばらくだったね、この間はどうも」

快活に声を掛けた。彼女との間には二つの椅子《いす》が空《あ》いているが、もちろん、彼女がひとりでこの家にはいっているとは思われないから、近よるのを遠慮した。

バーテンはジンフィーズを作って、女客の前に出すと、気をきかしたように向うの隅に位置を移した。

「どう、元気かね?」

どう言っていいかわからないので、片山はそんなことを訊いた。不意の出会いだから挨拶《あいさつ》の仕様がなかった。

「ええ」

彼女もすぐには言葉が出ないらしい。顔のほてりも、まだ冷めてはいなかった。

片山は困った。

ナイトクラブで働いているから、どうせ客に誘われて来たのだろうが、男の場合はまあいいとして、女の彼女にはやりきれないに違いなかった。

「まさか……ここであなたにお会いしようとは思わなかったわ」

彼女は少し立ち直ったように言った。

「恥ずかしいわ」

「なに、そんなこと平気さ」

片山はわざと明るい声で答えた。

「ぼくは、かえって、君に親しさを感じたよ」

「変な言いかたね」

「いや、ほんとだ。これまでは君にやはり遠慮があったがね」

「もう結構だわ」

彼女はまだ眼のふちに赧い色を残していた。

「つぎお目にかかったとき、とても真直《まっす》ぐには、あなたを見られないかもしれないわ」

「そんなことはない。大丈夫だよ。おたがい、この場だけだよ」

片山はそう言ったが、自分の伴《つ》れて来た女が、彼女の友だちの早苗だと思うと後ろめたさを感じた。

長尾智子も居心地が悪いのか、もじもじしていたが、ついに思い切ったように、身体を椅子から浮かした。

「わたし、これで失礼するわ」

「そう」

これもひきとめようがない。

長尾智子はジンフィーズをグラスに半分残したまま、ドアをあけて遁《に》げるように外に出て行った。

どうも、まずい出遇いだった。

それにしても、長尾智子の相手というのは、どんな男だろう。

片山幸一はあとに残った。いままでの雰囲気《ふんいき》で、すぐに出て行くわけにもいかなくなった。

「おい、もう一ぱいくれ」

早苗を待たせておくほかはない。

ボーイは何も気づかないふうにまじめな顔つきだった。

「妙なところで知った奴《やつ》に遇った」

と、彼は照れ隠しに言った。

「ご存じの方だったんでございますか?」

ボーイは、さすがに笑っている。

「弱ったよ」

と、彼は三ばい目のハイボールに口をつけた。

「どうだね、いまの女《ひと》、始終、ここに来るかい」

ボーイはにやにや笑っていた。

「ほう、そんなに来るの?」

と彼は訊《き》いた。意外だった。

「ええ、まあ」

と言葉を濁している。

「おい、大丈夫だよ。だれにも言やあしないから。それに、ぼくはべつにあの子に気があるわけじゃないからね」

「左様でございますか……」

ボーイは少したためらっていたが、彼のまん前に近づくと、小声でささやいた。

「もう、一週間も前からお見えになっています」

「なんだって？　じゃ、連日かい？」

「毎日というほどじゃございませんが、お部屋はずっとおとりになっておられます」

「へえ、あきれたね」

実際、予想外だった。

長尾智子は〝レッドスカイ〟では、それほど目立つ女ではなかった。顔つきに多少エキゾチックなところはあるが、派手に売れているというほどでもない。

「相手は何者だい？」

「それが……実は日本人の方じゃございませんので」

「へえ」

これも意外だった。しかし、考えてみると〝レッドスカイ〟は外人客が多い。だから、それも当然考えられるのだ。ただ、長尾智子がそんなことをするとは思っていなかっただけである。

「外人さんというと、日本にいるろくでもない貿易商か何かだろう？」

「いいえ、そんなんじゃございませんよ」

ボーイは真剣な顔で打ち消した。

「とても立派な方です。アメリカから二週間ばかり前に日本にみえたという人ですがね。

大きな会社の副社長さんですよ」

25

翌日、片山幸一は研究所に出勤する前に、注文したDP屋に寄って、複写写真を受け取った。

本モノのほうは、友永の机の上に載っている封筒の中にもどしておいた。その封筒はまだ、本の間に突っ込んだままになっていた。片山が元通りの位置にして置いたのだが、それから少しも動いた形跡がない。ずぼらな友永は、その後、封筒の中身を改めていないのだ。

片山はほっとした。

実は、これが唯一《ゆいいつ》の心配だったのだ。もし、友永があの封筒を開けて写真一枚の紛失を知ったら、どんな騒動にならぬとも限らない。

それにしても、友永のずぼらにはあきれる。こんな大切な写真を机の上に出し放しにして置く気が知れなかった。わざわざ隠し撮りまでした大事な写真ではないか。まあ、彼のその横着さがこちらにはもっけの幸いになったが。

さて、これから、問題のホテルを捜して回らねばならぬ。だが、これには確信があった。

早苗と一緒に行った旅館のボーイの話では、長尾智子は外人と来ているという。その外人はある会社の副社長だというのだ。

ただ、それが何という名前の会社かはわかっていない。

しかし、ここで考えられるのはつぎのような推定だ。——外国会社の副社長ともある人物が、連れ込み旅館に止宿するわけはない。つまり、あの旅館は女と一緒に過すための仮の宿であろう。実際には都内の一流ホテルに宿泊していると想像される。

あの旅館のボーイの話では、長尾智子は一週間前から部屋を取っていると言っていたが、それはおそらく、客の外人が金を払って部屋をとっている意味であろう。その副社長がいつ日本に来たかわからないが、来日してから間もなく、長尾智子との「契約」ができたに違いない。

たぶん副社長がナイトクラブに遊びに行くうち、長尾智子に眼をつけたものと考えられる。彼女といえども、やはりナイトクラブに働いている女だ。金しだいでは、気前のいい外人客に従うだろう。

つまり、長尾智子はその副社長の滞在中、日本ワイフになっているわけだ。

言いかえると、外国商社の副社長なる人物は一流ホテルと内緒の旅館と、二つの宿を持っていることになる。

ここまで考えて、片山は、はっとした。外国商社の副社長——長尾智子——〝レッドスカイ〟——おとなしい紳士。ホテルの玄関で友永に隠し撮りされた写真の紳士は、その副社長の滞在と関係があるのではなかろうか。

すなわち、片山が橋山の命令で顔を見憶《みおぼ》えたおとなしい紳士は、実は、その副社長を訪ねてホテルに来ていたのではあるまいか。

もし、これが当っていたら、そのホテルを捜し出すことは、例の男と外人の副社長の身元とを同時に知る手段になるのだ。

片山幸一はさっそく、その日の夕刻からホテル捜しに歩いた。

だいたい、そのような外人が泊るホテルは、都内でもそうざらにはない。せいぜい五、六軒くらいだ。

彼はFホテルから始めることにした。日本でもっとも由緒《ゆいしょ》のある、格式の高いホテルだ。

問題の写真には、人物の後ろに玄関の一部の模様が出ている。これが手がかりだった。それに少しぼけてはいるが、ボーイの姿も半分写っていた。

片山幸一は、Fホテルの玄関をドアマンに迎えられてはいった。緋《ひ》の絨毯《じゅうたん》を敷きつめたフロント付近は内外人が雑然と右往左往していて、とんと往来と変らない。彼はいかにもホテルに泊っている客に会いにきた格好で佇《たたず》んだ。

わざと人待ち顔で立った場所も、写真の画面の角度に合わせた。写真には、問題の人物の後ろに玄関の上部が一部写っている。十九世紀フランス王朝風な壁装飾だ。人物との距離にすれば、およそ十メートルくらいであろう。

片山幸一はだいたいの見当で、入口に向って眺めたが、ここは写真の十九世紀模様とは違ってすこぶる近代的である。Fホテルではなかったのだ。彼はさっさと外に出た。

次にDホテルに彼は行ってみた。

ここも外人の泊り客が多いので有名だが、玄関はやはり違っている。

彼はすぐに外にとび出した。

こうして、Nホテル、Kホテル、Yホテルとつぎつぎに回った。その間、いちいちタクシーを利用しなければならないので、費用がかかる。しかし、どこに行っても長居する必要はなかった。玄関の模様を一目見れば判別がつくのだ。

おそらく、これほどホテルの玄関模様に気をつける者は、設計士以外にはあまりあるまい。写真に写っている模様に似たホテルはあっても、まったく同じものには容易に出遇えなかった。

しかし、片山幸一がまさに写真と同じ玄関を見たのは、品川のほうにあるSホテルだった。

Sホテルは旧館と新館に分れているが、写真の十九世紀フランス王朝風な様式が残っているのは旧館のほうだった。もと宮様の邸《やしき》だったというだけに、建物は古風で壮麗な意匠が施されてある。

片山は、やっと写真と同一のものを発見して胸が躍《おど》った。

フロントには一人の客もなく、事務員が二人、はいって来た片山の姿をじろじろと眺めていた。

片山は少し困った。問題の外人は某会社の副社長としかわかっていない。その会社の名前でもわかっているといいのだが、これではフロントに訊きようもなかった。人相もまるっきりわかっていないのだ。

例の日本人のことも訊いてみたいのだが、これも名前がわかっていない。例の写真はポケットに忍ばせてあるが、刑事ではないから、いきなり、その写真を従業員に突きつけるわけにもいかなかった。

とにかく格好がつかないので、フロントに歩み寄った。

頭にポマードを塗りつけた蝶《ちょう》ネクタイの美男が、眼で片山に会釈《えしゃく》した。こんな眼つきで人に挨拶《あいさつ》するのは、接客業者特有の癖だ。

「こちらに、アメリカの、ある会社の副社長が泊っていませんか?」

「お名前は何とおっしゃいますか?」

蝶ネクタイの男は声に艶《つや》をつけて訊いた。

「名前はちょっと忘れたんですがね」

「さあ、お名前がわかりませんとちょっとね……会社の副社長さんというだけでは……」

事務員は口をすぼめて妙に冷やかな言いかたをした。

「確かに会社の名前もわからず、当人の名前もわからないんですがね、しかし二週間ばかり前から泊っているお客さんというだけではわかりませんか？」

「お一人さまですか？」

片山幸一はここで困った。ナイトクラブの女を相手にするくらいだから夫婦で来たのではないだろうが、ほかに社員のような連中がお供についているかもしれない。だが、はっきりとそれも断言できなかった。

弱っていると、ちょうど後ろを白服のボーイが通り過ぎた。ふとその顔を見て、片山は弾《はじ》かれたようになった。そのボーイの顔こそ、写真の例の紳士の後ろにぼやけて写っているボーイの顔と瓜二《うりふた》つなのだ。

片山はとっさにそのボーイを呼び止めようとしたが、それは後で訊けると思い、事務員との当面の話をつくろわねばならなかった。

「どうも困りましたね。ぼくはそれだけしか聞いてこなかったものですから」

彼は気もそぞろだった。ボーイが玄関から外に出て行くのを眼の端で確かめておいた。

「それでは、よく聞いて明日でも改めて来ます」

彼はフロントを離れた。

大急ぎで玄関を出て行くと、ボーイの白い服が自動車の並んだ後ろを歩いて行くところだった。向うに新館があるので、そっちのほうに行くらしい。

片山幸一は大股《おおまた》でその後を追いかけた。

「きみ、きみ」

彼は近づいて後ろから呼びかけた。

ボーイは振り向いたが、建物から流れている灯の明りで、その顔が写真と同一人だとはっきり確認した。

ボーイは客だと思ってか、かしこまって立ち止った。

「いや、どうも。忙しいところを呼び止めてすみません」

彼は手早く財布《さいふ》から千円札を一枚抜いた。本当は五百円札でもあればいいのだが、あいにくと百円札が一枚しかない。千円は痛いが、この場合止《や》むを得なかった。

ボーイは握らされた千円札にちらりと眼をやって、びっくりしていた。

「ちょっと、君、これを見てくれたまえ」

もう躊躇《ちゅうちょ》はできない、彼はＤＰ屋で複写した写真を封筒から一枚抜いてボーイに手渡した。

「この写真のホテルは確かに君ンとこだね？」

と彼はボーイの肩のところに並んだ。

「はい、さようでございます」

ボーイは写真をながめてうなずいた。

「そうだね。ほれ、ここに君が写っているだろう？」

彼は画面の背後に見えるボーイの姿に指を押えた。

ボーイはそう言われて、珍しそうに自分の姿に見入っていた。ちょっと、くすぐったそうな顔だったが、こういう写真が撮られたことには別に不審を起していない。それよりも、片山の意図を察しかねていた。

「ここに写っているこのお客さんに、君、見憶えはないかい？」

「はあ」

ボーイは写真を灯の明りの前にかざした。

「よく見てくれたまえ。確かに、君のとこに来たお客さんだ」

ボーイはしばらく見詰めていたが、黙って写真を片山に返した。

「お客さんは警察の方ですか？」

いや、そうではない、と片山は狼狽《ろうばい》して答えた。

「では、新聞社の方ですか？」

ボーイは片山の顔を見て訊《き》く。

「まあ、そんなところだね」

片山はボロが出ないように急いで同じ質問をくり返した。

「君、この人の顔を知っているだろう。ここにはよくやって来る人かね？」

「そうたびではありませんが、ときどきお見かけするようです」

ボーイは答えた。

「すると、ここに泊っているお客さんではないわけだね？」

「そうです」

「では、このホテルに泊っているお客さんのところに面会に来る人だな？」

「はい」

「この人の名前を知っているの？」

「確か、田村さまとおっしゃる方です。フロントでお聞きしたとき、そういうお名前でした」

（田村。——よし、覚えておこう。しかし偽名かもしれないぞ）

「田村なんという名前か、わからないかね？」

「はい。田村さまとだけしか承っておりません」

「で、この田村さんが会いに行く人は、何というお客さまかね?」

「それは612号室に泊っていらっしゃる外人の方です」

片山幸一は心の中で手を拍《う》った。やはり想像通りなのだ。

「そう、確か、どこかの会社の副社長さんだったね」

彼はたたみかけるように問いかけた。

「しかし、どこの会社の副社長だったかな? 君、その会社の名前を知っているだろう?」

「はい」

ボーイはもじもじしていた。

「大丈夫だよ。絶対にだれにも言いやしないから」

「はあ、どうも、お客さまのことは、外部の方には申し上げられないことになっておりますので」

「わかっているよ」

片山はボーイの肩を軽く叩《たた》いた。

「君から聞いたということは、だれにも絶対に黙っているから。ただ、ぼくは必要あってその人の会社の名前を知りたいんだよ」

やはり、千円札一枚はずんだだけの効《かい》はあった。ボーイは渋りながらもようやく口を開いた。

「この会社はアメリカのニューヨークに本社のあるカッターズ・ダイナミックスというんです」

「カッターズ・ダイナミックス?」

片山幸一は大急ぎで手帳を取り出した。

「副社長の名前は?」

「I・S・パーキンソンさんです」

「I・S・パーキンソンさんだね?」

片山は片仮名で手帳にていねいに書き留めた。

「年齢は幾つぐらいかね?」

「宿泊人名簿に五十八歳と書いてあります」

「一人で泊っているの?」

「いいえ、612号室はパーキンソンさんだけですが、610号と、611号の、二部屋を秘書の方や社員の方が三人で使っておられます」

「なるほど。副社長ともなれば、そのくらいのお供はあるだろうな。で、この写真に写っている田村さんだが、パーキンソンさんのとこによく訪ねて来るかい?」

「始終ではございませんが、二、三度お部屋にご案内したことがあります」

「田村さんというのは、どこかの会社の重役さんかね」

「いいえ、そういうことは、一切わかっておりません」

「そう。そのほかにパーキンソンさんに面会に来る人はあるの?」

「日本人の方は五、六人おいでのようですが、皆さん、どういう方だか、わたしどもにはわかっておりません。前もって、電話で打ち合せてあるらしく、そのままお部屋に真直《まっす》ぐおいでになります」

「なるほど。で、このカッターズ・ダイナミックスというのは、どういう会社か、君、知っているかね?」

「さようでございますね」

ボーイは迷惑そうに首を傾けた。

「何でも、工業関係の会社ではないかと思っております」

「工業関係か」

片山が呟《つぶや》くと、

「どうも、それ以上のことはよくわかりません」

ボーイは少ししゃべり過ぎたと思ってか、もう逃げ腰になっていた。

——片山幸一はゆるやかな勾配《こうばい》になっている玄関の道を下った。芝生は蛍光燈《けいこうとう》に照らされて青く冴《さ》えていた。

片山幸一はポケットに入れている写真を思わず上から押えた。

(友永もこの線を追っている。そして、あいつはおれよりもずっと深いところにはいり込んでいる。この隠し撮り写真が何よりの証明だ)

彼は、俄然《がぜん》、友永に対して闘志《ファイト》が出てきた。

26

片山幸一は品川のSホテルを出るとすぐ赤坂の〝レッドスカイ〟に行った。

折から、ショーがはじまっていて、外国人が奇術をやっている。

「ご指名はだれにいたしましょうか?」

ボーイが屈《かが》み込んで耳もとで訊いた。

「ノリ子さんを呼んでくれ」

「かしこまりました。お飲物は?」

片山幸一はビールを頼んだ。そうそう高いものばかり注文はできない。

ノリ子の長尾智子を指名したものの、彼女が今夜来ているかどうかわからなかった。

場内は、ショーがあるので、うす暗くしてある。客の入りは六分ぐらいだが、相変らず外国人が多い。

ボーイがビールとオードブルを持って来た。

「ノリ子さんはいるかい？」

「ただいま参ります」

やっぱりいたのだ。片山幸一は、ほっとした。

ふわりと白い物が横に動いて、長尾智子が坐《すわ》った。今夜も和服でなく、カクテルドレスみたいなものを着ている。

「今晩は」

長尾智子は眼で合図するように挨拶したが、すぐに、長い作り睫毛《まつげ》を揃《そろ》えて伏眼になった。やはり昨夜の奇遇が面映《おもは》ゆそうだった。

「やあ」

片山も照れ臭そうに笑った。

二人はしばらく言葉を出さないで、舞台の余興を見ていた。

「昨夜は、とんだところで遇《あ》ったね」

片山は何となく笑いながら、長尾智子の横顔を見た。彼女も舞台に向けた眼を彼に戻した。ハンカチを出して口を押え、

「すみませんでした」

と眼で笑っている。

「すまないのはぼくのほうだ。気まずい思いをさせたね」

「愕《おどろ》いたわ。あんなとき、ほんとに困るわね。穴があったらはいりたいくらい」

「そりゃこっちもご同様さ」

「あなたは、あんなところに行かないと思ってたわ」

「ひどく買い被《かぶ》ってくれていたんだね」

片山幸一は、智子の友だちの早苗の顔を瞬間に泛《うか》べた。あれから部屋に戻ったが、もちろん、早苗には長尾智子との出遇いを話さなかった。

「あのときも言ったように、ぼくはかえって君に親近感を抱《いだ》いたよ」

「もう、結構よ」

彼女は掌で片山の手を軽く叩いた。

「ところで、智子さん。こんなことを訊いちゃ悪いかしれないけど、君の昨夜のお伴《つ》れさんのことだがね。ぼくはちょっと嫉妬《ジェラシー》を感じたよ」

「何をおっしゃるの？　ご自分でもちゃんと恋人がいるくせに」

「それを言われると一言もないが、やはりああいう場所で遇うと、心平らかならざるものがあるんだ。いったい、君が靡《なび》くような相手は、どんな人だね？　ちょっと知りたいな」

長尾智子は、スタンドの赤い灯を映した瞳《ひとみ》でじっと片山の顔を見ていたが、

「嫌ねえ。そんな見えすいた作りごとを言っても駄目よ」

と軽く笑った。

「え？」

「ちゃんと知ってるわよ」

「何がだい？」

「まだ、とぼけてるのね。あなた、あすこのバーテンからちゃんと聞いてるでしょ？」

「ああ」

片山は、さては、あとで長尾智子がバーテンに白状させたと思った。しかし、これでかえってこちらも訊きやすくなった。

「参った」

と彼は大仰に頭を掻《か》いた。

「そこまでわかってれば、仕方がない。いや、実はね、あんまり気になるものだからね」

「彼、おしゃべりなのね」

「実はね、智子さん。今日来たのは、ちょっと、気になることがあったので、君に訊いてみたいと思ってね」

「何かしら？」

「あのバーテンの話では、君の恋人は、アメリカの大会社の副社長だそうだね？」

「恋人だなんて、いやだわ」

長尾智子はさすがに顔をしかめた。

「ただ、あまりしつこく付きまとって来るから、うるさくなっただけよ」

「そりゃそうだろう。いや、その辺の気持はよくわかってるよ。だが、ぼくが訊きたいのは、その副社長のことさ。バーテンやホテルのボーイの話によると、カッターズ・ダイナミックス社の副社長らしいね？」

「ほんとに、あのバーテンったら、しようがないわね」

と彼女はバーテンの口軽を罵《ののし》っていた。

「まあ、そりゃ仕方がないさ。ところで、ぼくが訊きたいのは、そのカッターズ・ダイナミックス社の副社長が、どういう用事で日本に来たか、なんだ？」

「そうね、わたしはあまり興味がないから訊いたこともないけれど、自分では、日本にお金儲《かねもう》けに来た、と言ってたわ」

「商売だね？」

「そうよ。それも、相当に大掛りな商売らしいわ。その会社は、日本にも支社や特約店があるんだけれど、副社長がわざわざ来るくらいだから、相当な商売らしいわね」

「いったい、カッターズ・ダイナミックス社なんていうのは、どんな物を造ってるんだね？」

「それもよく知らないけれど、なんでも、船なんかを造ってると言ってたわ」

「造船会社か？」

「そんなところでしょうね。潜水艦もやってると言ってたようだから」

「なに、潜水艦？」

片山幸一はびっくりした。

舞台では奇術が終って、西洋女のアクロバットがはじまっていた。

片山幸一の頭には、この間、新聞に出ていた記事が過《よぎ》った。たしか、日本の政府でも新型潜水艦を建造するという内容だった。予算額の大きいのに愕いたことがあったが、その何とか式の潜水艦というのはたしかコンノート会社で造るとかいうのではなかっただろうか。しかしその記憶も心もとなかった。もしこれがカッターズ・ダイナミックス社で造るのだったら——と片山は考えた。なるほど、それなら大変な金儲けだ。わざわざ副社長がアメリカから来日するのも無理はないだろう。

「その副社長は、どのくらい前から日本に来てるのかい？」

仄暗《ほのぐら》い中で改めて彼女の顔を見ると、もう、かなりな年増《としま》だが、光線の加減か、どこか東洋的な幽玄さを漂わせている。もっとも、西洋人は、日本の女の年齢には区別がつかないようだから、長尾智子でも、案外、十七、八ぐらいと思ってるかもしれない。

「そうね、もう、二十日ぐらいになるらしいわ」

「へえ。じゃ、君がつき合ってるのは、相当長いんだね？」

「ううん、一週間ぐらいだわ」

「そう。そんなお金持なら、ずいぶん贅沢《ぜいたく》さしてくれるだろうね？」

失礼な質問だったが、長尾智子もこう底が割れては、いつまでも遠慮してはいられない。

「だって、どんなによくしてくれたって、限りがあるでしょ。それに、もう、おじいさんですから」

彼女は投げやりな調子で答えた。やはりそういう立場になったのが恥ずかしそうだった。

「おじいさんって、幾つぐらいだ？」

「六十くらいですわ」

「そいじゃ、淡々たるものだね？」

「とんでもないわ」

と彼女は笑った。

「とてもヤキモチ焼きなのよ。そりゃうるさいくらいなの。あんまりしつこいこと言うと、わたし、呼ばれても、行ってやらないの」

「ずっと、昨夜の旅館にいるのかい？」

「昼は、ちゃんとホテルにいるんだけど、仕事がすんでからは、わたしを呼んで、昨夜のところに泊るのよ。部屋もずっと借りっ放しにしてあるわ」

「しかし、そんな人なら、日本に来てずいぶん忙しいだろうね？」

「ええ、そりゃ忙しそうだわ。夜は毎晩のようにパーティや会合などがあって、かなり遅くでないと身体《からだ》が空《あ》かないらしいわね」

片山幸一は、長尾智子に逢《あ》うために持って来た例の写真をポケットに忍ばせている。

「そこで、ちょっと訊《き》きたいんだけどね」

彼は写真を彼女に見せた。

「君、この人、知ってるだろう？」

長尾智子はスタンドの灯の下に写真を照らしていたが、あっ、と小さく叫んだ。

「ここに、いつか来ていたお客さんね。あなたがさかんに訊いていたじゃないの」

写真は、少し縮れ加減の髪の毛と、広い額と、うすい眉《まゆ》の中年男だ。正面から写っている。

「よく憶《おぼ》えていたね」

「そりゃだれだって憶えてるわ。あなたがあんなにうるさく知りたがっていたんですもの。これ、どこで撮ったの？」

「ある場所だ」

「ホテルらしいわね」

彼女は背景に眼を止めていた。

「まあ、そんなところだ。どうだね、彼氏、その後、ここに現われるかい？」

「いいえ、あれっきりよ」

「へえ。角丸重工業の人もかね？」

「あの人たちは、ときたま、顔を見せるようだけれど、この方は全然よ」

「そうかい」

片山はちょっと考えたが、

「君、この人を最近見かけてるだろう？」

と、その顔を見つめた。

「いいえ」

「そんなはずはないがな。君、この客の写ってるホテルは、どこだと思う？」

「わかんないわ」

「Sホテルだ。ほれ、副社長のパーキンソンさんが泊ってるホテルさ。そして、この人はパーキンソンさんを訪ねてホテルの玄関をはいったところだ」

「まあ」

「あなたはこの人と、とうとう、知り合いになったのね？」

「どうしてだい？」

「だって、ちゃんと、こうして写真を撮ってるんですもの」

長尾智子は隠し撮りとは気づいていない。それに、片山がこの写真を撮ったと思っている。

「いや、実はね、これはぼくが写したんじゃないんだ。ある人が撮った写真をぼくがもらったんだ」

「そうなの」

「で、今も言うとおり、この人はパーキンソンさんのところへ訪問に来ている。君はパーキンソンさんと親しいなら、この人も見てるはずだがね」

「いいえ、あのおじいちゃんは」

と彼女はパーキンソンのことを言った。

「わたしを絶対にお客さまには会わせないわ。ただ昨夜の旅館に二人っきりでいるだけだわ」

なるほど、それはもっともだった。カッターズ・ダイナミックス社の副社長は、すべての仕事を終えてから日本娘のところに急ぐにちがいないから、彼女が彼の客を知らないのも道理だった。

「でも変な因縁ね。この人がおじいちゃんのところに行ってるとは知らなかったわ」

長尾智子もちょっと感慨深げだった。角丸重工業に大事にされていたこの人物が、すぐ自分の身近なアメリカ人のところに来ているとは、やはり意外らしい。


「君、ちょっとお願いがあるんだが」

片山は改まったように頼んだ。

「この人の名前と身分、それに、できれば住所を知りたいんだけどね」

「あら、あなたはまだそんなことを調べてるの？」

彼女は瞳《め》をあげた。

「この前、ここに見えたときも、そんなことを訊いていたけれど」

「実は、あれから全然わからないんだ。ぼくとしては、何とかしてこの人物の身元を知りたいのだが」

「それだったら、その写真を写した人に訊けばいいじゃないの」

彼女にしては当然の言葉だった。

「いや、それがね、その男もどうしても教えてくれないんだ。というのは、ある事情があってね、ぼくに教えたがらない。そうなると、いよいよ知りたいのが人情だからな。君、この写真をパーキンソンさんに見せて、何とか聞いてくれないか?」

「何だか知らないけれど、いやに秘密めいたお話ね」

「そうなんだ。いま、ちょっと言えないが、このケリがついたら、いずれ詳しく話すよ。ただ、君は副社長からこの男の名前さえ聞いてくれればいい。Sホテルのボーイは、田村さんと言ったが、もしかすると、本人が偽名を使っているかもしれないんでね」

「ええ、いいわ」

彼女は写真のはいった封筒をカクテルドレスの膨《ふく》れた胸の間に挿《はさ》み込んだ。

「ぜひ、頼むよ。今夜も君、パーキンソンさんに会うかい?」

「そうね」

彼女はちょっと顔をしかめた。

「実は、昨夜、あのおじいちゃんと喧嘩《けんか》したのよ」

「へえ、痴話喧嘩かい?」

「でもないけれど、あんまりうるさくわたしのことを言うので、つい、癪《しゃく》にさわって、途中で帰ってやったわ。わたしがほかで浮気してるぐらいに思ってるのね。そりゃたいへんなヤキモチ焼き!」

「君が可愛《かわい》いんだな」

「何だか知らないけれど、そんなことで飛び出してやったの。あとで、アパートに電話がかかって来たけれど、受話器をはずしてやったわ。ほかの人のてまえ、真夜中に電話がじゃんじゃんかかって来たりして、みっともなくてしようがないわ」

「しかし、まあ、今夜は、ぼくのために何とか仲直りしてほしいね。そして、ぜひ、例の身元を聞いてほしいな」

「いいわ。何とかしましょう。今夜も、また店に電話がかかって来るでしょうから。わたしが行かないと、自分で真夜中に車を運転してやって来たりするのよ」

「へえ相当な情熱《パッション》だね」

彼は呆《あき》れたが、

「じゃ、君、ぜひ頼んだよ。わかりしだい報《しら》せてもらえるかね?」

「ええ、いいわ。どこに連絡したらいいでしょう?」

彼は紙片に柿坂経済研究所の電話番号を書いた。

「ここにかけてくれれば、たいていいるよ。こちらから電話をしてもいいが」

「いいえ、わたしのほうからするわ」

「そうだ、念のために、君のアパートの電話を教えてもらえないか?」

長尾智子はちょっと困ったようだったが、諦《あきら》めたように紙片に書いてくれた。

「461局か。渋谷だね?」

「ええ、そうよ」

片山幸一が出勤間際《まぎわ》に週刊誌を買うと、大きな特集記事が眼についた。

「新日本海海戦始まる――新型潜水艦決定をめぐる」

27

片山幸一は「新日本海海戦始まる」というちょっと洒落《しゃ》れてはいるが、刺激的な見出しの記事を読みはじめた。

「国防会議では、新型潜水艦建造について、ほとんどコンノート会社型に決りかけていた。これまで、ホイスター会社型によるか、コンノート会社型によるか技術陣を中心として検討されてきたが、ようやく、コンノート型に大勢の意見が落ちついたのである。ところが、最近、この内定を覆《くつがえ》すような案が出てきて、関係当局を混乱させている。

それは、カッターズ・ダイナミックス社の特許方式だ。

このため、ホイスター会社型は完全に脱落し、目下、コンノートとカッターズとのいずれを採るかの対立となっている。

国防当局の文官系統も技術系統も依然としてコンノートに執着しているが、カッターズは某方面からの支持が強く、このほどほとんど閣議で決定したのに、もう一度練り直しということになった。この劣勢を見て、コンノートでは強烈な巻き返しを行なっている。新型潜水艦は日本の近代防衛装置の第一歩だけに、この両社の争いは今や注目の的となっている。

カッターズは、コンノート式に比べて、その製品が安いこと、性能が優秀であることなどが挙《あ》げられて俄然《がぜん》、有力視されたものである。

吉井国務相（国防関係担当）の話　政府としては、新型潜水艦建造の方式をいずれのものによるか、まだ決定はしていない。巷間《こうかん》いろいろ伝えられているが、当局としては、あくまでも厳正な検討に基づいて決定したいと思っている。いろいろ伝えられているが、さような雑音には耳を傾けることなく、もっとも国家の利益になるものを厳正な立場から考えている。

日野代議士の話　私はこの前の衆議院予算委員会で吉井担当相に、新型潜水艦をどのような方式によるものか質問したが、まだ決定できないということだった。しかし、いずれの式によるも、問題はその新型潜水艦というものがいかなる性能を持ち、いかなる目的で造られるかということである。この点、政府は明確な答弁をしていない。私が考えるに、新型潜水艦とは原子動力によるミサイル搭載《とうさい》ではないかと思っている。

問題は、もしミサイルを搭載するとなると、核弾頭を付けるかどうかである。もし、核弾頭を装備すれば、明らかに防衛限度をはみ出した攻撃用であるから、憲法に違反する。また、いわゆる新型潜水艦をめぐって、アメリカの会社と日本の業者との技術提携が考えられるので、日本側の業者からも相当な猛運動が起されているようだ。なにしろ、この建造費は、国家予算の大きなパーセンテージに相当する厖大《ぼうだい》な予算を要するので、国民としては今後の成行きを十分に監視せねばならない」

さらに記事は解説的なものにつづいている。

「国防当局が考えている〝新型潜水艦〟というものはどのようなものか、まだ公表されていない。これは〝軍の機密〟に属するものかもしれない。しかし、これについては多少の手がかりがある。

現在の潜水艦は、各国の例を見ても、原子力潜水艦に大勢が移行しつつある。すでに、その動力が重油に依存する時代は過去のものとなった。一つは、アメリカのノーチラス号の例でもわかるように水中速度二三ノット、航続力四万マイルという、重油時代では考えも及ばない高性能を持っている。三十三年度の米国の公表によれば、攻撃用の潜水艦はミサイル装備なし、将来、魚雷発射管から発射可能の対潜、対空、対水上、対陸上の各種目標兼用の万能ロケットが実用化すれば、これらを装備するだろうといわれている。

現在、外国のこの種の潜水艦を見ると、ノーチラスは三、二〇〇トン、兵員一〇一、速力、航続力は前記の通り。シー・ウルフは三、四九五トン、兵員一一二で、水中速度二〇ノット、巡航距離七万マイルになっている。スキップ・ジャックは、これらよりずっと小さく、二、八三〇トン、兵員八三、水中速度は二五ノット、航続距離六千マイルとなっており、そのほか、スケート、スオード・フィッシュ、シー・ドラゴンなども大体これに似通っている。

核弾頭を付けたポラリス潜水艦の例はしばらく除くとして、では、建造費はいったいどのくらいかかるか見てみよう。ノーチラスの建造は三十三年八月だが、邦貨に換算して約二〇四億円かかっている。これはシー・ウルフと並んでもっとも初期の形式とされている。これがポラリス潜水艦となると、実に一億一、〇〇〇万ドル以上という天文学的数字になる。英国では第二号の原子力潜水艦を計画したが、建造費は約四、〇〇〇万ポンド（約四百億円）と記載されている。なお、潜水艦ではないが、アメリカで建造された原子力貨客船サバンナ号（排水量二万一千トン）の建造費は一四五億円。うち動力が八〇億円、船体、艤装《ぎそう》六五億円と伝えられている。

以上の例から見て、もし、国防当局が考えている新型潜水艦が原子力となれば、相当な国費を要するわけである。

ただし、もし、原子力潜水艦となれば、いろいろな隘路《あいろ》も考えられる。たとえば、わが国の貧弱な原子炉の問題が第一に登場してくる。これをどうするか。アメリカとの技術提携といっても、わが国の重工業関係会社が、どの程度に技術の分担が可能であるかということにもなろう。だから、もし、これが実現すれば、日本はアメリカ資本に完全に支配されるおそれがある、と意見を言う向きもある」

片山幸一は、週刊誌を二つに折ってポケットに入れた。バスを降りて、柿坂経済研究所まで歩く間も、まだその記事が頭の中に残っていた。

カッターズ・ダイナミックスという名前は、今の片山にはきわめて身近であった。I・S・パーキンソンが長尾智子に、日本へ大金儲《おおがねもう》けに来た、と語ったのは、このことだったのだ。

アメリカの商社の副社長がわざわざ本国から来日するのは、よほど大きな商売だと思ったが、予想以上にこれは大変な売り込みなのだ。

片山は、このパーキンソンのところにやって来たあの「おとなしい日本人」を考えている。いったい、彼はどのような用事でパーキンソンの止宿先を訪問しているのであろうか。

その「おとなしい日本人」には、橋山義助が異常な関心を寄せている。それは、その日本人が角丸重工業にひどく大事にされていることが要素になっているようだ。

角丸重工業とは、現在、防衛兵器を生産する負担に最も耐え得る有力会社だった。工場は日本有数の厖大な設備を擁している。

してみると、そこで大事にされている例の日本人がパーキンソンのところに出入りするのは、あるいは、この記事にあるようなカッターズの新しい斬《き》り込みに一役買っているのではなかろうか。つまり、これを裏返すと、角丸重工業はカッターズと技術提携をして、新型潜水艦の建造を請け負おうともくろんでいるように思う。例の日本人はその橋渡しになっている。

こう考えると、あのおとなしい顔をした日本人の性格は、自然ときまってくる。つまり、彼は途方もなく偉い技術者ではなかろうか、ということだ。

角丸重工業は日本有数の企業であるだけに、自社に相当有能な技術陣を擁している。それが外部の技術者を使い、カッターズとの提携を企図しているとなれば、あの日本人こそ、そのような技術の権威《オーソリティ》かもしれない。

そうだ、彼はその方面の教授かもしれない。そして、角丸重工業は、その教授を使ってカッターズと交渉をしているのではなかろうか。

しかし、こう考えてみて、また新しい疑問が起った。それならば、べつに橋山がその日本人の名前も教えずに、顔だけを憶《おぼ》えておけ、と妙な指示をするはずがない。いや、柿坂がなぜこの問題に異常な関心を見せているかがわからなかった。

「おはよう」

片山幸一は、うしろから声をかけられて、われにかえった。風采《ふうさい》の上がらない石黒がひょこひょこと歩いて来るところだった。

二人は並んで調査室にはいった。

「大分、暖かくなりましたな」

今朝の石黒は妙に機嫌《きげん》がよかった。ふだん、むっつりしていても気分のいいときは重い口も動くようだ。

「おや、今朝出た週刊誌ですね？」

石黒は片山が机の上に抛《ほう》り出した週刊誌に眼を留めた。

「ちょっと、拝見」

「どうぞ、どうぞ」

石黒は表紙をめくって目次を見ていたが、ぱらりと中をひらいた。片山は横目で見たが、それは小説欄だった。

目次には「新日本海海戦」が、特集記事として大きく出ているのだが、石黒はそんなものには興味がないとみえる。

石黒は、この間から何やらやっていたようだが、全然、問題が違うのであろう。

もっとも、この柿坂経済研究所の調査の主目的は、各会社や銀行や財界人の内幕に向けられているので、彼はそれを担当しているのかもしれない。石黒のような牛みたいな性格は丹念な調査に向くから、会社の営業内容でも調べているのだろう。

片山幸一は、この二、三日、なるべく外出しないようにした。長尾智子からいつ電話が掛ってくるかわからない。彼女が、あのパーキンソンという男に、例の写真を見せて、正体不明なあの日本人の身元を問いただし、わかりしだい電話で連絡してくれるはずだった。

橋山は妙にもったいぶって、片山に隠しているが、その橋山の鼻を明かしてやりたいというのが、片山の意地であった。あいつ、まさかこのおれに、そんなルートがあろうとは夢にも思うまい。

片山幸一は、電話のベルが鳴るたびに、ドキリとするような思いで、長尾智子からの連絡を待った。

片山は長尾智子の電話を待ちながら、一方では、なぜ柿坂亮逸が、この問題に異常な関心をよせているかを考えつづけていた。

柿坂は今度の新型潜水艦の競争に、一役買って出ようというのではなかろうか。国家的な、大きな問題である。それに大変な金が動く。柿坂はその間を泳いで一儲けしようというのではあるまいか。

その新型潜水艦が単純に一社に決れば問題はない。しかし、こんなふうに相手の有力な競争会社が現われて、そのために混乱が起った。となると、柿坂亮逸には絶好の狙《ねら》い場所ではないか。具体的なことはわからないが、彼の策動によっては、莫大《ばくだい》な金が握れるかもしれないのだ。

柿坂亮逸は、いつも触角を八方に働かせている男だ。今度の新型潜水艦問題も、世間に公表される前に、早くもその動きを察知したであろう。この辺の事情から、例の「おとなしい日本人」が、柿坂の眼に映じてきたといったら、考え過ぎであろうか。

いやいや、そんなことはない。あの角丸重工業こそは、新型潜水艦が日本で建造されるとすれば、その防衛生産力の設備といい、その有力候補だ。正体不明の例の日本人が、角丸重工業に結びついた重要人物とすれば、柿坂が彼に眼を付けぬはずはないのだ。いったい、経済研究所などというのは、至極、曖昧《あいまい》な存在だ。情報などを各会社に売りつけてはいるが、もとより、それだけが目的ではあるまい。

表向きには、そのような内報を各会社に買わせるということで一応の体裁を整えているが、実際はうまい金儲けの穴があれば、それに食いつこうというのではなかろうか。そのことは、ほかの業界紙の例を見てもわかる。表面上では購読料としてわずかな金を集めてはいるが、実は相当な寄付金を取っているのだ。もし相手側の弱点でも握ろうものなら、彼らには絶好の金儲けのチャンスとなる。

しかし、と片山幸一は考える。

彼の耳には、彼がこの研究所にはいったとき、柿坂亮逸から直接聞いた言葉が残っていた。(何しろ、ぼくは自分の私欲のためにやっているのではないのでね。正義感だよ、君。ぼくは別に右でもなく左でもない。だが政界や財界の裏面の不正には黙っていられない。どんな理由があろうとも、悪いものは悪い。それを摘発して国民の前で弾劾《だんがい》するのがぼくの役目だ。そう言うと、警察があり、法廷があるではないか、と言うかもしれんが、そういうものはぼくは信用していない。強力な権威と結べば、法律までが、狎《な》れ合いになって来る。そこが、ぼくには我慢がならないのだ……その代り、人に憎まれているから、何をされるかわからないがね。いや、自分の一身上の危険など問うところではないよ。そんなものにビクビクしては思い切ったことがやれないからな)

柿坂亮逸のそのときの自信ありげな顔と声とが記憶から戻る。

片山幸一は、そのとき、柿坂の横に橋山義助が控え、しきりと首をうなずかせている様子まで思い出した。

すると、柿坂亮逸は、正義感のためにこの問題に介入しようとしているのだろうか。

それは、それ自身立派な理由がありそうである。というのは、えてして、こういうことは利権問題が絡《から》んでいる。もし、利権のために国に損失を与えるような策動が行われれば、大変なことになる。金額が大きいから、いままでの小さな汚職などとは桁外《けたはず》れだ。

そこに柿坂亮逸の「正義感」が働いたとも言えるだろう。

柿坂亮逸のこれまでのやり方は、二つの疑獄を暴《あば》いたように、彼自身は何らそれから利益を受けていないように見える。

だが、世間ではそうは取っていない。彼がその調査機関を動かし、かなりな費用をかけているのは、ただの正義感とは思っていないのだ。

あるいは、それは世間の色眼鏡かもしれないが――。現に柿坂はこうも彼に言った。

（ぼくのしていることは世間から憎まれてはいるがね。決して、みんなに好感は持たれていない。だが、世間といっても一部だけだ。ぼくに攻撃されて都合の悪い人たちばかりだよ。ほかの一般国民はぼくを信じている）

そうなると、柿坂亮逸に悪声を放つ者は、また為《ため》にする逆宣伝ともいえる。世間がそれを真に受けて、彼を特別な先入主観で見るということにもなろう。

今のところ柿坂亮逸の本心がどちらにあるかわからない。橋山義助などは柿坂の右腕だから、彼とは一心同体といえる。

片山幸一は、とにかく、例の日本人の正体を知るのが先決だと思った。

しかし、長尾智子からの電話は、今日もついにかかって来なかった。友永は例によって出勤してこないので彼は一日中石黒の顔ばかり見ていた。

――ようやく、退屈な勤務時間が過ぎた。

彼は外に出ると、さっそく、公衆電話で〝レッドスカイ〟に電話した。

「ノリ子さんは」

と電話に出た男の声は長尾智子のことを言った。

「今夜はお休みです。たった今、電話でその連絡がありました」

片山幸一は落胆した。

しかし、がっかりしてもいられないのだ。彼は、今夜中に何とかして長尾智子に逢《あ》い、その口から早くパーキンソンの返答が聞きたかった。

28

片山幸一は、電話口で手帳を繰った。

やはり電話番号というものは聞いておくべきだ。長尾智子のアパートの電話番号である。

彼はダイヤルを回した。出て来たのは太い女の声だった。

「長尾さんは留守ですよ」

「もしもし、何時ごろ、アパートを出て行きましたか?」

片山幸一は、できるだけていねいな言葉づかいをした。えてして、こういう声の女は不親切だ。

「ついさっきですよ……六時ごろかしら」

「どこに行ったか、わかりませんか？」

「さあ、そんなこと、いちいち、皆さんおっしゃらないので、わかりませんね」

「あなたのほうは、各室に電話があるんですか？」

「あります。ここに簡単な交換台がありますからね」

ここにというのは、管理人の部屋であろう。

「長尾さんは、よそから電話がかかって来て、それで出て行ったんでしょうか？」

この意味は、パーキンソンから誘いがあったと推定したからだ。

「そうですね、どこからか掛っていたようですよ……もしもし、あなたは、どなたですか？」

管理人らしい女の声は、はじめて気づいたように反問した。

「失礼しました。ぼくは長尾智子さんの勤め先のマネージャーですがね」

こう言えば、ある程度管理人は打ち明けてくれると思った。

「ああ、そうですか」

先方の女の声は、果して思いなしか多少やわらいだ。

「電話は、たしかにかかっていました。わたしが、取り次ぎましたからね」

「それは、外人の声ではなかったですか?」

「いいえ、今日は違っていました」

今日はというのは、それまで外人の電話があったことを意味している。

「もしやその電話の内容をお聞きになっていないでしょうか?」

交換台では通話に興味を起して傍聴することがよくある。片山はそれを言ったのだ。

「いいえ、何も聞きませんよ。よそさまの話には、わたしのほうは関係ありませんからね」

しかし、それは正面切った言い方で、実は内々盗聴していたにちがいなかった。だが、もちろん、そんなことは言えない。

ただ、片山は、何とかして長尾智子の行く先が知りたかった。

「外人さんから、長尾さんに、よく電話がありましたか?」

勤め先のマネージャーと名乗ったから、これは訊《き》くだけの権利があった。

「ええ、それはよくあったようです」

先方の声が少し変った。変ったというのは、多少の冷笑が混じったからだ。

「あれは、あなたのほうのお店によく来るお客さんですか?」

と向うでは逆に訊いた。

「ええ、まあ、ときどき、いらっしゃる方です」

片山は話の調子を合わせた。

「何だか知りませんが、ずいぶんうるさい人ですね。真夜中に電話をかけて来るんですよ」

「それはご迷惑をかけますね」

「それも何回もありましてね。そのつど、こっちは叩《たた》き起されるんですよ。どうも、話の様子が痴話《ちわ》喧嘩《げんか》らしいので、バカバカしくなりますよ」

管理人は語るに落ちた。盗聴していないと言いながら、ちゃんと通話の内容を聞いているのだ。

「それに、あの外人さんは、このアパートに、真夜中、車で長尾さんを迎えにやって来たりしましてね。ほんとに迷惑します。あなたのほうは商売ですから、それでいいかもしれませんが、なるべく外でのつき合いはやめるように、女の子に言ったらどうですか?」

管理人は忿懣《ふんまん》を〝マネージャー〟にぶち撒《ま》けた。

「どうもすみません」

片山幸一は、マネージャーになったつもりで謝った。

「よく、長尾さんにも言っておきます……それで、長尾さんが出て行く前に掛った電話というのは、普通の日本人ですね?」

「そうです。女の声でしたが」

「女の声?」

「そうです。でも、それは当てになりませんよ、女のところにかかってくる男の電話は、いつも最初は女の人に頼んでいるようですからね」

「そうですか。どうもすみません……ところで、お宅のアパートは、渋谷のどこですか?」

「長尾さんは、あなたのほうに届けてないんですか?」

「いや、あったようですが、いま手もとにないので、ちょっとお訊《たず》ねしているんです」

「渋谷区南平台《なんぺいだい》××番地ですよ」

「ありがとうございました」

片山幸一は、それを手帳に控えた。電話番号もわかっているし、これで長尾智子の住所は完全である。

彼女が外出したとすると、考えられるのはやはりパーキンソンだ。では、やはり例の旅館に行っているのだろうか。

これは電話で訊くわけにはいかない。先方も商売だから、たとえ部屋にはいっていても、そんな人は来ていないと断わるに違いなかった。やはり訊くなら、直接あの旅館に行ってこの前に会ったスナックバーのバーテンに訊くほかはない。

片山幸一は、今夜のうちに例の日本人の素姓を知りたくて仕方がなかった。長尾智子はきっとカッターズ・ダイナミックスの副社長から聞いてくれていると思う。

彼はタクシーを拾って高台の旅館に向った。玄関に着くと、昏《く》れたばかりなのに、もう、ほかのアベックの車がはいっていた。

片山幸一は出迎えた女中に部屋を断わった。

「今日はお一人ですか？」

手持無沙汰《てもちぶさた》のバーテンがカウンターの向うに起《た》ち上がって、愛想よく彼を迎えた。

片山幸一はバーテンに、長尾智子が外人と一緒に、いま部屋に来ているかどうかを訊いた。

「そうですね。ちょっとわたしどもにはわかりませんが」

丸い顔をしたバーテンは眼を細めて笑っている。

「先日、お客さんがここでお逢いになったご婦人でしょう。何かご用事がおありになるんですね？」

「ぜひ至急に話したいことがあってね、それで、わざわざここにやってきたんだよ」

「そうですか。わたしはまたお一人で見えたので、あとから、どなたかがいらっしゃるものと思ってました」

「今日はそうじゃないんだ。君、悪いけど、あのひとが来てるかどうか帳場に聞いてもらえないだろうか?」

「わかりました」

バーテンは出て行ったが、五分間も経《た》たないうちに戻って来た。

「やっぱり、今夜はお見えになっていないそうです」

「外人さんも来ていないのかね?」

「はい。どちらもまだお見えになっていません」

「部屋のほうはどうなっている?」

「ずっと予約なすっておられます」

「ここに来るのはいつも遅いのかい?」

「そうですね。たいてい十一時ごろじゃないでしょうか。それまでお待ちになってたら、お見えになるかもわかりませんよ」

しかし、今夜は長尾智子は店を休んでいる。パーキンソンの泊っているSホテルも考えたが、まさか公式な宿舎に彼女を呼び寄せるわけはあるまい。

もしかすると、どこか両人で遠出したのかもしれないとも思った。

これ以上はもうわかりようがないのだ。

「何でしたら、あの婦人が見えたとき、おことづけをお伝えしておきましょうか?」

「そうだな」

片山幸一は思い付いた。

「ちょっと、君。メモを貸してくれないか。それに、封筒も一枚欲しいな」

「かしこまりました」

片山幸一はバーテンからもらった紙にペンで簡単な文句を書いた。

《お願いしていた例の人の素姓を、ぜひ早く知りたいと思います。今夜、店に電話したのですが、あなたが休みだというので、直接ここに来ました。それほど早く知りたいのです。なるべく早くぼくの勤め先に電話してください。もう一度番号を書いておきます》

それを封筒に入れて封をした。

「じゃ、君、頼むよ」

彼はバーテンに手渡した。

「承知しました。何か召上りものはありませんか?」

ここまで来て、何も取らないで帰るのは悪いと思って、彼はカクテルを頼んだ。

「どうだね。近ごろ、おもしろいことはないかね?」

片山幸一はシェーカーを振るバーテンの手つきを見ながら話した。

「べつにおもしろいことはございません」

「しかし、こういうところに働いていると、ずいぶん、おもしろいだろうと思うがね」

「それはお客さまのほうですよ。わたしのほうはちっとも愉《たの》しくはございません。なにしろ、月給をいただいて働いてる身分ですから」

「大きにそうだね」

バーテンは、シェーカーからグラスに黄色い液体をなみなみと注いだ。

「君も何か呑《の》みなさいよ」

「いただきます」

バーテンは棚《たな》から瓶《びん》をおろし、ハイボールを造っている。

カウンターの端に新聞が載っていた。

「今夜の夕刊だね?」

「はい、そうです」

バーテンは新聞を取って、彼の前にていねいに差し出した。

片山幸一は一面を見たが、例の潜水艦の問題の記事は一行も載っていなかった。

彼は社会面を開いた。ここにもべつに大した記事はなかった。彼が退屈紛《まぎ》れに下のほうに眼を移していると、一段組みの小さな見出しが飛び込んで来た。

〈写真館主自殺　営業不振を苦に〉

彼は息を呑んで内容に眼を走らせた。

「十四日午前九時ごろ千葉県袖《そで》ヶ浦《うら》海岸沖合いに浮き上がっている男の死体を漁船が発見、所轄署《しょかつしょ》に届け出た。遺留品により東京都豊島区椎名町××番地写真業西岡豊次郎さん（五八）と判明した。家人の話によると、西岡さんは七日前から家を出ていたが、最近自家経営の写真館が営業不振に陥り神経衰弱気味だったという。それを苦にしての自殺と思われる」

片山幸一は、夢中になってその旅館を飛び出した。

表でタクシーを拾うと、すぐに椎名町に走らせた。

まさか、あの写真館の主人が死ぬとは思わなかった。しかも、その死体が浮き上がったのが千葉県の海岸だ。偶然かもしれないが片山幸一には本橋秀次郎のことが頭に泛《うか》ぶ。本橋の場合は大森の沖を漂流中発見されたのだがこの場合も東京湾だ。

片山幸一には西岡写真館主が無縁の人とは思われない。そこは友永が自分のポートレートを撮《と》りに行っているところだ。

もっとも、友永が、なぜ、わざわざそこに写真をうつしに行ったか未《いま》だにわからない。

片山幸一は、西岡写真館主の「自殺」というところに異常な興味を覚えた。変死にはちがいないのだ。しかも、本橋の場合と同じように、彼も海中に浮んでいた。

彼は途中の車の中で、ふと、その新聞記事に不審を起した。

記事によると、西岡写真館主の自殺は「営業不振」が原因となっているが、これは片山が前に人から聞いたところと少し違っている。片山は西岡写真館のことを他の同業者に訊いたことがあるが、そのときの答えは、西岡の技術は古いが、不思議に潰《つぶ》れないで、営業を続けているということだった。これは同業者の話だし、それにあまり好感を持っていないらしい人の言うことだから、彼の言う以上に営業成績がよいと思ってよい。

記事によれば、その営業不振というのが家人の話だとある。しかし、西岡には女房がいないということだった。すると、別に西岡の子供か兄弟かがいて、警察にそう話したのかもしれない。

だが、西岡が自殺しなければならないほど営業不振だったら、他の同業者にもそのことがわかっているはずだ。この辺がどうも合点《がてん》がいかないのである。

写真館の前に着いた。

西岡写真館の看板には灯がはいっていなかった。陳列窓も暗い。もちろん、表のガラスドアも閉っていて、内側からカーテンがおりていた。

いかにも変事があった家という格好だ。遠くで近所の人が佇《たたず》んで写真館のほうを眺《なが》めていた。まだ「忌中」の札は貼《は》ってなかった。

片山幸一は表のベルを押した。

すぐに人が出てこない。三度目にやっとドアのカーテンに灯が点《つ》き、男の人影が射《さ》した。

ドアの錠が内側からはずれた。

「どなたでしょうか?」

出て来たのは、二十歳《はたち》ばかりの青年だった。どうやら助手らしい。

「わたしは西岡さんの知り合いですが、今晩の夕刊を見てびっくりして来ました。どうも、とんだことで」

片山が言うと、若い男はまだ挨拶《あいさつ》に馴《な》れていないのか、まごまごしていた。

「あなたは、西岡さんの坊っちゃんですか?」

「いいえ、助手です」

思ったとおりだった。

「ほかにどなたかいらっしゃいませんか?」

「だれもいません。いま、先生の遺体を引き取りに千葉県のほうに行っています」

「ははあ。それはどなたですか?」

「もう一人の助手と、それにおばさんとです」

「おばさん? ああ、お手伝いのひとですか?」

「そうです」

「西岡さんにはご家族の方はいらっしゃいませんか?」

「はあ、べつに。奥さんは十年ばかり前に亡《な》くなられましたので」

埒《らち》のあかない話をしていると、あとからもう一人の弔問客があった。四十ぐらいの男だ。若い男は彼を知っているらしく、ぴょこりと頭を下げた。

「まだ仏さまは帰らないのかね？」

その男は傍にいる片山に黙礼して、若者にぞんざいな口を利《き》いた。

「はい。いま、こちらから行ったままです」

「西岡さんもとんだことだったね。じゃ、わたしは、またあとで様子を見に来ますよ」

その男が引き返したとき、片山も慌《あわ》ててあとを追った。彼はこの男を同業者だと見当をつけたのである。

「もしもし」

彼はその男に追い付いた。

「わたしも西岡さんの知り合いですが、今度はまたお気の毒なことになりましたね」

先方も片山を弔問客と思ったらしい。

「ほんとうにそうですね。まさか、西岡さんがあんなことになろうとは思いませんでした」

どこかの写真屋らしい男が応《こた》えた。

「わたしは新聞を見て思ったんですが、西岡さんは死ぬほど営業のほうがいけなかったんですか？」

　すると、男も首をかしげた。

「そこなんですよ。新聞にはあんなふうに出ていましたが、どうも不思議ですね。わたしは同業の写真屋ですが、西岡さんは決して営業不振だったとは思いませんよ。この辺ではまあまあというところではないでしょうかね」

「ははあ。すると、どうしてあんな記事が出たのでしょう？　たしか、家人の話としてありましたが」

「それは、世間体《せけんてい》を考えたからじゃないでしょうか」

「世間体といいますと？」

「いや、大きな声では言えませんがね、西岡さんは、どうやら事業を考えていたらしいです」

「事業といいますと？」

「なんでも、東北のほうの鉱山を一つ手に入れると言って、この間から、しきりと走り回っていました。彼はえらくそれに打ち込んでいましてね。ずいぶん金策もしていたようです。この前会ったときの話では、その金策は大体できたが、まだもう少し足りない、もう一ふん張りするんだ、と言って張り切っていました……わたしの考えじゃ、どうも、その金策がつかずに計画が失敗したので、悲観したのじゃないかと思いますが」

29

片山幸一はその写真屋と一緒に歩きながら訊《き》いた。

「鉱山の事業というとなまなかな資本ではやれないはずです。いったい西岡さんはどこの鉱山に手を出そうとしていたのですか？」

「なんでも、岩手県のほうにある銅山だということでしたがね」

写真屋は答えた。

「わたしも前に西岡さんから一度聞いたことがあります。大した意気込みでしたよ。半年ぐらいのちには、いま衰微しかけている銅山を開発するのだ、とそのとき言ってました。いつまでも写真屋をやってでもはじまらないから、この辺で人生の転換を図るのだとね」

「西岡さんは、そんなに資金を持っていたんでしょうか？」

「さあ、その点はどうでしょうか。わたしは、西岡さんが旧《ふる》い写真屋だから、相当金は貯《た》めているとは思いましたが、まさか、それほどとは想像しませんでした。他人の懐《ふとこ》ろというものは、外からはわからないものですね」

「そうすると、西岡さんの自殺の原因が営業不振というのはいよいよおかしくなってきますね」

「そうなんです。わたしの考えるのには、その鉱山のほうがうまくいかなくて、それで悲観したんじゃないかと思いますね。なにしろ、たいへんな張り切りようでしたから」

「つまり、西岡さんは遊休鉱山で文字通り一ヤマ起そうとしたわけですね。それは、何という鉱山かわかりませんか？」

「待ってください」

写真屋は思い出そうとして首をかしげていたが、

「そうだ、たしか、銀座のほうに事務所がある泰平《たいへい》鉱業とかいう名前でした。天下泰平の〝泰平〟という名前がおもしろいので憶《おぼ》えています」

「そうですか。しかし、いずれにしても、西岡さんは気の毒なことをしましたね」

「そうですな。ちょっとヤマ気はあるが、根はいい人でした……おや、では、ここで失礼します。わたしはこっちのほうですから」

写真屋は四つ角まで来て、片山幸一から離れた。新聞では西岡の自殺を営業不振だといい、同業者は事業の失敗だろうと推測している。いずれが本当かわからなかった。

片山は、鉱山の線をもう少しついてみる気になった。西岡という男には友永が接触しているだけに、このまま捨てる気にはなれなかった。

その日は土曜日だったので、これから銀座に出ても仕方がない。片山幸一はそのまま下宿に戻った。

月曜日、片山は煙草《たばこ》屋の赤電話の前に立った。備え付けの電話帳で泰平鉱業というのを捜すと、所在場所がわかった。西銀座四丁目のビルの中だった。

ビルの建物は古いが、エレベーターまで付いている。入口に借りている事務所の名札が並んでいたが、泰平鉱業は四階になっていた。

片山は、入口をはいってすぐ横にある受付に名刺を渡して、西岡さんのことで事情を伺いに来た、と話した。少し待たされたあと、女の子に応接間へ導かれた。

はいって来た男は〝総務部長〟の肩書のはいった名刺をくれた。五十ばかりの小柄な男だ。

「実は、わたしは、西岡さんの後輩ですが」

と片山は言った。

「一昨日の夕刊でご承知かもしれませんが、西岡さんは自殺しました」

「そうですってね」

と総務部長は厳粛な顔をした。

「わたしたちも新聞を拝見して、びっくりしています」

「西岡さんの自殺の原因が、どうやら、こちらの会社と関係があるように聞きましたので、詳しい事情を伺いに来たのです」

総務部長は嫌《いや》な顔をした。

「どうも、そうおっしゃられると、わたしどももどうお答えしていいかわかりません。確かに、西岡さんとわたしどもの社とは、最近ある取り引きをしておりました」

「岩手県にあるあなたの社の鉱山を、西岡さんが買おうとしていたそうですね」

「そうなんです。ある伝手《つて》から、西岡さんがその鉱山《やま》を買いたいと言ってみえました。わたしのほうは、値段さえ折り合えばお譲りするつもりで、何度か話し合ったのですが、結局、その交渉がまとまりましてね。契約書を取りかわし、手付までいただいています」

「ははあ。すると、取り引きは順調に進んでいたわけですか？」

「いや、そのあとがいけないのです。西岡さんは、あとの金をすぐにでも払うようなことをおっしゃってましたが、なかなかそれができなくて、期限を過ぎてもお払いがないのです」

「たいそうな金額でしょうね」

「ええ」

総務部長は、片山の顔をちらりと眺めた。ためらいがその表情に出ていたが、

「あなたが西岡さんのお知り合いだというので打ち明けて申しますが、三千万円で売買が成立したのです」

「三千万円ですか。むしろ安いようですが」

「そうなんです。しかし、あの鉱山は、もう鉱脈もうすく、実は、わたしのほうも遊ばせていた鉱山なんです。ですから、そんな値段で話ができたんですよ。ところが、手付として三百万円を頂戴《ちょうだい》したんですが、いま申したとおり、あとの金がなかなか払っていただけない。わたしどもも契約書にある期限をかなり過ぎてまでお待ちしてたんですが、とうとう、際限《きり》がないので、このほど契約破棄を申し上げました」

「契約破棄というと、もちろん、手付金も没収でしょうね?」

「商取引の慣例上、それは止《や》むを得ないのです……西岡さんはそれまで、もうすぐあとの金ができる、あと二、三日だ、ということを何回かおっしゃいましたが、ついに、それができませんでした」

総務部長は続けた。

「西岡さんは、たいへん乗気でしてね。現地の岩手県にも何度かおいでになったのです。それだけに、わたしどもとしてはお気の毒なんです。しかし、できそうでできないのが金策でしてね。西岡さんも刀折れ矢尽きたようです。まあ、われわれも西岡さんには好意をもっていましたが、そういつまでもお待ちするわけにはいかないし、ちょうど別な方面から同じ話が起りましてね。とうとう打ち切りにしていただきました」

「西岡さんは悲観していたでしょう？」

「そりゃ、もう……こちらがお気の毒で見ていられないくらいでした。ずいぶん、力を落しておられたようですが、まあ商売となると、非情な点もありましてね、そのために、今度のような不幸が起きたりすると、われわれとしてもたいへん寝ざめが悪いわけです」

総務部長は眼を伏せた。

「いや、それは仕方がありませんよ」

片山幸一は西岡豊次郎の後輩になって相手を慰めた。

「西岡さんができない金策をやっていたのが、軽率だったんですよ」

「しかし、まさか自殺されるとは思いませんでしたね。われわれも反省しております」

「どうもありがとうございました。これで事情がはっきりしました」

片山幸一は適当な挨拶を述べて、泰平鉱業の事務所を出た。

エレベーターで降りたところに、赤電話が見えた。

西岡のことで頭がいっぱいになっている片山だったが、公衆電話を見ると、急に長尾智子に電話したくなった。

彼女のアパートが出た。

「長尾さんは、まだ戻っていらっしゃいませんよ」

女管理人の声はすぐに答えた。

「へえ、昨夜から全然帰っていないのですか？」

「はい」

短い返辞の中に中年女らしい冷笑が混じっていた。

「今朝も連絡はないのですか？」

「はい。何にもありませんよ」

それでは、長尾智子はカッターズ・ダイナミックスの副社長と、どこかにしけ込んだままでいるらしい。

彼女からの返辞がまた遅れたのには弱った。間の悪いときは仕方がない。

「長尾さんが帰ったら、片山という者から電話があったということをお伝え願います」

「わかりました」

片山は舌打ちしたくなった。暗いビルを出ると、明るい鋪道が眼にしみた。午前十時の陽《ひ》が今日の暖かさを思わせた。

さて、西岡のことだが、一昨日、遺体を引き取りに東京から行ったのだが変死だから、いろいろな交渉があって、今日あたりが葬式だろうと思った。

（そうだ、葬式に行ってみよう）

そこで、また別な材料が拾えるかもしれないと歩きながら思った。もしかすると、友永が顔を出すかもしれない。そしたら逃げ帰るつもりだった。


片山幸一は西岡写真館に電話をした。

「お宅の告別式は今日と聞きましたが、今日の何時からですか？」

片山はカマをかけた。

「今日の午後三時からでございます」

男の声だった。背後からざわめきが聞えている。

「場所はお宅ですね？」

「はい、そうです……あの、どちらさまでしょうか？」

「ありがとうございました」

片山は名前を言わないで電話を切った。

遅刻して柿坂研究所に行くと、石黒が背を丸めて、つくねんと新聞を読んでいる。

「どうも遅くなりました」

片山幸一は先輩に挨拶《あいさつ》した。

石黒は、いや、と答えてそのまま鈍い眼で活字を拾っている。やはり、友永の姿はなかった。

「石黒さん、今日も友永さんは来ませんか？」

「さあ、どうですかね?」

石黒は新聞をめくって、ゆっくり答えた。

「石黒さん、実は、ぼくも今日は早退させてもらいたいのですが。私用ですけれど」

「ああ、かまわないでしょう」

石黒はあっさりと言って、

「今日は所長も橋山氏もいませんからね。ぼくも早いとこ、ズラかろうと思っています」

「ほう、所長も橋山さんもお休みですか?」

「いや、出張です。二人揃《そろ》って出掛けましたよ。一昨日かららしいですな」

「どこに行ったんでしょうか?」

「関西です。何でも、四、五日向うに滞在するらしいですよ」

片山幸一は、はっとなった。角丸重工業の本工場は、大阪にある。もしや、柿坂と橋山とは、そっちのほうに行ったのではあるまいか。

「道理で、のんびりしていられると思いましたよ」

片山幸一は冗談めかして言った。事実、この前から、何かこっそり行動していたらしい石黒も、そのほうが一段落ついたのか、退屈に見えるくらい落ち着いていた。

「ぼくだけじゃありませんよ。おやじがいないと、二階の編集部だって、みんなのんびりしています……。あ、そうそう」

石黒は思い出したように、

「一昨日あなたが出掛けられたあとあなたに電話がかかってきましたよ」

「ぼくに。だれからでしょうか？」

「名前は言われませんでしたが、女の声でした」

「女？」

長尾智子だと思った。片山はじだんだを踏んだ。一昨日は何を思ったのか橋山が、夕方までいるように、と言ったので、土曜日の午後を退屈に過してしまった。もう少し残っていれば、その電話が聞けたのだ。

片山はアパートに電話した。そばに石黒がいて掛けにくかったが、受話器を手で囲い、小さな声で、長尾智子が帰っているかどうかを訊いた。管理人はまだ帰っていないと、突慳貪《つっけんどん》な声で答えた。

長尾智子は出掛ける直前に電話をしてきたに違いない。

「また、あとから掛けると言いましたか？」

彼は思わず石黒に訊いた。

「いいえ、別にそんなことは言いませんでしたよ」

しかし、今日、掛ってくるかもしれない。

「やはり、お若い方は羨《うらや》ましいですな」

石黒が珍しく、にやにやしている。

片山は三時前まで、なるべく机から離れないように頑張《がんば》ったが、長尾智子からの電話はついにこなかった。帰り支度《じたく》にかかったが、この部屋を出た途端に、彼女からの電話がきそうな気がして未練が残った。

片山幸一は椎名町に直行した。

西岡写真館の前は、花輪が寂しく並んでいた。同業組合や町内会といったものがほとんどだった。

玄関はごった返している。横に受付があった。片山は用意して来た香奠包《こうでんづつみ》をそこで出し、自分の名刺も置いて、上にあがった。

左手がスタジオになっているらしく、そこはドアが閉っている。

廊下を奥に行くと、読経《どきょう》の声と線香の匂《にお》いとが流れて来た。彼は大勢の弔問客の詰めているうしろにそっと坐《すわ》った。

祭壇の前で坊さんが読経していた。遺族席はと見ると、中年の夫婦者が二組、神妙な顔で坐っている。西岡豊次郎の兄弟夫婦かもしれない。

片山は弔問客の群れを見回したが、友永の背の高い姿は眼にはいらなかった。

彼はほっとした。友永がこの会葬者になって来ていたら大変だと思っていたのだ。

祭壇の中央に、西岡豊次郎の写真が黒いリボンに結ばれて載っていた。大きな写真だから、遠くから見ても顔がわかる。新聞に五十八歳とあったが、柔和なほほえみを自分の会葬者に投げかけていた。鼻の下に短い髭《ひげ》を蓄《たくわ》えた、なかなかの貫禄《かんろく》だった。

やがて、焼香に移りはじめた。まず、遺族からはじまり、つづいて参列者の焼香となったが、彼は一番あとから仏前に進んだ。

焼香して遺族席に挨拶したが、故人に妻子がいないという葬式には、うら淋《さび》しさがある。兄弟だけではやはり悲哀の情が薄いように見うけられた。

片山はそこから出て玄関へ行く廊下を歩いたが、ふとスタジオの入口の壁に掛っている写真に眼を留めた。そこは客の待ち合せ場所になっているらしく、八畳ばかりの広さにテーブルやソファが置いてある。撮影の見本といったような写真が、大小とり混ぜて壁に掛っているのだが、婚礼写真やポートレートの間に挟《はさ》まって、一際《ひときわ》大きい人物写真があった。

片山はそこに近づいて、全紙大のその写真を見上げた。

写っている人物が著名人だったからである。

六十過ぎぐらいの、額の広い、眼の大きな老人だった。白い口髭を上品にたくわえ、よく通った鼻筋とともに、全体が優雅な顔付になっている。彼はモーニングを被《き》ているのだが、そのふちが消えるようにぼかされているのは、懐《なつ》かしい昔の写真技術だった。

片山はその人物の名前を知っている。東洞直義《とうどうなおよし》といって、身分は工学博士だが、終戦後にわかにクローズアップされ、一時は首相の側近の一人に数えられたこともある。今でも保守党の首脳部と深いつながりをもっている人だった。

片山幸一は東洞氏の写真がその壁にあっても、別に不思議とは思わなかった。街の写真屋はよく有名人を看板代りに使う。店の陳列窓の中に、総理大臣や、歌舞伎《かぶき》の俳優や、人気歌手の写真が飾られていても奇妙ではない。そんな写真を自分のところで撮《と》ったように見せかけているが、むろん、よそからの借りものが多い。

会葬者は玄関で混雑しながら、ぞろぞろと外へ出て行く。片山幸一も、いつまでもそこにばかり立っていられないので、とうとう靴を履《は》いた。

片山幸一は夕陽の中を歩いた。

西岡写真館の内部に初めてはいったのだが、それはあまり立派とは思えない。しかし、営業内容が不振とも考えられなかった。商売が不景気かどうかは、家の中を見ればだいたい見当がつくものだ。

あの客待ち部屋の調度にしてもなかなか凝っていた。商売が思わしくなければ、そんなところに貧乏臭さが現われるものである。

床に敷いた絨毯《じゅうたん》も、取り替えて間がないように新しかったし、壁などにも手入れが届いている。

壁といえば、そこに掛っていたあの大きな写真の顔を思い出す……。

あれは東洞直義氏だった。

(待てよ。あの写真はどこかで見たことがあるぞ)

東洞直義氏は著名人だから、彼の写真を過去に見ているのは当然だった。新聞でも見たし、雑誌でも見た。片山が思い出そうとしているのは、それとは違った印象の場所だった。

印刷物には違いない。しかし、それは、普通の新聞や雑誌ではなかった。

(そうだ、たしか、自分の持っている「新世紀」にあの人のことが出ていた)

正確にいえば、「新世紀」のコピーである。

「昭和二十四年十月号」で随筆家の関口氏を通じて、柿坂が入手を熱望した雑誌だ。

(こうしてはいられない!)

彼はタクシーに手を挙げた。

電車で帰るのがまどろこしかった。一刻も早く自分が机の抽斗《ひきだし》に蔵《しま》っている「新世紀」の写しを開いてみたかった。

片山幸一は自分の部屋に戻ると、大急ぎで机から抽斗を抜いた。そこに封筒が隠してある。リコピーした「新世紀」がはいっている。

彼は目次を見て、「新世代の新人物論」のページを捜し、そのページの本文を手にとった。

そこでは五人の人物が取り上げられている。今ではいずれも有名になりすぎているが、この原稿が書かれた二十四年十月には、まだ新人の扱いであった。

片山は、前に「新世紀」のどの部分が柿坂や橋山の興味を惹《ひ》いたのかと思ったが、当時はまだわからなかった。この「新世代の新人物論」にしても、あまりに当り前すぎて見のがしていたのだ。

ここに取り上げられた五人の人物論は、「論」と呼ぶほどのものではなく、一応の人物紹介であり、それぞれが略伝的な読み物になっていた。今ではだれもが知っていることであり、記事の内容も常識的である。五人の人物は、政治家と実業家がそれぞれ二人で、あとの一人が東洞直義氏である。

片山幸一は、いま、別な眼になってその項に視線を落した。

東洞直義氏の写真が四枚出ている。一枚は氏の顔で、これは西岡写真館の待合室に掲げてあったものとそっくりだった。

あとの三枚は、それよりずっと小さいが、画面は大変興味のあるものだ。つまり一枚は東洞氏の幼いころで、山形元帥《やまがたげんすい》と一緒に写っている。一枚は年代が下るが、寺田元帥と並んで撮られている。説明によると、元帥が台湾総督時代だそうで、背景も官邸の庭が写され、バナナの葉などが見えている。若いときの東洞氏が、元帥と高官たちの間に挟まって立っている姿だった。

もう一つは、もっと年代が下って尾上公爵《おのえこうしゃく》と並んでいる。公爵は袴《はかま》姿で、雅《みやび》やかな顔付で立っている。東洞氏は公の横に並んでいるのだが、その顔付はよほど現在の風貌《ふうぼう》に近くなっている。

東洞氏が、なぜ、このような明治、大正、昭和を通じる大政治家の身近に立っているかは、その本文を読むと了解できるのである。

本文は約五ページにわたっている。原稿用紙にして二十枚ぐらいだろうが、その要旨は次のようなものだった。

「――東洞氏は台湾の台北《たいほく》市に生れた。明治三十三年だから、当年四十九歳である。もっとも、台湾で生れたというのは、必ずしも正確ではない。というのは、氏は生れるとすぐにある女性の養子となっているが、この女性は内地からその前年に台湾に移住した人である。

その女性は東洞菊子《きくこ》といったが、かつてはある高貴な方に仕えた賢婦だった。

東洞氏は、自分では一庶民の子供だと言っているが、噂《うわさ》では、その養母となった婦人が仕えた身分ある人の落胤《らくいん》だという説がある。東洞氏自身は実際の自分の出生は知らないが、他人が勝手にそれを想像しているのだろう、と笑っている。しかし、氏自身もこの出生の真実をよく知っていないようだ。あるいは知っていても打ち明けられない事情があるのかもしれない。

氏は小さいときに、明治、大正の元老級の人のもとに出入りをしている。氏に質《ただ》すと、養母の東洞菊子がそのような邸《やしき》に出入りをしていたので、自然に自分も伴《つ》れて行ってもらったのだという。この辺は氏の出生の曰《いわ》くがありそうだ。

とにかく、氏が少年時代から青年時代にかけて親しく出入りしていたのは、古くは山形元帥であり、桂木伯爵《かつらぎはくしゃく》であり、寺田元帥であり、尾上公爵である。現に氏のもとには、寺田元帥が台湾総督時代に台北の官邸で撮った写真が保存されてある。

山形、桂木、寺田などは、いずれも長州の出身だ。ことに周知のように、山形元帥にいたっては長閥の大元老である。桂木も寺田も山形閥につながって、公爵の眷顧《けんこ》を受け、元帥の栄位に上がった人である。その桂木や寺田に可愛《かわい》がられていた氏を考えると、そこに氏の秘密を解く鍵《かぎ》がありそうである。

氏ほど、その幼少時代から多くの権威とまじわっている人も少ない。壮年時代には寺田公邸にもしばしば出入りしているし、外国に行っても各国の権威筋などにも必ず招待を受けている。戦前の氏はあまり世間に知られなかったが、戦後になって××首相のブレーンに選ばれてからは、急にマスコミにもその存在を知られるようになった。

氏は工学博士の肩書を持ち、主として造船技術方面に明るい。だが、氏の大器は単なる工学部門の専門家として終らず、あらゆる方面にその豊富な学識がものを言っている。××首相のブレーンとして参加したのも、その英才を見込まれて、首相自ら懇請したといわれている。

また、氏は国際人として知られ、三年に一度ぐらいは海外旅行を試みている。敗戦日本が将来国際的な地位が高まれば、氏の存在はもっと貴重なものとなって、その活躍の舞台も拡《ひろ》がることであろう。……」

だいたいの記事は、そんなことだった。本文はそれに煩《わずら》わしい修辞を付け加え、東洞氏の人物論を述べているが、経歴はこれでわかる。この際、人物「論」などはどうでもいい。筆者は「折尾星三」という名前だが、あまり聞いたことがない。本名か筆名かわからない。

もっとも、東洞直義氏に関するこの記事のことぐらいは、今では知れわたっている。つまり、珍しくも何ともないのだ。だから、片山が何度「新世紀」をひっくり返しても、べつに注意を惹かなかったのである。やはりあのとき相当な金は取られても、この複写を作っておいてよかった。

今になったら貴重な手がかりになる。

といっても、べつに東洞直義氏のこの記事が妙だというわけではない。ここで述べられていることぐらいは、片山幸一も、のちに出た新聞や雑誌などで知っていることばかりだった。昭和二十四年に書かれたこの記事は、現在では鮮度を落して、全く色褪《いろあ》せているといっていい。

しかし、それでも、あの「新世紀」を柿坂や橋山が欲しがった理由はこの記事にあると片山は断定した。

理由は、
①　東洞氏の大きな写真が西岡写真館に看板用として掲げられていたこと。
②　その写真館に、柿坂の命令で調査に従っている友永が接触をしていたこと。（彼が自分の肖像をわざわざ西岡写真館に撮りに行ったのは、そのことを裏づける）
③　西岡写真館主は原因不明の自殺を遂げていること。その死体が東京湾の東側千葉県袖《そで》ヶ浦《うら》沖に浮いていたこと。
④　これは、本橋秀次郎が同じ湾の西側大森沖に浮いていたことと何らかの関連性がありそうに思える。
⑤　写真館主西岡豊次郎は最近大きな事業を考えていたこと。それはある程度まで成功しかけたが、ついに資金難で不調に終ったこと。
その時、おばさんが階段の途中から声をかけた。

「片山さん、速達ですよ」

「ありがとう」

速達が来たのは、柿坂経済研究所にはいって以来のことである。おばさんは四角い大きな封筒を渡した。

裏を返すと、「大阪にて、長尾智子」としてある。

彼女が大阪に行っていたのは、ちょっと意外だった。彼が急いで封を切ると、便箋《びんせん》の間に、先日、彼女に渡した例の写真がはいっていた。

「この前は失礼しました。

いま、例のオヤジさんと大阪に来てます。急に決ったのです。

一度、あなたに電話をしたのですが、お帰りになったということで連絡ができませんでした。

頼まれた件ですが、実はそれとなく聞いているのですが、オヤジさんもなかなかはっきり言ってくれません。お急ぎのことと思いますが、こちらもあまりしつこく訊《き》くと、かえって先方が変に思いますから、警戒心を起させぬようにゆっくりと訊くつもりです。田村というのは、やはり偽名らしいです。

大阪に来た用事は、あちらの会社のお偉方と何か相談をするためのようです。私はオヤジさんのいない間はホテルで遊んでいます。二、三日中に東京に帰れるでしょう。

それまでには訊き出すつもりですが、とりあえず、これだけをお知らせしておきます。それからお預かりした写真は一応お返しします」

長尾智子は、とうとうパーキンソンに口説《くど》かれて大阪くんだりまで遠出したらしい。これはパーキンソンの強引な誘いによるものか、智子の下心によるものか。

しかし、片山は大阪と知って緊張した。大阪には角丸重工業の本拠がある。柿坂も橋山も、大阪へ発《た》っているではないか。

30

片山幸一は、これまでの成行きを振り返ってみた。

「新世紀」の昭和二十四年十月号を柿坂などが手に入れたがっていたのは、東洞直義の記事にあったとしか思えない。だが、こんな平凡な記事を、なぜ、今ごろになって欲しがるのか。

その雑誌がすでに入手できないことは、片山自身が古本屋などを捜して発見できなかったことでもわかる。柿坂が随筆家の関口氏に頼んで週刊誌の「告知板」に広告をしたのは、あらゆる方法を使っても本が手にはいらなかったからだろう。

柿坂がそれほどこの記事に熱意を見せている理由がわからない。記事はどう見ても平凡なものだった。

しかし、これを別な観点に移すと、平凡どころか摩訶《まか》不思議な現象を呈している。

第一は、この記事を載せた「新世紀」の当時の編集長本橋秀次郎が水死していることだ。

第二は、東洞氏の写真を自分の客待ち部屋に飾っていた西岡豊次郎も同じように水死していることだ。しかも場所が同じ東京湾である。

東洞氏の写真といえば、「新世紀」にもその写真が付いている。そこには、東洞氏が幼年時代から壮年時代に到《いた》るまで順を追って載せているのだが、その写真のどれにも東洞氏は名士と一緒に写っている。一枚は山形元帥であり、一枚は寺田元帥であり、一枚は尾上公爵である。

記事によれば、東洞直義氏は、この写真のとおりに、幼年時代から大物の身近に接近してきたように書かれている。このことは、ただにこの「新世紀」のみならず、東洞氏のことを載せた諸雑誌はいずれも同じようなことを書いているのである。片山はこれまで、そんな雑誌を幾つか読んで記憶している。

片山は、これを二つの線で考えてみた。

東洞記事――編集者（本橋秀次郎）

東洞写真――撮影者（西岡豊次郎）

鉛筆でこうならべて書いてみたが、おやと思った。

編集者と撮影者……この間に連絡がありそうである。

雑誌の編集長は、その原稿を書く筆者とそれに必要なカメラマンとを掌握している。記事と写真とは不可分な関係にあるのだ。

つぎに、この記事の筆者について考えてみよう。

署名は「折尾星三」となっているが、聞いたこともない名前だ。「新世紀」という雑誌は戦後に出たもので、すぐに潰《つぶ》れているから、そこに書いている筆者も一流人ではない。長尾智子の話によると、「新世紀」の執筆者は、たいてい新聞か雑誌記者のアルバイトだったらしい。この「折尾星三」も、そんな連中のペンネームだったのだろう。

だが、この記事のことで当時の編集長が怪死を遂げ、つづいて一人の写真家が不可解な死に方をしている。しかも、その死の条件がたいそうよく似ているとなれば、この無名の筆者はもっと重大な存在になってくる。

なぜなら、彼こそは柿坂が欲しがっている記事を書いた当人だし、また、取材もしたと思われるからである。

「折尾星三」とは、いったい、何者であろう。

（編集長の本橋が生きていたらその正体がわかるのだがな?）

彼は呟《つぶや》いた。

が、次の瞬間、自分のその呟きにびっくりした。

そうだ、本橋秀次郎は死んでいる。も早、彼の口から「折尾星三」がいかなる筆者であったかは聞くよしもない。

するとこの「結果」は、逆に彼の死の「原因」に置き替えられないだろうか。

つまり、本橋秀次郎の死は、筆者の正体を暴露しないために、何者かが彼の口を永久に封じたといえないだろうか。

では、写真のほうはどうか。

しかし、これは西岡豊次郎の撮影とはいえないのだ。四枚の写真のうち三枚はずっと古いものだし、それぞれが歴史にも遺《のこ》るような大物ばかりだ。第一、時代が違う。

たとえば、山形元帥と東洞氏とが写っている写真は大正の中期らしい。山形元帥は大正十一年に死亡しているからだ。この撮影がなされたころは、西岡豊次郎は少年だったことになる。

台湾総督邸で写されている寺田元帥の写真は、昭和の初めごろであろう。これも同元帥が台湾総督に就任していた年代を考えると、当時の西岡豊次郎はまだ中学校を出たか出ないかくらいのころだった！

それに、西岡はもともと営業写真館を経営してきた男で、雑誌用の写真を撮っていたとは思えない。

片山幸一が出勤してみると、友永も石黒も出てきていた。柿坂と橋山義助とが大阪に行って留守のせいか、二人とものんびりした顔をしている。

しかし、二人は例によってあまり話を交わさない。友永と石黒との性格では、むしろ合わないほうが自然だ。

口には出さないが、たぶん、たがいに軽蔑《けいべつ》し合っているのではなかろうか。

そこに片山幸一が挟まれているのだ。ちょうど、両人の中間地帯といったところであろうか。

石黒は片山には心安く口をきくし、友永も彼には不愉快な顔を見せない。

片山は、ふと、この二人のどちらかが「折尾星三」の名前を知っていないだろうかと思った。

片山は、まず、友永に訊いてみた。

「どんな字を書くんですか？」

と彼が訊くから、片山幸一は鉛筆で「折尾星三」の名前を書いてみせた。

「聞いたことがありませんな」

背の高い彼は長い脚を椅子《いす》から伸ばして頭を振った。

「石黒さんはご存じないんですか？」

片山は石黒に対《むか》った。

「さあ、ぼくも初めて聞く名前です」

石黒は背中を丸めて机にかがみ込んでいた。

片山は、もしかすると、石黒も友永も、この名前を先刻承知なのではないか、という気持があった。ことに友永は、西岡写真館に原因不明な現われ方をしているので、もっとも警戒しなければならない男だ。その友永は西岡写真館主の死を知っているかどうか、これはさきほどから顔色にも出していないのだ。片山も迂闊《うかつ》には言い出せないところだ。

「何ですか、その折尾という人は？」

と石黒が横から訊いた。

「いえ、ちょっと、ある雑誌に載っていた名前です」

「ああ、そうですか」

石黒もそれ以上の興味を示さない。

しばらくすると、友永が、突然、片山を呼んだ。

「片山さん、先ほど、あなたが見せた名前ですがね。あれはやっぱりペンネームですよ」

友永は相変らず長い脚を投げ出してニヤニヤ笑っていた。

「ほう、ご存じの人ですか？」

「いや、知らなくても、それくらいはわかります」

「どうしてですか？」

「あなたが書いた文字を、ぼくはじっと睨《にら》んでいたんですがね。この名前を口の中で四、五回繰り返してみたんです。すると、妙な読み方になりましたよ」

「ははあ、どう読むんですか？」

「オリオ・セイゾウでしょう。これはね、つまり、オリオン星座をもじったんですよ」

片山幸一は、あっと思った。

「ね、そうでしょう？」

友永は声を出さないで笑っている。

「なるほどね。そうおっしゃれば、そのとおりですな」――オリオン星座か。

よろしい、これで東洞直義氏のことを書いた「新世紀」の筆者はペンネームだとわかった。だが、いったい実名は何というのだろう。

（もしかすると、「折尾星三」とは、編集長の本橋自身の筆名かもしれないぞ）

片山は、ふと、そう考えた。

べつに根拠はないが、それが一番当っているように思えた。

どうもわけのわからないことになった。

「新世紀」に載っていた東洞氏の記事が問題だとわかったが、それなら、その記事のどこがそうなのかとなると、さっぱり見当がつかない。何度も考えたとおり、柿坂があれほど苦労して手に入れるほどの値打ちはなさそうに思える。

(よし、それでは東洞直義という人は、どんな人物だろう。一つ当ってみよう)

これは友永にも石黒にも迂闊には言えない。

彼はその部屋の隅の本棚《ほんだな》に立てかけてある分厚い紳士録を取り出した。二人の眼の前では気どられそうなので、背中で本を隠すようにしてページを繰った。

「東洞直義、明治三十三年、台北に生る。母菊子の長男。工学博士。現住所東京都渋谷区代々木《よよぎ》西原《にしはら》町三ノ六五四三」

片山幸一は唇《くちびる》を嚙《か》んだ。

経歴のことではない。この現住所である。

彼の頭には、瞬間、一本の白い道が描かれた。

いつぞや、おとなしい紳士の田村(これは偽名らしい)をナイトクラブから尾行《つけ》て車で行ったが、これを不覚にも代々木八幡の踏切で見失ったことがある。

しかし、その踏切を越して道を真直《まっす》ぐに北西に向えば、この代々木西原に出るのである。

(これは、どうしたことだ。偶然の一致であろうか)

まさか、あの田村という男が東洞氏と同一人物ではあるまい。いや、東洞氏なら写真で知った顔だ。田村という男はまるで違った人相だ。年齢も違う。

では、田村も東洞氏の近所に住んでいるのだろうか。いや、そうとも決められない。道順が同じ方面だといっても、その道をもっと先に進めば、幡ヶ谷《はたや》のほうにも行けるし、笹塚《ささづか》にも出る。さらに、それは中野区にはいって青梅街道に突き当る。

しかし、あのとき追った田村の車の方向が、東洞氏のこの現住所にも当っているとはおもしろい発見だった。

「いや、二階はたいへんだね」

後ろで突然友永の声が聞えたので、片山は厚い紳士録を閉じた。

友永は、いつの間にかちょっと廊下に出ていたらしく、石黒と片山のどちらへともなくそんなことを告げた。

「ははあ、何がたいへんです?」

石黒が黙っているので、やはり片山が受け応《こた》えをしなければならなかった。

「編集部ですよ」

と友永は反歯《そっぱ》を出して、ニヤニヤしていた。

「何か、大きな問題が起ったらしいですな。『情勢通信』の編集長や、主だった編集部員たちが、罐詰《かんづめ》になっていますよ。中から錠をおろして、用のない者は出入り禁止です」

「そういうことは、今までにもあったんですか？」

「ありました。ほら、所長が大きな問題を暴露して、世間に衝撃を与えたことがありましたね。あのときなんかも二階の連中が書いたのですが、やはり、罐詰でした。また、何かおっぱじまりそうですな」

「しかし、所長も橋山さんも留守でしょう？」

「何か、大阪から指令が来たのかもしれません。これは、愉快なことになりそうですな」

友永はひとりで元気づいていた。

石黒はそんな話を友永がしても、どこ吹く風とばかり、むっつりして週刊誌を読み耽《ふけ》っている。

「まあ、見ていてください。ここ一週間内には結果がわかりますよ」

片山は大阪にはカッターズ・ダイナミックスのパーキンソン副社長が、長尾智子を伴《つ》れて滞在していることをすぐ頭に泛《うか》べた。


夜にはいってからである。

片山幸一は「渋谷区代々木西原町三ノ六五四三」を捜しに行った。

そこは、代々木八幡の踏切から北西へ一キロぐらい行った区域だった。

表通りから別な道が南側についている。その辺一帯はかなり大きな門構えの家が両側に並んでいた。

街燈も少なく、家の中からは灯も洩《も》れていない。住宅地にありがちな淋《さび》しい一郭だった。

向うから近くの人らしい婦人が歩いてきた。

「東洞さんのお家なら、これを右にはいって三軒目ですよ。いま、表に車が来ていたようですから、その家がそうです」

婦人は教えてくれた。

片山はその通りに歩いた。なるほど、大型の車が一台でなく三台、道の脇《わき》に長く停っている。

片山は通行人のような振りをして、一度は足早に家の前を素通りした。ちらりと見たが、その家は和洋折衷《わようせっちゅう》でそれほど広くもないし、また家の格好からしてかなり古いように思われた。

門前には灯を消した車が着いているが、それがどれも立派な外車だった。

片山幸一はいい加減な地点から引き返したが、急に、三台の高級車の持主を知ってみたくなった。

31

片山幸一が足を戻すと、高級車は前の位置から動いていなかった。

通行人を装《よそお》って車の様子を眺めた。運転手は睡《ねむ》りこんでいるらしい。むろん、三台とも中のライトを消している。

片山は、細長い胴体の車に近づいて、その立派さに愕《おどろ》いた。三台とも外車だったが、いずれも最新型だった。

片山は、うしろの白いナンバープレートをのぞきこみ、番号を手帳に控えた。街燈の光が遠いところから当っている。

次の一台に眼を移した。この番号も控えた。

最後の一台も同じように写した。

東洞氏の家は、依然、静かなまま黒い植込みの中にある。このあたり一帯が、夜間、めったに人の歩かない住宅街だった。

彼の靴音を聞いて犬が吠《ほ》えた。しかし、これは東洞氏の隣家だった。

片山は、散歩者のようにゆっくりと通り過ぎた。自分ではかなりな時間をかけて歩いたつもりだが、あっという間に表通りの辻《つじ》に出た。

これでは目的が十分に達せられない。

彼はまた引き返した。同じ道を何度も往復することに気がひけた。どこかで人に見られているような惧《おそ》れはあった。

最初の角を曲り、道の反対側を通るつもりで歩いていると、急に前の車のライトが点《つ》いた。一筋の光芒《こうぼう》が正面から流れ、片山の眼を眩《くら》ませた。

彼は慌《あわ》てて身体《からだ》を避けた。

どきりとしたのは、自分の挙動を怪しまれたと感じたからである。しかし、これは思い違いだった。

あとの二台の車が次々とヘッドライトをともした。もそもそ動いている運転手の姿が見えた。

東洞氏の門から四、五人の人影が現われた。だが顔までは見えない。距離も二十メートルぐらい離れている。

片山は、できるだけ自然な歩き方で、反対の煉瓦塀《れんがべい》に沿って進んだ。夜の空気を吸いに出た散歩者が、静かな邸《やしき》街を愉《たの》しんでいる姿に見せかけた。

運転手が降りてドアを開けているので、ルームライトは点いている。

片山の注意を集めているのは、先頭の一番立派な車に、一人の老人が大切そうに乗せられている姿だった。四、五人の人影は全部背広を着た男だったが、鄭重《ていちょう》に老人を送りこんでいる。

老人が座席に収まると、つづいて肥《ふと》った紳士がその横に頭を下げながら坐《すわ》った。

運転手が外からドアを閉めてライトを消す直前、片山は老人の横顔をはっきりと見た。

――東洞直義だった。

見馴《みな》れている写真の顔よりずっと老《ふ》けている。それは写真の年代が若かったからであろう。しかし、顔立ちに変りはない。痩《や》せていることと、皺《しわ》が多いことを除けば、写真の顔にそのままだった。

車の外に残った連中は、老人を送り込むと、あとの二台に分乗した。どれも相当な年配者ばかりだった。片山には見憶《みおぼ》えの顔は一つもなかった。ドアが閉められると車内は暗くなった。

女中と思われるような女が二人、門の前から東洞氏に腰をかがめている。

このとき、まん中の車に乗っていた男が、片山の姿をのぞくようにした。

片山は、とっさに顔を振って塀の上に差し出ている梢《こずえ》を仰いだ。が、意識は絶えず三台の車に向っていた。

その車がつづいて出発した。赤いテールランプが闇《やみ》の中に尾を曳《ひ》いて小さくなる。見送りに立っていた女中は門を閉めた。

東洞氏は学者だし、いわゆる名士だから、このように扱われてもべつに不思議はない。

今の様子では、東洞氏を迎えに来た人たちが、これから氏をどこかに案内するらしかった。

片山は、氏を招待した男たちの素姓を調べてみることにした。

翌日、彼は出勤する前に、東京陸運局に電話をした。

「昨夜、通行中に、うしろから来た車が人を跳《は》ね飛ばしそうにして行きました。ぼくはそれを目撃していたのですが、車体番号を憶えています。さいわい、その人は怪我《けが》もなくすみましたが、あんな乱暴な運転は怪しからんと思います。いま、番号を言いますから、持主を教えてくれませんか?」

片山は口実を作った。

「それは、どこですか?」

陸運局の役人が訊《き》いた。

「渋谷の道玄坂《どうげんざか》の上です」

「ははあ、あすこはそんな運転で事故が多いんですよ」

先方は怪しまなかった。ちょっと待ってください、と言って、台帳でも見ているらしかったが、

「それは、三台とも国防庁の車になっていますよ」

と答えた。

「国防庁？」

片山は、東洞氏を車に乗せている四、五人の黒い姿を眼に泛べた。あれは国防庁の役人連だったのか。

それから六日ほど経《た》った。片山幸一が、柿坂研究所に出ると、何となくあたりがざわめいていた。二階の編集室はここしばらく人の出入りが激しい。

片山は、ちらりとそれを見て三階に上がったが、あわただしい雰囲気《ふんいき》は彼に先日の友永の話を思い出させた。

石黒も、友永も、まだ出勤していなかった。

いったい、どのような問題が「情勢通信」に起ったのか。柿坂と橋山とが大阪に行って、その指令をこちらに流したに違いないと言った友永の言葉は、事実らしい。すると、問題はカッターズ・ダイナミックス社と関係があるのかもしれない。長尾智子を大阪に連れて行った同社の副社長は重要な用事を抱《かか》えて、角丸重工業側と打ち合せているのかもしれない。

「おはよう」

入口のドアを勢いよく開けて友永がはいってきた。

「おはようございます」

片山が見ると、友永の顔はいつもより興奮していた。日ごろから、何ごとでも少々オーバーなしぐさをする人だが、今朝はそれが目立っている。友永は片手に持った調査紙を片山の眼の前にひらひらさせた。

「片山さん、やっぱりえらいことが起りましたよ」

友永はきんきんした声を出した。

「何ですか？」

「ほら、ぼくが言ったでしょう。二階の編集部が妙な動きを見せているってね。やっぱり当りましたよ。今朝編集の奴《やつ》に聞いたんですが、橋山氏が大阪から指令を出して、緊急編集をやったそうです。その橋山氏も、昨夜の夜行で遅く戻ってきたそうです」

「ほう、橋山さんだけ戻ってきたんですか？」

「とりあえず、電話で送稿したのですが、重要な部分は、橋山氏が原稿にして持ち帰ったんですね。いま、それが刷《す》り上がったばかりです。これから各方面に発送するところですが、これを見てください」

友永は叩《たた》くような手つきで、うすいパンフレットを片山に突き付けた。

「このごろ、新聞や週刊誌で騒いでいるあれです。ほら、例の特殊潜水艦建造問題ですよ。今度はその内幕を暴露《ばくろ》して、大いに攻撃を加えています。うちのおやじ一流のやり方です。まあ、先に読んでごらんなさい」

「拝見します」

片山が標題を見ると、

〈特殊潜水艦建造決定は国民の眼を誤魔化している。一部業者と役人たちは自分たちの利益のために、莫大《ばくだい》な税金の浪費を企てている〉

という、いきなりどぎつい文字になっていた。

片山幸一は、第一ページから読みはじめた。

「わが国の防衛計画が世界の情勢に順応して行われることは当然で、これには何びとも異論はないでしょう。今日、米ソ二大国をはじめ世界各国が高度の防衛態勢を進めていることは、周知のとおりであります。

兵器技術は、今や長足の進歩を遂げています。すでに、五年前の新鋭兵器は、今日では完全に時代遅れになっています。世界の軍備は、その好むと好まざるとにかかわらず、順次、核兵器装備に向って進行しているといっていいでしょう。

わが国でもこの意味から防衛兵器が近代化するのは、当然の成行きです。いま、政府や国防当局が潜水艦に新装備を施し、動力に原子力を用い、搭載《とうさい》兵器をミサイル化しようとするのは、また止《や》むを得ない事情と思います。政府は世論に遠慮してか『特殊潜水艦』なる名前をつけていますが、これが前記のような潜水艦であることは、もはや、かくれもない事実であります。

われわれとしては、わが祖国を防衛するための兵器が近代化されることには反対ではありません。いやむしろ、世界の情勢において立ち遅れのないようにすることが国防当局の責任だとさえ考えています。

しかし、問題は、このいわゆる『特殊潜水艦』の建造計画に国民の納得できない面が含まれているとなれば、これは厳重に抗議する必要があります。

聞くところによると、今度の潜水艦は、一隻《せき》当り九十八億円という巨額な費用がかかるそうであります。もちろん、これは国民の税金から支払われます。そして、もし、この価格が適正ならば問題はありませんが、不当に高価なものであり、しかも、潜水艦計画自体に適正でないものがあるとすれば、われわれは黙ってこれを見のがすことができないのであります。

以下は、わが社の調査機関によって得た資料に基づき、現在の特殊潜水艦がどのようなものであり、また、果してその企画が欠点のない完全なものであるかどうかを検討し、有識者諸氏の判断の資に供したいと思います」

片山幸一はページを繰りながら読み耽《ふけ》った。

「そもそも、原子力を船の推進動力に応用する、つまり、艦船用原子推進動力の計画化は、アメリカにおいては、一九四八年末に、ウェスチング・ハウス社の手で着手されております。このときの計画担当者は、ジョージ・リックオーバー大佐という技術士官であります。しこうして、これを許可採用したのが、第二次世界大戦の大西洋作戦でおなじみの、海軍作戦部長ニミッツ大将であります。さらに、原子力内部の担当者はストローズ委員で、この人はのちに原子力委員長となっております。

一九四九年一月に、米国議会は原子力潜水艦建造費として予算四千万ドル（邦貨に換算して約百四十億円）を計上して、この計画を許可しています。

ところがその結果、前記のウェスチング・ハウス社のほかに、アメリカでも有数な電気企業のゼネラル・エレクトリック社が激しい割り込み競争を起しました。そこで、米当局は一九五〇年四月になってG・E社にも試作の許可を与えました。

このW・H社とG・E社とは、米国内の二大企業として対立するばかりでなく、実に国際市場においても宿命的なライバルであります。

いま、この両社の潜水艦建造技術が、どのような面にわたって開発をすすめているかを簡単に述べてみましょう。

原子力潜水艦が、技術上、その装備をしなければならないものは、約八種類あります。それを略述すると、次のとおりになりましょう。

①　慣性航法装置（オート・パイロット）。
②　自動算定式航跡記録装置（オート・トレーサー）。
③　艦位置自動記録装置（オート・ポジションチェッカー）。

④　重力偏差記録航法装置（グラビティー・ナビゲーター）。
⑤　水中レーダー（サブマリン・レーダー）。
⑥　浮力自動調節装置（バランス・コントローラー＝ミサイル発射時の浮力調節）。
⑦　空気補給・清浄装置（オート・プロダクト・クリーナー）。
⑧　ミサイル水中発射装置。

以上はアメリカの二大企業会社が当局の要求に応じて、必ず装備しなければならない点であります。

しかし、日本では、核装備はまだ許されていません。また、国内の原子炉の貧弱なために、原子動力といってもアメリカ並みに及ばないことは申すまでもありません。しからば、現在、国防庁が虎《とら》の子のようにして発表を秘している『特殊潜水艦』の構造、あるいは、アメリカの企業との技術提携の仕方はどんなものでありましょうか。

これには、まず、予算の面から見てゆく必要があります。現在、防衛費は国家予算のほぼ一割を占めていますが、これは陸海空を含めての総予算で、もし『特殊潜水艦』を建造するとすれば、この費用の中で弾《はじ》き出さなければならないことになる。そうなると、種々の点から見て、特殊潜水艦は一艦当り百億円を越えることは許されなくなるでしょう。ということは、百億近くの建造費は当然ということにもなります。

現在の情勢では、建造費計画はまだ検討中で、どこの社がこれを請け負うかということは公表されていません。しかし、過日の新聞が伝えたように、この問題はすでに閣議で決定ずみとなり、近く公表の運びとなっていますが、これにはゼネラル・コンノート社式が採用されることになりました。このゼネラル・コンノート社というのは、前記のゼネラル・エレクトリック系統の会社であります。

もしゼネラル・コンノート社が国防庁の委嘱で『特殊潜水艦』を建造するとすれば、当然、日本の企業会社とも技術提携することになり、将来は、国内生産の立場から、同社と技術提携した日本の防衛生産企業会社が艦船建造を請け負うことになっています。しこうして、ゼネラル・コンノート社と提携しているのは、角丸重工業でありますす。ご承知のように、これは旧財閥系の大企業会社です。

これが当局において詳細に検討された末に決定されたのならば、そして、その決定内容が適正であるならば、かれこれ文句をつけることはありません。しかし、その当初の競争相手のホイスター会社は早くも脱落させられています。これはコンノート社がはじめから決定的だったからです。最初から当局がゼネラル・コンノート社式に内定していたとなると、これは問題にせずにはおられません。

わが社では特別調査機関を動員して、この問題と取り組みました。そして、果して、これはこのまま黙っているに忍びないいろいろな問題点を発見したのであります。

米国においても、さきに述べたように、二大企業会社の競争となっています。日本がこの特殊潜水艦計画を立てたとき、どうして一方的にコンノート社式が予定されていたのでしょうか。他社は日本の当局者によって最初から除外されるほど、コンノート社式よりも劣った技術を持ち、建造値段も高かったのでしょうか。

以下、これらの諸点を解明してみたいと思います。なるべくいい製品を、できうる限り安い値段で防衛計画を進めることが、即《すなわ》ち国民の利益を守ることだからでありま す……」

片山幸一がここまで読み進めてゆくと、

「どうです、おもしろいですか？」

と友永が待ちかねたように途中で口を出した。

32

友永に言われたので、片山幸一はパンフレットから眼を上げた。

「ええ、とても興味があります」

実際、この先、どういうことになるのか、一刻も早く読んでみたい。

「そうでしょう。ぼくもざっと眼を通したが、なかなかおもしろくできていますよ」

友永は反歯《そっぱ》を出してニヤニヤしていた。

片山は眼を活字の上に戻した。

「……以上述べたように、国防当局が最初からコンノート社式に決定した理由を、この際、国民として聞いておかねばならないことです。

当局の責任者は、コンノート社式が他の社よりも優秀である、という言葉を繰り返しています。閣議で内定されたものが、当局の技術関係、予算関係から検討された上での結論ならば異論はないのですが、われわれはこれらの内容に多大な疑問を見いだすのです。

そもそも、原子力潜水艦は、米、ソ、英各国の海軍作戦の主力になっています。こういう機密兵器を米国防総省《ペンタゴン》が日本に譲るわけはありません。これまでの例を見てもわかるとおり、アメリカが日本に渡す兵器は、いつも米側にとって役に立たないもの、つまり、時代遅れのもののみが貸与、または技術許可されています。

さて、その前に断わっておかなければならないのは、この原子力潜水艦という名称です。われらは、日本で今度造られる特殊潜水艦なるものが原子動力とミサイル装備の搭載と考えていますが、しかし、これがアメリカ並みのものでないことはもちろんです。現在の日本の貧弱な原子炉の状態から見て、とても米国とは及びもつかないものとなるでしょう。

そこで考えられるのは、

㈠ 船体は国産だが、特殊艤《ぎ》装《そう》と原子動力をアメリカに発注する。
㈡ 特許（動力、艤装）だけを買って、これをすべて国産化する。

の二つの場合です。

当局側が最初考えていたのは、この㈡案のほうです。ところが、この案は、アメリカ側の意向を打診してまったく不可能だということがわかりました。これでは、アメリカが日本側に現在の米式潜水艦技術を全面的に譲渡することになります。

そこで、㈠案にせざるを得ないのですが、これにしても、艤装と原子動力の購入が当初考えられたほど容易ではないことがわかりました。のみならず、艤装は買うにしても、その詳細がわからないと、船体も国産できず、船体の特許も買わざるを得ないという始末になったのです。

だが、国防当局の原子力潜水艦に対する執着は凄《すさ》まじいものがあり、何とかこれに近いかたちの潜水艦をもちたいとの念願は捨てきれませんでした。

国防当局と前記米国商社との折衝は、数次にわたって行われました。日本側の希望に対して、米国商社側では、特殊艤装品（前記の八項目）は軍機の解除がないので契約できない、とつっぱねました。ところが実は、これは日本側の足もとを見たずるい商策であって、事実は、もし、日本側がどうしても熱望するなら、船体、原子動力はともかくとして、特殊艤装品のうち二つか三つぐらいは軍から許可が取れるよう運動しよう、と言い出したのです。

　これに当局は飛びつきました。数次の折衝が行われ、結局、コンノート社式に落ち着いたようです。では、コンノート社は、どのような点について許可を取り、日本側の注文を受けようとしたのか。これが問題であります。

　わが社の機関が調査したところによると、コンノート社式は、オート・トレーサー（自動算定式航跡記録装置）と、グラビティー・ナビゲーター（重力偏差記録航法装置）と、水中レーダーの三点をペンタゴンより許可を受け、艤装しようというのです……」

文章は、それから縷々《るる》として、この三点の特許が大して潜水艦装備に役に立たないことを述べている。どこで調べたのかわからないが、かなり専門語を交えて、その見解が述べられてあった。それによると、この三点だけの組み合せでは不完全で、他の重要な特許部分がないと役に立たないというのである。

　さらに文章は続いていて、こういう装置をありがたがって貰《もら》っている国防当局の真意がわからない。要するに、これだけでは偏頗《へんぱ》な艤装となって、実戦の役には立たないことはわかりきっている。しかも、商社側の莫大な言い値をさして値切りもせず、気前よく金を出すに至っては、いかに税金から支払うとはいえ、あまりに国民の眼をごまかす官僚独善主義だといっている。

「われらの考えとしては、カッターズ社式がむしろコンノート社式より優《すぐ》れていると思うが、なぜか、当局はカッターズ社に冷たく、コンノート社を重視している。これでは、当局側とコンノート社側との間に特別な関係が伏在しているのではないかとさえ邪推したくなります。

われわれの調べでは、カッターズ社はむしろコンノート社よりも多くの特許を取れる可能性があるように思います。すなわち、前記のほかに、浮力自動調節、オート・プロダクト・クリーナーといったものは、同社において特許が獲得できそうです。

また、値段の点も、同社は、コンノート社よりもずっと安いようです。しかるに、同社はコンノート社よりも出遅れた点もあって、前記のように、当局ではほぼコンノート社に決定しています。

だが、今からでも決して遅くはないのです、能力の優秀さとコスト安の点からすれば、この際、一切の行きがかりを棄《す》ててコンノート社式を破棄し、カッターズ社式を採用するのが、国家的見地からみて当然と思います。

少なくとも、この際、両方の性能を技術的に比較し、予算面でも勘案することが必要だと考えられます。……」

「ただ、われらのもっとも解《げ》せない点は、コンノート社に内定するのに、陰で或《あ》る人物が黒幕となって存在していることです。この人物は、今は特に名前を秘しておきますが、工学博士の肩書をもち、現在、造船技術の方面では権威とされています。ところが、国防庁にはたいへん信用が厚く、今度の国防計画について、国防庁の高官たちはこの人物のもとに日参して意見を聞いたということです。

その結果、この人物の意向でコンノート社式に決ったのです。われわれの調査ではこの人に果してそれほどの権威があるや否《いな》やを疑います。国防庁のサーベル組が信頼しているというからには、相当な知識があると思えますが、しかし、一人の人物が国家の大問題を左右し得るだけの能力をもっているとは信じられません。しかも、この人物の過去の経歴に相当不明な点があるにおいてはなおさらです。近ごろ、この人物のもとには、国防庁の役人をはじめ、民間企業会社の高級社員たちが出入りしています。そして、しばしば、国防庁の幹部とこれら民間企業会社の高級社員との間に、赤坂村を背景にして会合が持たれている事実があります。この両者の間に前記の怪人物が伏在していることは明らかであり、こういうところに、今回のコンノート社式を当初から決定したと思われる不純な因子があるように思われます。

われわれは、今後の成行きを厳重に監視すると同時に、背後に存在する怪人物の実体を追及する必要があります。今回は、ひとまず、この程度に止《とど》めておいて、情勢しだいでは、さらにこの問題を追及してゆくつもりです。

以上は、当柿坂経済研究所があくまでも国民の側に立って行う質問書であり、同時に弾劾書《だんがいしょ》でもあります。この文章を公《おおやけ》にするについては、一点の私心も持っていないことを、ここに言明しておきます……」

片山幸一はようやく読み終った。うすい小冊子だったが、それでも二十ページ分は書かれてある。

「どうでしたか?」

待ちかねたように友永が片山の顔をのぞき込んだ。

「いや、たいへんおもしろいですな」

彼はそれを友永に返した。

「そうでしょう。うちのおやじが張り切るのは無理もありません。これは、前に問題となった二つの暴露ものより遥《はる》かに大がかりなものです。ことによると、これが政財界に火を噴《ふ》く可能性は十分にありますな」

友永はひとりで悦に入っていた。

この友永の様子を見ると、まるで柿坂の腹心のような印象を受ける。

友永の挙動を知っていなかったら、片山幸一もあるいは素直にそう受け取ったかもしれない。しかし、友永という人物はなかなかの食わせものだ。そう簡単に彼の顔色に騙《だま》されてはならぬと思った。

このパンフレットの指摘する怪人物とは、もちろん、東洞直義のことであろう。現に片山は、夜おそく、彼の自宅に国防庁の車が三台も来ていたことを知っており、また東洞氏が役人と思われるような四、五人の人物に囲まれていずれかに鄭重に伴《つ》れ去られたのを目撃している。

工学博士の肩書をもっていることといい、右の文章の「ある人物」とは東洞氏以外にはない。

ところが、片山の注意を惹《ひ》いたのは、

「この人物の過去の経歴に相当不明な点がある」という一句である。

実際、この文章を読み流して、ここにきたとき、片山ははっとしたくらいだ。

彼の脳裡《のうり》には、柿坂や橋山などが「新世紀」所載の東洞氏の記事をひどく欲しがっていた事実がしみこんでいる。

いったい、これはどうした意味か。

「新世紀」には東洞氏の履歴を載せているが、東洞氏に関する限り、この内容は、今日では一般に知れわたり、ほとんど常識化している。

ところが、右の一句は、この明快な内容に疑問をはさんでいるように見える。

(はてな?)

片山は心の中で首をかしげた。

東洞氏の過去の経歴に相当不明な点というのは、何を指しているのだろうか。柿坂は東洞氏の過去に疑問を持ち、そのために「新世紀」を入手したがっていたのだろうか。だが、それなら、なにも「新世紀」だけに書かれたことではない。東洞氏の履歴は、どの新聞や雑誌にも書かれていることなのだ。わざわざ、「新世紀」だけを手に入れて見る必要はないはずだった……。

友永はと見ると、片山が返したパンフレットをもう一度読み返している。例によって長い脚を伸ばし、背中を椅子《いす》に倒して、ひどく愉《たの》しそうだった。

「友永さん」

と片山は訊《き》いた。

「そのパンフレットにある怪人物というのは、東洞直義氏のことですか?」

すると、友永は反歯をむいて、

「やあ、よくわかりましたね。わたしもあの人だと思っていますよ」

と眼尻《めじり》に皺《しわ》を寄せていた。

「東洞さんには、ここに書いてあるように、過去に変なところがあったんでしょうか?」

片山幸一は訊いた。

「さあ、知りませんね。そんなふうに書いてあるところをみると、何かあったかもわかりませんね」

友永はパンフレットのページを繰りながら答えた。

「しかし、東洞さんのことは、今では一般に知れわたっています。もう、疑問の余地もないと思うんですがね」

「ぼくもそう思います。しかし、うちのおやじがそんなふうに書いているところをみると、何かまた、ほじくり出したのかもわかりません」

片山幸一は、このパンフレットの中でしばしば「わが調査機関」という言葉が出ているのに思い当った。

調査機関とは何だろうか。片山のいるところも「調査部」となってはいるが、もちろん、そんな調査などは行なっていないのだ。いわば資料の整理係みたいなところだ。それすらあまり活用していないのだ。片山を含めて友永も石黒も、毎日、ぶらぶら遊んでいるようなものだった。そうすると、いわゆる「柿坂調査機関」というのは、いつぞや橋山が自慢したように、外部に匿《かく》されている「潜在」調査員のことであろうか。橋山の話だと、調査員は各階層にわたってバラ撒《ま》かれているという。この点を、片山は友永にきいてみた。

「どうでしょうかねえ」

友永はニヤニヤ笑っている。

「ぼくも、始終、そんなことを聞かされていますが、まだ一度もその実体を拝見に及んだことはありません。もっとも、ぼくらは調査部員という名前を与えられているだけで、いわば、世間に対してこういう部があるぞ、という柿坂さんの陽動作戦に利用されているのかもわかりませんね。実際、本当の調査機関となると、他人にわからないように秘《ひ》匿《とく》しておかなければならないでしょう」

友永の説は一理あった。

だが、友永自体もそんなことを言いながら、陰ではこそこそと動いている。

片山は、友永をここで試《ため》してみるつもりになった。

「友永さん、東洞さんといえば、ぼくはある写真館で、この人の立派な肖像写真を見かけましたよ」

「えっ?」

友永はパンフレットから眼を上げたが、瞬間、顔が緊張したようだった。が、たちまち、彼は元のとぼけた表情に戻った。

「それは、どこですか?」

「椎名《しいな》町《まち》に西岡写真館というのがあります。そこの客待ち部屋の壁に掛っているのを見かけました」

片山は友永の顔色を観察したが、もう、そこには変化が見られなかった。

「そうですか。椎名町のほうにね」

と興味のない表情をしている。

何をとぼけているか、と片山は思った。友永は西岡写真館にわざわざ自分の姿を写しに行っている。その写真を見たときは、何の目的かわからなかったが、今となっては、この友永がその行動をしたことで、自分より一歩も二歩も先を歩いていると感じている。

だが、あまりしつこく訊くと、今後の調べに妨害が起りそうなので、片山はそれきり黙った。

友永は、もちろん、西岡豊次郎の死を知っているに違いない。あるいは彼の死因まで握っているのではなかろうか。いま、友永がとぼけた顔をしたことで、余計にそんな感じを深めた。

——ところで、パンフレットを読んではじめて気づいたのだが、おれは今までとんだ勘違いをしていた、と片山は思った。

今までは、カッターズ・ダイナミックスの副社長は角丸重工業側と接触があるものと思っていたのだ。

その理由の一つは、「田村」と呼ぶふしぎな日本人だ。あの男は角丸重工業からひどく大事がられていた。それは、片山自身がナイトクラブ〝レッドスカイ〟で目撃したことだ。

この「田村」はまた、カッターズの副社長パーキンソンの泊っているホテルにも現われている。だから片山は、「田村」を仲介にしてカッターズと角丸重工業の提携関係を想定していたのだ。

だが、柿坂の暴露は、まったくこれが逆のことになっている。角丸重工業は、カッターズとは競争会社であるコンノート社と結んでいるというのだ。

では、いったい、「田村」なる人物の役割は何だろうか。彼は角丸重工業にも味方し、またカッターズのほうにも何らかの便宜を与えているヌエ的存在なのだろうか。

こうなると、いよいよ、一刻も早く「田村」の正体を知りたくなった。それにしても、長尾智子は、いったい、何をしているのか。あれきり連絡も何もない。

ちょうど、そこに電話のベルが鳴った。

友永が長い手を出して受話器を受け取って聞いていたが、

「片山さん、電話ですよ」

と渡してくれた。

「どうも、すみません」

片山が受話器を耳に当てると、

「片山さん？」

と元気のない女の声が聞えた。片山ははっとした。今の今まで待ち焦《こが》れていた長尾智子の声だった。

「ああ、あんた、いま、どこにいるんですか?」

友永が頑張《がんば》っているので、わざと相手の名前を言わずに、いきなりそう訊いた。

長尾智子は疲れた声を出した。

「やっとの思いで大阪から逃げて帰ったわ。……わたし、殺されるかもしれないわ」

33

「えっ、何だって?」

片山幸一は長尾智子の声を聞いて愕《おどろ》いた。

(わたし、殺されるかもしれないわ)

自分の耳は確かにそう聞いたが、横に友永がいるから、その言葉を口に出して訊き返すわけにはいかない。

「いま、やっと東京駅中央口に着いたの……」

つづいて彼女の疲れた声が受話器から片山の耳に流れた。

「東京駅中央口?　そりゃ大変だったね」

友永はそこいらの新聞を読んでいるが、そのポーズが電話の様子を窺《うかが》っているように思えた。片山は、しまった、と思ったが、一ぺん口から出てしまったものを言い直すこともできない。

「今からそっちに出かけようか」

片山はなるべく軽い調子で言った。これは今の動揺をかくすためと、興奮しているらしい智子の気持をなだめるためでもあった。

「ええ、わたしもお逢《あ》いしたいの」

「そう。そいじゃ、これからぼつぼつ出かけるよ」

「なるべく早くしてくださいね……そうそう、あなたがこの間から気にしていらした写真の人のことですけど」

「ああ」

「あの方……平河町《ひらかわちょう》にいらっしゃるわ」

「えっ、平……」

片山幸一は後の声を呑《の》んだ。

「その、その町のどこにいるの？」

「……電話では、これ以上言えないわ。あなたがここへいらしたら、話します」

「そう。じゃ、すぐ行くからね。東京駅のどの辺にいるのかね？」

「中央口の。公衆電話のとこにいます」

「わかりました。じゃ、あとで」

「早く来てくださいね」

片山幸一が受話器を置いて友永のほうを見ると、彼はやはり新聞を拡《ひろ》げたまま、首筋を伸ばして向うむきになっている。片山はゆっくりとした動作で椅子から起《た》ち、上衣《うわぎ》に手を通した。

「友永さん」

彼はそこから声をかけた。

「ぼく、ちょっと私用で外出させてもらいます。東京駅までですから、四十分ぐらいで帰ってきます」

「どうぞ」

友永は音を立てて新聞をたたんだ。

「今の電話、女性のようですな?」

友永は身体《からだ》を回して顔をこちらに向けたが、ニヤニヤと眼を細めている。

そのとき石黒が出勤してきた。

すると、友永が、すかさず、

「片山さん、ぼくも一緒に出ましょう」

と言った。

「おや、お二人とも外出で?」

石黒はきょとんとして言った。

「はあ、ぼくはちょっと品川のほうに行こうかと思って……」

友永はつづけた。

「片山さんはデイトだそうです」

よけいなことを言うと思って、片山はむっとした。

「成功を祈りますよ」

友永は声を立てて笑った。

二人は表へ出てから別れた。片山は、タクシーに乗ったが、友永の最後の言葉がちょいと気にかかった。成功を祈るというのは、その言葉通り昼間のデイトを指しているのか、また別の意味を含んでいるのか。どうも友永という男は、二重にも三重にも底があるようで、何を考えているかわからない。

しかし、まさかこちらの事実を見抜いているとは思われなかった。

「旦那《だんな》、東京駅はどちらへ着けましょうか?」

運転手は訊いた。

「中央口だ」

「中央口は二つありますよ。八重洲口《やえすぐち》側と丸の内側です。どっちにします?」

片山は困った。自分はいつも八重洲口のほうへ出ているので、彼女も八重洲口側だと決めていたのだ。なるほど、丸の内側にもあった。

「八重洲口のほうへやってくれ」

彼は自分の常識通りに方向を決めた。

車が混み合っていてなかなか前に進まない。

車は中央口に着いた。構内にはいったが、おびただしい人間が忙しげに歩いたり屯《たむ》ろしたりしている。長尾智子の姿はその辺に見当らなかった。

彼は長尾智子が公衆電話のところで待っている、というので、その辺を見ると、赤電話が四、五台並んでいる場所が見えた。

彼は電話機の向うに立っている係りの若い女に訊いた。

「十五、六分前にここの電話を使った、三十歳くらいの女の人はいませんでしたか?」

「さあ。服装はどんなふうですか?」

片山はつまった。長尾智子がどのような身支度《みじたく》で大阪に行ったかを知っていない。彼は彼女の人相を話してみたが、係りの女は首を横に振った。無理もない。公衆電話は始終人が入れ替っているので、いちいち顔は憶《おぼ》えていないのだ。

片山は入場券を買って改札口を通り、通路を丸の内側へ抜けた。ここは八重洲口から見ると場所も狭いし、人間もずっと少ない。長尾智子はいなかった。

彼はまた元のほうへ引き返した。

だが、八重洲口の賑《にぎ》やかな広場に戻っても、彼女の姿はない。電話のところに眼を走らせたが、やはり発見はできなかった。こうなると、彼に無用な人間群ばかりが眼の邪魔をしているようで仕方がなかった。

電話で長尾智子はしきりに早く来てくれと言っていたことを片山幸一は思い出した。ひどく切迫した状態が考えられる。

こうして八重洲口と丸の内側とを往復していると、しだいに長尾智子の置かれている危険な立場が実感として受け取れるようになってきた。相手の姿が見えないというのは、それだけでも不安をそそられる。

片山がもう一度丸の内側に戻りかけると、ほぼ中ほどに二、三台の赤電話がある場所を見いだした。各ホームから吐き出されて階段を降りてくる群れと、こちらから上る乗客の群れとで通路は大変な混雑だから、この隅《すみ》のささやかな赤電話の場所は、ちょっと気が付かない盲点になっていた。そこにも女の子がいた。片山はさっきと同じことを訊《き》いたが、女の子は首を傾《かし》げるだけだった。

服装がわかっていれば、彼女も印象を思い出すだろうが、人相だけではやはり捉《とら》えにくい。

しかし電話であれほど約束したのだから、長尾智子が中央口のいずれかの公衆電話の横に立っていなければならなかった。それがいないのはどうしたことか。

まさか、途中から帰ったわけでもあるまい。片山を待つ間、何かの用達《ようたし》をしているかとも思えたが、それにしても、すでにここへ来て二十分は経《た》っている。未《いま》だに戻ってこないはずはない。

片山は、彼女が約束の場所から離れたとすると、それは自分の意志でないような気がした。

そうなると、まず、誘拐《ゆうかい》が考えられる。

これは突飛《とっぴ》なようだが、あり得ないことではない。現に、彼女は大阪から逃げてきたと言っていた。殺されるかもしれないという状態が本当だったとしたら、彼女を追ってきただれかが彼女を拉致《らち》し去ったかもしれないのだ。もとより、大勢の人間の中だから、彼女が暴力で連れ去られたとは考えられない。彼女を従わせる何かがそこで働いたのであろう。

もう一つは、彼女の逃走である。

いや、このほうが自然のようだ。たとえば、彼女が片山への電話をかけ終って待っているとき、彼女の眼は避けなければならぬ人物の姿を見た。この場合だと、片山との約束はあったにしても、すぐに逃げるのが自然の心理である。

誘拐よりも逃走が常識的な判断と考えられそうだ。

だが、東京駅は、もはや駅というよりも小さな都市である。それもすごく人口密度の高い都市だ。彼女の逃走経路を知る手がかりはどこにもなかった。

片山は、落胆と、長尾智子への心がかりとが、同時に起った。長尾智子のアパートに後で念のために電話するつもりだが、おそらく、彼女はそこには戻っていないであろう。すると、彼女は勤め先のナイトクラブの友だちのところへでも身を潜めているかもしれない。

それだったら、まあ、後でまた電話でもくれるわけだが、一刻も早く知りたい「田村」という男の素姓がわかるのが、これでまた先に延びてしまった。

しかし、片山は、彼女が電話口でちょっと口走った言葉を思い出した。

(平河町にいらっしゃるわ)

平河町……片山はその辺の地形を眼に泛《うか》べた。あたりは永田町《ながたちょう》、霞《かすみ》が関《せき》につづく一画で、官庁の建物やビルが多い。むろん、個人の家もなくはないだろうが、そこに「田村」という男が居住しているとは、ちょっとぴんとこない。

それに、片山は、いつぞやナイトクラブから「田村」の乗った車の後を尾《つ》けたことがある。それは代々木八幡のあたりで見失ったが、その道順こそ彼の住所だと思っている。

だから、平河町と聞いて、それは「田村」の住所でなく、そのあたりのどこかの建物に彼が勤めているという意味ではなかろうかと思った。

いつまで待っても仕方がないので、片山は一応、長尾智子をあきらめて、出たついでに平河町のあたりをタクシーで回ってみることにした。当てのない話だが、何でも一応眼で見ておくことだ。

駅前からタクシーに乗って、警視庁の前を過ぎ、議事堂横を通った。

平河町のあたりを通ると、政党本部、特許庁、総理府、議員会館、都道府県会館、都市センターなど、官庁公共団体の大きな建物が並んでいる。これはいつも見馴《みな》れた風景だが、片山幸一の眼はクィーンホテルに止った。

――クィーンホテル。……戦前は某宮家の邸《やしき》であったが、今では建物が新装されて、新築の部分も増え、都内一流のホテルになっている。外人の泊り客も多く、上層階級の会合場所としても新聞に名前が出るくらい有名だ。

その美しい庭のたたずまいの中に建っている雅《みやび》やかな建物を見ていると、片山は、もしやあの人物はこのホテルに泊っているのではないかと思った。

ここも、平河町であった。

片山幸一は車を停めて交番にはいった。念のために田村という個人の家を訊いたのだが、やはりそういう居住者のないことがわかった。個人宅は数えるほどしかないし、それも素姓のわかった家ばかりだった。

片山はクィーンホテルのフロントに立った。ポケットから田村の写真を出して見せた。いろいろと言うより、この写真の顔を一目見せたら、すぐに返事が取れる。

「いいえ、こういうお方は泊ってらっしゃいません」

フロントは否定した。

「ここに泊ってるお客さんを訪《たず》ねてくるということもありませんか?」

「さあ、わたしには憶えがありませんが」

その事務員は、ほかの同僚にも写真を見せて回っていたが、だれも知らないということだった。

片山はクィーンホテルの玄関から門までの長い道を歩いた。

しかし、考えてみると、長尾智子から電話が来たのは、田村が「泊っている」という意味ではなさそうだ。あの言葉のニュアンスは、平河町にある建物に「勤務している」という意味に強いようだ。

(役人?)

片山幸一はこの付近の大きな官庁を頭に泛べた。総理府、特許庁……その辺のところだろうか。

しかし、片山の記憶には二つの場面がある。

一つは、柿坂や橋山がパーティで田村にていねいな挨拶《あいさつ》をしていたことだ。あれは完全に役人に対する態度ではなかったか。

もう一つは、ナイトクラブで角丸重工業の幹部社員に囲まれた田村だった。役人と業者――なるほど、考えられる。

おとなしい学者タイプと思っていたのは、実はどこかの役人だったのだ。

だが、それはどこの官庁であろうか。ここに一つの手がかりがある。田村が角丸重工業という大企業会社に大事にされている事実だ。

片山の頭にはたちまち、柿坂が出したパンフレットの一章が蘇《よみがえ》ってきた。

(田村とは国防庁の役人ではなかろうか?)

そうだ、それしか考えようがない。

橋山は片山に、田村の顔をよく憶えておけ、と言った。あれこそ、秘《ひそ》かに田村の身辺を洗わせるつもりだったのではなかろうか。この国防庁の役人が、業者とどのような結びつきをしているかを調べようとしたに違いない。

ここまで考えると、片山の当面の方向は決った。

ものはついでだ。これから国防庁の中にはいって、田村の写真と国防庁の役人の顔とを首っ引きするのだ。片山幸一は、車を大手町のほうへ走らせながら、改めて長尾智子のことを考えた。

彼女の恐怖は何だろう。

（わたし、殺されそうだわ。やっと大阪から逃げて帰ったの）

この言葉は何を意味するのか。

彼女はカッターズの副社長パーキンソンに伴《つ》れられて大阪に行った。それは、おそらく彼女の意志でなく、彼女に惚《ほ》れたパーキンソンが無理に伴れて行ったと思われる。だから、彼女はパーキンソンに可愛《かわい》がられこそすれ、彼から虐待《ぎゃくたい》されるはずはないのだ。すると、彼女の恐怖の原因は、彼女がパーキンソンにあまり近づいた結果、このアメリカ人商社の副社長の大事な用事を知りすぎたことに原因するのではあるまいか。

もちろん、彼女にその恐れを抱《いだ》かせたのはパーキンソン自身ではあるまい。彼を取り巻く別なグループであろう。

問題は大きなふくらみをもっている。パーキンソンの線からは、政治的には日本の世界における位置、経済的には防衛兵器生産に関する厖大《ぼうだい》な予算が絡《から》まっている。また、戦略的には特殊潜水艦という機密兵器の面がある。

国内的の企業面からは、カッターズに反対する商社の熾烈《しれつ》な売込み合戦がある。偶然の機会から内部をのぞき見したナイトクラブの女を恐怖させたのは、いったい、どの線からであろうか。

本橋秀次郎と西岡豊次郎との怪死が、片山の思考の上に重なってくる。車は、澄明《ちょうめい》な光を含んだガラスを見上げるばかりに積み重ねたような、近代的な国防庁の正面玄関に着いた。片山は眼が醒《さ》めたようになった。

片山は庁内に足を入れた。

軍人的な臭《にお》いはいささかもしない。銀行か商事会社のような建物の内部だった。大勢の人間がどの課でも働いている。片山は廊下に足を止めながら内部をのぞいて見たが、眼に映るのは若い下僚ばかりだった。

これはのぞいたのでは無理だ。上級者は部屋の奥まったところにいて姿を見せないし、もっと偉い奴《やつ》は個室をもっている。外からのぞいたのではわかるはずはない。

彼は思い切って玄関脇《わき》の警備の男のところへ行った。なるべくこんな方法はとりたくないのだが、庁内を捜すことが絶望とわかってからはやむを得なかった。

「ちょっと伺いますが」

片山は例の写真を差し出した。

「こういう方が国防庁関係の人にいらっしゃいませんか？」

守衛とも警備ともつかない係りは、その写真を手にとってしげしげと見入っていたが、

「こんな人は国防庁にはいませんよ」

とニべもなく答えた。考えてみれば、質問自体が非常識であった。警戒厳重な役所で

ある。

34

あの男は国防庁の役人ではなさそうだ。玄関脇の警備の顔で、片山はそう判断した。しかし、これは半分は当然だった。長尾智子は、その男のいるところを平河町と言っていた。国防庁は田村町《たむらちょう》だ。平河町と田村町とはかなり離れているし、町名もまるで違う。あの男を国防庁の役人だと推定したのは、彼がカッターズの副社長のところに現われていた事実から考えただけである。

役人らしいということはわかるが、どこの役所か、こうなると見当がつかない。平河町の公共建物を頭に泛べたが、はっきりこれだと思い当らなかった。

片山幸一は柿坂経済研究所に帰ったが、入口で見知らない男たちが四人出てくるのとすれ違った。一人は大きなカメラバッグなどを肩から下げている。そういえば、社内も何となくざわめいている感じだった。

調査部に戻ると、石黒がぽつねんと統計表などを読んでいた。友永の姿はなかった。どうも、友永がいると、石黒がいなくなり、石黒がくると、友永の姿が消えてしまう。

「ただ今」

片山幸一は石黒に挨拶して、机の前に坐《すわ》った。

「やあ」

石黒が睡《ねむ》そうな眼を統計表から上げた。

「友永さんは、どこかへお出かけですか?」

「何だか知りませんが、所長がいま呼びに来ました」

「えっ、所長は帰っているんですか?」

「いま帰ったばかりのようですよ」

「道理で、なかがざわざわしてると思いました。さっき、入口で出遇《であ》ったのですが、新聞記者みたいな連中が四、五人来ていたようですが、あれも所長に会いに行ったのでしょうね?」

「そうだと思います。例の『情勢通信』の特報を出したので、さっそく、反響があったわけでしょう。特殊潜水艦というと、今の日本の国防庁にとっては最大の問題ですからね」

「新聞記者がさっそく来たところをみると、あの文書は外にもかなりな衝撃を与えたんでしょうね?」

「ぼくはよく知りませんが、政界や、財界筋でも、あの怪文書が配られて、少し騒いでいるんじゃないですか」

「怪文書ですって？」

なるほど、そう聞くと、まさに怪文書というのがぴたり似つかわしげだった。ただ、わざと問題の核心は避けているようだが、それもいずれ調査して続報すると、凄《すご》みを利《き》かせている。

いったい、柿坂がそのような文書を世間に出した真意は、何なのだろうか。つまり、彼がそのことによってどのような利益を受けるかという問題だ。

一つは、この機会に柿坂経済研究所の存在を宣伝するという意図とも考えられる。いわゆる柿坂機関は、これまで二つの大きな事件を暴露している。その一つは汚職事件にまで発展している。ここのところ、しばらく鳴りを潜めていたから、名前を世間から忘れられないように仕組んだとも思われる。

だが、それだけのことだろうか。この特殊潜水艦問題で柿坂が撒《ま》いた怪文書の本当の狙《ねら》いは、ただその宣伝だけだとは思われない。そこには、世間で言う怪人物柿坂亮逸をうるおす何かの利益がなければならぬ。

いま、石黒が、怪文書で政財界が騒ぐのではないかと言ったが、柿坂はその政界の一部の利益と結んでいるのだろうか。

しかし、柿坂本人に当れば、また同じ言葉を言いそうである。

（わたしがこんなことをしても、わたし自身には、何のプラスにもならない。そうさせるのは、わたしの正義感だ……）

特殊潜水艦建造にコンノート社式の採用決定をしたのは、政府側と、その与党とである。柿坂の文書はそのことの不当をなじっているのだから、もし、柿坂が政界の一部の利益を考えるとしたら、それは野党につながっていなければならない。現在の国防費は、それでなくてもとかく国会で問題となる。ことに野党は国防関係の審議には神経過敏だから、柿坂文書は野党に有力な攻撃材料を与えたといわなければならない。あの文書では、わざとらしく中身を伏せているが、もし、野党があの文書を手がかりに調査でもはじめると、政府、与党はかなり困る立場に置かれることになるのではなかろうか。

だが、前の例もそうだったが、柿坂は直接野党に材料を流すということはしなかった。「柿坂経済研究所独自の調査と活動によって」といううたい文句で、「情勢通信」に暴露している。その限りでは、特定の政党とは結ばず、ただ正義感で広く国民に愬《うった》える、という柿坂の主張は、一応、体裁をなしているのだ。

しかし、この言い方は両刃《もろは》の剣で、柿坂自身の潜在的利益と結ばれている、とカングられぬことはない。たしかに、柿坂の宣伝も一つの大きな狙いではある。だが、それ以上の実質的な利益なくして、柿坂亮逸がこれほど情熱を打ち込むはずはなかろう。ただ彼の正義感だけという解釈はまだ納得できない。

片山幸一は、柿坂がすでにこの問題をかなり前から調べていることを察している。偶然に入手した材料で、ハッタリ的に発表したとは思われないのである。

あの文書の文句からみると、まだまだ柿坂は具体的な材料を握っているらしいのだ。

その材料の調査もいわゆる柿坂機関でなされたように言っているが、片山は友永あたりが相当に働いたように思っている。片山自身も、一時期、そのことに動員されそうになったことがある――。ここでまた、例のおとなしい紳士が片山の眼に泛《うか》ぶ。

「石黒さん」

片山は呼びかけた。

「あなたは所長にお会いになりましたか?」

「いいえ、直接にはまだ会っていません。さっき、大阪から帰ったとき、廊下ですれ違いましたが……」

「所長の機嫌《きげん》はどうです?」

「そりゃ、あなた、たいへんなものですよ。意気軒昂《いきけんこう》といったところでしょう」

「あの特報の原稿は、所長が大阪から流したんです。すると、材料は大阪で蒐《あつ》めたんでしょうね?」

「さあ、どうですか」

石黒は首を捻《ひね》った。

「取材は前々からやっていたようですから、必ずしも大阪で収集したとは限らないと思います。ただし、大阪から橋山氏が原稿を送ったことは確かですから、大阪で決定的な情報を摑《つか》んだとはいえましょう」

「そうですね」

片山はまたしてもカッターズの副社長が大阪に飛んだ事実を思わずにはおられなかった。柿坂文書では、コンノート社式を攻撃し、カッターズ社式を支持している。すると、柿坂は大阪でカッターズ副社長パーキンソンに会い、敵方のコンノート会社の内幕を聞かされたのであろうか。

友永はまだ席に帰ってこなかった。

「友永さんは遅いですね」

片山が言うと、

「よっぽど大事な話があるんでしょう」

石黒は皮肉そうに言った。どうも、この男、友永を快く思っていない。

片山幸一は、自分も柿坂や橋山に呼ばれるかとひそかに期待していたが、退社時間になってもそれはなかった。彼は最初ちょっと大事がられたが、柿坂や橋山に見放されたかと少し淋《さび》しくなった。

もし、彼らが自分をもっと利用してくれたら、まだ内部の事情がキャッチできるのだ。もしかすると、先方は自分の野心を見抜いて警戒しているのかとも考えた。もしそうだったら、それはそれでいいのだ。こちらは勝手にやるのだとかえって不思議な闘志が起った。帰りがけに階段のところで見たのだが、所長室のドアの窓ガラスに内側から灯が点《つ》いている。柿坂も今日は遅くまで粘るつもりらしい。

外に出て一番気になるのは、やはり、長尾智子のことだった。研究所で彼女からの電話を待っていたのだがそれもなかった。

こうなると、アパートに彼女が戻っているかどうかを電話してみたくなった。今朝の電話から、かなり時間も経《た》っている。

公衆電話にはいって手帳を見ながらダイヤルを回すと、この前に聞いた管理人の声が出た。

「長尾さんは旅行に出られたまま、まだ帰っていませんよ」

管理人はそう答えた。

「そうですか、今日、東京に帰っているはずですがね」

「いいえ、わたしのほうにはお帰りになっていませんよ」

「荷物なんかそのままですか？」

「ええ、当り前です……どうしてですか？」

先方が妙な声で聞き返したので、片山は面倒になって電話を切った。あの声の調子では管理人が嘘《うそ》をついているとは思われない。やはり長尾智子はアパートには帰っていないのだ。すると、東京駅を遁《に》げてどこに行ったのだろうか。念のために、片山は彼女の勤めているナイトクラブにも電話をしたが、ここも休んでいるという返辞だった。何とかして彼女に会いたいが、これでは手がつけられない。しかし、彼女が口走った言葉といい、待ち合せ場所から逃走したことといい、悪い予感がする。

仕方がないので、下宿に真直《まっす》ぐに戻った。

すると、八時半ごろ下宿のおばさんが上がってきた。

「片山さん、速達ですよ」

「どうもありがとう」

手に取ると、見憶《みおぼ》えのある筆跡だった。裏はただNよりとしてあるが、長尾智子からだった。

片山は大慌《おおあわ》てで、速達の封を切った。

「今朝は失礼しました。あなたにお目にかかるつもりで、電話の場所に待っていたのですが、急によんどころない用事ができて場所を離れました。事情は、あなたが研究所を出られたあとに起ったので、もう電話で連絡のしようもなかったんです。ごめんなさい。わたしをずいぶんお捜しになったことと思います。

わたしは、あなたから頼まれた人物のことをお答えしなければなりません。東京駅でお会いして、お話するつもりでしたが、それが果せなかったので、この速達を差し上げます。

といって、あなたに期待されるお答えができないのを残念に思います。パーキンソンにさり気なく訊《き》くんですが、彼もよく知らないのか、それとも、わたしを用心してか、詳しいことは答えてくれませんでした。オヤジさんは本名を言わずに、やはり、ミスター・タムラと言っています。電話でも言いましたが、田村さんは平河町にオフィスを持っているそうです。どうも役人らしいんです。どういう役職名かと訊くと、あれはチーフ・オブ・デフェンス・セクションだと言っていました。日本の役所のどこに当るのか、わたしにはよくわかりません。

それ以上のことを訊きたかったんですがパーキンソンもなかなか用心しているし、わたしに関係のない質問ですから、あまりしつこくも訊けませんでした。ただこれだけを報告しておきます。

わたしは大阪で本当に恐ろしい目に遭《あ》いました。その恐ろしさが東京に帰ってからも続いています。わたしはあんなオヤジさんなんかにくっつくんじゃなかったと後悔しています。もうあのナイトクラブも辞《や》めますし、アパートも今夜中に引き払います。

当分、だれにも会わないつもりです。私の行く先は捜さないでください。……」

35

片山幸一は長尾智子の手紙を読んで、とにかく、「田村」という日本人の職名がチーフ・オブ・デフェンス・セクションであるということを知った。

これを、文字どおりに訳すれば、防衛局長となるだろう。しかし、デフェンス・セクションの訳名は、今のところ国防庁に当てはまる。

しかし、国防庁長官は国務大臣級だし、名前も殿山洪太《とのやまこうた》という人で、新聞にもよく写真が出ている、田村とはまったく違った人物である。

しかも、この手紙には、その役所が平河町と書いてある。パーキンソンが東京の地理を間違えてそう言ったとも考えられるが、東京に不案内な外国人だから、かえって正確だとも言える。聞いたことをそのとおりに憶えているからだ。

この点から見ても国防庁ではない。だが、平河町に国防庁の分室でもあるのだろうか。それだったら、このチーフが分室長、または支所長とも解釈される。

片山幸一は、平河町に国防庁の分室があることを知らない。これは、一度、あとで確かめてみようと思った。

それにしても、長尾智子の手紙ではよほど大阪で恐ろしい目に遭ったに違いない。現在の勤め先も辞めるというし、アパートも移るといっている。しかも、今後、自分の行く先は一切捜さないでくれとも書いてある。

もともと、彼女はパーキンソンに愛情があって大阪に同行したのではなかった。パーキンソンにせがまれて、やむなく彼に従《つ》いて行ったのであろう。いつか聞いた話でも、このカッターズの副社長は、ひどく彼女に執心している。ときには嫉妬《しっと》を起して、夜中でも車で彼女を迎えに行っていたという。

それくらいだったから、大阪でも、パーキンソンは彼女を身近に置いて放さなかったに違いない。だから、彼女が恐ろしい目に遭ったというのは、むろん、パーキンソンの虐待《ぎゃくたい》ではなく、かえって彼にかわいがられた結果、パーキンソンの機密を知る立場になったのではなかろうか。

彼女が「恐ろしい目に遭った」というのは、パーキンソン個人からではなく、この機密の線から生れたように思われる。

長尾智子は、その恐怖の原因については一行も触れていない。それは書けないのだ。だれにも言えないことに違いない。アパートを変ったということも、その移転先を片山に知らせないことも、片山にうるさくそれを追及されるのを避けたためであろう。

長尾智子は、それほど擦《す》れた女だとは思えない。むしろ素直なほうだ、と片山は思っ

片山は、例のパンフレットの反響が早いのに愕《おどろ》いた。代議士だとすれば、野党の議員に違いない。

調査部にはいると、友永が電話をしていた。思わず身体《からだ》を引っ込めようとすると、友永は手真似《てまね》でかまわないという振りをした。

まだ石黒は来ていなかった。

「いま、受付の織田君に聞いたのですが」

片山は友永に言った。

「昨日はたいへんだったそうですね。所長のところへ代議士などが来たそうじゃありませんか？」

「その話はぼくも聞きましたが、あの怪文書の反響で少しはざわついているようですな」

「やっぱり野党の議員でしょうか、昨日、ここへ来たのは？」

「さあ、それはどうかわかりませんよ」

友永は反歯《そっぱ》を出した。

「政治家というやつは複雑ですからな」

彼はそれ以上多くを言わない。いつもの彼に似合わず、口を要心しているようだった。

片山は、この辺でパーキンソンと田村の名前を出して彼の反応を見ようと思ったが、いや、もう少し待ってみようと考え直した。同じやるなら効果的な計算をしてからだ。これは、西岡写真館の一件でも同じだ。

「ところで、友永さん」

「なんですか」

「妙なことを聞きますが、平河町に国防庁の支所か分室かがありますか?」

「平河町にですか、さあ?」

友永は長い首を傾《かし》げた。

「それは聞いたことがありませんなあ、あの辺は昔から変らないようですがね、それとも、最近、そんなのができたのかな……。何ですか?」

「いや、ちょっと……」

片山は言葉を濁した。ここで、「デフェンス・セクション」を持ち出そうかと考えたが、友永に気取られそうなので思い止《とど》まった。

「片山さん」

と友永は呼んで、眼尻《めじり》に皺《しわ》を寄せ、

「あなたも、だいぶん潜水艦づいてきましたね」

という。眼尻は笑っているが、瞳《ひとみ》が鋭かった。

「いや、そんなことはありませんよ。そう見えましょうか?」

「そういう感じです」

「ぼくなんかには、なんにもわかりませんよ」

それにしても、友永がいま見せた一瞬の怕《こわ》いような表情は、日ごろへらへらと笑っている彼が、ちょっぴり見せた本性の感じだった。

ドアが開いて、受付の織田の顔がのぞいた。

「片山さん、橋山さんが呼んでますよ」

橋山に呼ばれるのも久しぶりだった。

その橋山は、自分の机で懸命に何かを書いている。片山がドアを閉めると同時に、彼は書きものの上に蓋《ふた》をするようにほかの紙を置いた。相変らず赧《あか》ら顔だが、前に見たときよりも陽に焼けている。大阪あたりを飛び歩いたせいかもしれない。眼鏡の眼をぎょろりと動かして、片山にそこに坐れと言った。

「出張だったそうですね。お疲れでした」

片山が挨拶すると、橋山は案外、おもしろくもないといった顔でいた。

「君、今夜赤坂に使いに行ってくれないか」

「はあ、どこですか」

「赤坂の一《ひと》ツ木《ぎ》通りというのを知ってるだろう。青山寄りからはいって、最初の角を曲ったところに、〝カッパ〟というお握り屋さんがある。そこに八時ごろ行けば、ある料理屋の女中さんか、下足番《げそくばん》のおじさんかが来ることになっている。君はその人から手紙を貰《もら》ってくれればいい」

「先方は、ぼくだということがわかるでしょうか？」

「目じるしに、週刊誌を二冊重ねて傍に置くのだ。先方は黙って渡してくれるはずだから、君は何も話さなくていいんだ」

「わかりました。貰った手紙は、どこへ届けたらいいでしょうか？」

「新宿二丁目に〝竜野《たつの》〟という料理屋がある。ぼくはそこに行ってるからね。そちらに持って来てくれたまえ」

「新宿二丁目ですね？」

片山が念を押したのは、この辺は旧赤線区域で、名前を知っているからだ。妙なところに行くと思ったが、橋山の顔が不機嫌そうなので、余計なことを言わないことにした。

橋山に呼ばれたとき、片山は、例のパンフレットのことに関連して、大阪に行った橋山をいろいろと探ってみたかったのだが、それも中止した。

ただ、これだけは言った。

「『情勢通信』の特報を拝見しました。たいへんな反響を呼んでいるようですね」

お世辞とも、探《さぐ》りともつかない言い方をしたが、橋山は、うむ、とうなずいただけで、

それには返辞をせずに、

「とにかく、それだけを頼むよ」

と、余計な口出しをするなといわぬばかりに突っ放した。

しかし、これは、橋山の真からの不機嫌さからではなく、興奮しているせいだとわかった。彼の神経が昂《たかぶ》っているのは、もちろん、特殊潜水艦問題からであろう。

片山は自分の席に帰ったが、友永の姿は、もうなかった。


片山は、七時半ごろに赤坂の〝カッパ〟に行った。小さな陳列窓には、お握りや、お茶漬《ちゃづけ》の見本が出ている。

狭い店だが、客はわりとはいっていた。彼はカウンターの隅に坐って、卓の上に週刊誌を二冊重ねて置いた。はいって来た人間が、すぐに眼につくようにしたのだ。

この近くは大きな料亭が並んでいる。片山がここに来るときも、すでに、道の両側の粋《いき》な塀沿《へいぞ》いに、高級車が列をなして並んでいた。彼に封筒を届けに来るのは、どこの料亭だろうか。中身は何がはいっているのか。

橋山が片山にその用事を頼んだのは、自分が新宿でだれかと会うため、受け取りにくる時間がないからであろう。すると、手紙はかなり急ぐものらしい。こんな走り使いみたいな役目だが、片山はべつに腹も立たなかった。案外、こんなところから調査の手がかりが得られるかもしれない。

片山はわざと夕食を延ばして来たので、鮭《さけ》の茶漬がひどくおいしかった。それでも、ときどき、腕時計をのぞいた。そろそろ八時だった。新しくはいってくる客に思わず眼が走ったが、これはあまり振り向かないで知らぬ顔をしたほうがいいのだろう。

お新香を噛《か》んでいると、すうっと彼の傍に寄って来た者がいる。見ると、半纏《はんてん》を着た五十ばかりの男だった。

「橋山さんから見えたお方ですね?」

相手は腰をかがめて片山の耳もとに囁《ささや》いた。ひどく人馴《ひとな》れをしたような慇懃《いんぎん》さは、いかにも料亭の下足番といった人種だ。

「そうです」

片山は思わず自分の横に置いた週刊誌二冊に眼を走らせてから相手の顔を見た。

「では、これをお願いします」

男は茶色の封筒を台の下に隠れるように出した。

「どうも」

受け取ったが、中身は紙片が一枚しかはいってないくらいにうすい。片山はそれを二つに折ってポケットに入れた。

「たしかに」

片山がうなずくと、

「では、よろしく」

と言って、男は影のように彼から離れたが、その法被《はっぴ》の背中には大きく円《まる》に揚羽蝶《あげはちょう》の紋が付いていた。あとになって、その顔の印象がはっきりしたが、半白の五分刈頭で、でっぷりと肥え、眼の縁《ふち》に皺が多かった。

片山は封筒の中身を読みたかったが、これは厳重に封がしてある。表に「橋山様」とあるが、裏は何も書いてなかった。

「ちょっと、おかみさん」

片山は、赤出汁《あかだし》を小鍋《こなべ》で作っている三十格好の女に言った。

「今のおじさんは、どこの人ですか?」

「はあ?」

おかみさんは変な顔をした。手紙を届けた人間を、貰った本人が知らないのだ。

「あの人は、〃藤川《ふじかわ》〃さんの男衆ですよ」

〃藤川〃というのは、この赤坂でどの程度の料亭だろうか。

「そこは大きいんですか」

「おや、ご存じないんですか?」

「いや、ぼくはあんまりこういうところに縁がないのでね。ただ人から頼まれてモノを預かったのだが、実はよく知らないんですよ」

「〝藤川〟さんなら、そうですね……それほど大きくはないけれど、近ごろ、流行《はや》ってるおうちですよ」

「ほほう、大きくない店でも流行ってるというと、赤坂村も近ごろは忙しいんですね？」

「いいえ、みなさんがそれほど忙しいというわけではないんです。〝藤川〟さんは別ですよ」

「よっぽどいいお客筋がついているんですな。いったい、そりゃどんな会社が使っているのですか？」

「さあ」

おかみさんはさすがにあとの言葉を濁した。赤出汁の湯気がおかみさんの表情を余計にぼかした。

片山は、時機をみて勘定をすませた。

表へ出たが、すぐにはタクシーがこない。やはり電車道まで出ないと車が拾えぬらしい。彼は歩いてその方角へ向ったが、途中の道が四つ辻《つじ》になっていて、左右の通りが料亭街だ。

ふと見ると、〝藤川〟の看板が角から二軒目ぐらいのところにあるのが見えた。塀の長さが短いので、さして大きな店とは思われないが、植込みの樹《き》が黒々と塀の上に伸びている。

そこにも高級車が両隣の料理屋に続いてならんでいた。片山は〝藤川〟の前まで歩いて、駐車している車のナンバープレートを読んだが、この前、東洞邸の前で見た車の番号は見当らなかった。

36

〝竜野〟という料理屋は、新宿二丁目でも、元の赤線区域とは道一つ隔てた反対側だった。意外に大きな料理屋で、角地だから長い塀を両方に回している。

玄関までの砂利道を歩いてゆくと、下足番の老人が低い腰掛から起《た》ち上がった。

片山が、橋山を呼んでくれ、と言うと、老人は奥へむかって女中を呼んだ。

待っている間、玄関の構えや、横手の庭を眺《なが》めた。こういう料亭にくるのだったら、橋山も相当金を使うと思った。もちろん、その金は柿坂が出しているのだろうが。

玄関には別の女中が急ぎ足で現われた。

「橋山さんは、ここをお発《た》ちになりました」

「もう、出たのですか？」

「はい、けど、あなたさまにお言《こと》づけを聞いております」

女中は折りたたんだ紙を片山に出した。開いて見ると、

「新宿の〝キャバレー・パイロット〟に来てください　橋」

と鉛筆で走り書きがしてある。橋山の手跡だった。それに行く先の簡単な略図が書いてある。

「いつ、ここを出たんですか？」

と片山は女中に訊《き》いた。

「はい、三十分ぐらい前でございます」

時間を見ると、橋山と約束した時間にあまり遅れていない。橋山の用事が先にすんだのであろう。

「次の場所には、お客さんといっしょに行ったのですか？」

「左様でございます」

「お客さんは、幾人でしたか？」

「おひとりさまでした」

「ぼくはよくわからないのですが、お客さまはどういう方でしたか？」

「さあ」

女中は、あいまいな表情をした。

片山を用心して客の名前を言わないのか、それとも、本当に知っていないのか、ちょっと、その表情では区別がつかなかった。

「橋山さんは、ここによく来ますか?」

「ええ、ときたまですけれど」

この答えもあまり当てにはならない。毎晩来ていても、水商売屋ではそう返辞するのがエチケットになっている。

片山は、ここであまりくどく問うと、あとで橋山に告げ口されると思ったのでやめた。

片山は門の外に出た。電車通りに出てから、地図の書いてある場所まで、歩いて、十二、三分ぐらいだった。そこは、バーや呑《の》み屋が軒を並べた賑《にぎ》やかな区域だ。

〝キャバレー・パイロット〟は、小さなビルの横から地下室に降りてゆく。赤い絨毯《じゅうたん》を敷いた階段を二つ曲って降りると、突き当りには、蝶《ちょう》ネクタイの若い男が長身を立たせている。

橋山さんは来ていないか、と言うと、その男は入口を塞《ふさ》いでいる黒いカーテンを押し開いて奥へはいった。

待っている間にも、階段を降りて客が来たり、内からカクテルドレスの女給がうろうろと現われたりする。

「お待たせしました。どうぞ、こちらへ」

その男に伴《つ》れられて、黒いカーテンの中にはいると、一どきに淡い灯に浮ぶ客と女の群れが眼にはいった。

ボーイは、しかし、片山を客席に案内するのではなく、隅のカウンターへ伴れて行った。

「ここで、少々、お待ちくださいと言うことです」

片山は、スタンドに腰をおろした。

テーブルを並べたホールは、片山のすぐうしろで、ふり返っても人間がいやにごちゃごちゃしているだけで、橋山がどこにいるかわからなかった。明るいのは、すぐ前の酒《さか》瓶《びん》の置いてある棚だけである。

バーテンが注文を訊いたので、勝手にスコッチの水割を頼んだ。

橋山がどんな男と来ているのか、様子を見たかったが、たびたび振り向くこともできないので、我慢してウイスキーをうすめた水割を啜《すす》っていた。

うしろには、絶えずピアノとギターとが鳴っていた。暗いところで、女を抱いた客が幾組も縺《もつ》れ合って踊っている。

片山は、ポケットの上から例の封筒を押えた。内容を見たい誘惑は相変らずだったが、こればかりは封を破ることはできない。

それにしても、橋山が新宿のような目立たない場所に招待した客は、いったい、だれだろうか。


「やあ、待たせたね」

橋山が片山の背後を回って横に来た。酒の匂《にお》いがしていた。赧黒《あかぐろ》い顔と大きな眼が眼鏡ごしに光っていた。

「持ってきたかい」

橋山が低声《こごえ》できいた。

「はあ」

片山がポケットから薄い茶色の封筒を出すと、橋山はカウンターの下でそれを受け取り、そのまま内ポケットに捻《ね》じ込んだ。

「ありがとう」

「いいえ。では、帰っていいでしょうか？」

片山は用事がすんだと思ったので、腰を上げようとした。

「まあ、そいつを呑み乾《ほ》してから、帰りたまえ」

橋山は、片山の前にあるグラスを顎《あご》でしゃくった。

「はあ」

片山がスタンドに尻《しり》を坐《すわ》り直すと、橋山もバーテンにオン・ザ・ロックを命じた。

橋山が落ちついているところをみると、客はもう帰ったのだろうか。

「お客さまは、まだいらっしゃるんですか？」

片山が試しに訊くと、

「いや、帰ったよ」

と橋山は顎をあげて答えた。

客は、いつの間にここを出たのか。わかっていれば、気をつけてそのほうを見てやるところだった。

橋山は自身が受け取るべき封筒を片山に赤坂まで使いにやらせたくらいだ。客としても、かなり重要な人間だったことは想像できる。

「橋山さん」

片山は思い切って言った。

「ぼくをもう少し使っていただけませんか？」

橋山は厚い唇《くちびる》からグラスを放した。

「どういう意味だね」

「いや、実は、毎日あの調査部でぶらぶらしているのがもったいないのです。それは、友永さんも、石黒さんも、ぼくより先輩だし年齢も多いんですが、ぼくは若いからもっと働きたいのです」

「退屈かね？」

「多少、身体《からだ》を持てあましています。……ぼくがこんなことを言うのは、昨日、研究所から出たパンフレットに刺激されたからです。あれを拝見して、とても興奮したんです。ああいう取材をぼくにやらせていただけませんか。むろん、何にもわかりませんが、命令どおりにどこにでも行きます。そういう活動がやりたくて仕方ないんです」

「そうかね」

橋山はまたグラスを唇の間に挟《はさ》んだが、

「まあ、考えておく」

と煮えきらない返辞をした。

「ぜひお願いします。何だか、そういう仕事を見せられると生甲斐《いきがい》を感じます。どんなお使いでも、張り切ってやりますよ」

橋山の眼にうす嗤《わら》いが出た。

「それにつけても、かねてからお伺いしようと思っていたんですが、いつぞやホテルのパーティで、顔を見憶《みおぼ》えておけと言われたあの人のことは、そのままになっていますね？」

「ああ」

橋山の横顔は冷静だった。

「ぼくは、あの人相を今でも頭の中に刻み込んでいます。で、実を言うと、その直後に何か命令が出るかと待っていたんです」

「それは、君」

橋山がウイスキーの代りに、コップの水を口に流した。

「こっちにも考えがあるからね。必ずしもそれを続けてもらうとは限らない」

「それならいいのですが、ぼくは自分がお役に立たない人間かと思って悲観してました。ですから一度でも使ってほしいんです」

「まあ、考えておくよ」

片山の不満そうな顔に気づいたのか、橋山は眼鏡に酒瓶棚の灯を揺れさせて眼を動かした。

「君。君が顔を見憶えたあの紳士は、いったい、どんな人物だと思うかい?」

「職業ですか?」

「職業でも、身分でもいい」

「そうですね」

片山は、ここで〝役人〟と判断したことを言おうと思ったが、その答えを呑み込んだ。それに近い職業を捜したが、あんまりかけ離れた職種でも橋山に見くびられる。

「そうですな、あの人は学者という感じですね」

片山はそう答えた。

「学者？　うむ」

橋山はかすかに顔を上下させた。

「学者といっても、いろいろ分れているが、どういう方面の学者だと思う？」

「ぼくの感じでは、理工系統ですね。たとえば、工学博士といった肩書を持ってるような方だと思います」

「うむ」

橋山は口の中で唸《うな》っただけだが、片山は十分に反応があったと思った。あの男は役人でも、技術畑だと片山は考えている。

「どうでしょう、当っていますか？」

片山は、ちょっと心配そうな顔付をした。橋山は黙ってバーテンにグラスを見せ、お代りという合図をした。

「まあ、そんなところだろうね」

橋山は唇をニヤリとさせて答えた。まんざらでもないという顔だった。

「当りましたか」

片山は、わざと喜んでみせた。

「紛《まぐ》れ当りかもわかりませんが、ぼくは自分のカンには自信があるほうです。ですから、橋山さん、ぜひ、何かに使ってください」

「うむ」

橋山は新しいグラスを口に運んでいたが、

「君は独身だったね?」

「はあ。それは何度も申し上げましたが」

「うむ、将来、結婚しようと思ってる女性もいないのかい?」

「そんな者はいませんよ」

「そうか。係累《けいるい》がないというのは、いいな」

「何でしょうか?」

「ぼくらのような仕事は、調査の段階では危険な場合もあるからね」

「どんな危険でもかまいません。いや、そういうことが好きなほうですからね。遠慮なしに使ってほしいのです」

片山は熱心に言った。

「まあ、考えとくよ。ぼくの一存ではいかないからね。やはりおやじと相談しなければ決められない」

「所長に、ぜひぼくの気持を伝えておいてください」

「ああ、言っておく……まあ、君、そう焦《あせ》ることはないよ。君のほうで言わなくても、必要があれば、君が嫌《いや》でもやってもらうこともあるからね」

橋山は、それでキリをつけたというように椅子《いす》から腰を上げた。

彼は、この店では顔らしく、そのまま出口へ歩いた。客席にいた女の子が、三、四人、橋山の帰り姿を見て、急いで見送りに近づいてきた。

「お帰りですか?」

女たちは橋山の肩に手を当てた。

「また来る」

「お近いうちに、どうぞ」

片山は橋山のあとから従った。

「はい、お荷物」

女給の一人が、手に抱《かか》えた四角い函《はこ》のようなものを橋山に差し出した。

「何だ?」

「いまのお客さまが、自分のところでできたものですからお土産《みやげ》に差し上げてくださいと言って置いていかれました」

「ああ、そうか」

橋山が受け取ろうとするのを、片山がうしろから手を出した。

「ぼくが持ちます」

女から受け取った荷物は、意外にずしりと重かった。上には包装紙がかけてある。青《せい》海波《がいは》を図案的に散らした、ちょっと見馴《みな》れない包装紙だ。

橋山は女たちに見送られて階段を上がっていく。片山は手に抱えた荷物を持ち変えるような格好をして、包装紙に印刷された店の名前を読んだ。

〝旭光《きょっこう》食品工業株式会社〟というのが、暗い光線で読めた。住所がその下に小さな字で書かれてあったが、これは明るい光線でないとわからない。

出口から歩道に出たとき、橋山がふいと片山を振り返った。

「ああ、それ、ぼくが持つよ」

「はあ」

片山は包みの函を渡した。住所を読む暇がなかった。もっとも、すぐ前には橋山の自動車《くるま》が着いている。

「じゃ、失敬」

橋山は運転手に包みを渡すと、さっさと車の中にはいった。片山に一緒に乗れとも言わない。

車はそのまま街の灯に光りながら走り去った。片山はとり残されたように一人で歩いている。

橋山が会った客は、どうやら、食品会社の男らしい。いまの土産物は、自分のところでできた製品らしいのだ。

旭光食品などという名前は聞いたこともないから、どうせ、小さな会社に違いない。橋山と食品屋とどういう関係があるのか。

この忙しいときに、橋山がつまらない用事で人に会うはずはないのだ。ことに、約束の封筒を片山に代りに取りに行かせたくらい大事な客だったのだから、この妙なとり合せは気にかかった。

それにしても、あの封筒の中身は何だろうか。それから片山が仕事をさせてくれとねだったとき、橋山からまた独身のことを確かめられた。前にも、それは柿坂から念を押されていたのだ。今、わかったが、それがどうやら「危険な調査」に関連するらしい。してみると、彼らは最初片山に何かをさせる意志があったようだ。それが、そのままになったのは、片山が不適格だと思ったのか、それとも、片山が陰でこそこそと調べているのが、彼らにわかったためだろうか。

しかし、あの様子だと、橋山は片山が独自で調べていることをまだ気がついていないようだ。もし、それがわかっていれば、橋山の言葉のはしに何かそれらしい言葉が洩《も》れるはずだが、それはなかったのだ。給料が安いといっても、第一、気に入らなかったら片山をクビにするはずだ——。

片山は新宿の商店街に足を入れていたが、ふと、傍《かたわ》らに大きな食料品の店があるのに気づくと、向きを変えてその店の中にはいった。店員が表戸を閉めかけていた。

37

「今晩は」

片山幸一が店の中にはいっていくと、表戸を閉めかけた店員が、戸をそのままにして近づいて来た。

店の正面の棚には、罐詰《かんづめ》類がぎっしり詰って天井まで届いている。レッテルの色が電燈にけばけばしく光っていた。

「何を差し上げましょうか?」

店員が頭を下げて訊《き》いた。

「こちらに旭光食品の製品がありますか?」

「旭光食品?」

店員は首をかしげた。

「品物は、どういうものでしょうか?」

「罐詰みたいなものだがね。なんでも、旭光食品の品は、たいへんおいしいというので、買いに来たんですがね」

店員が不思議そうな眼付きをしたが、やはり商売なので、ほかのところで片付けものをしている同僚のところに訊きに行った。

二人はこそこそ話していたが、少し年配の店員が片山の前に来た。

「いらっしゃい……どこでお聞きになったか知りませんが、旭光食品というのは、大したメーカーじゃありませんよ。うちでも少しばかり入れていますがね。ただ、安いから多少売れてるだけです。品物本位でしたら、あまりおすすめできませんが」

「そうですか。何でもいいです。その一つをくれませんか」

店員は変な顔をした。

「中身は何がいいのですか？　貝柱の罐詰と、海苔《のり》の佃煮《つくだに》の壜詰《びんづめ》とがありますが」

「海苔？」

片山は胸がどきんとなった。

「その海苔をください。一つで結構です」

彼は店員が棚からおろした小さな黒い壜詰を手に取った。レッテルには、海岸の風景が下手《へた》な図案で描かれ、その隅に、たしかに小さな文字で「旭光食品株式会社」とついている。

片山幸一は、それを手に持って表に出た。値段はたしかに安かった。

片山は、まだ人通りの多い新宿の街を駅に向って歩きながら胸が弾《はず》んでいた。海苔と聞いたときにぴんと頭に来たものがある。先ほどレッテルを読んだのだが、旭光食品株式会社の場所は「東京・浅草《あさくさ》」となっている。

本橋秀次郎の死体が漂流していたのは大森海岸沖だ。西岡豊次郎の死体は千葉県袖《そで》ヶ浦《うら》海岸沖だ。この二つの地点は、片山が前にも考えたように、東京湾を東西に斜線に結んだかたちになる。「海苔」は、千葉県側も、大森海岸側も、さかんに養殖されている。

しかも、千葉県の木更津は、本橋秀次郎には因縁の深い土地だ。

二つの殺人事件と海苔の養殖地。さらに海苔の壜詰業者と橋山義助。

橋山義助が今夜会っていた男は、キャバレーの女の言葉でもわかるとおり、旭光食品の人物らしいが、橋山がどのような目的で海苔の二流加工業者と会っていたのか。しかも、その会談は、片山を自分の代りとして赤坂に使いにやらせたほど橋山には重要な内容をもっているらしいのだ。

海苔、海苔――片山は電車に乗って自分の下宿に帰るまで、そればかりを考えていた。

旭光食品は東京の浅草となっているが、むろん、そこは会社の所在地だけで、工場は別なところにあるに違いない。浅草海苔の名前が地方に行きわたっているので、レッテルにその地名を刷り込んだというだけであろう。片山は、その工場は千葉県のどこかにあるような気がしてならなかった。

彼はかつて木更津に行ったとき、そこでも二、三の海苔の加工工場があったのを憶《おぼ》えている。もちろん、どれもバラック建の貧弱な「工場」だった。

翌《あく》る日、片山は、電話帳を繰って旭光食品の住所を探り当てた。「台東区《たいとうく》浅草馬道《うまみち》」となっている。

片山は、さっそく、そこへ電話をした。

「こちらは、××デパートの地階の仕入部主任ですがね」

高名なデパートの名前を言うと、電話に出た男は、まるで神さまの声でも聞いたような恐縮した調子になった。

「あなたのところの品物をうちに取ってみたいのですが、よろしいですか？」

「はいはい、そりゃ、もう……願ってもないことで、どうぞ、お願いいたします。さっそく、手前のほうからお伺いさせていただきましょうか？」

「それは結構ですが、その前に、あなたのほうの工場はどこにあるのですか？　こちらとしては、そういう条件もくわしく聞いておきたいんです」

片山は多少横柄《おうへい》な声になった。デパートの仕入部となると、仕入先に対しては絶大な権威をもっている。

「ごもっともでございます。それも、お伺いしてくわしく……」

「いや、いま、電話で聞いてもいいんですよ。どこですか？」

「はい……実は、浦賀《うらが》に海苔の佃煮の加工工場を持っておりまして」

「浦賀？　神奈川県の浦賀ですね？」

「はい、さようでございます」

「原料の海苔は、あなたのほうの養殖ですか？」

「はい、そうです」

「浦賀の辺にも、海苔畑があるんですね？」

「はい……そういうことも、お伺いしてくわしく申し上げたいと思います。あの、主任さんは、お名前は何とおっしゃいますでしょうか？」

片山幸一は電話を切ると、出勤の支度にかかった。

旭光食品では、あの電話であわてふためいて、××デパートの仕入部に急行するに違いない。罪な電話だったが仕方がなかった。ときには、こういう手段で事情を探るよりほかないのだ。

東京湾を中心にして、東側の千葉県と、西側の東京都大森付近の海岸に海苔の養殖畑があるが、浦賀も東京湾の入口だから、それがあってもふしぎではない。

片山幸一は急に忙しくなった。調べたいことが山積した状態だ。これは手際《てぎわ》よくしなければ、手も足も出なくなることになりかねない。

出社してみると、今日は自分が早かったせいか、石黒も友永も来ていない。片山は、調査部の棚に突っ込んである参考書を取り出した。経済研究所と銘打っているが、備え付けの本は大したことはなかった。それでも、東京湾の海苔については多少触れている書物があった。

「東京湾の海苔養殖は現在では千葉、東京、神奈川の一都二県で、約二万七千の漁民がその養殖と製造に従っている。東京都だけでも約三千八百の養殖業者がいるが、そのうち五七パーセントは海苔養殖の専業者である。

かつて養殖の中心であった佃《つくだ》、深川《ふかがわ》、品川《しながわ》方面は、工場などが密集したためしだいに衰えて、今では大森と葛西村《かさいむら》に業者の大部分が集中している。東京湾岸の海苔生産は年間約六億枚。このうち約四億二千万枚は、浦安《うらやす》から富津《ふっつ》にわたる約七十キロメートルの千葉県側の浅海で養殖されている。県内で海苔の養殖に従う家は約一万一千四百戸で、日本一の生産地であるばかりでなく、西岸の東京都、神奈川県の養殖業者も篊《ひび》を持って種つけにくる。

神奈川県側では、海苔の養殖は年産約十万枚であるが、近年、海岸の埋立てで利用海岸が減ったり、工場からの汚水のために影響を受けたりして、しだいにさびれつつある。今ではわずかに金沢八景《かなざわはっけい》付近から逗子《ずし》方面の海岸に残っているにすぎない」

片山幸一がここまで読んだとき、ぎいとドアが開いて顔を出した者がいる。部屋をのぞいているのは警備員の織田だった。

「やあ、おはよう」

片山幸一は本を閉じて言った。

「早いですな」

織田はドアを半開きにしたまま、光沢《つや》のない顔で挨拶《あいさつ》した。

「今日は、みなさん、遅いようですよ」

「ほう。何かあったのですか」

「この間みたいに、二階の編集部では、半分徹夜だったらしいんです」

片山はどきんとした。さては、「情勢通信」が一昨日の続報を出したのだろうか。この前のそれには、その予告がしてあった。

それにしても、いったい、何を刷ったのだろうか。

すると織田が顔を引っ込めた途端、今度はドアが勢いよく開いて、友永が颯爽《さっそう》とした足どりではいって来た。

「おはよう」

友永は、いつも自分のほうから声をかけた。

「片山さん、臨時特報ですよ、臨時特報」

彼は片山の横に長い脚を投げ出して坐《すわ》って、二つに折ったものを片山に出した。

「ガリ版ですがね。まあ、読んでごらんなさい」

「はあ」

片山は、さっそく、それをひろげた。それにしても、友永は、この前もそうだったが、こういうものを手に入れるのがすばしこい。

「われわれは、さきに国防庁が建造を計画している特殊潜水艦について、コンノート式によるか、カッターズ式によるかの問題で、いずれに利点があるかを報告しておきました。

政府ならびに国防当局は、最初からコンノート式に内定していたようです。このことに多少の疑点を抱《いだ》いていたのですが、今回、わが調査機関は、しきりと赤坂村を背景にして政府役人と業者との会合が行われている事実を突き止めました。なお、この間に、前号で報告したように、ある工学博士の肩書をもつ人物が介在しています。われわれは、その名前その他を今ここに発表する段階に至ってはいないが、資料としてはいつでも公表できる程度に収集しています」

文章はつづいている。

「ここ一年、国防庁役人と、角丸重工業の幹部たちの会合がしばしば持たれているが、その場所を確実な情報によって左に列記してみます。

ナイトクラブ〝レッドスカイ〟。料亭〝文菊〟。キャバレー〝サンセット〟。料亭〝杉ノ家〟。同〝藤川〟。同〝梅岡〟。ナイトクラブ〝ハバナ〟。ここに集まってきた人びとの名前も、日付もわかっておりますが、われわれは、しばらく情勢を見まもるために発表をさし控えたいと思います。なお、これらの会合に、例の工学博士が必ず顔を見せていたことを特記しておきます。

われわれは、詳細な情報資料を持っているが、これは為《ため》にするがゆえに調査したのではありません。一国民として、今回の特殊潜水艦建造計画の裏に、これらの役人が業者幹部としばしば会合を持っていることに深い疑惑を感じているだけです。具体的な詳細な報告は、いずれ他の資料と共に近く発表する予定です」

片山が読み終ったとき、友永はつっ立ってにこにこしながら彼を見おろしている。

「大分、おもしろくなってきましたね」

と友永は他人事《ひとごと》のように言った。

「そうですな」

片山は、昨夜、自分が使いに行った理由に初めて思い当った。赤坂のお握り屋で貰《もら》った料亭〝藤川〟からの封筒の中身は、この情報だったのだ。下足番みたいなおじさんがそれを持って来たことでもわかるように、この資料というのは、柿坂や橋山が、料亭のお座敷女中や、下足番の男衆、さらに芸者なども買収して聞き込んだものに違いない。この伝でゆくと、ナイトクラブやキャバレーの女たちからも、同様手段で聞き込みを行なっているのであろう。

この「特報」は一昨日のパンフレットから多くを出ていない。ガリ版であるところから考えて、一部の人間の眼に触れればよいのだ。要するに、威嚇《いかく》の駄目押しである。昨夜も関係者の会合があったのを、知っているというわけだ。

この中で某工学博士というのは、言うまでもなく東洞直義のことだ。彼が国防庁との会合の席に出ているのは片山にもうなずける。彼自身東洞邸の前で、当人が国防庁の高級車に乗せられて、いずれかに走り去ったのを目撃している。

それにしても、柿坂の実際の狙《ねら》いは何だろうか。彼の主旨は、どうやらコンノート式を国防計画の中から蹴落《けおと》し、カッターズ式を支持しているように見える。これを日本側の業者でいえば、コンノート式につながる角丸重工業を追い落すことをもくろんでいるようでもある。その一方、しきりと東洞直義を攻撃の目標にしているのは、今度の計画のよほどの実力者だと評価しているためだろうか。

「ちょっと出て来ます」

友永はたちまち忙しそうにドアの外に消えた。いつもだったら、この特報を中心におもしろそうに話すところだが、あわてて外出したところをみると、彼もよほどの用件があるらしい。そういえば、石黒も出てこない。

なんとなく社内が静まりかえっていた。昨夜は、この特報を発行するので、二階の編集部が大騒ぎをしたということだが、そのためのひと休みかもしれない。

片山幸一は柿坂経済研究所を飛び出した。こんなところに一人で留守番の格好で残っていてもつまらない。時間の損である。

彼は東京駅から横須賀線《よこすかせん》に乗った。

急に忙しくなってきた。考えなければならないことが肩にいっぱい蔽《おお》いかかった感じだ。

「情勢通信」の特報のことは、まだもう少し見きわめないとよくわからない。確かに、あれは関係者に衝撃を与えているに違いないのだが、その現われがどんなかたちで出てくるかだ。おそらく、柿坂や橋山もその反響を待っているのであろう。このことは、片山からすれば、柿坂や橋山の動きで逆に関係筋の反応が測定されるというものだ。ちょうど、深海で海底を測定する場合、音響のこだまによって試すのと同じだ。

ともかく、この間に、浦賀にある旭光食品の工場を見ておこう。時間はできるだけ有効に利用しなければならない。

東京駅から浦賀までは、途中乗換えがあったりして、ほぼ二時間ばかりかかる。この間に、片山幸一はいろいろなことを考えた。

自分がのこのこと浦賀まで行くのは、あるいはとんでもない線を追っているような気もした。結局、「海苔」に気を惹《ひ》かれているからである。案外、この事件とは無関係かもしれない。だが、海苔と東京湾、東京湾と二つの怪死体、このつながりに眼を塞《ふさ》ぐわけにはいかない。

浦賀の町に降りた。現在では、ペルリが上陸したといわれるこの町も、ドックなどの工業地帯になっているが、それでも漁村は追い詰められた格好で残っている。

片山が旭光食品の工場を訊くと、これがなかなかわからなかった。しかし、ようやく、一人の漁夫がその場所を教えてくれた。

「そりゃ走水《はしりみず》というところずら。たしか、そんな名前の建物を見たことがありますよ」

走水は三浦半島の突端である。片山幸一はバスを待ってそこへ向った。

路《みち》は狭い。片山はバスを途中で降りて、教えられた路を歩いたが、穏やかな海はまるで瀬戸内海にある水道のようだ。ここは、東京湾が一番狭《せば》まっているところで、房州《ぼうしゅう》の山がまるで川向うのように近い。

38

走水というところは、横須賀からバスで一時間ぐらいで、漁村とも町ともつかぬような家並みが過ぎて、山の迫った海岸になっている。三浦半島の東京湾に面した突端で、この岬《みさき》を回ると、油壺《あぶらつぼ》や城《じょう》ヶ島《しま》の海岸になる。東京湾の円い輪を手元へ絞ったかたちの箇所に当り、浦賀水道という名がついている。

片山幸一は、その海岸沿いにようやくバラック造りの「工場」を見つけた。板塀には、たしかに「旭光食品加工場」としてある。ちょっと見ると、魚市場の建物みたいな感じだった。

真向いに房州の山々が連なっていて、左側がうすくなっているのは、湾がそれだけ拡《ひろ》がっているからである。正面の山に煙突とも見紛《みまが》うようなものが立っていたが、これが近ごろ完成された観音像《かんのんぞう》だった。一段と高い山が黒い雲に頂上を隠しているが、たぶん鋸山《のこぎりやま》であろう。

海面に真白に塗ったランチが走っている。貨物船が房州側寄りに動いていた。いったい、海苔《のり》畑はどこにあるのだろうか。片山幸一は、千葉県で見た、あの海面いっぱいに林のように拡がった篊《ひび》の群れが眼に残っている。まさかあれほどではないにしても、それらしいものを捜したが、あたりには見当らなかった。してみると、ここに運ばれてくる海苔の原料は、少し離れた養殖場で作られるのであろう。

「工場」からは、この建物には少し大きすぎる感じの煙突が一本立っていたが、煙は出ていなかった。

片山は、建物の中に事務所らしい入口があったので、その前に進んだ。汚《きた》ない机を四、五脚並べて、事務員風の色の黒い男たちが帳簿を前にして事務を執っていた。

「ちょっと、お伺いしますが」

ドアの前に立って片山が言うと、十八、九ぐらいの女の子が椅子《いす》から起《た》って来た。

「ぼくは、東京の六本木《ろっぽんぎ》で食料品店をやってる者ですが、お宅の品を少し取りたいと思っています。ここへ申し込んだらいいのでしょうか?」

女の子がお辞儀をして、一番奥にいる責任者らしい男のところに、用向きを伝えた。もっとも、その子が言う前に、片山の声は相手の耳に届いている。ちょっと肥えた、四十年配の色黒の男がワイシャツの袖《そで》から黒いカバーをはずしながら片山の前に来た。

「毎度ありがとうございます」

彼は商売人らしく頭を下げた。

「六本木は、どちらでしょうか?」

「電車通りで、ちょっとした商売をしていますがね。いま、こちらを通りかかって、ここで工場を見たものですから、少しお取り引きしたいと考えたわけです」

「ありがとうございます。それでしたら、手前のほうの事務所が浅草の馬道にございますから、そちらにお申し付けを願います。ここは、ご覧のように工場ですから、直接にそういうことができないのでございます。なんでしたら、お名刺でもいただけたら、わたしのほうから、浅草のほうに言ってやりますが……」

「あいにくと名刺を持っていません。わたしは、六本木から霞町《かすみちょう》のほうにおりるところの、桜屋という食料品店ですから、すぐわかります」

片山は出まかせの口実を言って、

「この辺に海苔の佃煮工場があるとは知りませんでした。お宅は、いったい、どこに海苔の養殖場を持っていらっしゃるんですか?」

「ほうぼうにございますが、なにしろ、向うの千葉県側と違って……」

と、その主任の男は眼を対岸に向けた。

「こちらは貧弱でございましてね。昔は相当ございましたが、工場やドックなどがふえたりして、だんだん狭められました。いま持っているのは、逗子の沖と、油壺のほうでございますが。どうしてもそこでは足りないものですから、千葉県側からも仕入れております」

「やはり仲介人がいて、いちいち、それに集荷させて、ここに持ってこさせるんですか」

片山幸一は、前に行った千葉県の知識をここで応用した。こう言うと、ひとかどの商売人らしく見える。

「さようでございますね。なんといっても、この辺は海苔畑が少のうございますから、千葉県のように大きな仲買人はございません。それに、わたしのほうは直接海苔の養殖業者から契約していますので、その分だけコストが安く仕入れられるようになっています。まあ、詳しいことは、馬道の事務所のほうにいらしてくださって、お訊《き》き願いとうございます」

もう、このくらいでいい、と片山幸一は思った。あまり長居すると、化けの皮が剝《は》げそうだった。

主任は片山を戸口まで見送ってくれた。

片山幸一はそこを出て、海岸沿いにしばらく歩いた。海の匂《にお》いを嗅《か》ぐのも久しぶりだった。

沖には天草《てんぐさ》を採る小舟が停っていた。先ほどは見なかったが、これは一つの岬を回ったので、はじめて眼に触れたのだった。街道には自家用車やバスが通る。さすがにこの先は用事がないとみえて、トラックの影はなかった。このまま真直《まっす》ぐ進めば観音崎の燈台となっているだけで、三浦岬《みうらみさき》のほうは別な方角から道がついている。

片山は岩の上に腰をおろして、飽かずにこの景色を愉《たの》しんだ。見れば見るほど、千葉県の山が近い。まるで、眼前の海が湾というよりも大きな河というにふさわしかった。先ほどまで厚くおりていた雲が晴れて、鋸山の頂が見えてきた。

彼は、ここからはうすくしか見えない山の連なりを望んだ。たぶん、その辺が富津岬だろう、と見当をつけた。もとより、木更津がどの辺に当るかはわからない。

こちら側の正面に突き出ているのは、横浜あたりの岬であろう。大森は見えなかった。片山幸一が木更津と大森の位置を眼で見当つけているのは、西岡豊次郎と本橋秀次郎の死体の浮んだ場所を心で凝視しているからである。

目前の舟が少しずつ位置を移動した。

眼で見ていると、多少、流れがあるように見える。

海流——。

片山幸一はこれを見て、突然、頭に閃《ひらめ》きを感じた。今までは、海流ということを全然意識していなかった。しかし、大森沖で浮んだ本橋秀次郎の死体は、どの辺から投げ込まれたのであろうか。もし、東京湾の海流関係を調べたら、本橋のみならず、西岡豊次郎の死体の位置も、案外、関係づけられるのではなかろうか。

今までは、西岡豊次郎が現場近くで水死したように思っていたが、もしかすると、海流が彼の死体の浮んだ位置に運んでいたのかもしれないのだ。これは本橋秀次郎の死体についても同様である。

片山幸一は、海水で浸蝕《しんしょく》されたデコボコの岩から腰を上げた――。

三時間ののち、彼は上野図書館の索引室に到着していた。ここには蔵書目録が無数のカードによって整理されているが、東京湾の海流を知る書物はどこから探り出していいかわからない。

その部屋に司書の人がいたので、目的の書物を問い合せると、その人もすぐにはわからないらしく、厚い台帳など繰って調べてくれた。

「どうも、適当なのがありませんが、これなどはどうでしょうか?」

メモされたものを見ると、「東京湾の調査」という本で、発行は水産局となっている。

彼はともかくそれを借りることにした。

これは主として東京湾の水産状態を統計的に調査した本だが、海流の部分もまったくなくはない。簡単だが、それは次のように出ていた。

「東京湾の海流は、その沿岸からの距離によって方向と速さを変化する。方向は満潮に際しては数時間前から北流(湾外から湾内へ)する。干潮時はその逆である。

速さは位置によって変化するが、夏季の大潮の付近で一番狭い富津、観音崎間が平均二ノット(最強時満潮の二・五時間前)、横浜本牧鼻《ほんもくばな》あたりで一乃至《ないし》〇・八ノット、その北(羽田《はねだ》、大森)で〇・四ノット、沿岸からの距離による流速は位置によって異なるので確認しがたい。

しかし、常時〇・二ノットぐらいの海流が、横浜、羽田、船橋《ふなばし》、千葉、木更津、富津と時計の針の回転で回っている。

東京湾内で物体が投下される場合、かなり中央部でないかぎり湾内を漂流することなく付近の岩壁に漂着するのではなかろうか。仮に、横浜沖はるかで物体を投下したとすると、この物体は平均して三時間一・二マイルの速さで北流する海流の影響を受けるので、螺旋《らせん》状に回転して北流し、五〇〇時間ぐらいを要して木更津北部に到着するかと思われる。

概していえることは、漂流瓶の実績からみて、物体が湾外に出るチャンスはきわめて少なく（一割以内）、大部分は付近の岸に潮流の方向によって漂着するか、上述のごとく、湾内の漂流の方向に大きな回転を見せながら回流すると思われる。

なお、風の影響を考慮する場合、風速の二乃至三パーセントが影響する。前述の考え方は風速をまったく見ていない」

この書籍には、東京湾の海流に関する限り、これだけの記述しかなかった。しかし、片山にはたいへんためになった。簡単だが、要を得ている。

これで次のようなことが判明した。

①東京湾の海流は、時計の針の方向に従って湾内を巡回すること。②それは直線的でなく、絶えずぐるぐると螺旋を描きながら回流していること。③書籍による計算の時速

からすれば、横浜沖から一巡して対岸の富津あたりに着くのは約五〇〇〇時間かかること。
④なお、これには風速が全然見られていないこと。

さて、この理論を二つの死体の漂流位置にどう結びつけるかだ。

片山幸一は、本橋秀次郎の殺害場所（もちろん、彼は、本橋が誤って海中に落ちたのでもなく、事故で墜落したのでもないと思っている）が死体の漂流していた大森沖でないと、前から考えている。彼が漠然と思っているのは、むしろ対岸の千葉県側、それも木更津の沖だと推定していたのだ。彼は、本橋の死体が沖合いを漂流して、それが東京湾を横断して向い側の大森沖に漂流したと、簡単に思い込んでいた。

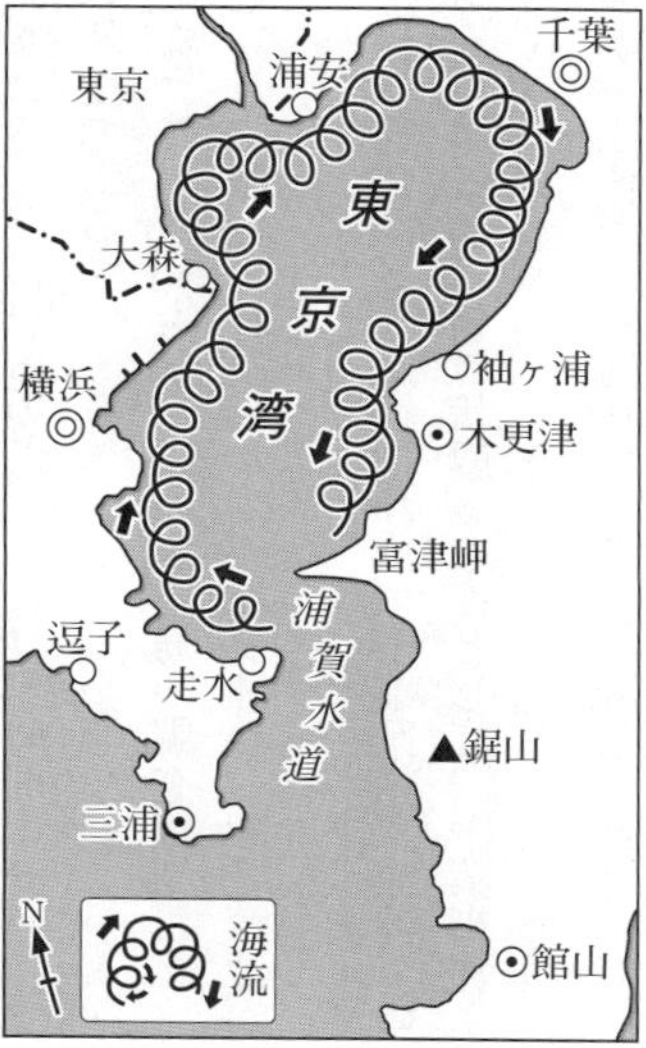

しかし、この本から教えられたところによると、その理論はあり得なかった。つまり、東京湾の海流は、時計の針の方向に螺旋状にきりきり舞いしながら回っているというのだから、たとえば、木更津の沖で本橋が殺されても、死体

はかえって富津岬沖か、館山《たてやま》沖で発見されることになるのだ。これは三時間に一・二マイルというのだから、たいへんに遅い速度である。

本橋の死体は、死後推定二十日間となっている。もし、この水産局の調査通りだとすると、彼が大森沖に浮んだ結果から逆算して測定すれば、たぶん浦賀沖か、観音崎沖が溺死《できし》現場になるのではなかろうか。

では、西岡写真館主西岡豊次郎の死体の場合はどうか。これは、千葉県袖ヶ浦沖での発見時には死後経過五日間となっている。すると、無風状態を条件として、千葉市沖か、遠くて行徳《ぎょうとく》の沖になるようだ。

これも、片山は、前には木更津の沖から死体が北に流れて現場に漂流したと思っていたが、それは間違いである。

片山幸一のこれまでのぼんやりとした推測は、ここでまったくご破算とならざるを得なかった。彼は何となく二つの死体が木更津の沖を起点として漂流したと考えていたのである。海というおそろしく平面的な空間だけが彼の頭にあった結果だった。実際、沖合いを一望にみはるかす海面を見ていると物体は自由に漂流するように思われる。

この本は水産局の発表だから、これを否定することはできないであろう。片山は、今までの自分の推測が、この科学の前にずたずたに切断されて、跡形もなくなってゆくのを意識した。

しかし、たった一つだけ、この本から学び取った手がかりがある。本橋秀次郎の死体が二十日間も経《た》って大森沖で発見された事実を、この法則に当てはめて逆算すれば、それは浦賀沖が死体漂流の起点だったということだ。

（浦賀には、旭光食品という二流食品加工業者の工場がある）

（その工場のだれかと、橋山義助はこっそり会っていた）

（壜詰《びんづめ》は海苔の佃煮《つくだに》だった。本橋秀次郎夫妻が終戦直後に寄寓《きぐう》していたのも、木更津の海苔養殖業者だった）

海苔と海流――片山幸一は、この結びつきにうすぼんやりとした新しい光明を見た思いになった。

片山幸一は、いつものとおり、朝刊を表に取りに行って寝床に引き返した。寝転《ねころ》んで社会面を開けたところ、大きな見出しが彼の眼を射た。

〈酔っぱらって六階から墜落死　Sホテルで宿泊客が騒いだ末に〉

片山幸一は、その記事に眼を走らせているうちに、たちまち、絶叫が自分の口から走り出た。ロバの友永が死んだのだ。

「二十七日午後十一時ごろ、Sホテル六階に泊っていた東京都目黒区××番地友永為二さん（四二）は、外出から帰ると、しばらくして酔っぱらい、一人で自室で大声を上げて騒いでいた。このため、隣に泊っていたカッターズ・ダイナミックス社副社長パーキンソン氏（五八）が電話でフロントに抗議した。フロントでは、ボーイが友永さんのドアを叩《たた》き、注意したところ、友永さんはその場ではおとなしくすると言っていたが、その後また騒ぎはじめた。パーキンソン氏はそのたびに電話で苦情を訴えたが、午後十一時五十分ごろ、友永さんが外の窓を伝わって同氏の部屋に侵入しようとしているのを発見、大声でとがめると同時にフロントに電話した。ボーイがエレベーターで上がってパーキンソン氏の部屋に駆けつけると、友永さんはその前にあわてて自室に戻る途中、誤って約二十メートルの六階から地上に墜落、頭蓋骨《ずがいこつ》を粉砕して即死した。なお、友永さんは都内中央区京橋××番地柿坂経済研究所に勤めていた」

39

片山幸一は、蒲団《ふとん》から跳《は》ね起き、畳につっ立ったまま新聞をひろげていた。寝ても坐《すわ》ってもいられない。どきどきするものが彼の身体《からだ》を下から突き上げてくる。

記事は本文につづいて、当事者の談話を短く載せていた。

カッターズ・ダイナミックス副社長パーキンソン氏の話。

「隣の部屋にいた日本人が酒に酔っぱらって大きな声で喚《わめ》くので、わたしは電話でフロントを呼び、たびたび注意させた。わたしがベッドにはいろうとしてふと外を見ると、見知らない日本人の顔が外の窓を伝わってわたしの部屋に侵入しようとしていた。わたしは驚き、思わず大きな声を上げた。窓にへばり付いている日本人は、わたしの叫びで隣室のほうへ戻ってゆくようだったが、わたしは電話をフロントにかけていたので、彼がその間どうしていたかわからない。電話を切って窓のほうを向くと、その男の姿がなかった。まさか彼が墜落したとは思わなかった。すぐにフロントからボーイが駆けつけて、窓から下をのぞいていたようである。こんなびっくりしたことはない。日本人は酒に酔っぱらうと、他人の部屋にヤモリのように侵入する癖があるのだろうか」

ホテルのボーイ三枝《さえぐさ》君の話。

「612号室に泊っていたパーキンソンさんからフロントに、613号室のお客さんがうるさいので静めてくれ、と三度ばかり電話がかかった。わたしが最初613号室に行ったのは午後十一時過ぎで、ノックすると、お客さんの友永さんが、よしよし、わかった、というような返事をした。二度目に612号室からまた電話がかかったので、ふたたび613号室をノックしたところ、友永さんがドアを内側から開いて顔を出したが、そのとき、少しふらふらしていたようだった。あの調子では相当酔っぱらっていたと思う。隣室のお客さんから苦情があったことをいって注意したところ、友永さんは、わかったわかった、というようにうなずいていた。その後、パーキンソンさんが電話で呼んだので、駆けつけてみると、友永さんはすでに墜落していた」

片山は、この記事を少なくとも五回は読み返した。最初の二回は、眼の前に活字がうろうろするだけで、よく理解がいかなかった。

ロバの友永が死んだ。あのニヤニヤした顔が眼に映る。椅子《いす》に坐ったとき、長い脚を投げ出すようにして組み合せた特異のポーズまで思い出される。

この前、例の特殊情報と称するガリ版をそそくさと自分にくれて、すぐに部屋を出て行った。あれが彼の生きている姿の見納めだった。

片山幸一はしばらく煙草《たばこ》を喫《す》った。ようやく落ちつくと、今度は友永のこの不思議な死に方に疑問を持った。

第一に、あの友永がそれほど泥酔《でいすい》するとは思われない。酒は嫌《きら》いではなかったようだが、かりに酔ったとしても、自分の部屋の窓を出て、危険な壁を伝わり、隣室に侵入するというような酔狂を演じるとは思われない。その前に、彼は部屋の中で一人で喚いていたというが、そのことも友永には考えられない。

もちろん、友永は陽気な性格だった。それは、同室の石黒と比べると対照的に目立った。友永は始終軽口をたたき、反歯《そっぱ》を剥《む》いて笑い声を立て、電話でも賑《にぎ》やかな応対だった。外出も頻繁《ひんぱん》だった。

だが、そのことと、友永が酔ってホテルで喚き声を上げ、他人の部屋に侵入するという行為とは別だ。これは結びつかない。

片山幸一を興奮させたのは、その隣室の客がパーキンソンだったことだ。もし、これがほかの客の部屋だったらどうだろう。片山はきっと新聞記事のとおり、友永の酔興として信じたかもしれない。だが、パーキンソンでは片山の頭にもやもやした雲を拡《ひろ》げるばかりだった。

思えば、友永についてはいろいろ不思議なことがあった。彼はたしかに陰でこそこそと蠢動《しゅんどう》していた。その実際の目的はわからない。だが、たとえば、西岡写真館に自分のポートレートを写させに行ったこと、パーキンソンの泊っているホテルに訪問している例の不思議な役人らしい人物を隠《かく》し撮《ど》りをしていること、いや、それよりも、片山が調査に行った木更津の海苔《のり》業者辺見五郎を自分よりひと足先に訪ねて行ったらしいことなどを考え合せると、彼はたしかに不可解な動き方を見せている。それはことごとく片山幸一の行動からひと足もふた足も前進していた。

このことは同時に、友永が片山と同じ線を直線に歩いていたということにほかならない。

すると、彼の不思議な死因は、この「線」とまるきり無関係ではなかろう。いや、それは大いにあり得るのだ。何よりの証拠は、隣の客がパーキンソンだったことだ。

片山の脳裡《のうり》には、一つの想像が走った。友永がホテルでパーキンソンの周辺を探っていたのではないかという想定だ。それは、例の隠し撮り写真のことでも十分にうなずける。

友永の墜落死は過失ではあるまい。彼はだれかに窓から地上を目がけて突き落されたのではなかろうか。

新聞記事によれば、友永が窓から転落するところをだれも見ていないのだ。パーキンソンはフロントに電話していて、「見知らぬ日本人」の姿が窓でどう動いていたか、その瞬間はわからなかったという。電話をかけ終って振り向いたとき、姿がなかった、と述べている。

要するに、友永はひとりで墜落したか、だれかに突き落されたか、はっきりとした目撃者はないのだ。パーキンソンはフロントに電話していたというが、これもひとりでその部屋にいたことだから、果してそのとおりであったかどうかは証明がない。

電話はたしかにフロントには通じたのであろう。が、それは友永の墜落前か、墜落後かはわからないのだ。少なくとも、この簡単な新聞記事ではそういう疑問になりそうだった。

しかし、それにしても解《げ》せないところがある。

それは、友永が部屋でひどく泥酔していたということだ。大声を立てていたというのは、パーキンソンの苦情でわかるが、これには他にだれかの証明もあるのかもしれない。それにボーイが友永の部屋のドアを叩いたとき、友永がボーイの抗議におとなしくうなずいていたというから、彼がパーキンソンの苦情通りの行為をしていたことは間違いない。でなかったら、ボーイの注意を受け付けないはずだからだ。

とにかく、これはSホテルに行って調べてみなければならないと思った。

片山はあわてて支度をした。時計を見ると八時半である。これからSホテルに駆けつけるまでに、たっぷりと一時間近くかかる。柿坂経済研究所に出勤するまでに、一通りのことを調べておこうと彼は思った。

タクシーの中でも考えた。友永が殺害されたとしたら、いったい、だれが殺《や》ったのだろうか。下手人はパーキンソンだろうか、それとも彼の味方だろうか。

いやいや、パーキンソンではあるまい。この副社長はすでに六十近い老人だから、いかに外国人といっても、そのような膂力《りょりょく》はあるまい。

だいたい、友永がSホテルにはいるような理由はほかに何もないのだ。彼の自宅は中目黒だから、夜遅くなって帰れなくなったというのでもない。仮にそうだとしても、Sホテルのような一流に泊るわけはないし、安宿が彼には適当なのだ。Sホテルにはいった理由は、彼がパーキンソンの隣室に部屋をとったということで十分だ。

もし、友永が消されたと仮定してみよう。すると、友永の存在は相手側にとって、相当打撃を受けるところまで進んでいたのだ。片山は友永の調査の内容が知りたかった。しかし、これはおそらく、柿坂か橋山にしかわかるまい。

こう思ったとき、片山はぎょっとなった。友永の役目が片山の身代りだったことに気付いたからだ。

この言い方は必ずしも正確ではなかろう。しかし、橋山は片山に何かの調査を命じようとしていた。だが、それは片山の不馴《ふな》れと不適任の理由とで、途中で友永に代ったと思われるフシがある。もし片山が柿坂や橋山のおめがねに適《かな》っていれば、彼も友永と同じ運命になりかねなかったのだ。

しかし、友永が怪死をとげた現在、次にその任務の番が回ってくるのは片山自身のような気がする。先夜、彼のほうからわざわざ橋山に懇請しているのだ。

片山はもし橋山が何かを自分に命令したらそれを請け合おうと決心した。もちろん身の危険も覚悟していた。

――Sホテルの前に着いた。片山の顔色はきっと蒼白《そうはく》となっていたに違いない。自分でも身体が硬《かた》くなっていた。

片山はフロントの前に名刺を出した。この場合、柿坂経済研究所の肩書がはなはだ有効的だった。墜落した人間が勤め先の同僚だからである。

フロントの中にいる一番年配の、髪をきれいに分けた唇の薄い男が、片山の名刺を指にはさみとって眉《まゆ》をひそめた。

「昨夜は、たいへんご迷惑をかけました」

片山幸一は「身内」の立場になって挨拶《あいさつ》した。男は複雑な顔で少し頭を下げた。

「昨夜の事情を伺いたいのですが……」

「はあ、それは今朝早く、あなたのほうから責任者の方が見えましたよ」

フロントの男は答えた。

「だれでしょうか？」

橋山義助が来たのかもしれないと片山は思った。フロントの男は机の上で名刺を捜していたが、

「これです」

と差し出したのは、果して橋山の名刺だった。

「そうですか。それはご厄介をかけました」

片山は落ち着いて答えた。

「しかし、ぼくは故人の同僚として、詳しい事情を伺いたいのです」

「わかりました。橋山さんにはうちの副支配人から説明をしましたが、副支配人はいま警視庁に行っていますので、係りのボーイを呼びますが、それでよろしいでしょう

か？」

「昨夜のボーイさんですね？」

「そうです、今朝は当直あけで帰るところですが、警官が来ていろいろ事情を訊《き》いたものですから、まだ帰らずにおります」

「すみませんが、どうぞ、その方にお願いします」

片山は頼みこんだ。

事務員は気取った格好で受話器をとりあげた。


「君は三枝君ですか？」

片山は、自分の前に現われた二十歳《はたち》ばかりの白服の青年を見つめた。眼も顔もまるかった。

「はい」

「君が友永さんの部屋に注意をしに行った人ですね？」

「そうです。わたくしです」

ボーイは警察に何度も調べられたあとなので、胸を張るようにして答えた。

「そのときの模様を知りたいのですがね。そうそう、いま、パーキンソンさんは部屋にいらっしゃいますか？」

「いいえ、昨夜のことがあったので、今朝早々に、秘書の方々とご一緒にお発《た》ちになりました」

「もう、発たれたのですか？」

それは当然の予想だった。片山が、パーキンソンは警官に調べられたかと訊くと、それは事件の直後に警官が来て昨夜のうちにすんだ、と答えた。

外人だからショックを受けて、さっそく、他所《よそ》に移ったらしい。行く先はわからないという。

片山は、そのボーイといっしょにエレベーターを昇った。

エレベーターの中で、昨夜、パーキンソンの電話を聞いたフロントの事務員がいるか、と訊くと、それは明け番だからとっくに帰った、とも言った。

「612号室はここです」

ボーイは六階に出て、長い廊下を突き当った部屋を指した。

「部屋の中を見せてもらえますか？」

「いや、それは困るのです。警察の方から許可が出るまでは、この部屋と、問題の613号室は、そのままにしておくことになっています」

二つの部屋は鍵《かぎ》をかけているらしく、ぴたりとドアが閉ざされていた。

「こちらが空《あ》いています」

ボーイは614号室のドアを押した。つまり、そこは友永が泊ったという部屋の左隣になる。

「この部屋は空いていますか？」

「いま、お客さまはいらっしゃいませんが」

部屋にはツイン・ベッドがカバーを掛けたまま置いてある。鏡台、机、椅子、室内電話機。横のドアが浴室と手洗の入口——どこのホテルにも見られるような、ありふれた部屋の設計だった。

正面の窓枠《まどわく》いっぱいがガラスになっていて、すぐその下がホテルの裏側になっている。つまり、友永が墜落した現場だ。

ボーイが窓を開けてくれたので、爽《さわ》やかな風がはいって来た。片山は上からのぞいた。

「あすこの地面に、少し白っぽくなっているところが見えるでしょう。あれが現場です。白いのは、血の痕《あと》を隠すために石灰を振りかけたのです」

片山は白い粉を見ているうちに、その物体から、はっきりと友永為二の死を実感として受け取った。この現実感は、新聞で活字を眼に入れただけでは迫ってこない。

片山が窓の下を見ると、各階とも外壁に縁《ふち》が付いている。わずかに、人間の足が片方載る程度の突き出しだった。友永が自分の部屋から出て、この縁に足を掛けたとしても、手はどこを摑《つか》んだのであろう。

「いや、それはですね」

この疑問にボーイは答えた。

「大分、暑くなってきましたから、外人さんの部屋の窓ガラスが開いていたのです。613号室のお客さんは、自分の窓から隣の窓に手をかけて伝わって行っていたんですね」

「死体は靴を穿《は》いていましたか？」

「いいえ、靴は部屋に脱いで、スリッパに穿き替えていました。もちろん、窓の外へ出たときは、靴下のままですがね」

片山は細い縁を見た。しかし、靴下だから泥のついた跡はない。

「警視庁では、窓枠についた指紋を取りましたか？」

「さあ、その点はどうですかね。ぼくは見ていませんが」

「友永さん、つまり、13号室にはいったお客さんは、この部屋をいつから予約していたのですか？」

「一日前からです」

「一日前？　よく部屋が空いていましたね」

「それは、都合よく、その日に予約された方がキャンセルされましたのでね。それで、13号室におはいりになることができました」

「パーキンソンさんは、いつから12号室にいたのですか？」

「大阪から着かれたのが、四日前です。パーキンソンさんは、612号室がお気に入りでしてね。大阪へ出張される前からずっとこの部屋をとっておられました」

「友永さんは、前の客がキャンセルしたので13号室にはいれた、と言いましたね？」

「そうです」

片山は頰《ほお》に手を当ててじっと考えた。

40

「ちょっと、ボーイさん。廊下に出てみますからね」

片山幸一は、廊下に立って614号室と、隣の13号、12号室を点検するような眼で眺めた。

612号室は、建物の構成上、鉤《かぎ》の手に曲った角に当っている。応接間付の二部屋で、特別に広い。しかし、パーキンソンの秘書や社員たちのいた右隣の611号、10号室、及び友永のいた左隣の13号室は、どれも応接間がなく、ベッドと机が一部屋に置かれてあるきりだった。

問題は、13号室の友永がそれほどの騒動を起したとすれば、いま、片山がボーイと

一緒にはいっていた左隣の14号室の客も、その騒ぎを知っていなければならないことだ。（別図参照）

「この14号室には、昨夜、お客さんがはいっていましたか？」

「ええ、はいっておられました」

ボーイもいつの間にか廊下に出て、片山と肩を並べていた。

「その客は、13号室で友永さんが酔っ払って暴《あば》れていたのを知っていたわけですか？」

「いいえ、それは知らなかったそうです。なにしろ、ご夫婦ともぐっすりおやすみだったそうですから」

「夫婦ですって？」

片山はボーイのほうを向いた。

「はあ。京都からみえたお客さまで、織物会社の重役さんだそうです」

「なるほど。では、警察の人から事情を聴取されたでしょうね？」

「はあ。事故直後、刑事さんがドアをノックして、ご本人を起されました。ぼくもそのとき居合せていましたが

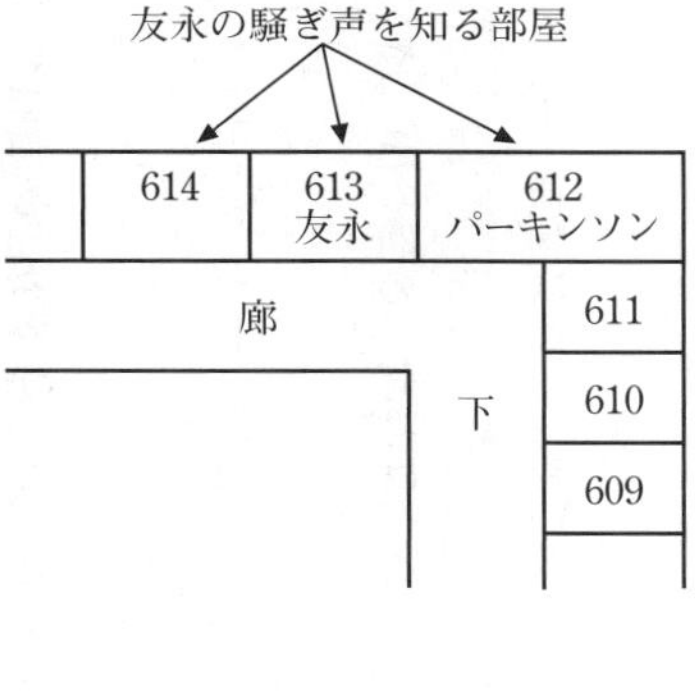

お客さまのほうが話を聞いていてびっくりしていました。睡《ねむ》っていて何も知らなかった、と呆然《ぼうぜん》としてました」

「そのお客さんは、今朝、ここを発ったのですか?」

「はあ。なんですか、こちらには商用とかで、今夜も滞在の予定です。今日は朝早くお出かけになりましたが」

「変なことを訊くけど、今夜も泊るのだったらスーツケースや、その他の手荷物は、ここにそのまま残っているんですか」

「いいえ、それはいっしょに持って出られました。もっとも、重い荷物はなく、軽い鞄《かばん》程度でしたから」

「そんな場合は、宿泊賃などはどうなるんですか?」

「たとえご予約を戴《いただ》いても、いったん、荷物を持って外に出られる場合は、宿泊された料金だけ頂戴《ちょうだい》するようになっています。そのお客さんも昨夜の料金を支払って出られました」

「では、ここは一応、予約というかたちになっていますね?」

「はあ」

片山幸一は廊下をこつこつと往復した。

13号室の前に足を停《と》めた。

「ボーイさん。君は、さっき、友永さんがこの13号室に泊れたのは、前の客がキャンセルしたからだ、と言いましたね？」

「そうなんです。でなかったら、急にこられても部屋の都合がつきません。うちはほとんど予約のお客さまばかりで満員になっていますから」

「なるほどね。すると、この613号室をキャンセルした予約のお客というのは、どういう人だか、わかりますか？」

「それはフロントに訊かなければわかりません」

「悪いが」

と片山は素早く財布《さいふ》から百円玉を三個取り出して、ボーイの掌《て》に載せた。

「ちょっと、フロントに訊いてくれますか？」

「かしこまりました」

ボーイは急に愛想よくなって、六階のサービス・ステーションに歩いて行った。

その間に、片山は反対側の壁に背中を付けて、腕組みしながら片頰を撫《な》でた。

たしかに友永が13号室にはいることができたのは、予約の客の取り消しがあったからである。

つまり、友永が13号室で騒ぎを起すには、予約客のキャンセルが条件になっているのだ。片山は、13号室の予約取り消しを偶然とは考えていない。

「わかりました」

　ボーイの三枝がにこにこしてメモを片手に彼の傍に戻ってきた。

「予約をお取り消しになった方は、Ｂ銀行名古屋支店の佐伯謙一《さえきけんいち》さまとおっしゃいます」

「待ってくれ」

　片山は大急ぎで手帳を取り出して、それをメモした。

「この人は銀行でどういう地位かね?」

「お申し込みでは、名古屋支店長になっています」

　支店長なら、こんなホテルに泊っても不似合ではない。

　いや、不似合といえば、友永のほうがずっとこのホテルには身分不相応ではないか。

「そのＢ銀行というのは、このホテルをよく使っていますか?」

　片山はそこに立っているボーイに訊いた。

「はい。たまにしかご利用になりませんが、地方から見える幹部の方をお泊《と》めすることがあります」

「その予約と、それから予約取り消しは電話で言ってきたのですか?」

「さあ、それはちょっと、わたしにはわかりませんが、フロントなら承知していると思います」

「うむ、では、この14号室に泊っていた京都のお客さんの名前もいっしょに訊いてください」

「わかりました」

ボーイの三枝は、また電話のある溜《たま》りのほうへ小走りに去った。

事件が起ったのは、夜の十二時ごろである。14号室の夫婦者が熟睡していて何も知らなかったというのは、その時刻の点からあながち不自然ではない。ホテルの部屋の壁は防音装置がよくできているから13号室の友永の騒動もそれほどには隣に聞えなかっただろうし、睡っていればなおさらのことだ。

だが、片山には別な考えがある。

というのは、友永の騒ぎが前から予定されたものだとすれば、当然、隣室の14号室の客への配慮がなされていなければならないわけだ。つまり、13号室の友永の喧騒《けんそう》は、両隣の12号室、14号室に聞える可能性があった。もし14号室の夫婦者がそのとき起きていたら、パーキンソンと同じように友永の酔狂がうるさく聞えたに違いない。

しかし、客が睡っているか、起きているかは、はじめからわかってはいない。もし友永の「酔狂」が他人によって計画されたものであったとすれば、計画者は14号室への考慮を計画に入れなければならない——。

ボーイの三枝が廊下を急いで戻ってきた。

「こういう方だそうです」

ボーイは勢いよくメモを差し出した。

〈京都市上京区《かみぎょうく》××町　都《みやこ》織物株式会社専務河西三郎《かさいさぶろう》様（三七歳）。同京子様（二八歳）〉

「これは貰《もら》っとくよ」

片山はメモを手帳の間にはさんだ。

「このお客さんも、このホテルの定連かね？」

「いいえ。それもフロントに聞きましたが、初めての方だそうです」

「何日ぐらい前に予約があったの？」

「三日前だそうです」

「やはり電話だろうね？」

「そうなんです……あっ、そうそう。13号室のお申し込みはB銀行から電話できて、取り消しもやはり電話だったそうです」

「それは、B銀行の名古屋支店からあったのかね、それとも、東京の本店から言ってきたのかね？」

「東京だったそうです」

これで大体のことがわかった。要するに、友永が13号室にはいれたのはB銀行のキャンセルがあったからである。お隣の14号室は京都の織物屋さんで、予約ながらこのホテルにはフリのお客だった。

「君たちは、当番の日はいつもどこにいるんですか？」

片山は質問を変えた。

「それは、六階のサービス・ステーションが定位置になっています。ごらんのようにエレベーターをおりたすぐ前のところでございます」

「そのサービス・ステーションから、この14号、13号、12号の各室の前は見通せますか？」

「そうですね。それは見通せますけれどぼくたちは始終用事をしていますから、ぼんやりと眺《なが》めているということはありません」

「それでは、13号室のお客さん、つまり、死んだ友永さんが隣の14号室のお客さんのところへ行ったり、また14号室のお客さんが、その友永さんの部屋に出入りしていたということはわかりませんか？」

「さあ、それはなかったように思います」

「しかし、君は、始終見ているわけではないからわからないと言ったでしょう？」

「そうなんですが感じとして大体の見当はつきます。もちろん、両方のお客さまがたがいに出入りしていたということは目撃もしていませんが、そういう交際があれば、こちらにも何となく、その様子でわかるものです」

片山は、ちょっと考えた。

「君は13号室の友永さんが騒いでいる声を聞きましたか？」

「いいえ、わたしは聞きません。というのは、大体十時すぎになると、昼ここにいる女の子は、全部帰ってしまうし、ぼくも下のフロントに下がっていますから」

ああ、それでパーキンソンの抗議の電話がフロントにあったとき、ボーイの三枝が下からエレベーターで駆け上がってきたという事情になったのだろう。

「14号室の織物会社の専務さん夫婦は、また、ここに戻ってくるつもりでしょうね？」

片山は質問をつづけた。

「はあ、そうだと思います。ご予約いただいておりますから」

「けれど、昨夜の泊賃《とまりちん》は払って出かけたんでしょう。それだったら、この部屋に帰ってくるかどうかわからないわけですね？」

「はい。でも、今日の夕方まではお待ちすることになっています。それまでにお戻りがなかったら、ほかのお客さまをお入れします」

片山は、何となく14号室の客は戻ってこないような気がした。

「それから、また話は変るけれど、君がパーキンソンさんの抗議を受けて13号室のドアを叩《たた》いたとき、友永さんは酔っていたと言いましたね？」

「はい」

「そのときは、おとなしくしていたんですか？」

「はあ。ぼくがノックすると、お返事があり、ドアに鍵《かぎ》がかかっておりませんので中にはいりました。すると、お客さまは椅子《いす》の上に大儀そうに腰掛けて、身体《からだ》をうしろに凭《もた》せかけていました」

「本当に酔っていた様子でしたか？」

「はあ。眼がどろんとなって、口をだらしなく開け、首を前に垂《た》れていました」

「君はパーキンソンさんの抗議をどういうふうに友永さんに伝えましたか？」

「隣のお客さまが迷惑なさっていますから、お静かに願いますと、こう言いました」

「彼は何と言いましたか？」

「べつに何もおっしゃらないで、わかったわかった、というふうに大きくうなずいておられました」

「君は12号室からの電話で二度も抗議を言いに行っていますね。あとのときも同じでしたか？」

「いいえ、あとの場合は、ぼくがノックすると、お客さまはご自分で立って来られて鍵をはずされ、ドアの向うから顔を出されたのですが、このときも、足もとをフラフラさせて、ぼくの言葉に大きくうなずいておられました」

「じゃ、やっぱり酔っていたんですね？」

「酔っておられたことは確かです」

「君は友永さんが大きな声を出して騒いでいたのを聞きましたか？」

「いいえ、それは聞きませんでした。ぼくがはいるたびに、いつもそんな格好でしたから」

友永はボーイが来るたびにおとなしくしていたという。では、彼の喧騒を聞いていたのはパーキンソンだけだということになる――。友永は、ボーイが注意しに来たときだけおとなしくしていたのであろうか。

「友永さんの部屋に、君は酒を持っていきませんでしたか？」

「いいえ、その注文はなかったのです」

「では、彼のテーブルの上に、ウイスキーの瓶か、ブランデーの瓶かが置いてあったのですか？」

「いいえ、それも見ませんでした。あとで警察の方が部屋を調べましたが、やはり酒瓶は見えなかったのでございます」

「ほう。すると、友永さんは外で呑《の》んで帰ったわけですね？」

「そうなんです」

ボーイはそれにははっきりとうなずいた。

「お客さまは、13号室には昨日の午後五時ごろにはいられましたが、べつに荷物はありませんでした。ここでモノを書くんだ、とおっしゃってました。けれど、七時ごろになって、飯を食いにいくから、と言って、ドアに鍵を掛けて出ていかれました。ぼくは食堂にでもいらっしゃるのかと思ってましたが、そうではなかったのですね。十時ごろにホテルに戻られたのですが、ぼくはフロントにいて、お客さまが千鳥足になってエレベーターへ行かれたのを見ています」

「エレベーターの運転は、ほかのボーイさんがしたのですね？」

「はい、そうです。ここは自動式になっていますが、酔っ払ってらっしゃるので危ないから、別なボーイが運転したのです。そのあと三十分近く経《た》ったころ、パーキンソンさんの部屋から抗議の電話がかかって来たのです」

「そうですか」

片山は、これで、友永が外で酒を呑み、酔ってホテルに帰ったのを知った。つまり、友永にそれだけ呑ませたのは、いったい、何者かということになる。

友永は日ごろからそれほどの酒呑みではなかったようだ。それがそのように酔ったのはどうしたことか。カングって考えれば、だれかが作為をもって彼を泥酔《でいすい》させたということになる。

もっとも、酒に酔ったからといって、隣室のパーキンソンが迷惑がるほど騒ぐとは限らない。まして、彼が窓から外に這《は》い降りて、危ない芸当をしながらパーキンソンの窓に伝わり忍び寄るにおいておやである。

考えてみると、友永がそれほどうるさい声を出したというのは、パーキンソンの申し立て以外にないのだ。現に、隣室の１４号室は熟睡していたとはいえ、何も知らなかったではないか。また、友永が窓から外に出て、危険を冒しながらもパーキンソンの窓に忍び寄っていたという事実は、これまたパーキンソンの主張だけである。ボーイの三枝が１２号室に駆けつけたときも、すでに友永の姿は転落したあとではなかったか。あるのは、友永の墜落という事実だけである。

「この都織物の河西さんというのは、どういう人でしたか?」

「はい、それは名簿にもありますとおり、三十七、八歳ぐらいの方で、太い鉄縁《てつぶち》の眼鏡と、短い口髭《くちひげ》を生《は》やしておられました。奥さまのほうは、背のすらりとした、きれいな方でした」

「このお客さんのホテルへはいってからの様子はどうでしたか?」

「そうですね、午前十一時ごろにおはいりになって、一時ごろに部屋でお食事を摂《と》られました。それは、女の子が料理を運んだと思います。そうそう、奥さまのほうは三時ごろに外出されて、九時ごろにお帰りになりましたがね。旦那《だんな》のほうは、ずっと部屋に籠《こも》りっきりでしたよ」

41

「なに、614号室の奥さんは九時ごろに帰ったんだって？」

片山幸一はボーイの言葉を聞き咎《とが》めた。

「はい、左様でございます。それはわたくしが見ておりますから間違いございません」

ボーイの三枝は確信ありげに答えた。

友永が、昨夜、外出からホテルに帰ったのは午後十時だった。隣の14号室の織物会社の専務夫人というのは、それより一時間前に外出から帰ったというのだ。

一時間のズレはあるが、この二つに何かつながりはないだろうか。

何もかも一つのことに結び付けるのは不自然かもしれないが、片山はその夫人の帰って来た時間に無関心ではいられなかった。友永の隣室にその夫婦が泊っていたことに疑惑を感じていたときである。

片山は、友永がそれほど酔っ払っていたのは、外でだれかと呑んだのだろうと考えている。これは、友永が部屋で酒を呑んだ形跡がないことでわかるのだ。また、友永はそれほど酒好きでないから、外でひとりで呑んだとは思えない。

その酔い方も異常だった。自分の部屋で大声を出して騒いだり、窓から危険な外側に降りたりするのは、ただの酒のせいとは思われないのだ。

もしかすると、友永が呑んだ酒の中には一種の薬物がはいっていたのではなかろうか。ある種の薬には、人間の精神を錯乱状態に陥し入れる効果があると聞いている。以前、画家に実験をして、ある薬を飲ませ一時的発狂状態にしておいて絵を描かせることが流行《はや》っていたことがある。

友永の行動を考えると、酒だけのせいではなく、それに似た薬物的な作用があったように想像されるのだ。

しかし、友永が自らその薬を飲むわけがないから、だれかが友永の酒にそれを混ぜて飲ませたということになる。この場合、彼がだれかと一緒に酒を呑んでいるうち知らぬ間にその薬を酒に混入されて飲まされたという想像だ。

つまり、その酒の相手は、友永がホテルに帰って一種の狂気状態になるように仕向けたことだ。

ただ、この場合は、友永が見ず知らずの相手と一緒に酒を呑むとは思われない。ことに彼は、その仕事の上から、何びとに対しても警戒心を持っている。彼が酒を呑んだとすれば、その相手は彼が気心をゆるせる人物でなければならない。

――こう考えてくると、隣に泊っていた織物会社の専務夫人というのがホテルに帰って来た時間といい、その隣に泊っていた事実といい、十分に参考にしていい。

「614号室の奥さんが外から帰って来たとき、どんな状態だったか、君は知りませんか？」

片山幸一は三枝の顔を見た。

「はい、べつに変ったことはなかったように思いますが」

ボーイは首をかしげながら答えた。

「いや、ぼくが言うのは、その奥さんは少し酔っていたようなことはなかったかということだ」

「そうでございますね……そうおっしゃれば、少しお酔いになったようなところもございました」

「なに、酔っていた？」

「はい。しかし、これはぼくがあなたの今の言葉で、そういうふうな感じを思い出しただけで、はっきり酔っていらしたということは断定できません」

「君がそのときの係りだったんだろう？」

「はい。奥さんがお帰りになるときは、ぼくはまだそこのサービス・ステーションにいました。そして、エレベーターから奥さんが出られたとき、お帰りなさい、と挨拶《あいさつ》しました。それに奥さんは、おやすみなさい、と言われましたが、ちょっと足もとがふらついていたような感じがしたのでございます」

やっぱりそうだった。

友永の酒の相手はその女ではないかという想像が、ボーイのその言葉で片山に強くなった。

「奥さんは部屋に帰ってから、君たちを呼ばなかったかね？」

「いいえ、それはございませんでした。それきりドアが閉ったままでした。そのあとが613号室の騒ぎでございます」

彼はまた訊《き》いた。

「それで、奥さんが外出している間、旦那《だんな》のほうはどうしていたのかね？」

「ずっと一日中、お部屋にいらっしゃいました。夕食も、お部屋で召し上がりました」

「なるほどね」

片山はちょっと考えていたが、

「妙なことを訊くけれど、その14号室の奥さんは、きれいな人でしたか？」

「はあ、きれいな方でございました」

「どんなふうな顔付だったかね？」

「細い顔の、きりっとした美人でございます」

「そうですか」

友永は、その女と前からの知り合いではなかったか。いや、そうでなければ、彼が気をゆるして一緒に酒を呑むということはないのだ。

しかし、その女には亭主がある。

「そうそう、旦那のほうは太い鉄縁の眼鏡に、短い口髭を生やしていたと言ったね？」

「はい、そうです」

太い鉄縁の眼鏡に口髭——すぐぴんと来るのは、それが変装ではないかということだ。もっとも幼稚だが、もっとも単純な顔の変貌《へんぼう》である。

「ついでに訊きますがね」

と片山幸一は気がついたことを質問した。

「亡《な》くなった友永さんの会社、つまりぼくの勤めている会社ですが、そこの人が、こちらに事情を訊きに来ていますね？　橋山という人ですが」

「はい、お見えになりました」

「その橋山さんは、友永さんの死の前後のことをいろいろ訊いていきましたか？　たとえば、ぼくのように」

「はあ、簡単には訊かれましたが、あなたのように、それほど詳しくはありませんでした」

「そう」

橋山義助が、なぜ、その辺をあっさりとすませたのであろうか。本来なら、彼は自分のところにいる友永の不思議な死について、片山と同様に、いや、それ以上に、執拗《しつよう》に質問しなければならないのだ。

それがなかったということは、もしかすると、橋山義助には友永の死の真相がわかっていたからではなかろうか。そうなると、橋山が友永の死の計画を事前に知る立場にあったという疑念も生れる。

片山は、問題がいよいよ複雑になっていることを覚《さと》った。

「いや、どうも、いろいろとありがとう」

片山はボーイの三枝に礼を言った。

片山幸一はSホテルを出た。

彼はすぐに電車に乗らずに、そこから歩いて郵便局に行った。

彼は市外電話を扱う窓口に行って、京都の都織物株式会社というのを申し込んだ。

「電話番号はわかりませんか?」

窓口の係員が訊いた。

「それがわからないんです。番号を調べて申し込んでください」

係員は受話器で番号を問い合せていた。片山はその前に立って、係員の様子をじっと見ている。

もし、都織物株式会社というのが架空の会社だったら、むろん、電話帳には載っていないはずだった。ところが、係員は番号をメモに書きつけ、またすぐに市外申し込みをしている。

「織物会社の番号はわかりましたか?」

片山は窓口からのぞいた。

「わかりました。今、申し込んでいます」

係員はぶっきらぼうに答えた。

——都織物株式会社というのは実在していたのだ。

片山は手帳を開いた。ホテルで聞いてきた名前は、専務河西三郎(三七歳)、同京子(二八歳)である。

「京都が出ました」

片山は指定のボックスの中にはいった。

「はい、都織物でございますが」

会社の交換台の声が出た。

「こちらは新聞社の者ですが」

と片山は訊いた。

「あなたのほうの専務さんの名前は、何とおっしゃいますか？」

「専務でございますか。専務は太田省一と申します」

「なに、太田さんですって？　最近、替られた方ですか？」

「いいえ、もう、五年以来、ずっと専務をやっております」

「河西三郎さんというのが専務さんだと聞いておりましたが」

「そういう名前ではございません」

「では、お宅のほかの幹部の方かもわかりませんね。河西三郎さんという方はいらっしゃいますか？」

「河西三郎ですか。河西というのは、わたしのほうの役員にも、社員にもおりません」

交換手ははっきりと言った。

「そうですか。いや、失礼しました」

予想通りだった。ホテルに記帳した名前は偽名だったのである。

片山幸一は、もう一つ電話で確かめることがあった。今度はB銀行東京本店に電話した。

「こちらはSホテルでございますが、毎度ありがとうございます」

片山はフロントの声を作った。

「昨日、手前どものほうへご宿泊の予約をいただいておりましたのをお取り消しになりましたが、その件について、ちょっとお伺いしたいのでございます」

「それは総務課でございますから、少々、お待ちください」

交換台は係りの男の声を出した。

「今、交換台から聞きましたがね」

と太い声が言った。

「Sホテルにぼくのほうから予約をしたことはありませんよ」

「それはおかしいですね。確かに、613号室というお部屋指定の予約をいただいて、それが昨日の朝、急に取り消しになっております」

「だれがそんなことを言ったんだろうか？　それで、だれの名前で申し込んでありましたか？」

「はい、名古屋支店長の佐伯謙一さまとなっております」

「なんだって？　名古屋支店長は吉川ですよ。佐伯じゃありません」

やっぱりそうかと片山は思ったが念のために訊いた。

「お名前はともかく、ほかのほうから、そういうお申し込みはございませんでしょうか？」

「いや、うちは、そういうことは、一切この総務課でやっていますから、ほかの課が勝手にするということはありません。何かの間違いでしょう」

「そうでございますか……いや、失礼しました」

これで二つとも片山の予想が当った。つまり、613、14の部屋は、だれかが二つの会社の名前を騙《かた》って部屋を取っていたのである。

この工作は、言うまでもなく友永を613号室に入れる目的であり、一つは、友永の騒ぎを他の客に気づかせないために、14号室にその関係者がはいっていたという事実だ。したがって友永は自分の意志でSホテルの613号室に泊ったのではなく、そういうふうに他から仕むけられたのだ。

友永の墜落死は事故死ではなく、このようにすべてが前から計画された他殺だったのだ。

第一、友永が窓から転落するところを見た者がだれもいない。そして、友永がだれかによって窓から突き落されても不思議でないような雰囲気《ふんいき》が、彼の「酔狂」という状態で準備され、作られていたのであった。

614号室の夫婦はホテルに帰ってくると言っているが、あれはあくまでも怪しく思われないための偽装である。あの「夫婦」は、二度とホテルに舞い戻ることは絶対にないのだ。片山も今となっては、その行方を探りようもなかった。

片山は柿坂の研究所に出た。今朝はホテルにひっかかってかなり遅くなったが、調査部にはだれもいなかった。しかし、石黒が来ていることは、机の上に雑誌やペンなどが出ていることでわかる。

ところが、友永の机はきれいに片付いていた。片山はそっと抽斗《ひきだし》を開けて見たが、愕《おどろ》いたことに、一物もはいっていない。あれほど乱雑にいろいろなものが押し込んであったのが、きれいさっぱりと片付いているのだ。

もちろん、だれかが片付けたのだ。まさか、友永が自分の死を予感して事前に整理したとは思われない。

だれが友永のものをそこから取り出したのか。別人は考えられなかった。柿坂か、橋山かであろう。

抽斗を元のとおりに閉めた瞬間、ドアが開いて、石黒がのっそりとはいって来た。

「おはようございます」

片山は挨拶した。

「おはよう」

石黒は例によって別段の表情も見せない。友永が死んだというのに、普通だったら、少し興奮していそうなものだが、それもなかった。むっつりと椅子《いす》に腰掛けて、読みかけの雑誌を手もとに引き寄せている。

「石黒さん」

片山は横から話しかけた。

「友永さんが亡《な》くなったのをご存じですか？」

「ええ、知ってます」

石黒は泰然自若としたものだ。口もとだけは、その話題に少しばかり興味を見せている格好だった。

「新聞に出ていましたな」

「おどろきましたね。まさか、友永さんが泥酔《でいすい》して、あんなことをするとは……」

「意外でしたな」

と石黒は他人事《ひとごと》のように言った。もっとも、友永と石黒とは前からあまり仲が良くなかったので、友永が死んだとしても、それほどの感動はないのであろう。しかし、ずっと机を並べて仕事をしていた同僚の死だ。石黒にはもっと興奮があってよさそうに思える。片山は石黒に対して不審の念を抱《いだ》かずにいられなかった。

しかし、表面はあくまでそれを隠し、石黒に同調するように友永の悪口を言った。

「ほかに死にようもあったのでしょうが、新聞に出ているようなとおりだと、醜態ですな」

「醜態です」

石黒はうなずいた。

「亡くなった人に対して失礼だが、いったい、あの人は、前からオッチョコチョイなところがありましたからな」

石黒はそう言った。その意味は片山にもわかる。どちらかというと、無口で、屁《へ》もひらないような石黒から比べると、友永のすべての挙措が軽かったのは事実である。

「しかし、何のために、友永さんは、あんな一流ホテルに泊ったんでしょう、あすこは値段が高いんでしょう?」

片山は探ってみたが、

「さあ、それはわかりませんね。友永君のことばかりは、常識では解釈できませんよ」

とニヤニヤして言った。

「そりゃそうと、友永さんの机の中がすっかり片付いていますが……」

片山が気づいたようにたずねると、

「ああ、それは、ついさっき橋山氏が来て、全部中身を持っていきましたよ」

と石黒はあっさり答えた。やっぱり思ったとおりだった。橋山は友永の机の中のものから何を発見しようとするのだろうか。友永の所有物の中には、パーキンソンのホテルに訪ねて行った例の役人の隠し撮り写真もはいっている。西岡写真館で写した友永自身の写真もある。あれは、あのまま残っていただろうか、それとも友永が持ち去っているだろうか。

橋山が友永の机の中のものをごっそり持って行ったのは、その中からこれと思うようなものを選《よ》り出したかったのと、他人に取られないための予防もあったに違いない。

ドアが細目に開いて、受付警備員の織田が冴《さ》えない顔を出した。

「片山さん、常務さんが呼んでいますよ」

片山は、いよいよ来たと思った。

42

橋山義助は机の上に新聞をひろげてかがみ込み、頬杖《ほおづえ》をついて眺めていた。

「お呼びになりましたか？」

片山がその机の前に立つと、

「やあ」

橋山はちらりと眼鏡を光らせて新聞をめくった。読んでいた場所は経済欄だった。

橋山はひどく暇そうな格好をしている。部下が死んだというのに、橋山も石黒同様、犬の子が死んだくらいにしか感じていないのだろうか。

「今朝、君の来る前に呼びにやらせたんだけど、遅かったようだね？」

片山はたしかに一時間近くは遅れて来ている。

「すみません……新聞で友永さんが死んだということを見ましたので、びっくりして、墜落死したあのSホテルに行って見たんです」

「ほう」

橋山は視線を片山の顔に走らせた。

「君、現場を見たのか？」

探るような顔付だった。

「はあ……実は、橋山さんなどがそこに行ってらっしゃるんじゃないかと思って、手伝うことがあればと考えて寄ってみたんです」

「死体のほうは警察で始末してくれたから、ぼくらには関係ないよ」

橋山は簡単に言ってのけた。

「そうでした。墜落場所には石灰が撒《ま》かれてありました」

「当り前だ。ホテルといえば、客商売《たた》だからな。いつまでもぐずぐずはしていない」

「しかし、愕きましたね。脳天を叩かれた思いというのが、あの新聞記事を見たときでしょう。だって、つい先日までいっしょに机を並べて話し合っていたんですからね」

「そうだね。ぼくらもおどろいた」

橋山義助はそう言ったが、しかし、その顔には愕きの表情はまったくない。

「君はSホテルに行って、友永君の死んだときの様子を訊《き》いたのか?」

思いなしか、橋山の眼がちょっと光ったように思えた。

「はあ、それはやはり一応は訊きました」

まるきり訊かないというのも不自然である。

「うむ。どうだった?」

「だいたい、新聞に出ていたこととあんまり変りはありません。それに、向うはひどく忙しがっていましたから、ぼくなんかの質問にはろくすっぽ答えてくれませんでしたよ」

「そうか」

橋山は軽くうなずいた。これも思いなしだが、彼は片山のその返事で安心したようでもあった。

「しかし、橋山さん」

片山は言った。

「友永さんは、どうしてあんな事故を起したんでしょうね?」

「それはぼくにもわからんよ」

橋山の返辞はひどくそっけなかった。

少なくとも自分のところで使っている社員の死だ。その死に対していささかの興奮も見せていないのは、片山にとって納得できなかった。

「ばかなことをしたものだよ」

と橋山は友永の話を締め括《くく》るように言った。

「酒に酔って窓から落ちて死ぬとは、人にも外聞が悪くて言えた話ではない」

橋山は新聞を音たてててたたんだ。今度は身体《からだ》ごとくるりと片山のほうに向き直った。

「君を呼んだ用事というのはね」

と仕事の話にかかった。

「ある人に会ってほしいんだ」

「はあ」

片山は緊張した。

「どなたのところに行くのですか?」

「君、東洞直義という名前を知ってるだろう?」

「はあ」

片山は、瞬間、迷った。しかし東洞氏はかなり知られた名前なので、まったく知らないとなると自分の常識を疑われそうなので、消極的に肯定した。

「よくは存じませんが、名前だけは何かで読んだ記憶があります」

「うむ。その人のところに行ってほしいのだ」

「お使いですか？」

「うん。手紙を渡してくればよい」

橋山は用意していたとみえ、机の抽斗から一通の封書を取り出した。いよいよ大変な仕事を仰《おお》せつかったぞ、と片山は全身がふるえるような思いで、その手紙を受けとった。彼は事務的な顔をつくって心の緊張を隠した。


片山幸一はタクシーに乗った。

この道はかつて例の妙な男をナイトクラブから尾行《つけ》ていった道であり、東洞氏の家を偵察に行ったときの道でもある。

橋山義助から渡された手紙は、大切に片山の胸の内ポケットにはいっている。これを受け取った時の東洞直義の表情を見るのが、片山はたのしみだった。それにしても、橋山は、どんな意図があって、この手紙をわざわざ東洞氏に届けさせるのだろうか。「情勢通信」の特報で名前こそはっきり出してはいないが、明らかに東洞氏を攻撃している。その東洞氏に手紙を届けるというのは、それが最終的な挑戦状であるとしか、片山には考えられなかった。第一、柿坂経済研究所の人間などに、東洞氏が会ってくれるかどうかも疑問だった。

「直接会えればいいが、会ってくれなければ、その手紙だけを渡して帰ってきてくれたまえ」

橋山はあっさり言っていた。

橋山自身も、東洞が面会するとは思っていないのだ。ことにコンノート式に激しく反対し、その採用運動をめぐるスキャンダルをあばこうとしている「情勢通信」を、東洞が悦《よろこ》ぶはずがないからである。

それにしても、橋山はなぜこんな使いを自分にやらせるのだろうか。

車は東洞邸への道を走っていた。

――橋山は友永の死にひどく冷淡だった。そこには何か防御的なものが感じられる。彼のあの態度は、確かに何かを知っている上の冷たさだった。

もしかすると、橋山は自分がホテルで考えていた一切の疑問をすでに知っているのではないか。いやいや、それよりもあのいろいろな謎《なぞ》も彼はすでに解いているのかもしれない。橋山は逸早《いちはや》く友永の机の中身を全部引き上げてしまった。その中には片山の知らない書きものもあったはずだ。

こう考えると、橋山は友永の死の真相については片山の及ばないところに立っているともいえる。

車は東洞邸の前に停《とま》った。

和洋折衷《せっちゅう》の家だった。この前は夜間に来たのだが、昼間見ると、建物も相当古い。今日は門前には車一台停っていなかった。付近は住宅地なので、あまり人通りもない。この前の晩、片山はこの家の前を何度往復したことであろう。

今度は、いよいよそのご本人に会うのだ。東洞氏の顔はこの間の夜、一度ちらりと見ているが、一番印象的なのは、やはり西岡写真館の壁に掛っていたポートレートだ。うまくいくと、あの一件を相手に仄《ほのめ》かすのも悪くはない。

片山は門に付いた呼鈴を押した。玄関までの古い甃《いしだたみ》を正確な歩調で歩いた。

玄関先は洋式になっていて、ドアが堅く閉っている。先ほどの呼鈴が通じているので、ドアの横手に付いた明り窓から内側のカーテンが開いた。擦《す》りガラスに映った影は女の姿だった。

ドアが細目に内側から開き、二十歳《はたち》余りの、円い顔の女がそっと客をのぞいた。

「どちらさまでしょうか？」

女中は馴《な》れた言い方で訊《き》いた。

「こういう者です」

片山は名刺を出した。肩書には柿坂経済研究所の活字が付いている。

「どなたかご紹介者があるのでございましょうか？」

女中は名刺を手に取って訊き返した。こういう訓練もちゃんとできているとみえる。

「いいえ、雑誌社の者ですから……先生は、ご在宅ですか？」

彼は蔽《おお》いかぶせて訊いた。

「少々、お待ちくださいませ」

女中はドアをぱたんと閉めて、いるともいないとも答えずに引っ込んだ。

片山は待たされている間、深呼吸した。

玄関横は垣根になっていて、その先は庭になっているようだった。葉の茂った植込みの間から、椿《つばき》の花が褪《あ》せた色でのぞいていた。


かなり時間がかかって、玄関はふたたび細目に開かれた。

「おそれ入りますが」

と女中は言った。

「旦那《だんな》さまは、今、お忙しくて、お目にかかれないと申されています」

いないとは言わないのだ。これは、またあとで押しかけて来るのを惧《おそ》れたことであろう。

「五分間で結構なんですが」

「あの、紹介者を通しておいでくださるように旦那さまは言っておられます。はじめての方は、どなたもそういうふうになっていますから」

「そうですか」

拒絶されたことをはっきりと知った。ここでこの女中と押問答してもモノにならないことはわかっている。

「それでは、先生にこれをお渡ししてください」

片山は、橋山に託された手紙を女中に手渡した。

女中は片山が背中を向ける前にぱたんとドアを閉じ、掛金を留める音を高く聞かせた。

片山は門の外へ出て東洞邸を振り返ったが、寂《せき》として静まり返っている。この家の外見からは、どこが書斎になっているのか見当がつかなかった。

しかし、拒絶されてみると、それが至極当然のような心持ちにもなった。会えるわけはない。東洞直義は、現在、あらゆるマスコミ関係と接触を絶っているに違いない。まして、あのような怪文書を出した柿坂の部下に会うはずはないのだ。

そんなことは橋山もちゃんと知っていたのだ。

すると、橋山が片山を東洞の家にやらせた狙《ねら》いは何であったのか。

片山は研究所に戻った。

すぐに三階に上がって、橋山の部屋をノックした。応答がない。

このとき廊下の向うから受付の織田がゆっくりと歩いて来た。片山が橋山の部屋の前に立っているのを見て、

「橋山さんは留守ですよ」

と離れたところから声をかけてきた。

「そう、外出かね？」

片山は織田のほうを向いた。

「ええ……なんでも、羽田に行くとかいって、大急ぎで車を出させていましたよ」

「羽田？」

片山はちょっと首をひねった。

「だれかを出迎えに行ったのかな？」

「さあ、それはわかりません」

当り前だった。受付警備員の織田などにわかるはずがない。

片山は調査部に引き返した。

すると、石黒の姿がない。机の上がきちんと片付いているのをみると、彼も外出らしかった。

石黒は前にはずっと部屋にばかりいたものだが、この前から外出が頻繁《ひんぱん》になっている。やっぱり臭い男の一人である。茫洋《ぼうよう》とした顔付をしているだけに、友永よりある点では扱いにくいのだ。

（待てよ。もしかすると、石黒は橋山と一緒に羽田に行ったのではあるまいか）

片山は大急ぎで廊下へ出た。そして、一階までおりて行き、受付の織田に声をかけた。

「織田君、石黒さんは、橋山さんと一緒に出かけたのかね？」

「いいえ、別々ですよ。石黒さんが外へ出るほうが早かったです」

片山の予想は違っていた。

「じゃ、橋山さんは一人だったんだね？」

「そうです」

「ふむ」

片山は次の言葉の接穂《つぎほ》を失って、何となく織田の横に立っていた。

すると、織田の開いている夕刊の見出しの活字が、片山の眼にとびこんできた。

43

片山が織田の肩越しに眼を落した新聞の見出しは政治面だったが、三段抜きの大きな活字だった。
〈特殊潜水艦問題で緊急質問
社労党の猪田《いだ》正浩《まさひろ》氏が起《た》つ
三十一日の衆院予算委員会で〉

片山ははっとした。

「織田君。ちょっと、新聞を見せてくれないか?」

「はい。どうぞ、どうぞ」

彼は見出しにつづいた記事を読んだ。三段抜きだが、内容はわりと短い。

「来《き》たる三十一日の衆院予算委員会で、目下疑惑を深めつつある特殊潜水艦の艦種決定をめぐる問題について、社会労働党では猪田正浩氏をして緊急質問させることに決定した。この問題については、国防庁がばく大な予算を投じて建艦することと絡《から》み合せて、同党ではかねてから深甚《しんじん》な注意を払っていたが、このたび艦種決定をめぐっていろいろ取りざたされていることにかんがみ、政府に対して、質問することになったのである。同党ではこの問題について相当な資料を入手したことをほのめかし、国民の疑惑を解くため、当局を徹底的に追及するといっている。

質問の先陣をうけたまわった猪田氏は同党本部の記者会見の席に現われたが、一問一答は次の通り。

問　特殊潜水艦の艦種決定について疑惑があるか。

答　疑惑は存在すると思う。

問　それはどのようなことか。

答　委員会で質問するまでいいたくない。

問　特殊潜水艦は政府筋でコンノート式に内定しているようだが、これに疑惑を感じているのか。
答　そういうことだ。
問　なぜ、社労党が追及に乗り出すのか。
答　国防庁は特殊潜水艦にばく大な予算を取っている。特殊潜水艦などといっているが、じつはアメリカの旧式の原子力潜水艦で、現在の世界情勢にかんがみて、このようなものを造るのは危険この上もない。
問　それだけで追及するのか。
答　違う。単にそれだけではない。ぼう大な建造費をめぐって不明朗な内幕がある。
問　この前、柿坂亮逸という人がこの問題について文書を配布しているが、質問はそれに関連するのか。
答　今はいえない。
問　執行部では、この問題について相当な資料を入手したといっているが、その資料は柿坂氏などから取っているのか。
答　われわれはあらゆる方面から常に資料を収集している。
問　質問はどの程度に行うつもりか。
答　国民全体が納得するまで、徹底的に追及の手をゆるめない。無用のものにばく大な税金が浪費され、さらに艦種決定をめぐって醜悪な裏面が伏在しているとなると、黙ってはいられない」

片山は、いよいよ問題に火がついたな、と思った。

ところで、社労党は、この特殊潜水艦問題の資料を握っているとほのめかしているらしいが、どうやら、それは柿坂の線からのように思える。というのは、片山にぴんと来るものがあった。

随筆家の関口貞雄氏と猪田正浩氏とは友人関係だと聞いたことがある。関口氏は柿坂の機関につながっている人だから、柿坂・猪田の橋渡し役になっているのであろう。むろん、社労党を焚《た》きつけたのは柿坂だ。

記事の一問一答では、猪田氏は柿坂の文書との関係をぼかしているが、それは否定できないようだ。

柿坂が社労党に資料を流して質問させたのは、野党からこの問題に火を点《つ》けさせ、現在内定しているコンノート式を表から叩《たた》き落す企《たくら》みからではなかろうか。猪田氏はその資料の点で相当な自信を見せている。これは少なくとも、その根本資料が柿坂のものであることを暗示している。

おもしろくなった、と片山は思った。

三十一日というと三日後である。果して政府側の反応がどのように出るか。ことは厖《ぼう》大《だい》な予算を取っている国防庁関係だし、特殊潜水艦という名のミサイル潜水艦が絡んでいるから、情勢によっては火の手が大きく上がる公算が大きい。

こういう記事が出たところをみると、柿坂のほうで万全の態勢ができたことを意味するようだ。片山がもたもたしている間に、柿坂のほうでは着々とコンノート攻略準備を完成しつつあったのだ。

やっぱり組織を持つ者と個人的な力との落差を、片山は感じないわけにはいかなかった。

それにしても、Sホテルで友永が死んだ直後に、この現象が現われたのも奇妙だ。何かそこにつながりがあるのかもしれない。

つながりといえば、橋山は羽田に行っているという。

もしや、それはカッターズ・ダイナミックスの副社長パーキンソンの帰国を見送りに行ったのではないか。

もし、そうだとすると、それはパーキンソンの滞日任務が終ったことになる。

そうだ、ここにも一つのつながりがある。パーキンソンの任務が終って帰国するや否《いな》や、たちまち社労党の追及がはじまろうとしている。

片山は、すべての線がある一点に結んでいることを覚《さと》った。

片山はその新聞をめくった。それは、ただ何となくぼんやりとめくったが、考えはいまの記事から離れない。

友永の死――パーキンソンの帰国――野党の緊急質問。

こう頭の中に並べてくると、そこに柿坂という男の「意志」といったものを感じるのだ。もっとも、この「意志」がどのような形のものか、はっきりと片山にはわからない。だがその意味は、ともあれ、片山には、長いことこの問題の内偵に当った柿坂が風を起して立ち上がったのを見る思いだった。

社会面は別段に大事件はない。

片山は見出しを漫然と見ながら、まだ自分の考えをもやもやと追っていた。すると、妙な見出しが眼についた。

〈佐藤さんは生存　名古屋の殺人事件〉

片山がその見出しに惹《ひ》かれたのは、「生存」の二字だった。つまり、死んだと思われた人が調べてみると生きていたという意味が、この見出しからすぐに感じとれた。

記事に眼を走らせた。

「先月十六日に発見した名古屋郊外の白骨死体は、絞殺《こうさつ》による殺人と判定されて以来、名古屋東署では被害者の割り出しに努めてきた。現場に脱ぎ捨てられていた衣類から、被害者は東京方面の浮浪者という見込みをつけ、名古屋東署の捜査員三名が上京し警視庁の協力のもとに都内上野方面の浮浪者について調べていた。その結果、去る一月以来急に姿を消した自称石川県生れ、佐藤泰造さん（四一）が被害者ではないかと思われて、鋭意捜査中のところ、昨日午後になって、佐藤さんがひょっこり品川方面でバタ屋をして無事でいることがわかった。このため同事件の捜査は再び振り出しに戻った。なお当局では名古屋の被害者が東京方面の浮浪者という考えを捨てず、この方面の捜査に当っているが、目下それに該当する者が一名浮んでいるので、鋭意その裏づけをとっている」

要するに、殺されたと思われた人間が、捜してみると生きていたということだ。別段、珍しくもない。こんな例は今までもあったことだ。

片山は急に空腹を感じた。今朝早く飛び出してホテルへ行ったので、朝飯を抜いている。新聞を織田に返してふらりと外へ出た。

片山は近くの安レストランにはいった。

片山は三百円のビフテキを頼んだ。

これはまたひどく堅く歯応《はごた》えがある。口の中で嚙《か》んでいると、最後にはどうしても咽喉《のど》に呑《の》み込めないような滓《かす》が残る。それでも腹が減っているので、結構おいしかった。そのビフテキを嚙んでるときだった。ふいと、頭の中にさっき読んだばかりの新聞記事が蘇《よみがえ》ってきた。つまり、名古屋で起ったという殺人事件だ。

片山は、瞬間、ナイフもフォークも手に持ったまま、身体《からだ》を棒のようにさせた。頭の中は思案が急激に回転をはじめていた。

彼は残りの食事を猛烈な速さで終った。コップの水で咽喉に閊《つか》えたものを流すと、すぐ店から飛び出した。

この通りはタクシーには不自由をしない。

「上野に行ってくれ」

「上野は、どの辺ですか？」

「警察署だ」

さっきは何気なく眼を通して読み流したのだが、かすかな記憶で上野の浮浪者というのが蘇ったのである。

車が上野署の前に着くまでも、片山は今思いついたばかりの想像を非常な速度で回転させていた。空想は次から次に発展してゆく。

「旦那《だんな》、着きましたよ」

片山は車を飛び出した。

どこの警察署でも大体の構造は似ている。カウンターの向うに警官の制服姿が坐《すわ》っているのを見ただけでも、中にはいるのに気遅れがする。

「今、夕刊を読んだのですが」

と片山は受付にいる若い巡査に言った。

「名古屋で起った殺人事件について、ちょっと伺いたいことがあって来たのです」

制服の警官は片山の風采《ふうさい》をじろりと見ていたが、席を起《た》って奥のほうへ取次に行った。

正面に坐った背広の男が巡査の話を聞いて、遠くから首を傾けて片山を眺めた。その人が何か口を動かすと、巡査が戻ってきて、

「あちらにお回りください」

とカウンターの中にはいる入口を指した。

背広の肥《ふと》った人は、自分で刑事課長だと言った。

「どういうことですか？」

片山が煙草《たばこ》を咥《くわ》えると、課長はマッチを擦《す》って火を差し出してくれた。なかなか親切だった。

「今日の夕刊で、名古屋に起った殺人事件の被害者の身元が推定の人間でなかったと出ていましたね」

片山はさっそく切り出した。

「はあ、あれは生きていましたよ。われわれのほうは、てっきり佐藤さんだと思って、

やっきとなってその生前の関係を洗っていたんですがね。ところが、今日の夕刊にもあるとおり、ひょっこり本人が出てきたのです。ご本人にとってはたいへん結構なことですがね」

「実は、ここに来たのは、私の知人が今年の一月以来失踪《しっそう》しているので、もしや、その人物じゃないかと思って問い合せに来たんです」

むろん、それは片山のデタラメだった。

課長がその話にすぐ乗ってくるかと思ったが、肥ったその人はふくらんだ頰に微笑を漂わせて落ち着いていた。

「ははあ、それはどうも、わざわざお越し願ってすみませんでした」

「参考になりませんか?」

「いや、実はね。たった今のことですが、名古屋のコロシは被害者の身元がワレたばかりですよ」

「え、身元はわかったのですか?」

「わかりました。先ほど名古屋から警察電話で報《しら》せがあったばかりですよ。いや、ときどきわれわれは、こういうような無駄骨を折らされます」

「その被害者はどこの人ですか?」

「長崎県生れで自称山田という人でした。上野の浮浪者だと思っていたんですが、本人は長野県の山の中でダム工事をしている飯場の人間でした」

「そうですか。それは結構でしたね……。ぼくはあの記事を読んで、つい友人のことを思い出したものですから」

「いや、どうも、ご協力はありがたいですな。ですが、いま言ったようなことで、そのお友だちの方とは関係はないようです」

次の片山の質問こそ、彼がここに馳《か》けつけた実際の目的だった。

「新聞には、東京方面の浮浪者という考えを捨てず鋭意捜査中と書いてありましたが……」

「おっしゃるとおり、東京の浮浪者と見当をつけたのです。浮浪者といえば上野が本場ですからな」

「やっぱり、上野にいましたか?」

「そうなんです。そして条件がぴったりと合うものだから、今度こそ間違いないと思いましてね」

課長は白い歯を出して苦笑していた。

「それはどういう人ですか……いえ、こんなことを伺うのは、もしや、その浮浪者がぼくの知人じゃないかと思うからです」

「いや、そんなのじゃありませんよ。もう、その浮浪者は五年ぐらい前から上野の山にうろついている男です」

「その人が急にいなくなったんですか?」

「そうなんです。年齢の点も一致するのでこちらは今度こそ間違いないと思ったんです」

「ははあ、いくつぐらいですか?」

「三十七、八です。ちょうど名古屋の白骨死体も、鑑定によると、そのくらいの年齢というものですからね」

「参考のために伺いますが」

と片山は唾《つば》を呑み込んで訊《き》いた。

「その浮浪者の名前はわかっていますか?」

「わかっています。山形県生れで、通称〝鉄ちゃん〟というんですがね。苗字《みょうじ》はわかっていません。あの辺の浮浪者はほとんどそうなんです」

「どうして、その人は急にいなくなったんですか?」

「いや、それはね。こういう事情だそうです。〝鉄ちゃん〟の友だちだった浮浪者たちが言うんですが、いい働き口があるから明日そっちのほうに移るんだと言っていたそうです。何でも、千葉県のほうから誘いがかかったそうですがね」

「千葉県?」

片山は眼を剝《む》いた。

「千葉県のどういう働き口ですか？」

「いや、ああいう連中の言うことですから本当かどうかわかりませんが〝鉄ちゃん〟が友だちにしゃべったところによると、海苔《のり》をつくるところから来てくれと誘われたと言います。誘った人間は、上野の辺《あた》りを歩いていた初対面の人だったそうですがね」

「海苔ですって？」

片山は電気にかけられたようになった。

「そ、そりゃ本当ですか？」

「いや、本当かどうかわかりません。ああいう連中の言うことだから、当てにはなりませんがね」

課長はゆっくりと煙草を吹かした。

「しかしですな、まんざら嘘《うそ》でもないところもありますよ。というのは、連中が千葉県の海苔業者に傭《やと》われるということはちょっと考えられないが、不正なことで使われるということはあり得ます」

「不正なこと？」

片山は固唾《かたず》を呑んだ。

「それは、どういうことですか？」

「ご承知かもしれませんが、千葉県の東京湾に面した海岸の漁村は海苔をいっぱい造っていますが、あの辺の業者が一番困っているのは、海苔を海苔畑から盗んでいく泥棒です。千葉の警察は、ほとんどその警備にかかりっきりですよ」

「ははあ」

「中には悪辣《あくらつ》な者もいましてね。他人の作っている海苔網を切って、網ごと盗んでいく奴《やつ》もいます。つまり、ぐずぐずしていると発見されそうになるのと、網から海苔をいちいちはずす手間を省《はぶ》いているわけですね」

「ははあ」

「ですから、そういう海苔泥棒が自分たちの仲間に引き入れるため、上野あたりにうろついている浮浪者を引き抜いたということは考えられます」

「そうすると」

と片山は弾んだ息を抑《おさ》えて言った。

「その〝鉄ちゃん〟なる浮浪者が、上野の山から行方不明になった日はわかってるんですか？」

「わかっています。ちょっと待ってください」

課長は抽斗《ひきだし》を開けて書類を手に取った。

「あ、ここに書いてあります。これは〝鉄ちゃん〟の友人たちがいっせいに口を揃《そろ》えて証言したことですが、〝鉄ちゃん〟が上野の山から行方不明になったのは、二月十八日です」

「二月十八日?」

片山は素早く頭の中で計算したが、自分の想像の日数と、それはかなりズレていた。

44

日にちのズレだけではない。年齢の点も片山の想像とはちょっと違っているのだ。

「ちょっと伺いますが」

片山は課長に言った。

「死体の推定年齢というのは、だいたい、正確なんですか?」

「それは厄介な質問ですね」

課長は笑った。

「正確と言いたいんですが、実際はそううまくいきません。ことに腐爛《ふらん》死体となると、大体の推定でいきますから、合わない場合が多いのです」

「どうでしょう、死体の顔は生きてるときの顔よりも若く見えますか? それとも、老《ふ》けて見えますか?」

「そうですね、わたしの経験では」

と課長は言った。

「死体の顔のほうが実際より老けて見えることが多いですね。いや、これはぼくだけのことではありません。検屍《けんし》の先生方もそうおっしゃっています」

「なるほど」

片山は、それだけは自分の心に明るさを覚えた。

「ところで、もう一つお伺いしますが」

と彼は言った。

「〝鉄ちゃん〟の体格はわかっていますか?」

「そりゃ名古屋の被害者の候補者になってるくらいですから、十分に調べています。身長は一メートル六五ばかり、少し肥《ふと》っていた、というのが友だちの話です。だいたい浮浪者のほうが普通人よりもかえって肥えているようですな」

「なるほど。しかし、非常に腐爛した場合、たとえば、腐敗ガスが体内に充満していわゆる巨人型になった場合、平常の体格がわかりますか?」

「そうですね、そうなるとちょっとむずかしいが、大体の見当はつくもんですよ」

もう、これ以上訊くこともないので、片山幸一は課長に礼を述べて上野署を出た。

彼は賑《にぎ》やかな街に向った。重苦しい警察署内の空気を吸ったあとなので、少し賑やかな空気を吸いたかった。彼は若い女の子がドアを開けて待っている喫茶店にはいった。

ここにはいったのは、落ち着いて自分の考えをまとめたいためであった。

――この事件は、いやに千葉県の海苔業者が関係している。

浮浪者〝鉄ちゃん〟が上野の山から急に見えなくなったのも、千葉方面から来たという男に、海苔採集の手伝人にならないか、と誘われたからである。本橋秀次郎がもと居た所も木更津の海苔業者の家だった。

それに、橋山が新宿で会っていた男も、千葉県ではないが、その対岸に当る浦賀近くの海苔加工業者だった。

なぜ、こうも海苔関係ばかりが出て来るのだろう。

片山幸一はコーヒーを啜《すす》りながら考えた。

「君」

と彼は通りがかりの女の子に言った。

「何か紙片《かみきれ》を一枚くれないか」

女の子は計算伝票を一枚持って来てくれた。片山はその裏に万年筆で書きつける。

本橋秀次郎の死体発見２月26日－20日（死後経過日数）＝２月６日
〝鉄ちゃん〟の失踪――２月18日
18日－６日＝12日

つまり、〝鉄ちゃん〟の失踪より本橋秀次郎の死が十二日も早いわけである。

これは、片山が課長から聞いたときに、すぐ日にちのズレに思い当ったことだ。〝鉄ちゃん〟の失踪《しっそう》後に本橋の死が起ったとすれば、ここに一つの推定が成り立つ。だが、本橋が死んだのちも、〝鉄ちゃん〟が十二日間も上野の山にいたとなると、ちょっと都合が悪くなる。これが逆だと片山の推定にぴったりなのだが――。

それにしても、〝鉄ちゃん〟が千葉県の海苔業者に手伝いを頼まれたというのも、少々、腑《ふ》に落ちない話だ。目下、人手不足はどこでも同じだが、それにしても、上野の浮浪者を傭《やと》うのは異常ではあるまいか。

また、傭った人間がどこの人間やら、さっぱり身元がわかっていない。ふらりと上野にやって来て〝鉄ちゃん〟を見つけ、彼と契約をしたというのも変な話だ。

(待て待て)

片山幸一は思い返した。

いったい、本橋秀次郎の死体は身寄りの者に引き取られたのであろうか。あのときは、死体の着ていた洋服の「本橋」という縫取ネームだけで片山は推定したのだが、遺体そのものはあれからどう処置がされたのか。

片山は、

「電話帳を貸してくれ」

と女の子に命じた。

東京水上署にダイヤルを回した。

「二月二十六日、大森沖で発見された水死体の男のことで伺いたいのですが」

片山が言うと、交換台では、そっちの係りのほうに回します、と言って、すぐに男の声を出した。

「いま聞きましたが、お訊《たず》ねになりたいのは、どういうことですか？」

先方ではあまり弾まない声で訊いた。声の調子であまり乗気になっていないのがわかる。

「その死体については、だれか引取人があったでしょうか？」

片山は訊いた。

「ああ、あれですか」

片山は、この前、偽名を使っていたから、この電話をかけるについては、相当勇気が要《い》ったのだが、この調子なら自分に対する追及はまぬがれそうだ、と思った。

「本橋姓に心当りのある人が二、三人見えて、わたしたちも調べたのですが、結局あれは、とうとう、身元がわからずじまいですよ」

警察の係りは答えた。

「すると、無縁仏ということになっていますか?」

「そうです。こちらの手で共同墓地に葬《ほうむ》っておきました」

「そりゃどうもありがとうございました」

片山は電話を切った。やっぱり死体引取人は現われないままになっている。本橋というネームの縫取はあったが、それだけでは身元がわからなかったようだ。

あの死体が本橋秀次郎とはますます断定できないぞ。

片山は冷たくなったコーヒーを喫《の》みながら、さっき書いた心憶《こころおぼ》えを見つめていた。

しかし、死体の経過時間はどうしようもないのだ。

当時、警察でも現場写真を見せてもらって、被害者の無残な顔を憶えている。それは魚につつかれて目玉などはなく、ふた目とは見られないような容貌《ようぼう》だった。

今でも、ムシロの上にべろりと下がった長い毛髪が眼に残っている。

長い髪——片山はここでも、はっと思いついた。

本橋秀次郎と長髪。その限りでは、片山の描くイメージとぴったりだった。

しかし、浮浪者〝鉄ちゃん〟としたらどうだろうか。

〝鉄ちゃん〟は、おそらく、散髪もせず、髪も伸ばし放題だったに違いない。編集者も小説家のように髪を長く伸ばしたのがいるように片山は想像しているが、浮浪者の無精とさして変りはないではないか。ことに水に濡《ぬ》れたあととなると、その状態に区別はつかなくなる。

顔も魚にやられて原形がないくらいに破壊されているので、これも本橋の特徴やら〝鉄ちゃん〟の特徴やら、区別がつくまい。

死に顔が生きているときよりも老けて見えるというのも参考になる。ところで、いったい、人間の水死体が魚に食われる状態は、死後何時間ぐらいであろうか。

東京湾は外洋ではない。したがって、人間の身体《からだ》を食うような大きな魚はいないはずだ。ある程度、その死体が腐爛してからでないと、湾内の小魚や虫がついばむことにならないのではなかろうか。

片山は、この点をもっと詳しく知りたかった。

法医学の本は、新刊書店に行けば相当揃えている。これから書店で立ち読みして、知りたいところをめくってみたかった。

書店に行って、その関係の本を立ち読みしたが、どの本も魚が人間の肉体をつつく状態に触れていない。

これでは仕方がないから、法医学のだれかに直接電話をして教えてもらおうと考えついた。

片山は手に取った法医学書の奥付を見た。この人は相当な権威者とみえて、裏にはその著書関係を列記したのと一緒に住所番地が載っていた。片山はもう一度、電話帳の厄介になった。

「わたしは先生の著書の愛読者ですが」

学者宅の電話に出た女の人の声は、どうやら奥さんのようだった。著者にとって読者というものはうれしいらしく、名前を告げないでも、教授が自分で電話口に出てくれた。

片山は名前を言う必要はなかった。

「先生、わたしは先生のご本を読ませていただいた者ですが、海に落ちた溺死体《できしたい》が魚や虫などに目玉なんかを食い取られる状態になるには、大体、どのくらい日数が経《た》っているものでしょうか？」

「そうですな、それは条件がいろいろありますな。場所はどこですか？」

「東京湾です」

「東京湾に漂流していて、引き揚げたとき、死体がそんなふうに損壊していたわけですね？」

「そうです」

「そうですな、季節はいつごろですか？」

「二月ごろです」

「それだと、やはり一カ月から二カ月ぐらい経っているんじゃないでしょうか」

「一カ月ですって?」

片山は愕《おどろ》きのあまり思わず訊《き》き返した。

片山はがっかりした。

「では、二十日間ぐらい漂流していた程度じゃ、そんな状態には、なりませんでしょうね?」

「そうです。二十日間というと、少し無理かと思われますが、そのときの状態によっては、あるいは起るかもわかりません。しかし、二十日というのがぎりぎりの限度でしょうな」

「そうしますと、二週間ぐらいで起るということはありませんね?」

「それはほとんどないと言っていいでしょう。いくら早くとも、二十日以上と考えられます。ことに二月のように水が冷たいとなれば、腐敗の程度は遅れますからね」

それだけ聞けば用はなかった。

「どうも、突然、お訊ねして申しわけございません」

片山はていねいに礼を述べて電話を切った。

例の伝票の裏にメモのつづきをつけた。

また変な具合になった。やはり専門家には一応、訊いてみるものだ。

今の法医学教授は、水上署に揚がったような死体の状態になるには、二十日がぎりぎりの限度でそれより新しくては起り得ないという。

してみると、「本橋」のネームのついた洋服を着た腐爛死体は、やはり本橋秀次郎でなければならない。なぜなら、〝鉄ちゃん〟の失踪のほうがずっと新しいからである。

これは、片山の考えついた線を根底から覆《くつがえ》す。つまり、片山は水上署に揚がった死体が本橋かどうかに疑惑を持ったのだが、〝鉄ちゃん〟の失踪に比べると日数は多く経っているので、やはり「本橋の死体」ということになる。

つまり〝鉄ちゃん〟が本橋の身替り死体となるには、その腐爛状態からしてあり得ないことがわかったのだ。

片山は腕を拱《こまね》いた。科学的な条件の前にはどうにもならない。しかし拭《ぬぐ》っても拭っても片山は自分の想像を捨てきれない。

月曜日、片山は橋山に、東洞直義が面会を拒否したので、手紙だけを女中にことづけてきたことを報告した。

「そうだろうな」

橋山義助は、無表情にそう言った。

「ご苦労だった。もういい」

橋山は、そう言ってから、くるりと回転椅子《いす》をまわして片山に背を向け、何やらパンフレットのようなものを読みはじめた。その態度は突き放すような冷淡さだった。

三月三十一日、衆院予算委員会では、国防庁が新しく採用する特殊潜水艦について、社労党の猪田正浩氏が首相、蔵相、国防庁長官に対して注目の質問を行なった。猪田議員はとくに国防庁長官に食い下がって、折から詰めかけた新聞記者の期待に応《こた》えた。

この記事は、その日の夕刊に賑やかに出た。

猪田議員の質問は、要するに、世界情勢がこのようなときに、特殊潜水艦などという曖昧《あいまい》な呼称で原子力潜水艦を国防庁が建造するのは、危険この上もない、という議論を前提に置いて、

「ことに、政府側の意向が最初からコンノート式に内定したのは奇怪である。今われわれの調査によると、性能の点や単価の点で、はるかにカッターズ・ダイナミックス式のほうが有利である。この点について、国防庁の技術陣の調査はどう考えているか。また、建造については厖大《ぼうだい》な国費を費消するが、当局としては少しでも国民の負担を軽くしなければならないのに、ことさらに単価の高いコンノート式にほとんど決定しかけているのはいかなる理由によるものか。

聞くところによると、コンノート社系の技術を導入している某兵器産業会社筋は、しきりと当局側の役人を赤坂あたりの料亭に招待している。このへんに大きな疑惑を持つが、その招待の理由は何か。

また、この問題については、国防庁側は東洞直義氏なる人物の意見を大いに尊重し、コンノート式に内定したのも同氏の強い意志に従ったのだ、と伝えられている。いったい、東洞直義氏と国防庁当局とはどのような関係にあるのか、説明を願いたい」

夕刊記事はこのように報道していた。

45

猪田正浩議員の質問に対する当局側の答弁は次のとおりだった。

「国防庁長官　特殊潜水艦の艦種決定については慎重に研究調査を続けている。巷間《こうかん》に伝わるようにコンノート式に内定したというような事実はない。コンノート式によるか、カッターズ式によるかは研究の結果を俟《ま》たなければわからないが、近く結論を出すつもりである。東洞直義という人については、実際何も知らない。

国防庁海上部調査課長　国防庁海上部としては、東洞直義氏に数回講演を頼んだことがある。その理由は東洞氏が潜水艦問題について、卓《すぐ》れた意見を持っておられると聞いたからだ。われわれは部内だけではなく、そういう学識のある部外者の意見を積極的に聞くことに努めている。しかし、国防庁が東洞氏を特に技術顧問的な存在として関係を持ったということはない。意見を参考に聞いたという程度である。その後、東洞氏とは会っていないし、個人的な交際もない。

国防庁総監部技術課長　東洞氏に会ったのは今から一年前が最初で、その後二、三度東洞氏から情報を聞いた程度である。会合の場所は都内の料理屋だったと思うが、その費用は東洞氏の好意で出されたように聞いている。つまり東洞氏は、そのときわれわれを、ご馳走《ちそう》してくれたわけで、その後は全く会っていない。

国防庁経理担当参事官　特殊潜水艦をどちらの方式によるかは調査中であって、それが決定しない前は予算面で云々《うんぬん》することはできない。われわれの立場としては、何といっても性能第一であるから、それが決ってから単価その他の検討に移るわけだ。東洞氏とは三年ばかり前に防衛兵器の国産問題について知りあった。一緒に酒を飲んだという憶えはない。東洞氏は軍事情勢をわれわれ素人《しろうと》にわかるように話してくれて、しかも話の内容は傾聴に価《あたい》するものだった。東洞氏とは赤坂あたりの料理屋などで会食したが、これはわたしだけではなく国防庁の幹部二、三人も一緒に会った。勘定は全部東洞氏がツケで引き受けたように思っている。

国防庁防衛担当主計官　東洞氏と知り合ったのは今から三年前で、人から同氏が軍事情勢について造詣《ぞうけい》が深いと聞いたので、その意見を聞きに行ったのがきっかけである。その後もときどき彼と会って話を聞いたが、特殊潜水艦問題について触れたことはない。その後も世界情勢について話を聞く程度であった。場所も日付もはっきり記憶はないが、時折、東洞氏の招待で、飲みながら雑談したことをおぼえている。しかし、これはあくまでも個人的な付き合いでやましいところはない。

国防庁海上部第二課長　特殊潜水艦の艦種決定は目下慎重に研究中であって最終的な結論は出ていない。問題の性質上、中間的な報告はしない。東洞氏と会ったのは、ある人から紹介されたので国際情勢を知る上で、民間情報通の話を聞く必要を感じたからである。その後、役所で数回同氏を招いて話を聞いた。特殊潜水艦問題に触れて聞いたということはない。東洞氏が某兵器産業会社ととくに接触があるかどうかは聞いたことがない。

大蔵省主計局第二課長（防衛担当）　わたしは一昨年に主計局に移り、防衛問題を担当することになったが、その方面では全くの素人で軍事情勢通の教えを受ける必要があった。そこで一般的な解説を東洞氏にお願いしたわけだ。それ以外にも東洞氏招待で料亭などで会ったこともあるが、いつも国防庁の人と一緒で、わたしが単独に同氏と話をしたということは絶対にない。また東洞氏は財界のお歴々とも交際があって、月に一度ぐらいは防衛情勢を講演されていると聞いたので、信用がおけると思った。

通産省防衛器具課長　東洞氏と特殊潜水艦のことで話したことはない。しかし、同氏は国際政局については相当な消息通だと思った。通産省としては、特殊潜水艦の艦種決定後にその国産の範囲、生産の設備、外貨の関係でタッチするわけで、艦種決定そのものには関係はない。
猪田議員　各政府委員から一応の説明を聞いたが、いずれも満足すべき答弁ではない。明らかにみんな事実を隠したゴマカシである。あなたのほうで隠していても、われわれのほうにはちゃんと証拠が集まっている。改めてこの問題については追及したいと思うが、いまのような責任のない答弁では、国民が納得しないことを承知してもらいたい。最後に国防庁長官にお訊《たず》ねするが、あなたはいま部下が答弁したことについて、どう思われるか。
国防庁長官　わたしとしては部下の答弁で十分だと思っている。
猪田議員　あなたがそんなことを言うから、部下がいい加減な答弁しかしないのだ。もし、この問題に絡《から》んで不正事実があったら、あなたは責任を取るか。
国防庁長官　もちろん、その事実があれば厳重に処分し、わたし自身も責任を取るつもりだ。
猪田議員　東洞直義という民間人を国防庁がこれほど重要視する理由がわからない。国防庁の幹部の意向がコンノート式に内定した裏面には、東洞氏と某兵器産業会社との有力な働きがあるようだ。また、いま、いろいろと説明があったが、いずれも東洞氏からの招待とかいっているが、わたしが考えるには一個人がわざわざ身銭をきってご馳走して話を教えるというような奇特な行動をするとは思われない。これらの金は、全部某兵器産業会社から出ていると思う。もしこの事実を知っていて、国防庁の幹部が料亭やナイトクラブに行っていたとすれば、明らかに不正な饗応《きょうおう》を受けたことになる。この辺に汚職の匂《にお》いがするが、いずれ資料を精査して再質問する。ただし、わたしのほうには十分な資料が整っているので、今後は今回のような曖昧な答弁では承知できないから含んでおいてもらいたい」

それから、四、五日、柿坂経済研究所は急に騒々しくなった。

新聞記者が絶えず研究所の玄関のドアを煽《あお》り立てた。社旗を立てた車が道路にいっぱい列を作る。

これは、予算委員会で特殊潜水艦に対する野党の追及がはじまった裏には、柿坂亮逸の情報がモノを言っていると、新聞社側が感づいたからであろう。前に「情勢通信」が一種の凄《すご》みを利《き》かせた時報を出しているので、この現象は当然だった。

柿坂亮逸と橋山義助とはえらく忙しくなっている。彼らは研究所の内部に落ちついていなかった。むしろ、新聞記者の来訪が多くなるにつれて、故意に逃避しているようにも取れるのだ。

片山幸一は、柿坂がなぜこの問題に火を点《つ》けたのか、まだその気持がはっきりと摑《つか》めないでいる。

いったい、柿坂はこういう火つけをしてどのような利益があるのだろうか。一番通俗的な考え方は、コンノート式をつぶしてカッターズ式に転換するように策謀して成功したあかつき、カッターズと、その技術提携会社から報酬をもらうということだが、どうも、ただそれだけではなさそうだ。それもあるかもしれないが、まだほかの要因も潜んでいるように思われる。

とにかく、柿坂も橋山も、こう新聞記者に押しかけられてはろくろく仕事ができないようだ。逃げている理由も、片山にはぼんやりと想像できる。迂潤《うかつ》なことが言えないのと、また、これからの工作があるから、なるべく新聞記者には会いたくないのであろう。

もし、柿坂が野党の追及の裏側にいるのだったら、猪田正浩議員と連絡がなければならない。この辺を探るのは、猪田議員の身辺に近づくことだが、これはたいして意味のないことだ。たとえば、猪田議員に直接面会しても、彼は本当のことを言わないだろうし、猪田議員がどこで柿坂と会っていたかを探り出しても、それはただそれだけの話である。二人の会話の内容まで探り出すことは不可能である。自分でできることをやるしかない。

三月分の給料が遅れて出た。

片山は、職員録をあさって田村姓の人を捜し片はしから当ってみたりしたが、偽名だと思うと元気が出ない。大森に出かけて海を見たりする。

例の石黒は相変らず、ぼんやりと顔を出すだけだった。

そうしているうちに四月も半ばごろとなった。

「石黒さん、ぼくはいくら給料が安くても、こうして遊んでいるのはもったいないような気がしますね。何か思いきりやってみたいですな」

石黒はうなずいた。

「まあ、ここで一番働き甲斐《がい》があるのは、橋山氏じゃないですか。あの人は柿坂さんにぴったりとくっ付いて行って一心同体ですから、ずいぶんとおもしろい目をみているように思います。そのほかは、普通の傭《やと》われ人ですからね。あんまり深い所にはタッチさせてくれません」

「そういえば、死んだ友永さんはどうですか?」

片山は、友永にこと寄せて石黒の反応を見ようと思った。

「さあ、あの人は、ちょっとわれわれとは違っていたようですな」

石黒の表情も声も変らない。

「友永君は、覇気《はき》があるというか、ファイトがあるというか、悪い言葉で言うと、小さな野心みたいなものがあったようです。ですから、社内よりも社外活動といったほうが多かったような気がしますね」

「いったい、友永さんは、外で何をやっていたんでしょうか？　もう、ご本人も亡《な》くなられたことだし、もし、わかっていれば、教えてくれませんか？」

「いやいや、ぼくにもよくわかりません」

石黒は慎重に頭《かぶり》を振った。

「そうですかね？　ぼくがこちらにお世話になる前から机を並べていらっしゃるので、少しはその間の事情がおわかりかと思いましたが」

とちくりと皮肉を利かせたつもりだが、石黒の茫洋《ぼうよう》とした顔には反応のカケラも泛《うか》んでこない。

「まあ、なんですな、お互いに現在の境遇で満足したほうが無難でしょうな」

と石黒は教訓めいたことを言った。

「あんまり背伸びをすると、とんだ怪我《けが》になりますよ」

片山はおやと思った。今の言葉は友永について言ったのだが、案外、片山の本心を察しての皮肉のようにもとれる。

「石黒さん、新聞に出ている東洞直義という人物は、あなた、よく知っていますか？」

片山は話題を変えて訊《き》いた。

「いいえ、よくは知っていません。ぼくも世間一般の常識的な程度にしかわかりませんよ」

「しかし、この人が今度の問題で顔を出そうとは思いませんでしたな」

片山はまた石黒の顔を窺《うかが》った。

「そうですな」

と相変らずの表情だ。

「ぼくらが考えるのに、東洞氏がどうしてそんなに潜水艦問題をはじめ防衛兵器について詳しい知識を持っているか、不思議ですね。工学博士かもしれないが、いわゆる軍事評論家でも何でもなかったんでしょう?」

「そうです、そうです」

石黒もうなずいた。

「だが、その後、きっと勉強したんでしょうね。新聞に出ている政府側委員の答弁を見ても、相当その方面の造詣が深いようですからね」

「その辺がぼくにはわかりませんよ」

片山は言った。

「常識的に考えると、専門家のほうが俄《にわか》勉強の素人から知識を授かるというのは、不思議な話ですね。それとも、専門家のほうが不勉強というわけでしょうか?」

「さあ、ぼくなんかにはよくわからないが、あなたの言い方も一理ありますね」

石黒もほほえんだ。

実際片山にもこれがわからないことだった。政府委員は実際の技術者でないから、彼らに専門的な知識がないことは当然だが、彼らが軍事方面のレクチュアを受けようとすれば、国防庁内の技術陣の中にはいくらでも適任者がいることだ。それなのに、わざわざ半素人のような東洞直義などという人物から啓蒙《けいもう》されるというのは、常識的に考えてわからない。

「いや、それはですな」

と石黒が言った。

「国防庁の技術陣にはない特殊な知識が東洞さんにあるんじゃないでしょうかね」

「えっ、何ですって?」

「いや、これはぼくの思いつきですが」

と石黒は言葉を濁した。

「そうでなければ考えようがありませんからね。今、あなたのおっしゃったような疑問はだれでも持ちます。それもきわめて素朴な疑問ですよ。ですから、わざわざ東洞さんをわずらわさなければならないのは、東洞さんに特殊な、つまり、東洞さんだけが知っている何かがあるということになるんじゃないでしょうか」

「おもしろい意見ですね」

と片山は興味を起した。

「その特殊な知識というのは、何のことですか?」

「いや、これは、今、ぼくがあなたの話を聞いて思いついただけですよ。そうでないと、東洞さんが専門家に逆に講義をしていたという理屈がわからなくなりますからね。それが何かと訊かれても、ぼくなんぞに適当な答えが出るはずがありません」

石黒は窓の外を見ていたが、小さな欠伸《あくび》をした。

「どうやら、今日も昏《く》れかかったようですな。ぼくはこれで失礼しましょう」

片山は石黒の帰ったあとに少し残った。いまの石黒の言葉も同時に片山の脳裡《のうり》に残っている。

東洞直義だけが持っている特別な知識。

――それは何だろうか。

たしかに石黒の言ったとおりだ。そうでなければ、東洞直義という人物が兵器産業会社からも大事にされるはずはないし、国防庁当局に影響を与えるわけもない。

しかし東洞直義は根っからのいわゆる軍事評論家ではないのだ。いわばにわかにその知識を仕込んで持っているという印象だ。

ここで見落してはならないことは、国防庁側にも、兵器産業会社側にも、卓抜な技術陣を擁していることだ。

彼らを超越して東洞直義がそれほどの卓抜な知識を持っているのは、いったい、どこから来ているのか。その秘密は何だろうか。

片山は外がうす暗くなるのに気づいて帰り支度をした。すると、外が少々物騒がしくなっている。彼は表通りの窓を開けて下をのぞいた。するると、一台の黒塗りの大型車に、今しも柿坂亮逸が乗り込むところだった。そのあとに大きな風呂敷《ふろしき》包みを抱えた橋山がつづいている。

風呂敷包みは、どうやら書類の束らしい。

46

柿坂亮逸は橋山を伴《つ》れて野党のだれかに会いにいくのだろうか。この前の新聞に出ていた猪田代議士あたりと面会するのかもしれない。

片山幸一は、黒塗りのクライスラーが走り去るのを窓から見て考えた。あの風呂敷包みは、その資料かもしれない。

しかし、あの風呂敷包みの内容が特殊潜水艦の資料だとすると、柿坂はいったいどこからそれを仕入れたのだろうか。柿坂の命をうけて働いたのは橋山に違いないだろうが、だれを動かして収集させたのだろうか。

死んだ友永の情報活動だけとは思えない。まだほかにもある。友永も複雑な男だから、知ったことを全部柿坂に報告したとはかぎらない。

いま、あのクライスラーを追っかけたとしてもはじまらないのだ。

問題は、柿坂の持っている情報内容と、それがどのような方法でいかなる人間から蒐《あつ》められたかということだ。柿坂が野党の議員に会って資料を渡しているところを突き止めたところで意味はない。

それに、柿坂が手持ちの資料を全部野党側に渡すとは思えないのだ。

柿坂亮逸の政治的意見は聞いたこともないが、革新派に同調している男とは思えない。彼が野党に資料を渡すのは、単に彼の利害関係からくる作戦のように思える。

言ってみれば、野党側は柿坂を利用したつもりかもしれないが、実は柿坂に利用されているようである。

片山幸一は帰り支度をして部屋を出た。

表へ出て、何となく人混みの中を歩いた。街には灯がはいっている。高いビルの一部にだけ昼間の空の色が萎《しぼ》みかけている。

——柿坂の目標は、目下のところ、東洞直義への攻撃にあるようだ。特殊潜水艦の艦種決定そのものよりも、その背後に控えている東洞を問題にしようとしている。

この柿坂の狙《ねら》いは、あるいは正しい方向かもしれない。なぜなら、片山も東洞があれほど国防庁に影響力を持っていることを不思議に思っている。少なくとも新聞に出ている衆院予算委員会の問答を見ただけでも、それがはっきりとわかるのだ。

国防庁の役人や、コンノート系の国産重工業会社の幹部は、東洞とかなり深い親交を持っていて、赤坂あたりで会合している。政府委員たちの答弁を見ても、その点はしどろもどろだ。宴会の費用は東洞のオゴリだったと言っているが、それは猪田議員も指摘したように、その費用がどの辺から出ているかは想像がつく。

つまり、国防庁の役人も愚にもつかない男と呑《の》み食いするわけはないから、東洞直義を相当高く評価していることは事実だ。してみると、東洞はえらく特殊な知識を持っていることになる。片山は、東洞のその秘密を知りたい。

ところが、東洞は衆院予算委員会で問題になったので業者が匿《かく》まったのか、世間の眼から消えてしまった。

この辺のところが、柿坂が必死となって追及しているところではなかろうか。そして、柿坂はある程度その核心に近づいているように思われる。ただ、それを野党に全面的に流すかどうかは別な話だ。

どうもわからない。柿坂の本当の目的は何だろうか。

まあ、それはそれとして、専門家も話を聞くという東洞直義の特殊知識がどのようにして蓄積されているのか、これを何とか知らねばならない。

ここで、念頭に泛ぶのは、カッターズの副社長パーキンソンと連絡があるらしい例の「役人」と思われる長身の「田村」という男だ。今度の問題でこの男の役割は微妙のようだ。案外、東洞の秘密には、この男が絡《から》んでいるのかもしれない。

片山は、長尾智子から聞いたパーキンソンの言葉を思い出す。

その男が役人らしいと見当をつけたのも、彼女がカッターズの副社長から聞き出した話にヒントを得たのだが、もし、役人だとすれば、どこの役所に所属しているのか得体が知れない。ただ漠然《ばくぜん》と「平河町」だけではわからないのだ。それはこの前も失敗している。

片山は長尾智子の存在が自分が考えている以上に重大であることに気づいた。

彼女はパーキンソンのホステスとなって大阪に行ったが、何を恐れたのか、東京に遁《に》げ帰っている。その恐れた理由が問題なのだ。

彼女は、電話口で「わたし、殺されそうだわ」と言った。よほど怕《こわ》い目に遭《あ》ったものとみえる。

それに、彼女のほうから自分のいる東京駅構内の場所を教えておきながら、そこへ行ってみると、すでに姿はなかった。大阪だけではなく、東京に帰っても彼女を追う人間がいたのだ。

こうなれば、どうしても彼女に逢《あ》ってみなければならない。

つまり、パーキンソンが大阪に行っていた時期には、柿坂亮逸も大阪に出張していた。そのあとから猛烈な東洞追い落し作戦が始まったのである。

どうやら、長尾智子の恐怖は大阪で、その争いに巻き込まれたことにあるようだ。長尾智子はあれきり姿を消している。もう、自分の傍に来てくれるな、と宣言したように、彼女からは音沙汰《おとさた》もない。

こう考えてくると、ぜひ、また彼女に逢う必要があるのだ。

では、どのような方法で彼女を捜し出すべきか――。

やはり平凡だが、彼女が勤めていたナイトクラブに行くほかはあるまい。いや彼女は、そこも辞《や》めると速達をよこした。たぶん事実であろう。

だから、ナイトクラブに行くだけ無駄である。

大きな店ほど、辞めた女とのつながりがないと言っていい。

それよりも、新宿の〝ボーナン〟に行ったほうがいいかもしれない。早苗に逢ってみるのだ。あの女なら、もしかすると、昔友だちの長尾智子の消息をキャッチしているかもわからないのだ。

片山は車を拾うと、新宿へ向った。

ちょうど、一番車が混み合う時間だった。交差点にさしかかっても、信号が四回ぐらい変らないと前に進めない。彼は車の中で、これまでのいろいろな出来事を頭の中で整理し、相互関係の線をつなぎ合せてみた。

その組み立てを崩してみたり、やり直したりする。

はじめは、週刊誌に載った、雑誌「新世紀」を求める広告がきっかけだった。随筆家関口氏の名前になっていたが、明らかに柿坂が出させたものだ。

その号の「新世紀」には東洞直義の短い評伝が出ていた。その生《お》い立ちと、彼がいかに明治、大正期の名門筋に目をかけられていたかが記事になっている。写真版がそれを証拠立てるように四枚も挿入《そうにゅう》されていた。

その伝記を掲載したのは、「新世紀」の編集長本橋秀次郎である。つまり、以後、あらゆる雑誌に出ている東洞直義の履歴の原型が、ここにあったのだ。東洞の伝記を書いた筆者はわからないが、編集長の本橋ならペンネームの本人を知っているはずだ。

その本橋秀次郎は「怪死」を遂げた。もっとも、本橋の死には大きな疑惑がある。

いまから考えると、柿坂亮逸が「新世紀」を求める広告を出させた時期と、彼が特殊潜水艦問題の調査に乗り出した時期とは、奇妙に合致しているように思われる。このことはこう解釈していい。すなわち、特殊潜水艦問題の背後に東洞直義という人物が控えていることを柿坂が知り、しからばその東洞とは何者かという疑惑がはじまり、いろいろ調べているうちに、東洞のあらゆる経歴記事の出典が「新世紀」にあったことを突き止めたからである。

だが、その調査が進められているころに、東洞の経歴の原典となった雑誌の編集長が「怪死」を遂げている。

しかも、その調査に当っていたと思われる友永も奇妙な死を招いている――。

また、東洞直義の肖像を客待ち部屋に掲げていた西岡写真館主の変死がある。

そして正体不明の「田村」がそれに絡み合っている。

――そんなことを考えていると、車の進行の遅いのも、結構、退屈しなかった。

すると、絶えずこの車の横や後ろにつこうとしているタクシーがあった。どのタクシーも先を争って早く走りたいのだから、これはさして奇妙な現象とはいえない。ただ、えらくこの車ばかりにくっ付いてくる運ちゃんがいるなと片山は軽く思っていた。

四十分以上もかかってようやく新宿に着いた。

しかし、まだ時間が早い。この時刻に〝ボーナン〟に行っても客は来ていないだろうと思った。片山は少しその辺を歩き、トリスバーにはいった。

安ウイスキーを二杯ひっかけて外に出た。時計を見ると、ようやく八時近くになっていた。この辺は折から人の出盛りだった。

トリスバーのあたりは、狭い路《みち》を挟《はさ》んで両側に小さなバーがひしめいている。

片山のあとから通行人がぞろぞろと歩いてくるので、彼の背中に眼をつけている人間がいても、こちらにはとんと通用しない。

〝ボーナン〟にはいった。久し振りの店だった。はいる前に、ドアのところでちょっと胸が鳴ったのは、あれ以来、初めて早苗に逢うからだ。一度だけの淡い関係だったが、さすがに懐《なつ》かしい。

その早苗は、片山がはいっていくと、店の奥から素早く席を起《た》って来た。

「ずいぶん久し振りね」

早苗は懐かしそうに言った。多少、面映《おもは》ゆそうな複雑な笑いだった。

「ああ」

片山もちょっと照れて、早苗のあとに従った。

隅《すみ》のボックスに坐《すわ》った。ほかの女給たちも、早苗の客だと思って、すぐにはこの席に来ない。

「どうなさったの?」

早苗は小さな声で訊《き》いた。

「あれから、さっぱりご無沙汰ね?」

「ああ、よそに出張があったりなどして、つい、今まで来られなかった」

片山は言訳した。

「そう、ご病気じゃないかと思って心配したわ」

「ありがとう。身体《からだ》だけはこのとおりだ。しかし働いても働いても、の組だからね」

「でも、たまにはいいでしょ。あら、どこかにお回りになったのね？」

彼女は片山の顔色を眺《なが》めた。

「なに、その辺の安バーだ。正直言って、素面《しらふ》ではここにはいれなかったんでね」

「ずいぶん純情ね。いいわ、それくらいだったら……でも、あれっきり何とも連絡がないでしょ。一度お逢いしたかったわ」

運ばれてきたハイボールを眼の高さに上げて、互いに乾杯した。

「ところで、早苗さん。君、ユリ子の行方を知らないかい？」

長尾智子は、かつてこの店ではユリ子の名前で働いていたのだ。

「あら、あんた、またユリちゃんを追っかけてるのね？」

早苗はちょっと嫌《いや》な顔をした。

「いや、追っかけてるわけじゃないが」

「わたしに逢いに来るときは、いつもユリちゃんのことで来るのね。いやだわ。ユリちゃんユリちゃんって言わないでよ」

片山幸一は、長尾智子には、いつぞや、例の「田村」の写真をあずけて、パーキンソンにその人物の身元を訊いてもらうよう頼んだ時以来、一度も逢っていない。その後、大阪から遁げ帰った長尾智子が東京駅から電話をかけて、「平河町」という手がかりを残したきり、彼女の姿は消えてしまった。

長尾智子を恐れさせている「何か」があるにちがいない。

片山が知りたいのは、その「何か」である。だからこそこうして〝ボーナン〟にやってきたのだ。

片山は間を置いてまた訊いた。

「君、ユリ子と最近、逢った?」

早苗は瞼《まぶた》をぴくりとさせたが、

「逢ってないわ」

と眼を逸《そ》らせた。

「おい、教えてくれよ」

彼は頼んだ。

「これは色恋じゃないんだ。ほかの大事な用事で、ユリ子と逢う必要がある。ユリ子は、もう、あのナイトクラブを辞めて、どこに行ったかわからない。君が逢ってるなら、彼女の勤めてる先を知ってるはずだ」

「あら、逢ってないから知らないわ」

彼女は空々しく主張した。

察するところ、これは彼に対する意地悪ではなく、長尾智子から口止めされているらしい。

しかし、片山は諦《あきら》めない。

といって、ここで同じ質問を繰り返すのも芸のないことで、これ以上押しても無駄なのだ。

片山はその話を打ち切った。

片山は、それから適当に酒を呑んだ。それとなく早苗を見ていると早苗のほうも片山の傍から離れたがらない。ほかに新しい客が彼女を指名ではいって来ても、すぐにここのボックスに戻ってくるのだ。

片山は早苗を横に引きつけ、テーブルの下で手をしっかり握った。彼女とのかつての記憶が蘇《よみがえ》ってくる。

早苗も片山の手を強く握ってきた。

まんざら、それが営業用だけと思えない。彼女の様子を見れば本気かどうかの区別はつく。一度だけだが交渉をもった女である。

「君」

と片山は酔った格好で彼女の頸《くび》を抱き、口を彼女の耳に近づけた。その耳朶《みみたぶ》も赧《あか》く火《ほ》照《て》ったようになっている。

「今晩、ぼくと一緒に帰らないか?」

早苗は少し伏眼になっていたが、黙ってうなずいた。

47

その晩、片山は早苗と一緒に旅館にはいった。

部屋にはいると、早苗は片山の頸に抱きついてきた。酒臭い息が顔に乱れかかる。

「ずいぶん呑《の》んでるんだな」

「あなたが店を出ていったあとでうれしくなっちゃってあれからお客さんに呑まされたのよ」

早苗は潤《うる》んだ眼で彼を見つめた。事実、頬が火のように熱い。その様子が、まんざら割り切った浮気だけとは思えないのだ。

「多少はぼくのことを心にかけていたかい?」

「ええ、すげなくされるほど、女というものは変に惹《ひ》かれるものだわ。だって、あれからちっとも顔を見せないんだもの」

浴室でも、早苗はタオルを太股《ふともも》に当て、石鹸《せっけん》をごしごしこすり付け、十分に泡《あわ》を含んだところで、片山の頸から背中にかけて万遍なく擦《こす》ってくれる。耳のうしろや、指の間をていねいに洗う。

「もう、いいよ。くすぐったいから」

片山が照れると、母親が子供にするように肩を押えつけて、よけいに泡を塗り立てた。

「あんた無精もんだから、ほら、背中からこんなに垢《あか》が出るわ」

熱い湯を桶《おけ》に汲《く》んで、ざぶざぶと流すと、皮膚がひりひりする。

早苗は、どうやら、家庭的な女のようだ。どの男にもこんなふうにするのだろうか。

それとも、こっちの欲目で、とくに自分にだけ心をこめてくれるのだろうか。

片山は、ある目的で早苗を伴《つ》れ出してきているだけに、もし、本当の親切だったら、少し彼女に悪いような気がした。

だが、長尾智子のことを何とかして訊き出さねばならない。早苗も智子との約束で口が堅くなっているから、それをいつ探り出すか、そのへんのタイミングが微妙だ。あんまり急いでも失敗しそうだ。彼女のほうもそれを警戒しているに違いない。

枕《まくら》もとのうす明りの中で、片山は早苗の濡《ぬ》れた髪を抱いた。

「あんた、薄情者ね」

と早苗は眼を細く開けて言う。

「どこかにいい女《ひと》ができてるんでしょ？」

「そんなことはないよ。店でも説明しただろう。僅《わず》かな給料しかもらっていないのに、そうそうバー遊びができるはずがない。それに、忙しいからね」

「どうだかわかるもんですか。あれっきり来ないなんてひどいわ」

「ごめんよ。これからは、できるだけ都合して行くよ」

「ほんと？　でも、当てにならないわ」

「今度こそほんとだよ」

「あんたって、案外、口先が巧《うま》いんだから。今夜だって、わたしのことを考えて来たんじゃないでしょ？　ユリちゃんのことを訊くのが目的だったんでしょう？」

それは図星だった。が、片山は彼女のほうから長尾智子の名前をもち出したので、

「それもあるけれどね」

と、都合よくそれに乗った。そして言い直した。

「まあ、それもないことはないがね」

「それごらんなさい。だから、あんた、嫌《きら》いよ」

「まあ、そう言うな。ぼくはユリ子に用事があるんだ。だが、決して色恋沙汰じゃないよ」

「当てにならないわ。だってユリちゃんも、あんたが店に来て居所を訊くかもしれないから黙っててくれって、堅く口止めしたんだもの。きっと、何かあったんだわ」

早苗はまだ見当違いをしている。片山と長尾智子との間にある程度の関係があって、

そのもつれから二人が仲違《なかたが》いしたように取っているのだ。これだったら、案外、彼女の口を開かすのに工作がしやすいと気づいた。

「絶対にそんなことはないよ。それは信じておくれ」

「だったら、どうして、そう、ユリちゃんのあとばっかり追い回すの?」

「いや、追い回すというわけじゃないが、ちょっと、彼女にはどうしても逢《あ》わなければならない用事があるのだ。それは彼女のほうにとってあんまり愉快なことではないから、ぼくから逃げているんだよ」

「さあ、どうだかな?」

早苗は、自分の指先に唾《つば》を塗って眉毛《まゆげ》を撫《な》でた。

「信用しないんだな」

と片山は彼女のその眼蓋《まぶた》を唇《くちびる》で吸ってやった。

「そいじゃ仕方がないから、彼女の秘密の一部を言って上げよう」

「秘密ですって?」

女はその眼に興味を見せた。

「ああ。君が誤解してるから、言いたくないけれど、話すより仕方がないだろう。その代り、ユリ子には黙っておくんだよ」

ええ、と彼女はこっくりとうなずいた。

女は他人《ひと》の秘密を聞くのが好きらしい。

「実は、彼女はあるアメリカ人のオンリーなんだよ」

「オンリーですって？　まさか」

半信半疑の顔をしている。

「と思うだろう。ところが、彼女はナイトクラブに働いてるうちに、ぼくがある調査をしている人間でアメリカから来た、商社の偉い人に見込まれてね。短い期間だけれど、そのアメリカ人の滞日中にオンリーとなったわけさ。だから、そのアメリカ人が大阪に行ったときなんぞは、彼女もわざわざ一緒にくっ付いて行ってるよ」

早苗は、うす暗い中で眼を大きく開いていた。


「まあ、そんなことだったの」

早苗は仰向いたままうなずいた。

「どうだ、思い当るところがあるだろう?」

片山は彼女の様子を見て言った。

「ええ、そういえば、大阪に行ってたことを話していたわ。でも、そんなアメリカ人とではなく、ひとりで気晴らしに行っていたと、わたしには話してたわ。どうも変だと思ったわ。やっぱりそんなことだったのね」

彼女は、そのことでは長尾智子に裏切られたと思ったらしい。女は些細《ささい》な部分でも嘘《うそ》をつかれると、信頼ができなくなるようだ。

片山が長尾智子の秘密を聞かせたことで、早苗も気が楽になったらしい。つまり、口止めをされている友だちの秘密の交換が、いともやすやすと行われそうになった。

「そんなわけで、ぼくはまだユリ子がそのアメリカ人に囲われているような気がする。ぼくが調べたいと思うのは、ユリ子がただ金の面だけでアメリカ人に囲われているとは思わないんだ。その内容を知りたいわけさ。決して、ぼくと彼女との間に何かがあったというような色恋からではないよ」

早苗もその点だけやっとわかったらしい。

「でも、彼女がいるのは、アメリカ人の所じゃないわよ」

ついにその口が綻《ほころ》んだ。

「ふん。じゃ、日本人の家《うち》かい？」

「ええ、そうよ。でも、それは世間体を考えてのことで、そこを中継所にしてアメリカ人と縁がつづいてるのかもしれないわよ」

「日本人の家だって？　それじゃ、それはアパートではないのか？」

「ううん、そうじゃないの……」

「じゃ、どんな所だ？」

「困ったな。絶対に黙っててくれと言われたんだけど」

「いいじゃないか。君から聞いたということは、言わないから」

片山は早苗の胴を締めつけた。

「でも、ちょっと悪いわ。約束したんだから」

「しかし、ユリ子の真意はわからないよ。案外、君はお人好しで、彼女に利用されてるのかもしれないよ。現に、アメリカ人と一緒に大阪に行ったことなど、君には匿《かく》してるじゃないか」

「そうね」

「おい、言えよ」

片山はもう一息だと思って彼女の頭をゆすった。

「しようがないわ。あんただから話して上げるわ。でも、絶対にわたしの口から出たということは言わないでよ」

「わかってる。そりゃぼくを十分に信用してくれ」

「ユリちゃんはね」

早苗はごくりと唾を呑んだ。

「代田《だいた》のほうにいるのよ」

「代田？」

片山ははっと思った。代田といえば、東洞直義の家もそこから真直《まっす》ぐ南に伸びた地域ではないか。

「何という家にいるんだい？」

「神野《じんの》さんという人の家だわ。そこで女中をしてるの」

「女中？」

片山はまたおどろいた。長尾智子がまさか住込み女中をしているとは思わなかった。

しかし、考えてみると、彼女はもっとも安全な所に身を隠しているともいえる。どこかのバーに働いてのアパート住いだったら、これは他人《ひと》に嗅《か》ぎつけられる危険がある。女一人の下宿でもそうだ。しかし、よその家に住み込んで女中をしていれば、居所を探り当てられる心配は少ない。

うまい所に身を隠したものだと思った。

「その神野さんというのは、何をする人だね？」

「よく知らないわ。どこかの勤め人だとユリちゃんは言ってたけれど」

「どういう因縁で、そこにはいり込んだんだろうな？」

「新聞広告を見て、自分で行ったんだって」

「よく、そこまで決心がついたね」

「わたしもびっくりしたわ。だってあの人くらいの器量と、客あしらいが巧かったら、月に十万は楽に取れるでしょ、それを、なぜ、女中なんかに住み込んだかわからないわ」

わからないといえば、長尾智子は何の必要があって自分の居所をこの早苗に知らせたのであろうか。長尾智子が絶対に身を隠す必要上、わざわざそんな所に潜んだとすれば、あまり必要もない早苗なんかにそれを教えるわけはないのだ。

「では、君のところにユリ子が来て、それをうち明けたのかい？」

「そうよ。今から半月くらい前になるかしら、ある晩、ひょっこり一人でやって来て、今晩は、と言うじゃないの。愕《おどろ》いちゃったわ」

「そのとき、ぼくが君を訪ねてきたら、今いる家のことを言うなと言ったんだね？」

「ええ、それも言ったんだけれど、ほかに変なことも言ったわ。もし、自分の身の上に変ったことが起ったら、あんた、わたしが代田の神野という家にいるってことを憶《おぼ》えといてねって……」

それを聞いた途端、片山は初めて長尾智子の真意がわかったと思った。

長尾智子は未《いま》だにある危険を感じているのだ。そのためにこそ、馴《な》れた商売もせずに他人の家へ女中に住み込んでいる。しかも、いつわが身に危険が迫るかわからないので、あらかじめ早苗に現在の住所を教えている。これは、彼女の言う「変ったこと」が身元不明の死体となって自分が発見される危惧《きぐ》を意味し、その場合を予想しての処置のように思われる。

これはあながち無理な想定ではない。殷鑑《いんかん》遠からず。現に、大森沖に浮んだ「本橋」のネーム入りの洋服を着た男も、果してそれが本橋かどうか疑問ではないか。

ところで、片山には「神野」という家が気にかかる。早苗の話によると、長尾智子は新聞広告で見て女中にはいったと言っているが、ただそれだけだろうか。

この場合、「神野」という家がほかの地域だったら、片山はこれほど気にはならない。問題の東洞直義の家から北へ進んだ代田付近にその家があることが、彼にある想像を働かせる。

片山幸一は、早苗と別れると、その足で代田のほうにタクシーを飛ばせていた。このころになると、深夜の甲州街道は道路にはやたら車が走るだけで、あたりは暗く戸を閉めて寝静まっている。

片山は、早苗から「神野」という家の番地を聞いている。長尾智子が彼女に教えたのだ。

行ってみると、その辺はあまり大きな家はないが、住宅街だった。ここまで来て、つくづくと思うのは、この場所が、渋谷から東洞家に至るあの道を真直ぐに伸ばした方角に当る。これは、タクシーで来ながら気をつけて見て実地に確認した。

ところで、東京の番地はむやみと地域が広い。ことにこの辺は路《みち》が入り組んでいて、幾つもの岐路《わかれみち》がある。

片山は困った。人が起きていれば訊《たず》ねることもできるのだが、どの家も戸が閉っているので、それも叶《かな》わない。彼はただ軒々の標札を見上げて歩くだけだった。

しかし、これは困難な作業だった。標札のある家もあれば、それがない家も少なくないからである。それに、たとえ標札らしいものは出ていても、折からの暗さでは文字まで判読はできない。懐中電燈の用意でもして来なければ確認ができなかった。

しかし、彼がこの一郭を歩いた印象では、「神野」という人物の家は、早苗の言ったとおり、さほど大きな家ではないらしい。ちょっと見ると、中クラスのサラリーマンばかりが住んでいるような構えである。

片山が小さい路を歩いていると、急に広い通りに出た。そこが四つ角になっている。広い通りは車も走っている。

ふと見ると、赤い街燈が向うの角にある。言わずと知れたポリスボックスだ。巡査が一人、表に椅子《いす》を出して腰を掛け、腕を組みながら通りの方を見張っている。

片山はその傍に近づいた。

「ちょっと伺いますが」

頭を下げると、巡査はちょいと顎《あご》を引いた。

「この辺に、神野さんという家はございませんか？」

「神野？」

巡査は腕を組んだままで番地を訊《き》き返した。

「神野なんといいますか？」

「さあ」

これは早苗から聞きそびれたのではない。早苗も長尾智子から姓だけしか聞いていないというのだった。

「名前はちょっとわかりかねますが」

「神野という家は二つあるんですよ」

「ははあ……一軒は女中を置いてるはずですが」

「両方とも女中はいるようですがね」

巡査は初めて椅子から起《た》って、本立てのようなものから住居人名簿らしいものを取り出した。

「一軒は神野勲夫《じんのいさお》さんといいます。この人は製麻会社の社員ですが」

「もう一軒は？」

「もう一軒の神野さんは公務員ですがね」

「なに、公務員ですって？」

片山は動悸《どうき》が搏《う》ちはじめた。

「その方は、どこへお勤めなんですか？」

「通産省です」

これだ、と思った。片山が想像した線に近くなった。

「おそれ入りますが」

と片山は弾《はず》む声を抑《おさ》えた。

「お名前は何とおっしゃいましょうか？」

「あんたはだれですか？」

と巡査は初めて胡散臭《うさんくさ》そうに片山を見た。彼はすぐに名刺を取り出した。ついでに定期券も見せて、自分を証明した。

「その人に用事があって訪ねて来たんですが、夜中なもんですから、さっぱり見当がつかないでいます」

「そうですか。その人は神野彰一《しょういち》さんといいます」

「年齢は？」

と訊いて、いや、間違うといけませんから、と言訳をした。

「そうですね」

巡査は名簿をのぞいた。

「四十二歳となっていますがね」

「その方は、通産省の何課に勤めていらっしゃいましょうか?」

「おや、あんたはそんなことまでも知らないんですか」

と巡査はじろりと見返した。相手を訪問するのだったら、それぐらいのことはわかりそうなものだ、と言いたげな眼つきである。

しかし、何課であろうと、通産省の役人と聞いた上は、このままでは引きさがれない。

(だが、待てよ)

彼は、ふと、疑問を起した。

(パーキンソンは、その男が平河町にいると言っていた。通産省だと霞《かすみ》が関《せき》だ。これはどういうわけだろう?)

48

「その神野彰一さんという家の女中さんは、いくつぐらいですか?」

片山は巡査に訊いた。巡査は変なことばかり訊く男だというような顔をしたが、それでも面倒臭がらずにふたたび台帳をのぞいた。

「十七歳です」

十七歳？　片山は当てが違った。長尾智子は三十を過ぎている。

「その女中さんは、現在もその家にいるんですか？」

「そんなことはわかりませんね」

巡査は少しむっとしたようだった。

「この調査は、一昨年しただけですからね」

「そいじゃ、現在のところはわからないわけですね？」

「わかりませんな」

巡査はばたんと帳簿を閉じると、片山を露骨に邪魔扱いした。

しかし、とにかく、これで用が足りたのだ。片山は礼を言って表へ出た。

さあ、これから神野彰一の家の様子を見なければならない。

しかし、待てよ、と片山は考えた。

長尾智子に〝レッドスカイ〟で初めて「おとなしい紳士」のことを訊いたとき、彼女は「田村」という名さえ知らず、角丸重工業のお客さんだということしかわからなかった。

その「田村」と推定される神野の家に、なぜ、長尾智子が女中としてはいり込んだのか。

そこには深い事情があるに相違ない。あるいは、パーキンソンが、危険にさらされている彼女を、神野にたのんでかくまってもらったか。それとも神野と彼女とが、その後何かの機会で知りあって、彼女が神野の家にかくまわれるようになったか、そのどちらかだろうと片山は推察した。もっとも、それは「田村」すなわち神野として、である。

片山は教えられたとおりの道順を歩いた。そこは大通りからはいって二つ目の道を曲る。道はそれほど広くはないが、それでも車だと擦《す》れ違う程度の広さはある。

片山は角から三軒目だと教えられて、じろじろと家を見ながら歩いた。どの家も簡単な垣根《かきね》があり、かたちだけの小さな門がある。二階家もあれば、低い平家もあるといった具合で、家並みはおそろしく揃《そろ》っていない。

神野彰一の家は表が万年塀《まんねんべい》になっていて、格子《こうし》のはまった簡単な門がある。家は奥に引っ込んでいて、門から玄関に行くまで白い敷石を伝っていくようになっている。

片山は門札を伸び上がって見た。明りがついていないので、眼をよほど近づけねばならぬ。苦労してやっと「神野」と書かれた文字を読むことができた。

家の構造はよくわからない。屋根が黒い影になって見えているだけで、もちろん、戸を閉めまわし、灯一つ洩《も》れていない。この中に、あの「田村」と思われる通産省の役人と、女中としてはいり込んでいる長尾智子がいるかと思うと、ちょっと、すぐには立ち去れない気持だった。

何とかもう少し様子がわからないものかと、両隣を見たが、これも仕切りの塀がきっちりとしてあって、路地もない。どの辺かに通路があって、そこから裏手に回れないものかときょろきょろしていると、道の向うからヘッドライトの光が強く射《さ》してきた。

この道はかなり遠くまで真直《まっす》ぐとなっているが、ヘッドライトは一つだった。オートバイらしい。

ちょうど、片山は道の真中に立ってあたりを眺めていたときなので、少し身体《からだ》を脇《わき》に避けた。単車だから、ちょっと避ければいいわけだ。

強い光は眼が痛くなるように眩《まぶ》しい。それがかなりな速度でこちらに疾走してくる。片山は何となくその一つ目玉の光芒《こうぼう》を見ていた。おかしいな、今ごろオートバイがこんな所を通るのだろうか、と思った瞬間、片山は急にある予感に襲われて、さらに身体を脇のほうへ移した。

普通だったら、そんなことをするはずはないのだ。どちらかというと片山も横着なほうだから、車がすれすれに通れると思うと、金輪際避けない性質である。だが、このときばかりは妙にそのオートバイが気になった。むろん、真直ぐに進んでくる一つ目玉の通過地点は、片山の立っている所とは十分に間隔があるのだ。

彼の瞳《ひとみ》いっぱいに光芒がなぐり込んできた。

黒い物が自分のすぐ前に迫った。あっと口の中で叫んで、危うく身体を避けた。

物凄《ものすご》い速さで黒い物体が彼の身体とすれすれの所を通過した。巻き起った風が彼の顔と肩とを搏《う》った。

気づいてみると、自分はすぐ横の塀に手を支《ささ》えていた。眼が本能的に単車のうしろを追った。

オートバイでもスクーターでもなかった。四角い箱形の黒い影が彼の眼に映る。赤いテールランプがかなりの幅をおいて、両方に点《つ》いているではないか。大型の自動車だった。

大型車はヘッドライトの先で通りを掃きながら、たちまち見えなくなった。車内は灯を消して真暗だ。

片山は動悸《どうき》が激しく搏った。もし、単車だと思って元の位置に立っていたら、あのフルスピードでは完全に轢《ひ》かれるところだった。つまり、片山のいた所が消えたヘッドライトの正面に当るのだ。

これは偶然だろうか。いや、決して偶然ではない。

もし、故障で片方のライトが消えていれば、運転手は立っている人影の発見に、必ず速度を落すか、クラクションを鳴らすかするはずだ。それが無言のままに風を起して突進して来たのである。

ヘッドライトの眩しさで、正体が大型車か単車かの区別がつかなかった。ライトの一つ目玉で、こちらは単車とばかり思って安心していたのだ。

つまり、向うは錯覚を起させて正面から轢殺《れきさつ》しようとかかっていたのである。

片山はいつまでも動悸がやまなかった。実際の恐怖はそれが過ぎ去ってから起るものだ。

狙《ねら》われている、と直感した。あきらかに向うは計画的だったのだ。

今までも、こういう事態をまんざら予想せぬではなかった。が、それは彼がもっと深いところにはいり込んでいるときの覚悟だった。たとえば、橋山が片山の「独身」に念を押した意味の危険はぼんやり考えていた。しかし、今のような段階では、そんなことがあるはずがない。

「だれかが、おれのすることを見ている！」

ふいと頭に泛《うか》んだのは、走り過ぎた自動車のかたちだった。暗くてよくわからなかったが、どうやら黒塗りのようだ。暗い中でも色を感じなかったのだ。

黒塗りのクライスラーが彼の眼の記憶をよぎった。今日の夕方、研究所の窓からのぞいているときに見た車だ。

柿坂と橋山とが急いでその黒塗りのクライスラーに乗っていたものだ。

闇《やみ》の中だから、むろん、車体番号までは読めなかった。車の格好もさだかでない。

しかし、柿坂や橋山などから殺される筋はないのだ。自分はまだ彼らに狙われるほど整った資料は握っていない。理由がわからないのだ。もっとも、暗い中での一瞬の目撃だから、それをクライスラーと判断するには早計だが。

片山は考える。

柿坂でないにしても、だれかが自分を狙っている。だが、自分がこの場所に来ていることがどうしてわかったのだろうか。それが先方にわかっていないと、いまのような謀略はあり得ない。

片山は辺りを見回した。寝静まった住宅街には、うす暗い街燈がところどころに立っているだけで人影も見えない。

片山は急にその辺にだれかが隠れているような気がして、急ぎ足になって離れた。用心深く、後ろを何度も振り返った。

やっとタクシーに乗ってから考えた。

相手は、どの辺から自分の後を尾行《つけ》てきたのだろうか――。自分の行動を振り返ってみる。柿坂経済研究所を出て新宿に行き、トリスバーで飲み、次に〝ボーナン〟にはいった。ここでしばらく時を過し、表へ出て十一時半まで近くをぶらついた。店から出てくる早苗を待つためだった。

それから早苗と一緒に例の旅館にはいった。そこを一時すぎに出た。早苗と別れてタクシーに乗り、あの街に走らせた。

すると、尾行《つけ》られてたのは新宿の〝ボーナン〟辺りからだろうか。あるいは、その前のトリスバーからかもしれない。

いやいや、そうではない。トリスバーにはいっているところを見られたとすると、あまりに偶然になる。これはやはり、勤め先を出るところから監視されて、そのまま尾行されたに違いない。

片山はひとりでに顔が赧《あか》くなった。ほかのところはどうでもいいが、女と一緒に旅館にはいったところまで相手に見られている。見張りの人間は女と一緒に自分が旅館から出てくるまで外で待っていたに違いないのだ。

それにしても、だれだかわからないが、いったいどういうところからおれに眼をつけたのだろうか、と片山は思う。まだ自分を消すほどのことはないはずだ。あるいは、こちらはたいしたものも摑《つか》んでいないのに、外部からはいかにも秘密を摑んだように思われているかもしれない。これは相手の正体がわからないだけに気味が悪かった。

これは用心しないと、とんだことになりそうだ。友永の例を思い出して、身体が堅くなった。

橋山の言葉までが耳に蘇《よみがえ》ってくる。橋山は調査というものは危険な仕事だと言ったが、今こそ、それを体験した。

片山は、その晩、タイヤの夢を見たくらいだ。

翌《あく》る日、彼は研究所を休んで通産省に出かけた。

受付に行って、神野彰一の所属を訊《き》いた。

受付には守衛のような人が坐《すわ》っていたが、名簿みたいなもので調べてくれた。索引は二通りあって、所属別と人名別とになっているらしい。

「神野さんは」

と守衛は言った。

「××部にいます。そこへ行ってお訊きください」

それは三階だということだった。片山は陳情者らしい人たちがぞろぞろと上下している広い階段を上がった。

ここでも階段を上がった所に受付が設置されてある。役所の受付というのは、どこも似たような構えだ。

「神野彰一さんは、いま、いらっしゃいますでしょうか？」

「あなたは？」

五十ばかりの詰襟《つめえり》の男が片山を見た。

「片山という者ですが」

もし、当人が出てくれれば、長尾智子のことを単刀直入に切り出すつもりだ。しかし、最大の目的は当人の顔を実見することだった。

受付の守衛のような男は電話をかけた。神野彰一のことを問い合せていたようだが、どういうわけか途中で受話器を措《お》いた。

椅子《いす》から起《た》った守衛は、

「ちょっとお待ちください」

と断わると、事務室のほうに歩いて行く。片山は変だなと思いながらその姿を見送った。

そこでしばらく待たされた。十分ぐらい経《た》ってから守衛は一人で戻ってきた。

「神野さんは、いま、役所にはいませんよ」

守衛は報告した。

「どこかへ出張ですか？」

「出張というわけではないんですが」

守衛は言葉を濁した。

「役所の事情で、別の役所へ出向されております」

「別な役所というと、どこですか？」

「それは、ちょっと、外部の方には申し上げられないことになっています」

片山はまた妙な気になった。なぜ、外部にそんなことが言えないのだろうか。そこに役所独特の事大主義を感じる。

「神野さんのお宅には電話はありませんか？　もしあれば、教えていただきたいんですが」

「自宅には電話はありません」

こうなったら仕方がない。直接、神野彰一の家に行くほかはなかった。

神野彰一は役人だから夕方でないと帰って来ない。このほうがこっちにとってはもっけの幸いだった。訪問の理由は何とかゴマカせる。片山は真直ぐタクシーを神野の家に向けた。

昨夜の記憶がまだ強い。その近所に降りると変な気がするのだ。昨夜の暗黒と奇怪さは、今は折から輝いている陽春の明るい陽射《ひざ》しに変っている。昼間見ると、実に平和で静かな町並みだった。

昨夜、突進してきた片眼の自動車の道には、近所の子供が遊んでいる。

神野の家を見ると、万年塀の内側にはちょっとした植木がのぞき、門の格子戸の中を見通すと、低い屋根と、古びた玄関とが突き当りにあった。

昨夜の出来事を考えたが、昼間だから、まさか危害も加えまい。

片山はよほどその家の玄関の呼鈴を押そうかと思った。しかし、考えてみると、こちらの顔を神野の家族にはなるべく見せないほうがいいのだ。目的は、長尾智子に逢《あ》って話を聞きたいだけだ。

片山は正面からの訪問を中止した。その代り、当分近所に張り込んで、彼女が使いに出てくるところを待ち伏せることにした。女中としてはいり込んでいるのだから、必ず用達《ようたし》などで外に出るに違いない。

あたりは静かな住宅街だ。人通りも少ない。張り込みにはたいへん条件が悪かった。あまりひと所に立っていても近所の眼におかしく思われそうだし、用もないのに道をぶらぶらしていても怪しまれる。彼は神野の家が視界にはいる限り待ち伏せの場所を移動させた。何気なく電柱の陰に佇《たたず》んでみたり、ずっと遠くに離れて煙草《たばこ》を吹かしてみたり、隣まで来て人待顔に新聞など読んでみたり、相当な苦労だった。

幸い近所からは見咎《みとが》められなかったが、その代り目当ての長尾智子の姿も出てこない。彼はそこで二時間近くねばった。

そのうち腹も空《す》いてきたので、いったん、警戒場所を引き揚げ、近くの商店街に行って腹ごしらえをした。あまりずっと張り込みをつづけているよりも、一時中止したほうがかえっていい。

一時間ぐらいおいて、彼はまた前の場所に戻った。相変らず人通りのない、隠れ場所の限定された困難な仕事だった。

長尾智子はさっぱり姿を見せない。いつ出てくるかわからない相手を待っているのは辛《つら》いことだった。使いに出ないはずはないと思うのだが、もしかすると、一日中家の中にひっこんでいることもあり得る。あの門を出た姿を見たが最後、彼は強引に彼女を拉《ら》致《ち》するつもりだったのだが、これでは手も足も出ない。

そのうち、ふと、また疑問が起ってきた。早苗の話のとおりに、果して現在も彼女がいるかどうかという不安である。自分では実際に見ていないのだから、何とかして彼女がその家にいるということだけでも確かめてみたい。

夕方になれば神野彰一が戻ってくるかもしれない。役人だから五時には役所が退《ひ》ける。霞が関からここまでは、乗りものを利用しても一時間はかかるだろう。その計算で六時近くになると、今度は神野彰一も警戒しなければならなかった。

片山が次の新しい行動を考えたのは、長尾智子も神野彰一も、ついに彼の眼に触れなかった結果からである。彼は夜間に神野の家の庭に忍んでいくことを決心した。庭からのぞけば、長尾智子の姿も神野の顔も見られるだろう。

午後九時ごろ、片山は門の格子をそっと開けた。神野の家は塀からかなり奥に引っ込んでいるので、道路から家の中の様子は窺《うかが》えない。彼は身体を庭の植込みの中に忍ばせながら、じりじりと母屋《おもや》の近くに進ませた。

背後《うしろ》をだれかに見つけられそうな気がして胸がどきどきしたが、用心をしながら、できるだけ有利な位置で内部をのぞこうとした。戸の隙間《すきま》には陽除《ひよ》けのブラインドが下がっているから内部がよくわからない。それでも人影だけはちらちらとしている。片山は耳を澄ませて、長尾智子の声がするかどうかも探っていた。

この庭に侵入してから二十分近くは経ったであろうか。馴《な》れるにしたがってしだいに大胆になった。さらに内部を見きわめようとして縁側に片方の膝《ひざ》をかけたとき、みしりと音が鳴った。

片山がはっとしたとき、表でサイレンの音が響いた。こちらにパトカーが疾駆してきた。

49

片山幸一は不意に近くに起ったサイレンに愕《おどろ》いた。ちょうど神野家の庭に潜入しているときだ。まさか自分のこととは思わなかったが、発見された場合の自分の現在を考えずにはいられなかった。

彼はとっさに暗いところにしゃがんだ。肝《きも》を冷やしたのは、そのサイレンがまさに眼の前の道路に停ったことだ。車のドアが激しく叩《たた》かれて靴音が向ってきた。懐中電燈の光が二個、あたりを捜索するように動いてくる。けたたましいサイレンの音を聞いてか、近所からにわかに戸を開けて人が出てくる。

片山は顔色を変えた。もはや、パトカーが自分を目ざしてやって来たことは間違いなかった。

片山は言いのがれのできない自分の立場を覚《さと》った。他人の庭に無断で侵入しているのだ。これは泥棒と目されても言訳がたたない。

彼はとっさに後ろを見たが、暗い中に黒い塀が逃走路を遮《さえぎ》っている。それを攀《よ》じ登って道路にとびおりることも頭に泛《うか》べたが、それを行動に移す前に脚が竦《すく》んだ。

片山が萎縮《いしゅく》していると、警官のひとりが玄関先に立ってこの家の者を起している。玄関に灯《とも》が点った。話し声が聞えてくる。

懐中電燈の強い光が、彼の眼の前に遠慮もなく近付いた。おそろしく大きな光の輪だった。身体《からだ》が痺《しび》れたようになって、じっと立っていると、光は彼の眼を正面から直射した。

「おい」

巡査はその光の後ろから大きな声を出した。

「お前、そこで何をしている?」

片山は舌が吊《つ》って言葉が出なかった。

もう一人の警官が走り寄ってきて、片山の腕を摑んだ。

「こっちへ来い」

片山はひきずられた。警官に引き立てられて行く罪人の心理だけが現実にわかった。

「お前、何か盗んでいるだろう？」

巡査が尋問した。

冗談ではない。

「ぼくは泥棒じゃありませんよ」

片山は、やっと言った。

「ふん、じゃ、何だ？」

「…………」

「夜、よその家の庭にはいって中の様子を窺っているのは泥棒しかない。名前は何と言うんだ？」

警官は彼をパトカーの横に連れ戻して手帳を出した。近所から人が出てのぞいていた。

「片山幸一といいます」

片山は覚悟を決めた。

警官は一字一字確かめるように訊き返しながら、次の尋問に移った。

「住所は？」

「…………」

「住所はどこだと訊いている」

「杉並区阿佐ヶ谷××町××番地　吉田忠三《ちゅうぞう》方」

「家族は？」

「いません」

「職業は？」

「会社員です」

「勤め先は？」

片山はごくりと唾《つば》を呑《の》んだ。すぐには言えなかった。

「勤め先はどこだ？」

「……それは警察に行ってから言います」

「ふん」

巡査は鼻を鳴らした。

「お前は、いま、この家の庭にはいっていたね？」

「はあ」

「それは、この家の者には断わりなしにお前が勝手にはいったんだね？」

「そうです」

「目的は？」

「それも警察に行ってから言います」

片山はパトカーに乗せられた。ここで初めて彼の片方の手首に手錠をかけられた。手錠は鎖で車内に繋《つな》がっている。

妙な気持だった。泥棒としてはいる意思はないのだから平気ともいえたが、この言訳には苦労せねばならない。しかし、実際の理由を言うわけにはいかない。何とか泥棒にならずに、夜間、他人の庭に侵入した適当な動機がみつからないものか。

パトカーは唸《うな》りを立てて警察署に向ったが、片山は行く手を眺めて、実に爽快《そうかい》な気がした。あらゆるタクシー、自家用車、トラックが、片山の車のために道をあけて停止したり、徐行したりしているのだ。

信号もここでは無視された。さすが横着なタクシー運転手も、車を片側によけている。これは大変な特権だった。

車は窓にあかあか灯をつけている所轄署《しょかつしょ》の前に停った。乗っていた巡査が片山から手錠をはずした。二人の巡査は片山を挟《はさ》んで署の玄関の階段を上がり、内に連れ込んだ。仰々しいことである。

巡査の一人が片山をそこに待たせ、一人で長いカウンターの前にはいって行った。警察署の中では、制服と私服とが五、六人ばらばらになって坐っている。みんな退屈した睡《ねむ》そうな顔をしていた。

巡査がその中で一番偉いと思われる私服のところに行って報告していた。私服の顔がひょいとこっちを向く。片山はかつて水上署に行った経験を思い出した。どこの警察署も似通った構造を持っている。

巡査が戻ると、片山は改めてその男の前の椅子に坐《すわ》らせられた。

「お願いします」

パトカーの巡査は、その四十年配の私服に敬礼して並んで出て行った。

私服は机の上の紙切れを見た。そこには、いま巡査が書いていったらしい片山の住所、氏名が載っている。

私服は硬《かた》い無精髭《ぶしょうひげ》を生やしていた。彼は顎《あご》を指先でごしごしと掻《か》いて、このとおりに間違いないかと訊《き》いた。片山がそうだと答えると、彼の一番困っている尋問を始めた。

「職業は勤め人とあるが、どこに勤めているんだね？」

片山は、隠してはかえって誤解が深まると思い、ここで思い切って柿坂経済研究所と答えた。

「ほう、あの有名な柿坂さんのところか？」

有名というのは、別な意味であることはもちろんだ。

「そこに勤めて、どれくらいになる？」

「給料ですか？」

「いや、勤務期間だ」

「三カ月前にはいっております」

「たった三カ月か。間違いないな?」

「はあ」

主任は自堕落な格好で、その紙に鉛筆で走り書きしていたが、

「ところで、今夜はどうしてあの家を狙《ねら》ったんだ?」

と鉛筆の先でこつこつと机を叩いた。

「どうして、ということもありません」

「では、なぜはいった?」

「実は」

片山は追いつめられて答えた。

「あの家の庭がちょっと変っているように見えましたから。その庭を拝見しようとしてはいったんです」

「ほう、庭をね。しかし、夜でも庭が見えるかい?」

「おぼろに見えたんです」

「君は家《うち》でも建てるのか?」

「将来は一戸を構えたいと思います」

「そのときの参考に、人のうちに無断ではいったんだな。しかし、それだったら、なぜあの家の人に断わらないんだ？」

「もう時間も遅いし、寝ていると思ったんです。それにあの家の人とは会ったことも、話したこともありませんから、頼んでも断わられると思ったからです」

「お前は前科があるか？」

私服は片山の顔から風采《ふうさい》までじろじろと見た。

「そんなものはありません」

片山は憤然として答えた。

「よし、きょうはもう遅いから、明日あらためて訊くよ」

彼は睡たそうな声を出した。

「今夜は、ここに泊って行け」

「しかし、ぼくは何も悪いことをしておりません。いま言ったような事情で、ちょっと門の中にはいらせてもらっただけです」

「何でもいいから、泊ってもらうんだな。明日の朝になれば、おたがいよく睡ったあとだから、もっと、まともな話ができるよ」

主任が眼くばせした。すると、近くに坐っていた巡査が、がたがたと靴を床に鳴らして、片山の脇《わき》を後ろから取った。

片山はその巡査に連れられて、奥のほうへ歩かされた。うす暗い電燈が廊下に点《つ》いている。後ろで警官たちの笑い声が起った。

「家をたてる参考に他人の庭をのぞきに行ったんだとよ」

あの私服が大声で言っていた。

片山は別な巡査に引き渡された。鉄格子《てつごうし》のはまった内側に机と椅子《いす》があり、そこに坐っているのが監視巡査だった。彼はネクタイを外《はず》され、バンドを取り上げられた。入念に身体検査をされて紐《ひも》らしいものは有無を言わさずはずされた。彼は自堕落な格好で、もう一つの鉄格子の中に送り込まれた。

房《ぼう》の上には裸電球が点いている。その下で三人の男が小学生のように並んで寝ていた。彼らは巡査の足音が消えるといっしょに頭を持ち上げた。

「おい」

ひとりの蒼《あお》い顔の男が低声《こごえ》で訊いた。

「おめえ、なんでここへはいってきたんだい?」

片山はその三人の中にはいって横たわった。むろん容易には寝つかれなかった。傍の男が鼾《いびき》をかいている。もう一人の男は腹をまる出しにして、黒い爪《つめ》で引っ掻いていた。巡査の靴音がときどき回ってきた。片山はいつか見た映画の一コマに自分が身を置いている気になった。変にむしむしして睡れない。

それにしても、なんと奇妙な羽目になったことであろうか。パトカーが急にやってきたのは、あの神野のうちから一一〇番に電話して呼んだというのだが、いつ自分の姿が家人に発見されたかわからない。あのときの様子では全然感じられなかった。それに今日、通産省で訊いた時には、神野の家に電話はないと言ったではないか。

片山は当時を考えて、はっと思い当ることがある。その前夜危うく自動車に轢《ひ》かれかかったことだ。こちらは単車だと思っていたのに、意外にもそれが片方のライトを消した大型車だった。もちろん計画的なやり方だ。あのときも思ったことだが、あれは前からこちらの行動を見守っていたことでなければ、できるわけはない。尾行《つけ》られたのはどの辺りからかはっきりとしないが、だれかが彼の行動をいちいち監視しているのだ。

してみると、神野の庭に忍び込んだのも、同じく尾行者によって目撃されていたに違いない。

片山はここでも、自分の知らない人間が背後に眼を光らせて近くの公衆電話に走って一一〇番に通告したように思われる。ではその人物は、何のためにそれを警察に通告したのであろうか。片山が泥棒でないことは、はっきりわかっているはずだ。

(そうだ。その男はおれを被疑者に仕立てようとしたのだ)

これよりほかに考えようがない。では、自分を警察に渡した魂胆は何なのだろうか。

考えるまでもなかった。それは彼を神野家に近づけさせないためだ。片山はここで自分を目標にしている「敵」の存在をはっきりと知った。

こうなったら、かえって身の処置がしやすくなる。敵はまだはっきりとは姿を出さないが、その存在だけはみずから暴露してきている。よし、その正体も必ず剝《は》いでやるぞと思った。

あの片眼のヘッドライトの疾走は、明らかに計画的殺意だ。彼はまたしても友永の怪死を連想せずにはいられなかった。

翌朝、彼は留置場から引き出されて、はじめて正規の取調べを受けた。結局、実害がなかったこともあって、小言だけですんだ。その代り始末書を取られた。

片山が署を出たのは九時過ぎだった。彼はそのまま柿坂経済研究所に向った。胸糞《むなくそ》が悪いので、下宿に帰る気もしない。朝飯も通りがかりの喫茶店に寄りトーストですませた。

研究所へ出ると、例の受付係の織田が呼びに来た。

「片山さん、常務さんが呼んでいますよ」

片山が腕時計を見ると、まだ十時を過ぎたばかりだ。今朝は橋山もえらく早く来たものだと思い、彼の部屋をのぞいた。

「お呼びですか?」

橋山は机のほうに向って書類のようなものを子細《しさい》らしく見ていたが、くるりとこちらを向いた。その顔は不機嫌《ふきげん》というよりも、険悪な表情をしている。

「片山君」

彼は鋭い声を出した。

「君は、昨夜、何をやったんだ？」

片山はびっくりした。もう、警察のほうから橋山に連絡が来ている。思うに、彼が勤め先を言ったので、それを橋山に問い合せたのかもしれない。

「ひどい災難に遭《あ》いました」

片山は神野という名前を出さずに、少し酔っ払って通りを歩いていると、ひどく庭のきれいな家があったので、それを見たくなってふらふらとはいったら、パトカーに捕まったのだと話した。

だが、その話をしているうちにも、橋山の顔はいよいよ険しくなった。

「片山君」

片山の話が終るのを待ったように橋山は言った。

「君、社を辞《や》めてくれないか」

「えっ、何ですって？」

片山は愕《おどろ》いて問い直した。叱《しか》られるくらいは覚悟していたが、まさかクビとは予想もしなかった。

「君はうちの名誉を傷つけたのだ。君のような人を置いておくと、この先、ぼくらが不安で仕方がない。この辺でごめん蒙《こうむ》りたいな」

「橋山さん」

片山は抗議にかかった。

50

突然の解雇宣言だ。片山は橋山に開き直った。

「それは少しおかしいではありませんか。ぼくは何も研究所のほうに迷惑をかけたわけでもなく、所の名誉を汚《けが》したわけでもありません。ことは、誤解から生じたのです。だから、疑いが晴れると、警察でも今朝すぐぼくを釈放したではありませんか。それを理由にぼくをクビにするというのは、あんまりひどいと思います」

橋山は厚い唇に短い煙草《たばこ》を咥《くわ》え、眼鏡の奥の太い眼に鋭い瞳《ひとみ》を据えていた。片山の興奮を橋山はむしろ冷笑的な表情で見ている。

「君は疑いが晴れたと言っているが、夜、他家の庭に忍び込むというのは、善良な市民のすることではないからな。警察では嫌疑《けんぎ》が晴れたかもしれんが、ぼくのほうは将来への懸念《けねん》が大事なのだ。それに、君はあまり有能な社員ではなかったよ」

この最後につけ足した言葉が、片山の胸を棒先のように突いた。

たしかに自分は有能な社員ではなかった。仕事らしい仕事を何もくれないのをいい幸いと、外出ばかりしていた。見つからないように気を付けたつもりだったが、やはり甘い考えだった。しかしもとはと言えば仕事を与えない側が悪いのだ。こちらは十分にその意欲はあった。だが、仕事を出さないでは実力の発揮のしようがないではないか。

しかし、そんなことを今言い立ててもはじまらなかった。橋山の意志ははっきりとしている。つまり、片山の存在が邪魔になったのだ。彼が陰でこそこそと動いているのを橋山も知ったに違いない。

それに、昨夜のこと——例の神野彰一の家に片山が近づいたということが、はっきり解雇の直接の動機となっている。もはや彼を社員として内部に置くことが危険となったのであろう。逆にいえば、彼の実力が橋山に認識されたということなのだ。この点に限れば、満足しなければならぬことかもしれない、と片山は思った。

よろしい、と彼はひとりでうなずいた。今までは時間的にも拘束されていたし、勤めている以上、柿坂への遠慮もあったが、今度は自由な身になって思う存分調査を進めてやろうと思った。先方から絶縁を言い出したのはいい機会かもしれない。

「ぼくを解雇するというのは」

と片山はいちおう橋山を追及せねばならなかった。

「常務さんの意志ですか、それとも所長からの命令ですか？　もし、常務さんだけの考えでぼくを整理するというのでしたら、理屈に合いませんからね。ぼくは所長から直接に解雇の理由を訊《き》きたいのです」

「ぼくの言葉は、所長の命令だと思ってほしい。万事全面的にぼくが任されているんだからね」

橋山は赧黒《あかぐろ》い顔からやはり冷笑を消さないでいた。

「それにだ、君はぼくのほうから無理に来てもらった人ではない。うちと関口さんとの特殊な関係で、関口さんから頼まれると嫌とは言えなかったのだ。せっかく働いてもらったが、どうも君はウチに向く人ではないようだ」

橋山はそう言うと、机の抽斗《ひきだし》を開けて四角い封筒を出した。

「これは所長からぼくが預かったのだが、僅《わず》かだが退職に当っての手当金だと思って受け取ってくれたまえ。本来なら、半年以内では退職手当を出さない規定となっているが、関口さんの紹介でもあるから、所長の特別の配慮だと思ってほしい」

橋山はわざとらしく封筒を両手で持って差し出した。

片山は、よほどそれを叩《たた》きつけてやろうかと思ったが、いやいや、ここで喧嘩《けんか》別れするのはまだ早い、あとでまたどんなきっかけから、この橋山と顔を合わせねばならないかもしれないのだ。喧嘩はいつでもできる。ここは一番あっさりと引き揚げようと決めた。

「そうですか」

片山は受け取ってポケットに捻《ね》じこんだ。

「所長の意志なら仕方がありませんね。では、ここを辞めさしていただきます。ぼくも関口さんへの義理がありますから、あまり強いことも言えません」

「君はまだ若いし、人生はこれからだ。人間は、働く場所によって本当の値打ちが発揮される場合と、そうでない場合とがあるからね。君はこんな所にいる人ではないと思う。将来のため、早くそういう場を見つけて活躍してください」

橋山も片山がおとなしく出たので、多少顔色はゆるんだ。

「所長によろしく言ってください」

片山は挨拶《あいさつ》をして部屋を出た。調査部に帰ると、自分の抽斗の中から私物を取り出し、それを大封筒に入れて、あとをきれいにしておいた。石黒は今日も姿を見せていない。もし、石黒がいたら、いまクビになったことを告げて、相談を兼ねていろいろと話したいのだが、いつ出てくるかわからない彼を待っているわけにもいかない。

短い期間だったが、いざ自分の机と別れるとなると、ちょっと寂しかった。するると、机の整理から片山はふとあることに気づいた。

それは、死んだ友永がもっていた例の「田村」の隠し撮り写真だ。あれは友永が机の上にほうり出していた。そういう写真なら、普通はもっと大事にして他人《ひと》に見せないのが当然だが、友永のやり方はそうではなかった。

当時、片山は、それが友永のズボラな習性から来ているものと単純に解釈していたが、今になって、あれはどうもおかしいと思った。もしかすると、友永はわざと同室の者に見られるような状態にしていたのではなかろうかと思う。

同室者は石黒と片山しかいない。しかし、友永は、あのころは、まだ片山を問題にしていなかった。友永はそれとなく神野彰一の写真を石黒に見せたかったのではあるまいか。

なぜだろう？　もし、そうだとしたら、友永は石黒に対してどのような効果を狙《ねら》ったのであろうか。

片山は、まっすぐ下宿に帰った。それに、昨夜は留置場の中で睡《ねむ》れぬ一晩を過したので、ひどく疲れていた。彼はぐっすり睡りたかった。

自分の部屋にはいって上衣《うわぎ》を脱ぎ、その辺の本を枕《まくら》にしてごろりと畳の上に横たわった。天井に眼を向けたまままいろいろと考えた。

こうしていると、なんだか以前の生活に逆戻りしたような気になる。例の洋傘会社から柿坂のところに移ったのだが、その生活が今では途中で素抜けたように希薄に感じられる。柿坂のところにいた三カ月がまるで嘘《うそ》みたいだったように、この汚《きた》ない部屋にごろりとしている現在が無気力な以前の洋傘会社の生活のつづきのようだった。

片山は、ポケットから橋山がくれた封筒を出して見た。中を破って見ると、今月分の給料といっしょに別な小封筒がはいっている。上に「寸志」と書いてあって、一万円札が二枚折ってはいっていた。退職金のつもりであろう。「退職金」とは書かず、「寸志」としたところがおもしろい。柿坂経済研究所が普通の企業体でないことはこれでもわかる。あるいは片山などそんな程度で十分だと思ったのかもしれない。

梯子段《はしごだん》にこっそりと足音が聞えてきた。

片山が半身を起すと、下宿のおばさんの顔が遠慮そうにのぞいた。

「片山さん、今日はお休みですか？」

とおばさんは彼の格好をのぞいた。

「ええ、まあね」

このおばさんにも勤めを辞めたとはすぐには言えない。警戒をされても困るからだ。

「そいじゃ、あなたにちょっと話がありますよ」

おばさんは彼の横に来て坐《すわ》った。片山も起き上がって胡坐《あぐら》をかいて向い合った。

「毎日お疲れですね」

おばさんは口もとに妙な微笑を泛《うか》べている。

「片山さん、あなたもそろそろ身を固めるんじゃないですか？」

「えっ、何ですか？」

「何ですかじゃありませんよ。そんな話が起ってるんじゃないですか？」

「知りませんな」

片山はぼんやりおばさんの顔を見返した。

「あなたも、もう、家庭を持つ年ごろですからね。いつまでもひとりでこんな所にぼやしてはいられませんよ。そんな話があれば、匿《かく》さないで言ってくださいね。わたしがいいように返事しておきますよ」

「さっぱりわからないな。何のことですか？」

「この前から、近所へ片山さんのことをしきりに聞きにくる人があるんです」

片山ははっとした。

「それそれ、心当りがあるでしょ」

おばさんは片山の表情を見て笑った。

「先方でもちゃんとそんなことをはっきり言ってるんですからね。いいえね、近所へ来てこっそりとあんたのことを調べてる人がいるんです。なんでも、片山さんの縁談の相手の方から頼まれたと言って、素行調査をしてるんですね」

「ここにもやって来ましたか?」

片山は思わず眼が怯《ひる》んだ。

「ええ、来ましたよ。もっとも、あなたには内密にしてくれということでしたがね。片山さんは毎日何時にここを出かけて、何時ごろに帰ってくるかということから、あなたの友だちの関係、いつも遊びに行ってるような場所、それから毎日の生活ぶりなど、そりゃ詳しく訊いて帰りました。とくに友だち関係だとか、手紙のやり取り先などは念を入れて訊《たず》ねてました」

「それで、おばさんは何と言ったんですか?」

「そりゃいいように言いましたよ。だって、向うは初めから縁談の身元調査だと断わってるんですからね。わたしが悪く言うはずがありませんよ」

片山は狙撃者《そげきしゃ》の眼を感じた。彼は相手の照準の中に自分が完全に身を置いていることを覚《さと》った。

おばさんが階下《した》に降りて行って、片山はまた一人になった。彼はふたたび汚れた畳の上にひっくり返った。

だれが自分の行動を見ているのだろうか。

昨夜の出来事といい、今朝の馘首《かくしゅ》といい何か一歩一歩わけのわからない相手から環《わ》を縮められている感じがする。

ここで、これまでの事件を振り返る必要があった。うっかり見のがした点もあるかもしれないからだ。また、個々の出来事について総合的な判断が誤ってはいないだろうか。気づかないで見落した点はないか——。

彼はむっくり起き上がると、便箋《びんせん》を取り出して、今までの出来事を紙にメモしながら、それと並行して整理してみた。

すると、やはり問題は死んだと思われている本橋秀次郎のことになった。どうもこれは身替りのような気がする。もしかすると、彼は生きているのではないか。そういう想像が心の中から首を擡《もた》げてくる。

さらに怪死のことでは友永がいる。ホテルの行動も奇妙なものだった。むろん、単純な事故死ではない。

それと、西岡写真館主の変死がある。

この三人の奇妙な死に方は入り組んでいながら共通しているところがある。

片山は天井を見つめながら、この錯綜《さくそう》した線を手繰《たぐ》っていた。

結局、いま自分の摑《つか》める手がかりは、神野彰一の家に女中として住み込んでいるという長尾智子以外にないと思った。彼女はパーキンソンの傍に付いて大阪に行っているし、何かを知っている。彼女が身の危険を感じるぐらいの「何か」である。

しかし、ここで、また、うかつに神野の家に行くわけにもいかなかった。片山は、自分の周囲に配られている「眼」を自覚している。彼の行く先はことごとく尾《つ》けられていると思っていい。またふたたび、あの片眼のヘッドライトのような襲撃を受けるかもしれないのだ。

いったい、それはどこから来ている線だろうか。神野自体からだろうか、それとも柿坂の線だろうか、あるいは彼の予想もつかない方面から来ているのだろうか。神野の素姓も知らなければならぬ。

結婚調査の興信所員に化けて近所をこっそりと訊き回っていることも、あるいはそれが片山の耳にはいることを予想しての神経作戦かもしれない。

さて、どうしたら神野家にいる長尾智子を引っぱり出せるか。その前に果して、いるかどうか確かめねばならぬ。

結局、落ち着くところは一つだった。やはり〝ボーナン〟の早苗を使うほかはあるまい。なるべく彼女を使いたくなかったのだが、第三の視線に気づいた今は、自分の身替りを頼まねばならなかった。

日が昏《く》れたら、すぐに早苗を呼び出して長尾智子呼び出しの一件を頼むことにした。もっとも、早苗としては長尾智子との約束もあって、容易に承知はしないだろう。これはぐずぐず言うに決っている。

だが、そこが普通の客と、特別な関係を結んだ者との違いだ。結局は早苗も男の言うことを聞くに違いない。彼女はそういうところのある女だ。

昨夜の疲れがあったので、そのままいつの間にか睡った。眼が開いたときは部屋の中が暗くなっている。時計を見ると六時だった。

彼はもそもそと起きて、顔を洗いに階下に降りた。

その帰りに戸口を見ると、夕刊が挟み込まれてある。片山はそれを二階に持って上がり、電燈を点《つ》けて、政治面を見た。

〈衆院予算委員会は、特殊潜水艦問題で、ついに柿坂亮逸氏を証人として喚問に決定〉

と三段抜きで出ている。

片山は眼をむいて記事に眼を走らせた。

「衆院予算委員会では、国防庁が建造することになっている特殊潜水艦の艦種決定をめぐってかねてから論議をつくしていたが、このほど、同問題に関して不明朗な取り引きが行われていると声明していた柿坂亮逸氏をいよいよ証人として同委員会に喚問することに決定した。柿坂氏は明後二十二日午後二時から同委員会に出席して証言を行うはずである。これについて岡田予算委員長は、問題の疑惑を国民の眼から解くために柿坂証人の喚問に踏み切った、と語った。

なお、柿坂氏を喚問するかどうかについては、与党側と野党側との間に激しい応酬が行われたが、結局、同氏を呼んで一応の説明を聞くということで折り合ったもの。柿坂氏は前にいわゆる二大疑獄摘発の火をつけた人物であるだけに、二十二日の委員会の同氏証言は各方面から注目されている」

二十二日というと明後日だ。

片山は柿坂が何をしゃべるのだろうと思った。だが、彼の予感としては、これは柿坂のしくんだ示威であって、まだまだ彼は全部をしゃべりはしないだろうと思った。いや、本当は、彼も全部をまだ握っていないのではなかろうか。

片山は、衆院予算委員会に証人として出るまで、柿坂がまだまだ調査の手を厳《きび》しく進めるだろうと感じた。

51

翌《あく》る朝、片山が眼をさましたのは、もう十二時近くだった。

勤めがないと思うと、つい、気が楽になってくる。いわば、今日は失業第一日だった。わずかな給料だし、普通の会社とはいえないが、それでもサラリーマンには違いない。洋傘会社を辞めたときは、柿坂のところにはいるという当てがあったから、辞めても何とも思わなかったが、今度は次の就職口の用意がないのだ。失業という実感が強い。

橋山からもらった「寸志」と、今月分の月給を、倹約すれば、あと二カ月ぐらいの生活費がもてる。あんなところだから失業保険という制度もない。しかし、まあ、二カ月のうちには何とか身の振り方がつくだろうと思った。

それよりも、次の仕事にかかるまでに現在の使命を達成しなければならぬ。彼には就職よりもこのほうが重大であった。

片山は昨夜、早苗を新宿の喫茶店へ呼び出して、長尾智子を連れ出す一件を頼んだ。早苗は今日の昼間、神野の家に、行ってくれているはずだった。その返事を、今夜、やはり同じ喫茶店で聞く約束になっていた。

それまでは別にすることもなかった。ただ、これまでのことを頭の中で整理して、どこから急速に問題の解決へ向うべきか、その方法の発見に思案した。

ようやく日が昏れてきた。片山は支度をした。

階段を降りると、階下《した》に夕刊が投げ込まれている。彼はそれを取り上げて見出しだけに眼を走らせたが、ふと、片隅に〈柿坂証人の喚問は延期〉という活字が眼にはいった。彼はそこに視線を吸い寄せた。

「衆院予算委員会では、国防庁の建造する特殊潜水艦問題について、明日、柿坂亮逸氏を証人として喚問することを要請していたが、今朝十一時、同氏より電話で委員長まで、出頭を二日間延期してほしいとの申し出があった。理由は、同氏が資料を整備するのに明日では間に合いかねるというのである。同委員会はこれを了承した。したがって柿坂証人の喚問は二十四日に延期される」

片山幸一は新聞を畳の上に落した。

彼は靴を穿《は》きながら、柿坂が延期を申し入れた理由を想像した。

柿坂は資料を整備するという理由をつけているが、果してそうであろうか。この延期の裏には、どうやら、彼一流の駈引《かけひ》きがありそうだ。

これは前にも考えたことだが、柿坂がどの程度特殊潜水艦問題に精通しているか、片山は疑問に思っている。あるいは柿坂がちょっとした情報を摑んで、それをいかにも内容ありげに宣伝しているように思われる。

それで、予算委員会のような場所に証人として出れば、当然、反対尋問を受けることになる。彼はそのときの答弁の準備に不安を感じているのではなかろうか。二日間の延期は、資料の整備というよりも、さらに資料の収集を意味しているのではあるまいか。

これが一つ。

もう一つは、柿坂がある程度のものを握って、その資料で裏取引きをしているという感じだ。

いったい、柿坂は何のためにこの問題に熱中しているのか。これはそとから見た素朴な疑問だった。彼は口を開けば正義のためだと言い、腐敗を徹底的に追及すると言っているが、彼ほどの男がただそれだけの単純な感情で、相当な取材費と精力とを使うはずはない。何か彼を喜ばせる現実的な利益がなければならないのだ。

それは金かもしれない。あるいは別の見返りかもしれない。

とにかく、片山は柿坂の表面の口実を信用していない。

その証拠に、これにまつわっていろいろなことが起った。少なくとも、西岡写真館主と友永為二とはそのために殺されたと思う。もう一人の本橋秀次郎は死んだことになっている。

いま、長尾智子も変な具合になりかかっているのだ。

彼は六時過ぎには新宿へ出た。

早苗の返事が、きけると思うと、片山の足は自然に早くなっていた。

駅は帰途を急ぐサラリーマンで混雑していた。その姿を見ると、片山幸一は自分の「失職」が犇《ひし》として身に感じられる。

——そうだ、これは一度随筆家の関口氏の所に行って、一応の報告をしなければなるまい。

今まではうっかりして関口氏のことは忘れていたが、柿坂の所に紹介して入れてくれたのは関口氏だ。そこを辞めた以上、ちゃんと報告に行かなければなるまい。就職が決った時には、電話で女房にお礼を言ったきりで、その後すっかり失礼していた。続いて起きる事態に巻き込まれて忙しい日を送っているが、やはり挨拶《あいさつ》はしておくべきだった。これは浮世の義理だ。

片山がコーヒーをすっかり飲み終ったころ、早苗はその喫茶店のドアを押してはいって来た。

彼女は店の中をきょろきょろ見回していたが、隅に片山が坐《すわ》っているのに気づくと、にこにこしながら近づいて来た。店が混み合っているので、話をするのにもかえって都合がいい。

「例のところには行ってくれたかい？」

片山は微笑で彼女に向った。

「ええ、早く起きて神野さんの家に伺ったわ」

「で、どうだったい？　ユリ子はいたかい？」

「いいえ、いませんでしたわ」

彼女は軽く首を振った。

「やっぱりね」

片山はそれを半分予期していた。あの騒動があったので、先方が長尾智子をいつまでもそこに置くはずはないと思った。しかも、片山の行動はいちいち監視されていたのだ。

「ふむ。ユリ子はあの家をいつ辞めたんだね？」

「それがあたしにはよくわからないんです」

「わからない？　聞かなかったのかい？」

「わたしが訪問したときに出て見えたのは、留守番の方なんです。神野さんの家族じゃありませんわ」

「ほう」

「なんだか、五十ぐらいのおばさんが出て来たので、こちらの奥さまですかと訊《き》くと、いいえ、わたしは近所の者で留守番に来ているのです、とその人は言うのです」

「家族はいないのかい？」

「なんでも、一家でしばらく旅行するといって、昨夜、お出かけになったそうです」

「なんだって？」

片山幸一は早苗の顔を見つめた。

「昨夜、出かけたって？　じゃ、神野家はガラ空《あ》きになっているのか？」

「ガラ空きかどうか知りませんが、ご主人と、奥さんと、お手伝いさん一人とは昨日からそのおばさんに留守を頼んで出て行ったんですって」

遁《に》げたと片山幸一は感じた。むろん、一昨夜、彼が神野の家を窺《うかが》って起した騒動と、この逃走は無関係ではない。

「では、ユリ子も一緒に行ったというのか？」

「そうらしいわ」

「旅行というが、どこに行ったんだろうね？」

「わたしもそれを訊いたの。すると、おばさんは、自分は手伝いの者だから一切、知りません、と言うのよ。これも変な話ね。いくら留守番でも、どこに旅行したかぐらいは聞いてるはずなのに」

「そりゃそうだ。それはわざと匿《かく》しているんだろう」

「怕《こわ》そうなおばさんだったわ。わたしを睨《にら》むようにしてじろじろ見るから、気味が悪くなって、そのまますぐ帰って来たの」

「旅行はどのくらいかかるかということも、君は訊かなかったか？」

「それは聞きました。でも、おばさんはやっぱりわからないと言うだけなのよ」

早苗はスプーンで茶碗《ちゃわん》の中をまぜていた。

「それもおかしいね。留守番を頼まれている以上、大体の期限を聞かされているだろうにね」

「わたしもそう思ったんだけど。向うははじめから話してくれるつもりはないんだわ」

「そうか」

片山はコップの水を一口飲んだ。

なぜ神野彰一は急に自宅を空《あ》けたのであろうか。もし長尾智子を置くことが不都合になったら、彼女だけをよそに移すか、追い出せばいいのだ。何も自分たち夫婦まで逃げることはない。

もっとも、長尾智子を迂《う》闊《かつ》なところに出せないので、自分たちも一緒に「旅行」に出たとも考えられぬではないが、ちょっと不自然だ。これで、いよいよはっきりしたことは、長尾智子が神野彰一の家に「女中」に来たそもそもの理由が、彼女の意思ではなく、ほかからの働きかけがあったことだ。

ところで、役人というやつはそんなに自分勝手な旅行ができるものであろうか。役所では民間よりも、もっと自由が拘束されているはずだ。

では、神野彰一の旅行は彼の所属している役所から了解を得ているのだろうか。もし、長い旅行が許されるとすれば出張と休暇以外にはないはずだが、神野の場合もそうなのだろうか。

片山は、いよいよ、通産省の役人神野彰一の現在のポストを調べなければならないと思った。

「どうもご苦労さん」

片山は眼の前の早苗に、とにかく労を謝した。

「また何かあったら頼むよ」

「ええ、いいわ。そんなことだったらお安いご用よ。でも、今度はお役に立たなくて悪かったわ」

「いやいや、それだけでも十分参考になったよ」

「ねえ、片山さん」

早苗は片山をじっと見た。

「なんだ」

「あなたは、ユリちゃんのことばかりどうしてそんなに熱心になるの。あなたが変な感情でユリちゃんの後を追っているとは、もう考えなくなったけれど、ユリちゃんのしていることも、ずいぶんおかしいわね。本当のことを知りたくなったわ」

「そのうち、君にも何から何までうち明けることができると思うよ。まあ、もう少し待ってくれ。そして、今後ぼくが何かを頼んでも、そういう質問は一切しないで、ぼくの言うとおりに働いてほしいんだ」

「そう。無理には聞かないけれど……何だか変な具合だわ」

「じゃア、店が忙しいだろうから、これでお帰りよ」

「ええ、でもまた電話くださいね。三、四日うちにね。あんまり長くほうって置かれるのは嫌《いや》だわ」

早苗はここにもっと、いたいような表情をした。

「ああ、そのうち会いに行くよ。気をつけてお帰り」

と片山が思わず言ったのは、ここで彼女と話している現在も、あるいは、だれかの監視を受けているのではないかと考えたからである。


神野彰一夫婦は長尾智子と共に家からいなくなった。

もし片山の推測どおりなら「田村」すなわち神野がカッターズの副社長パーキンソンと関連があることは、ほぼ間違いない。神野が特殊潜水艦問題に相当食い込んでいることは十分に推定できる。

その神野の逃走は、ただ片山が彼の家を窺っていたとわかったからなのであろうか。

実は、片山は今までそう思い込んでいたのだが、それは自分のひとり合点《がてん》ないしは自惚《うぬぼ》れだったと気づいた。神野の「旅行」は別な動機があったのだ。時期が偶然に一致したということだけである。そういう考え方も可能なのではないか。

ふと、今夜の夕刊に載っていた衆院予算委員会に柿坂が証人出頭の延期を申し入れたという記事が頭に泛《うか》んだ。

(はてな。これは神野の逃走と何か関係がありそうだぞ)

ちょうど、新宿の雑踏を歩いていたが、片山幸一はそれに気づいたとき、足が一時停ったくらいだった。

これは偶然だろうか。柿坂亮逸が二日間の出頭延期を申し入れたのは、新聞によると、今日の午前十一時だという。ところが、神野彰一が旅行に出かけたのは昨夜のことだ。

もし、この二つに関連があればどういう線になるか。

それは、柿坂が神野の急な「旅行」によって資料が整備できなくなったということにならないか。神野の行方不明は柿坂の資料整備に大きな打撃を与えた。このままでは、とても予算委員会に証人として出頭はできない。そこで、とりあえず二日間の延期を申し入れた——、という推測だ。

これをもう一つ逆なかたちから考えてみよう。柿坂亮逸は、神野彰一という人間から艦種決定問題の資料を取っていた。ところが、今までの分ではまだ十分でなかった。もっと彼から取る必要があった。その矢先に神野は自宅から「旅行」に出かけた。柿坂はあわてた。そこで委員会に出頭延期を申し入れた、という想像が生れるのである。

神野彰一がカッターズの副社長パーキンソンと何かの線を持っていたというのは、片山の想像である。それは「田村」と神野が同一人物だと推定しているのが根拠である。神野が女中として置いている長尾智子もパーキンソンの女だった。

してみると、神野はカッターズの線から重要な資料がはいり、それを情報として柿坂亮逸に流していたのかもしれない。いや、これは大いにあり得る。

そうなると、神野彰一は、コンノートと反対側のカッターズの有利な資料を柿坂に与えていたことになる。

(はてな。これはおかしい)

というのは、神野彰一は角丸重工業ともつながりを持っているからだ。彼はかつてナイトクラブで、この神野が角丸重工業の幹部連中にご馳走《ちそう》になっている場面を目撃している。

その男が競争会社のカッターズからの資料を柿坂に流していたとすれば、それは角丸重工業と結ぶコンノート側の利益ではなく、カッターズの利益を意味する。

神野彰一は、もしかすると、カッターズ側のスパイではないか。少なくともカッターズの利益擁護者と言えそうである。してみると、パーキンソンについていた長尾智子をわが家に引き取ったのも、神野自身に目的があったとも考えられそうだ。神野と長尾智子の関係は、自動的なのか他動的なのか、もっと研究を要する。

しかし、神野彰一は通産省の役人だ。役人が一つの外国商社の利益のために競争会社を蹴落《けおと》す策略に荷担する。こんなことが実際にあるのだろうか。いや、考えられぬことではない。買収された役人は何をするかわからないからだ。

(待て待て)

片山は、自分の逸《はや》る気持を制した。

それなら、なぜ、神野彰一は家を急に空にしたのか。パーキンソンのためにコンノートを徹底的に蹴落そうとすれば、進んで柿坂に協力すべきではないか。また、柿坂もそれを期待して自ら衆院予算委員会の証人に立とうとしたのであろう。神野が二十二日まで柿坂を引きつけておいて、その前日に姿をくらます、というのが、予定の行動だった、と考えたらどういうことになるだろうか。柿坂の鼻先を叩《たた》くように神野が自ら家を出て行ったのは柿坂を窮地に陥《おとしい》れるためであったということになるのではないか。柿坂は二日間という延期の期日を設けているが、どうやら、それは成算があってのことではなく、漠然とした思いつきにすぎまい。柿坂は神野が反対側とは考えもしないだろうから、二日間のうちには神野も出てくると思ったのではあるまいか。

これはひどく妙なことになった、と片山は考える。神野が旅行と称して長尾智子を伴《つ》れて行ったことも、こうなると、それだけの必然性が出てくるからだ。

片山は、何とかして神野彰一の本当の姿を知りたかった。

その夜、片山が下宿に帰ると、

「片山さん、速達ですよ」

と、おばさんが一通の封書を渡してくれた。ごく粗末なハトロン紙の封筒に、女の字で走り書きしてある。裏をひっくり返してみると名前がない。

（長尾智子だ！）

と思うと、片山は胸が高鳴り、あわてて封を切った。

「先夜はわたしも驚きました。あの程度では警察のほうはたいしたことにはならなかったでしょうが、それでもわたしは心配です。どうぞ、あまり執拗《しつよう》にわたしの後を追わないでください。そうでないと、とんでもないことになります。

ただ、これだけは申しあげておきます。あなたが今、様子をさぐっていらっしゃる神野こそ、以前に写真をみせられた〝田村〟という人なんです。

あんなにお約束しましたが、もう何も言わないほうがいいと思います。

わたし自身もたいへん困っています。こういう立場になったのは、ほんとうに偶然にある使いをパーキンソンから頼まれたからです。それだけを申しますと、わたしは、パーキンソンから何回かにわたって大きな封筒に入れた書類らしい物をある場所に運びました。宛名《あてな》はありませんでした。

あなたはあんまり詮索《せんさく》をはじめると、とんだ目に遭《あ》わないとも限りませんよ。とにかく、たいへんな問題がこの後ろにあることをご推察ください。好奇心だけで動いていると、人間は思いもよらぬ立場に引きずり込まれることがあります。

くれぐれも気をつけて、からだを大切にしてください。

智子
片山様

読み終った片山は、しばらく茫然《ぼうぜん》としていた。

(そうだ。やっぱりあのとき、長尾智子は神野の家にいたのだ。そして、想像どおり「田村」は神野だった)

それにしても、長尾智子と神野一家は、どこへかくれたのだろう。これ以上、彼らの後を追うなというけれど、そんなことはできない。

いや、あくまで追及してみせるぞ、と片山は考えた。

52

片山は自分の部屋に戻り、そのまま万年床の上に寝そべった。

彼は智子がくれた手紙を、今度は落ち着いて読み直した。

この手紙には四つの要点が含まれている。①彼女はパーキンソンから頼まれて、何回かにわたって封筒に入れた書類らしいものをある場所に運んだ。②これが原因で彼女は目下非常な迷惑を受けている。③田村なる人物は、神野である。④この事件の裏には大きな問題が含まれていること。

つづいて、片山にも、これ以上の詮索は危険だから中止したほうがよかろうという忠告である。

彼女が、パーキンソンから託された書類を、いつ、どこで、だれに渡したかということは一切、明記していない。むろん、パーキンソンから堅く口止めされているためでもあるが、一つは、それを暴露すると彼女自身に危険が迫るからだと思える。

そこで、問題の封筒の中身のことだが、何がはいっていたのだろうか。単に「書類」としてあるが、それはどのような性質のものだろうか。

さらに、長尾智子がそれをどこで頼まれて、どこにいるだれに渡したのか、という問題だ。

しかし、この解明には一つの手がかりがある。長尾智子が「身の危険」を感じたのは、彼女が大阪へ行ってからである。以後の彼女は急に姿を消している。

したがって、その書類の運搬のことは、彼女がパーキンソンに従《つ》いて大阪に行ったときの出来事であろう。特殊潜水艦問題で技術提携をしている日本の大会社が大阪に工場を持っていることを思い合せると、パーキンソンの用事は大体の見当はつく。大阪にはコンノート式にしても、カッターズ式にしても、それぞれの系統の重工業会社がある。

さらに、パーキンソンが大阪に滞在している期間、柿坂も橋山も大阪に出張していた。ここでおもしろいのは、例の「情勢通信」が特報として流した特殊潜水艦の艦種決定をめぐる「内幕」は、大阪にいる橋山から送稿されたあと詳細になったことだ。

こう考えると、その書類というのは、パーキンソンが長尾智子を使って柿坂、橋山に渡したネタではなかっただろうか。パーキンソンはいずれ大阪の一流ホテルに泊っていたことであろう。そこに柿坂や橋山が訪ねてくると人目に立つので、長尾智子を使って書類を渡したのではないか。むろん、長尾智子は自分の役目に気がつかないでいた。

だが、そのことから彼女はたいへんな危険に陥った。これは第三者が彼女を狙《ねら》っていたことを意味する。なぜ、彼女を狙うのか。その運んだ封筒の中身のことからであろう。

パーキンソンはすでに決定ずみのコンノート式を蹴落し、自社に有利な売込みのために躍起となっている。当然、彼は競争会社のコンノート社がどのような手で日本の政界や国防庁関係と取り引きしているかを内偵していたと思う。彼はある程度の情報を収集した。これを柿坂に渡して、いわゆる「怪文書」の形式で政財界筋に流させた。かくてコンノート内定をひっくり返し、一切を白紙に戻させ、改めて同じスタートラインに立とうというのが狙いだったのであろう。してみると、その書類を運んだ長尾智子を狙ったというのは、競争会社のコンノート社系の筋ということになる。

しかし、こう考えてくると、少し不自然にならないでもない。なぜなら、そんな書類を運んだだけで、なぜ、長尾智子を脅《おど》かさねばならないのだろうか。彼女は単なる伝書使にすぎない。「情勢通信」が流した程度の内容では、なにも彼女まで狙わなければならない特別なものはないはずだ。そんなもので長尾智子が狙われるなら、当然、柿坂や橋山も、非常な危険にさらされていなければならないということになる。

すると、どうなるだろう。「書類」の内容は「情勢通信」のネタではなく、まったく別種なものということになる。そして、パーキンソンが渡した相手は柿坂や橋山ではなく、それ以外の人物ということにならないだろうか。

そうだ、このほうが筋道がとおる——。

長尾智子は東京に帰ってからもひどく怯《おび》えている。これは、コンノート側の醜聞を書いたものを彼女がだれかに運んだというだけでは説明ができない。

では、封筒の中身は何だったのか。それこそ長尾智子の「好奇心だけで動いていると、人間は思いも寄らぬ立場に引きずり込まれることがあります」という手紙の文句につながる鍵《かぎ》であろう。

ここで、片山の思索はまたしても友永のことに移る。

友永は、パーキンソンの宿舎だったSホテルにはいっていく神野彰一の隠し撮り写真を持っていた。

それから、彼はパーキンソンの泊っていたホテルの隣室にはいり、パーキンソンの部屋を窓から伝わって窺《うかが》おうとした途端「墜落死」している。

どうやら、この友永の行動は一つの線を浮び出しそうだ。

つまり、パーキンソン——神野彰一——柿坂亮逸という図式だ。しかし、片山にはそれが鮮明な線として浮んでこずに、まだ、もやもやとした朧《おぼ》ろな影でしかなかった。

パーキンソンと神野彰一の関係が友永の持っていた例の隠し撮り写真で証明ができたとする。神野と柿坂、橋山の線はTホテルのパーティの模様からも想像できるし、神野が突然家を留守にしたことから柿坂の衆院予算委員会における証人出頭が延期になったことでも推察ができる。柿坂が急に予算委員会に出るのを延ばしたのは、神野の「不意」な旅行のために違いない。それにしても、橋山が、片山に「田村」(＝神野)の顔を覚えさせたのは、どういうわけだろう。

この間に、例の東洞直義という人物が不可解な影として存在しているのだ。片山が初めてこの奇妙な、わけのわからぬ事件に足を突っ込んだのも、東洞直義の伝記めいた最初の記事が載った「新世紀」が機縁だ。何度も考えているとおり、それが東洞直義という人物の経歴の「根本資料」になっている。

それをめぐって当時の「新世紀」の編集長本橋秀次郎の不思議な「死」。さらに、東洞の肖像写真を持っている西岡豊次郎の「怪死」が絡《から》んでいる。

問題はひどく複雑だ。よほど頭を整理してかからないと、いつの間にか混乱してくる。

しかし、はっきりと言えることは、以上の人物がたがいに絡み合っているということだ。大まかに考えて、カッターズ社とコンノート社の特殊潜水艦問題における競争。国防庁や兵器産業会社に絶大な信用を持っている名士東洞直義の経歴をめぐっての諸現象。

——こんなふうに摑《つか》み出すことができそうだ。

問題は、あまり大きな所をつついていてはいよいよわからなくなってくるし、摑みどころもない。

きわめて手短かな所からはじめたほうが便利だ——。

それには今夜速達をよこした長尾智子がいる。あの女は大阪から帰ると行方を晦《くら》ましたが、いつの間にか神野彰一の家で女中をしていた。早苗の話によると、彼女は新聞広告を見て神野家に傭《やと》われたと言っていたそうだが、これはあまりに偶然すぎる。それはただ彼女の口実であって、実際は必然的な線から神野の家にはいり込んだと思われる。神野夫婦が「旅行」するのに、なにも女中の彼女まで伴れていくはずはないのだ。この事実だけでも、長尾智子が単なる女中でなかったことがわかる。

では、彼女はどうして神野家にはいり込んだのか。

片山の推定では、長尾智子の身を隠すために、彼女の利益の側に立つだれかが神野家にもぐりこませたということになりそうだ。

それはパーキンソンだろうか。

それとも、神野自身が彼女をかくまったのであろうか。

そうだ。どうやら、神野自身がかくまったと考えたほうが自然のようだ。

そうなると、これはいよいよ神野彰一という人物が重大になってくる。神野を探ることは、あるいは、この事件の中心にはいっていくことではなかろうか。この事件に登場しているあらゆる人物が彼から放射線のように出ている。

しかし、片山の知り得たところは、神野彰一は通産省の単なる役人にすぎない。

もともと、通産省は特殊潜水艦建造問題には関係の深い役所だが、神野彰一という男がその役所の中で大変に発言権があるとは思えないのだ。長尾智子が前に手紙で教えてくれたところによると、彼は「チーフ・オブ・デフェンス・セクション」だと言う。その彼がどうして問題の中心に坐《すわ》っているのだろうか。

神野は、片山が庭に忍び込んだ翌日、符節を合わせて長尾智子を伴れて行方不明になった。ちょっと見ると、まるで平家が水鳥の羽ばたきに愕《おどろ》いて潰走《かいそう》したように思える。

しかしそれを予定の行動と考えることもできた。

片山は通産省に行って神野の身分はわかったが、現在の彼のポストは妙に匿《かく》されているのを知った。だれも本当のことを言ってくれなかった。これも面妖《めんよう》な話だ。なぜ、役所の人間は神野彰一の現在を外部に語りたがらないのだろうか。

それに、目下の神野は本省にはいずに分室か何かに出向しているという。役所の機構ははなはだマンモス的で分室や支所がいくつもあるらしい。

よし、神野を探ろう、と片山は考えた。

だが、ここで片山は一つの現象に思い当った。それは、彼自身がだれかに狙われだしたのは、この神野彰一の家に近付いてからだ。それ以前に「田村」の姿を求めていたときから、ずっと監視されていたに違いない。はっきりとそれがかたちに現われたのは、「田村」と神野の像が重なりかかったときである。

では、神野が自己を防衛するために片山の身辺を警戒させていたのか。いや、そうではない。神野自身にはそんな力はないと思う。

あるとすれば、柿坂以外の線は考えられないのだ。片山が馘首《かくしゅ》されたのも、彼自身の動きが柿坂にとって「危険」と思われたからで、それは片山の神野調査が最大の要因となっていると思う。

片山はいろいろと考える。思考は一つのものを追うかと思うと、そこからまた分裂していく。

だが、それを追及する前に片山には仕事がある。

彼は翌る朝十時ごろに塒《ねぐら》を出かけた。

地下鉄で赤坂見附《あかさかみつけ》まで行き、そこから平河町へ行く上り坂を歩いた。道を歩いていると、車が今にもここへ突進して来そうなので胆《きも》をひやした。四日前の一つ目玉の自動車の経験が、まだ神経を怯えさせているかもしれない。この辺は車のラッシュだった。

神野彰一を解く鍵は、やはり「平河町」だ。「平河町」には何かがある。

都電の停留所付近は、ホテルや、都市センターや、消防庁や、政党の本部などがある。まさか神野が政党本部で仕事をしているわけでもあるまい。

彼はそこから永田町の方へ足を向けた。さまざまな建物の上には国会議事堂がそびえている。この風景を眺《なが》めていると、ずっと以前に描かれたという津田青楓《つだせいふう》の絵を思い出す。それはいわゆるプロレタリア絵画だったが、ごたごたした民家の上にこの議事堂が屹立《きつりつ》している図柄だった。

この辺一帯は永田町となる。議事堂の裏には衆議院第一議員会館、衆議院委員会、首相官邸などがある。

どこを見ても通産省の分室は見当らなかった。

片山はまた平河町のほうへ戻りかけた。「平河町」とはっきりパーキンソンが言ったというのだから、あんまり離れた所を捜しても意味はない。

ふと、ある角を曲ると、そこに汚《きた》ならしい建物があった。看板を見ると「内閣総務府」となっている。

どんな役所か知らないが、内閣の庶務の仕事でもやっているのかもしれない。折から、その汚ない門を一人の守衛がぶらぶらと歩いて出てくるのに出遇《であ》った。

片山はとっさにその守衛の前に出た。

「通産省の分室ですって？」

守衛は片山の問いをうけて頭をかしげた。

「そんなものはこの辺にありませんよ」

守衛は四十くらいの痩《や》せた男だったが、こういう役所にかけては専門家だから、その返事に間違いはないだろう。

だが、片山はそれで引き退《さが》れなかった。

「たしかに通産省の分室が平河町の付近にあると聞いたんですがね」

「それは絶対にありませんよ」

守衛は繰り返した。

「わたしはここに八年も奉職しているから、この辺の官庁は全部知っています。通産省の分室というのは聞いたこともありません」

守衛は言いきった。

「おかしいですね。わたしは通産省に行って、たしかにそう聞いたんですが。実はある役人が本省からそこに出向いていると言うんです」

守衛は親切な男なのか、あるいはちょうど暇なときだったのか、片山といっしょに首を捻《ひね》ってくれた。

「たしかに通産省の分室と言ったんですか?」

守衛は確かめるように訊《き》く。

「はあ。本省を訪ねたら、そう言われたんです」

「それは何かの間違いでしょう。その人は通産省の役人ですね?」

「そうです」

「何という名前ですか?」

「神野彰一という人です」

守衛は黙った。だが、その何かうなずくような顔色を片山は見のがさなかった。

「その神野という人をあなたはご存じでしょう?」

片山は、たしかにこの守衛には心当りがあると見て熱心に訊いた。

「あなたはどういう人ですか?」

守衛のほうが反問した。これは、守衛自身が答えずに神野を知っていることを白状しているようなものだ。

「ぼくですか。こういう者です」

片山は思い切って柿坂研究所の肩書のある名刺を出した。

「そうですか」

その名刺を取ってしばらく活字を眺めていた守衛は、途端に困ったような顔をした。

「さあ」

と今さらのように否定的な表情になった。

「守衛さん、ご存じなら、ぜひ教えてください。お願いします」

「柿坂さんというのは、いろいろ問題を起される方ですからね」

守衛は困っていた。

「いいえ、決してご迷惑はかけません。神野という人がどこにいるか、ぜひ、教えてください」

片山は懸命になった。

「そうですね……。神野さんがそこにいるかどうかは知りませんよ。それに、通産省の分室というのも絶対にこの付近にはありませんからね。しかしですな」

と守衛は好意ある謎《なぞ》をかけてくれた。

「各省の役人が出向いている役所はありますよ」

「ほう。それは何という役所ですか?」

「あなたが通産省の分室と訊くから、私はそんなものはありませんとお答えしたのです。だが、通産省の役人が出向いている役所ならありますよ。それは通産省だけではなく、外務省、郵政省、大蔵省、警察庁、農林省、経企庁……要するに、いろんな役所からいろんな役人が集まってくる所です」

それだ、と片山は心に叫んだ。

「役所の名前は?」

「ここですよ」

と守衛はすぐうしろにある看板を指さした。

「えっ、総務府というんですか?」

「そうです」

守衛はうなずいた。

「この中に内閣直属として特別調査部というのがあります。世間では略して特調と言っていますがね。たしかに、この中に通産省の役人も見えておられます」

「すると、神野という人もいるんですか?」

守衛は笑って首を振った。

「そういう人の名前は、ちょっと、わたしの口からは申し上げかねます。まあ、よろしくご想像ください」

53

神野彰一は内閣直属の特別調査部にいた。

片山はそう断定した。

守衛もはっきりとは神野がそこにいるとは言明しなかったが、彼の含みのある答えは、片山にそう受け取らせた。

なぜ、ここの守衛も、通産省の役人も、神野彰一が内閣特別調査部に出向していることを語りたがらないのだろうか。いったい、内閣特別調査部というのは何だろうか。何を調査するのだろうか。

片山は、翌る日、国会図書館に行って、政府の諸規定を読んでみた。しかし、彼の見たい箇所は厖大《ぼうだい》な規定のどこに埋没しているかわからない。まるで文書の砂漠《さばく》の中に佇《たたず》んでいるようなものだ。

図書館には読みたいものを捜してくれる相談係がある。片山はそこに行って、内閣特別調査部の官制を見たいのだが、と言った。

図書館側でもいろいろと索引カードを捜してくれたが、彼の前に黒クロースの表紙の付いた綴《つづ》りが出されるまでには、小一時間もかかった。

「これは㊙になっていますからね。どうか、そのつもりでお読みください」

司書は注意した。

それは正確には「官報」と呼ぶのではあるまい。ザラ紙にゲラ刷りされたものだが、「部外秘」という朱《あか》い判コがさも重大そうに付いている。

片山は、それを貪《むさぼ》るように読んだ。

「内閣総理大臣官房特別調査部機構（昭和二九・五・一）。

内閣総理大臣官房特別調査部の所掌事項たる政府の重要施策に関する情報の蒐集《しゅうしゅう》および調査並びにこれらに関する各行政機関の事務についての連絡調整と、政府の重要施策の広報に関する事務を処理するに当り、客観的諸情勢の推移に対処して重要問題を抽出し、これを重点的且《か》つ効率的に集約処理するため、所属各班の機構を左記の通りに定め、部および各班に主幹を置き、調査部員をもってこれに当てる。

一、庶務の部（略）

二、総合企画室。①部長に直結し、他の各班と緊密なる有機的連繫《れんけい》のもとに部長を補佐し、重要基本問題の事項を基底として各班における蒐集した情報並びに資料の提供を受け、これを総合的に分析し判断する。②その総合的分析判断に必要とする新たなる情報資料蒐集の重点的方向を作案し、それを部長を通じて各班に示す。

三、情報の部。①治安、労働、経済、防衛、文化、海外、特別第一、特別第二の各班を設け、各班に班長並びに班員を置き、関係情報並びに資料を蒐集する。②入手した情報並びに資料は迅速に整理し、これを総合企画室に提供する。③部長を通じ総合企画室より示された重点的方向に従って情報並びに資料を迅速に蒐集して、これを総合企画室に提供する。

四、資料の部。①通信資料班は、海外放送資料、通信資料を受付け処理する。②資料整理班は、各班において蒐集した情報資料並びに調査結果を分類、整理、保管して、総合企画室並びに各班の要求に応じ必要なる資料を提供する。
五、情報主幹は以下の班を統轄《とうかつ》する。①治安班。②労働班。③経済班。④防衛班。⑤文化班。⑥海外第一班。⑦海外第二班。
六、右に必要な人員は所管各省よりの出向による」
片山はこれを読んで問題の特別調査部というものが大体、どのような機構であるかはわかった。要するに、政府が諸般の施策を行う上で参考にする資料や情報の収集をする役所らしい。だが、これだけを読んだところでは何の変哲もない。

片山は綴りを返して図書館を出た。何だかわかったようなわからないような気持だった。およそ政府の規定は、表よりも裏側に実際の意味が潜んでいる場合が多い。いま読んだばかりの規定の文章にも、彼の知らない意味が水を吸った海綿のようにいっぱい含まれているように思われた。

片山は、だれかにこの特別調査部のことを訊きたかった。第一、今の規定で神野彰一が通産省から調査部に出向した由来はわかったが、では、なぜ、彼はあの秘密めいた雰《ふん》囲気《いき》を身につけていなければならないのか。そのへんが、どうやら、調査部の内容と関連しているように思われる。

彼はいま読んだ規定の中に「海外放送資料」の一句があるのを思い出した。放送といえば通信関係だ。片山は、自分の旧《ふる》い友人が合同通報社に勤めていることを思い出した。

合同通報社は全国の地方紙に記事の資料を流している通信エイジェンシーだ。

片山は、その足で合同通報社の本社のある丸の内に向った。

古ぼけた建物をはいって、玄関横の受付に旧い友人の名前を通すと、しばらく待たされた挙句《あげく》、暗い奥のほうから髪をばらばらにした肥《ふと》った男が出てきた。

「やあ」

友人は大森という名だったが、眼を円くして片山を見ている。

「珍しい男が来たものだな。今ごろ幽霊みたいにひょっこり現われるとは思わなかったよ」

「長い間ご無沙汰《ぶさた》したな。元気だったかい?」

「元気だ。相変らずこのとおり安サラリーマンでウダツが上がらないよ」

大森は片山の姿に一瞥《いちべつ》を走らせて、

「そういえば、君もちっとも変ってないじゃないか」

と言った。片山自身も安洋服を着込んでいる。

「今日、ちょっと君に訊きたいことがあって来たんだ」

「そうかい。まあ、その辺でお茶でも喫《の》もう」

大森は、ズボンからワイシャツをはみ出させただらしない格好で先に立った。彼はこの社ではもう古いほうだから、必ず片山の質問に解答を与えてくれるような気がした。

「特別調査部ね」

大森は、くわえ煙草《たばこ》の烟《けむり》が眼にしみたように顔をしかめた。

「問題の多い所だな」

「その問題を教えてほしいんだ。実はある男がその調査部の中にはいり込んでいる。この前から、その男の本当の役割といったものを知りたいと思っていたところだ。君なら教えてくれると思ってね」

片山はコーヒーを啜《すす》って言った。

「それはどういう人だ？」

「通産省から出向している神野彰一という男だがね」

「うむ」

大森は唸《うな》るような返辞をした。その表情を見ても、彼は神野という名前も、片山が聞きたい内容も知っていそうだった。

「ぼくは、いま、図書館で、内閣総理大臣官房特別調査部の組織と官制を読んで来たばかりのところだがね」

「そんなものを見たってわかりはしないよ。あれは表向きのことしか書いていない」

大森は言った。

「その裏というのを聞きたい」

「裏というほどでもないが、だいたい、調査部というのは、情報収集と広報活動とに分れている。だが、広報活動なんていうのはたいしたことはない。各省からの表向きのものが発表されるのを原稿にして、特調の名前で大本営発表をやるだけだ。実際の任務は情報収集だろうな」

「すると、スパイみたいなこともやってるのか？」

「スパイ行為というと言い過ぎだが、情報活動となると、自然、そういう性格も多少帯びてくる。世間では、特調は日本のブラックチェンバーだ、などと言ってる人もいるからね。主に国内では治安対策、国外に向けては社会主義国家の情勢分析という任務になっている」

「おかしいな。ただそれだけのことだったら、秘密らしい雰囲気があるはずはないがね」

「秘密らしい雰囲気だって？」

大森が訊いたので、片山幸一は自分の感じたことを言った。大森は首を傾けて聞いていたが、

「その神野という人なら、あるいはそういう雰囲気を持ってるのかもしれないね」

と答えた。

「それはどういうわけだ?」

「神野彰一は防衛班に所属している。出身は通産省だが、特調の中で、この防衛班が最も重要な部門といっていい。いま、日本では防衛問題が最大の国策となっている。国防庁は、もう、立派な陸海軍省だよ。そういう観点からすると、特調の防衛班の比重の大きいことがわかるだろう」

「すると、各国の防衛兵器の秘密でも探っているのかい?」

「悲しいことに、まだそこまでは成長していない。なにしろ、特調といっても予算がないし、機構そのものが弱体だからな。それに内部の勢力争いも相当にあるらしい。ところが、この防衛班長の枝光という男は根っからの国家主義者で、それに謀略好きだ。いろいろ噂《うわさ》には聞いているが、その真偽はもちろんわからない。まあ、そういう男の下にいるのだから、神野彰一が君の言ういわゆる秘密的な雰囲気を身につけているのも、不思議ではないよ」

片山は、その神野彰一がこんど国防庁の採用する特殊潜水艦艦種決定をめぐって相当重要な働きをしていることを告げようかと思ったが、これはいま出すのはちょっと早過ぎるような気もした。相手は新聞記者だ。横から飛び出して掻《か》き回されては、せっかく、ここまで来た彼の路線が混乱してくる。

だが、今の大森の話でも十分に参考になった。神野彰一が防衛班に所属しているとすると、特殊潜水艦問題の中に彼が介在し、しかも、それがかなり謀略的なベールの中に隠れることも当然である。

片山は、またわからないことがあったら教えてくれ、と言って大森と別れた。

――これで神野彰一の正体はわかった。

だが、まだ不明な点が多い。たとえば、その神野が、なぜ、秘《ひそ》かにカッターズのパーキンソンをホテルに訪ねて行ったのか。また、神野と問題の人物東洞直義との関係。さらに柿坂一派との線。さらに長尾智子を伴《つ》れて急遽《きゅうきょ》身を隠した理由……。

片山は、今まで自分が考え方にかなり混乱を持っていたことに気づいた。

それは、本橋秀次郎や西岡豊次郎などの不思議な「死」と、東洞・神野の線を混同していたことだ。だから、いくら考えてもヤミクモに縺《もつ》れた糸のように解く方法もなかった。これははっきり二つに分れていると思う。そう考えたほうが解決の糸口に近いのだ。

とにかく、ひとまず、この問題を二つのグループに分けてみることだ。東洞・神野の線をAグループとする。本橋・西岡の不思議な怪死事件をBグループとする。この二つのグループをつなぎ、間に介在しているのが、柿坂・橋山グループだ。

少々、図式めくが、こう単純に割ったほうが混乱が少なく、思考も働きやすい。

片山は国電の駅に着いた。夕刊売りが駅前に並んでいる。ふと見ると、新聞を載せた台の上からビラが下がっていた。

〈柿坂亮逸氏、衆院予算委員会の証人喚問無期延期〉

「新型潜水艦問題でかねて衆院予算委員会に証人として喚問されていた柿坂亮逸氏は、二日間の延期を申し入れていたが、二十三日午前十一時、電話で事務当局に病気のため当分出席不可能の旨《むね》を伝達した。なお柿坂氏の病気は神経痛の悪化で、当分、静岡県長岡《ながおか》温泉白雪荘旅館にて静養する。これによって同氏の喚問は無期延期となった」

これが夕刊の記事だった。片山は、これは臭いなと思った。いや、だれが読んでも臭い。すでに二日間証人喚問を延期していた柿坂が、今度は病気と称して長岡に逃避したのだ。

片山は、柿坂の行動がやはり神野彰一の行方不明に関連があるといよいよ確信した。神野がいなくなった現在、柿坂は必要な資料を彼から貰《もら》って揃《そろ》えることができず、ついに遁《に》げ出してしまったのだ。

こうなると、前に考えた神野・柿坂のつながりがいよいよ明確になってくる。

その翌々朝だった。片山が朝刊をひらくと、四段抜きの大きな見出しが眼を剝《む》いていた。

〈柿坂亮逸氏東洞氏と対決を要求　証人出頭問題で衆院予算委員会に書面を送る〉

片山は心の中でやったなと思った。彼は急いで記事を読みはじめた。
「かねて衆院予算委員会に国防庁の特殊潜水艦問題で証人として喚問せられていた柿坂経済研究所長柿坂亮逸氏は、既報のように、持病の神経痛が昂《こう》じたと称して静岡県長岡温泉に引き籠《こも》り、このため同氏の喚問は延期となっていたが、昨日、同氏は突如同委員会宛《あて》に書面を速達で送り、自分の証人出頭については、自分一人の証言では委員会を納得させる自信がない。それで同時に東洞直義氏を喚問せられたい。東洞氏の同席なくしては自分の証言は意味がないと東洞氏との対決を要求した。委員長はこの書面を受け取って、今後の処置を委員の間に諮《はか》ることになった。
柿坂亮逸氏を静養先の旅館に訪ねると、同氏は神経痛というのにひどく元気そうな顔で記者団との会見に応じた。一問一答は次の通り。
問　今度の書面の真意は何か。
答　特殊潜水艦問題は微妙な内容を含んでいる。自分だけの証言では、かえって委員に誤解を招くおそれがある。自分としては、この特殊潜水艦建造の陰に黒幕的な存在となっている東洞直義氏の出席を求めて、同氏と交互に証言したいと思っている。つまり、わたしの証言の公平を期すためだ。
問　それは、対決という意味か。
答　それほど激しい意味ではないが、かたちの上ではそういう印象になるかもしれない。

問　東洞氏が特殊潜水艦建造問題の黒幕というが、それは具体的にどのようなことか。

答　それを言うのは予算委員会の証言が終ってからにしたい。

問　あなたが持病の神経痛が昂じて突然こちらに来たのは、東洞氏の喚問を要求するための準備だったのか。

答　そうではない。わたしはこのとおり（と自分の手をなでて）右腕が持病の神経痛のために不自由である。近ごろ、苦痛を感じるようになったので、療養のために来たのだ。決して策略があっての行動ではない。

問　東洞氏が委員会の喚問に応じないときはどうするか。

答　わたしの証言だけでは意味がないので、あるいは喚問を辞退するかもしれない。もし、どうしても出ろといえば出ないことはないが、それではわたしだけの勝手なおしゃべりという印象になるだろう。わたしはそれをおそれている。委員会の中には問題に関連している議員もいるので、わたしだけの宣伝と取られて葬《ほうむ》られるおそれがある。そのために、ぜひ、東洞氏の喚問を要求したい。

衆院予算委員長の話　柿坂氏から速達でそういう書面を受け取ったのは事実だ。しかし、証人喚問はすでに委員会で決定したことであり、柿坂氏の要求があっても、ただちに東洞氏を喚問するかどうかはわからない。いま委員たちと相談してその処置を講じている。

なお、都内渋谷区代々木西原町三ノ六五四三番地東洞直義氏宅では、同氏は旅行中とのことであった」

片山は考えた。柿坂亮逸はいよいよその本体を現わしたという感じだ。

この新聞記事を見ると、柿坂は東洞を委員会に引っぱり出し、彼を徹底的に打ちのめそうというつもりらしい。むろん、神経痛で長岡温泉に行ったのは、これを予期しての時間稼《かせ》ぎだったのだ。

今までは、彼の逃避が神野彰一の行方不明のために止《や》むなく行われたのかと思ったが、これでみると、かえってそれは準備期間だったのだ。

彼は証人喚問の日を延ばさせて、着々と準備の充実にかかった。それが完成したとき、彼は初めて東洞直義との対決を要求したのであろう。その準備は何を意味するのか。

片山は、自分の推理が次から次と変ってくるのに情けなくなった。ずいぶん、回り道をして来たようだ。追わなくてもいいような人物の後を、追っていたような気もする。まだ自分の読みが浅いことを痛感した。

それにしても、東洞直義までがどこに行ったのであろうか。旅行中だというが彼は今月の初めからまったく音沙汰がない。柿坂の挑戦には応じないだろう、と片山は思った。

54

片山は石黒のことを思い出した。

柿坂の所を馘首《かくしゅ》されて以来、さっぱり内部の事情がわからなくなった。あまり役には立たなかったが、それでもあすこにいる間は何とか内部の動きの見当だけはついていた。だが、現在はまったく遮断《しゃだん》されている。

問題がこんなふうに社会的にも大きくなった以上、少しでも柿坂の様子に探りを入れてみたい。

そうだ、明日にでも石黒と会ってみよう。

石黒といえば、あののっそりとした無口な男も、今となっては懐《なつ》かしかった。それに片山が辞《や》める時、石黒が不在だったので、まだ退社の挨拶《あいさつ》もしていない。

彼は街のボックスから柿坂経済研究所に電話した。果しているかどうかわからないと思っていたが、交換台は何も言わないですぐに石黒の声を出した。

「石黒さんですか。片山です」

「やあ」

受話器から、特徴のある低い不透明な彼の声が流れた。

「その後、どうしていますか？」

と向うから訊《き》いてきた。

「ええ、まだぶらぶらしています」

「そうですか。呑気《のんき》でいいですな」

「そうでもありませんよ。こちらは職捜しに懸命です……石黒さん、いま、お忙しいですか？」

「まあまあです。あなたがいた時とちっとも変りませんよ」

「久しぶりにあなたとお会いしたいんです。それに退社の時、ちょうどお休みだったので、まだご挨拶もしていませんし……」

「そりゃどうも」

石黒は笑いを受話器に響かせた。

「では、こっちに来ませんか？」

「いや、一度辞めた所にまた行くのは、なんだか顔を出し辛《づら》いです。それに、いま、大変な時でしょう？」

「ああ、あのことですか。こっちのほうは大したことはありませんよ。かえって外側が騒いでいるようなもんです」

「そういう話も聞きたいんです。お出かけになりませんか」

「そうですか。じゃ、出かけましょう」

場所は、新橋《しんばし》駅の北側の烏森《からすもり》にある喫茶店に決めて片山はその地理をよく教えておいた。

一時間ののち、片山はその喫茶店の片隅に待っていた。

コーヒーを喫《の》んで、備えつけの週刊誌を読んでいるときに、表のドアが開く音がした。片山が眼を上げると、石黒が猫背の姿でのっそりとはいってきた。彼はくたびれたような洋服を着ている。

「どうも」

片山は椅子《いす》を起《た》って、改めて退社の挨拶をした。

「いやいや……」

石黒もニヤニヤ笑っている。彼の広い額には汗が滲《にじ》んでいた。

「どうしていますか？　電話でちょっと聞いたんですが、まだ仕事に就いていないんですって？」

石黒はハンカチを出して汗を拭《ふ》いた。

「はあ。いろいろと捜していますが、どうもね」

石黒は運ばれたジュースを飲んだ。彼の太い咽喉首《のどくび》が心地よさそうに動く。

「あなたもとんだ災難でしたな。あんなことぐらいで橋山氏があなたを馘首するなんて、少し酷《ひど》いですな」

石黒は言ったが、片山はそんな慰めの言葉よりも、柿坂経済研究所の内部が今どんなふうになっているかを早く聞きたかった。

「あれから、研究所はどうですか？」

と、水を向けた。

「新聞にも出てるように、大将は長岡温泉ですからね。今は外側ばかり大騒ぎで、肝心のうちのほうは無風状態ですよ。いわば颱風《たいふう》の目のようなものです」

「はあ。すると、橋山さんが一人で活躍してるんですか？」

「そうらしいですな。全然、研究所にも姿を見せませんから、外を忙しく走り回ってるんでしょう」

「今度の問題で、『情勢通信』はまた何か出すんじゃないですか？」

「出さないでしょう。そこは柿坂さんの偉いところで、いま、そんなものを出したら損だと思ってるんでしょうな」

「ほう、どうしてですか」

「取り引きですよ。その取り引きができなくなりますからな。あの人は賢いです」

「取り引きですって？」

それこそ片山の知りたいところだった。

「どういう取り引きですか?」

石黒ならそれをうすうす察しているだろうと、片山もつい上体を乗り出した。

「いやいや、わたしの推察ですがね。具体的なことは、もちろん、わかりませんよ」

石黒は煙草《たばこ》の烟《けむり》を吐いた。

「だが、それは想像がつくでしょう。あの人のことですから、まるきり儲《もう》けにならないことはしませんよ」

「儲けですって? しかし、柿坂さんはいつも、自分は正義のためにやっているのだ、正義感以外に何の私心もない、と言っていますが」

「そりゃ、片山さん、人間には表の顔と、裏の顔とがありますからな。そういうふうに言わないといけないんじゃないですか。もっとも、これは下種《げす》のカングリで、わたしの当て推量かもしれませんがね」

「いやいや、ぼくも同感ですよ」

と片山は言った。

「柿坂さんの人物を考えると、正義感だけというのがおかしいですよ。それに今度の問題にしても、特報で一発威《おど》かしたかと思うと、あとは梨《なし》の礫《つぶて》です。もし、虚心にあの人がこの問題に挑戦しているなら、次々と『情勢通信』という武器を使って続報を出せばいいわけです。そういうことをしないで、何だか意味ありげなポーズばかりをしていますね。たとえば、衆院予算委員会の証人喚問問題にしても、相当な駈引《かけひ》きのようですね」

「そうです、そうです」

と石黒も同意したように微笑した。

「そうすると、あなたの想像なさる柿坂さんの取り引きというのは、どういうことですか？　たとえば、政界方面や、特殊潜水艦の建造を請け負う日本側企業との取り引きですか？」

「まあ、そんなところでしょうな。片山さん、そりゃ、だれの想像でも同じですよ」

と石黒はけだるい調子で言った。

「ただ、具体的なことが摑《つか》めないだけです。あなたもしばらくあすこにいたからわかるでしょう。柿坂経済研究所に勤めていると言えば、外部の人は、何もかも柿坂さんのことがわかっているように思うかもしれませんが、とんだ買被《かいかぶ》りです。柿坂さんという人は、絶対に自分の行動を内部の者にさとらせませんよ。それを知っているのは、柿坂の片腕の橋山氏ぐらいでしょうな。あとはツンボやメクラと同じです。かえって外部の人のほうがよく知っているくらいですよ」

石黒は、めずらしくよくしゃべった。やはり片山が、柿坂経済研究所を辞めたので、警戒心抜きでしゃべっているのかもしれない。

「どうも、ぼくの印象では」

と片山は言った。

「柿坂さんは、東洞直義を引っぱり出して一撃加えようとしているようですね。新聞の報道では、そういうふうにとれます。ですが、石黒さん。その相手の東洞氏は、目下、姿を晦《くら》ましてるそうじゃありませんか。どうも、ぼくのカングリかしれないが、柿坂さんは、相手の留守を知っていて、拳《こぶし》を急に振り上げたという感じですね。なぜかというと、あの人は、持病の神経痛が昂《こう》じたとか何とか言って、前の喚問日には出頭しませんでした。そして、今になって対決させろとゴネていますね」

「あなたもそこに気がつきましたか」

と石黒もニンマリとした。

「やはりあれはゼスチュアでしょうな。つまり、柿坂氏は衆院予算委員会に難題を出したんですよ。東洞直義が出ないと、おれが証言をしても無意義だということを言って、結局、東洞が出ないことを計算に入れ、証人台に立たないという計画なんです……もし、理由もなく証人喚問を辞退したら、世間からかえって彼自身が変に思われますからな」

「なるほどね。うまいところに理由を見つけたもんですね。それもやっぱり裏取引きのためですか」

「と、ぼくは思います」

片山は、この石黒を呼んで、何とか具体的なデータを握ろうと考えたのだが、これでは片山の考えていたこととあまり大差はない。ただ、彼自身が想像していたことを石黒の言葉で自信をつけたという程度である。

「とにかく、おもしろい」

と石黒は短くなった煙草を灰皿に揉《も》み消した。

「ぼくらは一応内部の者になっているが、傍観者ですからな」

果して石黒は傍観者だろうか——。

片山の睨《にら》んだところでは、この石黒だって相当陰で妙な行動をしているようだ。それが死んだ友永と同じように、半分は自分自身のためなのか、それとも柿坂や橋山の意を受けて動いたのか、その辺はわからないが、とにかく、彼自身が言うような傍観者ではなかった。ずいぶん、彼の行動にはおかしな点もある。

片山はここで会ったのを幸い、その点を少しついてみようと決心した。

さて、それをどこから言い出すべきかだ。片山は残りのコーヒーを啜《すす》りながら考えた。

そうだ、あれがいい。いつか、死んだ友永が神野彰一の隠し撮り写真を机の上に出していたことがある。

「石黒さんは、友永さんのデスクの上に、こういう写真があったのを知っていますすか？」

片山はざっと説明したあと質問した。

「さあ、憶《おぼ》えていませんね」

石黒は首を傾《かし》げた。ほんとに記憶にないのか、それとも見たのだがかくしているのか、よくわからなかった。彼の茫洋《ぼうよう》とした顔つきはあまり表情を見せないのだから、こういう場合には始末が悪い。

「そうですか……。では、石黒さんは、神野彰一という人の名前を聞いたことがありますか？」

「神野彰一ですって？」

石黒は小さな眼をしばたたいた。

「それはどういう人ですか？」

とかえって彼から反問してきた。

「いや、ご存じなかったら、それでいいんですが……実は、ぼくがいま話した写真の主が、その人なんですよ」

「それは、友永君とどういう関係がありますか？」

「関係はあまりないかと思いますが……ぼくは、石黒さんなら、その人を知ってるかもわからないと思って訊いたんです」

片山は先走った話ができなかった。彼の反応を見たいのだが、さりとて、こっちのことも知られたくない。その用心もしなければならぬ。注意深い手探りだった。

「いや、ぼくは知りませんね」

石黒は暑いのか、しきりと首の汗を拭いていた。事実、この店の中は蒸し暑い。煙草の臭《にお》いの籠《こも》っているのがよけいに気持を苛立《いらだ》たせる。

片山は、質問の要領をひとまずはずしてみようと思った。つまり、具体的なことでなく、ほかからも試《ため》すことができるのだ。

「石黒さんは博学でいらっしゃるから……」

「いやいや、どういたしまして」

「それでお訊《たず》ねするんですが、平河町に総務府特別調査部という役所があるのをご存じでしょう?」

「はあ」

と言ったが、石黒の顔は折から彼の白いハンカチでしきりと撫《な》で回されていたから、瞬間の表情はわからなかった。

「あそこは、いったい、どういう仕事をやっているんですか?」

「そうですな」

石黒はちょっと考えていたが、やがて、説明しはじめた。だが、その内容はこの前片山が得た知識とあまり変りがなかった。

「いや、ぼくが知りたいのは、そこが特殊潜水艦問題に関連のある役所かどうかということですよ。普通だったら、通産省、大蔵省、国防庁というわけでしょう」

「それに違いないですが、調査部だからいろいろな行政調査をしてるんでしょうね」

「ですが、それは、それぞれの省に調査機関があるはずですが」

「そうですな」

石黒は唇《くちびる》をすぼめて、何やら意味のわからないほほえみを泛《うか》べていたが、

「片山さん。あなたは大分調べましたな?」

と細い眼を片山の顔に据えて訊いた。思いなしか、瞳《ひとみ》が光ったようだった。

「いいえ、それほどでもありませんよ」

突然、石黒が立ち向ってきたような感じなので、片山も内心ぎょっとなった。しかし、これはむしろ歓迎すべきことだ。

「いや、匿《かく》さんでもいいですよ。そんなところに眼を着けたあなたに敬服します」

と石黒は片山を直視したままほめた。

「ほう、どうしてですか?」

「一般の者は、役所は自分の管轄《かんかつ》だけのことしかやっていないと思ってます。ところが、日本の役所は縄張りをちゃんと決めているくせに、やたらと外局も作っています。今お

っしゃった総務府特別調査部というのは、実は各省の調査でやれないことをやってるようですよ」

「といいますと?」

「秘密な調査ですよ。こりゃ各省ではできないことです。すぐ発覚《バレ》ますからな。ところが、秘密調査というのは、当然、情報収集ということになります。この情報収集は、必然的に謀略性を帯びる場合が多いんですよ」

「謀略ですって? 政府が謀略をやるんですか?」

「いや、そう割り切った質問をされると困るんですが、まあまあ、そういう性格があるんじゃないかとぼくは思います」

石黒はそこまで言うと、急に時計を見た。

「どうも、話の途中で失礼ですが、ぼくはこれで失礼します。ちょっと約束がありますのでね」

片山も仕方がないので起《た》ち上がった。石黒はあまりそれを話したくないらしい。

「どうも、長い間お引き止めしました」

「いや、ぼくも久しぶりにあなたに会って愉《たの》しかった」

「石黒さん、今度また、たびたび、ぼくに会ってくれませんか。何となく今のような話をしたいんです」

「いいですよ。ぼくの都合がつけば、いつでもお会いします。そのときは電話をしてください」

片山は石黒が止めるのを振り切って、伝票をレジに持って行った。

二人は強い陽《ひ》が射《さ》している舗道に出た。

片山はふと気づいた。橋山のことを訊《き》くのを忘れていた。あの男、相変らず柿坂の片腕となって働いているに違いない。

「橋山さんは出張で飛び回ってるというお話でしたが、今はどちらのほうですか？」

「そうですね……ここんところしばらく姿を見せませんが、相変らず、あの男の所在は神出鬼没で、ぼくらなんかにはよくわかりませんよ。そうそう、この前、どこかでもらったと言って、海苔《のり》の罎詰《びんづめ》をみんなに配って歩いていましたがね」

「海苔の罎詰ですって？」

片山は鸚鵡《おうむ》返しに訊いた。

「ええ、みんなに配ったんですから、大分もらったようですな」

「石黒さん」

片山は唾《つば》を呑《の》んだ。

「そのレッテルは、どこの製造元になっていたかご存じですか？」

「さあ、レッテルまで気をつけて見ませんがね。家に持って帰って毎朝食べていますから、今度見ておきましょう」

「ぜひ、お願いします」

「おや、あなたは、なぜ、そんなことに興味を持つんですか?」

片山は理由に詰った。

「いや、ちょっとね」

石黒は探るように片山を見ていた。

片山は石黒と別れてから、彼の話でこの事件の「二つのグループ」にそれぞれヒントを得たような気がした。Aグループは、神野彰一のいる総務府特別調査部が「謀略的な」こともしているという話、Bグループは、橋山が海苔の罎詰を研究所の全員に配ったという事実である。

55

ここに到《いた》ると、片山幸一もようやく一つの論理に到達せざるを得ない。

すでに神野彰一という男が総務府特別調査部の人間だとはわかった。その特調とは、政府関係の政策に必要とする資料、情報の収集を目的とする役所だということも了解した。

ところが、ここでは、その任務の必然の結果、情報収集活動がときには謀略性を帯びてくる。

では、その謀略とは何か。

もとより、情報の収集は秘密裡《ひみつり》な作業であるから、その行為はどうしてもスパイ的とならざるを得ない。

情報収集それ自体は決して悪いことではない。どこの国もやってることだし、また、一国の政策を運営する上において資料なしでは困難である。それはよくわかる。しかし、その収集の秘密性は、ときとして積極的になるであろう。

つまり、その工作が受動的な場合は単なる秘密工作で済まされるが、それが能動的になった場合は「謀略」性を帯びてくるのだ。

この場合の謀略性とは何であろうか。つまり、神野彰一の果している役割だ。

片山は、神野彰一の本当の役割は、柿坂亮逸、橋山義助などと組んで東洞直義を打倒する目的にあったのではないかと思う。すなわち、東洞のインチキ性を白日の下に引き出して、それに打撃を与えるのが本当の狙《ねら》いではなかったかと考えるに至った。

神野と柿坂とが裏で手を握っていることはもう紛《まぎ》れもないことだ。おそらく、柿坂の得た東洞に関する情報は、神野から出たものと推定される。

その証拠に、神野がいなくなると、柿坂の証人喚問が延び延びになっているではないか。あれは神野の行方不明による資料不足というよりも柿坂が芝居を打っているのだ。片山は今にして思い当る。

彼が初めて橋山から命じられたのは、神野の行動を探ることだった。パーティに一緒に来い、と橋山に言われ、そこで初めて神野の顔を憶えさせられた。それは、今後、神野のあとを尾行するための前提のようだ。このことは二人が手を握っていたことと矛盾するようだが、よく考えてみると、あの時期は柿坂もまだ神野彰一というものに全面的な信頼を置いていなかったのであろう。

片山は想像する。

東洞の一件は、おそらく、神野の側から柿坂に持ち込まれたのであろう。なぜなら、コンノート決定の背後人物東洞直義を打倒するには、怪物柿坂亮逸こそもっとも適任だったからである。彼はこれまで政財界に衝撃を与えた大きな事件の口火を切った男だ。世間に対して常に衝撃的な役割を演じる柿坂こそうってつけの役者だ、と神野彰一は考えたに違いない。

コンノートに内定した国防庁の方針をみごと白紙に還《かえ》した口火は、やはり柿坂が切ったものだった。政府に対する野党の質問攻撃がはじまったのはそれからである。

片山は思うのだが、コンノート内定の裏には関係製作会社からの相当な献金が与党筋になされたことと思う。それを白紙に還したのは、柿坂の握っている情報がそれだけ正確で、強力だったと言える。でなければ、いかに野党の攻撃があったとしても、そうやすやすと国防庁の内定が覆《くつがえ》るはずはない。

では、その情報は、神野を除外して、柿坂が呼号するいわゆる「柿坂機関」の活動によってのみ収集できたのであろうか。

しかし、では、なぜ、神野彰一は東洞直義を没落させねばならなかったか。

この場合の神野彰一は一私人ではなく、総務府特別調査部の一員として考えなければならない。

それなら、政府機関がなぜ東洞直義の打倒を試みているのか、だ。

いうまでもなく、これには特殊潜水艦問題がひっかかっている。

コンノートは、政府が逸早《いちはや》く内定したほど本命だったものだ。それを、どうしてひっくり返さねばならないのか。

東洞も政府機関の人間だ。

その東洞を、なぜ、同じ政府機関の神野彰一が打倒しなければならないのか。

東洞がもしカッターズ社支持者なら、コンノート式の政府「謀略」機関が彼に打撃を与えるのはわかる。しかし、東洞は政府をしてコンノート採用に踏み切らせた実力者である。その東洞を、なぜ、同じ政府機関員が打倒しなければならないのか。

ところが柿坂亮逸は神野彰一の資料で見事に政府内定をひっくり返したのである。すると、神野は政府側、あるいは与党側にとって獅子《しし》身中の虫ではないだろうか。しかしそんなことがあり得るだろうか。

もし、そうだとしたら、神野の背後にはだれかがいなければならぬ。神野一人ではこの大芝居は打てぬ。

ここまで考えてくると、片山も神野彰一という一役人の背後に黒い大きな存在を意識せずにはいられなかった。

奇怪なことがあるものだ。

——片山は考え続ける。

神野彰一の背後にはだれがいて、いかなる最終目的で彼を動かしているのか。

いったい、特殊潜水艦の建造となるとたいへんな費用であろう。これはカッターズ社にとっても、コンノート社にとっても、涎《よだれ》が垂《た》れそうな話である。しかも、兵器はアメリカにおいてすでに時代遅れになったものが日本に押しつけられるのである。

アメリカの保護圏にはいっている小国が、アメリカと同時点に立った同級の現代兵器を与えられるとは思えない。いま国防庁で使用している戦闘機にしても、すでにアメリカにおいては時代遅れになったものだ。ことに、特殊潜水艦などという現代兵器中の尖《せん》鋭《えい》兵器においてはなおさらである。

してみると、アメリカの兵器生産業者にとっては米国防総省《ペンタゴン》で買い上げなくなった過去兵器の手馴《てな》れたものを造って日本に売りつけ、莫大《ばくだい》な金が取れるなら、これほどうまい話はない。

このことは、日本商社にとっても同じだ。アメリカの製作会社と技術提携して、その高価な防衛兵器の生産を請け合うのはもの凄《すご》い金儲《かねもう》けになる。もし途中で割が合わなくなったら「国家的見地」というものの伝で、補助金や補償費が取れるのだ。また、兵器生産によって開発された高度の技術を民需を含む企業の競争力向上に役立てるという両得効果もあるのだ。どっちに転《ころ》んでも日本の重工業企業にとっては宝の山に手を突っ込むような話である。だから、いつもバカをみるのは、高い税金をそんなものに使われている国民だ。

まあ、そんなことにいちいち腹を立てていては、今の日本では際限《きり》がない。つぎを考えよう。次は、東洞直義、神野彰一、柿坂亮逸の三つの点に、どのように線を引くかだ。

片山は神野の行動にいつも怯《おび》えたような印象を受けているが、ここに至っては、多少それがうなずけないこともない。

なぜなら、通産省からの出向役人である神野の役割は、政府与党の決定したコンノートの線を覆すにあったからだ。神野はコンノート決定のために利益を受ける側から狙われているわけだ。まあ、柿坂などはその「悪名」で世間に通っているから、彼を威《おど》すこともあるまい。問題は、その柿坂に資料や情報を提供しているルートにあるのだ。しかも、その提供者が政府機関の人間だとすると、彼らの怒りは当然と考えねばならぬ。

神野が逃げ回っているのも、その理由で多少解釈できるのだ。しかし、彼の逃亡は、果してただそれだけの怯えであろうか。その行動の裏にもう一重の企《たくら》みがかくされているようにも思える。

果して神野彰一の背後にはだれが存在しているのか。彼を操って、コンノート内定の裏の実力者東洞直義の打倒を試みたのはだれであろうか？

常識的にすぐに気がつくのは、コンノート社とは競争会社になっているカッターズ社のことだ。カッターズ社がコンノート社を追い落すために、神野を味方にひき入れたのであろうか。

これには有力な裏付けがある。神野はカッターズの副社長、I・S・パーキンソンの宿舎をひそかに訪れていたではないか。その証拠は友永が持っていた一枚の写真で歴然としている。

そうなると神野の動き、つまり、彼が政府役人という立場を裏切っての行動は、カッターズ社から出されたに違いない金銭の誘惑によってなされたのであろうか。

この場合、金が出たのはもちろんカッターズ一社だけではあるまい。当然、カッターズと提携している日本側の重工業会社中外製作所からも提供があったことと思われる。

中外製作所は旧財閥系の工業企業部門の一つだ。

これに柿坂が役者として一枚加わる。柿坂も相当な金が懐《ふとこ》ろにはいる。

しかし——、こんなふうに単純に割り切っていいものだろうか。

たとえば、神野彰一の行動にしても、彼が金欲しさだけで東洞直義打倒を企画したとは解釈できないところもある。この場合の神野彰一は個人というよりも、やはり政府機関の一員と考えたほうが、片山には自然な感情になるのだ。

ところが、感情の面ではそう考えても理屈が合わない。何と言っても、政府機関の人間が政府の内定をひっくり返す謀略をするとは思えないのだ。

やはり片山の知らない一人物を神野の背後に持ってこなければ解決がつきそうにない。それは柿坂などというようなものではあるまい。もっと巨大なものだ。

しかし、この点がわからない。

たとえば、それを政府に攻撃を向ける野党のだれかと想定してみよう。

ところが、野党の攻撃は、柿坂の「情勢通信」がいわゆる「怪文書」のかたちで流れてからはじまったのだ。議会での野党の質問が柿坂資料一辺倒であることを片山は判断する絶対の根拠がないけれど、その質問に呼応する柿坂の動きでほぼ断定できた。とすると、その陰の人物が野党の連中でないことは確かである。

しかし、片山は、コンノート決定を覆した経路に一つの筋道があることに気づいている。

それは、東洞直義が、特に軍事通でもないのに、何ゆえか国防庁の高級者や技術陣にたいそう高く買われていたことだ。そのためにこそ東洞の意見でコンノートに内定したと言ってもいい。

その東洞の打倒に決定的なものが、攻撃の側にまだ欠けている。たとえば、なぜ、東洞がコンノート支持の陰の人物であっては悪いのか。国防庁の技術陣の不見識がかたちの上で暴露されても、有力な助言者が陰に控えていたことはちっとも悪くはない。彼を打倒する決定的な理由には弱いのである。

東洞打倒には彼の致命的な点を暴露するほかはあるまい。東洞の潜み匿《かく》れている意味付けが現在では足りないのだ。

ここで片山も気がつく。柿坂亮逸が何ゆえに衆院予算委員会に東洞の立ち会いを望んでいるのか。東洞の出席なくしては自分の証言も無意味だと言っている真の意味は何なのか。それは、東洞が姿をくらませた理由を柿坂が摑《つか》み得ないまでも、自分が東洞の出席を要求しても、彼は出てこないと見込みをつけたのである。

五月になった。片山は東京タワーの上に立っていた。

こんがらかった蜘蛛《くも》の糸をほぐすような、推定に推定を重ねる作業に、片山の頭は疲れきっていた。高い所に昇って、下界を眺めたら、いくらか気分も爽快《そうかい》になるかもしれないと考えたからである。

展望台の上は、地方の観光客で賑《にぎ》わっていた。

眩《まぶ》しい光を含んだ空気の中に東京の下界が沈んでいる。東京湾が彎曲《わんきょく》して左手の千葉方面は朧《おぼ》ろな空気の中に溶けこんでいた。反対側は、丹沢《たんざわ》山塊から甲州の山々がつながっている。富士山が蒼《あお》い姿でそのうしろから突起していた。

ガイド嬢がしきりに説明している。

右手に、ひとかたまりの煙が空に揺曳《ようえい》しているが、その下が鶴見、横浜あたりであろう。飛行機がしきりと上下しているのは、言うまでもなく羽田空港だった。

「ずっと向うに大きな船が集まっているのが、横浜沖でございます。その向うに両方から陸地が出て、この東京湾を狭《せば》めている所が、浦賀水道になります」

ガイドは白い手袋を挙《あ》げて、見物客にしゃべっていた。

片山もその言葉につられて眼を凝《こ》らした。晴れている日だが、靄《もや》がかかって定かにはわからないが、ぼんやりとそのかたちだけは見当がつく。

浦賀水道――。

片山は、それを見て頭に閃《ひらめ》くものがある。石黒の話では、橋山義助が海苔《のり》の壜詰《びんづめ》を柿坂経済研究所の所員に配って回ったという。

壜詰は、いま、黴の中に溶けこんでいる三浦半島の走水《はしりみず》で製造されていた。片山には、その海辺《うみべ》の小屋が眼に泛《うか》んでくるのだ。

あのときは、東京湾に浮んだ二個の溺死体《できしたい》と海苔との関係を調べに行ったのだが、それは途中で抛棄《ほうき》したかたちになっている。もっとも、次から次に彼の行動を要求する事態が発生したので、半分はその追及から手を抜いたかたちだったが、今こそそのつづきをやらなければならないと思った。

橋山義助が、なぜ、そんな海苔の壜詰をおびただしく手に入れて所員の全部に配ったのか。それは彼が貰《もら》ったのか、買い取ったのかわからないが、いずれにしても品物が海苔の壜詰だけに、そのままには見過されない。

(そうだ。これから走水へ行ってみよう)

時計を見ると、二時になっていた。これから横須賀までは、一時間ちょっとぐらいあれば行き着く。

片山はエレベーターで東京タワーを降りた。

品川駅へ駆けつけて、ホームに上がると、幸いなことに横須賀線がすぐにはいって来た。

片山は、車中での一時間、そもそもの初めから、考えを整理してみた。

柿坂が随筆家関口氏の名前で週刊誌の告知板で、「新世紀」の二十四年の十月号を求めていたのは知れきっている。ここに関口氏と柿坂との関係を知っている人間がいたとする。その人物は、関口氏の名前で出された「新世紀」の入手広告が、実は柿坂が本当の求め主だと想定する。そして、その雑誌には東洞直義の最初の履歴が載っていたのを知っていたとする。

そうなると、柿坂の真意がどこにあるか、その人物にも察しはついたであろう。その人物としては、その雑誌を柿坂に入手させたくなかった。そのことは、早くもその関口氏の要求に同週刊誌で応《こた》えた江古田《えごた》の人間が、関口氏に渡す前にその雑誌を盗まれたことではっきりする。

その人物は、その東洞の伝記の真相を「新世紀」の編集者本橋秀次郎に摑まれていることを知って、東洞のためにその禍根を絶つ目的でまず本橋を消した。この場合、「新世紀」を基《もと》にして広く東洞の経歴は知れ渡っているが、本橋が履歴の真相を知っていることが問題なのだ。例の筆名が本橋であることは調べがついたのだろう。西岡写真館主の所に東洞直義の大きな写真が飾られてあったことでも推定がつくが彼もまた危険な人物である。

要するに、東洞直義の前身を知る者は、本橋秀次郎と西岡豊次郎であったと言える。

柿坂の動きをそんなにも早く察知して、両人の生命を絶ったのは、もちろん、東洞直義の真の履歴が暴露《ばくろ》されることを恐れた人物だ。

だが、その知り方があまりに早過ぎる。それは柿坂の動きを内部から知っていたと思われるくらいだ。

片山は愕然《がくぜん》とした——。柿坂の味方の中にその人物がいるのではないか。そうとしか考えられない。では、それはいったいだれだろうか——。

そのとき、電車は横須賀駅に着いた。

横須賀駅に降りて、またタクシーを拾い、走水に向った。横須賀の街にはアメリカの水兵がうろうろしている。

そんな軍港風景が過ぎ、造船所のあたりを通り抜けると、しだいに漁村の光景に変ってくる。

片山は窓を注視しながら、この前来た記憶の場所を捜した。見憶《みおぼ》えの家や地形が過ぎる。

(おかしいな。たしか、この辺だったがな)

片山が首を捻《ひね》りつつ見ているうちに、あまり記憶のない風景に変ってきた。この前は、こんな所までは来ていないのだ。

(うっかり見過したのかな)

彼は運転手に言って、その辺から引き返させた。

道を逆戻りすると、観音崎行のバスとすれ違った。

（どうもおかしい）

例の小屋が見当らないのだ。しかし、いま眼に映っている景色は、たしかに小屋のあったあたりに似ている。

「そこでいいよ」

片山は車を停めさせて、しばらく待つように命じておいた。

海に向って歩くと、真向いに房州の山々がくっきりと見える。今日は雲もなく、鋸《のこぎり》山《やま》の山頂がはっきりと特異な線を露《あら》わしていた。狭い海峡を今日も大きな貨物船がゆっくりと遡《さかのぼ》り、アメリカの旗を立てた真白いヨットが下っている。

片山は、そうだ、この位置の通りに向いの山が真向いにあった。そのかたちがいま見ているのとそのままだ、と思いながら海の近くに行くと、数歩歩いたところで思わず足を停めた。

彼は地面を見つめた。

広い空地に、解かれた古材木が数個所に分けて積み上げられている。コンクリートの基礎も黒ずんだ色で半壊になったまま残っているではないか。

工場はなかった――。

建物が見えないはずである。いつの間にか完全に解体されてあったのだ。

あっと声を呑《の》んだことだ。

いったい、いつ、工場を崩したのだろうか。なぜ、こういう事態になったのか。

彼はすぐそこに近所の人が子供を伴《つ》れて立っているのを見て、様子を訊《き》きに近づいて行った。

「三、四日前ですよ」

と、その中年の男は答えてくれた。

「さあ、どういうわけでしょうかね。おおかた、海苔の壜詰が売れなくなったので、経営不振に陥ったのかもしれませんな」

「そんなにいけなかったんですか?」

片山は訊いたが、経営不振なことは、前回に訪れたときも、この辺は海苔畑が少なくてたいへん困っているようなことをあの事務員は言っていた。

「人はかなり働いていたようですが、思ったようには売れなかったんでしょうな。なにしろ、このごろは人件費が高いですからな」

「この工場で働いていた人は、みんな土地の人でしょう?」

「そうです。土地の人間が多かったようです」

「その人は、この辺に住んでいませんか? だれでもいいんですがね」

「そうですな」

土地の人はさすがにそれをよく知っていて、

「これから二町ばかり向うに行くと、アイスクリームなど売っているお菓子屋さんがあります。そこの裏手に行けば、富さんといって、二十四、五の若い者がいますよ。その富さんはこの工場に来ていたから、話を聞けば、少しは事情がわかるかもしれませんね」

片山は礼を述べて、そこから離れた。


「なんだか、急に工場を閉めると言いだされましてね」

富さんは陽《ひ》の射《さ》す座敷でランニング一枚になり、身体《からだ》をもて余したようにごろごろしていた。

「わたしは、あそこで三年ばかり働いていたのだから、わりと古株のほうです」

「経営者はどこの人ですか?」

「そりゃ、何人も代りましてね。つまり、経営がおもしろくなかったんでしょうな。最後に、わたしらにも何かわからない人が引き受けたようです」

「その人も土地の方ですか?」

「違います。なんでも、千葉県のほうの人だそうですが、また、資本は別な人が出しているという噂《うわさ》もありました。とにかく、この辺で海苔をやっても、海苔畑の条件が悪いので採算がとれんのでしょうな。いったいに壜詰にする海苔はクズモノを使いますから、どうしても生産の豊富な千葉県側にはかないません」

「工場を閉める話は前からあったんですか？」

「たびたび閉鎖するという話はあったんですが、そのつど、なんとか立ち直っていたのですが、今度は突然でしたよ。わたしたちは工場長に泣きつかれて、退職金一カ月分くらいで、ようやく引きさがりましたがね」

「工場長は、どこの人ですか？」

「これも千葉県のほうからきたというわけで、つまり、代が変るたびにそっくり幹部社員が変るというわけです」

「その人の名前は？」

「市川というんです。だが、それ以上はよくわかっていません」

「そこで、ちょっと伺いますがね。そこに橋山さんという人が訪《たず》ねてくるようなことはありませんでしたか？」

「ぼくらは工場のほうですから、事務所にだれが訪ねてくるか、さっぱりわかりません。その橋山という人の名前も聞いたことがありません」

「残った商品は、どういうふうに始末をつけたんですか？」

「なんでも、大量にどこかの問屋に持って行き、半値以下で引き取ってもらったそうです。それで、やっと、われわれの退職金が出たという話もありますがね」

古手の工員がこういう頼りない話では、工場関係の人に訊いても無駄なようだった。幹部社員の行方が何もろくにわからないくらいだから、もとよりこの男が知ろうはずはない。橋山の配った壜詰は、廃業のドサクサに大量に貰ったものだろうか。

「どうもありがとう」

片山は空《むな》しく富さんの狭い家を出た。

彼はふたたび海岸のほうにおりた。汐《しお》の匂《にお》いのする風が顔に流れてくる。歩いていると、いつぞやの小舟を入れた小屋の場所も跡形もなかった。

片山は、岩の多い海辺におりて腰をおろした。

先ほど遡って行った貨物船が、遥《はる》か向うのほうに小さくなっている。今はボートが四、五隻《せき》と、漁船が見えるだけだった。

海苔加工工場の閉鎖と、この事件とは果して関係があるのだろうか。

考えれば、ここに来たのは、橋山義助が新宿のバーで連れの客から壜詰をもらったのを見かけてからだ。

橋山と海苔の壜詰、海苔と東京湾、東京湾と二つの死体——。

片山の頭には、そんな経路で想像が回転したが、そのつながりが見えているだけで、まだそれを理論づける体系は引き出せなかった。

春の陽もようやく落ちかけている。海の上には、うす赤い膜を張ったように色が流れている。

そんな景色を見ているうち、まったく連絡のないことが考えの中に泛んできた。もし、ここに写真家がいたら、こんなきれいな風景をどんなふうな角度でカメラに撮るだろうか、などと余計なことを考えるのだ。

（写真といえば……）

片山はまたしても西岡写真館のことに走るのだ。

西岡写真館主と東洞直義、客待ち部屋の大きな東洞の写真——。

それが眼の前にちらつく。

これまで、西岡写真館に東洞の写真があったのは、西岡が東洞を知っているので、看板用に写真を掛けていたとのみ思っていた。が、それだけの意味だろうか。

（なぜ、この疑問にもっと早く気がつかなかったのか）

そうだ、西岡豊次郎は旧《ふる》い写真家だ。

片山は前面の波をかっと睨《にら》んだ。

「新世紀」には東洞直義の「伝記」が出ている。記事を飾っているのは東洞の旧い写真ではなかったか。その写真こそ、あの「伝記」を裏づけていたのだ。

それは四枚の写真だった。一枚は西岡写真館の客待ち部屋の壁に掲げてあったものだ。あとの三枚は、一枚が東洞の幼いころで、山形元帥《げんすい》と一緒に写っている。次の一枚は年代が下がるが、寺田元帥とならんで撮られている。写真に付いた説明によると、元帥が台湾総督時代ということで、背景も官邸の庭が写されていた。若い東洞は元帥と、その幕僚たちとの間に挟まって立っていた。あとの一枚はずっと年代が近くなって、尾上公爵《こうしゃく》とならんでいる。公爵は例の羽織袴《はおりはかま》姿で長いみやびやかな顔で正面を向いている。東洞は公爵の横にならんでいたが、その顔つきはよほど現在の風貌《ふうぼう》に近くなっていた。

つまり、現在老齢の東洞は、明治・大正・昭和を通じる大政治家の身近に立っていたのである。片山は、今でもそのときの本文の一節を憶えている。それは、大体、このようなことであった。

――東洞は台湾の台北に生れたが、その素姓はよくわかっていない。一説によれば、彼は高貴な方に仕えた女性がその方の寵愛《ちょうあい》を受けて設けた落胤《らくいん》だという。東洞自身は、自分の出生はわからないが、他人が勝手にそれを想像しているのだろう、と笑っている。その想像とは、東洞は実は高貴な人の血筋を引いている人間なので、さればこそ明治・大正時代の元老級のもとに出入りをしていたというのである。それで戦後には、内閣のブレーンとなって、急にマスコミの注目するところとなったが、それには出生の高貴さがひどくモノを言っている……。

(わかった、わかった)

片山は今こそその写真の秘密がわかった。

(あれはモンタージュ写真だった!)

写真家だから、写真のトリックは朝飯前だ。おそらく西岡豊次郎なら、二人の元帥や元公爵の写真をどこからか見つけてきてそれを複写し、別に東洞直義の若いときの写真をそれぞれの画面に当てはめることができる。

伝記の写真にそんなカラクリがあろうとは、だれが考えようか。そこが盲点である。いまこそ、その順序がすらすらと想像できる。

つまり、東洞直義は自分のインチキな履歴を伝記形式に「新世紀」に載せさせた。記事は、おそらく編集長の本橋秀次郎が書いたのであろう。ただ、この場合、写真がなくては本文の信憑性《しんぴょう》がないので、今度は本橋が西岡豊次郎に依頼して、複合写真を偽造させたのであろう。本橋と西岡写真師のつながりは偶然のものだろう。

これが原典となって、以後、東洞直義といえば、すぐにその略伝が掲載される。稀有《けう》で大時代な彼の履歴は、それらの写真によって、まことしやかな真実性の裏づけを得、決定的となったのだ。幼少の時からこのような偉大な軍人政治家や元公爵家のもとに、自由に出入りしていた東洞という人物に世間は眼を瞠《みは》り、それがまた彼の装飾的な伝記となったのだ。

東洞直義が高貴な方の血筋を受けたという流説はいまでも信じられている。しかし、東洞自身は自分では一度もそれを口にしたことはないのだ。彼は、「世間では自分のことをいろいろと言っているが」と笑っているだけで、否定も肯定もしていない。そこが、東洞の狡猾《こうかつ》なところだ。自らは高貴な血筋を受けたという噂を工作しておいて、自分の言葉では何も言わない。つまり、彼自身がそれを言えば、そのインチキが暴露したとき彼は詐欺漢《さぎ》として世間の告発を受けることになる。人に「勝手に」信じ込ませておくぶんには、どんな事態になろうとも、自身が「詐欺師」になることは免れるのである。

——これで本橋秀次郎と西岡豊次郎が殺された理由もはっきりとわかるのだ。

東洞は自分を狙《ねら》う柿坂一派の動きを逸早《いちはや》くキャッチした。それは、柿坂が「新世紀」十月号を求めていることから、彼は鋭敏にも柿坂の追及がどの点に向けられているかを知ったのだ。柿坂が、「新世紀」を求めたのは、東洞の装飾伝記よりも、モンタージュ写真を手に入れることが目的だった。それを専門の写真家に見せれば、モンタージュであることは、一目瞭然《りょうぜん》に相違ない。

そこから東洞の偽瞞《ぎまん》性を立証する資料として、「新世紀」を求めていたのだ。

東洞は柿坂の実力を恐れている。これを防衛するには本橋と西岡の二人の口を奪わねばならない。

東洞は、自分の「天一坊」的な偽瞞がばれるかどうかの危機の瀬戸際《せとぎわ》に立ったわけだ。しかも、東洞と柿坂の背後には特殊潜水艦をめぐる巨大な取り引きが絡《から》んでいる。もっとも、直接の下手人が東洞というのではない。老齢の彼にそんな膂力《りょりょく》があるとは思われないからだ。

では、東洞直義の命令を受けて殺人の実行を請け合ったのはだれであろうか。

ここで片山は、先ほどここへ来るときの車中で、気づいた点に考えが及んだ。

東洞直義は柿坂の出方をあまりに早く知り得ている。柿坂としては、むろん、その追及を秘密のうちにやったに違いないから、普通なら東洞が知るわけはないのだ。例の「新世紀」十月号を求める記事が週刊誌の「告知板」に出てから間もなく、本橋と西岡とが殺されている事実は、いかに東洞の防衛が敏速であったかがわかるのだ。もっとも、本橋のほうは、溺死体《できしたい》として大森沖に流れたのが果して本人かどうかまだ疑問だが。

いずれにしても、このような現象は東洞がだれかの通謀を受けていなければできることではない。

通謀者は柿坂経済研究所の内部にいる者だ。第三者がそれを知るわけはないからだ。

内部というとだれだろうか。片山はいろいろと想像した。

すると、彼の眼には石黒の顔が泛《うか》んでくる。

石黒――。

この一見、茫洋《ぼうよう》とした顔つきの男はなかなかの曲者《くせもの》だ、とは片山も前から気づいていた。表情は感情を現わすことなく、動作はのろい。その点は死んだ友永とは対蹠《たいしょ》的だった。石黒は寡黙《かもく》で、何を訊いても口の中でぼそぼそと要領の得ないことを答えるだけだった。

だが、この石黒はあの調査室にしんねりむっつりと坐《すわ》って本を読んでいるかと思うと、ふいと休んだりしていた。どうも様子がおかしかったのだ。

あんな陰気な男はなかったが、今にして思うと、それこそ東洞への内通者として、もっとも考えられる性格ではないか。

そういえば、友永が死んだことも石黒に関係がありそうだ。つまり、石黒は柿坂の雇い人であると同時に、東洞への通謀者でもある。あれにも石黒が裏で動いていたのではあるまいか。

友永もうすうすそれに気づいていた。その証拠に、友永はパーキンソンのいたSホテルの玄関に現われた神野彰一の隠し撮り写真を持っていて、それをいかにもこれ見よがしに机の上に置いていた。片山は、それを友永一流のズボラからだと思っていたが、今にして考えれば、あの写真はわざと石黒に見せたいためではなかったか。そうだ、きっとそうだ。石黒もあの写真は見ているのだ。

なぜ、友永はそんな細工をしたのか。いうまでもない。つまり、友永は石黒が臭いと思って、わざとあの写真を彼の眼に触れるように仕向けておいて、それとなく石黒の反応を眺《なが》めていたのだ。

すると、友永こそは忠実な柿坂の手下だったのだ。年中、わけのわからない電話を外部にかけて、ひょこひょこと外出ばかりしていたが、一番怪しいと思った友永こそ実は石黒の監視役だったわけだ。

その友永は石黒を探って、ようやく確証を摑《つか》み得るところまできていたのだと思う。このとき、石黒が猛然と友永に巻き返しをした。彼はわざとそれに気づかないふりをして、何かの口実を構え、友永をパーキンソンの隣の部屋に誘い、そこで友永を消した——としたらどうだろうか。あり得ないことではない。

いや、待てよ。その反対に友永が東洞への通謀者だったという推定も、成り立ち得るのではないだろうか。

なぜなら、友永は神野がパーキンソンを訪れたところを隠し撮りしたり（あるいはさせたり）するようなことをするし、パーキンソンの部屋へ忍びこもうとしたではないか。しかし、それは第三者が目撃したわけではないから、忍びこもうとしたのは、パーキンソンの偽りの証言かもしれないが、友永を消したのは、パーキンソンの利益の側に立つ者であることだけは明瞭だ。したがって、友永はパーキンソン、神野、柿坂の線をさぐる東洞側のスパイだったという推定も立派に成立するわけである。

（いや、待てよ。やっぱり石黒のほうが通謀者かもしれない）

迷い出すと、片山は自分でもわけがわからなくなってきた。

57

その晩、片山は、下宿の部屋で蒲団《ふとん》を被《かぶ》ったまま、いつまでも考えていた。

石黒か友永が柿坂機関の中にはいっていた東洞の手先だという問題はしばらく措《お》くとして、それなら、本橋・西岡殺しはどういうことになるだろうか。

東洞にとっては、本橋も、西岡も、己《おの》れの秘密の全部を知っている人間として恐怖の相手なのだ。

ここで片山は思い出す。かつて、西岡の死体が発見された晩、弔問にきた同業の写真屋は、こんなふうなことを言っていた。

（西岡さんはこの間からしきりと東北方面の鉱山を一つ手に入れると言って、ずいぶん金策もしていたようです。その金策は大体できたが、もう少し足りない、もう一踏ん張りするんだ、と張り切っていました。わたしの考えでは、西岡さんの水死はその金策がつかずに計画の失敗を悲観して自殺したのじゃないでしょうか）

西岡豊次郎が自殺したのでないことは、前にも考えたとおりだ。西岡は溺死体となって千葉県に浮んだのだが、それは船の上からでも突き落されたのではないかと片山は考えている。

ただ、あの同業写真屋の話の中でおもしろいのは、西岡が鉱山を買うための金策をし、それもあと一踏ん張りのところまできていたことだった。その金こそ西岡が東洞を脅迫して出させようとしたものに違いない。

それまでにも、東洞は西岡にどれだけ強請《ゆす》られたかわかるまい。それは、西岡写真館がさして客もないのに、あの近所で悠々《ゆうゆう》と営業をつづけていたことでもわかる。してみれば、東洞にとっては西岡豊次郎こそ本橋秀次郎以上に憎い存在だったのだ。

そこで、東洞は、自分の息のかかっただれかに命じて両人を殺害させた。

そのだれかとはだれか——。

片山は前から漠然と考えていたのだが、本橋秀次郎だけはどうやら生きているような気がする。それは、例の浮浪者〝鉄ちゃん〟が「千葉県の海苔《のり》業者」に誘われて上野の山から消えたことだ。

それは二月十八日だった。ところが、本橋秀次郎の溺死体発見は二月二十六日で、それがかりに死後二十日を経過していたとすれば、本橋の死は二月六日ということになる。

つまり、本橋の死亡は〝鉄ちゃん〟の失踪《しっそう》より十二日以上も前のことになる。

本橋のネーム入りの洋服死体のほうが腐爛《ふらん》状態から見て〝鉄ちゃん〟の失踪よりずっ

と古いに決っている。つまり〝鉄ちゃん〟の死後経過（もし、死体となって発見された場合）は、二月二十六日（大森沖の本橋死体発見）まで、ほぼ一週間しか経《た》っていないことになる。

これを二十日以上経過したような腐爛状態におくことはできないだろうか。そうすれば、本橋秀次郎と〝鉄ちゃん〟の死体のすり替えができるわけだ。人相の点は問題ではない。片山が水上署で見た死体の顔は、ほとんど眼鼻がわからぬくらい腐爛していたのだ。この顔の腐爛も、犯人が計算してその条件をつくったのであろう。片山は、いささか科学的根拠を無視しているようだが、どうも死体のすり替えが行われた感じを捨てきれない。

この予感からどうしても〝鉄ちゃん〟の行方不明になった二月十八日から二十六日までの間を二十日以上に見せかける腐爛状態のトリックを見破らねばならぬ。

片山はその晩寝られなかった。頭が痛いくらい考えつづけた。が、そのうち、いつの間にかうとうとと寝こんだ。

睡《ねむ》れないときは朝も早く眼がさめる。そのさめた瞬間だった。

片山の頭に、ふいと断片的な一つのファクターが泛んだ。

海苔業者と漁船、これはつながりがある。海苔を採集する小舟《べか》もそうだが、業者のなかにはそのほか普通の大型漁船も持っているはずだ。

この事件には初めから終りまで海苔業者が絡んでいる。橋山義助が浦賀の走水の潰《つぶ》れた海苔加工会社の壜詰《びんづめ》を持ち歩いていたことも、その一つである。

死後経過一週間の溺死体を二十日以上の腐爛死体に見せかける法——何かありそうだ。漁船を持っている海苔業者に結べば、普通の人間よりもずっとその工作がしやすいように思われる。

最後の決め手になる方法はまだ発見できないが、どうにか一歩先に進んだという感じだった。

片山は起きて顔を洗った。タオルで顔を拭《ふ》いているとき、また一つのファクターが泛んだ。

大森沖死体は単に腐爛していただけでなく、眼玉や、口や、鼻腔《びこう》は、東京湾に棲息《せいそく》する微生動物、小魚やアミの類に食い荒されていた。漁船と小魚——何かありそうだ。この海中の小動物に食い荒されたということが、検屍《けんし》や解剖の際、検屍の係官や解剖医に死後経過時間の長期を印象づけたのではあるまいか。いかに科学的な検査方法でも、鑑定は人間がやることだ。そこに鑑定人の主観による必然的な誤差が生じるだろう。

よし、もう一ぺん木更津に行ってみてやろう。

走水の海苔加工工場も、千葉県からきた人間がやっていたというではないか。

木更津には何かある。この海苔業者の多い漁村をもう一度見てくることだ。

こう考えた片山は、そのまま家を飛び出した。千葉行の電車は相当混んでいたが、両国を過ぎると、乗客がずっと減ってくる。

片山は電車の動揺に身を任せながら、つぎの考えを追った。

では、もし、本橋のネーム入りの背広を着た大森の溺死体が〝鉄ちゃん〟だとすれば、本物の本橋はどこに生きているのだろうか。

だれだろうか。自分の知っている人間のなかにいるだろうか。

片山は、ある人間の顔を思い出してどきりとした。石黒だった。

片山は胸がわくわくしてきた。

石黒だとそれはいかにもありそうだ。あの男ぐらい正体の知れないものはない。それに本橋の年齢ともきわめて近い。友永が本橋だということも、考えられないことはないが、友永では、変名を使ってまで、一つの機構にもぐり込むような人物には思えない。

片山は不幸にして本橋秀次郎の人相を知っていないが、石黒みたいな顔をしていたのではなかろうか。

これをもう少し考えてみよう。石黒が本橋と同一人だったとすると、彼はいつの間にか石黒という変名で柿坂機関の中にはいっていたことになる。

柿坂も橋山も、おそらく、石黒がかつての本橋秀次郎とは知らなかったに違いない。

本橋秀次郎は、「新世紀」が潰れ、つぎに移った雑誌社も潰れて、女房とも別れたが、何かの機会に柿坂経済研究所にもぐりこんだ。このとき、本橋は極力石黒でおし通したのであろう。

そのうち、例の「新世紀」を求める広告が雑誌に出た。本橋のことだから早くも柿坂の意図を察したであろう。しかし、彼は自らが東洞の秘密を知っている人間とは名乗らなかった。

なぜなら、彼は相変らず東洞の線とつながっていたからだ。思うに、本橋が石黒の変名で柿坂機関にはいったのも、東洞の命を受けてこの奇怪な柿坂機関の正体を探るつもりであったに違いない。いや待て、二年も前から石黒は勤めているのだから、東洞の指示ではいったと考えるのは不自然ではないか、と片山は思い直した。

しかし——必要があれば東洞は、石黒を呼ぶこともできるはずだ。

(そうか。たしかにそうだ)

自分はたいへんな誤算をしていた。本橋のネーム入りの背広を着た溺死体をわざと漂流させていたのは、東洞の深謀遠慮だ。つまり、彼は西岡豊次郎にたびたび強請られるので、それを防衛する手段として示威を試みたのである。つまり、妙なことをするとお前も本橋みたいな運命になるかもしれないという無言の脅迫だ。

でなければ、わざわざ被害者の姓の知れるような本橋のネームをそのままにしておくわけはない。要するに、東洞の狙《ねら》いは、本橋のネームのついた洋服を着た男が溺死体となって漂流したという新聞記事を西岡の眼に触れさせればよかったのだ。

では、西岡はその事実を知って思い止《とど》まっただろうか。

いや、彼はその記事を見ても愕《おどろ》かなかった。愕くどころか、その殺害の手も東洞の線だと知って、かえって二重の脅迫を東洞に試みたのではあるまいか。それが例の「鉱山を買い取る」と高言せしめた巨額な金額の吹っかけとなったのであろう。

東洞直義の西岡という人物に対する評価の誤算がそこにあった。もはや、生かしてはおけなくなった。今度は本当に西岡豊次郎が殺害される運命になった。

どうやら、これで推定がついた。あとは、いかにして本橋のネーム入り洋服をきた〝鉄ちゃん〟の新しい死体が死後二十日という腐爛状態に偽装されたかというトリックの発見である。

やはり海苔業者だ。これしかない。海苔業者のだれかがその工作に参加している。

ようやく千葉駅におりた。列車だと木更津方面はここで乗換えになるのだが、片山はタクシーを奮発した。この前、一度行ったことがあるので道順はわかっている。目的の土地は木更津の手前の漁村牛込《うしごめ》部落だった。しばらく美しい海岸沿いにタクシーが走って行く。

この前は寒い冬で冷たい雨が降っていた。今日は春の眩《まぶ》しい光が、海にも空にも白い道にも輝やいている。

片山のタクシーと前後して、ハイヤーやタクシーがしきりと木更津方面に向っていた。その車には、かなりの人数が乗っていて、なかには五、六台も続く団体のようなのもある。

片山が運転手に訊《き》くと、

「あれは、東京方面のお客さんが簀立《すだて》を遊びに行くんでさあ」

と背中で答えた。

なるほど、いま走っている海岸は海苔養殖の季節ではないので、その代りに篠竹《しのだけ》で編んだ簀立がいくつも沖合いに並んでいる。客を乗せた小舟がその囲りを回っているのが見られた。

簀立は大きさ約三メートルで、渦巻《うずま》き型の簀の迷路の中に退潮《ひきしお》どきの魚がはいり込むようにしてつくられてある。客は船頭の獲《と》った魚を舟の上で焼いて酒の肴《さかな》にしたり、帰りの土産《みやげ》にしたりする。

片山は沖合いのそんなものばかり見物してもいられなかった。彼の気持は牛込部落の辺見《へんみ》の家に急いでいた。

見覚えの牛込部落が近付いてきた。国道からはずれてしばらく青田の中を走った。また、家の間から海が見えてきた。

片山は車を停めさせ、細長い漁村の中を歩き、見覚えの一軒の戸口に立った。だが、表も窓も雨戸が閉っている。

「ごめんください、ごめんください」

片山は何度も呼んだが返事がない。この好天気に戸を閉めているのは家中で遠いところにでも行った留守かと思い、隣の家に回ってみた。

「あんた、どこから見えましたか?」

奥のほうからくたびれた着物をつけた漁師の女房が出てきた。

「東京の者ですが」

「そいじゃ、事情がおわかりにならないんですね。辺見のじいさんは、五日前からどこかに行ったきりまだ戻ってこないんですよ」

その言い方に普通でない調子があった。

「どうかしたんですか?」

「へえ、なんでも、千葉のほうに用達《ようたし》に行くと言って出掛けたきりなんですよ。それきり行方がわからなくなってね、遠い親戚《しんせき》にそのままふらふらと行ったんじゃないかと、ずいぶん、手分けして捜したんですが、どこにも行っていません。警察に届けたりして大騒ぎをしていますよ。もしも、悪いことになっていなければいいがと思っているんですが」

「悪いことというと？」

おかみさんは言い辛《づら》そうだったが、片山が辺見老人の知合いだと強調すると、それでは、と思い切ったように言った。

「じいさんは海苔の罐詰会社をやりましてね。それがまったく商売にならないというて悲観していましたが」

「へええ」

片山はおどろいた。

「辺見さんが海苔の罐詰会社をやっていたんですか？　それは浦賀の走水ではないですか？」

「あなたはよく知っていなさる。そのとおりですよ」

まさかあの走水の海苔工場の出資者が辺見老人とは知らなかった。このわびしげな海苔業者にそんな資金があったのか。

「いえ、ね、じいさんはえらくその商売に張り切っていてね。今度は一《ひと》儲《もう》けをするんだと勢い込んでいました。そう言っちゃ悪いけれど、じいさんの海苔畑は少のうて、冬でも、ほかの者のようには儲けがないんですからね。じいさん、どこからか金を借りて、その罐詰工場を譲り受けたらしいんですよ。ですが、もともと不景気な工場なので、素人《しろうと》のじいさんの手に負うわけはありません。とうとう、自分の金も、よそから借りた金も、すっかりすってしまって、せっかくの工場もつぶれてしまったので、えらく鬱《ふさ》ぎ込んでいました。そんなわけで、今度、行方知れずになったのも、その気落ちから自殺したのじゃないかと、みんなで心配しているようなわけです」

「家族の方は?」

「ばあさんが千葉の親戚のうちに相談に行ったきりです。子供がいないので、ばあさんまで変な気を起すのじゃないかと、それも心配なんです」

「なるほど」

片山は途方にくれた。せっかく、推測の裏付けを取りに来たのに思いがけない事態に当ったものだ。

走水の海苔加工工場の閉鎖とじいさんの失踪《しっそう》とが関連していることも意外だったし、昨日、走水の工員を訪れたとき、壜詰工場の経営者はたびたび変ったと聞いていたが、まさかそれが辺見老人だとは知らなかった。

片山はその家を出ると海の傍に立って考え込んでしまった。海辺には、相変らず緑色の海苔屑《のりくず》が草原のように押し上げられ、沖には簀立を囲んだ小舟が幾つも動いている。この平凡な景色の中にも奇妙な事件が進行しているのだ。

すると、不意に彼の肩が、だれかによって叩《たた》かれた。

片山は振り向いた。自分を見て笑って立っている男の顔を見て、片山は、もう少しで声をあげるところだった。

石黒であった。

「やあ、片山さん」

石黒はにこにこして言った。

「さっきから、どうもあんたのようなうしろ姿だと思ったが、やっぱりあんたでしたね」

片山はすぐには返辞ができなかった。自分の顔の硬直を意識した。

こんな所にこの人物が出現するとは思わなかった。本橋秀次郎！

「何をそんなにびっくりしてぼくの顔を見てるんですか?」

石黒は、あの茫洋《ぼうよう》とした顔つきに相変らず曖昧《あいまい》な笑いを漂わせていた。

「石黒さん……でしたか」

「そうですよ。石黒ですよ。おや、びっくりしてますね。しかし、ぼくもあんたがこんな所に立っていようとは思いませんでしたからね」

石黒はネクタイを締めずワイシャツの一番上のボタンをはずした背広姿だった。彼は片山と並んで海を見た。

「やっぱり海岸は気持いいですな」

と深呼吸でもするような格好で言った。

(本橋がここに来た。彼のいた家が辺見老人だ。その老人は海苔《のり》の壜詰《びんづめ》の失敗で行方を絶っている)

石黒の本橋秀次郎が、かつて間借りしたこの場所に姿を見せるのは少しも不自然ではない。だが、片山にとっては、まるで白昼に妖怪《ようかい》と出遇《であ》ったようなものだった。

「片山さん、あんたはどうしてここに来られたんですか?」

石黒は不思議そうに訊いた。

「いいえ、その……ちょっと遊びに来たんです」

片山は言葉を失っていた。

「いや、ぼくはね」

と石黒のほうから言い出した。

「少し調べることがあって、辺見さんのところに来たんですよ。すると、戸が閉ってるじゃありませんか。近所で訊くと、老人は四、五日前からいなくなったそうです。話を聞いた家は、老人の家のすぐ裏でしたがね。弱りました」

おや、石黒は辺見老人の近所の家に老人のことを訊きに行ったのか。してみると、それは本橋としてであろう。なぜなら、老人の家に長いこと厄介になっていたというから、もちろん、本橋の顔は近所で知れている。

片山は、いいときに石黒が現われたものだと思った。この機会に石黒が本橋であるということの仮面を剝《は》がしてみよう。それには、たった今、辺見の家の隣で話を交わしたおかみさんに石黒を会わせることだ。

片山の胸は轟《とどろ》いた。

「石黒さん、そのことだったら、隣の漁師の家がよく知ってるそうですよ。そこに行ってお訊きになったらどうですか。実はぼくも訊いたばかりなんですが、二人で訊けばもっと詳しいことがわかるでしょう」

「そうですか」

ためらうかと思うと、石黒はあっさりと承諾した。

「じゃ、行ってみましょう。ぼくも辺見という老人に会いたくてここまで来たんですからね」

そのつぎに片山をあっと愕かせたのは、その女房が石黒の顔を見ても、まったく初めての人間に出遇った表情だったことだ。これには片山も仰天した。

しかし、思い返して最後の駄目を押した。

「それはそうと、おかみさん。いまから十年も前のことですが、辺見さんのうちに間借りをしていた人がありましたね。知っていますか？」

質問を発しながらも、片山の胸はわくわくした。

「ええ、知っていますよ。本橋さんでしょう?」

この返事は、片山の横に石黒を置いてだった。女房の表情はけろりとしている。

「本橋さんなら付き合っていたのでよく知っていますよ。口数の少ない人でしたが、わたしの家には心安く遊びに来ていましたからね。その後、奥さんと夫婦別れをして辺見さんの家を出て行ったがね。いまはどうしているんですかね?」

石黒は平気な顔で煙草《たばこ》を吹かしていた。

58

片山と石黒とはその家を出た。二人は肩をならべて海岸まで歩いた。

雲が出たせいか、海の上は暗くなっていた。だが、相変らず簀立のぐるりを遊覧客の乗った小舟が動いたり止ったりしている。

片山はまだ半信半疑だった。

本橋の生存を信じている彼は、てっきり石黒がその変身だと思いこんでいたのだ。それが根底から覆《くつがえ》ったのである。

初めはそれでも石黒とその女房とが打ち合せをして芝居をしているのではないかと奇妙なカングリもしたのだが、それは誤りであることがわかった。あの女房の表情や顔を見ても、そんなところは窺《うかが》われない。もし、打ち合せでもしていれば、石黒はともかくとして、純朴な女房が初めから終りまで演技をしとおせるものではなかった。それに、片山がここに訪ねて来ることなどは石黒も予想していないわけだから、事前にその打ち合せがあろうとは思えない。

雲の裂け目から陽が洩《も》れて、海の上にはちょうどスポットライトを当てたような光が溜《た》まっている。

「片山さん」

石黒は、いつの間にかそこに置いてある漁船の船縁《ふなべり》に腰を掛けた。

「どうかしましたか？」

片山はわれにかえった。

「いや、べつに……」

「なんだか、いつもの片山さんと違って元気がなさそうですね」

石黒は笑って、

「まあ、ここに掛けませんか。立ってばかりいると疲れますよ」

「はあ」

片山は石黒とならんで腰をおろした。

石黒は、ポケットを探って潰《つぶ》れたピースの函《はこ》を取り出し、皺《しわ》になった一本をすすめた。

「しかし、ぼくも愕きましたな」

石黒は自分の煙草にも火を点《つ》けてから言った。

「あなたも、なかなかやりますな」

「え？」

片山が石黒の顔を見ると、彼の例の茫洋とした顔にかすかなほほえみが泛《うか》んでいる。いつもだったら、その不得要領な笑い方には馴《な》れているのだが、今度はそのうすら笑いが奇妙に無気味に思われてきた。

「いや、片山さん、ぼくもあなたが何をやっておられるか、うすうす知っていますよ」

「それは、ど、どういう意味ですか？」

「いや、匿《かく》さないでください。あなたがどういうことを調べているか、ぼくだって想像のつかない男ではありませんからね。今までは黙って見ていたんです。まあ、他人の領分を荒すことはないと思ってね。ところが、今日ここに来てあなたの姿を思いがけなく見たので、もう、この辺であなたとじっくり話し合ってもいいなと思ったんです。というのは、ここにあなたが見えたということが、わたしにとっては、たいへんなんですよ」

「たいへんというと？」

「つまりですな、あなたの調べが、まさかここまで伸びているとは知らなかったんです」

「………」

「片山さん、ぼくはこう思うんですよ。ぼくの調べていることと、あなたが調べていることとが、ちょうど、この海岸でぼくらが出遇ったように、二つの線が往き合ったと思うんです。どうですか、片山さん、間違っているでしょうか？」

片山は、石黒のねちねちした言い方に妙な迫力を覚えた。それは、ここで石黒が完全に自身の意図をさらけ出したということと、さらに、彼が調査していた線が片山の想像よりもっと進んでいるということなのだ。

片山はついさっきまで、石黒が完全に東洞直義の線とつながっている本橋とばかり思っていたので、何もかも計画的な行動だと考えていたから、彼が自分より深いところを知っているのは当然だと思っていた。

だが、今やその線が崩れてみると、今度はこの石黒が調べているということ自体に大きな比重が感じられてくる。片山は、先ほどの意外さからくる愕きと、今度は石黒が独自の線でここまで来ているということとの二重の圧迫を感じなければならなかった。

「さあ」

片山は答えた。

「ぼくは、あなたがそう買い被《かぶ》っていらっしゃるほどの調べ方をしていませんよ」

それは一つの偵察だった。まだ石黒の気持がわからない。うっかりと本当のことは言えないのだ。

「しかし、この木更津に辺見老人を訪ねられたのは、あなたが並み並みならぬ調査をしていたということがぼくによくわかりますよ。つまり、あなたが本橋秀次郎という人の線を追及していたことがわかったのです」

やはりそうだった。石黒はそれを知っている。

「本橋は、もう、あなたに説明するまでもなく、ある雑誌の編集長をしていました。ほら、あなたが柿坂の研究所にはいる機縁になった雑誌の編集長ですよ。そうでしょう?」

「そうです、『新世紀』という雑誌です」

「そうです、そうです。あなたは非常に好奇心の旺盛《おうせい》な人です。なぜ、柿坂が寄稿家の関口氏を使ってその雑誌を求めていたか、おそらく、その辺の疑問があなたの探求心の出発点になったと思います。そして、あなたは柿坂の本当の狙《ねら》いを知った。つまり、東洞直義という現代の謎《なぞ》の名士を柿坂が追い落そうとしているとわかったのでしょう?」

「そうです」

もう匿してても仕方がなかった。

「本橋の水死体が大森沖に揚《あ》がったという新聞記事を見たのが、あなたの動きだす動機となったのですね。あなたは本橋という人間の存在を調べにかかった。もちろんまだ、それが、本橋秀次郎だという身元は、水上署でもわからなかったわけですがね。要するに、それは、本橋というネームが水死人の上衣《うわぎ》に縫いつけられていたことから、あなたはその男が、てっきり本橋秀次郎だと信じた……」

おや、この石黒はそんなことまで知っているのか。

「たしか、そのあとです。あなたは上野署に行ったはずですね？」

石黒は片山の表情を見て、

「それをどうしてぼくが知っているかと言いたそうですね？　なに、打ち明ければ何でもないことですよ。実は、ぼくもあの名古屋の白骨事件の記事を新聞で読んで、上野署に行ったんです。するど、ぼくよりも早く同じことを訊《き》きに来た人がいると聞かされたんです。人相を訊いてみると、それがあなたそっくりだったじゃありませんか」

なるほど、それはあり得るだろう。名古屋の白骨事件に関心を持ったという石黒もやはり本橋の死体に片山と同じような疑問を起したに違いない。

そこまでは、片山もこの石黒と同じ線だった。

ところが、片山は、本橋が自分の抹殺《まっさつ》をその浮浪者に替えたということから本橋の生存が推定され、さらにさまざまな条件から本橋の変身がこの石黒だと思いこんだのだ。

今やその石黒の口からそんな話を聞かされようとは思いがけないことだった。

「片山さん、あなたは本橋がその浮浪者を上野の山からつれ出して、ネーム入りの上衣を着せ、溺死《できし》させたと思ったんでしょうな?」

「そうです。そう思っています」

片山もここまで来るとかくしてもいられなかった。

いや、それよりも、案外な石黒の実力に圧倒されたかたちだった。

やはり自分一人がこつこつとやっていたのがいかに弱い力だったかがわかる。

この際、ある程度、石黒の知らないと思われる部分は伏せておいて、あとは全部、彼の考えと照合してみたいと思い立った。

「あなたの言うとおりです」

と片山は初めて積極的に言った。

「ぼくは、本橋という人は、自分の身替りに鉄ちゃんという上野の浮浪者を殺し、自分の身を隠したと思っているんです」

「しかし、それでは、鉄ちゃんの死亡と本橋の死亡との事実にズレがあるでしょう?」

やはり石黒はそこまで知っていた。

彼の指摘する点は、片山もずいぶん悩んできたことだ。

「一人の死亡時期と一人の失踪《しっそう》時期とには、約十二日ほど間隔があります。鉄ちゃんの上野からの失踪は二月十八日でした。本橋のネーム入りの上衣を着た死体が発見されたのは二月二十六日で、解剖によると二十日ぐらいの死後経過だというから、実際の死亡は二月六日ごろです。鉄ちゃんが失踪後に殺されたとしても、二月十八日以前には遡《さかのぼ》らないから、そこに十二日の間があるわけです。それじゃどう考えても、身替りは不合理でしょう?」

「いや、その点は」

と片山は言った。

「大森沖の死体の腐爛《ふらん》状態には、何らかの細工が施されたと思います。つまり、本橋というネーム入りの上衣を着た大森沖の死体はたいそう腐爛していて、東京湾に棲息《せいそく》する海中の微生動物に食い荒されていました。そういう死体の現象は、何かのトリックでできるんじゃないかと思うんですよ。つまり、鉄ちゃんは、二月十八日の失踪日か、その翌日に殺されたとしても、二月二十六日までには八日しか経《た》たないわけですが、それを完全に二十日以上の死後経過に見せかけたと思うんです」

「なるほど、おもしろい着想ですな。しかし、少し苦しそうですよ。あなたの言うとおり、海中に漂流している死体の腐爛現象は、海中の微生動物に食い荒されることによって実際よりは死後経過が長く見られがちですがゴマカせないのは解剖ですよ。これは科学的にかなり正確な所見が出ますからね。死体も一カ月以上経つと死後経過の推定が困難になってきますが、あれが鉄ちゃんの死体だとすると、上野の山の失踪からわずか八日間しか経っていない。それじゃ、それを二十日以上に見せかけるのは無理ですよ。どんなトリックだって、内臓の臓器の腐敗までゴマカせませんからね」

片山はその説に反駁《はんばく》ができなかった。

自分の考えもわれながら少々強引だとわかっていたのだが、しかし、そうしないと鉄ちゃんの死体が本橋の身替りとならなくなるのである。これは、自分でも科学的なものを相当乱暴に曲げているとは承知していたのだ。だから、いま石黒にその点を衝《つ》かれると何も言えなくなった。

だが、石黒の説を聞いていると、本橋はやはり死亡したことになる。

「そうです」

石黒は片山の質問に答えた。

「ぼくはやはり本橋は死んだと思いますね。しかしですね」

と彼は急いで付け足した。

「あなたがそう考えるのも無理はありませんよ。ぼくだってそんなふうに思っていましたからね。今ではお笑い草ですが、実は死体腐爛のトリックをいろいろと考えたんです。つまり、八日しか経っていない死体がどうして二十日以上に見せかけられるかとね。あなたと同じように、死体が海中の微生動物に破損されているところから、あるいはその効果を犯人が狙って、新しい死体をわざと微生動物に食い荒されるような状況下に置いたのではないかと考えたこともあります」

片山は石黒の話を聞きながら、眼は海面の簀立《すだて》に向いあっている。

あっ、と思った。

簀立にはさまざまな魚がその習性からはいってくる。しかし、いったん、渦巻き型の中にはいると、もう外には出られずに、中で迷いながら泳ぐ。

もし、あの簀立の中に死体を置いたら？　外は何重もの簀で巻かれているので、中に人間の死体などがはいっていてもちょっとわからないのだ。

「ああ、あなたもあの簀立のことを考えているのでしょう？」

石黒は片山の視線を観察してから言った。

「ぼくもそのトリックにあの簀立のことを考えましたよ。ところが、これは無理なんです。なぜかというと、気の早い者はいまごろから簀立を作りますが、冬はこの辺一帯は海苔《のり》ですからね。簀立なんぞは一つもありません。それに、死体の腐爛用にわざわざ簀立を作っておいても、そんな季節はずれのものがあると、だれだって妙に思って、かえって中をのぞかれますよ」

そうだ、そのとおりだ、と片山は心でうなずいた。

「ぼくは」

と石黒はまた眼を沖のほうに向けて言った。

「そのほかに、死体を早く腐爛させるいろいろな方法をぼくなりに考えましたね。だが、ちょっと思いつきはおもしろそうにみえても、結局、死体解剖という科学的な検査の前には、みんな役に立たなかったのです。要するに、結局、本橋は死んだということに落ち着きましたよ。この平凡な結論に戻るまでは、大分無駄な時間を費やしましたがね」

石黒はひと休みという格好で煙草《たばこ》に火を点けた。

不思議な男だ。いったい、この石黒は、そんな調査をだれに頼まれたのだろうか。柿坂、橋山から依頼されたのだろうか。それにしては少々辻褄《つじつま》が合わないところがある。

「実際」

と石黒はつづけた。

「あなたもぼくもおんなじですが、思わず罠《わな》にかかるところでしたよ」

「罠？」

片山はびっくりした。

「思考の罠です。あるいは現象だけに眼が奪われてる結果の心理的な罠と言ってもいいでしょう。あれは完全にひっかかるところでした」

では、と片山は考える。浮浪者の〝鉄ちゃん〟の失踪は、まったくこの事件に関係がなかったのだろうか。

片山の疑問を残したまま石黒は、突然別なことを言った。しかし、それはこの事件の核心に触れた問題だった。

「あなたは、柿坂亮逸がなぜ東洞直義のインチキな正体を暴露しようとしたかわかりますか？　柿坂は、いつも口癖のように自分は正義感で不正を摘発しているのだと言っているが、まさか、それを本気で受け取るものはないでしょうな。では、今度の東洞一件で柿坂の本当の狙いはなんだと思います？」

「それは、やはり、コンノート社とカッターズ社との特殊潜水艦採用をめぐる競争が背景でしょうね。ぼくはそう思ってます」

「そのとおりです。だが、東洞という男は、どうしてそんなに国防庁の技術陣に信用があるのでしょうか。彼は特にすぐれた軍事通ではありません。それなのに、専門家の錚々《そうそう》たる国防庁の技術者が東洞の意見をひどく尊重しているのはどういうわけでしょう。とくに防衛兵器についてです」

「わかりません」

片山はそれはかねてから疑問に思っていたことなのだが、ついにわからずに匙《さじ》を投げている。

この茫洋《ぼうよう》とした石黒が、いまその秘密を語ろうとしているのだ。片山も胸を弾ませないわけにはいかなかった。

「それはですな。東洞という男は天才的なインチキ師だったと思うんです。それは例の高貴な方の落胤説《らくいんせつ》をふり回して、毛並みに弱い日本人を煙に捲《ま》いていることでもわかります。そもそも、彼が角丸重工業という兵器産業会社に信用せられたのは、彼の呼称する軍事評論の知識でもなんでもありません」

「なんですか？」

「彼は英語が読めるし、人よりは目はしが利《き》く男です。まあ、ネタを先に言いますと、彼はアメリカやイギリスかで発行されている兵器科学関係の資料を逸早《いちはや》く航空便で取り寄せていただけです。これは、ちょっと日本人の気がつかない雑誌で、しかも発行部数がたいへんに少ないのです。完全に盲点です。東洞はそういうものから仕入れた知識に彼一流の勘を働かして〝最新の兵器知識〟を身につけていたわけです。だから、彼の意見は、そんな雑誌なんか読んだこともない重工業会社の技術者たちにえらく高く評価されたわけです」

「なるほど」

　少しばかりわかってきた。

「しかし、ただそれだけでしょうか。そんなチャチなことで東洞が兵器産業会社の技術陣にも、国防庁の専門家たちにも、絶大な評価を受け得られるでしょうか」

「もっともなご質問です」

石黒はゆっくりと答えた。

雲が動いて、海の上がまた暗くなった。

「その秘密はですね、こうなんですよ。東洞が、その〝前歴〟や、〝最新の兵器知識〟を利用して国防庁に信用を得たことから、アメリカ側の兵器産業会社が、彼に眼をつけたわけです。もともと、東洞が国防庁の技術専門家に信用を得たのも、逆に言えば、角丸重工業という日本有数の兵器産業会社の一種の技術顧問的存在だったことから及んだわけですがね。つまり、国防庁の技術専門家と、民間会社の技術専門家とは、いつも技術面のことで接触があるから、それは自然の結果でしょう。ところが、ここに東洞の信用を断固として不動にした要因が一枚加わりました」

「何ですか？」

「それは、アメリカの兵器産業会社が自社の製品を国防庁に売りつけようとして、東洞に運動したことからはじまります。名前を言えば、コンノート社です。それまでも、コンノート社のものは国防庁のさまざまな兵器に採用されていますこれらはあまり予算を取らないから一般には目立たなかっただけです。ところが、特殊潜水艦となると、今までとは違って巨額な金がかかります。それで世間にも注目されたわけですが、言いかえれば、発注の予算が大きいだけにコンノートのほうも必死の売込みということになりました。このときコンノート社の秘密特許部分の書類が一枚ずつ東洞に渡されたわけです」

「何ですって?」

「これはアメリカの生産会社が日本の事情と違うところです。戦前の日本軍部は、民間会社に秘密兵器を発注しても、機密保護法の管制が厳重に行き渡っていました。ところが、アメリカのほうでは、少し事情が違い、同じ機密でも民間会社が設計し、製作するので、その設計図の複写は数少ないが生産会社にもあるわけです。大事な点はここですよ。コンノート社は、それまでの兵器類にこの秘密部分、それはほとんど公《おおやけ》にできない特許部分ですが、そんな設計書類を東洞に渡して、彼にその知識をつけさせていたのです……このことは、アメリカの国防総省《ペンタゴン》も長い間気がつかなかったのです。そして、国防総省の軍人でもよほど偉い技術者でないと見られないような設計図が、民間会社から東洞の手へ渡っていたわけです。つまり、東洞に自社のものを推薦させる資料と知識とを与えていたのです。言うなれば、商魂逞《たくま》しさだけの行為ですよ」

「愕《おどろ》きましたね」

と片山は言った。

「それじゃ、まるでその生産会社が自国の機密を売る売国奴的行為ではありませんか」

「ある意味でね」

と石黒はにやりとした。

「ですが、そこがまた日本と違うんですよ。というのは、アメリカが日本側に貸与、または製作させる兵器は、すべて一時代遅れたものばかりです。言うなれば、不用品を日本側に渡しているんですからね。ですから、機密だといっても、それはすぐに過去のものとなり、アメリカ自身はそれ以上のものを持っているわけです。表面的には機密を売ることになっていますが、実際は現在の水準とはズレているものなんです。しかし、日本側専門家にとっては、東洞の知識は愕くべきものでした。それはそうでしょう、向うの機密設計図をじかに貰《もら》ってるんですからね。国防庁の技術専門家が仰天するのは無理もありません。そこで東洞は国防庁からも生産会社からも、先生、先生と、まるで兵器産業の神様みたいに崇《あが》められていたわけです」

あっと思った。その話で、片山は長尾智子が大阪で「殺されそうな」くらい危険な目に遭《あ》ったというのを思い出した。彼女は速達をよこしたが、それには大阪に行ったとき、パーキンソンから頼まれた封筒を、某所に運んだための災難だとあった。

その封筒の中に入れられていたに違いない謎《なぞ》の書類と、今の石黒の話――片山はひとりで興奮してきた。

「そんな事実がどうしてわかったのですか？」

片山にとっては石黒がまるで神秘な人間に見えた。

「いや、それは何でもありませんよ。すべてネタを明かせばバカみたいなもんですからね」

彼はそう言って、ふたたび唇にうす笑いを泛《うか》べた。

「それはアメリカの兵器生産関係専門の軍人に、コンノート社がしきりと兵器の秘密特許の部分を日本の民間産業会社や国防庁に、東洞という人物を通じて流していることがわかったからです。いくら時代遅れの兵器だといっても、機密は機密ですからね。そこでペンタゴンの調査がはじまったわけです……ですが、それだけではアメリカ筋の特別機関が東洞を没落させる謀略はしなかったでしょう」

「何ですって?」

片山は思わず問い返した。

「東洞の正体暴露は、アメリカ筋が、柿坂を使ってやらせたのですか?」

「そうです。しかし、もちろん、向うの御大《おんたい》が柿坂などを直接にそそのかすわけはありません。それには一枚別な役者がはいっています……つまり、競争会社という名前においてカッターズの副社長パーキンソンを使ったんですよ。パーキンソンなら日本に来てその指揮を取っても、競争会社の副社長だから商売のために来ているとしかだれも思いませんからね」

「………」

「だが、もっと重大なのは、その情報が日本に流れているだけの理由で直ちに米機関が出てきたわけではありません。それは東洞の手から、日本の産業会社にも見せない機密部分が、もっと金になるほうへ流れていたことがわかったんです……片山さん、こう言うと、大体、この事件のスケールがわかるでしょう?」

片山は声が出なかった。

59

「どういう理由《わけ》でこういうことになったか、簡単に説明しましょう」

石黒は茫然《ぼうぜん》となっている片山に話をつづけた。

沖のほうはまた雲がうすくなり、鈍《にぶ》い光が海面いっぱいにひろがっていく。話を聞いている間も、雲の多い午後は海の上に微妙な変化を遂げるのだった。

「国防庁が特殊潜水艦建造を考え出したのは、今から三年ぐらい前です。日本の国防も列強並みにしなくてはならないという熱願からですが、このとき、その艦種決定にコンノートとホイスターとが名乗りをあげたのはご存じのとおりです。問題はこの辺から起りました。そもそも特殊潜水艦建造を国産でやろうとすれば、第一案として船体を国産とし、特殊艤装《ぎそう》と原子動力とだけをアメリカに発注する。第二案として特許だけを買って、すべてを国産化しようということです。ところが、この特許というのはどういうことかというと、いろいろあるけれども、技術上、特殊潜水艦に必要不可欠なものは、だいたい、約八種類あるといわれています。つまり、慣性航法装置《オート・パイロット》、自動算定式航跡記録装置《オート・トレーサー》、艦位置自動記録装置《オート・ポジションチェッカー》、重力偏差記録航法装置《グラビティー・ナビゲーター》、水中レーダー《サブマリン・レーダー》、浮力自動調節装置《バランス・コントローラー》、空気補給・清浄装置《オート・プロダクト・クリーナー》、ミサイル水中発射装置となるでしょう。これは全部アメリカの軍機ですから、第二案の特許だけを買って国産化するということは、米国側の意向で計画が不可能になったのです。第一案のほうも船体の特許を買わねばならぬことがわかって、艤装も、原子動力も購入不可能と考えられ、さらに、当初の予算価格百億円前後も問題にならぬことがわかりました。ところが、国防庁側では特殊潜水艦入手の切願が捨てられませんでした。これには、旧海軍の将官たちの間に昭和初期からあった対列強戦略としての潜水艦優先主義が頭をもたげた面もあったのかもしれません。

　まず、価格面では百六、七十億円を出そうということになりました。ただし、予算面では百億円しか認められないので、あとの不足分の六十億乃至《ないし》七十億円は、国防庁積立金（繰越金）と、ほかの名目に偽装した予算支出で補塡《ほてん》することになったのです。これは、燃料、部分品および他の品目でいくらでも水増し工作はできます。こういうことがアメリカ商社にわかったので、ここでコンノートとホイスターの両社が売込みに本腰を入れ、日本の商社側と手を組んで競争になったわけです。ただし、今お話ししたように、特殊潜水艦には以上の八つの特別装置がなければナンセンスな艦になるので、コンノートとホイスターとは、それぞれ米国防総省の了解を取りつけられる見込みがあるということで、コンノート社は八つの特許のうち三つを組み合せ、またホイスターも他の二つの組み合せで受注に働きかけたのです」

石黒は例の重い口で訥々《とつとつ》と話すのだった。だが、雄弁でないだけにかえって迫真力を感じる。

「国防庁では両方を検討した結果、特許装置の部分から見てコンノート社が有利とみなし、ここでホイスター社はその候補から大きく後退したのです。もちろん、これには日本側商社の政界や国防庁側の要人に対する裏工作も大分ありました。だが、公平なところ、コンノート社のほうがホイスター社より特許装置の面では勝《まさ》っていたことは確かです。こうして国防庁当局と政界の意向がコンノート社に内定したところにカッターズ社が現われたのです」

石黒はちょっと黙った。海面に洩《も》れた陽は、雲の加減で光の環《わ》が小さくなってゆく。簀立《すだて》のぐるりにいる小舟が少なくなった。岸に着いて客が降りている。

「この問題には、先ほども繰り返して言うように東洞直義の存在が大きいわけで、事実、コンノート社に決ったのも東洞の意見が大きくモノを言っているわけです。で、問題は、コンノート社に決定した最大の理由が特許面の優秀さにあったことですが、これこそ、実はアメリカの機密プランが洩れていたことです。それは、コンノート社の出したオート・トレーサーと、グラビティー・ナビゲーターおよびミサイル水中発射装置の組み合せのうち最後のミサイル水中発射装置がアメリカ側の最新技術設計だったのです。つまり、コンノート社のほうは、それらが米国防総省の軍機解除を取りつけ得るという見込みで働きかけたのですが、前の二つはともかくとして、最後のミサイル水中発射装置は不許可であることは絶対です。しかし、コンノート社は注文を取りたさに、まず、こういうものを見せびらかして工作したわけです。まあ商売人ですからそういうハッタリはあり得ましょうが、問題になったのは、この最新の機密プランが東洞からアメリカの対立機関にそのまま流れて行ってしまったことです。それまでもたびたび最新兵器の機密が在日某機関に流れていたのを気にしていたところ、これがその決定的な動機となって米機関の乗り出しになったのです」

「…………」

「米機関は、東洞直義とはいかなる人物かを徹底的に洗いました。そして、その経歴の詐称《さしょう》はともかくとして、東洞と米対立機関との接触が動かしがたい事実であることを摑《つか》みました。ここで東洞を打倒することは相手機関の打倒を意味するわけなので、いわば米機関が総務府特別調査部と組んで東洞を倒そうとしたのは、敵は本能寺に在ったのです」

「えっ、それでは総務府特別調査部がアメリカ機関と組んでやった仕事ですか？」

片山はたちまち神野彰一に突き当った。

「そうなんです……しかし、いくらなんでも政府機関の総務府特別調査部が表に出るわけにはいかない。それで何でも暴露主義の柿坂機関をそそのかしたわけです。もっとも、柿坂自身は裏側にそんなカラクリがあるなどとは知らないで、東洞攻撃に起《た》ち上がったわけですよ。今でも柿坂亮逸はそんな裏のことは知っていないでしょう。ただ、彼は、このことが成功したとき別な方向からある種の報酬を約束されてるわけです」

「それで、その狙《ねら》いは成功したのですか？」

「成功しました。『新世紀』の伝記に添えられた写真がつくりものであることを暴露したパンフレットも関係方面に送られました。東洞直義は完全に没落しました。もう、国防庁も、日本の兵器生産業者も、東洞直義の正体がわかってからはだれも相手にしなくなったのです。こういう線が彼の身辺からなくなったことは、アメリカの対立機関もその点では敗退したわけですね」

対立機関と石黒は言っているが、どうやら、それは西欧某国の機関らしいと片山は想像した。

「そうなんですよ」

石黒は片山の質問を聞いてうなずいた。

「社会主義国家に対して、アメリカも、某国も、いわゆる自由陣営として共同戦線を張っていますが、極東においては相変らず各国のマーケットで熾烈《しれつ》な競争が行われています。某国は、第二次大戦以後、東南アジア方面の市場から後退しましたが、まだまだ粘りは十分です。アメリカの態度とは正反対に逸早《いちはや》く中国を承認したのも、その辺の現われだし、NATO（北大西洋条約機構）の中で某国が必ずしも全面的にアメリカの言うことを聞くとは限らない微妙な立場にあるのも、某国の性格を語るものでしょう。ことに極東では、アメリカの機密を知るいわゆる情報戦となると、某国はときには社会主義国家機関と手を組むこともあるんですよ……この点をアメリカは一番おそれているわけです。だから問題は、単に日本の特殊潜水艦建造にアメリカの機密が洩れたというだけでなく、こういう大きな世界的情勢から、それは必至の行動だったのです」

それでわかった。片山の考えているいわゆるグループは、だいたい、合点《がてん》がいったのだった。

それでは、長尾智子や神野彰一が脅《おび》やかされているものも、某国機関の手先に相違ない。

「しかし」

と片山は石黒の顔を真直《まっす》ぐに見て言った。

「柿坂は東洞を徹底的に打倒したとは言えないじゃありませんか。あなたの言い分だと、東洞は柿坂によってインチキ的な正体を暴露され、それで没落するということでしたが、まだそこまでは行っていないように思います。なぜかというと、柿坂は衆院予算委員会に証人として出席を求められたが、彼は途中から何だかんだと言って姿を見せなかった。柿坂は、話をするにしても東洞と対決しなければ効果がないというようなことを言って断わっていますが、それはただ断わったというだけのことで、東洞を打倒したことにはならないからです」

神野彰一が姿を消したから、柿坂は資料の不足で予算委員会に出られなかったことは確かだが、同時に東洞を今一歩、追いつめることもできないでいるのだ。

「あなたの言うとおりです」

と石黒は重い口で言った。

「ですが、東洞が事実上没落すれば、謀略側のほうの目的は果せるわけです。したがって、柿坂にこれ以上東洞を追及されることは迷惑なわけです。どうせ、柿坂などは道具に使われていただけですからね。それに、この問題は横にもかなりのひろがりがあるわけです。つまり、カッターズの食いこみにしても、必ずしも表向きのセールスだけとはかぎらないのです。だから、柿坂などに余計なことをしゃべられても困るわけですな。要するに東洞という人物が打倒されれば、それでいいんですから。ぼくは柿坂が病気の理由で衆院予算委員会の証人出頭を断わったのは、彼だけの意志ではなく、そういうふうにほかからも言い聞かされたと思っています」

「え、それでは？」

「そうなんですよ。ただ柿坂だけが総務府特別調査部員の調査で動くはずはありません。やはり彼がそこまで打ち込むには、政界方面のアメリカロビーにつながる連絡があるわけです。柿坂はいわばその黒幕に握られていますからな。東洞の立ち会いを要求したのも、その方面から知恵をつけられたのでしょう」

柿坂などは人形使いに操《あやつ》られている人形にしか過ぎない、というのである。

片山は自然と太い息が出た。

彼は今まで、この石黒が柿坂の内部にもぐっていて東洞と通じ合っていたとばかり思っていたのだ。

では、柿坂の内部から東洞に内通していた者はだれなのか。これが解明できぬと、本橋殺しも、西岡殺しも解けぬ。石黒でなかったとしたらだれなのか。

しかし——片山は思わず疑わしげな眼を石黒に向けた。

これほどまでに内部事情を知っている石黒の正体は、いったい、何だろうか。この睡《ねむ》そうな眼、ぼんやりとした顔つき、重い訥弁《とつべん》の石黒からは想像もできない鋭さで内幕が語られている。

「片山さん、先ほどの辺見老人のことで思い出したんですが、これから海苔《のり》の佃煮《つくだに》工場に行ってみませんか」

「海苔の佃煮工場？」

片山はびっくりした。突然、石黒の話が変った。

「行きましょう」

と言ったのは海苔と聞いたからだ。

「どうやら夕方近くになりましたね」

と彼は船縁《ふなべり》から腰をあげた。

「佃煮工場はそこの木更津にありますから、造作《わけ》なく行けるでしょう」

二人が元の道に戻ると、片山が待たせてあるタクシーの運転手が運転台で睡りこけていた。

木更津までは車でわずかの時間だ。佃煮工場といっても、これもバラック建の小工場だが、走水のものよりはずっと大きいし、近代的になっている。石黒が中の工場をちょっと見せてもらえないかと言うと、案外、気さくに中に入れてくれた。先方でも東京から来た遊び客だと思って、宣伝だと考えていたのかもしれない。

その「工場」にはいると、青海苔を選《よ》っているところ、それを壜詰《びんづめ》にしているところなど見せてもらったが、特に興味を惹《ひ》いたのは佃煮の釜《かま》だった。

それはステンレスのぴかぴかする二重釜になっていて直径およそ一メートル、深さ五〇センチぐらいで、二重釜の間には蒸気が噴出している。つまり、まん中の釜は醬油《しょうゆ》、砂糖などの調味料が黒い液体となって煮え立ち、それに材料の青海苔が入れられているのである。

石黒は、その釜の前にじっと眼を据えていた。片山も彼につられてその釜を眺めていたが、石黒がなぜそんなものに興味を持っているのかわからなかった。

佃煮工場には約二十分ばかりいて、二人は外に出た。

「片山さん、明日、あなたが暇だったら、横須賀の先の走水に行ってみませんか」

石黒が言った。

「えっ、走水ですか?」

言うまでもない。辺見老人が出資をして損をしたという例の工場だ。

「行きましょう」

一も二もなかった。石黒がそう言う以上、ただあの辺の海を見物に行くのではない。やはりこの男も走水に注意していたのだ。

片山は、その晩、間借りの部屋で睡ったが、ステンレスの大釜の中で人間が蒸し殺される夢を見た。

午後一時に横須賀駅の前で落ち合おうというのが石黒との約束だった。

片山が横須賀線で着き、構内から出ると、そこに石黒のずんぐりとした姿がぼんやりと立っているのが見えた。

「やあ、来ましたね」

石黒は片山を見てかすかに口もとを笑わせた。

走水の現場に着いた。片山がおやと思ったのは、石黒が迷いもせずにあの工場跡にまっすぐに向ったことだ。石黒も前にここに来た経験がある——。

石黒はその跡を見回している。コンクリートの古い基礎は、かたちがないまでに打砕かれていた。次の建物を建てる必要上に違いないが、片山の眼にはそれが証拠でも消したような姿に映る。

今日も天気がいい。空は一点の雲もなく、海は眼に痛いくらいに青かった。

「片山さん」

石黒は言った。

「あなたも前にここに来たことがありますね？」

「ええ、二度ばかり来ました。一度は建物があるとき。二度目は崩した直後でした」

「そうでしょう。あなたの様子を見ると、そんな気がしましたよ」

彼はほほえんだ。片山が考えているようなことを石黒も思ったのであろう。

「あなたは、この海苔工場がたびたび他人《ひと》の手に移ったことを聞いたでしょう?」

それは聞いている。

「その間、この海苔工場の仕事はずっとつづけられていたでしょうか? つまり、新しい買主がこの工場を譲り受ける場合、そこには、一日の休みもなかったでしょうか?」

あ、そうか。片山はそこまでは気がつかなかった。

不況のために次々と経営主が変ったとは聞いたが、何となくそれは製造の仕事が一日も休まないで継続されたように思っていたのだ。たしかに新旧の経営者に受け渡しが行われる間は操業が中絶されたと考えられる。

「いま、そのことをよく知ってる人が来ますよ」

その人物が現われた。オープンシャツ姿でひょこひょこと歩いて来ているのを見て、片山は眼を瞠《みは》った。この前この工場のことで訊《き》きに行った元の工員ではないか。

「やあ」

石黒はその男に声をかけた。

「このまえはお邪魔さま。富さん、今日はひとつ教えてもらいたいんですがね。最後の経営者、つまり、潰《つぶ》れる前に引き受けた人は、大体、今からどのくらい前でしたか?」

「そうですな、今年の一月初めだったと思いますね」

「なるほど。その間、仕事を中絶しましたか?」

「ええ、一週間ぐらい休みました」

石黒がちらりと片山を見た。しかし、一月の初めでは石黒の推定と合わないのだ。

「その後、休んだことがありますか?」

果して石黒は質問した。

「そうですな」

と富さんは考えていたが、

「そうそう、たしかにありましたね」

「ほう、いつですか?」

「あれは二月の半ばごろでした」

「ほう、そのときはどのくらい休みましたか?」

「たしか、一週間ぐらいだったと思いますね。なんでも、前のままの設備ではいろいろと不便なので、新しく替えたりなどしたようです。大工などもはいったりして、大分、模様を替えましたよ」

「それはいつごろですか?　二月半ばといっても、正確にはわかりませんか?」

「待ってください……そうそう、やっと思い出しました。二月十九日にこの奥で軍用機が民家に落ちて大騒ぎになりました。その日に改装を始めたのです」

石黒は手帳を出した。

「なるほど、二月十九日にはそんな事故がありましたな」

片山は傍で聞いていて、心臓の鼓動が激しくなるのを知った。〝鉄ちゃん〟が上野の山からいなくなったのが、その前日の二月十八日ではないか――。

「そのとき、工員の人も、事務所の人も、全部休んだわけですね？」

「ええ、みんな休みました」

「だれか責任者が来ていましたか？」

「そうですね、みんな休みだから工場など寄りつきゃしませんよ。それに休みの間でも給料はくれたから、寒いときなので、家に引っこんでいたり、東京へ遊びに行ったりしましてね。きっと、だれか責任者が来ていたでしょう。それに、板囲いなどしてだれもはいらせないようにしていましたね」

「なに、板囲いをしていた？」

「ええ、一部分ですけどね、工場から海のほうに向ったところです。そこは出荷のための荷物置場になっていたんです」

「それで、その工事がすんで、あなた方が出勤したときには、中の模様は大分変っていましたか？」

「そうですね……」

富さんはしばらく考えていたが、

「それほど目立って変っていたとは思いませんがね。そうそう、海苔の洗場がやり変えられて少し広くなっていた程度です」

「海苔の洗場というと？」

「佃煮に使う海苔は、普通の焼海苔のような上等なものではなく、いわば青海苔の粗悪品ですから、ものすごく汚れています。そこで、釜に入れる前、海苔から塩分を抜いたり、いろんな付着物を洗ったりするわけですが、そのために木の水槽《すいそう》が造ってあります。前はそれが狭かったのですが、今度の経営主になってずっと広くなったわけですね。それほどの必要はないのですが、新しい経営者はずいぶん製品が動くとでも思ったんでしょう」

「その新しくできた水槽というのは、どのくらいの大きさですか？」

「そうですね、縦が三メートル、横が二メートル、深さが一メートル二〇ぐらいあります。その中に青海苔を漬《つ》けていると、底のほうに砂だとかゴミだとかが落ちて、海苔自体の塩分も除《と》れる仕組みになるのです」

「ははあ。それから、そこの工場は、海苔を煮るのにやはりスチームを使うんですか？」

「そんな近代的なことはしてなかったです。昔ながらの大釜で煮ていました。下は薪《まき》で燃していましたよ」

「ありがとう」

石黒は礼を言って富さんに帰ってもらった。

片山は石黒にすっかり毒気を抜かれてしまった。彼は石黒のひとり舞台を傍観するだけだった。

「片山さん、これで死体の秘密がわかりましたね」

と石黒はほほえんだ。

「昨日、鉄ちゃんの失踪《しっそう》と、本橋のネーム入りの上衣《うわぎ》を着た死体との間に、十日以上の開きがあることで、大森沖の死体が絶対に鉄ちゃんではありえないと言いましたね?」

「ええ」

「ぼくはあなたをちょっと試《ため》してみたんですよ。あなたもそれを考えていたが、まだ深い信念がなかった。そのため、わたしのちょっとしたロジックであなたのせっかくの思いつきが崩れてしまったんです……ナニ、一週間の死体を二十日以上に見せる方法はありますよ」

「………」

「つまりですな、こうです。カスパーという外国の法医学者が言ってることですが、死体の腐敗進行速度は地中が一番おそいのです。これを一の割合にすると、地上が四、水中が八という比率になっているそうです。ことに水中の死体を引き揚げると、進行速度

がまた速くなります……したがって、もし、死後一週間の死体を二十日以上にも見せかけるのは、溺死体《できしたい》を水中から引き揚げて地上に放って置くのです。夏ならば、カンカン照りつけさせると、なお効果が上がるでしょう」

「すると、あれはやっぱり鉄ちゃんの死体ですか？」

「そうです。犯人が鉄ちゃんを本橋の身替りにしたんですよ。その工作がここで行われたと思うんです。いま、富さんの話を聞いたでしょう。鉄ちゃんは、上野の山を二月十八日に伴《つ》れ出された。そのとき、わざと千葉方面の海苔業者だということがほかの者に聞えるようにして、ここに伴れて来たんです。おそらく、その晩のうちに鉄ちゃんは海に突き落されて溺死させられたんでしょうね。その翌《あく》る日から、工場は修繕と称して閉鎖した。死体はどうなったか。船ですよ」

「船？」

「ええ。海苔の業者がいるので、船には事欠きません。おそらく、海苔の網か何かで死体を包み、船の横に括《くく》りつけて、その上には何かの偽装をして海中に漬けたままにし、一方では大急ぎで水槽工事を進めたと思うんです。あんなものは一日もあればできますからね。死体は、おそらく、夜のうちに海中からその水槽の中に入れられたでしょう。この場合、冬のことだから、普通の冷たい水では腐敗が遅い。だから、海苔を煮る大釜に湯を沸かし、それを水槽に移して、相当な温度の中に三日間ぐらい放置されたと思います。これは死体の腐敗がものすごく速くなる」

60

片山は石黒の話を聞いて、そのようなことがあり得るだろうかと思った。

人間を海中に溺死させて、それを引き揚げ、水槽の温度の高い水の中に漬けておくというのである。

なるほど、それだと死体は溺死した現場の海水も飲んでいるので、解剖時には付近のプランクトンも検出できるわけだ。

死体の腐敗の工作を休業中の海苔工場で行なったというのだから、逆に言えば、腐敗工作のために工場を偽装休業させたということになる。

してみれば、この工場を買い取った新しい事業主こそその計画者だったということになる。

片山がそれを訊こうとしたとき、石黒は彼の口を押えるような手真似《てまね》をした。

「まあ、聞いてください」

石黒は例の重々しい口調でつづけた。

「相当な温度の中に三日間ぐらい放置されていた死体は、今度はそこから引き揚げられて二日間ぐらい太陽に乾《かわ》かされたと思うんです」

「太陽に？」

片山はびっくりした。

「そうです。一度水から揚げて太陽の熱に当てたほうが、もっと腐敗が激しくなります。これが夏だと相当な効果をあげるのだが、二月のことなので夏ほどの効果はあがらなかったかもしれませんな。だが、計画者はその辺まで計算に入れて、温度の高い水に三日間ぐらい漬けているのです」

「しかし、死体はどこで乾かしたのですか？　人目に触れないところだと、この辺にはどこがありますか？」

「地上ではそれは困難でしょうな。それに臭気がひどいですからね。死体だけを隠蔽《いんぺい》していても異臭で人に気づかれます」

「ああ、では、海の上ですか？」

「そうだと思いますな。それよりほかに考えようがない。つまり、ここにも船が必要なわけです。この船は、その辺に一日中置いていてもだれからも怪しまれないようなものでなければならない。幸い、このあたりは沖合いに小さな魚を釣る漁船が出ています。その漁船も対岸の千葉県側ほどには多くはないのです。おそらく死体は船の上にじかではなく、何かうすい布片《きれ》のようなもので上から蔽《おお》われていたでしょう。あるいは簡単な葦簾《よしず》みたいなものが掛けられていたかもしれない。要するに、日光の滲透《しんとう》しやすい蔽いが死体の上に掛けられていたと思います」

「その船の船頭は？」

「もちろん、共犯者ですよ。こうして夜は人目につかないその辺の岸に船を着け、朝早くまた海上に出て行くというような方法がとられたと思います。夜だとめったに人がその辺に来ないから、臭気に気づく者もないわけですな」

走水から観音崎にかけては、途中で人家のない海岸がかなりある。片山は、そんな場所を石黒の説明で考えていた。その辺の地形はほとんど岩礁《がんしょう》でできていて、小舟が隠れるような入江もある。なるほど、寒い冬の海岸の夜だとだれも寄りつかないに違いない。

「こうして腐敗を速めた死体は」

と石黒はつづけた。

「またその船によって、夜、沖合いに漕《こ》ぎ出され、横浜、鶴見の沖から大森沖に達し、その辺で再び海の中に投棄されたと思います。すでに死体の肉体はそんなふうに腐敗しきっているので、付近に棲息《せいそく》する海中微生物である甲殻類が無惨《むざん》に食い荒すのもそれほど時間は取らなかったわけです。だから、ちょっと見ると、その死体は一カ月半にも二カ月にも死後経過が判断されたと思うのです。もちろん、内臓も同じように腐敗しているから、監察医務院の医者が解剖しても、その腐敗トリックが見抜けなかったのですよ」

片山は、以前、東京湾の海潮流が時計の針の方向に流れて行くのを水産局発行の東京湾の調査の本で知った。このことから死後経過時間をかけて、その死体は浦賀沖から大森沖に流れたのだと判断したが、石黒の話だと直接に大森沖に遺棄されたというのだった。

聞いてみると、それですらすらと解ける。なにも面倒な海流関係を出すまでもなかった。また、浦賀沖から棄《す》てた死体が大森沖まで漂流する間は相当な日数だから、その間にほかの船によって死体が発見されないというのも考えてみると不自然だった。東京湾には無数の船が絶えず航行している。

「では、やっぱり本橋のネーム入りの死体は鉄ちゃんという浮浪者になりましたね？」

片山は念を押した。

「そういうことですな」

石黒はひと通りの説明が終ったので、ひと息入れたという格好で煙草《たばこ》を吸っていた。その横顔は相変らずぼんやりとしているが、片山にはその茫洋《ぼうよう》さが今度は逆に威圧めいたものになって映ってきた。

いったい、この石黒の本体は何だろうか。今まではこの男こそ本橋だと思っていたが、それはまったく違っていた。

「石黒さん、では本橋は生きているんですね？」

「生きています」

石黒はこっくりとうなずいた。いかにも自信ありげな肯定の仕方だった。

「どこにいますか？」

石黒は眼を細めて浦賀水道の海面を眺めている。

「共犯者の一人が、いま行方不明になっている木更津の牛込漁村にいる辺見老人とは見当がつきましたがね」

「そうです。辺見老人が本橋の片棒を担《かつ》いだのです……何を匿《かく》そう、辺見のおやじというのは海苔《のり》の窃盗常習者なんですよ」

「海苔の？」

「ほら、あなたも見ているでしょう。木更津沖から富津《ふっつ》海岸にかけて、冬期は海苔の網が沖合いまでずっと張られていますね。ところが夜間、その海苔を盗みに行く泥棒がはいるのです。これは小舟を操って網に付いた養殖海苔を盗《と》るのですが、近ごろは、いちいちはずしていては間に合わないし、はかもいかないので、網ごと切って逃げるのが多くなりました。千葉県の警察では、この海苔泥棒の検挙数が一番多いのです……そんなわけで、十分な海苔畑を持っていない辺見老人は、他人の網を切っては海苔を小舟に積み、そして、浦賀水道を横断して、走水の海苔罎詰《びんづめ》業者に売りつけていたわけです。もちろん、そのいいものは罐詰業者から適当な海苔加工業者に売られていたわけですが、粗悪なものはそこで罐詰になりました。元はタダですから値段も安く、走水の罐詰業者も事情がうすうすわかっていながら買いつけていたわけですね……それを押えたのが本橋です。なにしろ、本橋は辺見老人の家に長いこと部屋借りをしていたので、老人の行動は知っていたわけですな。ところが、本橋は急遽《きゅうきょ》自分自身を抹消《まっしょう》しなければならない羽目に陥ったんです……」

「それが身替りの〝鉄ちゃん〟ですね？」

「そうです、そのために船を持っている人間を相棒に欲しくなった。ここでふと思い出したのが辺見老人です。そこで、彼は老人を窃盗常習の弱点で威《おど》かし、また半分は金で辺見老人を釣ったわけです。その工作が、両者一緒になっての走水の海苔罐詰工場の買い取りです。あなたは橋山が、海苔の罐を新宿のバーで持っていたのを見かけたでしょう。あれは経営困難で、工場を閉鎖しようか、もう少しつづけようかという相談のとき、土産《みやげ》にもらったものです。だから、彼は新宿の料亭〝竜野〟で会っていたわけですね。それから、最後に夥《おびただ》しい罐詰を柿坂経済研究所の所員に配っていたのは、閉鎖直前の在庫品をタダでくれてやったんです。ただし、それには卸し問屋から品質について文句があって、その罐詰には何か異臭があるといわれて突っ返されたそうです。つまり例の水槽に鉄ちゃんの死臭が混《まじ》っていたのかもしれません。理屈では考えられないことですが、それも殺された人の執念かもしれません」

片山は、老人のことではもっといろいろ訊《き》きたかったが、小さなことはあと回しにして、それより先に訊かねばならないことがあった。生きている本橋秀次郎がどこにいるのか。そして、この何でもよく知っている石黒の正体は何であろうか。

「なぜ、本橋は自分自身を抹消しなければならなかったんですか?」

それは片山も前には推定したことだが、今度はその正確な解答を石黒から聞かねばならなかった。

「それは、東洞直義が自分の秘密を守るためですよ。なにしろ、本橋秀次郎はあの『新世紀』の編集長として、自分が折尾星三というペンネームでその雑誌に東洞のでっち上げ伝記を書いた男ですからね。あなたも知っているとおり、西岡もその伝記の信憑《しんぴょう》性となっている東洞のさまざまな合成写真を作ったんですからね。この二人は東洞にとっては自分の秘密を知られている恐ろしい男です」

石黒はしゃべり出した。

「ところが、東洞は例の週刊誌を見て、『新世紀』の十月号が関口氏の名前で求められていることを知った。東洞もそれを読んだに違いありません。そこで、関口氏というのが何者かを調べてみると、関口氏はその寄稿先である柿坂と親しい仲であり、その広告が実は関口氏を使っての柿坂の計画だということが推定できたわけです。と、いうのは普通の推量で、実はそんな手間をかけずに東洞は逸早《いちはや》く柿坂の動きを知り得たわけがあるのですよ。とにかく、東洞は自分を防衛するために、柿坂の手が本橋・西岡両人へ伸びない前に抹殺したというわけでしょう」

そこまでは片山の推定と合っている。あまり手間もかけずに東洞が柿坂の動きを知り得たのは、柿坂の内部から東洞に事情を通じる者があったからだ。

初め、その人物がこの石黒であり、すなわち本橋だと片山は思い込んでいたのだった。つまり、東洞とつながっている本橋は、東洞と連絡して、柿坂研究所の内部の動きを通謀していると考えていたのである。

それが石黒でないとわかった現在、生きている本橋はだれなのか。片山にはそれが自分の知っている人間の中にいるような気がする。いや、もっと言えば、柿坂機関の中に潜《もぐ》り込んでいる人間のような気がする。

片山がその考えを石黒に述べると、

「なるほど、あなたは克明に調べただけに、よくそこに気がつきましたね。たしかに柿坂機関の中にいる男が本橋の変身かもしれませんね。その男が東洞に通じていたことは、例の友永君がパーキンソンの身辺を探ろうとしたとき謀殺されたことでもわかります」

と彼は答えた。

「あれも謀殺ですか？」

「だってパーキンソン以外に、友永君が窓縁から足を踏みはずしたというのを見た者がいないでしょう。あなたは、友永君がパーキンソンの隣室にタイムリーにはいれて、なお、その別な隣室には正体不明の夫婦者がいた事実を知っているでしょう。それはそれだけの工作がないと、友永君を窓から外に投げ落すということが不可能だからです。その騒ぎを全然関係のない隣室の人間に聞かれた場合、都合が悪くなるからです」

「待ってください。それじゃちょっと話が変になりますね。だってパーキンソンの身辺を探ることは、東洞の敵側の秘密を探るわけですから、東洞にとっては都合がいいんじゃないですか？」

「だれでもそう思うでしょう。しかし、あれにもトリックがあるんです。友永を殺したのも、実は本橋、西岡を殺した人間と同一人なんです」

「同一人だとすると、やはり東洞の線と同じじゃないですか？」

「その前に、友永君の動きが何だったかを説明しなければならないでしょうな。あの男は、最初こそ柿坂の命令で西岡豊次郎を調べたり、しきりと東洞の身辺を探ったりしていました。そして笑止なことに、ぼくがパーキンソンの動きを狙《ねら》っているとでも勘違いしたのでしょう。パーキンソンを訪問する人間を隠し撮《ど》りし、わざとぼくに見せびらかすような工作もしました。ところが、それに反応を示したのがあなたでしたから、そのころはまだ柿坂の優秀な機関員だった彼の報告で、あなたの動きは橋山に筒ぬけでした。まあその話はあとにして、友永君のことですが、途中で友永君は変心をしました。

柿坂と橋山が大阪に行ったころ彼は隙《すき》をうかがって寝返ったのです。つまり、大阪ではコンノート系とカッターズ系との熾烈《しれつ》な競争が、それぞれ国産会社をめぐって行われていましたが、友永の寝返りは、たちまち柿坂らの知るところとなりました。そこで、彼らの系統から友永を抹消する策謀が行われたのです。というのは、友永自身が寝返りを打ったために柿坂内部の秘密が相手方に洩《も》れる惧《おそ》れもあったわけです。友永本人はそんなことを知らないから、あくまでも柿坂の命令に従うような格好をして、逆にうまうまと彼らの手で始末されたのです。だからSホテルの工作も全部柿坂の命を受けた橋山の手で準備され、彼らの中のだれかが友永を窓から外に突き落したのです。愕《おどろ》いたのはパーキンソンです。これも柿坂から事情を聞かされているので、友永が自分の部屋を窺《うかが》おうとして足をすべらせ墜落したと証言しました。そして、彼はあわてて翌《あく》る朝ホテルを発《た》ったのです……東洞に押えられた友永は、早くも忠勤をぬきんでて、大阪に出かけ、パーキンソンの伴《つ》れている女がその系列会社に設計図を運ぶところを押えようとして尾《つ》け回したことがあります。女は愕いて大阪から東京に遁《に》げ帰りました」

それが長尾智子だ。すると、彼女が東京駅で片山の来るまで待たずに遁げたのは、友永の顔を見たからではあるまいか。そうだ、ちょうどあのころ友永は調査室にいて彼女の電話をきいていたから、友永は片山の先回りをしたのに違いない。

「友永君が死んでからも、あなたが神野を捜しだしたときから、あなたへの監視が始まりました。そして神野の家を捜し当てたとき、あなたの命が狙われたのです」

「石黒さん」

片山はたまりかねて言った。

「いったい、本当の犯人はだれですか？　もし、本橋が生きていたとすれば、それはだれですか？」

「片山さん」

と石黒は静かに見返して言った。

「それは間もなくわかりますよ。新聞を気をつけて見ていてください」

「新聞を？」

「たぶん、新聞にそれが出るんじゃないかと思いますね。というのは、本当の本橋は、あの辺見老人と同じように、目下、行方不明になっているからです」

「石黒さん」

片山が呼びかけたが、石黒はのっそりとそこから起《た》ち上がり、彼の傍から歩いて離れた。

片山は石黒と遇《あ》った日から毎日の新聞を気をつけて見た。それから五日目だった。夕刊の片隅《かたすみ》に「溺死体《できしたい》漂流」と短い記事があった。

「八日午前八時ごろ大森沖を漂流している男の死体を漁船が発見、収容した。死後経過十日くらい。所持の名刺により千葉県木更津市牛込辺見五郎さん（六一）と判明。辺見さんは海苔の壜詰工場を経営していたが、事業に失敗したので、その厭世《えんせい》自殺とみられる」

辺見老人の死は予期していた。しかし、石黒が言う意味は辺見の死ではあるまい。もう一つの新聞記事だ。

彼は眼を皿のようにして、つづいて朝夕刊を待った。すると、それから二日後の朝刊だった。

「浦安沖に溺死体　九日午後七時ごろ、千葉県浦安沖合いに男の溺死体を発見した。所持の名刺により東京都中央区京橋××番地柿坂経済研究所常務理事橋山義助さん（四五）と判明した。外傷のないところから過失による溺死と思われる」

片山は心臓を急激に摑《つか》まれたようになった。

あの橋山が本橋秀次郎だったのか――。

しばらく頭の中が真空状態になった。東洞に通じている者が柿坂機関の中にいると思ったが、まさか柿坂の腹心橋山義助が本橋秀次郎とは知らなかった。なるほど、「橋山」

の地位に潜り込んでいたなら、柿坂の動きは詳しくわかっているはずだ。いや、「橋山」の行動自体が柿坂の動きなのだ。

それにしても、橋山が本橋だとすると、片山にとって不審の点が、全然ないわけではなかった。橋山が片山を木更津へやって、本橋の過去を調べさせたりしたのもおかしいが、しかしこれは、共犯者である辺見が、どの程度に口が堅いかを試すためだったのかもしれない。

また、自分の過去が、どの程度に消えたかを第三者の眼で確かめてみたかったのかもしれない。一月初めから走水に工場を持っていた辺見の動きを、橋山が知っているのは当然だから、片山が木更津に行ったときは、辺見がそこにいることは、橋山も計算に入れていたであろう。あのとき友永と、もう一人（たぶん走水工場の人間だろう）が、木更津に行ったのも、橋山の差し金と思われる。東洞のところへ手紙を持って行かされたのも、挑戦状のような錯覚を片山に抱かせながら、実は情報連絡だったのかもしれない。

だが、どうして本橋が「橋山」として、柿坂の中にはいっていたのか。

その日の夕方だった。片山は速達を受け取った。裏を返すと「石黒生」としてある。彼は一秒も猶予《ゆうよ》できない気持で封を切った。

「この前は失礼。新聞記事にある溺死体の事件は、二つともお読みになったことと思います。今日の朝刊は、とうとう、橋山君の溺死体漂流を報じましたね。あれこそ本橋秀次郎です――。あなたにとってはことごとく意外でしょうが、そもそも柿坂が橋山君を雇傭《こよう》したのは、例の『情勢通信』を発刊するときに当ります。

橋山は『娯楽世界』がつぶれた後、日本から消息を絶って噂《うわさ》によると東南アジア方面を放浪していたようです。そのとき、香港《ホンコン》で偶然、柿坂亮逸と知り合って親交を深め、『情勢通信』を発刊するためにその方面の経験者を捜していた柿坂に迎えられたのです。そして日本に帰ってからは、放浪中の橋山義助の名前で通したのですが、何年ぶりかで帰国した時の橋山は、瘦《や》せぎすでスマートだった本橋時代とは見違えるほどたくましい体格になり、容貌《ようぼう》も一変していました。熱帯地方の直射日光に焼かれただけでなく、どこかで整形手術でもしたのか顔の彫りが深く、眼も大きくなっていたので、昔の知人に会っても気づかれないほどの変りようでした。そのため、柿坂経済研究所の常務理事として、社会的に活躍するようになってからも、橋山が昔の本橋だということが人に知られなかったようです。しかし橋山の本橋は、柿坂機関にはいってからも、東洞とは連絡をとっていました。自分が以前の本橋だということはもちろん、東洞と密接な関係を保っていることも、彼は秘密にしていました。なぜ秘密にしていたかその理由はよくわかりませんが、柿坂にさえ事情を明かさなかったところを見ると、よほど東洞から何らかの恩恵を蒙《こうむ》っていたのでしょう。

ところが去年あたりから、柿坂が例の総務府特別調査部の工作を引き受けて、東洞打倒の策謀をはじめてから、橋山の立場は苦しくなりました。

橋山はそれに協力しなければならない。表面上、彼はもっとも熱心な柿坂の片腕として働きました。彼はそのためにあらゆる偽装をしなければならなかった。東洞を調べる真似《まね》をするためには友永君を使おうとしたり、次にはぼくに命令したりしました。しかし、内容は全部東洞に通じていたのです。

東洞にとっては、本橋は安心だが、西岡は怕《こわ》い存在でした。というのは、西岡は東洞の秘密を知った上恐喝《きょうかつ》して金を取っていたので、本当に消さなければならないわけです。ところが一方柿坂・神野の背後関係によって、本橋という人間が必ず追及されることを予想した橋山は逸早く自分の抹殺を例の浮浪者を使って試みました。これは西岡にも恐怖を与える一石二鳥の効果を狙ったのですが、西岡はきっとそのトリックを見破ったと思います。そこで、仕方なく橋山の本橋は西岡を誘い出して千葉県の辺見の家に伴れて行き、ここで老人と二人で西岡を船に乗せ、沖合いで彼を海中に突き落しました。西岡の死体だけが自然のままに揚がったのはそういう理由です。

もちろん、その秘密は友永にも気づかれました。そこで、前にお話ししたような理由で「橋山」の本橋は友永殺しの実行に移りました。研究所秘書の鶴崎契子を買収して、彼女と夫婦づれを装《よそお》い、Ｓホテルで友永の隣室６１４号に部屋をとり、諸工作をしたのでしょう。

次に神野・本橋の線を追うあなたが狙われました。

では、だれが「橋山」の本橋と辺見老人を殺したか、です。そうです、二人の溺死は他殺です。

その前に、二人がどうして海の中に突き落されたかを考えたいのです。死体は、一つは大森沖に、一つは浦安沖に揚がりましたね。日にちも違いますが、これは落されたところが同じ現場とみていいでしょう。東京湾の海流の具合で、そんなふうに発見場所が違ったわけです。二人の人間を同時に海の中に落すということは困難です。ぼくはいろいろ調べてみたが、海流の具合を考えて、大体、横浜沖ではないかと計算を立てました。それで、この想定のもとに横浜付近を調査したが、全然手がかりがありません。しかし、横浜沖というぼくの推定は間違いないと思います。

結論を急ぎましょう。横浜沖から羽田沖にかけては、たくさんな貨物船が碇泊《ていはく》しています。ところで、貨物船は船腹の荷物を降ろすと船体が軽くなって不安定になるので、水を船底のタンクに満たして安定を計ることがあります。もし荷物が空《から》になって、水を充塡《じゅうてん》する前に人間が特殊構造の空のタンクに閉じ込められていたらどうでしょうか。水の充塡作業は機械ですから、事情を知らない作業員が、船長の命令でボタン一つ押せばタンクに水がはいって来るわけです。人間は生きながらにしてタンクの中で溺死体となります。この〝溺死体〟を人目につかないところで海に投げ出したわけです。

ぼくのこの想定が当っているとすれば、本橋と辺見を殺した犯人は船の関係者でなければならない。この事件の裏に特殊潜水艦問題をめぐって造船会社があることにお気づきでしょう。造船会社と貨物船――さらに、この船会社と東洞直義との関係。

これ以上書くことは聡明《そうめい》なあなたには不必要だと思われます。

この前もお話ししたように、東洞は完全に没落しました。毛並みの良さを誇ったニセの履歴も、すでに仮面を剝《は》がれました。さらに彼が本橋や辺見を使って行なった西岡殺しや、上野の浮浪者殺しなどが暴露した場合、もっと大きな制裁が来るわけです。

ぼくはこの手紙と同時に、詳しいことを検察庁のほうにも出しておきましたから、いずれ東洞直義の写真入りの記事が新聞に大きく出ることでしょう。

最後に、あなたが一番知りたいぼくの身分ですね。世の中には不思議な職業があります。ぼくもそのひとつと言っていいでしょう。初め柿坂さんに勧められて（ぼくの前身は、某新聞社の調査部員でした）調査室にはいったのですが、ぼくも途中で金のために別な調査機関にこっそりと従属しました。ほら、あなたが不思議な役人を調べていましたね。あそこでは民間からさまざまな情報を取っています。ぼくもそういう中の隠れた一分子だったと考えてください。だから特殊潜水艦問題ではぼくなりに調べられたのです。一つの機関に従属すれば、だれだって自分の傭主《やといぬし》のことには興味を持つものです。

柿坂亮逸氏自身も友永君の殺害に関連して、改めて追及されるでしょうが、これはある方面が動いて放免されることは間違いありません。柿坂氏は、ついに何も知ることなくして柿坂機関を解散するでしょう。特殊潜水艦採用問題だけでなく、あらゆる闘争は終りました。あなたとぼくとの関係も、これでキリをつけたいと思います。ご健康を祈ります」

片山は手紙を持ったまま、しばらく石のようになった。思考力を失った頭脳《あたま》には長尾智子の姿だけがぼんやりと泛《うか》びあがっていた。

解説

尾《お》崎《ざき》秀《ほっ》樹《き》

『蒼《あお》ざめた礼服』は『サンデー毎日』の昭和三十六年一月一日号から翌三十七年三月二十五日号まで連載された長編である。ミステリアスな手法で書かれているが、作者のねらいは政治の黒い霧を描くことにあったと思われる。

この作品が連載されていた時期は、六〇年安保の大きなうねりが退潮し、悪名高き岸内閣に代って池田内閣が成立し、高度経済成長が政策面に意識的にとりこまれる一方、新安保条約にもとづく防衛力の増強が、陰に陽におしすすめられたときであった。

国防会議が第二次防衛力整備計画を決定し、ミサイル装備強化を積極的におしすすめようとしたのもこの時期だし、三無事件がキナくさい匂《にお》いを伝えたのもその頃だった。地対空ミサイルのナイキ・アジャックスの陸あげ問題、原子力潜水艦の寄港問題、米空軍のＦ１０５Ｄジェット戦闘爆撃機の板付《いたづけ》への配属、新島《にいじま》における空対空ミサイルの試射実験などの問題が新聞紙上をさわがし、一般の目からかくれたところで強力に推進される日米軍事体制のあやしい雲ゆきが、国民に不安を感じさせていた。

松本清張はその前年に、『日本の黒い霧』を『文芸春秋』誌上に連載し、占領体制下のナゾの事件をとりあげて、その裏にひそむ政治の黒い影を執拗《しつよう》に追及し、さらにその主題を発展させて『深層海流』で日米安保体制がかたまる時期の問題をえぐっている。『蒼ざめた礼服』はこの『深層海流』と同じときに執筆されているだけに、作者の胸中にうずいていたものがある程度推測されるのだ。

この作品の主人公は片山幸一《かたやまこういち》というごく一般的なサラリーマンである。彼は京橋《きょうばし》の洋《よう》傘《がさ》製造会社に勤めて四年になるが、つくづくとその仕事に厭気《いやけ》がさし、できれば自分の能力を発揮できる職種に移りたいと考えている。その彼がつとめからの帰りに、駅の近くの古本屋で買いもとめた古雑誌がきっかけで、月刊「情勢通信」を出している柿坂《かきさか》経済研究所へ移り、奇怪な政治の渦《うず》にまきこまれてゆく。

もし彼が古本屋でその古雑誌を買わなければそうはならなかったろうし、たとえ買ったとしても、その細い糸をたどって関口という随筆家を訪《たず》ね、その紹介で柿坂経済研究所へ行かなかったら、そうはならなかったにちがいない。一見偶然ともみえる彼の選択が、必然と偶然の糸のもつれとなって、予想もしなかった事件の渦中《かちゅう》に彼を追いこんでゆくのだ。主体的には、彼は自分でもとめてそうしたわけだが、そこには無数の偶然が交差している。

しかしこの片山幸一の思いは、現代のサラリーマンに多かれ少なかれ共通した意識なのだ。ラッシュの満員電車にゆられ、やっとの思いで会社にゆきついても、そこに待っているのは個性を無視した誰にでもできる作業なのだ。大学を出て四年たった片山幸一は、昨日が今日になり、明日となっても変ることのないそのような生きかたに厭気がさしたからこそ、自分からその道を選んだといえる。ただしこの選択も結局は無駄になる。しかしたとえクビになったとはいえ、彼は平穏無事な暮しではなく、波瀾《はらん》にみちた生きかたを選んだことにより、充足される部分があったのではないか。

このことは片山幸一に限らない。一見満ちたりた繁栄のなかで感じるアンニュイやむなしさは、現代人に共通している。生きがいがことさらマスコミの話題になったり、脱社会、脱日本が現代人の心をとらえ、ヒッピー的な生きかたが志向されるのもそのためであろう。この作品の冒頭で述べられる主人公の感慨は、それだけの普遍性をもっている。

松本清張のミステリーにはシロウト探偵や、下積みの刑事が活躍する作品が少なくない。名探偵が登場して、パイプをくゆらしながら快刀乱麻を断つように事件をナゾときしてゆくのは、すでに過去となった。松本清張の推理小説にはそんな探偵名人はあらわれない。シロウトが素朴な疑問から出発し、手さぐりしながらナゾに迫ってゆく。その試行錯誤のおもしろさが作品の軸となっているのだ。彼の作品の人気の秘密はおそらくそのあたりにあると思われるが、『蒼ざめた礼服』でもその骨法は生かされ、片山幸一の執拗な好奇心が、事件を掩《おお》う幾枚ものベールをはぎとってゆくのだ。

しかもその手さぐりの連鎖性がいかにもおもしろい。古雑誌をもとめたことからはじまり、随筆家と接触をもち、柿坂経済研究所に移った後、問題の古雑誌の編集長だった本橋秀次郎《もとはしひでじろう》のナゾの死にぶつかる。片山は本橋の社で働いていた長尾智子《ながおともこ》を探し出し、当時の事情を知ろうとするが、そのあたりから彼は事柄の裏にうずまく政治の大きな動きにひきこまれてゆく。「情勢通信」が暴露した政府の新型潜水艦建造計画に関する艦種決定問題をめぐって、その黒幕としてあげられた工学博士東洞《とうどう》のナゾの履歴が、本橋の死とからんでいるらしいことを知るのだ。しかもそれに関係あると思われる写真館主もおなじく東京湾で水死体となり、この二つの殺人事件の追及が、新型潜水艦の問題についての野党の政府攻撃と並行してたどられる。

個人的な動きが最後に政治の壁につきあたり、そのビクともしない重さにおさえつけられ、はねとばされてしまうのは、私たちがつねに痛感してきたことだが、主人公の片山幸一もその例外ではない。彼ははじめ個人的な好奇心から問題に深入りするが、いつかその巨大な政治のカラクリにふりまわされ、彼自身の生命までねらわれることになる。その段階になると、個人的な好みだけでは行動できなくなる。柿板経済研究所の調査員としての身分もやがて奪われ、彼は蟷螂《とうろう》の斧《おの》にも似たあがきで、周囲のワナをさぐろうとする。

片山幸一がこれほどまでに情熱をもやして、対象にくらいつくのはなぜだろうか。そのエネルギーはどこからくるのか。彼自身直接の被害者でないだけに、そのことはやや不自然にも思われる。だが誰でもそのような立場に置かれれば、そう行動する以外にないのではないか。身の危険さえ感じる状態であれば、事柄の真相を知ることが、唯一《ゆいいつ》の脱出路となる。

政治のメカニズムは人為的なものであるにかかわらず、それができあがってしまうと非情な存在と化し、政治そのもののうみだす法則に従って動きはじめる。片山幸一は個人的な興味から知らず知らずのうちに、その政治のもつ恥部の部分に手をふれようとした男なのだ。政治の組織は個人を全体の中の一つの歯車、あるいはナットとして利用することはするが、それ以上に個人が内部にふみこむことを許さない。しかもこの機構は二重、三重の仕組みをもち、複雑にからみあい、一般からうかがうことができるのは氷山の一角にすぎない。したがってそこに姿をみせる相手はその全部ではなく、それを操《あやつ》るものがさらにその先に存在する。新型潜水艦建造問題をめぐる黒い霧の中に登場する諸人物も、表面的な動きのほかに、それぞれ影の部分をもち、それが最後にはある一点でリモート・コントロールされている。

『蒼ざめた礼服』の主人公は手さぐりのはてにそのことを知らされるのだが、そのときにはすでに彼の能力を越え、手のとどかない存在と化してしまっている。新型潜水艦というのはあきらかに原子力潜水艦だと思われるが、その建造計画の裏には米日巨大資本の策動があり、さらにそれを動かしている情報機関の工作とその対立がある。防衛力の増強という大義名分は、いかにまことしやかに述べられようと、その巨大資本がつくり出す虚構にすぎず、国民はその虚構にむなしく踊らされる結果になりかねない。

作者はその重要な問題について間接照明を与えるだけで答えをだしていないが、それはこの作品が昭和三十六、七年頃に書かれたということを前提として考えなくてはなるまい。私は『蒼ざめた礼服』を読んで、作者が言いたかったこと、空白のページのまま残したものを理解できるように思うし、それを言葉としてでなく、読者それぞれの胸にきざむことで、この作品が書かれた意味があるように思う。

松本清張はこの作品を書いた後、『現代官僚論』に筆をすすめ、日本の官僚機構というわば国家権力にあやかる司祭たちを剔抉《てっけつ》したが、そのひとつ「防衛官僚論」で〝三ツ矢作戦〟をスッパ抜いたことなどから考えても、言うべくして言えなかった多くの問題があったと推測される。『蒼ざめた礼服』は作品として書かれた部分以上に、書かれなかった部分のひろがりをもつ長編だといえるのではないか。

この作品は殺人事件と、それにともなうナゾの解明が軸になって話が展開するが、しかし作者のねらいはその裏にあり、いわば〝政治〟という奇怪な存在を、その小さなひびわれの割れ目の部分から掘りおこそうとした野心作なのだ。それを理解することによって、この推理長編の真のおもしろさを味わうことができる。
殺人事件のナゾときをすることは、ミステリーのルール違反なので、それについてふれることは避けたい。それにしても『蒼ざめた礼服』とは何だろうか。防衛力増強をめぐる政治のメカニズム、いや政治そのものがまとっている礼服こそ、〝蒼ざめた礼服〟なのかもしれない。そう思うと、この作品の主題がさらに活《い》きてくるように感じられる。私はこの解説を書き終えた後も、そのことをくりかえし反問する思いなのだ。

（昭和四十八年五月、文芸評論家）

この作品は昭和四十一年七月光文社より刊行された。

表記について

新潮文庫の文字表記については、原文を尊重するという見地に立ち、次のように方針を定めました。

一、旧仮名づかいで書かれた口語文の作品は、新仮名づかいに改める。
二、文語文の作品は旧仮名づかいのままとする。
三、旧字体で書かれているものは、原則として新字体に改める。
四、難読と思われる語には振り仮名をつける。

なお本作品中、今日の観点からみると差別的ととられかねない表現が散見しますが、作品自体のもつ文学性ならびに芸術性、また著者がすでに故人であるという事情に鑑《かんが》み、原文どおりとしました。

（新潮文庫編集部）

松本清張著
小説日本芸譚
千利休、運慶、光悦——。日本美術史に燦然と輝く芸術家十人が煩悩に翻弄される姿——人間の業の深さを描く異色の歴史短編集。

松本清張著
或る「小倉日記」伝
芥川賞受賞　傑作短編集(一)
体が不自由で孤独な青年が小倉在住時代の鷗外を追究する姿を描いて、芥川賞に輝いた表題作など、名もない庶民を主人公にした12編。

松本清張著
黒地の絵
傑作短編集(二)
朝鮮戦争のさなか、米軍黒人兵の集団脱走事件が起きた基地小倉を舞台に、妻を犯された男のすさまじい復讐を描く表題作など9編。

松本清張著
西郷札
傑作短編集(三)
西南戦争の際に、薩軍が発行した軍票をもとに一攫千金を夢みる男の破滅を描く処女作の「西郷札」など、異色時代小説12編を収める。

松本清張著
佐渡流人行
傑作短編集(四)
逃れるすべのない絶海の孤島佐渡を描く「佐渡流人行」、下級役人の哀しい運命を辿る「甲府在番」など、歴史に材を取った力作11編。

松本清張著
張込み
傑作短編集(五)
平凡な主婦の秘められた過去を、殺人犯を張込み中の刑事の眼でとらえて、推理小説界に新風を吹きこんだ表題作など8編を収める。

松本清張著 眼の壁

白昼の銀行を舞台に、巧妙に仕組まれた三千万円の手形サギ。責任を負った会計課長の自殺の背後にうごめく黒い組織を追う男を描く。

松本清張著 点と線

一見ありふれた心中事件に隠された奸計！列車時刻表を駆使してリアリスティックな状況を設定し、推理小説界に新風を送った秀作。

松本清張著 黒い画集

身の安全と出世を願う男の生活にさす暗い影。絶対に知られてはならない女関係。平凡な日常生活にひそむ深淵の恐ろしさを描く7編。

松本清張著 霧の旗

兄が殺人犯の汚名のまま獄死した時、桐子は依頼を退けた弁護士に対する復讐を開始した。法と裁判制度の限界を鋭く指摘した野心作。

松本清張著 蒼い描点

女流作家阿沙子の秘密を握るフリーライターの変死――事件の真相はどこにあるのか？代作の謎をひめて、事件は意外な方向へ……。

松本清張著 影の地帯

信濃路の湖に沈められた謎の木箱を追う田代の周囲で起る連続殺人！ふとしたことから凄惨な事件に巻き込まれた市民の恐怖を描く。

松本清張著　松本清張傑作選　戦い続けた男の素顔　―宮部みゆきオリジナルセレクション―

「人間・松本清張」の素顔が垣間見える12編を、宮部みゆきが厳選！　清張さんの〝私小説〟は、ひと味もふた味も違います――。

松本清張著　けものみち（上・下）

病気の夫を焼き殺して行方を絶った民子。疑惑と欲望に憑かれて彼女を追う久恒刑事。悪と情痴のドラマの中に権力機構の裏面を抉る。

高村　薫著　黄金を抱いて翔べ

大阪の街に生きる男達が企んだ、大胆不敵な金塊強奪計画。銀行本店の鉄壁の防御システムは突破可能か？　絶賛を浴びたデビュー作。

高村　薫著　神の火（上・下）

苛烈極まる諜報戦が沸点に達した時、破天荒な原発襲撃計画が動きだした――スパイ小説と危機小説の見事な融合！　衝撃の新版。

高村　薫著　リヴィエラを撃て（上・下）　日本推理作家協会賞／日本冒険小説協会大賞受賞

元IRAの青年はなぜ東京で殺されたのか？　白髪の東洋人スパイ《リヴィエラ》とは何者か？　日本が生んだ国際諜報小説の最高傑作。

高村　薫著　レディ・ジョーカー（上・中・下）　毎日出版文化賞受賞

巨大ビール会社を標的とした空前絶後の犯罪計画。合田雄一郎警部補の眼前に広がる、深い霧。伝説の長篇、改訂を経て文庫化！

蒼《あお》ざめた礼《れい》服《ふく》

新潮文庫　ま－1－26

昭和四十八年　六月三十日　発　行
平成二十三年　二月　一日　四十一刷改版
令和　五年　六月二十五日　四十五刷

著者　松《まつ》本《もと》清《せい》張《ちょう》
発行者　佐藤隆信
発行所　株式会社　新潮社

郵便番号　一六二―八七一一
東京都新宿区矢来町七一
電話　編集部(〇三)三二六六―五四四〇
読者係(〇三)三二六六―五一一一
https://www.shinchosha.co.jp

価格はカバーに表示してあります。

乱丁・落丁本は、ご面倒ですが小社読者係宛ご送付ください。送料小社負担にてお取替えいたします。

印刷・錦明印刷株式会社　製本・株式会社植木製本所

ISBN978-4-10-110926-8 C0193